KB035753

TARA DUNCAN
L'Ultime Combat

# 타라 덩컨

⑫ 최후의 전투

# TARA DUNCAN, L'Ultime Combat

by SOPHIE AUDOUIN-MAMIKONIAN

Copyright©XO EDITIONS (Paris), 2014
Korean Translation Copyright©SODAM&TAEIL Publishing Co., Ltd., 2015
All rights reserved.

This Korean edition was published by arrangement with XO EDITIONS (Paris)
through Bestun Korea Agency Co., Seoul

TARA DUNCAN
L'Ultime Combat

# 타라 덩컨

### ⑫ 최후의 전투

펴 낸 날 | 2019년 10월 10일 초판 1쇄

지 은 이 | 소피 오두인 마미코니안
옮 긴 이 | 이원희
펴 낸 이 | 이태권
펴 낸 곳 | (주)태일소담
　　　　서울시 성북구 성북로 66 성북동빌딩 3층 301호 (02835)
　　　　전화 | 745-8566~7 팩스 | 747-3235
　　　　e-mail | sodam@dreamsodam.co.kr
　　　　등록번호 | 제2-42호(1979년 11월 14일)

ISBN 979-11-6027-170-6 04860
　　　 978-89-7381-830-3 (세트)

- 책값은 뒤표지에 있습니다.
- 잘못된 책은 구입하신 곳에서 교환해드립니다.
- 이 도서의 국립중앙도서관 출판시도서목록(CIP)은 서지정보유통지원시스템 홈페이지
　(http://seoji.nl.go.kr)와 국가자료공동목록시스템(http://www.nl.go.kr/kolisnet)에서
　이용하실 수 있습니다.(CIP제어번호: CIP2019037603)

www.dreamsodam.co.kr

TARA DUNCAN
L'Ultime Combat

# 타라 덩컨

⑫ 최후의 전투

소피 오두인 마미코니안 지음 | 이원희 옮김

소담출판사

주저앉을 때마다 나를 일으켜 세워준
필리프, 디안, 마린, 나의 가족, 나의 심장, 나의 영혼.
엄마, 보잘것없는 작가인 나,
진심으로 모두 사랑합니다.


— 소피 오두인 마미코니안

북
극
방
향

남
극
방
향

금지된 대륙
타투 아옌쉬마든

렌베르드

축척 1:52 500 000

0                    1417.5 km

아더월드
등축대비

## :: 『타라 덩컨 1』, 「아더월드와 마법사들」 ::

타라 덩컨은 자신의 탄생에 관한 비밀을 모른 채 프랑스의 타공 마을에서 할머니와 평화롭게 살고 있다. 어느 날 갑자기 나타난 마지스터의 공격으로 할머니 이사벨라가 중상을 입으면서 타라는 자신이 마법사라는 것과 아마존 정글에서 바이러스에 감염되어 죽은 줄 알았던 어머니 셀레나가 살아 있다는 사실을 알게 된다.

한편 마법의 세계를 지배하고, 마법 능력이 없는 인간들을 노예로 만들겠다는 야망에 불타는 마지스터는 악마의 힘을 지닌 사물들을 얻기 위해 타라를 납치하려고 혈안이다. 영문도 모른 채 마지스터의 끈질긴 추격을 받는 12세 소녀 타라는 영생하는 마법을 사용하다 잘못되어 사냥개로 변한 증조할아버지 마니투와 마법의 행성 아더월드로 피신한다.

아더월드의 랑코비트라는 나라에서 살게 된 타라는 페가수스와 정신적으로 결합되는 놀라운 경험을 한다. 아더월드는 수많은 종족의 마법사들과 수시로 풍경을 바꾸는 살아 있는 궁전, 뱀파이어, 키마이라, 하르퀴아, 유니콘 같은 전설의 동물들, 악마…… 등이 버젓이 활개를 치는 무시무시한 세계지만, 다행히 타라는 지구의 친구 파브리스, 공주의 신분인 무아노, 어린 도둑 칼리반 달 살란, 난쟁이 파프니르, 하프엘프 로빈 등을 만나면서 신기하기 이를 데 없는 마법의 세계에 빠져든다.

데미데루스의 직계 후손인 타라와 오무아 제국의 여제 리스베스만 악마의 힘을 지닌 사물에 접근할 수 있기 때문에 마지스터는 타라를 납치한다. 그러나 소녀 마법사는 친구들의 도움으로 억류되어 있던 어머니를 구하고, '실루르의 옥좌'를 파괴한다.

마지스터는 사라지기 직전 죽은 것으로 알고 있는 타라의 아버지가 사실은 오무아의 황제 단비우 탈 바르미 압 산타 압 마루이며, 따라서 타라가 아더월드의 오무아 제국을 계승할 후계자라고 밝히는데…….

## :: 『타라 덩컨 2』, 「비밀의 책」 ::

칼이 살인죄로 고소되어 감옥에 갇히자 타라는 하는 수 없이 아더월드로 돌아간다. 땅신령들이 흉악한 마법사에게 억류된 식구들을 구해달라는 조건으로 칼을 탈옥시킨다. 그러나 땅신령들의 함정에 걸려든 칼이 치명적인 벌레에 감염되었기 때문에 타라와 친구들은 악당 마법사와 맞서 싸울 수밖에 없다. 마침내 문제의 마법사를 굴복시키고 땅신령들을 구하지만 칼의 무죄를 증명하기 위해서는 악마들의 세계 림보에 있는 조각상 재판관이 있어야 한다. 죽음을 무릅쓴 모험 끝에 그들은 목적을 달성하고 무사히 아더월드로 돌아온다.

그러나 이번에는 불과 며칠 사이에 아더월드를 정복한 영혼 약탈자의 기상천외한 공격에 맞서야 한다. 타라의 목숨이 위험해지자 마지스터가 그 싸움에 개입하게 되고, 드래곤으로 변신한 타라와 마지스터는 서로 협력하여 영혼 약탈자를 물리치기에 이른다. 일단 영혼 약탈자를 제거한 뒤에 마지스터는 림보로 홀연히 사라지고, 타라는 마지스터가 죽었다고 생각한다.

한편 자식이 없는 오무아의 여제는 타라가 자신의 후계자라는 걸 알게 되고, 타라를 아더월드로 데려가겠다고 주장한다. 거절하면 지구가 위험에 처하게 되는데…….

### ::『타라 덩컨 3』, 「저주받은 왕홀」 ::

폭탄 테러로 어머니가 부상당했다는 소식을 듣고 황급히 아더월드로 돌아간 타라는 림보로 영원히 사라졌다고 믿었던 상그라브들의 보스 마지스터가 돌아왔음을 알게 된다.

공간이동의 문 폭발 사고, 도서관의 좀비 살해 사건 등 테러 행위와 이상한 사건이 잇달아 발생하는 가운데 타라는 오무아의 궁전에서 공식적으로 여제 후계자 수업을 받기 시작한다.

여제를 함정에 빠뜨려서 악마의 힘을 지닌 사물들 중 '저주받은 왕홀'을 손에 넣은 마지스터는 아더월드에 있는 모든 마법사의 능력을 빼앗아버린 데 이어서 악마 군단을 앞세워 오무아 제국을 침략하고 드래곤들을 몰살하겠다고 선전포고한다.

여제와 황제가 포로로 잡혀 있기 때문에 타라는 여제 후계자로서 오무아 제국과 아더월드를 지키기 위해 또다시 온갖 위험을 무릅써야 한다. 하는 수 없이 타라는 각자의 조국으로 돌아가 있는 친구들을 오무아로 불러들이고 의문의 사건들에 얽힌 미스터리를 하나씩 풀어나간다. 그리고 마지스터가 심복인 여자 뱀파이어와 스파이를 궁전에 심어놓았음을 알게 된다.

타라는 이번에도 하프엘프 로빈, 지구 소년 파브리스, 면허 받은 도둑 칼리반, 난쟁이 파프니르, 개로 둔갑한 중조할아버지 마니투, 특히 놀라운 기지를 발휘한 '야수' 무아노의 도움, 그리고 상그라브들의 감옥에서 탈출한 스너피가 전해준 정보 덕분에 마지스터와 가공할 만한 악마 군단을 물리치기에 이른다.

한편 타라는 자신의 열네 번째 생일파티를 엉망으로 만드는 것을 시작으로 말썽을 일으키고 다니는 쌍둥이 남매가 놀랍게도 친동생들이라는 사실을 알게 된다.

여러 가지 이유로 타라의 유전자가 조작되었을 거란 의혹이 제기되면서 여제는 정밀분석을 지시한다. 로빈은 마침내 사랑을 고백하기 위해 타라를 만나러 가지만 소녀의 방은 텅 비어 있다. 후계자가 사라진 것이다…….

## :: 『타라 덩컨 4』, 「드래곤의 배반」::

아더월드 오무아 제국의 실험실에서 드래곤과 유전학자가 맞서고 있다. 이 싸움의 결과에 지구의 미래와 어린 마법사들의 운명이 달려 있다. 그러나 학자가 사망하면서 사건은 오리무중에 빠진다.

한편 아더월드를 몰래 빠져나온 타라는 이집트의 한 박물관에서 양피지 문서를 훔치는 데 성공하지만, 유전자 조작으로 너무 강력해진 마법 능력 때문에 목숨이 위태롭다. 게다가 로빈을 공격한 하르퀴아들에게서 알아낸 정보 때문에 초능력 있는 지구 소년을 구하러 가지 않을 수 없는 상황에 처한다.

두렵지만 단호하게 결정을 내린 타라는 영국 스톤헨지 유적지로 향한다. 증조할아버지 마니투와 하프엘프 로빈, 난쟁이 파프니르, 야수 무아노, 파브리스, 칼의 도움을 받아 타라는 스톤헨지에 얽힌 비밀로 최대 위기를 맞는 지구를 구하고, 유전자 조작으로 인한 마법 능력의 수수께끼를 풀 수 있을까?


## :: 『타라 덩컨 5』, 「금지된 대륙」::

마지스터가 지구에 사는 타라의 친구 베티를 납치하는 사건이 발생한다. 그런데 베티가 억류되어 있는 곳은 드래곤들이 접근을 금하고 있어서 아무도 들어갈 수 없는 대륙이다. 그러나 마지스터는 마법의 장벽을 넘어 베티를 가둬놓는 데 성공한다. 게다가 하르퀴아의 독에 감염된 베티를 살리려면 후계자의 피가 있어야 한다는데…….

마법 능력을 잃고 모처에서 비밀리에 요양하고 있던 타라는 지구의 친구를 구하기 위해 오무아의 황궁으로 돌아가고, 랑코비트에 있는 친구들을 소집한다. 그러나 오무아 여제의 음모에 걸려든 로빈이 행방불명인 상태.

우여곡절 끝에 마법 능력을 되찾은 타라가 엘프 군단을 이끌고 마침내 금지된 대륙을 향해 출발한다. 그런데 거기서 발견한 것은 붉은 여왕이 지배하는 무시무시한 세계…….  그리고 드래곤들이 비밀에 부치던 끔찍한 비밀을 알게 되는데…….

타라는 흉악한 붉은 여왕에게서 베티를 구해내고 철천지원수 마지스터를 궁지에 몰아넣을 수 있을까?


## :: 『타라 덩컨 6』, 「마지스터의 함정」::

셀레나에게 접근하는 자는 누구든 죽이겠다고 선포하는 마지스터. 그 협박 때문에 타라는 마지스터가 유일하게 접근하지 못하는 드래곤들의 행성으로 어머니 셀레나를 피신시킨다.

그러나 뱀파이어들이 악마의 마법을 연구한다는 이유로 젠드라의 별과 크라에토비르의 반지를 보관하고 있다는 사실을 알게 된 타라는 크라살비로 향한다. 공식적으로는 약혼녀를 구해달라는 드라고쉬 선생님의 청을 받아들여서 셀렌바를 변호하러 가는 것이지만, 실은 크라에토비르의 반지를 훔쳐 마지스터를 제압하기 위해서다.

우여곡절 끝에 타라는 반지를 손에 넣지만, 이번에는 드래곤들의 여왕으로 선출된 샤름(셈 선생님의 약혼녀)의 대관식에 초청을 받는다. 타라는 오무아 제국의 사절단을 이끌고 드란보우글리스펜쉬르 행성에 도착하지만 쿠데타의 소용돌이에 휘말리게 된다. 위기 상황을 맞은 타라와 친구들은 드래곤들의 행성에 지금까지 알려진 열세 개의 악마의 사물 외에 두 개가 더 있다는 것과 일부 드래곤들이 지구를 정복하려는 엄청난 음모를 꾸미고 있었다는 사실에 경악한다.

타라에게서 멀리 떠나보내려는 속셈으로 위험천만한 해적 소탕 작전에 로빈을 들러리로 이용하는 여제 리스베스, 티라니크 수상과 마지스터의 관계를 밝히려다 살해 당하는 엘레아노라, 짝사랑하던 엘레아노라를 잃은 칼의 슬픔, 마법의 힘이 약해 패밀리어를 잃고 실의에 빠져 있다가 돌연 마지스터와 함께 사라지는 파브리스…… 등 우정과 사랑, 모험과 배신이 얽히고설킨다.

한편 아버지의 유령을 소생시키겠다는 일념으로 타라는 양피지에 적힌 조제법에 따라 묘약을 만들지만, 중요한 실수를 저지르는 바람에 저승의 문이 열리고 수많은 유령이 분노의 고함을 지르면서 쏟아져 나오는데…….

## ::『타라 덩컨 7』, 「유령들의 습격」::

아버지를 소생시키는 묘약을 만들던 타라의 실수로 수많은 유령들이 습격해오면서 파멸의 위기에 처하는 아더월드.

순식간에 여제, 장관들, 모든 권력자들이 유령에 들리면서 아더월드는 유령들의 세상이 된다. 타라는 화를 면하지만, 타라가 보는 앞에서 로빈이 유령에 의해 죽고 만다.

유령들을 피해서 살아 있는 궁전에 숨어 있는 타라는 자포자기에 빠지고, 칼은 그런 친구에게 삶의 의욕을 불어넣기 위해 온갖 노력을 한다.

유령이 리스베스 여제를 장악하고 있는데 제국의 후계자까지 없다면, 타라의 강력한 마법이 없다면 아더월드를 구할 희망이 사라지는 것이다.

엘프족, 난쟁이족, 뱀파이어족, 인간족은 무자비한 침략자들에 대항하기 위해 레지스탕스를 조직하기에 이른다.

수배령이 내려지고 목에 현상금까지 걸린 타라는 유령들을 퇴치할 방법을 찾아 모험을 떠나는데…….

타라는 아더월드를 구해내고, 살아갈 의욕을 찾을 수 있을까?

## ::『타라 덩컨 8』, 「사악한 여제」::

유령들의 습격으로 아더월드를 위험에 빠뜨린 잘못 때문에 지구로 추방된 타라는 아더월드와 완전히 단절된다. 사랑하는 친구들과도 연락이 끊긴 채 무료하게 지내던 중, 열여섯 살이 되는 생일날 끔찍한 소식을 접한다.

마지스터의 상그라브들이 아더월드의 여러 나라 정부들과 심지어 타라와 절친한 친구들의 집을 동시다발로 공격하면서 부상자들이 속출하고 있다고……

타라는 마지스터가 자신의 친구들을 없애려는 것이 목적임을 깨닫고 아연실색하지만 사실 범인은 마지스터가 아니었다. 그리고 밝혀지는 진실은 훨씬 최악인데……

분노와 불안에 사로잡힌 타라는 위험에 빠진 아더월드를 구하기 위해 비밀리에 마법의 행성으로 들어가기로 작정한다. 그러나 공간이동의 문이 모두 봉쇄되어 있기 때문에 악마들의 세계, 림보를 경유해야 아더월드로 갈 수 있다.

림보에 도착한 타라 일행은 지구처럼 변한 악마의 행성에 이어 인간 모습의 악마들을 보며 경악하는데……

타라와 마지스터를 없애려는 자는 과연 누구인가? 타라는 아더월드를 구할 수 있을까?

## :: 『타라 덩컨 9』, 「검은 여왕」 ::

리스베스 여제가 황위를 물려주겠다고 선언하지만 타라는 이를 단호하게 거절한다.

그러던 중 마지스터가 나타나 악마의 사물들을 이용해 타라의 어머니를 살리자는 제안을 한다. 이에 악마의 사물을 어떻게 할지에 대한 회의가 열리고, 그 와중에 림보에서 타라가 마법을 사용한 뒤로 타라 몸속 어딘가에 웅크린 채 권력을 잡을 기회를 노리고 있던 검은 여왕이 불쑥 나타난다.

검은 여왕의 공격을 차단하기 위해 떨어진 체포령 때문에 아더월드에서 도망친 타라는 악마의 사물들에 접근하기 위해 지구의 아틀란티스로 떠나는데……

타라를 위협하는 마지스터도 막아야 하지만, 동시에 몸속 어딘가에 살고 있는 검은 여왕과도 싸워야 한다.

검은 여왕은 악마의 힘을 지닌 존재일까, 아니면 타라 자신의 가장 어두운 내면일까? 그 어느 때보다 결연히 운명에 맞서야 하는 타라는 과연 검은 여왕을 제압할 수 있을까?

## :: 『타라 덩컨 10』, 「드래곤 대 악마」 ::

리스베스 여제는 악마들의 방문을 허락하면서 아더월드를 일대 혼란에 빠뜨린다. 여제가 타라의 공개 구혼을 선언하자 마왕 아르칸즈와 블루 드래곤 셈 선생님이 청혼을 한다. 오랜 숙적인 악마와 드래곤들의 치열한 싸움이 예상되는 가운데, 엄청난 음모가 타라를 기다리고 있다. 음지에서는 정체불명의 킬러들이 활동하고, 그 첫 번째 희생양은 칼과 로빈이다.

한편 사냥꾼 셀렌바가 마지스터를 배신하고 느닷없이 자수를 하는데, 그 시기가 왜 하필 악마들이 오는 때일까?

타라의 반대에도 불구하고 여제는 악마들의 방문을 강행하고 아더월드의 두 달

중 하나인 타딕스에서 악마 사절단을 맞기로 하는데…….

타라는 아더월드의 미래가 걸린 타딕스로 향하면서 친구들 없이 혼자서 운명과 맞서 싸울 준비를 한다. 하지만 매직갱은 타라 몰래 타딕스로 잠입하는 데 성공하고 중력이 약한 달에서 일촉즉발의 위기를 맞는데…….

아르칸즈와 악마는 아더월드의 새로운 친구일까, 아니면 영원한 침략자들일까? 과연 타라는 잿빛 달의 도시 타딕스를 구해낼 수 있을까?


### :: 『타라 덩컨 11』, 「행성들의 전쟁」 ::

아더월드의 태양 주위로 악마의 행성들이 나타난다. 여섯 개의 행성들이 한꺼번에 이동하다니, 어떻게 이런 일이 가능할까? 악마들은 왜 이런 침입을 했을까? 중대한 선택의 기로에 선 리스베스 여제와 타라는 지구로 향한다. 그리고 그동안 숨겨왔던 아더월드와 마법사, 외계 종족들을 밝히며 지구인들에게도 악마의 침략에 맞설 것을 제안한다.

드디어 악마들이 공격을 개시하고, 죽음의 광선이 지구인들의 영혼을 빨아들이면서 지구가 위험에 처하는데…….

한편 타라와 친구들은 무언가 숨기고 있는 악마들의 비밀을 알아내기 위해 악마들의 행성으로 출발하고, 개미족의 행성 크세프로디에서 모든 생명체를 빨아들이는 무시무시한 '존재'에 관해 알게 된다. 아더월드와 지구뿐 아니라 전 우주를 위협하고, 수십억, 수백억의 목숨이 위태롭다는데…….

과연 악마들이 두려워하는 '존재'의 정체는 무엇일까?

타라는 이 절체절명의 위기를 극복할 수 있을까?


### :: 『타라 덩컨 12』, 「최후의 전투」 ::

이 이야기는 이제부터 읽어야지요. 그럼 친애하는 독자 여러분, 재미있게 읽기 바랍니다. 준비하시고…… 읽기 시작!

TARA DUNCAN
L'Ultime Combat

# 타라 덩컨

⑫ 최후의 전투 | 차례

**일러두기**
이 책의 본문에 표시된 *부분은 부록 '아더월드의 용어 해설'에 자세히 소개되어
있습니다.

⑫ 최후의 전투

# 상그라브

속임수를 쓰지 않은 걸
뼈저리게 후회할 텐데

\*

거의 시커먼 잿빛 마법복에 마스크로 얼굴을 가린 상그라브들이 손에 쥔 지푸라기를 쳐다보고 있었다. 그중 열 명은 안도의 숨을 내쉬는 반면, 또 한 명은 부들부들 떨며 믿기지 않는 듯 금빛 지푸라기를 응시하다 딸꾹질을 했다.

"아, 젤리소르의 충치여! 속임수를 써야 했는데! 그래야 한다는 걸 알고 있었는데! 하지만 늘 운이 따라줬단 말이야. 근데 오늘은 왜 이러는 거야, 미치겠네!"

다른 상그라브들이 웃음을 터뜨렸다. 그중 한 명의 마스크가 안도의 파란빛을 번쩍이며 양손으로 허리춤을 잡아당겨 몸매를 돋보이게 하는 것으로 남자가 아님을 드러냈다.

"괜찮아, 45번. 아무 일 없을 거야. 보스에게 가서 그냥 사실대로만 보고해."

45번은 방금 자신을 비웃은 여성 상그라브를 향해 겁에 질린 초록빛 마스크를 쳐들었다.

"아무 일도 없어?" 45번 상그라브가 거의 울먹이듯 말했다. "32번, 네 일 아니라고 그렇게 쉽게 말해도 돼? 마지스터가 나쁜 소식을 가져가는 사람을 어떻게 처리하는지 뻔히 알면서! (45번은 지푸라기를 휙 바닥에 던졌다. 하지만 가벼운 지푸라기를 아무리 세게 던져봤자 누가 눈 하나 깜짝한다고.) 마지스터는 나를 새까맣게 태워버릴 거야!"

"어쩔 수 없지. 네가 졌는데." 또 다른 상그라브가 응수했다. "졌으니까 좋든 싫든 네 차례야."

45번이 항변했지만 다른 상그라브들은 매정했다. 몇 분 동안 격한 입씨름을 벌인 후 다수 의견에 밀린 45번은 자신에게 동기를 부여하기 위해 32번의 단검을 허리춤에 숨기고 마지스터의 문턱을 넘었다.

등 뒤에서 문이 쾅 닫히자마자 후닥닥 뛰어가는 발소리. 45번은 동료 상그라브들이 달아났음을 알았다.

비겁한 놈들!

45번은 심호흡을 하고 신원을 감춰주는 비물질적 마스크에 손을 찔러 넣어 이마를 닦았다. 뭐 때문에 상그라브가 되고 싶었지? 그래, 권력과 돈, 예쁜 여자들 때문이었다. 하지만 이제 죽을지도 모르는데 그게 다 무슨 소용 있어.

"무슨 일인가?" 방 안쪽에서 물기 어린 목소리가 들렸다.

45번은 덜덜 떨며 방 안쪽으로 조금 더 들어갔다.

"그게……." 45번은 기어드는 소리로 말했다. "방해가 되었다면…… 다음에 오겠습니다."

"방해되지 않는다. 그래서 진전이 있나?"

"그렇지 않습니다." 45번은 땀을 질질 흘리며 대답했다. "악마들에게서 빼앗은 우주선 중에서도 특히 영혼들을 채집하는 우주선을 세밀히 분석했습니다. 상당히 복잡한 기계였고, 아주 생소한 기술이었습니다. 첩보원들에 따르면 인간이 아니라 자이언트 붉은 개미 종족이 만들었다는데 그래서인지 우리로서는 이해하기 힘든 기술입니다. 문제는 기계 사용법을 모른다는 것입니다. 영혼을 채집하는 우주선을 조종하던 악마들이 죽거나 어떤 단서도 남기지 않기 위해 자살했기 때문에……."

마지스터가 한숨을 내쉬었는데 45번은 보스가 어디에 있는지 볼 수 없었다. 마지스터의 검은색 나무 책상이 놓인 방 안쪽이 너무 어두웠기 때문이다. 하지만 마지스터는 45번이 잘 보이는 데에서 살피고 있을 터였다.

투광기들이 출입문을 향해 있는 것만 봐도 알 수 있었다. 마지스터는 방을 드나들 수 있는 상그라브들에게도 경계가 철저했다.

불길한 침묵 후, 마침내 상그라브들의 보스가 말했다.

"그건 나도 안다. 그래서 내가 시한을 주고 결과를 기다리고 있잖아."

"바로 그걸 말씀드리려고 온 겁니다." 45번은 작아 보이게 가능한 한 몸을 움츠리며 앞으로 걸어갔다. "시한이 좀 너무…… 빠듯합니다. 우리 과학자들이 아직 분석하지 못했습니다. 영혼을 채집하는 방법이 미스터리하다는 겁니다. 아직 진전은 없지만 과학자들이 빠른 시일 안에 찾아내리라는 건 한순간도 의심하지 않습니다. 초고속으로 연구에 매진하고 있습니다! 기계를 어떻게 사용하는지 설명해줄 자이언트 개미를 생포했는데 기계의 첫 단계는 개미 종족이 만들었지만 두 번째 단계는 악마의 마법으로 만들었다고 합니다. 그래서 개미는 큰 도움이 되지 않았습니다만……."

마지스터가 볼 수는 없겠지만 어떻게든 보스의 마음에 들고 싶은 45번은 여전히 공포의 초록빛인 마스크 안에서 간절한 미소를 지었다.

"그래서 우리 과학자들에게 시간이 얼마나 더 필요하다는 건가?"

상그라브들의 보스가 평온해서 더 소름이 끼치는 목소리로 물었다.

45번은 다시 용기를 냈다. 대답을 잘하면 목숨만은 구할 수 있으려나?

"얼마나 걸릴지에 대해서는 구체적인 말이 없습니다, 보스. 하지만 가능한 한 빨리 미스터리를 풀어낼 겁니다."

그때였다. 상그라브가 볼 수 있게 마지스터가 갑자기 상체를 내밀었는데 빛이 번쩍였다. 보스의 손끝에서 춤추는 시커먼 불을 보는 순간 45번은 기절할 뻔했다. 하지만 마지스터는 지구의 달에 착륙한 우주선 안에서 폭발이 일어나면 아주 위험하다는 것을 제때에 기억해냈다.

마지스터는 상그라브에게 나가라는 손짓을 했다. 45번은 안도[1]의

......

1. 이 일이 있고 나서 45번 상그라브는 여자와 권력도 좋지만 목숨을 부지하는 것이 훨씬 낫다고 판단했다. 그래서 마지스터의 분노를 피하기 위해 지구에서 살기로 결정했다. 그는 전화번호부에서 우연히 발견한 지지 셀리그맨이라는 이름을 골랐다. 여자 이름인지 남자

숨을 내쉬며 후들거리는 다리로 물러났다. 마지스터는 웃음이 나왔다. 그냥 좀 신중하게 행동했을 뿐인데 이번에도 관대해 보인 건가?

사실 얼마 전부터 마지스터는 친절해진 것이 아니라(친절? 마지스터에게는 몸이 오글거리는 말이었다) 느긋해져 있었다.

마지스터가 전 세계로부터 영웅 대접을 받기는 난생처음이었다. 얼마 전까지만 해도 가슴에 빨간색 원을 새긴 잿빛 마법복에 반사경 마스크를 쓴 마지스터의 몽타주가 아더월드 방방곡곡에 붙어 있었다. '공공의 적 1순위'라는 표제 밑에 걸려 있는 어마어마한 현상금. 마지스터를 체포할 수 있게 정보를 제공하는 이는 갑부가 될 터였다.

그러나 지구 연합군과 자신의 우주선들을 잘 조직화하여 악마의 우주선들을 격퇴하고 수백만의 목숨을 구해준 뒤로 마지스터는 지구의 모든 이들로부터 찬사를 받고 있었다.

오, 흉측한 벤드룩의 썩은 내장이여, 마지스터를 추종하는 팬클럽까지 생겼으니!

마스크 안에서 마지스터의 육감적인 입이 살짝 미소를 띠었다. 몇 달 전에 누군가가 이런 말을 했다면 크루이크크크의 먹이가 되었을

· · · · · · · · · · · · ·

이름인지 개의치 않고 선택한 것인데 몇몇 호사가들의 입방아에 오르내렸다.
아더월드에서 스파슌 농장을 경영하는 부모 밑에서 자란 경험으로 그는 양계장을 하기로 결정했다. 하지만 빨리 돈을 많이 벌기 위해 마법을 사용하여 더 맛있고 더 크고 육질이 부드러워 비싸게 팔 수 있는 닭을 사육했다. 그리하여 부자가 된 지지는 한 손님이 그의 닭을 먹은 부작용에 대해 항의했을 때 울화가 치밀었다. 사실 이 손님은 아내에게 사랑을 표현할 때 '꼬끼오' 하고 소리를 내질렀던 것이다. 지지는 그건 오히려 아내를 즐겁게 해주는 것이라고 답변했다. 하지만 지지는 처음부터 후유증에 대해서는 책임지지 않는다고 명확히 밝혔어야 했다. 깃털이 나거나 알을 낳아 품고 싶은 욕망이 생기는 것에 대해서도 책임지지 않는다고 밝혔어야 했다.

것이다. 그런데 지금은 달랐다. 마지스터는 입으로는 지구인들이 무슨 말을 지껄이든 전혀 개의치 않는다고 말했지만 속으로는 사랑받는 것이 싫지 않았다. 무엇보다 아주 이상했다. 추종자들로부터 존경을 받거나 모든 이들이 두려워하는 존재였지 사랑받은 적은 없었다. 이건 분명 새로운 느낌이었다. 마스크가 어두워졌다. 마지스터를 사랑했다는 이유만으로 배신자로 몰려 드래곤들에게 살해된 아마바만 유일하게 그에게 애정 같은 걸 주었다. 마지스터의 어머니는 그가 어렸을 때 죽었고, 야심가였던 아버지는 어린 아들이 자신의 바람에 부응하지 못한다고 온갖 학대로 깊은 상처를 주었다.

셀레나 덩컨도 그를 사랑하지 않았다. 이제는 마지스터도 받아들이고 있었다. 그를 위해 괴물이 될 정도로 사냥꾼 노릇을 하며 오랜 세월 사랑해준 건 뱀파이어 셀렌바뿐이었다.

마지스터는 숨을 깊이 들이쉬었다. 최근에 봤던 셀렌바는 많이 달라져 있었다. 그가 만들었던 초강력 인피뱀파가 아니라 평범한 뱀파이어의 모습이었다. 그런데 이상하게도 허약해진 새로운 모습의 셀렌바에게 매료되었다. 셀렌바에게 키스하며 끌어안았을 때 사랑이라기보다 매혹되는 걸 느꼈다.

셀렌바에게는 아무 말 안 했지만 마지스터는 그녀가 몹시 그리웠다. 그는 셀렌바가 그 감정을 알아챌까 겁이 나서 내색하지 않고 떠났었다.

마지스터는 눈앞에서 회전하는 파란빛의 지구를 바라봤다. 전에는 그의 우주선들이 달의 어두운 쪽에 숨어 있었는데 빛이 없어서인지 상그라브들이 의기소침해 있었다. 그래서 밝은 쪽으로 우주선들을 이동시켰다.

현재로서는 지구가 위기를 벗어나 있었다. 저주받은 영혼들의 혜성은 아더월드의 태양 주위 궤도에서 악마의 행성들을 추적하고 있었다. 따라서 일시적 정지 상태일 뿐이었다. 악마들을 집어삼키고 나면 혜성은 아더월드로 향할 터였다. 아더월드는 불타는 혜성의 막강한 힘에 그리 오래 버틸 수 없을 것이다.

그다음 혜성은 지구로 올 것이다. 피 냄새를 맡은 크로크-르캥처럼 인간들을 향해 몰려올 터였다.

그래서 마지스터는 방법을 찾아야 했다. 그 빌어먹을 혜성이 모든 걸 휩쓸게 내버려둘 수 없었다. 세상을 지배하려면 전 세계의 주민들이 살 수 있게 도움을 줘야지 혼자 영광에 취해 있는 것은 아무런 의미가 없었다.

마지스터는 망설였다. 정보를 나누고 싶지 않지만 나포해놓은 우주선들의 이상한 기계를 분석할 수 있는 천재는 한 명밖에 없었다.

바로 모우르무르 덩컨이었다.

마지스터는 커뮤니케이션 콘솔을 작동했다. 한 목소리가 당장 지시를 따르겠다고 대답했다. 마지스터가 몇 사람의 이름을 말했을 때 그 목소리가 흔들렸다.

마지스터는 반사경 마스크 안에서 미소를 지었다.

마지스터는 몇 명을 초대했다.

초대받은 이들은 거부하지 못할 터였다. 죽고 싶지 않다면.

# 타라

달리기 훈련은
절대 내일로 미루면 안 되는데

\*

타라는 자신과 품에 안은 아이[2]를 구하기 위해 뛰었다. 뒤쪽에서 불타는 광선이 땅바닥을 후려치며 닥치는 대로 모든 생명을 태우고 있었다.

"빌어먹을!" 타라는 욕설을 내뱉었다. "이제부터는 운동을 하루도 빼먹지 말자."

혜성의 광선이 급기야 마법사들이 악마들의 행성 보울리미-레미 주위에 배치해놓은 방벽을 뚫어버린 것이었다.

며칠 새 광선이 방벽을 돌파한 것이 두 번째였다. 행성 전체가 망

---

2. 여러분의 놀란 얼굴이 선하다. '설마 타라와 칼(타라와 다른 누군가?)의 아이인가? 너무 앞서가지 말기를. 나는 타라가 아이를 안고 있다고 했지 타라의 아이라고 한 적은 없다.

원경을 장착한 소총으로 심장을 겨누는 우주 저격수의 위협을 받고 있는 것 같았다.

타라가 악마의 영혼들이 빌려준 마법을 땅 쪽으로 방향을 돌리고 붕 떠오르자, 계속 날아오던 혜성의 광선이 새로 생긴 방벽에 부딪쳐 마침내 꺼졌다.

타라는 공중에 떠 있는 상태로 잠시 하늘을 쳐다봤다. 방벽이 또 뚫렸는지 살피기 위해서였는데 이번에는 잘 버티고 있었다.

뒤쪽 거리에 시체들이 널브러져 있었다. 볼일 보러 나왔다가 광선을 맞고 목숨을 잃은 것이었다.

혜성이 보울리미-레미 행성을 공격한 지 몇 주일이 되었고, 살아남은 이들은 천하무적을 상대로 치열하게 싸웠다. 혜성은 분노의 화신처럼 거침없이 밀어붙이고 있었다.

이건 처음부터 지고 들어가는 싸움이었다.

바로 이런 이유 때문에 악마들의 사령부 격인 보울리미-레미 행성은 소개령(적의 공습, 화재 등의 피해를 줄이기 위해 주민들을 분산시키는 것—옮긴이)이 내려져 있다.

하지만 아더월드로 수억 명을 소개한다는 것은 전혀 예정된 일이 아니었다. 게다가 혜성의 미친 광선은 생명을 아주 간단하게 파괴했다. 광선이 떨어진 곳은 흙이 메말랐다. 식물이 죽었고, 동물과 곤충이 모조리 괴멸되었다.

개미족의 행성과 달리 악마의 마법과 무관한 마법사들의 방벽은 다행히 훌륭하게 작동해주고 있었다.

정리해서 말하기도 아주 복잡한 상황이었다. 아더월드의 마법은 악마들의 행성에서 통하지 않고, 악마의 마법으로는 혜성(갇혀 있는 악마의 영혼들로 이뤄진)의 공격으로부터 보울리미-레미 행성을 지킬 수 없었다.

그래서 아더월드의 과학자들은 아더월드와 악마들의 행성을 연결하는 일종의 통로를 만들었다. 즉 양쪽 행성의 문을 계속 열어놓는 방법을 생각해낸 것이다. 이 통로를 통해 아더월드의 마법 에너지(다행히 무궁무진한)를 이동시키면 행성을 방어하기 위해 보울리미-레미에 파견된 마법사들에게 에너지를 공급할 수 있었다.

이 과정에서 과학자들은 악마들의 행성에 마법사가 있는 경우에만 공간이동의 문이 작동한다는 새로운 사실을 알았다. 지구, 드란보우 글리스펜쉬르, 산티보르…… 같은 행성들에서는 이런 경우가 전혀 없었기 때문에 이상한 일이었다.

그렇지만 끊임없이 계속되는 혜성의 공격에 마법사들은 지쳐갔다. 혜성은 빨아들인 영혼들을 양분으로 삼아 날이 갈수록 강력해지는 반면, 마법사들은 점점 쇠약해지고 있었다.

혜성의 공격에 맞서려면 엄청난 힘이 필요한데 애석하게도 그만한 능력을 가진 마법사는 그리 많지 않았다. 때문에 가장 강력한 마법사로 알려진 제레미와 타라가 너무 자주 동원되었다.

광선이 방벽을 뚫고 돌파에 성공했을 때 타라는 완전히 녹초가 되어 잠시 마법을 중단해야 했다.

그 순간 타라는 광선을 피해 뛰어가는 여자아이를 보고 깜짝 놀랐었다. 연약한 주민들—특히 아이들—을 제일 먼저 소개했기 때문이다.

타라는 파란색 촉수를 발견했다. 뭔가를 찾는 것 같은 촉수가 타라를 놀라지 않게 하려는 듯 조심스럽게 내려왔다. 뭐라고 형언할 수 없는 존재가 타라를 향해 촉수들을 내밀며 외쳤다.

"미아!"

방금 아이를 구한 타라가 말했다.

"아이는 괜찮아요. 큰일 날 뻔했지만 무사해요. 근데 이 아이는 왜 떠나지 않았죠?"

하이에나처럼 생긴 주둥이가 슬픔으로 일그러졌다. 아이의 엄마일까? 아빠일까?

"공간이동의 문들이 정원 초과였어요. 미아는 지난주에 떠날 예정이었는데 이행되지 않았거든요. 행성 반대편 공간이동의 문들도 사정은 마찬가지고요. 그리고 아더월드의 주민들이 우리를 좋아하지 않는다는 거 알아요. 우리를 수용소에 가둬놓고도 두려워하니까요. 슬프게도 그래서 절차가 더 늦어지는 거겠죠. 그러니 우리 종족도 떠나는 것이 꺼려질 수밖에 없고요."

남성인지 여성인지 모를 존재는 타라의 굳은 얼굴을 보며 한숨지었다.

"나는 당신을 이해하니까 오해하지 마세요. 침략을 시도했다가 스스로 우리 세계를 망가뜨린 우리가 한심한 거죠. 물론 우리를 지배하는 자들이 저지른 짓이지만. 하지만 미아는 새로운 세대에 속하는 인간이고, 사랑스러운 내 딸입니다. 솔직히 미아가 배척을 받으며 수용소에서 살아야 한다는 걸 받아들이기 힘들어요."

타라는 한숨을 쉬었다. 이와 비슷한 현장을 수없이 목격하지 않았던가!

"안심하세요. 사실 우리 국민이 아직은 더불어 사는 법을 모릅니다. 더 배워야지요. 그리고 일시적으로 머무는 거잖아요. 우리가 혜성을 물리치면 여러분의 행성으로 복귀할 수 있어요."

"네, 알겠습니다. 내 딸을 구해줘서 감사합니다." 하이에나의 주둥이를 가진 존재가 대답했다.

이때 파란 눈의 예쁜 금발 여자아이가 말했다.

"엄마, 이분은 붕붕 날아다녀! 진짜 재미있었어!"

아, 엄마였구나! 촉수로 아이를 꼭 끌어안는 엄마를 보며 타라는 가슴이 먹먹했다. 생긴 모습이 어떻든 엄마가 자식에게 하는 애정 표현은 어디나 똑같았다. 타라는 모녀에게 인사하고 붕 날아올라 팔찌를 작동했다. 그리고 하늘로 사라졌다.

악마들의 우주선이 있을 것으로 예상되는 곳에서 유형화되기 위해서였다.

하지만 우주선은 없었다.

우주 공간은 텅 비어 있었다.

타라가 모우르무르의 발명품을 전적으로 믿지 않아 천만다행이었다. 모우르무르가 붉은 개미족의 기술로 만든 조그만 기구를 주었을 때(타라는 이미 붉은 개미들의 행성에서 사용하여 아더월드의 마법 없이도 수백 킬로미터 떨어진 거리에 유형화된 경험이 있었다) 타라는 대비책을 세워놓았다(게다가 타라는 엔진의 에너지원 사용 설명서에 달린 작동 끈을 잃어버린 상태였다).

그래서 타라는 몸에 지닌 악마의 영혼들에게 유형화되는 순간 즉시 방벽이 되어줄 공기 장막을 만들어달라고 부탁했다. 만일을 대비한 것이었다.

하지만 장막 속의 공기가 빠르게 오염되는 것이 문제였다. 그럴 경우 둘 중 하나를 선택해야 했다. 행성으로 돌아가든가 우주선을 계속 찾아다니든가.

타라는 오래 생각하지 않았다. 정원이 초과된 공간이동의 문을 이용하고 싶지는 않았다.

'친구들.' 타라는 갑옷과 보석에 갇힌 악마의 영혼들에게 머릿속으로 말했다. '악마 우주선이 있을 만한 장소에 대해 누가 말해줄래?'

영혼들이 비웃었다.

'전혀 모르겠는데. 하지만 악마들이 가둬놓은 영혼들이 너의 왼쪽으로 좀 멀리 떨어진 곳에 있다는 건 느낄 수 있지. 머리를 50도 돌리고 작은 달 뒤쪽을 잘 봐.'

타라는 시키는 대로 했다. 뭔가가 반짝였다. 악마의 우주선을 만드는 데 사용되는 이상한 금속은 검은색이기 때문에 가까이에서 확인할 필요가 있었다.

타라는 기계적으로 달을 향해 날아가려고 하다가 멈췄다.

허공에서는 밀어주는 힘이 없으면 앞으로 나아갈 가능성이 없었다. 장막 속의 공기가 점점 오염되고 있었다. 타라는 온몸으로 전해지는 공포를 억눌렀다.

악마의 영혼들이 공기 장막에 부력을 전달했다.

실은 영혼들에게 적당한 부력으로 공기 장막을 떠밀어달라고 타라가 부탁한 것이었다. 하지만 영혼들은 새로운 공기를 만들어낼 능력은 없기 때문에 타라는 걱정이 되었다.

아무튼 영혼들의 도움으로 타라는 반짝이는 것을 향해 번개같이 날아갔다.

타라는 으아~~~악, 비명을 지르고 싶지만 공기가 부족해 꾹 참았다.

다행히 타라가 찾는 우주선이 틀림없었다.

하지만 악마의 영혼들이 너무 세게 떠밀었고, 그 바람에 타라는 우주선에 쾅 부딪쳐 짓이겨진 파리처럼 금속에 딱 들러붙었다.

타라는 욕설을 내뱉었다. 영혼들이 사과했지만 몇몇이 히죽거리는 것이 느껴졌다.

하긴 엄청 웃겼겠지.

타라는 잠시 악마 우주선을 한 바퀴 돌다가 한 문 앞에서 멈췄다. 승무원 전용 출입문이었다.

타라는 문을 두드렸다.

사실은 미친 사람처럼 문을 쾅쾅 치며 고래고래 소리를 질러댔다. 소리가 전달되는 데 필요한 공기가 없는 데다, 두께가 족히 1미터는 되는 문을 세게 두드려봐야 아무도 소리를 듣지 못한다는 걸 뻔히 알면서도.

갑자기 주위가 빙글빙글 도는 것 같더니, 부분적으로 투명한 문에 젊은 남자의 어리둥절한 얼굴이 나타났다. 타라는 안도의 숨을 내쉬었다. 들리지는 않아도 젊은 승무원이 욕지거리를 쏟아내고 있음을 알았다. 남자가 화들짝 물러섰고, 잠시 후 우주선의 문이 열렸다.

절묘한 타이밍. 타라는 거의 질식되기 직전에, 문 안으로 빨려들듯 내동댕이쳐졌다.

문이 닫히자마자 타라는 공기 장막을 사라지게 하고 재빨리 숨을 들이쉬었다. 기름, 금속, 악마 냄새가 뒤섞인 이국적인 공기.

방금 문을 열어준 금빛 눈의 매력적인 승무원이 걱정스러운 얼굴로 타라를 쳐다봤다. 이윽고 호기심이 발동한 얼굴로 말했다.

"안녕하세요, 아더월드의 후계자 마마. 죄송하지만 허공 속에서 뭐하시는 겁니까? 때마침 제가 지나갔기에 망정이지 큰일 날 뻔했습니다. 우주 공간에서 누군가 문을 두드릴 줄은 상상도 할 수 없는 일이니까요!"

타라는 상큼한 미소를 지으며 심호흡했다. 음, 이제 살겠다.

"우주선을 놓쳤어요." 타라가 일어서면서 말했다. "이 우주선은 보울리미-레미 행성의 수도에서 가장 멀리 떨어진 궤도에 있다가 이동한 거 맞잖아요?"

젊은 승무원이 고개를 끄덕이더니 이상한 설명을 이어나갔다.

"네, 하지만 혜성이 이동해서 우리를 위협했거든요. 다행히 마마의 마법사들이 아더월드에서 보내는 마법 에너지로 만든 방벽 덕분에 구사일생으로 살았습니다. 그렇지 않았다면 마마는 유령 우주선의 문을 두드렸을 겁니다. 우리 모두 죽었을 테니까요."

타라는 인상을 찌푸렸다.

"아, 그래요? 다행이군요……. 아르칸즈는 어디 있지요? 여기 있나요?"

"네, 이 우주선에 계십니다. 그쪽으로 모시겠습니다."

"네, 그래주면 고맙죠."

타라는 거대한 우주선의 통로에서 많은 악마들과 마주쳤다.

타라는 간편한 복장을 위해 편안한 바지에 눈빛과 어울리는 파란 셔츠를 입고 있었다. 체인지라인은 본질적으로 마법의 사물이기 때문에 옷을 바꾸려면 약간의 마법이 필요했다. 타라는 체인지라인이 오무아 군대의 주홍빛과 금빛 제복으로 갈아입히는 속도가 평소보다 훨씬 느리게 느껴졌다.

느리다고 해봐야 아주 잠깐인데도 타라는 모두가 보는 앞에서 반쯤 벌거벗은 몸이 되었다는 생각에 욕설을 내뱉었다.

사실 아무도 타라에게 관심이 없었다. 인간 모습의 악마들은 '내가 제일 잘났어' 하고 서로 과시하듯 대부분 노출이 심했고, 촉수들이 달린 흉측한 모습의 악마들도 대개는 옷이라는 걸 걸치지 않았기 때문이다.

문을 열어줬던 젊은 승무원이 악마들 앞을 조심스럽게 지나가자 타라도 신중하게 걸어갔다. 악마들은 젊은 승무원과 함께 있는 여자를 알아보는 순간 눈이 휘둥그레져(눈이 수십 개가 달린 악마들은 시간이 좀 걸렸다) 비켜섰다. 수군거리는 소리가 이어졌는데 야유도 섞여 있는 것 같았다. 타라는 가브리엘을 지지하는 파가 여전히 아르칸즈에 대해 음모를 꾸미고 있음을 알고 있었다. 그중에서도 특히 늙은 악마들이 증오의 눈빛으로 타라를 쳐다봤다. 대다수가 인간을 모조리 죽이지 못해 실세에서 밀려난 것을 타라 탓으로 여기는 눈치였다.

반면 다른 악마들의 얼굴에서 읽히는 진심에서 우러나오는 듯한 기쁨은 위안이 되었다. 타라의 생각과는 달리 악마 국민 전체가 정복과 약탈을 원하는 건 아니었다. 많은 이들이 좋은 이웃 나라로 평화롭게 살기를 갈망하고 있었다. 타라는 이들에게 다정하게 미소를 지었다.

아르칸즈는 작전실에서 투명한 감마글리스 창[3]을 향해 서 있었다. 그 주위에 둘러선 수행원들은 전광판에 홀로그래피 영상으로 전해지는 안팎의 뉴스를 유심히 보고 있었다.

검은색 갑옷 차림의 아르칸즈는 별빛을 받아 빛이 나고 있었다. 절대 입 밖에 내서는 안 될 말이지만 타라는 정말 잘생겼다고 생각했다.

멋진 마왕이 초록빛 눈으로 타라를 빤히 살피다 끈적끈적한 어투로 말했다.

"지쳐 보이네, 타라. 쉬는 게 좋겠어, 내 사랑."

이 말투는 뭐지? 타라는 의심에 찬 얼굴로 아르칸즈를 쳐다봤다.

"'내 사랑'? 아르칸즈, 내가 언제부터 당신의 사랑이죠? 모우르무르의 발명품을 또 피운 거예요? 발명가의 모르모트 노릇은 그만두는 게 좋을 텐데."

미남, 아니 미남 악마가 행복한 미소를 지었다. 발음이 이상하고 눈빛도 약간 흐릿했다.

"모우르무르가 인간, 엘프, 마법사, 트롤들이 근육을 풀기 위해 사용하는 물질이 우리에게도 같은 효과가 있는지 궁금하다고 해서 한번 피워봤지. 나한테는 효과 만점이야."

"트롤? 미쳤군요! 그러다 핑크색 점박이 초록 털북숭이가 되면 어쩌려고."

아르칸즈가 웃음을 터뜨리며 타라의 손을 잡고 갑자기 춤을 추자 경호원들과 승무원의 눈이 휘둥그레졌다. 타라도 거부하지 않았다.

- - - - - - - - - - - - - -
**3.** 초강력 유리로, 악마 우주선에 있는 창은 모두 감마글리스를 사용한다.

웃으며 우아하게 춤추며 지난 몇 시간 동안의 긴장을 날려버렸다.

그렇지만 아르칸즈가 손을 놓아주고 정중하게 몸을 숙였는데……
아니 몸을 숙이려고 하다 어지러운지 포기했다. 타라는 드디어 용건
을 말할 기회를 잡았다.

"아르칸즈, 철수를 서둘러야 해요. 혜성의 광선으로 인한 피해가
너무 커요."

아르칸즈의 초록빛 눈이 심각해지는가 싶더니 이내 눈빛이 바뀌
었다.

"잠깐. 아직까지 행성에 있었던 거야? 하지만 임무는 오래전에 끝
났을 텐데!"

타라는 순진한 표정을 지어봤지만 아르칸즈를 속이지 못했다. 아
르칸즈가 화난 목소리로 말했다.

"계속 임무를 수행했단 말이야? 타라, 그렇게 무리하지 마. 우리도
최선을 다하고 있고. 죽음을 무릅쓰면서까지 우리를 도와달라는 게
아니잖아. 좀 쉬어가면서 개입해야지 계속 마법을 사용하면 목숨이
위험해. 난 너를 잃고 싶지 않아."

타라는 한숨을 내쉬었다. 인정하기 싫지만 맞는 말이었다. 사실 타
라는 돌아가서 1) 휴식을 취하고, 2) 몸에 지닌 영혼들과 '우주 암소' 안
에 깃들인 악마의 영혼들이 소통할 수 있는 방법을 찾는 편이 나았다.

어쨌든 모우르무르는 그렇게 말했었다. 우주 암소를 이미 만난 적
이 있어 연구하고 있었다며 그 거대한 반추동물을 잘 알고 있다고.
다만 악마의 영혼들이 어떻게 '평온한 암소'를 불타는 분노의 혜성
으로 바꿔놨는지 이해할 수 없었다.

요컨대 성난 암소의 공격을 받고 있다는 건데, 이런 식의 표현 너무 웃기는 거 아닌가? 타라는 평온한 암소라는 개념 자체가 잘 이해되지 않았다.

그사이 아더월드의 마법사들은 모우르무르 덕분에 악마의 행성들과 우주선을 지키는 방벽을 세울 수 있었다.

타라를 안내한 승무원이 아르칸즈 쪽으로 몸을 숙이고 뭐라고 속삭였다. 마왕이 눈살을 찌푸리며 타라에게 물었다.

"우주선의 문을 두드렸다고?"

타라는 승무원을 향해 눈을 치켜떴다.

"내가 타고 갈 우주선을 놓쳤거든요." 타라는 내뱉듯 말했다. "그래서 당신들의 우주선을 찾아갔는데 이동했더라고요. 아무튼 조심했으니까 걱정 마요."

아르칸즈가 한숨을 내쉬고 나서 대답하려는 순간 둔탁한 소리가 나더니 우주선이 크게 흔들렸다.

모두들 가까스로 중심을 잡는 사이 아르칸즈는 타라를 안아주었다.

"무슨 일이에요?" 타라가 외쳤다.

"혜성의 공격이야." 아르칸즈는 태연하게 대답했다. "그리고 그렇게 소리 지를 필요 없어. 잘 들리니까."

타라는 얼굴을 찌푸렸다. 악마들의 감각이 인간보다 훨씬 민감했다. 아르칸즈는 그 점을 상기시킬 기회를 놓치지 않았다. 굉장히 잘생긴 것도, 굉장히 똑똑한 것도 뭐 사실이니까.

이런 식의 포옹은 신경에 거슬리기 때문에 아르칸즈는 그만두는 게 좋을 텐데. 사실 타라는 아르칸즈가 칼과 로빈을 자극하기 위해 일부러 더 치근덕거리는 게 아닌지 의심하고 있었다. 아르칸즈 자신도 타라를 사랑하는 건 아니라고 인정하지 않았던가.

머릿속에서 악마의 영혼들이 함께 많은 일을 하려면 사랑에 빠지는 것도 나쁘지 않다고 속삭였지만 타라는 일축했다. 타라는 이 매혹적인 마왕과 친해져야 한다는 것 이외의 다른 생각이 있었다.

우주선이 이동했다. 공격도 갑자기 멈췄다. 타라는 안도의 숨을 내쉬었다. 행성을 사이에 두고 혜성과 우주선은 조심스럽게 멀어졌다.

"혜성이 이런 식으로 공격하는 것이 오래됐어요? 나는 혜성이 당신들의 행성만 겨냥한다고 생각했는데요?" 타라가 물으며 품에서 벗어나려고 하자 아르칸즈는 마지못해 놓아주었다.

"광선이 닿는 사정거리에 있는 모든 걸 공격하고 있어. 가까이 있는 것은 생명체가 전혀 없는 소혹성까지 공격하여 흡수해버렸지. 아주 비정상적이야."

타라는 엷은 미소를 지었다.

"아, 그래요?" 타라는 빈정거렸다. "그 말은 에너지가 완전히 소진될 때까지 이용하기 위해 독성 있는 금속에 영혼들을 가뒀던 당신의 조상들은, 영혼들이 평온하고 이성적인 상태로 있을 거라 기대했다는 뜻인가요? 정말 충격적이네요."

아르칸즈는 살짝 이맛살을 찌푸렸다.

"한 방 먹었네. 하지만 그렇게 비아냥거린다고 우리가 궁지에서 벗어나지는 않아. 넌 이제 어떡할 생각이지?"

"아더월드로 돌아갔다가 지구로 가야죠. 모우르무르가 우리 저택의 실험실에서 내 외할머니 이사벨라와 함께 일하고 있거든요. 아더월드보다 지구에서는 충돌이 덜 일어나기 때문에요. 물론 지구에서는 우주 암소를 물리치기 위해 발명한 기계들을 시험해보기에는 마법이 많이 약하지만요."

이렇게 말하며 타라는 아르칸즈와 미소를 나누었다. 암소퇴치 기계! 지금 가장 중요한 것이 그런 기계니까!

"모우르무르는 무엇보다 당신들…… 아, 당신의 조상들이 가둬놓은 금속에서 악마의 영혼들을 해방시키는 방법을 연구하고 있어요. 내가 지니고 있는 영혼들뿐만 아니라 혜성에 있는 영혼들도 해방시키기 위해서요. 내가 브롱스의 갑옷 중 일부를 실험용으로 빌려줬지요. 그리고 아더월드의 마법을 마음대로 사용할 수 있게 살아있는 돌도 빌려줬고요."

살아있는 돌은 타라와 멀리 떨어져 있는 것에 대해 오랫동안 항의했었다. 타라는 살아있는 돌이 악마의 영혼들을 약간 질투하는 거라고 의심했다. 하지만 모우르무르는 살아있는 돌이 노학자를 정말 좋아하기 때문에 결국은 받아들일 거라고 박박 우겼었다.

"유령퇴치 기계가 왜 작동하지 않았는지 모르겠어요." 타라가 유감스러운 표정으로 말했다.

"우리도 그게 이해가 안 돼." 아르칸즈는 한숨을 내쉬었다. "가브리엘과 함께 실험했을 때 성공했기 때문에 혜성에 그 기계를 사용하면 악마의 영혼들이 절멸할 거라고 생각했는데. 기계 작동을 방해하는 뭔가가 있는 거 같아. NA 스피어를 동시에 사용했다면 통했을지도 모르지만 그럴 수 없으니 진퇴양난이지. 게다가 우리는 오무아 정부에 유령퇴치 기계를 돌려보냈으니."

"정부에서 그 기계를 모우르무르의 연구팀에 보냈으니까 틀림없이 세상을 발칵 뒤집어놓을 아주 무시무시한 기계로 바꿔놓을 거예요."

"지구에 가면 모우르무르 덩컨 선생님에게 안부 전해줘." 아르칸즈가 말했다. "우리에게 파견해준 마법사들 덕분에 선생님의 방벽이 작동하고 있으며, 우리를 위해 해준 모든 것에 날마다 고마워하고 있다고. 그리고 타라?"

"네?"

"제발 좀 쉬어!"

아르칸즈는 매혹적인 미소를 지어 보이며 몸을 숙여 입을 맞췄는데 뺨이 아니라 입가였다. 타라는 눈을 감았다. 맙소사, 이건 너무 유혹적인데! 타라는 재빨리 돌아서서 우주선에 설치된 이동의 문을 향해 뛰었다.

같이 일하는 마법사들 못지않게 악마들은 신중했다. 혜성을 상대로 싸우려면 아더월드의 마법이 필요하지만, 잠깐 동안 우주선에 있는 문 세 개를 연결하는 통로를 열어놓아야 했다. 1) 아더월드에서 오는 마법을 보울리미-레미 행성으로 전달하는 문, 2) 아더월드의 마법을 우주선으로 전달하는 문, 3) 우주선의 출입문.

마법사들이 타라에게 공간이동의 문을 가동한다는 신호를 보냈다. 아주 잠깐 동안 우주선을 지키는 마법이 중단되고, 아더월드로 곧장 향하는 공간이동의 문이 작동되었다.

몇 초 후, 타라는 마법의 행성에 도착했다. 타라는 병사들이 배꼽을 향해 겨눈 박살기와 창을 보며 한숨을 쉬었다. 착륙한 지점에서는 곧장 지구로 갈 수 없었다. 아더월드는 악마들과 외교 수립으로 좋은 관계를 유지하고 있지만 아직은 악마들을 백퍼센트 신뢰하지 않고 있었다.

가브리엘이 타딕스를 공격해 파괴한 뒤로는 경계심을 늦추지 않고 있었다.

그래서 악마들의 우주선에서 출발하는 공간이동의 문은 단 한 개의 문과 연결되어 있고, 경비가 아주 삼엄했다.

타라가 누구인지 다들 잘 알고 있지만 유머라고는 털끝만큼도 없는 경직된 오무아 경비원들은 스캐너와 DNA 확인 등 불쾌한 검사를 한 뒤에야 후계자를 통과시켰다.

그렇게 철저하게 검사를 하고서도 경비원들이 못내 아쉬워하는 것이 느껴졌다.

타라는 이름을 숨기고4 양탄자 택시로 황궁까지 이동했다. 마법을 사용할 수도 있었지만 삼가기로 했다. 그동안 이런저런 역경을 겪으며 신중히 행동해야 한다는 걸 배웠다. 언제 마법의 힘이 필요할지 아무도 모르는 일이었다. 더욱이 현재 상황은 시도 때도 없이 마법이 필요하기 때문에 마법 에너지를 아껴야 했다.

・・・・・・・・・・・・

**4.** 익명으로 이동했다는 것은 타라만 그렇게 생각하는 것이다. 비욘세/칼리나/스칼렛 요한슨/안젤리나 졸리를 합쳐놓은 것보다 훨씬 유명한 타라가 아무도 모르게 이동하는 것은 결코 쉬운 일이 아니기 때문이다. 타라는 쇼핑을 하는 것도 쉽지 않았다. 양탄자 택시를 탈 때마다 듣는 말이 있었다.
"요금은 안 내셔도 됩니다. 친척 아이가 일류 석공(또는 일류 경비원, 일류 요리사, 기타 등등)인데 명함을 드릴 테니 궁전에 일자리 하나 마련해주시면 안 되겠습니까?"
PS: 타라는 이런 상황이 아주 싫었다. 1) 과감하게 명함을 버리지 못하기 때문에, 2) 뭔가를 파손시켰는데 마법보다는 석공이 필요할 때마다, 음식이 맛없을 때마다 석공이나 요리사에 대해 말한 택시 운전자의 명함을 찾아야 하기 때문에, 3) 쇼핑할 때든 택시를 탈 때든 명함 받는 것보다 돈으로 지불하고 싶기 때문에.

오무아 제국의 황궁은 항상 북적였다.

이번에도 여느 때와 마찬가지로 시끌벅적했다. 악마들이 철수하는 문제를 논의하기 위해 아더월드의 절반에 가까운 각국 정부의 대표자들이 오무아에 몰려와 있었기 때문이다. 다시 말해 '외계 행성인들과 비즈니스 교역에 관한 협약'을 한답시고 방금 상륙한 새 고객들을 등쳐먹을 생각에 벌떼처럼 몰려온 것이었다.

여러 악마 행성에서 온 대표자들은 아더월드에 있는 다른 나라들의 수도로 가기 전 오무아의 수도 팅가푸르에 모여 있었다. 자보르 행성을 대표하는 흉측한 벤드룩, 시드리 행성을 대표하는 빨간 에프리트 벤투리글라쿠벤디르(무슨 이유인지는 몰라도 모든 이들이 조르주라고 부르는), 크세프로디 행성의 붉은 여왕개미들을 대표하는 노란 오너러블, 바골 행성을 대표하는 왕방울만 한 눈을 반짝거리는 자이언트 여우원숭이 토우아, 즐트 행성(언어에 모음이 없어 이 종족이 말할 때 토하거나 숨이 막히는 느낌이 들었다)을 대표하는 초록색 민달팽이(이상하게도 옆구리에서 액체가 새어 나오는) 트슨.

외계의 피조물들이 등장하면서 불길한 혜성에 대한 미디어들의 관심이 확연히 줄어들었다.

혜성이 악마의 행성 보울리미-레미만 공격하는 것 같지도 않고, 모우르무르의 방벽이 모든 해결책이 될 수도 없었다. 무엇보다 세기의 결혼이라 할 만한 황실의 결혼식이 곧 거행될 것 같지도 않았다.

리스베스 여제와 빌랭 왕국의 용병인 바리우스 덩컨 남작은 결혼식을 올리지 못한 채 계속 때를 기다리고 있었다. 내일 죽더라도 부부로서 죽는 편이 나을 텐데. 타라가 두 사람의 입장이었다면 어딘가로 도망쳐 절친한 사람들만 지켜보는 가운데 결혼식을 올렸을 것이다. 고모가 결혼식을 올리려면 은하계 간의 위기가 끝나길 마냥 기다려야 하기 때문에 상황이 좋지 않았다.

타라가 황궁에 도착해 제일 먼저 본 사람은 칼이었다.

아니, 정확히 말하면 그보다 먼저 본 건 친위대원들과 궁인들이었다. 이어서 패밀리어인 페가수스 갈랑이 타라에게 달려들어 반가움을 표시했다. 타라는 생난리를 치며 따라가려 하는 갈랑을 아더월드에 두고 떠났었다. 그리고 마침내 타라가 찾고 있던 사람과 우연히 마주쳤다. 칼이 눈앞에 있었다. 며칠 동안 보지 못해 타라는 칼이 몹시 그리웠다.

그래서 타라는 칼과 동행하는 인물에게 주의하지 않았다. 타라는 칼의 품에 안겼고, 칼은 미친 듯이 타라의 입술에 키스를 퍼부었다. 뭉클해진 타라는 칼의 근육질 몸을 꼭 끌어안았다.

신경질적인 기침 소리가 났다. 타라는 마지못해 칼에게서 몸을 뗐다. 칼이 살짝 헐떡이며 반짝이는 잿빛 눈으로 쳐다보는 사이 여우 블롱딘도 즐거워하는 울음소리를 냈다.

"와우, 며칠 못 만나는 것도 괜찮네."

타라는 웃으며 기침 소리를 낸 인물 쪽으로 고개를 돌렸다.

그리고 그대로 경직되었다. 칼과 마주쳤을 때 먼허 받은 도둑은 대형 창문 앞 환한 쪽에 있었던 반면, 같이 있던 인물은 어두운 쪽에 있어서 타라는 주의를 기울이지 않았었다.

타빌라. 냉혹하기로 소문난 강력하고 무시무시한 엘프들의 여왕이서 있었다. 까마귀처럼 새까만 옷차림에 땋아 늘인 은발이 발목까지

치렁치렁했다.

타빌라는 마치 못 볼 걸 봤다는 듯 혐오하는 표정으로 금발의 타라를 쏘아보고 있었다.

"이제야 내가 보이는 건가, 후계자?" 엘프 여왕이 차갑게 내뱉었다.

타라는 정중하게 예를 갖췄다.

"안녕하십니까, 전하?"

타라도 타빌라를 싫어하기는 마찬가지였다. 타라는 발라의 어머니 에레가 로빈에게 한 짓을 생각하면 타빌라를 용서할 수 없었다. 심지어 하프엘프를 배척하기까지 했다. 타라는 반쪽이 인간이라는 이유로 하프엘프를 멀리하는 것은 종족 차별이고 모욕적이라고 생각했다. 그래서 타빌라에게 최소한의 예의를 갖추는 정도로만 대하고 있었다.

타빌라는 인상을 찌푸렸다. 자기 앞에서는 누구든 벌벌 떠는 것에 익숙해 있기 때문이었다.

사실, 타라는 타빌라가 두려웠다. 하지만 이제는 제법 무표정한 얼굴로 감정을 드러내지 않을 줄도 알았다.

타라는 접견실 별실로 향하며 궁인들과 인사를 나눴다. 궁인들은 가능한 한 티를 내지 않고 귀를 세우고 있었다. 궁정 생활이라는 것이 소문을 중심으로 돌아가기 때문에 궁인들에게는 정보가 곧 힘이 되기도 했다.

모두들 엘프 여왕이 왜 수행원도 없이 직접 타라 덩컨을 만나러 왔는지 궁금해하는 눈치였다.

솔직히 타라도 궁금했다. 타빌라는 궁인들을 가리키며 나직하게 말했다.

"어디 조용한 곳에서 얘기하면 좋겠는데?"

타라는 마지못해 고개를 끄덕였다. 빨리 지구로 가서 걸핏하면 울려대는 경보 사이렌의 방해를 받지 않고 하룻밤만이라도 푹 자고 싶은 심정이었다. 칼이 불안한 눈초리로 타라를 쳐다봤다. 타라는 금방이라도 쓰러질 것처럼 지쳐 보였다. 칼 역시 모든 마법사들과 마찬가지로 혜성을 상대로 싸우는 데 힘을 보탰었다. 물론 칼은 마법의 힘보다 지략이 강점이었다. 그런데도 마법 에너지를 소모하며 기진맥진해 있었는데 타라는 오죽할까. 몇 시간 동안 혜성에 맞서며 적어도 열 배는 더 에너지를 쏟았을 타라의 상태가 어떨지는 상상도 하고 싶지 않았다.

갈랑이 조심스럽게 타라의 어깨에 앉았다. 페가수스도 타라가 몹시 피곤한 상태임을 느꼈다. 페가수스가 보드라운 주둥이를 뺨에 대고 비비자 타라가 쓰다듬어주었다.

궁인들이 비켜서며 허리를 굽혔다. 타라 일행은 팅가푸르의 황궁 복도에서 평소보다 훨씬 많은 이들과 마주쳤다. 타라와 함께 있는 타빌라를 보고 흠칫 놀란 존재들이 나름대로 공손히 예를 갖추었다. 올리우드**5**를 질겅질겅 씹는 켄타우로스, 진실의 입과 서로 텔레파시가 통하는 파란 땅신령, 늘 장난칠 궁리를 하는 꼬마도깨비 파보, 두 발 고양이과 동물 살테렌스, 뱀파이어, 머리가 둘 달린 타트리스, 영리한 유니콘, 인간 모습과 괴물 모습의 악마들, 아더월드에 파견되어 일을 다시 시작한 에프리트, 인간, 엘프, 카흠보움들.

· · · · · · · · · · · ·

**5.** 켄타우로스들이 무척 좋아하는 초록색 머리의 노란 메뚜기. 올리우드의 질감이 고무 같고 박하향이 나서 켄타우로스들이 껌처럼 즐긴다.

금빛 대리석 바닥에 뿌리를 내린 나무들이 살랑거리고, 둥근 유리창을 통해 아더월드의 파랗고 빨간 두 태양이 눈부신 햇살을 쏟아내고 있었다.

궁전 내부의 미기후(주변 지역에 공통적으로 나타나는 일반 기후 외에 국부적인 장소에 나타나는 기후—옮긴이) 덕분에 향기로운 미풍이 뜨거운 열기를 밖으로 배출하고 있었다. 공기를 식혀주는 곳곳의 분수대와 작은 호수들, 울음소리를 내며 호수 위를 날아다니는 화려한 보벨들, 맑은 물결을 따라 미끄럼 타는 날개 돋친 물고기 블를들, 점잔을 빼는 트리톤과 사이렌들. 섬세하게 조각된 투명한 반구형 천장의 궁전에 이들의 노랫소리가 울려 퍼지는 가운데 우아하게 날아다니며 식물을 손질하는 작은 요정들, 생동감이 넘치는 벽화들. 복도에 있는데도 사막에 와 있는 듯한 분위기를 연출할 수 있는 살아 있는 궁전(랑코비트의 트라비아에 있는 궁전)과 비교하면 분위기가 사뭇 다르지만 그래도 인상적이었다.

타빌라가 여전히 입을 꾹 다문 채 냉랭해서 타라는 일부러 개의치 않고 칼과 이런저런 얘기를 나누었다. 엘프 여왕이 무슨 말을 하려는지 모르지만 비밀리에 털어놓을 말이 있는 건 분명했다. 수행원 없이 직접 타라를 만나러 왔다는 것만으로도 충분히 짐작되는 일이었다.

타라는 타빌라를 아예 무시하고 칼에게 친구들이 어떻게 지내는지 물었다.

무아노와 파브리스는 난쟁이들의 나라 히플리아에 있었다. 난쟁이 전사 파프니르의 감독하에 난쟁이들이 악마들, 영리한 자이언트 붉은 개미들과 함께 모우르무르에게 필요한 기계를 만들고 있었다. 혜성의 공격으로부터 행성과 우주선을 지키기 위한 기계였다.

하지만 외교적 수완이 있는 무아노가 없었다면 까칠한 난쟁이들은 아마도 몇몇 악마들을 반토막내고 말았을 것이다.

산헥시아/엘레아노라 역시 히플리아에 있었다. 아르칸즈의 악마 누나인 패셔니스타 산헥시아는 몸속에 깃든 엘레아노라의 유령과 마음이 아주 잘 통했다. 아더월드의 남자와 구두라면 사족을 못 쓰는 것도 둘이 똑같았다.

산헥시아와 엘레아노라가 난쟁이들에게는 관심을 갖지 않아 다행이었다. 비록 파프니르의 남친 실버에게는 침을 흘릴지언정.

타라의 쌍둥이 동생 자르와 마라는 지구에 있었다. 이사벨라와 마니투를 보좌하며 아더월드의 외교관들과 함께 지구의 각국 정부와 교섭하는 임무를 맡고 있었다.

자르는 완강히 저항하면서도 마지스터의 교육을 받고 자란 탓인지 그의 연락원이 되어 있었다.

자르는 두 누나를 기만하고 마지스터 편에 있는 것이 싫지만 빠져나올 수가 없었다. 비열한 마지스터를 갈기갈기 찢어버리겠다고 호언장담해놓고서 그의 편이 되었다고 하면 어느 누가 이해할까?

로빈은 엘프들의 나라 셀렌다에 있었다. 타라는 로빈이 엘프 여왕과 사이가 좋지 않은 걸 알기 때문에 깜짝 놀랐다. 반쪽 인간이라는 마음의 짐에도 불구하고 로빈은 엘프들과 일하며 랑코비트의 비밀정보국 국장인 아버지에게 상황 보고를 하고 있었다.

요컨대 친구들 모두 바빴다. 타라는 혜성과의 싸움 때문에 친구들이 뿔뿔이 흩어져 있는 것이 유감스러웠다. 매직갱 없이는 제대로 돌아가는 게 하나도 없는 것 같기 때문이었다.

여제 후계자령으로 친구들에게 돌아오라고 명하면 부담스러워할까?

타라가 나오는 한숨을 참는 사이 머릿속에서 갈랑과 몸에 지닌 악마의 영혼들이 비웃었다. 이런 게 바로 갑질 행세 아닌가? 오케이, 오케이, 내 생각이 짧았어.

유감천만.

그들은 타라 전용 접견실로 들어갔다.

타라는 이제 개인 접견실이 있었다. 타라는 좋다고 생각해야 할지, 짜증을 내야 할지, 어색하다고 해야 할지 알 수 없었다. 황족이 누리는 권위적인 형식은 늘 불편했다.

금과 보석, 조각품, 생동감 있는 태피스트리들, 한마디로 제국의 권세를 보여주는 모든 것으로 꾸미고 치장한 방이었다. 넓은 창문이 아름다운 정원 쪽으로 나 있어 황궁을 에워싸는 수천 헥타르에 이르는 광활한 공원이 내다보였다. 금빛 대리석 바닥은 100개의 금빛 눈을 가진 주홍빛 공작 문양, 금빛 대리석 벽은 꽃문양을 모자이크로 장식해놓았다.

정원사들은 날마다 창밖의 경관에 변화를 주었다. 오늘 아침은 엷은 파란색을 띠는 식물들이 숲에 가까워질수록 거의 검은빛을 띨 정도로 색이 짙어지고 있었다. 바람에 일렁이는 숲, 빨간색과 오렌지색으로 불바다를 연상시키는 폭탄6 모양의 덤불, 여기저기 군락을 이

• • • • • • • • • • • • •

6. 숲이 반추동물로부터 방어하기 위해 폭탄 모양을 하고 있다. 정말로 폭탄이 터진 것처럼 불타오르면 훨씬 효과적이었을 텐데. 아더월드의 어린 동물은 겁먹을 수 있지만 늙은 동물은 폭탄을 자극적인 맛을 지녔다며 맛있다고 생각했다.

룬 분홍색과 빨간색 크로우즈, 하얀 칼로르나.

타라는 경관에 감탄하며 일종의 옥좌에 앉았다. 후계자 신분에 걸 맞은 의자에 앉아야 한다는 리스베스 고모의 강력한 주장에 마지못 해 받아들인, 받침대가 있는 의자였다.

이제는 타라도 여제/여왕/기타 등등이 옥좌에 앉을 때 왜 롱드레 스만 입는지 이유가 이해되었다. 체인지라인이 약간 짧은 드레스를 입힐 때마다 타라는 속옷이 보여 궁인들의 입방아에 오를까 걱정이 었다.

아무튼 이런 사치스러운 방이 마음에 안 들지만 때가 때이니만큼 조 용히 받아들였다. 외국 외교관들에게 깊은 인상을 주기 위해 궁전을 꾸미는 방식에 관해 고모나 건축가들과 옥신각신할 때가 아니었다.

타빌라는 옥좌 맞은편에 있는 안락의자 중 하나에 우아하게 앉아 은빛 머리타래를 어깨 위로 올려놓고 검은색 드레스 자락을 가다듬 었다.

엘프 여왕이 흰색 지팡이로 바닥을 탁 치자 마치 금빛 대리석에 박 힌 듯 지팡이가 똑바로 섰다.

바닥에 뚫린 구멍을 보며 타라는 벌레 씹은 얼굴로 툴툴거리는 대 리석공을 떠올렸다.

"이제 말씀하시지요. 급히 하실 말씀이 뭔지요, 전하?" 타라가 재촉 하는 얼굴로 물었다.

타빌라는 차가운 은빛 눈으로 타라를 응시하며 냉랭한 목소리로 말했다.

"내가 협박받고 있어."

48

# 타빌라의 비밀

호랑이와 춤을 추다 음악이 멈췄을 때
잡아먹히지 않을 거라 어떻게 믿나

*

타라와 칼은 동시에 반응했다.

"말도 안 돼요! 무슨 짓을 했는데요?"

칼과 타라는 입가에 미소를 머금고 서로를 쳐다봤다. 타라는 뜨거운 감정이 치밀어 올랐다. 빌어먹을, 칼을 정말 사랑하는 건가! 이 감정이 어찌나 강렬한지 타라는 이따금 숨이 찼다.

칼과 함께 있을 수 없다는 것은 황무지 늪의 마녀7들이 꾸미는 형벌을 받는 것이나 다름없었다.

타빌라는 경멸 조로 얼굴을 찌푸렸다.

..........

7. 마법사를 잘못 쓴 것이 아니라 마녀라고 쓴 것이 맞다. 무사마귀, 빗자루, 뾰족 모자, 푸르스름한 피부, 여러분이 상상하는 동화 속의 마녀를 말하는 것이다.

"왜 내가 무슨 짓을 저질렀다고 생각하지?"

칼은 거침없이 대답했다.

"아무 짓도 하지 않았다면 협박받을 일이 없을 테니까요."

타빌라의 얼굴에 불안한 기색이 역력했다. 갑자기 조각상처럼 꼿꼿한 엘프 여왕이 주저앉았다. 마치 한순간에 무너지는 빙하 같았다. 전혀 뜻밖의 광경이었다.

바로 옆에서 보트를 타고 있는 사람마저 덜덜 떨릴 정도였다. 이제 곧 염분이 많고 얼음덩어리가 널린 위험한 물에 침몰되리라는 걸 알기 때문이었다.

엘프 여왕이 두 손으로 머리를 감싸고 괴로워했다.

"표면에 거품 하나 떠오르지 않을 정도로 깊고 깊은 똥통에 빠지고 말았어!"

칼은 웃음을 참으려고 입술을 깨물었다. 아더월드에서 가장 무시무시한 전사 중 하나인 엘프 여왕의 입에서 이런 말을 들을 줄이야. 도무지 믿기지 않았다. 엘프들의 여왕이 이런 식의 표현을? 여왕이 하는 언사치고는 저속했다.

"무슨 일입니까?" 타라는 부드럽게 물었다.

타빌라는 자세를 바로 했고, 완전무결한 얼굴이 굳어졌다.

"내가 말하면 너희들도 나를 협박할 수 있어."

칼이 끼어들었다.

"말씀을 안 해주시면 도움을 드릴 수가 없는데요……."

또다시 타빌라가 난감한 얼굴을 하는데 평소의 성품에 부합되지 않는 모습이었다.

"어찌해야 할지 모르겠어. 내 국민 중 누구에게도 말할 수가 없는 문제야. 심판을 받고 따가운 비난을 받겠지. 더는 아무 생각도 할 수가 없어. 그래서…… 그래서……."

"그래서 타라를 만나러 오셨다고요?" 칼이 말을 잘랐다.

타빌라는 한숨을 내쉬었다.

"그래, 이유는 모르겠는데 후계자는 무슨 일인지 이해할 수 있을 것 같아서. 위기가 닥쳤을 때마다 후계자는 문제의 매듭을 푸는 방법을 찾았으니까. 그런데 지금 진짜로 엄청난 위기가 닥쳤어. 우리 두 나라의 관계를 위태롭게 할 수도 있는 일이라……."

타라는 멍하니 입을 벌렸다. 뭐야, 내가 갑자기 '매듭 푸는 여자'8 가 된 거야? 설상가상이로군. 대체 무슨 일이기에 셀렌다와 오무아의 관계가 위태로워질 수도 있다는 거지?

이왕 이렇게 된 김에 당장 엘프 여왕의 비비 꼬인 말의 매듭부터 풀어볼까? 타라는 노골적으로 시계를 봤다. 빨리 지구로 가야 하는데 감질나게 조금씩 흘리는 여왕의 말에 짜증이 나기 시작했다.

"좋습니다. 내 도움을 원하는데 무슨 일인지는 말해주고 싶지 않다면 우리는 아무것도 해줄 수 없습니다."

타라는 일어나서 결론을 내렸다.

"정말로 원하는 게 뭔지 결정을 내리고 다시 연락 주세요. 칼, 너도 가야지? 나는 이사벨라와 마니투, 자르, 마라를 만나러 타공으로 가

........

8. 타라는 이런 단어가 없다는 걸 잘 알지만 매듭을 지었다가 풀고 있는 자신의 모습을 상상했다. 그럼 파티에서 누군가가 직업이 뭐냐고 물으면 '나요? 매듭 푸는 일을 하고 있어요'라고 대답해야 하나?

야 해."

"안 돼!"

여왕이 일어섰는데 차가운 흰색 마법이 몸을 에워쌌다. 타빌라가
매서운 눈초리로 타라를 노려봤다.

타라는 태연하게 파란색 마법이 손에 몰려오게 내버려뒀다. 강력
한 마법이 성난 벌처럼 윙윙거리는데 마치 이렇게 말하는 것 같았다.

'나를 자극하지 않는 게 좋아. 아니면 다친다.'

긴장한 타빌라는 침을 삼켰다. 엘프 여왕은 절대 이런 반응을 내보
이지 않기 때문에 놀라운 일이었다. 평소의 타빌라는 얼음덩어리라
고 해도 과언이 아닐 정도로 차가웠다.

타빌라가 도로 주저앉는 걸 보며 타라는 울음을 터뜨릴 거라고 생
각했다.

진짜 꿈에서나 볼 법한 일인데.

슬루르크!

타라도 자리에 앉았다. 칼은 언제든 개입할 태세로 타라 옆에 섰다.

"브롤크 드 슬루르크." 칼이 속삭였다. "대체 무슨 일이지?"

"전혀 모르겠어." 타라도 나직이 속삭였다. "엘프들은 울지 않아.
하물며 타빌라는 더더욱. 뭔가 아주 심상치 않은 일인 게 분명해."

"몰래 엘프족의 금고를 털었나?" 칼이 말했다.

"칼!"

"뭐?"

"모든 사람이 금과 보석 훔칠 생각을 하진 않아!"

"아, 그런가?"

타라는 정말 놀란 것처럼 말하는 칼의 술수에 속지 않았다. 나, 타라야, 어디서 놀려먹으려고?

그사이 여왕은 약간 진정이 되었다.

"선택의 여지가 없다고 생각해. 하지만 약속을 받고 싶어……."

"아뇨." 타라는 단호했다. "우리는 아무것도 약속하지 않아요. 뭔지도 모르는 일 때문에 우리의 도움이 필요하다면서 조건이라뇨. 일단 무슨 문제인지 설명을 들어봐야 도와줄 수 있는지 알죠."

"도와줄 수 없는 건지도 모르고요." 칼이 맞장구쳤다.

갈랑이 울음소리를 냈다. 타빌라는 가늘게 떨리는 한숨을 뱉어냈다.

"어린 인간들이 아주 매정하구나."

"내가 좀 잘 배웠거든요." 타라는 페가수스를 쓰다듬으며 응수했다. "그 덕분에 내가 사랑하는 수많은 이들의 목숨을 살릴 수 있었고요. 이제 결정하셨나요? 다시 말씀드리는데 나는 빨리 지구로 떠나야 합니다."

타빌라는 타라가 완고하다는 걸 알아차렸다. 사실 타빌라는 언젠가는 끔찍한 비밀을 털어놔야 한다는 걸 잘 알고 있었다. 하지만 그 날이 이렇게 일찍 올 줄은 생각하지 못했다.

타빌라는 심호흡을 하고 나서 말했다.

"나에게…… 남자가 있어."

타라와 칼은 얼이 빠져서 서로를 쳐다봤다. 온갖 것을 예상했지만 이것만은 아니었다. 이번에도 칼이 빨랐다.

"오케이. 근데 그게 무슨 문제가 됩니까? 현재는 유부녀가 아니잖아요? 아, 결혼한 적은 있었지요? 자식이 없는 걸로 알려져 있지만 사실은 아들들이 있고, 남편 둘도 다 이미 사망한 걸로 아는데요. 따라서 지금은 혼자잖아요?"

타빌라는 고개를 설레설레 저었다.

"그래, 내가 아니라……."

타라와 칼은 대답을 이해하는 데 몇 초 걸렸다.

칼이 휘파람을 불었다.

"잠깐만요. 그럼 인간 유부남이에요? 아니면 엘프 유부남?"

"비슷해."

타라는 의심하는 눈길로 타빌라를 쳐다봤다.

"전하, 임신이 문제인가요? 임신할까 봐, 아니면 임신을 못 할까 봐? 그것도 아니면 기혼남이나 미혼남이에요?"

"그게…… 좀 복잡해."

타빌라가 일어나서 서성거리기 시작했다. 펄럭이는 검은색 드레스 자락 뒤로 안락의자가 따라다녔다. 칼과 타라는 방금 여왕이 한 말을 곰곰이 생각했다.

"엘프족은 결혼과 성에 대한 개념이 아주 유연한 걸로 아는데요." 칼은 감정을 절제하며 말했다. "제 기억이 맞는다면 남편을 다섯 명까지 가질 수 있는데 전하는 두 명밖에 없었잖아요?"

타라가 부러워하는 표정을 짓자 칼이 눈을 흘겼다.

"침 그만 흘리지." 칼이 속삭였다. "너한테는 독점력이 강한 내가 있으니까."

"에고이스트!"

"아, 죄송합니다." 칼이 여세를 몰아 말을 이었다. "하지만 그게 무슨 문제가 되는지 이해가 안 됩니다."

"엘프를 사랑하는게아냐."

타라와 칼은 여왕이 어찌나 작은 소리로 빠르게 붙여서 말하는지 알아듣지 못했다.

"네?" 타라가 되물었다.

여왕이 또 한숨을 내쉬며 다시 명확하게 말했다.

"엘프가 아냐!"

이번에는 훨씬 무거운 침묵이 길게 이어졌다.

"농담이시죠?" 칼이 믿기지 않는 얼굴로 물었다.

타빌라는 허리를 꼿꼿이 세웠다.

"어린 인간, 내가 농담하는 것처럼 보이니?"

칼이 손으로 쓸어버리는 시늉을 했다.

"아니, 그게 아니라 그만큼 놀랐다는 표현일 뿐입니다. 그러니까 강력하고 아름답고 냉혹하고 고매한 엘프들의 여왕께서 인간과 사랑에 빠졌다는 말씀인가요? 드래곤이나 땅신령이 아니고요? (칼이 목소리를 낮췄다.) 그래도 그들은 능력이……."

"칼!" 타라가 외쳤다.

"……언어능력을 말하는 건데 왜 그래? 너 무슨 생각한 거야?"

타빌라가 성난 눈초리로 칼을 째려봤다. 칼의 유머가 전혀 마음에 들지 않는 눈치였다.

"인간, 엘프 못지않게 아주 잘생긴 남자를 사랑해. 내 국민은 절대 나를 용서하지 않을 거야."

점점 더 알다가도 모를 일이었다. 엘프들의 여왕이 어쩌다 인간과 사랑에 빠졌을까? 엘프들은 거의 만장일치로 인간을 경멸했다. 엘프와 비교하면 인간은 덜 아름답고, 덜 용맹하다는 이유로.

칼은 성급하게 강조하는 몇 가지를 제외하고 타라의 마음을 읽은 것처럼 말했다.

"하지만 전하의 국민은 다른 종족과의 결혼을 수용하는 걸로 아는데요! 우리 친구 로빈이 그 증거예요!"

타빌라는 이맛살을 찌푸렸다.

"일부만 그래. 대다수 엘프들은 격렬히 반대하고 있지. 그런 결합은 우리의 힘을 약화시키며, 잡종 때문에 우리 종족이 퇴화된다면서."

타라는 생각에 잠긴 얼굴로 여왕을 쳐다봤다.

"그런데도 엘프들의 여왕께서는 인간을 연인으로 맞이하는 선택을 하신 거네요. 사랑 때문인가요? 죄송하지만 나는 전하의 말을 믿지 못하겠습니다."

타빌라가 얼음장같이 차가운 눈초리를 던졌다. 북극 젤레도 얼려버릴 것 같았다. 하지만 타라는 눈썹 하나 까딱하지 않았다. 타빌라가 신경질적으로 내뱉었다.

"좋아, 바로 그래서 이런 결정을 내린 거야."

타빌라가 주문을 읊었다. 눈앞의 허공에 도표가 전개되었다. 타라와 칼은 유심히 살폈다. 이윽고 칼이 아연실색해서 휘파람을 불었다.

"엘프족이 사라질 위기에 처해 있는 거잖아요!"

"맞아." 타빌라가 대답했다. "악마들이 엘프들의 행성을 파괴했을 때 우리는 이미 아이들과 여자들, 전투를 할 상태가 못 되는 남성 엘프들을 피신시키기 위해 우주선들을 준비해놓았었지. 당시 그 엘프들 중에는 전사가 거의 없었어. 무슨 일이 일어났는지 정확히 모르지만 아마도 악마들이 너무 일찍, 아니 너무 빨리 공격했기 때문에 우리 우주선들은 이륙할 겨를이 없었을 거야."

엘프 여왕이 마치 추운 것처럼 두 손을 비볐다.

"원정을 나갔다 돌아와 보니 우리 행성은 잔해와 먼지만 남아 있을 뿐 모두 사라지고 없었지. 엄청난 충격이었어. 마치 우리의 혼을 앗아간 것 같다고 할까. 아무튼 나는 그때 엘프족이 출산 능력을 잃었다고 생각해."

눈앞에서 반짝이는 도표가 명백한 증거였다.

아더월드에는 이제 엘프 200만 명이 남아 있을 뿐이었다.

타라는 갑자기 뭔가가 떠올랐다.

"늑대인간 전사들! 이제야 이해가 되네요!"

칼은 놀란 얼굴로 타라를 쳐다봤고, 타빌라는 바로 대답했다.

"리스베스 여제가 악마들과 대적하기 위한 병력을 보강하려고 했을 때 우리는 그 요청에 응할 수 없었어. 그래서 거짓말을 했지. 우리 군대는 악마들의 침략을 대비한 국토방위에 매진하느라 여제에게 지원군을 보낼 병력이 없다고. 우리의 말이 그럴듯했기 때문에 여제는 믿어주었어. 하지만 면허 받은 도둑의 말대로 우리 종족은 사라질 위기에 처해 있다."

"그래서 여제께서 부족한 전사들을 보강하기 위해 인간들을 늑대인간의 나라로 보냈던 거군요. 늑대인간에게 물리면 강력한 전사로 만들 수 있기 때문에." 타라가 말했다. "나도 궁금했거든요. 그래도 오무아의 국민 일부를 털의 종족으로 만든다는 것은 극단적인 선택이었어요!"

타라의 지적을 들었는지 못 들었는지 타빌라는 자기가 해야 할 말에 집중했다.

"내가 한 인간에게 관심을 갖기로 결정을 내린 지 벌써 몇 달이 되었어. 너희 둘의 말도 맞아. 나 역시 로빈과 또 다른 혼혈들의 예를 보며 곰곰이 생각했으니까. 우리 행성이 파괴되었을 때 나를 따라 원정을 나갔던 내 아들들은 화를 면할 수 있었지. 하지만 내 아들들은 지금 5000살이 넘었고 자식이 없어. 그래서 내가 본을 보이면 국민이 나를 따를 거라고 생각한 거야."

칼이 고개를 삐딱하게 숙이며 타빌라를 쳐다봤다.

"임신하고 싶었군요!"

타빌라는 한숨을 내쉬었다.

"그래. 내가 인간을 연인으로 맞이해 임신이 됐더라면 엘프들은 선택의 여지가 없었을 거야. 틀림없이 내 뜻을 따랐을 테니까. 그리고 우리 종족이 사라지는 불행을 막을 수 있을 것이고. 로빈을 보면 알 수 있듯 퇴화되어 힘은 덜 강하고 덜 용맹하지만 그래도 살아 있잖아!"

로빈을 그 정도로 과소평가하다니. 타라는 여왕의 말에 기분이 상해서 눈살을 찌푸렸다.

"로빈은 덜 호전적이지만 훨씬 신중하고 절제력이 강해요. 전하는 강경하게 밀어붙이는 타입이지만, 로빈은 숙고 끝에 승리를 위한 전략을 짜내는 타입이지요."

이번에는 칼이 눈살을 찌푸렸다. 타라가 라이벌을 칭찬하는 소리
가 듣기 싫었던 것이다.

"두 종족의 장점을 비교하려는 것이 아니라 누군가가 전하를 협박
한다고 해서 말씀드리는 겁니다. 인간과 깊은 연인 관계였다는 걸 국
민에게 고백하지 않아서 협박을 받는 거라면 내 눈에는 해결책이 금
방 보이는데요."

타빌라는 희망에 찬 얼굴로 허리를 꼿꼿이 폈다.

"아, 그래?"

"인간 남자가 이혼하거나 아니면 전하께서 남자의 아내와 합의를
한 다음 엘프 국민에게 인간 남자를 소개하시고, 반대하는 자들은 두
꺼비로 둔갑시키겠다고 협박하세요. 그러면 모두가 전하를 따를 겁
니다."

의기소침해진 타빌라는 걸음을 멈췄다. 털썩 주저앉아 인내심을
갖고 말을 이었다.

"아니, 그건 불가능해. 내가 왜 비밀에 부치고 있다고 생각하니? 아
기가 생긴다는 약속을 해야만 내 동족들의 분노를 누그러뜨릴 수 있
어. 지금은 여러 가지로 힘든 때야. 혜성, 금지된 대륙으로 건너가 늑
대인간으로 형질전환이 된 비마들, 인간 모습의 악마들, 이 모든 것
이 다 혼란스럽고 위험해. 엘프 종족도 다른 종족들과 같으니까. 우
리는 오랜 세월 살아왔고, 뒤죽박죽이 되는 걸 좋아하지 않아. 변화
를 싫어하니까. 너희들 말대로 내가 인간과 깊은 연인 관계임을
고백하면, 대번에 우리 국민은 엘프들보다 인간들을 유리하게 배려

할 거라고 의심할 거야. 엘프들은 미래를 보지 않고 현재만 보니까. 치욕스러운 것은 물론이고, 내 모든 계획이 수포로 돌아갈 텐데 그런 위험을 무릅쓸 수는 없어."

아, 맞는 말이었다. 타라는 리스베스 고모를 생각하면서 말했다.

"이 문제는 우리보다는 고모가 훨씬 조언을 잘해주실 겁니다, 전하. 고모라면……."

타빌라가 벌떡 일어나자 불쌍한 안락의자는 또다시 따라다닐 준비를 했다.

"안 돼, 절대로! 리스베스 여제는 내가 맨 마지막으로 만날 사람이야!"

칼은 당황하는 엘프 여왕의 반응에서 귀신같이 냄새를 맡았다. 이런 종류의 일에 대해서는 직감이 뛰어났다.

"네? 왜요? 바리우스 덩컨과 그렇고 그런 사이세요? 잠깐, 하지만 바리우스는 아직 결혼하지 않았는데……."

타빌라가 칼을 째려봤다.

"아니, 당연히 아니지!"

칼은 어리둥절한 얼굴로 물었다.

"그럼 누군데요?"

아직도 마음의 결정을 내리지 못한 타빌라가 입술을 깨물었다. 타라와 칼은 인내심을 갖고 기다렸다.

"내가 이름을 밝히면 그 남자의 목숨이 위태로워져!"

칼과 타라는 잠자코 있었다.

타빌라가 또 한숨을 내쉬었다.

"그래도 꼭 이름을 들어야겠니?"

금발의 타라와 흑발의 칼이 동시에 고개를 끄덕였다.

그래서 타빌라는 폭탄 발언을 했다.

"리스베스 여제에게 조언을 구할 수 없는 이유는 내가 선택한 남자와 그녀가 결혼했었기 때문이야."

그 순간 타라와 칼은 정신이 멍했다. 둘의 흐릿한 눈을 보며 타빌라는 좀 더 명확하게 설명했다.

"다릴 크라투스."

충격받은 타라와 칼은 정신을 차리는 데 몇 초 걸렸다.

칼이 말했다.

"잠깐, 다릴 크라투스? 북부 국경지대의 백작 다릴 크라투스를 말씀하시는 거예요? 리스베스 여제의 작고한 전남편이요? 안 돼요! 정신 나간 짓이에요! 유령이랑 사귄다는 게 말이 됩니까? 엘프 종족의 관습이 아무리 독특하다고 해도!"

타빌라는 성난 얼굴로 칼을 쳐다봤다.

"천만에! 다릴은 유령이 아냐! 그는 죽지 않았어!"

타라는 숨이 막히는 것 같았다. 이런 걸 청천벽력이라고 하나?

타라는 금빛 옥좌에 털썩 주저앉았다.

"젠장!"

타빌라의 눈썹이 치켜 올라갔다.

"뭐라고?"

"네? 아, 아무것도 아니니까 신경 쓰지 마세요. 맙소사! 혜성과 악마들로는 부족해서 또 이런 일이!"

타빌라의 얼굴이 일그러졌다.

"알아. 혜성을 상대로 싸우느라 정신이 없는 때에 이런 일로 행성에서 가장 강력한 마법사를 찾아오는 것이 얼마나 이기적인지."

칼이 진지하게 말했다.

"문제는 전하를 협박하는 자가 돈을 탐내는 것이냐, 아니면 전하가 종족을 구하지 못하게 막으려는 것이냐 그걸 알아야 합니다. 그자가 침묵해주는 조건으로 요구하는 게 뭡니까?"

타빌라가 대답하려는 순간 윙윙, 하는 소리가 들렸다. 소스라치게 놀란 타빌라가 가슴 부위의 은빛 천을 쳐다봤다. 피가 꽃처럼 퍼지고 있었다.

엘프들의 여왕이 딸꾹질을 했다.

그리고 푹 고꾸라졌다.

# 수수께끼

그렇지 않아도 혼란스러운데
더 깊은 구렁에 빠지면 어쩌려고

\*

칼은 가만히 있지 않았다. 윙윙, 하면서 뭔가 날아오는 소리가 나는 즉시 칼은 이미 타라를 바닥으로 떠밀고 그 위를 덮쳤다. 과격하게 떠밀려 넘어진 타라는 영문을 몰라 눈이 동그래져 있었다. 하지만 이내 알아차렸다.

핑, 핑, 핑! 연달아 나는 총성에 칼과 타라는 금빛 옥좌를 방패 삼아 움직이지 않았다. 충격을 받고 폭발한 사물들(타빌라의 지팡이를 포함하여)의 파편이 날아다녔다. 총알보다 마법을 주로 사용하는 아더월드에서 저격은 좀처럼 일어나지 않는 일이었다. 숨어서 저격하고 있어 어떤 무기인지는 아직 정확히 모르지만.

칼은 누가 공격하는지 확인하기 위해 이미 게걸음으로 이동해 있었다. 타라는 숨을 돌리고 나서 즉시 손목에 찬 컴폰의 비상 버튼을 눌렀다.

황궁 전체가 발칵 뒤집혔다. 모든 출구에서 검문이 시작되었고, 친위대원들이 정찰을 돌았다. 타라는 안기부와 교신했다.

"내 접견실에서 테러 발생. 정원에서 한두 명의 킬러가 저격한 것으로 추정. 킬러들을 찾아라. 타빌라 여왕이 저격당했다. 우리가 여왕을 치료해보겠지만 빨리 샤먼들을 보내라."

사이렌이 울리자 총성이 멈췄다. 윙윙거리는 듯한 소리가 들리더니 잠잠해졌다. 칼이 깨진 창문 너머로 조심스럽게 머리를 내밀고 툴툴거렸다.

"저 빌어먹을 식물이 지면을 뒤덮고 있어서 아무것도 안 보여. 브롤크! 100미터 반경 안에 있는 식물은 싹 밀어버리라고 요청해야지 안 되겠어!"

"칼, 나를 엄호해. 엘프 여왕을 도와야겠어."

"안 돼, 너무 위험해!"

"너를 믿어. 저렇게 내버려둘 수 없잖아. 간다!"

칼은 기가 막힐 정도로 다채로운 욕설을 내뱉었다. 하지만 타라는 칼이 엄호를 잘해주리라는 걸 알고 있었다.

체인지라인은 칼이 타라를 넘어뜨리는 순간 이미 갑옷을 입혀놓았었다. 타라는 금빛 금속 때문에 귀에 거슬리는 소리를 내며 타빌라를 향해 기어갔다. 저격수의 표적이 타라 자신일지도 모르지만 엘프들의 여왕을 이렇게 죽게 내버려둘 수는 없었다.

불행히도 타라는 거리가 멀어 타빌라를 치료할 수 없었다. 그리고 타빌라를 쓰러뜨린 무기가 뭔지도 모르고 있었다. 죽어가는 스너피를 품에 안고도 살리지 못했던 가슴 아픈 경험을 한 뒤로 타라는 무슨 상황인지 확실히 모를 때는 아무것도 해줄 수 없다는 걸 배웠었다.

타라는 여왕에게 다가갔다. 또 다른 공격이 예상되는 상황이라 등줄기를 따라 식은땀이 흘렀다.

다행히 더 이상의 공격은 없었다.

타라는 타빌라가 죽었음을 이내 알아차렸다. 여왕에게 치명상을 입힌 무기가 뭔지는 몰라도 심장이 터져 있었다. 타라가 제때 마법을 작동했어도 달라지는 건 없었을 터였다.

"죽었어?" 칼은 여전히 불편한 자세로 정원을 살피며 물었다.

"응." 타라가 대답했다. "가슴과 심장이 완전히 파괴됐어. 무엇으로 이랬는지 모르겠는데 엘프 여왕을 죽이다니 강력한 무기가 틀림없어."

"타라, 네가 표적이었을 수도 있어!"

칼의 목소리에서 공포가 느껴졌다.

"하지만 나는 괜찮잖아." 타라는 부드러운 어조로 말했다. "그리고 우리가 이런 시련을 맞는 게 처음도 아니고."

칼이 이맛살을 찌푸렸다.

"엥카드나수스 금고 안에 너를 가둬놓든지 해야지 더는 못 참겠다. 그러면 아무도 너를 죽이려고 달려들지 못할 테니까."

"고마워, 칼. 하지만 지금은 나를 가두는 것보다 무슨 일인지 알아내는 것이 먼저야. 타빌라는 나에게서 멀리 떨어져 있었으니까 내가 표적은 아니었던 것 같아."

"너에게서 멀리 떨어져 있었다고?"

"그래. 따라서 내가 표적이 아니었던 건 확실해. 문제는 한 놈인지 여러 놈인지 모를 저격수들에게 우리 방어벽이 뚫렸다는 거야. 크산디아르가 또 펄펄 뛰게 생겼어."

타라의 말이 끝나기 무섭게 친위대장이 뛰어 들어왔다. 크산디아르는 주홍빛과 금빛 갑옷 차림으로 완전 무장을 했고, 밖에서는 격분한 티그족 친위대가 하늘과 공원을 가로지르며 킬러를 수색하고 있었다.

"마마!" 친위대장은 타빌라 옆에 웅크리고 있는 타라를 발견하고 외쳤다. "무사하십니까?"

타라가 입을 열기 전에 칼이 퉁명스럽게 대답했다.

"괜찮아요. 브롤크! 저격수들이 어떻게 발각되지 않고 별궁의 창문으로 총격을 가할 수 있죠?"

크산디아르가 마법을 작동하자 투구가 사라지고 파랗게 질린 얼굴과 정수리가 거의 보일 정도로 바짝 깎은 갈색 머리가 드러났다. 네 개의 팔을 몸에 딱 붙이고 감정을 억누르고 있지만 분노와 불안이 고스란히 전해졌다. 분노와 불안에 있어서는 크산디아르나 칼이나 막상막하였다.

"불가능한 일이야." 친위대장이 단호하게 말했다.

칼이 타빌라의 시신과 아수라장이 된 방을 가리켰다.

"아, 그래요? 그럼 이게 다 환영인가요? 그렇다면 안심이고요. 엘프들의 여왕이 벌떡 일어나 죽은 시늉을 그만둘 테니."

크산디아르의 얼굴이 더 굳어졌다.

"내 말은 황궁의 정찰병들이 정확히 어디에 있는지 아무도 알 수 없게 불규칙적으로 공원을 돌고 있다는 뜻이야. 철통 경비를 자랑하는 곳이라 누군가가 들어와 엘프 여왕을 쐈다는 것 자체가 기술적으로는 불가능해. 허락 없이 공원에 들어오면 누구를 막론하고 즉시 검문을 받아야 하고, 밖으로 쫓겨나지. 체포되어 심문실로 끌려가기도 하고."

타라가 물었다.

"그렇다면 마법의 사물을 무기로 사용했다는 건가요? 주문을 걸어 골렘이라도 보낸 건가요?"

"비슷합니다." 친위대장이 대답했다. "하지만 살아 있는 존재든 조각상이든 마법의 사물이든 발각되었을 텐데 보통 심각한 일이 아닙니다."

샤먼 둘이 도착해(이미 늦어서 도움이 되지는 않겠지만) 크산디아르가 비켜서는 사이, 뒤따라 들어온 수사관들이 접견실에 있는 모든 걸 촬영하기 시작했다. 친위대장이 몸을 숙이더니 장갑 낀 손으로 뭔가를 집어 들어 친위대원 뒤에 둥둥 떠 있는 봉지에 넣었다.

칼이 그 봉지 안의 것을 유심히 살핀 뒤에 말했다.

"이건 지구의 총알이야."

"네가 그걸 어떻게 알아?" 타라가 물었다. "아더월드의 박살기 총알이나 지구의 경기관총 총알이나 다 똑같은데."

"모양이 달라. 이 총알은 바닥에 떨어지기 전 테이블에 부딪쳐 납작해지긴 했지만 아더월드의 총알보다 더 동그란 모양이야."

칼이 창문 쪽으로 돌아서더니 정신을 집중하며 일루미누스 주문을 읊었다. 잠시 후, 칼의 손이 테이블에서 나오는 붉은 광선을 투사했다.

"아주 높은 곳에서 저격한 거야. 놈들이 날아다녔다면 우리가 봤을 테고, 나무 꼭대기에 숨어 있었다면 너무 멀어서 정확도가 떨어졌겠지. 하지만 박살기나 경기관총이 아니어도 사정거리가 긴 소총이라면 가능해. 근데 이해가 안 되는 게 있어."

"윙윙거리는 소리가 들렸어." 타라는 생각에 잠긴 얼굴로 말했다. "비행 중 정지해 있는 엔진에서 나는 소리 비슷했는데……."

타라는 말을 중단하고 확신에 찬 얼굴로 크산디아르를 쳐다봤다.

"드론이었어요!"

"네?"

"소형 무인 비행물체 드론! 빌어먹을! 친위대장, 아더월드에는 드론이 없다는 말은 하지 않는 게 좋아요!"

"네, 물론 있습니다." 친위대장이 대답했다. "하지만 우리는 마법을 사용하지 과학기술은……."

"혼합시킨 거겠죠! 누군가가 무기를 장착한 드론을 갖고 황궁에 침투한 거예요. 공원에 들어와서는 의심을 사지 않기 위해 여기서 멀리 떨어진 곳에다 드론 몇 대를 놨겠지요. 드론에 카메라들을 장착해놓으면 원격으로 조종하기 쉬우니까요. 마법의 사물이었다면 아무 소리도 듣지 못했을 텐데 엔진 소리를 분명히 들었기 때문에 지구의 기술이라고 확신해요. 병사들이나 마법 방지 주문에 들키지 않을 정도로 약한 인비지빌리테 주문을 걸어서 어딘가에 숨겨놓았을 게 틀림없어요. 즉시 드론을 찾아야 해요. 드론을 조종하는 킬러가 첫 발을 쏜 다음 총알이 빗발치듯 날아왔는데 그건 우리가 타빌라 여왕을 구하지 못하게 막으려는 의도였어요. 친위대에 모습을 드러내라는 '아파리투스' 주문으로 은폐 주문을 깨뜨리라고 지시해요."

크산디아르는 타라를 뚫어져라 쳐다보다 부하들에게 명을 내렸다. 잠시 후, 밖에서 친위대원들이 온갖 색깔의 마법을 가동하는 사이 칼과 크산디아르, 타라는 긴장한 얼굴로 창밖을 주시하고 있었다.

갑자기 고함소리가 울려 퍼지는 것과 동시에 번쩍하더니 비행접시 같은 드론이 공중으로 솟구쳤다. 태양열 집적기와 경기관총이 잔뜩 장착된 드론이었다.

뒤이어 드론 두 대가 연달아 솟구쳤다.

타빌라가 죽기를 바란 것이 틀림없었다.

드론 여러 대가 친위대원들을 피해 지그재그로 날기 시작했다. 하지만 페가수스와 양탄자를 탄 대원들이 더 빨랐다. 드론들이 갑자기 추격자들을 공격하기 시작했다. 하지만 친위대는 바보가 아니었다. 그들은 방패를 불러냈다. 드론들은 이내 탄약이 부족했다. 쫓기고 쫓는 이들이 멀리 사라졌다.

눈살을 찌푸리던 타라는 뭔가가 떠올라 소리쳤다.

"크산디아르! 대원들에게 드론에서 멀리 떨어지라고 지시해요!"

"뭐라고?" 크산디아르는 얼떨결에 예의를 갖추지 않고 물었다.

너무 늦었다. 드론을 조종하는 자가 위험을 느끼고 자폭시켰기 때문이다.

저 멀리 지평선에서 커다란 불덩어리가 솟구쳤다.

드론 세 대가 폭발한 것이다. 마법의 방패가 박살 날 정도로 강력한 폭발력에 페가수스 한 마리와 양탄자 세 대가 크게 훼손되었다. 잠시 후, 창문으로 뛰어나간 타라가 폭발한 쪽으로 날아가자 크산디아르와 칼이 뒤를 따랐다. 또다시 사이렌이 울렸고, 다른 친위대원들이 돌진했다. 부상자들에게 치료를 해주기 위해서였다.

레파루스의 효과는 실행하는 사람에 따라 달랐다. 폭발로 엉망이 된 현장에 타라가 나타나자 구조대원들이 물러섰다. 타라는 초강력 마법으로, 파란색 깃털이 덮인 흰 날개 두 개가 부러져 몹시 힘들어하는 페가수스를 포함해 부상자들을 모두 치료했다. 이어서 거세게 퍼지는 불길도 완전히 진압했다.

크산디아르가 한 친위대원의 시신을 안은 채 타라 옆에 착지했다.

"크사브르는 너무 늦어 가망이 없습니다." 크산디아르는 침울한 얼굴로 말하며 조심스럽게 양탄자 중 하나에 시신을 내려놨다.

타라는 슬픈 얼굴로 고개를 끄덕였다.

"이건……."

"네 잘못이 아냐." 타라를 잘 아는 칼이 말을 자르며 안아주었다. 타라의 뺨을 타고 눈물이 흘러내렸다. "너는 이 일에 아무 관련도 없어. 황궁의 친위대원은 늘 위험이 따른다는 걸 알고 있고 임무를 수행하다 죽은 거야. 비난받아야 하는 것은 타빌라와 크사브르를 죽인 킬러야."

타라는 눈물을 닦고 킬러를 찾는 데 집중했다. 하지만 드론을 조종한 킬러는 이미 사라지고 없었다.

수색조가 킬러를 계속 찾으며 잔해를 수거하는 사이, 낙담한 타라 일행은 화가 난 채 황궁으로 돌아가야 했다.

엔지니어들이 금빛 접견실을 복원하는 중이었다. 타라는 체인지 라인에게 갑옷을 벗기고 검은색 실크 소재의 긴 상의에 검정 레깅스,

부츠 차림으로 바꾸라고 부탁했다. 그러고는 옥좌가 아니라 가까이 있는 의자에 털썩 주저앉았다.

칼은 엔지니어들이 듣지 못하게 불투명한 침묵의 장막으로 에워싼 뒤 크산디아르에게 타빌라와 나눈 이야기를 전했다.

"그게 다 무슨 말이야? 몇 마디밖에 못 알아듣겠어. 인간, 결합, 엘프 여왕, 그게 한 문장이야?" 크산디아르가 어리둥절한 얼굴로 물었다.

"이건 빙산의 일각에 불과해요." 칼이 조소를 흘리며 말했다. "나머지를 다 들으면 이해가 될 거니까 들어보세요."

칼이 타빌라의 구혼자 이름을 밝혔을 때 크산디아르가 소리쳤다.

"누구? 뭐라는 거야? 다시 한 번 말해봐!"

"우우! 열심히 말해주는데 이렇게 다그치면 곤란해요. 타빌라 여왕은 분명히 다릴 크라투스라고 했어요. 두 번씩이나 분명히 말했어요."

"동명이인이겠지?" 크산디아르는 희망 섞인 목소리로 말했다.

칼이 바로 그 희망에 재를 뿌렸다.

"아뇨. 생각하는 사람 맞아요. 그러니까 타빌라 여왕이 여제를 만나지 않겠다고 했죠."

크산디아르는 서 있었지만 이제는 앉아야 했다. 소리가 나는 갑옷이 불편한지 친위대장은 신경질적인 손짓으로 갑옷을 사라지게 했다.

그는 떨리는 손으로 얼굴을 감쌌다.

"다릴 크라투스!"

"30여 년 전에 행방불명되어 죽은…… 아니 죽은 줄로 알았던 황제, 리스베스 여제의 남편 맞아요."

크산디아르가 다시 일어나 타라를 쳐다봤다. 정중히 허리를 굽히는 친위대장을 보며 타라는 코를 찡그렸다.

"마마, 즉시 고모님에게 알려야 합니다."

"아아!" 타라는 정색을 했다. "내가 왜?"

"너는 새까맣게 태우지 않을 테니까." 칼이 재미있어하는 얼굴로 말했다. "친위대장이 알렸다가는 아마 살아남지 못할걸."

크산디아르는 고개를 끄덕였다. 얼마 전 여제가 격분했을 때 일으킨 토네이도 때문에 황궁에 있던 이들 모두 죽을 뻔했었다. 크산디아르는 창자가 몸속에 붙어 있는지, 폭삭 내려앉은 지붕 파편이 바람에 요란스럽게 날아다니지는 않는지 불안에 떨어야 했던 경험을 다시는 하고 싶지 않았다.

타라의 얼굴이 창백해졌다.

"크산디아르, 방금 일어난 사건을 고모에게 알리라고 명하겠다. 이건 황명이다."

크산디아르는 타라를 쳐다보며 고개를 저었다.

"차라리 사직하겠습니다."

"뭐라고요?"

"악마들의 침략에 이어 살인마 같은 혜성의 공격, 그런데 또 이런 일이 생겼으니 이번에는 정말로 바리우스 덩컨과의 결혼식을 취소해야 되는데……. 저는 여제께 알리지 못하겠습니다."

타라는 항복했다. 불쌍한 크산디아르를 사임하게 할 수는 없지 않은가. 칼이 입술을 실룩거렸다. 타라는 칼이 이럴 때가 가장 싫었다. 상황이 위험하거나 힘들수록 칼은 타라를 즐겁게 해주었는데.

타라는 소리를 지르고 싶었다.

영혼의 동반자가 위험한 파란빛을 번쩍거리자 갈랑이 재빨리 옷장 위로 날아가 앉았다.

칼은 침묵의 장막을 사라지게 한 뒤 뒷걸음치며 말했다.

"내 사랑?"

"또 뭐?" 타라가 신경질적으로 내뱉었다.

"그게…… 너 지금 백열전구 같아. 짙은 파란색 전구. 눈부시게 빛나는 전구. 근데 너무 심한데……."

타라는 빛이 번쩍이는 몸을 쳐다보고 한숨을 내쉬었다. 머릿속에서는 악마의 영혼들이 '타라가 폭발하기 전에 멀리 달아날 수 있을까?' 서로 묻는 중이었다. 타라는 어이가 없었다.

"알았어." 타라가 구시렁거리는 사이 파란빛이 약해졌다. "고작 생각해낸 것이 백열전구에 비유하는 거야?"

타라가 빛을 사라지게 하고 고개를 들었을 때 집단적인 안도의 숨소리가 들렸다. 뻣뻣하게 굳은 엔지니어들이 일손을 멈추고 타라를 응시하고 있었다.

타라가 부츠 신은 발로 딱딱 소리를 내며 접견실을 나가자 페가수스가 따라갔다. 그래도 예전보다는 마법을 제어할 수 있게 되어 얼마나 다행인지! 마법을 날리다 뭔가를 폭발시키지 않은 지 오래되었다. 아, 오케이, 얼마 전 칼과 키스하다 별궁을 폭발시킨 적이 있긴 했구나.

갑자기 타라는 끔찍한 생각이 들어 걸음을 멈췄다. 바짝 뒤따르던 칼이 잽싸게 피해 부딪치는 일은 일어나지 않았다. 타라가 돌아보는데 동그래진 쪽빛 눈에 불안한 빛이 역력했다.

"타라, 왜 그래?"

"나와 키스하는 게 두려워?"

칼은 놀란 눈으로 타라를 쳐다봤다.

"왜 그렇게 이상한 질문을 해? 우리가 키스한 지 한 시간도 안 됐는데."

"아니, 내 말은 나와 키스하는 것이 진짜 두렵냐고? 내가 별궁을 폭발시켰을 때처럼? 그러니까 내 말은…… (타라는 침을 삼켰다) 내가 두렵냐고? 저 방에 있는 엔지니어들처럼 내가 두렵냐고?"

타라는 열려 있는 문을 가리켰다. 타라가 돌아올까 걱정인지 엔지니어들이 여전히 타라에게서 시선을 떼지 못하고 있었다.

칼은 타라를 품에 안고 다정하게 입을 맞췄다.

"넌 가끔가다 바보 같은 소리를 하는 경향이 있더라. 고모를 만나러 가자. 그다음 네가 뭘 하든, 뭘 폭발시키든, 상상도 하지 못한 일을 벌이든 내가 전혀 두려워하지 않는다는 걸 보여줄게, 오케이?"

칼이 인상을 쓰며 덧붙였다.

"내게 충격을 주었던 그 아기들 얘기만 빼고."9

아직은 너무 슬퍼 웃지 않았지만 타라의 침울한 얼굴에 미소가 번졌다. 늘 이런 식이었다. 아무리 끔찍한 일이 일어나도 칼은 이렇게

• • • • • • • • • • • • •

9. 영악한 리스베스 여제는 타라에게 경고했다. 칼과 끝까지 갈 경우 두 가지 위험이 발생할 수 있다고 했다. 임신할 경우 타라의 마법에 영향을 줄지도 몰랐다. 마법 능력이 완전히 사라지는 경우가 있었기 때문이다. 악마들과 대립하고 있는 때이니만큼 아더월드에서 가장 강력한 마법사에게 그런 일이 일어나서는 절대 안 된다며 엄포를 놓았다. 아기들 얘기는 타라의 집안에 쌍둥이가 있기 때문에 나온 말인데 칼이 꽤 흔들렸다. 아주 비정상적인 경우지만 타라는 아기였을 때 마법 능력이 나타났기 때문이다.

항상 심각해지지 않게 하는 방법을 찾아냈다.

크산디아르는 인내심을 갖고 기다렸다. 자신도 지난날 열렬히 사랑한 세네 센스사스와 이랬기에 이 젊은 커플에게 돌을 던질 수는 없었다. 그리고 사랑과 애정이 공포에 대한 방패가 되어준다는 걸 잘 알고 있었다.

그들은 다시 여제의 집무실로 향했다. 타라는 여전히 마음이 불편했지만 칼이 사랑으로 감싸주는 덕분에 위안이 되었다. 리스베스 여제를 대면할 생각에 답답하던 가슴이 거의 평온해졌다.

하지만 주홍빛 공작과 키마이라가 섬세하게 조각된 금빛 문 앞에 이르자 평온함은 사라졌다. 타라는 신경질적으로 입술을 우물우물 깨물었다.

"맙소사! 내가 제대로 전할 수 있을까? 쑥대밭 되는 거 아닌지 모르겠다." 타라가 속삭이긴 했지만 문 앞에서 보초를 서는 친위대원들이 들었을 게 뻔했다.

칼은 고개를 끄덕였다.

"차디찬 호수에 뛰어드는 것이나 다름없지. 숨을 잘 참고 익사하지 않길 기도해."

타라는 칼을 흘겨봤다. 지금은 별로 웃기지 않았다. 친위대원이 후계자가 왔음을 알렸다. 타라는 심호흡을 하고 들어갔다.

맙소사, 여제는 혼자 있지 않았다. 함께 있는 사람을 보는 순간 타라는 그대로 멈춰 섰다. 피앙세 바리우스 덩컨!

슬루르크!

바리우스는 타라 일행을 따뜻하게 맞아주었다. 타라를 아주 좋아하는 것이 표정에 잘 나타났다. 하지만 타라가 불안한 표정으로 쪽빛 눈을 찡그리는 걸 보고 미소가 사라졌다.

리스베스 여제는 환상적인[10] 동물들을 멋지게 조각한 책상 앞에 앉아 있었다. 여제는 여전히 놀라울 정도로 아름다웠다. 발목까지 흘러내리는 긴 금발, 가장자리에 금빛 테를 두른 은빛 드레스. 꽃 모양으로 다이아몬드를 박은 왕관을 쓴 여제는 조카의 얼굴을 보며 눈살을 찌푸렸다.

리스베스는 자신을 많이 닮은 금발 숙녀를 안아주기 위해 일어나다 깜짝 놀랐다.

"타라? 무슨 일이니? 너 표정이 왜 그래?"

타라는 심호흡을 했다.

"앉으세요, 고모. 무엇보다 내 얘기 들으면서 냉정을 유지하셔야 해요. 아셨죠?"

"혜성 때문이야?" 질겁한 리스베스가 외쳤다. "이쪽으로 오고 있어? 하지만 우주선에서는 아직 연락이……."

"아니에요. 혜성과는 무관한 일이에요. 이번에는 우리 국민이나 행성이 아니라 고모와 관련된 사적인 일이에요."

.............
**10.** 아더월드에 사는 동물들을 아직 완전히 알지 못하는 타라가 보기에는 환상적이다. 그래서 자이언트 문어 크라켄과 마주치면 큰 충격을 받는다.

"아, 그럼 마지스터가 또 무슨 짓을 꾸몄구나?"

타라는 한숨을 쉬었다.

"마지스터는 관련 없어요. 바리우스 남작과는 관련이 있어요."

리스베스는 어리둥절한 얼굴로 책상 앞에 가서 앉았다. 바리우스는 주홍빛 벨벳 안락의자에 편안하게 앉아 자이언트 거미와 켄타우로스를 조각한 빨간색 낮은 탁자 위에 발을 올려놓고 있었다. 귀가 번쩍한 바리우스는 스팔렌디탈 가죽 부츠를 신은 두 발을 바닥으로 내리고 타라를 빤히 쳐다봤다.

"느낌이 싸하네." 여제의 마음을 사로잡은 까만 눈의 용병이 구시렁거렸다.

"질질 끌 얘기가 아냐, 타라." 칼이 속삭였다.

"타빌라 여왕이 찾아왔었어요." 타라가 말문을 열었다.

"알아." 리스베스가 신경질적으로 말했다. "그렇지 않아도 크산디아르의 보고를 기다리고 있었다. 사고가 있었다는 얘기만 들었는데?"

"그게…… 단순한 사고가 아니라 타빌라 여왕이 피살됐어요."

리스베스의 얼굴이 굳어졌다. 친위대장이 몇 가지 정황만 흘리고 구체적인 보고를 하지 않았는지 여제는 아직 모르고 있었다.

2억에 이르는 국민 대다수가 마법사들인 나라를 다스리다 보면 관리할 것이 어디 한두 가지겠는가. 타빌라 암살 사건은 아마도 긴급히 처리해야 할 일들 뒤로 밀렸을 가능성도 있었다.

하지만 타라는 파일더미 맨 위에 보고서가 있을 거라고 생각했다.

타라는 단도직입적으로 말했다.

"타빌라 여왕은 다릴 크라투스라는 이름의 인간과 깊은 연인 관계였다고 토로하던 중이었어요."

죽음 같은 침묵이 흘렀다.

리스베스는 타라를 빤히 쳐다보며 물었다.

"타라, 방금 한 말 다시 해주겠니?"

타라는 숨김없이 다시 말했다.

더 무거운 침묵.

"다릴 크라투스라는 이름의 인간이 왜 엘프 여왕과 사귀지?" 바리우스가 갑자기 아주 신경질적으로 말했다. "엘프들은 인간들을 굉장히 싫어하지 않나?"

"여왕은 얼마 전까지는 그 인간이 누군지 몰랐던 것 같아요. 그 인간도 타빌라의 신분을 몰랐던 것 같고요."

"네, 맞아요." 칼이 말했다. "여왕은 엘프 못지않게 아주 잘생긴 인간을 사랑하게 되었다고 말했어요. 그리고 그 남자와 깊이 사귄 것은 임신하는 것만이 종족을 구하는 길이기 때문이었고요."

"불행히도 여왕이 우리에게 더 자세히 털어놓기 전에 피살되었어요."

"종족을 구하기 위해서?" 바리우스가 놀란 얼굴로 물었다. "그건 또 무슨 소리야?"

타라와 칼은 여왕에게서 들은 말을 모두 전했다. 무거운 침묵이 흘렀다. 그들은 서로를 쳐다봤다.

"다릴 크라투스…… 동명이인이겠지?" 리스베스도 크산디아르와 똑같이 말했다. 하긴 이 정도의 얘기만 듣고 무슨 다른 생각을 할 수 있을까.

타라는 결단을 내렸다. 고모에게 일말의 희망도 주지 않는 것이 나았다. 더 복잡해질 뿐인데.

"타빌라 여왕은 고모와의 만남을 불편해했어요. 그 다릴 크라투스가 고모의 전남편이었다는 말도 분명히 했고요."

리스베스의 심기가 불편해 보였다. 힘겹게 침을 삼키더니 칼의 말을 곱씹었다. 마치 그렇게라도 해야 쓰러지지 않는다는 듯.

"엘프 못지않게 잘생겼다고? 그래, 다릴이 매력적이었던 건 맞아. 하지만 오히려 박력 있고 당당하고 용맹하고……."

좀 지나치게 미화되는 표현이 비위에 거슬리는지 바리우스가 리스베스의 말을 자르면서 내뱉었다.

"함정이야! 이런 식으로 리스베스에게 상처를 주다니, 간악한 짓거리! 나는 절대 믿지 않아! 다릴 크라투스가 무슨 신이라도 되나? 그런 기적이 일어나게! 사냥을 나갔다가 드래코-티라노사우루스에게 잡아먹혔다고 들었는데, 그런 다릴 크라투스가 부활해 30년 후에 나타났다? 그 동물이 소화하는 시간이 그렇게 길어? 그리고 뭐, 엘프 종족의 구세주로 등장했다? 감히 누구에게 장난을 치는 거야?"

하지만 여제의 눈빛은 공포에 질려 있었다. 화가 나 있다기보다 혼이 나간 것 같았다. 타라는 기뻐해야 할지 걱정해야 할지 알 수 없었다.

리스베스는 떨리는 손으로 이마를 가렸다.

"다릴…… 다릴이 살아 있다고? 하지만 어떻게 그런 일이?"

"폐하, 아까 말씀드린 대로." 칼이 단호하게 대답했다. "우리는 이 정보가 사실인지 아닌지 모릅니다. 지금으로서는 추측일 뿐이니 우리가⋯⋯."

"그를 찾아!"

타라는 소스라쳤다. 리스베스가 다그치듯 친위대장에게 외쳤던 것이다. 눈에 띄지 않으려고 가능한 한 출입문에 몸을 바짝 붙이고 있던 크산디아르는 아연실색했다.

"폐⋯⋯ 폐하?"

"내 남편 행세를 하는 작자를 찾아라. 그자를 찾아서 내 앞에 데려와. 그자가 누군지 빨리 봐야겠다."

노루발(못을 박고 빼는 데 쓰는 연장—옮긴이)과 빨갛게 달군 쇠꼬챙이 이미지들이 공중에 떠돌고 있었다.

"⋯⋯엘프들의 나라에 제가⋯⋯ 가서 다릴 크라투스를 찾아오라고 하시는 겁니까?" 공포에 질린 크산디아르는 어물어물 말했다.

"다릴이 살아 있다면 셀렌다에 숨어 있지는 않을 것이다. 틀림없이 셀렌다에서 그리 멀지 않은 인간들의 도시 중 하나에 살고 있을 것이다. 타빌라가 쉽게 만나러 올 수 있어야 하니까. 주변의 마을들을 뒤져라. 친위대장, 다릴이 어떻게 생겼는지는 알지?"

"옛날 크리스털레오를 찾아보겠습니다." 혼란에 빠진 크산디아르는 '폐하'라고 붙이는 걸 잊었다.

"서둘러라!"

크산디아르가 인사하고 떠나려는 순간 노크를 하고 들어오던 문지기는 문짝에 얼굴을 부딪칠 뻔했다. 하얀 주근깨가 박힌 잿빛 얼굴의 문지기는 검은색과 흰색 정복 차림이었다.

"폐하, 엘프들의 여왕이 즉시 접견을 원합니다."

여제는 어안이 벙벙한 얼굴이었다.

"타빌라? 죽었잖아?"

"타빌라 여왕이 아닙니다, 폐하. 엘프들의 새 여왕, 에레 여왕입니다."

# 엘프들의 새 여왕

세상과 등지면
새 여왕의 시대는
시작부터 꼬이는 건데

*

"엘프들이 적어도 시간 낭비는 하지 않았다고 말할 수 있겠어. 여왕이 죽기 무섭게 새 여왕을 선출했으니."

칼이 타라의 귀에 대고 속삭였다.

타라는 웃지 않으려고 이를 악물었다.

리스베스 여제는 엘프들의 새 여왕을 맞이하기 위해 타라와 바리우스, 크산디아르를 대동하고 집무실보다 훨씬 웅장한 접견실로 이동해 있었다.

에레가 위험을 부리며 공식 접견실에 등장했다.

엘프들의 새 여왕 에레는 바이올렛 엘프였다.

엘프 중 가장 잔혹하고 아량이 없고 위험하기로 이름난 것이 바이올렛 엘프였다.

에레의 딸 발라는 한동안 몽타뉴크리스토의 여친이자 파트너로 일하다 지금은 셀렌다로 돌아가 로빈을 보좌하고 있었다. 누가 누구를 보좌하는 건지는 잘 모르겠지만.

타라는 타빌라를 좋아하지 않았다.

하지만 잔혹한 블랙 엘프와 함께 로빈을 살해하려고 주도했던 에레가 훨씬 더 싫었다. 에레는 인간이라면 무조건 증오하고 하프엘프를 특히 싫어하는 엘프였다.

바이올렛 엘프가 2미터의 큰 키로 그들을 경멸하듯 훑어봤다. 타빌라보다 훨씬 짧은 자줏빛 머리에 투구를 쓴 에레는 새까만 갑옷 차림인데, 엘프들이 좋아하는 장신구는 하나도 걸치지 않았다. 에레의 자수정 눈빛은 소름이 끼칠 정도로 차가웠다.

누가 엘프 아니랄까 봐 에레는 아름다웠다. 치명적인 아름다움!

리스베스는 긴장해 있었다. 오랜 세월 타빌라 여왕을 상대해왔고, 동맹국 중 가장 친절한 통치자는 아니었지만 그래도 타빌라는 인간을 존중해주는 편이었다. 하지만 에레의 경우는 상대하기가 그리 녹록하지 않을 터였다.

하필이면 리스베스가 신경이 곤두서 있어 누구라도 심기를 건드렸다가는 분풀이하기 딱 좋은 때에 찾아오다니. 여제는 손가락 마디 꺾는 소리를 내며 심호흡을 했다.

에레는 고갯짓으로 까딱 거만하게 인사했다.

"인간들!"

타라는 주먹을 꽉 쥐었다. 이거 시작부터 조짐이 안 좋은데.

리스베스 여제의 공격이 워낙 빨라 에레는 반응할 겨를이 없었다.

숫구친 마법이 몽둥이처럼 에레를 가격했다. 강력한 힘에 내동댕이 쳐진 바이올렛 엘프는 핀에 꽂힌 나비처럼 벽면에 들러붙어 있었다.

보라색과 검은색 나비?

에레 여왕의 엘프 수행원들이 일제히 리스베스를 향해 무기를 겨누었다. 하지만 타라가 이미 엘프들과 고모 사이에 세운 파란 마법의 장벽이 이글거리고 있었다.

엘프들의 표정이 굳어졌다. 마법의 장벽이 다가오자 엘프들이 뒷걸음쳤다. 하긴 타라의 초강력 마법에 대해서는 온 세상, 모든 행성이 다 아는 사실인데.

고모가 벌인 돌발 상황에 타라도 놀랐지만 침착하게 말했다.

"워워! 모두들 진정하세요. 이건 여러분의 여왕과 우리 여제께서 해결할 일입니다. 나는 개입하지 않을 거니까 여러분도 개입하지 마세요."

엘프들이 에레 여왕을 향해 고개를 들었다. 여왕이 벗어나려고 발버둥치고 있지만 어디를 다친 것이 아니라 몸이 자유롭지 못한 것이 분명했다.

타라의 고갯짓에 엘프들은 마지못해 천천히 무기를 내렸다.

하지만 타라는 몇몇 엘프의 얼굴에 스치는 미소를 보았다.

리스베스 여제가 말문을 뗐는데 목소리가 어찌나 차분하고 태연한지 방금 위력으로 기선 제압을 했다기보다 뜨개질하면서 말하는 것 같았다.

"나는 나약한 인간이 아닙니다. 당신의 힘과 미모에 감탄해 입이 헤벌어지는 하찮은 인간이 아니란 말이오. 모든 걸 잃자 도주한 엘프 종족과 달리 내 조상들은 드래곤들과 악마들을 상대로 끝까지 싸워 결국에는 승리를 거뒀지요. 그 뒤에 드래곤들이 이 행성으로 우리를 맞아들였고, 우리는 더불어 사는 것에 기꺼이 동의한 것이오. 하지만 무엇보다 엘프 종족이 우리 인간 종족보다 더 강하다는 잘못된 생각은 하지 마시오. 최소한의 예의도 갖추지 않을 거라면 앞으로 내 궁전에는 나타나지 마시오. 나는 시간을 낭비할 만큼 그렇게 한가한 사람이 아닙니다."

리스베스 여제가 풀어주자 질식되어 있던 에레가 얼굴이 시뻘게진 상태로 바닥으로 쿵 떨어졌다. 엘프 수행원들이 뛰어가 일으켜주려고 했지만 매섭게 노려보는 여왕의 눈길에 엘프들은 흠칫 놀라 물러섰다. 에레는 숨을 크게 들이쉬고 나서 일어났다. 그리고 입을 열었는데 쉰 목소리였다.

"나는……."

"황궁에 오신 걸 환영합니다, 전하." 리스베스 여제는 언제 무슨 일이 있었냐는 듯 갑자기 상냥한 어조로 말을 끊었다. "엘프들의 새 여왕을 맞이하게 되어 영광입니다."

에레는 이맛살을 찌푸렸다.

"고맙습니다, 전하."

"폐하라고 하셔야지요." 리스베스는 여전히 상냥하지만 다분히 신경질적으로 상기시켰다.

에레는 힘겹게 침을 삼켰다.

"네, 폐하."

리스베스 여제는 약간 긴장을 풀었다.

"전임 여왕의 죽음에 관해 조사하기 위해 오셨겠지요. 타빌라 여왕께서는 수행원이 필요 없다고 생각할 정도로 예를 갖췄던 분이었지요. 그런데 우리 영토, 우리 궁전 안에서 피살되는 납득할 수 없는 사건이 일어났습니다. 따라서 우리는 빠른 시일 내에 범인을 색출해 귀국에 넘기도록 최선을 다할 것입니다."

타라는 에레의 얼굴에서 몹시 화가 나 있음을 읽었다. 리스베스 여제가 방금 파릇파릇 올라오는 싹을 발로 짓밟아버렸던 것이다. 다시 말해 리스베스 여제는 에레가 인간의 권한을 무시하기 전에 또 기선 제압을 한 것이었다. 모든 가능성을 열어두고 수사할 것이며, 더불어 타빌라가 수행원을 거느리지 않았으니 팅가푸르의 궁전에 온 것이 공식적인 방문이 아니었다는 점도 강조했다.

하지만 에레 여왕은 쉽게 돌아가지 않을 터였다. 엘프 여왕이 한마디 하려는 순간 리스베스 여제는 폭탄 발언을 했다.

"물론 타빌라 여왕이 죽기 전에 설명한 대로 엘프족이 200만 명에 불과하니 2억에 이르는 우리만큼 이 사건을 수사할 인원이 충분하진 않겠지요."

죽음 같은 침묵이 흘렀다.

그리고 타라는 여왕을 수행하는 바이올렛 엘프들의 얼굴이 창백해지는 걸 보며 뭔가 있음을 알아차렸다.

이윽고 엘프들의 안색이 붉게 상기되었다.

에레의 눈빛에 증오와 분노의 빛이 이글거렸다. 하지만 리스베스 여제는 잘 참았고, 쪽빛 눈은 에레의 자수정 눈빛 못지않게 차가웠다.

에레는 선택의 여지가 없었다.

"시해 사건을 엄중히 다루시겠다니 우리 국민을 대표해 감사드립니다."

아! 리스베스가 뭔가를 아는 듯 넌지시 흘렸는데도 에레는 더 이상의 대화를 사실상 거부하고 있었다. 흥미로웠다.

"우리가 범인을 찾으면 그렇다는 겁니다." 리스베스 여제는 못을 박았다. "친위대장이 현재까지의 수사 상황을 빠짐없이 전할 겁니다."

크산디아르가 정중히 허리를 굽혔다. 사망한 것으로 알았던 다릴 크라투스를 찾아야 하는 괴로운 미션에서 잠시나마 벗어난 것에 안심하는 눈치였다.

"에레 여왕 전하, 저를 따라오시면 우리가 확보한 것을 보여드리겠습니다."

에레는 받아들이는 수밖에 없었다. 바이올렛 엘프가 얼음장같이 냉랭한 시선을 던지자 리스베스 여제는 마치 아무 일도 없었던 양 미소를 지어 보였다.

에레가 사라지자마자 리스베스 여제는 긴장이 풀렸다.

"휴, 저 바이올렛 엘프들! 뛰어난 전사들이지만 정말 상대하기 싫은 골칫거리들이야!"

"귀띔까지는 아니라도 눈짓 정도는 해줄 수 있었잖아요, 고모?" 타라가 항변했다. "심장마비 일어날 뻔했어요!"

칼 역시 전적으로 동의하는 뜻으로 고개를 끄덕였다. 여제의 갑작스러운 공격에 간이 콩알만 해졌었다.

"아, 미안하구나." 리스베스 여제는 대답은 이렇게 했지만 전혀 후회하지 않는 얼굴이었다. "에레가 운이 나빴어. 하필이면 뭐든 두들겨 패고 싶었는데 마침 그 순간에 나타날 게 뭐야. 재수가 없었던 거지, 뭐."

"고모는 방금 숙적을 만든 거예요." 타라는 단정적으로 말했다. "안팎으로 어지러운 때에 괜찮겠어요?"

리스베스 여제는 피곤한 얼굴로 미소를 지었다.

"어차피 한번은 보여줘야 하는 일이었어. 에레는 엘프 중 가장 잔혹한 파에 속하잖아. 내가 더 강하다는 걸 확실하게 보여줘야 앞으로 경거망동하지 않지."

"아, 네." 타라는 의심하는 투로 말했다. "에레가 어떤 식으로든 고모에게 앙갚음을 하지 않는다면 그렇겠죠. 아무튼 지금은 내가 필요 없는 것 같으니까 지구로 갈게요. 무슨 일이 생긴다 해도 크산디아르와 친위대가 알아서 해결할 테니."

"많이 지쳐 보이는구나." 리스베스 여제는 이제야 조카의 상태를 알아본 듯 말했다. "피곤은 피부에 아주 좋지 않아. 얼굴에 생기가 없고 푸석푸석해져."

역시 리스베스다웠다. 엘프 여왕과 언제 싸웠냐는 듯 미용 강의를 하다니. 타라는 웃지 않을 수 없었다.

"네, 정말 피곤해서 내 얼굴이 그럴 거예요. 기진맥진해서 까무러치기 일보 직전이거든요. 빌어먹을 혜성과 싸운다는 것은……."

타라는 더는 말하지 않았다. 사실 리스베스는 직접 나서서 혜성과 싸우려고 했지만 각료회의에서 여제의 출격을 완강히 거부했었다.

"타빌라 사건에 관해 더 자세한 것이 필요하면 친위대장이 내 컴폰

88

으로 연락하겠죠. 고모, 다릴 크라투스에 대한 새로운 소식이 들어오면 연락해주실 거죠?"

잠자코 있던 바리우스가 타라를 향해 못마땅한 눈길을 던졌다.

"그럴 필요 없어. 그 사기꾼을 잡아 감옥에 처넣으면 그만이니까."

타라는 아무 말도 덧붙이지 않았다. 고모와 예비 고모부에게 인사한 다음 칼과 두 패밀리어와 함께 접견실을 나왔다.

"나는 너를 따라가지 않아, 타라." 칼이 점잖게 말했다. "지금 너한테 필요한 건 하룻밤만이라도 푹 자는 거니까."

타라는 반박하려고 했지만 하품 때문에 말이 막히자 칼의 웃음이 터졌다.

"거 봐. 몸이 푹 쉬라고 하잖아."

타라가 어깨에 기대자 칼이 팔로 허리를 감았다. 타라는 칼이 미션 중이 아닐 때만 사용하는 은은한 향수 냄새를 맡았다.

"으음, 너를 이렇게 계속 안을 수 있다면 뭐든 내줄 수 있는데."

칼은 두 손으로 타라의 얼굴을 잡고 예쁜 입에 입술을 포갰다. 그러고는 한 발 물러나 속삭였다.

"하지만 우리는 선을 넘지 않도록 조심해야 하잖아. 그랬다가는 네 마법에 문제가 생기거나 예상보다 빨리 부모가 될까 봐 불안해 죽을 텐데. 내 정신적 건강을 위해서라도 난 너를 오래 안고 있으면 절대 안 돼. 내가 유혹을 떨칠 수 없다는 걸 너무 잘 아니까."

타라는 토를 달지 않았다.

유혹을 떨칠 수 없는 건 타라도 마찬가지였다.

타라는 마지못해 칼과 작별했고, 지구행 공간이동의 문으로 향했다.

잠시 후, 타라는 경호원들에게 인사한 다음 어깨에 앉은 갈랑을 안심시키고 무형화되었다.

타라는 지구에서 유형화되었고, 파브리스의 아버지 브주아 지롱 백작이 기다리고 있었다. 짙은 눈썹에 대머리, 브주아 지롱 백작은 마법 능력이 전혀 없지만 수천 년 동안 집안 대대로 이어지는 공간이동의 문을 수호하는 책임을 맡고 있었다.

브주아 지롱 백작은 문지기를 천직으로 여기고 용기 있게 임무를 수행하는 동안 수차례 부상을 당했고, 타라의 외할머니 이사벨라는 공간이동의 문에 대한 방어를 강화했다. 하지만 부상 후유증으로 백작은 한동안 쉬고 있다가 공간이동의 문이 있다는 사실이 지구인들에게 알려지면서부터 다시 문지기 일을 시작했다. 순전히 정략적이었다.

외계인들이 드나드는 문 중 하나를 인간이 맡고 있다는 사실에 지구인들은 안심했기 때문이다. 인간 사절단이 아더월드를 왕래하면서부터는 특히 그랬다.

그렇다고 늘 순조로운 건 아니었다. 아더월드에서는 거의 모든 것이 마법으로 이뤄지며, 동물들이 굶주려 있다는 사실을 인간들은 쉽게 받아들이지 않았다.

지구의 대사 중 한 명이 크라크덴트에게 잡아먹히는 끔찍한 사고가 일어난 뒤 아더월드 측에서 지구 측에 인간 사절단 중 인적 손실을 몇 퍼센트까지 받아들일 수 있느냐고 물었던 것이다.

게다가 이번에는 살아서 돌아온 공직자들의 증언이 문제가 되었다. '마법의 행성에 있는 이들은 모두 완전히 미쳤다. 공간이동의 문에 대한 관리를 우리와 똑같은 인간들에게 맡기고 있다.'

그러자 지구의 공직자들이 이사벨라에게 병사들을 선발진으로 보내 아무 문제가 없는지 시험해줄 것을 요구했다. 이사벨라는 한 번은 요구를 들어주었지만, 계속 의심을 하며 무리한 요구를 하는 것에 격분했다. 결국 공간이동의 문이 타공에 있다는 사실을 인간들의 머릿속에서 아예 지워버렸다.

실제로 공직자 중 한 명이 프랑스 남서부의 작은 마을에 공간이동의 문이 있다는 걸 기억할 때마다 이사벨라는 민투스 주문으로 공간이동의 문이라는 존재 자체를 완전히 잊게 했다. 지구인들을 위해서나 아더월드인들을 위해서나 차라리 잘된 일이었다. 사실 이사벨라가 선발진으로 아더월드에 보냈던 병사들이 몽땅 스파슌으로 둔갑하고 말았으니.

타라는 백작을 보며 반갑게 인사했다. 파브리스와 아버지 사이의 오해는 풀려 있었다.[11] 노인[12]은 아들을 자랑스러워하며 집에 머무는 시간이 너무 짧다고 불평할 정도로 사이가 돈독해졌다.

백작이 지구와 아더월드 간의 통신 요금이 너무 비싸 파브리스와

· · · · · · · · · · · · ·

**11.** 파브리스가 마지스터 편이 되었다고 오해한 백작은 아들이 힘의 어두운 쪽 편에 섰다는 걸 도저히 용납할 수 없었다.

**12.** 관점의 문제이다. 백작의 나이는 마흔다섯 살인데 청소년들이 보기에는 늙었고, 마법사들이 보기에는 아주 젊었고, 드래곤들의 눈에는 아기로 보이고, 그 자신이 생각하기에는 왕성한 나이이다.

자주 연락할 수 없다며 아들의 안부를 물었다.

"파브리스는 잘 지내고 있어요. 지금 무아노와 아더월드의 히믈리아에서 지내는데 난쟁이들과 악마 사절단과 함께 기계를 만들어 공급하는 일을 관리하고 있어요."

백작이 눈살을 찌푸렸다.

"나는 그 악마들을 어떻게 생각해야 할지 모르겠다, 타라(백작은 태어날 때부터 보아온 타라를 강력한 제국의 후계자로 대하는 것이 너무 어색해 아들의 친구로 자연스럽게 대하고 있었다)."

타라는 한숨을 쉬었다.

"솔직히 저도 악마들을 어떻게 생각해야 할지 잘 몰라요. 확실한 건 혜성이 위협하는 한 악마들은 우리 편이라는 거예요. 저는 악마의 영혼들을 해방시키는 문제로 모우르무르 발명가와 상의할 게 있어서 왔어요. 아더월드에서 지구에 연락하려면 통신비가 너무 비싸 마음 놓고 대화할 수가 있어야지요. 3분이 넘으면 그때부터 가슴이 철렁철렁해서……."

백작이 타라를 빤히 쳐다봤다.

"피곤해 보이는구나. 파브리스의 방이 비어 있어. 시트도 새로 갈아놨고. 네 할머니 저택에 가면 그 미친 모우르무르[13]의 실험이 폭발하는 소리 때문에 잠을 못 잘 텐데, 잠시라도 여기서 쉬고 가는 게 어떠니? 너도 알다시피 공간이동의 문은 작동할 때 소리가 나지 않아

• • • • • • • • • • • • •

**13.** 모우르무르는 주로 '그미친모우르무르'라고 불리었다. 그래서 천재 과학자의 이름을 '그미친모우르무르'라고 오해하던 이들은, 정확한 이름이 모우르무르라는 걸 알고 아주 놀랐다.

조용하잖아. 파브리스의 방에서 몇 시간이라도 눈을 붙이렴. 네가 자는 동안 세상이 무너지는 것도 아닌데."

이어서 백작이 미소를 지으며 덧붙였다.

"설령 세상이 무너진다고 해도 네가 막을 수 있는 것도 아니고."

타라의 머릿속에서 갈랑과 악마의 사물들이 이중창으로 속삭였다. '여기서 쉬는 것에 찬성! 재앙이 닥치기 전, 마법을 또다시 써야 하는 상황이 닥치기 전에 타라는 푹 쉬어야 해!'

타라는 백작에게 미소를 지어 보였다.

"고맙습니다. 혜성의 공격에 맞서 싸우느라 정말 지칠 대로 지쳤거든요. 여기서 몇 시간 수면을 취하는 게 좋을 것 같아요."

백작은 타라가 파브리스의 방을 알기 때문에 혼자 올라가게 내버려두었다. 위층에 올라가자 체인지라인은 씻는 데 필요한 것을 타라에게 제공했고, 날씨가 더워 짧은 반소매 잠옷으로 갈아입혔다. 타라는 적자색으로 수놓은 회색 시트를 씌운 침대에 앉아 안도의 숨을 내쉬었다.

타라는 악마의 사물들을 머리맡 탁자에 꺼내놓았다. 잠들기 전 파브리스의 방을 둘러봤다. 어릴 적에 자주 놀러 와 파브리스, 베티와 함께 몇 시간씩 보내던 방이었다.

금색 돌벽의 방은 쾌적하고 밝았다. 브주아 지롱 집안은 19세기에 요새의 두꺼운 벽을 뚫고 새로 넓은 창문을 냈다. 파브리스의 방은 서쪽 측면에 있고, 벽면이 둥글었다. 두꺼운 벽면에 포스터며 태피스트리, 그림이 잔뜩 걸려 있는데 파브리스가 다락방이나 응접실에서 하나둘 가져다 놓은 것들이었다. 조화롭다기보다는 잡다한 인상을 주는 파브리스의 방에는 값을 매길 수 없을 정도로 귀한 홀바인[14]의 그림이 '더 큐어'나 'U2' 록 밴드들의 포스터들과 어깨를 나란히 하고 있었다.

어찌나 긴장해 있었는지 팔다리가 뻣뻣했다. 타라는 기진맥진한 상태로 눈을 감았다. 이내 잠이 들었고 아무 소리도 듣지 못할 정도로 깊은 잠에 빠져들었다. 몇 시간 후 방문이 열렸다.

그리고 누군가가 타라의 몸 위에 누웠다.

타라는 비명을 질렀다.

메아리처럼 똑같은 비명이 들렸다.

누군가도 타라 못지않게 놀라 동시에 소리를 지른 것이었다. 질겁한 체인지라인이 타라의 잠옷을 금속 갑옷으로 바꾸는 사이 갈랑 역시 공포의 울음소리를 냈다.

스위치 올리는 소리가 나더니 어둠에 잠겨 있던 방이 갑자기 환해졌다.

타라는 눈부신 빛 때문에 한쪽 눈만 살며시 뜨다가 파브리스를 알아봤다. 공격자를 향해 발톱을 세우고 달려들던 갈랑도 금발 청년을 알아보고 가까스로 스무 개의 갈퀴발톱에 제동을 걸었다. 갈

· · · · · · · · · · · ·

**14.** 한스 홀바인 주니어. 16세기 독일 화가(1497년 출생)로, 눈에 사진기가 있는 듯 그림이 아주 사실적이다.

랑이 타라의 어깨에 날아와 앉았고, 갈퀴발톱에 금속 긁히는 소리가 났다.

"타라? 갈랑?" 타라의 지구인 절친이 외쳤다. "너희 둘이 왜 내 방에 있어?"

잠시 후, 무아노와 표범 쉬바가 나타났다. 금빛 금속 갑옷 차림에 머리가 엉망으로 헝클어진 타라를 보고 무아노가 외쳤다.

"타라? 아무리 너라도 내 남친의 침대에 누워 있는 것에 대해서는 설명이 있어야겠지?"

그러고는 무아노가 재미있다는 얼굴로 덧붙였다.

"갑옷 차림으로 자는 사람 처음 보는데 그게 편안해?"

아드레날린 급상승에도 불구하고 타라는 아직 잠결이라 두 가지 질문을 정리해서 대답할 수가 없었다.

타라가 뭐라고 말하는데 거의 알아들을 수가 없었다. 무아노는 미소를 머금은 얼굴로 눈을 치켜떴다.

"웅얼웅얼은 대답이 아닌 거 너도 알지?"

타라는 눈을 비비다 갈랑과 듀엣으로 하품을 하고 나서 사시가 되지 않게 노력하며 무아노와 파브리스를 쳐다봤다. 그러고는 마침내 발음을 똑똑히 했다.

"안녕, 무아노, 파브리스. 아버지가 네 방에서 쉬라고 하셨어. 내가 두 번 연거푸 혜성을 상대하다 기진맥진해 있었거든. 근데 너 원래 방에 들어올 때 불 안 켜? 침대에 누가 있는지 보지도 않고? 갈랑과 체인지라인, 내가 얼마나 놀랐는지 알아? 나를 봐, 체인지라인이 얼마나 놀랐으면 갑옷을 세 겹이나 입혀놨겠어!"

누가 늑대인간 아니랄까 봐 파브리스가 으르렁거리는 투로 말했다.

"내 방인데 당연하지. 침대 머리맡에 전등 스위치가 있어 누워서 켜면 되는데 아주 약한 불빛이거든. 무아노와 나는 밝은 빛이 필요 없으니까. 그리고 다른 사람이 누워 있을 줄 누가 상상이나 했겠어? 더 놀란 건 나라고! 드러눕다 살아 있는 사람의 체온이 느껴져서 얼마나 기겁했는지 늑대로 변신할 뻔했단 말이야!"

타라는 눈을 깜박였다.

"내가 여기서 자고 있다고 아버지가 말해주지 않았어?"

"아직 아버지 못 봤어. 새벽 4시인데 주무시는 걸 깨울 필요 없잖아? 경비원들도 네가 왔다는 얘기를 해주지 않았고. 그리고 아버지를 놀라게 하려고 온다는 걸 미리 알리지 않았거든."

잠이 덜 깬 타라는 움직일 때마다 삐걱거리며 또 하품을 했다.

"오, 미안해. 내가 아직 정신이 멍해. 어떡할까? 내가 다른 방으로 갈까?"

무아노는 타라가 안쓰러워 다정하게 말했다.

"우리가 다른 방으로 갈게. 지금 너한테 필요한 건 휴식이니까 어서 자. 아침 10시에 밥 먹으면서 보자."

"좋아." 타라가 대답하는데 눈이 감기고 있었다. "너희 둘 다 고맙다……. 체인지라인, 잠옷 부탁할게. 고마워……."

체인지라인이 순순히 복종하자 타라는 안도의 숨을 쉬었다. 갈랑은 마지막으로 신경질적인 울음소리를 낸 뒤 백작이 갖다 놓은 바구니에 들어가 누웠다.

타라가 어느새 잠이 들자 파브리스는 전등을 껐다.

파브리스와 무아노는 방을 나왔고 문을 살살 닫던 무아노가 말했다.

"무슨 소리지? 타라가 코를 고나?"

파브리스는 웃음을 터뜨렸다.

"아니야, 나도 그런 줄 알고 죽는 날까지 타라를 놀려먹으려고 했는데 갈랑이야. 페가수스 코 고는 소리는 절단기보다 더 요란하다니까. 그래서 타라가 항상 갈랑을 축소시키는 것 같아. 그래야 잘 때 소리가 좀 작으니까."

이번에는 무아노가 깔깔대고 웃으며 쉬바를 쓰다듬어주었다. 표범은 자기가 가르랑거리는 소리는 좀 내지만 코를 골지 않는다는 신호를 보냈다. 파브리스와 무아노는 다른 방으로 들어갔다.

타라가 잠을 깼을 때 햇살이 비쳐들고 있었다. 기분이 상쾌했다. 간밤에 파브리스 때문에 놀랐던 기억이 났다. 타라는 미소 지으며 샤워를 했다. 파란색 쇼트팬츠, 컨버스 운동화, 흰색 민소매 티셔츠를 부탁한 다음, 쾌활한 목소리로 인사하며 악마의 사물들을 주섬주섬 챙겼다. 페가수스가 어깨 위로 날아와 앉자 타라는 경쾌한 걸음으로 식당을 향해 내려갔다.

눈부신 햇살과 충분한 수면, 조용한 분위기 덕분인지 기분이 아주 좋았다.

낙천적인 성격의 타라(걸핏하면 위험이 닥치는 아더월드의 환경을 생각하면 낙천적이라 얼마나 다행인지!)는 최근에 이렇게 느긋해본 기억이 거의 없었다.

친구들이 이미 와 있는지 식당은 활기가 넘쳤다. 쩌렁쩌렁 울리는 목소리에 타라는 함박 미소를 지으며 들어갔다.

"내 조상들의 도끼에 걸고 맹세하는데 실버에게 한번만 더 꼬리를 치면 저 악마를 꼬치구이로 만들어버리겠어!"

"파프니르!" 타라가 외쳤다. "보고 싶었…….."

타라는 식당에 있는 많은 이들을 보고 멈춰 섰다.

파브리스와 무아노는 물론이고, 파프니르, 실버, 산헥시아/엘레아노라, 큼직한 고깃덩어리를 앞에 놓고 앉은 검둥개 마니투, 브주아지롱 오귀스트 백작, 로빈과 칼, 타라가 동네에서 몇 번 마주친 적이 있는 백작의 연인 카미유가 보였다. 요리사 마리는 계란 요리와 크레이프를 준비하고 있었다. 오븐에서는 버터 크루아상과 초콜릿 빵, 건포도 빵이 구워지고 있어 맛있는 냄새가 진동했다.

모두들 먹는 걸 중단했다. 잠시 후, 쓰나미가 몰려오듯 친구들의 포옹이 시작되었다. 갈비뼈가 으드득 소리가 나게 타라를 끌어안는 파프니르, 아프지 않게 하려고 지나치게 격식을 차려 인사하는 실버, 고기가 꽉 찬 입으로 "안~녕"이라고 말하는 마니투, 무아노와 파브리스의 포옹, 마치 아직도 자기가 남친인 듯 꼭 끌어안는 로빈, 질투심에 불타서 쪽 소리가 나게 입을 맞추는 칼.

얼마 후, 식탁에 앉은 타라는 갓 구워낸 크루아상, 건포도 빵, 버터, 잼, 초콜릿, 치즈, 그리고 요리사가 방금 가져온 베이컨을 곁들인 스크램블드에그를 정신없이 먹어치웠다. 오, 얼마 만에 먹는 지구의 요리인가!

"너희들 온 지 오래됐어?" 타라는 볼이 미어지게 먹으며 물었다.**15** "간밤에 아무 소리도 못 들었는데."

"아, 아깝다. 너를 깨우지 않고 이 성을 무너뜨릴 수 있는 절호의 찬스였는데!" 무아노가 웃음기가 가득한 얼굴로 말했다. "파브리스가 네 몸 위에 누웠을 때 그랬으면……."

어리둥절해서 쳐다보는 많은 시선에 무아노는 방금 무슨 말을 했는지 알아차렸다. 무아노는 깔깔대고 웃으며 간밤에 있었던 일을 설명했다. 타라는 빙긋이 웃으며 무아노를 쳐다봤다. 노란색 쇼트팬츠, 흰색 티셔츠, 갸름한 얼굴이 드러나게 한 갈래로 묶은 긴 머리. 몇 년 전 처음 만났을 때만 해도 너무 소심해 말을 더듬는 것이 콤플렉스였던 소녀가 정말 많이 달라져 있었다.

"타라, 내가 미안하구나." 백작이 아직도 웃으며 말했다. "경비원들에게 말한다는 걸 내가 깜빡했어. 혹시 파브리스가 오면 네가 와 있다는 걸 알리라고 말했어야 했는데. 그러니까 아들아, 온다고 미리 알렸으면 이런 일이 없잖아. 이게 다 네 잘못이야."

"아빠가 이렇게 나오시면 안 되죠!" 파브리스는 야무지게 따졌다. "미리 알리라는 말이 나왔으니까 하는 말인데요, 아빠는 애인이 생겼다는 말을 언제 알릴 생각이었는데요?"

----

**15.** 사실, 타라는 잔뜩 집어넣은 음식을 우걱우걱 먹으며 말해서 발음이 이상했다. "너희 드 오 지 오래돼서?"

# 자르

한두 명을 죽이는 것으로는
해결할 수 없을 정도로
문제가 커지면 어쩌려고

*

브주아 지롱 오귀스트 백작의 얼굴이 굳어졌다. 아버지와 아들은 빤히 쳐다봤다. 오귀스트는 육식 물고기 피라니아 떼에 둘러싸인 영양이라고 하면 딱 좋은 표정이었다. 아니, 영양은 아마조니아에 존재하지 않고, 강가에서도 거의 서식하지 않아 피라니아 떼에 둘러싸일 일은 없으니…… 사자 떼에 둘러싸인 영양이라고 하는 게 더 어울린다.

그것도 귀를 쫑긋 세운 사자 떼에 둘러싸인 한 마리 영양.

오귀스트는 헛기침을 했다. 카미유는 팔짱을 끼고 도발적으로 오귀스트를 쳐다봤다. 그녀는 아들에게 둘의 연애 사실을 알리라고 적어도 열 번은 말했지만 오귀스트는 비겁하게도 그때마다 핑계를 찾기에 급급했다.

"너…… 알고 있었니?" 당황한 오귀스트가 어쩔 줄 몰라 하며 아들에게 물었다.

금발의 파브리스는 어이가 없다는 듯 천장을 올려다보고 나서 말했다.

"아빠! 나 그렇게 바보 아니거든요! 눈치채지 못하면 그게 오히려 이상할 정도였는데! 아빠가 안보 의전과에 카미유 아줌마에 대한 특별 허가증을 요청했을 때 좀 이상하더라고요. 딱히 할 일이 없을 텐데 아줌마가 우리 성에서 산다는 건 대충 짐작 가는 상황이잖아요. 이제 질문할게요. 왜 나한테 아무 말도 하지 않았어요? 나도 가족인데 알아야 할 권리가 있는 거 아니에요?"

카미유는 전적으로 동의한다는 듯 반들반들한 갈색 머리를 크게 끄덕이며 오귀스트의 답변을 기다렸다.

오귀스트는 애인과 아들 사이에서 어찌할 바를 모르다 난감한 얼굴로 크림색과 검은색의 문지기 제복을 매만졌다.

"음, 그게…… 네 엄마가 떠난 뒤로 줄곧 내가 너를 키웠어."

엄마가 돌아가신 지가 언젠데 지금 그게 무슨 상관이냐고 말하려는 순간 무아노가 팔을 툭 쳐서 파브리스는 입을 다물었다.

"문지기 일을 하는 동안 일반인들을 만날 기회…… 아니, 시간이…… 없었어. 아들아, 난 너를 키우고, 성을 지키는 문지기 일에 신경 쓰느라 내가 혼자라는 걸 생각할 겨를이 없었다. 그러다 네가 컸고 아더월드로 훌쩍 떠나버렸지. 갑자기 내 인생에서 가장 중요한 것 하나가 훅 빠져나갔어."

파브리스는 눈을 찡그렸다. 아더월드에 적응하며 살아남는 데 급급해 아버지의 심정을 전혀 헤아리지 못했는데……. 오귀스트가 말을 계속했다.

"2년 전 네드 영감이 다리 부러지는 사고를 당했을 때 마을에 나갔다가 카미유를 만났다."

파브리스는 그 사고를 기억하고 있었다. 공간이동의 문이 공격받았을 때 성에서 일하던 사람들 여러 명이 부상당했다. 마법사들에 대해 격분한 네드는 마법으로 뼈를 접골하는 걸 한사코 거부했었다(백작을 좋아하기 때문에 성에서 일은 계속하고 있다). 그래서 오귀스트는 평소에 네드가 하던 일을 직접 해야 했다.

"네드가 도서관에서 빌려온 책이 있어서 내가 반납하러 갔다가 카미유를 만났어. 이런저런 얘기를 하다 보니 저녁시간이 되었고, 좋아하는 책에 대해 얘기를 좀 더 나누고 싶은 마음에 같이 저녁을 먹었고…… 그렇게 시작된 거야."

백작 옆에 앉은 카미유가 파브리스에게 미소를 지으며 말했다.

"네 아버지는 고집쟁이야. 비밀을 아주 잘 지키긴 했지만 내가 성에서 지내면 절대로 안 되는 이유를 이해시키기 위해 마법사들의 존재를 털어놓지 않을 수가 없었지. 불에 탄 자국이며 군데군데 초록색 타액이나 이상한 물질이 묻은 옷 등 수상한 점이 한두 가지가 아니었기 때문에 내가 조목조목 따지고 들었으니까."

"성으로 미친 듯이 달려온 카미유가 다짜고짜로 마법사라며 나를 얼마나 비난하던지!" 오귀스트는 다정하게 카미유의 손을 잡으며 말했다.

두 사람이 웃음을 터뜨렸다. 오귀스트는 마법 능력이 없는 전형적인 비마이자 마불통**16**이었다.

"지금은 여기서 살고 있어." 카미유가 밝혔다. "하지만 오귀스트는 네가 올 때마다 나를 집에서 내보내려고 했어. 솔직히……."

"서운하고 신경질 나시죠?" 무아노가 끼어들었다. "나는 무슨 말씀을 하고 싶으신지 알 것 같아요. 부전자전이네요. 지구에서는 고집 센 사람을 노새 같다고 하죠? 이 두 남자에 비하면 노새는 아주 순종적인 동물이라니까요."

카미유와 무아노는 서로를 쳐다보며 미소 지었다.

"좋아요, 아빠." 파브리스는 긴장을 풀면서 말했다. "아줌마처럼 매력적인 분 찾아내신 거 축하해요. 두 분 결혼하실 거죠?"

백작은 태연한 척하려고 커피를 마시다 잘못 삼켜 숨이 막힐 뻔했다. 카미유는 웃으며 오귀스트의 등을 쳐주었다.

"오귀스트, 지금 숨이 넘어가면 안 되죠! 다 잘되고 있는데."

커플을 지켜보는 이들의 눈빛이 반짝였다. 쥐구멍이라도 있으면 들어가고 싶은 듯 민망해하는 오귀스트의 모습을 보며 다들 즐거워했다.

"거기까진 아직 생각 못했는데." 카미유는 백작의 마음을 다독이기 위해 대답했다. "오귀스트와 나는 만난 지 이제 2년밖에 안 됐어. 결혼은 시간을 갖고 진지하게 생각한 다음 결정하고 싶다. 아무튼 누군가가 나에게 민투스 주문을 날리는 일만 또 일어나지 않는다면. 지난번에는 오귀스트가 누군지 까맣게 잊어버리는 일이 일어났거든.

• • • • • • • • • • • •

**16**. 나(소피 오두인 마미코니안)처럼 마법이 통하지 않는 비마를 가리킨다.

오귀스트가 나를 찾아와 키스했을 때 따귀를 날렸다니까."

파브리스는 웃음을 터뜨렸다.

"네? 진짜 재미있네요. 주기율의 15족인 질소족 원소의 하나, 칭찬하기 위해 주는 것, 원수와 같은 말, 다 더하면? '인상적' 멘트였어요!"

무아노는 흐뭇해하는 미소를 지었다.

"파브리스, 넌 정말 천재야! 문자 수수께끼 진짜 오랜만이다!"

"행복하니까. 내가 행복과 안정을 찾은 건 다 무아노 네 덕분이야. 나는 행복하면 문자 수수께끼가 술술 나오거든."

칼이 콧등에 주름을 잡았다.

"파브리스?"

"응?"

"난 네가 불행한 게 더 좋아."

파브리스와 칼이 티격태격하는 사이 결혼 얘기가 쏙 들어간 것에 안도한 백작은 교묘하게 화제를 돌려준 카미유에게 고마워하는 미소를 보내며 손을 꼭 잡았다. 하지만 카미유는 가만히 있지 않고 갑자기 달려들어 키스를 했다. 남자들은 휘파람을 불었고, 여자들은 킥킥거렸다. 백작은 민머리까지 빨개졌지만 소심함을 떨치고 키스로 화답했다.

친구들이 진정되는 사이에 파프니르가 이제야 타라의 질문에 대답했다.

"나는 두 시간 전에 도착했어." 파프니르는 베이컨 한 조각을 얼른 집어 먹은 뒤에 말했다. "실버와 저 여자랑 같이."

빨간 머리 난쟁이가 포크를 들고 위협적으로 산헥시아를 가리켰다.

산헥시아는 몸에 딱 붙는 꽃무늬 원피스에 하이힐을 신고 있었다. 하지만 차림새와는 전혀 어울리지 않게 꿀과 버터를 바른, 큼직한 크레이프를 어찌나 게걸스럽게 먹어대는지 지켜보는 여자들의 눈이 휘둥그레졌다.

"저 여자가 뭐니? 이름이 있는데!" 산헥시아는 핀잔을 주었다. "내가 이미 미안하다고 했잖아! 시험해보지 않으면 진짜 배신하지 않을 남자인지 어떻게 알겠어? 엘과 내가 테스트해준 걸 고마워해야지, 너는! 이제는 마음 놓아도 돼. 너의 실버는 어떤 유혹에도 넘어가지 않을 거야. 실버에게는 너밖에 없다는 걸 우리가 증명해줬으니까."

"악마!" 파프니르가 쏘아붙였다. "너무 간악하게 굴면 큰코다칠 줄 알아. 그 온갖 짓거리를 내가 그냥 넘어가줄 거라고 생각하는 모양인데 착각하지 마! 한번만 더 까불면 네 스스로 눈을 찌르게 될 테니."

산헥시아가 아름다운 금발을 흔드는데 눈웃음치는 파란 눈빛이 반짝였다.

"그렇지만 엄연한 사실이야!"

"사실이든 아니든 한번만 더 내 피앙세를 유혹했다가는 네 목이 남아 있지 않을 테니까 명심해! 알아들었어?"

말싸움을 듣다 피곤해진 실버가 끼어들었다(실버는 매혹적인 악마에게 전혀 관심이 없었다. 솔직히 산헥시아가 한밤중에 몰래 방에 들어왔을 때 목을 벨 뻔했다. 여자가 아니라 공격자로 봤기 때문이다).

"요컨대 타라, 우리는 온 지 좀 됐지만 너를 깨우고 싶지 않았어. 네가 녹초가 되었다는 말을 들었거든."

"그래, 맞아." 여섯 개째 크루아상을 먹던 오귀스트 백작은 짙은 눈썹을 치켜 올리며 맞장구쳤다. "어제는 금방이라도 쓰러질 것 같아 안쓰러웠는데 오늘 아침은 안색이 좋아졌구나."

"네, 편히 쉬게 해주셔서 고맙습니다. 몸이 한결 가벼워졌어요."

"이제는 내 차례인가? 나는 몇 분 전에 도착했어. 오늘 아침에 타라 너를 깜짝 놀라게 하려고." 칼이 말했다.

"성공했네!" 타라는 달걀 한 조각을 입에 넣으며 말했다. "너를 볼 줄은 기대도 안 했는데! 지구에 올 줄 누가 알았겠어!"

타라와 칼이 서로를 쳐다보며 미소 짓자 산헥시아는 질투 섞인 한숨을 내쉬었다.

"나는 간밤에 도착했어." 로빈이 대답했다. "자르를 만나 한두 가지 의논할 게 있었는데, 마침 네가 지구에 있다는 걸 알았어. 그래서 이 기회에 너도 볼 수 있으니 잘됐다고 생각했지. 화살 하나로 두 명 보내는 게 되잖아.17"

로빈이 시니컬한 미소를 짓는데 너무 매력적이어서 타라는 약간 흔들렸다. 이제는 로빈을 사랑하지 않지만 어쨌든 첫사랑이었다. 은 빛 머리18에 크리스털 눈, 또렷한 이목구비, 완벽하게 잘생긴 로빈을

•••••••••••••

**17.** 엘프족은 지구인들보다 표현이 훨씬 직설적이다. 지구에서 말하는 '일석이조'라는 표현은 엘프족에게 생소하다. 돌멩이를 던져 새들을 잡는다는 것 자체가 주로 화살과 마법을 사용하는 엘프족의 현실과 맞지 않기 때문이다.

**18.** 검은 여왕이 변신시킨 뒤로 로빈은 신체적으로 완전한 엘프 모습을 갖게 되었고, 은발에 섞인 검은 머리털마저 완전히 사라졌다. 이상한 점은 반쪽 인간임을 나타내는 검은 머리털을 싫어하던 로빈이 지금은 그리워하고 있다는 것이다. 그런 까닭에 로빈은 엘프든 인간이든 어느 쪽도 만족하지 못하고 있다.

보고 있으면 지금도 가슴이 설레었다.

게다가 멋진 복근하며……. 안 돼, 안 돼. 타라는 머리에서 이런 생각을 몰아내야 했다. 칼의 복근 역시 어디 내놔도 빠지지 않는데.

"로빈, 발라와는 잘 지내?" 칼이 잿빛 눈을 반짝이며 영악하게 물었다. "요즘 같이 일한다면서? 발라가 좀 고혹적이잖아."

로빈이 약간 의기소침해지는 듯싶더니 크리스털 눈빛과 잘 어울리는 파란색 옷을 만지작거리며 예민한 반응을 보였다.

"타빌라 여왕이 무슨 생각으로 나와 발라를 붙여놨는지 모르겠어. 어제 피살됐으니 이제는 전 여왕이지만. 아무튼 그 빌어먹을 바이올렛 엘프가 귀찮게 쫓아다니는데 인생의 목적이 한 가지밖에 없는 것 같아. 나를 돌아버리게 만드는 거."

"발라는 몽타뉴크리스토와 사귀는 거 아니었나?" 호기심이 동한 무아노가 물었다.

"그랬는데 몇 주일 전에 발라가 몽타뉴크리스토를 차버렸어." 파프니르가 대답했다.

다들 깜짝 놀라 먹는 걸 중단했다.

"이 반응 뭐야?" 난쟁이가 말했다. "나도《피플》신문 읽거든! '억만장자 몽타뉴크리스토의 새 여인 엘프 스타 칼리나'(파프니르는 손가락으로 인용부호 표시를 했다)라는 제목의 크리스틸레오가 나돌고 있는데."

산헥시아/엘레아노라가 멍하니 입을 벌렸다.

"제기랄!" 산헥시아가 외쳤다. "몇 주일째 너랑 뭐 할 거 없나 계속 찾았는데 가십 좋아하는 걸 이제야 알았네!"

"나 가십 좋아하지 않아!" 파프니르가 쌀쌀맞게 내뱉었다.

"하지만 너 방금……."

"《피플》 읽는 걸 좋아하는 것뿐이야!"

산헥시아는 아니꼽다는 표정을 짓다 크림과 설탕을 작은 스푼에 수북이 담아 커피에 넣었다.

타라와 친구들은 배꼽이 빠져라 웃었다. 실버는 빨간 가죽옷을 입은 파프니르의 등을 쓰다듬어주었다. 파프니르가 미소를 짓는데 초록빛 눈에 기쁨과 생기가 넘쳤다. '애정'이라는 말에 새로운 의미를 부여하는 커플이었다. 깨가 쏟아지는 것처럼 애정 넘치는 커플이 부러운 타라는 칼을 쳐다볼 때 자신도 이런 얼굴이면 좋겠다고 생각했다.

타라는 사랑에 빠져 있다고 느끼면서도 한편으로는 커플에 대한 두려움이 있었다. 파프니르와 실버 커플과 타라와 칼은 처지가 너무 다르기 때문이었다.

타라가 이런 생각에 빠져 있자, 늘 그렇듯 눈치 빠른 칼이 접시를 밀어내고 타라 쪽으로 몸을 숙여 손등에 입맞춤을 하고는 손을 꼭 잡았다. 타라는 다른 손으로 먹어야 했지만 불평하지 않았다. 다시 먹는 데 열중하다 조용히 식후 디저트로 신선한 오렌지 주스와 초콜릿 빵을 먹었다.

멀리 떨어져서 보낸 시간이 길 때 늘 그렇듯 타라와 친구들은 서로 그동안 어떻게 지냈는지 이야기꽃을 피우기 시작했다. 파프니르와 실버는 난쟁이들이 악마의 기계들을 분석하여 제조한 성과에 대해 말했다. 산헥시아가 겉모습은 좀 경박하고 바람기가 있어 보이지만 영리하고 유능했다. 그리고 놀랍게도 외교적 수완이 뛰어났다. 로빈은 셀렌다의 내부 소식을 전했다. 발라와 같이 하는 일 외에 오무아와 랑코비트, 두 나라가 맺은 용병 협약에 따라 각국 정보국을 위해 일할 믿음직한 엘프들을 선발하는 일을 맡고 있었다. 유명한 고문서 역사학자인 어머니 메보라에게서 교육을 받은 덕분에 로빈은 관찰력이 아주 뛰어났다.

로빈은 타빌라에게 일어난 일을 유심히 듣고 나서 말했다.

"느낌이 아주 좋지 않아. 타빌라는 악마들의 위협 이외에 셀렌다에서 일어나고 있는 상황을 정확하게 알려준 거야. 엘프들은 점점 더 인간들을 위협적으로 느끼고 있어. 지구의 인디언족이 겪었던 상황과 비슷하다고 보면 돼. 방대한 영토에 엘프 종족의 수는 점점 줄어드는데 아이들이 거의 없어. 인간들은 크레크레크레처럼 번식력이 강한데."

"출생률이 낮아지는 건 비마들의 세계나 아더월드나 마찬가지인 걸로 아는데?" 오귀스트 백작이 말했다.

"네, 그렇긴 하죠." 로빈이 말했다. "자식을 한두 명 이상 낳는 가정이 드문 건 사실이지만 그래도 세계 인구는 많잖아요. 그래서 아이가 거의 없는 엘프족은 자식을 계속 낳고 있는 인간들을 부러워하면서 위협을 느끼고 있는 겁니다. 아, 물론 편리한 핑계에 불과하지만요."

산헥시아가 어깨를 으쓱하며 말했다.

"혜성을 파괴할 방법을 찾지 못하면 다 죽는 건데 엘프들이 부러워할 필요가 있나 몰라!"

칼은 늑대인간들의 영토에서 임무를 마치고 돌아왔다. 늑대인간들을 지배하는 틸은 가능한 한 많은 인간을 늑대인간 전사로 만들기 위해 리스베스 여제와 함께 대대적인 이민 정책을 감행하고 있었다. 크리스털리스트들이 'GG'라고 부르는 늑대인간이 될 후보자들은 예상보다 훨씬 수가 많았다. 하지만 칼은 빠르게 질서를 회복할 거라고 내다봤다. 지금으로서는 마법 능력이 없는 인간들이 가장 적극적으로 달려들었다. 하지만 이민 시기는 늦춰질 터였다. 당장은 싸울 대상이 없기 때문이었다. 산헥시아가 상기시킨 대로 혜성은 격투를 벌여 이길 수 있는 상대가 아니지 않는가!

늑대인간이 되어 거의 죽지 않는 강력한 존재가 된다는 것은 분명히 매력적인 카드이지만, 알파 대장에게 복종하며 납작 엎드려 '네', '아니오'로만 대답하며 사는 것은 별개의 문제였다.

지구인인 오귀스트 백작과 카미유, 요리사는 주의 깊게 듣고 있었다. 악마들이 지구에서 몇 시간 만에 수백만의 목숨을 앗아가는 걸 지켜봤기에 혜성이 무슨 짓을 할지 공포에 질려 있었다. 마지막 순간에 지구인들을 구해줄 우주선이 나타나지 않을 수도 있기 때문이었다.

마니투는 지구에서 인간들/마법사들/드래곤들/기타 등등의 관계를 조율하고 있었다.

"개 모습이 이 정도로 쓸모가 있을 줄은 상상도 못했어." 타라의 증조할아버지(정확히는 외외증조부)가 말했다. "인간 모습을 되찾지 못하기 때문에 멍멍거리는 내가 지금은 훨씬 쓸모가 있다니까. 지구인들은 나를 위협적으로 보지 않거든."

마니투가 귀여운 포즈를 취하자 백작은 한숨을 지었고, 타라와 친구들은 웃음이 빵 터졌다.

"어쨌든 지구인들은 공포에 질리고 흥분한 상태라 관리하기가 쉽지 않아. 한편으로는 마법사들이 인간이라는 것에 만족하면서도 다른 한편으로는 드래곤, 악마, 외계의 온갖 종족들을 두려워해. 그리고 의심이 많은 정부들은 자국에 있는 마법사들을 색출하기 시작했어. 그 바람에 첩보원들이 찾아내기 전에 마법사들을 보호하느라 이사벨라의 일이 더 많아졌지. 우리는 지구인들이 마법사를 가둬놓고 연구하는 걸 원치 않아. 하물며 새로운 마법 능력에 겁먹은 아직 어린 마법사들에게 그런 일을 겪게 할 수는 없지. 그렇다고 아주 나쁘게 돌아가는 상황은 아니야. 타라, 네 쪽 상황은 어때?"

"힘들어요." 타라는 여전히 피로가 남아 있는 얼굴로 대답하며 눈을 비비다 긴 금발을 가다듬었다. "방벽을 세우는 데는 성공했지만 혜성은 공격을 멈추지 않고 있어요. 이상한 건 혜성이 자기 힘을 소모한다는 점이에요. 나와 결탁한 악마의 영혼들에 따르면 혜성 안에 갇힌 영혼들이 광분해 있어 소통이 안 돼요. 몇 시간 동안 노력했지만 우리의 말을 아예 들으려고도 하지 않아요."

"그럼 이제 어떡할 건데?" 마니투가 물었다.

"우리 공격을 당해내지 못할 정도로 최대한 혜성의 마법이 고갈될 때를 기다렸다가 파괴할 거예요. 그러면 금속에 갇힌 영혼들은 아르칸즈에게 돌아가죠. 독성 있는 금속이 파괴되면 갇혀 있던 영혼들은 마왕에게 돌아가게 되어 있으니까요."

무아노는 몸서리쳤다. 악마들을 상대해봤기에 무슨 짓이든 능히 벌일 수 있다는 걸 알고 있었다.

"너는 아르칸즈가 의리가 있다고 확신해?" 무아노는 걱정스럽게 물었다. "가브리엘과 바쉬가 죽은 뒤 지금은 평온한 것 같지만 그래도 아르칸즈는 악마야. 무슨 카드를 쥐고 있는지 모르잖아?"

타라는 어깨를 으쓱했다.

"아르칸즈는 여러 번 의리를 보여줬어. 그리고 그들 국민의 생존이 우리의 협력에 달려 있다는 걸 잘 알고 있어. 수백만 악마의 영혼들을 무기로 갖고 있지만 그것만으로는 혜성을 물리치지 못하기 때문에 우리의 도움이 필요해."

"하지만 부통치자 다쉬는 어떡하고? 다쉬는 빵빵하게 팽창한 불사르딘 형상에 촉수와 송곳니까지 있는 늙은 악마 중 하나야. 만약 아르칸즈가 죽으면 다쉬가 새로운 왕이 되겠지. 그러면 심각한 문제가 있을 거라고 생각해."

"그렇겠지. 하지만 아르칸즈는 선택의 여지없이 호전적인 파의 악마들을 새 정부에 들여야 했을 거야. 그리고 다쉬는 최악이 아니라고 말할 수 있어. 다쉬가 우리를 좋아하지는 않지만 혜성을 상대하는 문제에 있어서는 아르칸즈보다 더 대단한 능력을 발휘하지는 못해. 그래서 나는 다쉬가 얌전히 있을 거라고 생각해."

무아노는 아무 말도 덧붙이지 않았지만 의혹의 눈빛은 여전했다.

타라는 실컷 먹고 나자 하룻밤 푹 잤는데도 또 약간 졸렸다. 그동안 너무 혹사되었음을 몸이 말해주고 있었다.

타라는 하품을 했다.

칼이 웃으면서 말했다.

"내가 너무 빨리 왔나 보다. 타라, 가서 좀 더 자. 적어도 하루는 더 쉴 필요가 있겠어."

하지만 타라는 고개를 흔들었다.

"안 돼. 지금 자면 오늘 밤에 못 자. 모우르무르와 의논할 게 많아. 몇 가지 정보가 필요한데 크리스털 볼로 말하기 곤란하거든. 듣는 귀가 너무 많아. 그리고 베티와 살루덴리바쉬라쉬부를 빨리 만나고 싶기도 하고. 못 본 지 너무 오래됐어."

"그럼 내가 따라갈게." 로빈은 칼이 말하기 전에 재빠르게 말했다. "자르를 만나야 해. 자르가 뭐 좀 갖다 달라고 부탁했거든."

칼은 못마땅해했다. 하지만 타라를 포기하지 않고 계속 사랑한다고 선언한 로빈과 이런 자리에서 다투고 싶지는 않았다.

"그래, 좋아." 타라는 흔쾌하게 말했다. "같이 가자. 파브리스와 무아노는?"

"우리도 같이 갈게." 파브리스가 대답했다. "나도 베티 보고 싶어. 무아노와 나는 모처럼 휴가를 받았는데 즐겁게 보내야지."

"나도 갈게." 파프니르가 씨익 웃었다. "실버와 나는 함께 일하는 난쟁이들이 모우르무르 발명가에게 전해달라는 걸 갖고 왔어. 이 기회에 이삼일 휴가를 받았어. 빌어먹을 악마들 때문에 쉬지도 못하고 일했거든."

자기에게 하는 비난이라는 걸 알면서 모른 체하는 건지 정말 모르는 건지 산헥시아는 손뼉을 치며 반겼다.

"나도, 나도 갈게! 너무 귀여운 자르, 만나고 싶어!"

타라는 어이없는 듯 눈살을 찌푸렸다. 잘나가는 패셔니스타를 따라 하는 산헥시아가 덩컨 집안에서 가장 위험한 아이를 수중에 넣을 거라고 생각한다면 크게 착각하는 것이다. 파프니르의 말마따나 자기가 자기 눈을 찌르는 것일 텐데.

그들은 식사를 끝내고 요리사에게 설거지를 도와주겠다며 나섰다. 요리사는 붕붕 날아다니는 접시와 찻잔들이 눈 깜짝할 사이에 정리되는 마법의 설거지 광경을 지켜봐야 했다.

"아우 정신없어!" 요리사가 중얼거렸다. "진짜 마음에 안 들어! 전부 이렇게 마법으로 해결하면 어디 정신 사나워서 살겠어!"

"마리, 그래도 편리하잖아?" 백작이 말했다.

하지만 요리사는 눈살을 찌푸리며 경계심을 풀지 않았다. 타라는 지구인의 마음이 이해가 되었다. 이때까지 알지도 못했던 마법에 잔뜩 겁먹는 거야 당연한 일 아닌가.

타라는 자신이 자란 지구와 완전히 관계를 끊지 않기 위해서라도 지구인들의 마음을 고려해 조심스럽게 마법을 사용해야 했다.

로빈은 두건을 썼다. 더운 날씨라 이상해 보이지만, 이사벨라와 백작이 비마들과는 거의 어울리지 않는 데다 성과 저택에 별난 사람들이 산다는 걸 동네 사람들이 다 알고 있었다. 그래서 두 집을 찾는 손님들은 신중하게 행동했다. 로빈은 귀와 크리스털 눈을 바꿀 수도 있었지만 간단하게 머리를 가리고 릴란드릴의 활을 사라지게 했다(활이 필요 없을 때는 늘 그렇듯). 하프엘프의 목에 휘감긴 소우르브는 비늘무늬의 초록색 목걸이처럼 보였다.

타라는 패밀리어들을 보이지 않게 했다. 칼의 여우 블롱딘은 무난했지만, 무아노의 은빛 표범과 커다란 페가수스는 감추기가 좀 까다로웠다. 파프니르의 장밋빛 고양이 벨제부트는 워낙 귀여워 그대로 내버려두었다. 염색한 게 아니라 고양이의 본래 색깔인 줄은 상상도 못하는 동물애호협회 운동가들은 비난할지 몰라도.

체인지라인은 타라에게 무아노처럼 흰색 짧은 반바지에 노란색 티셔츠를 입혔다.

다른 이들도 옷차림을 바꿨다. 청바지, 반바지, 긴 셔츠, 샌들 등 가능한 한 이목을 끌지 않는 모습들이었다. 칼은 단도들을 감췄고, 실버와 파프니르는 검과 도끼를 사라지게 했다. 이윽고 그들은 마라와 자르를 만나기 위해 덩컨 집안의 저택으로 향했다.

자르는 어찌할 바를 모르고 있었다.

무슨 일이 일어나고 있는지 알 수 없었다.

외할머니 이사벨라의 응접실, 자르는 빨간 테가 둘려진 초록색 안락의자에 앉아 베티를 쳐다보고 있었다.

베티는 조수들이 입는 파란색 작업복을 입고 있었다. 통통하고 가무잡잡한 베티는 모우르무르의 실험이 얼마나 위험한지 모르는지 노학자의 발명품들에 얽힌 재미있는 일화를 얘기하는 중이었다. 연신 "쾅, 쾅" 폭발하는 소리까지 흉내 내면서.

브주아 지롱 백작의 말과 달리 타라는 저택에서 조용히 쉴 수 있었을 터였다. 걸핏하면 건물이 흔들리는 걸 도저히 참을 수 없는 이사벨라가 이틀 전 공원 깊은 곳, 예전에 양을 치던 목사로 모우르무르의 실험실을 옮기게 했기 때문이다. 오래전에 지은 비둘기장 같은 건물에 모우르무르의 노리갯감인 조수들이 기거하고 있었다.

지하 100미터 위치에 있는 화강암층을 뚫고 깊이 지은 실험실이라 아무리 강력한 폭발이 일어나도 끄떡없기 때문에 저택에 있는 이들은 안심할 수 있었다.

이사벨라를 보좌하는 두 마법사 타쉴과 망구스는 모우르무르와 함께 일하는 걸 단호히 거부했었다. 그들이 모우르무르를 싫어해서가 아니라 폭발 때문에 반쯤 귀머거리가 되는 것이 지긋지긋해서였다.

반면 베티는 모우르무르의 발명품들에 완전히 매료되어 매직사이언스 교육을 받고 있을 정도였다. 물론 마법 능력이 전혀 없는 베티로서는 마법보다 과학 교육이 먼저겠지만.

이런 베티의 변화에 살루덴리바쉬라쉬부는 절망했다. 블랙 드래곤이었으나 변신이 안 돼 인간 모습으로 살게 된 살루는 언젠가는 비늘을 되찾을 거란 희망조차 포기해버린 상태였다. 살루는 폭발을 싫어하는 게 정상이라고 여겼기 때문에 모우르무르와 많은 시간을 보내는 베티가 정말 이상하다고 생각했다.

자르는 베티에게 홀딱 빠져 있었다.

그 이유를 알 수 없었다.

아더월드에서는 여자들이 마법을 사용해 아름답게 치장했다.

베티는 그렇지 않았다. 화장 같은 건 아예 하지 않았다. 그리고 10킬로그램은 과체중인 것 같았다. 아더월드 여자들의 아름다운 긴 머리와 달리 단정하게 자른 까만 단발머리, 예쁜 척도 하지 않았다. 튼튼한 체격에 자연미가 있고, 반짝거리는 눈에 생기가 넘쳤다.

한마디로, 자르는 베티에게 매료되어 있었다.

자르는 곁에서 며칠을 보내다 비밀이 많고 고민도 많은 자신과는 정반대인 베티의 솔직함과 소박함에 완전히 반한 것이었다.

116

그리고 경쾌하게 터져 나오는 베티의 웃음소리를 들을 때마다 혼란에 빠졌다.

절대로 안 될 일이었다.

비마와 사랑에 빠질 수는 없었다. 자르의 짝은 아름다우면서도 강력한 마법사여야 했다.

또다시 자르의 시선이 베티에게 머물렀다.

자르는 어느새 또 한눈을 팔고 있는 자신에게 속으로 따귀를 날렸다. 바로 그 순간 베티가 쳐다보며 말했다.

"자르." 베티가 이름을 부르며 미소 짓는데 토실한 볼에 보조개가 깊이 팼다. "마지스터 일은 어떻게 되고 있어?"

휴, 저 보조개, 살상무기나 다름없어. 자르는 보조개에 꽂혀서 베티가 뭘 물었는지 전혀 듣지 못했다.

"자르, 내 말 듣고 있어?"

딴생각하다 들킨 자르는 어물어물 대답했다.

"어? 응."

마라는 주의 깊은 시선으로 동생을 살폈다. 얼마 전부터 자르는 평소와 다른 태도를 보이고 있었다. 마지스터의 교육을 받고 자란 마라는 다른 사람들이 감지할 수 없는 신호를 주의 깊게 살피는 걸 배웠다.

긴 곱슬머리의 마라는 엄마와 쌍둥이 동생과 똑같은 초록빛이 도는 갈색 눈으로 베티와 자르를 번갈아 살피다 머릿속이 뜻밖의 생각으로 반짝였다. 이거 혹시……. 아, 이러면 동생에게 복수할 기회를 잡는 건데……. 마라에게 빠진 것처럼 행동하는 가브리엘에 대해 자르가 얼마나 노골적으로 비웃었던가! 마라는 가볍게 물었다.

"자르? 베티가 묻잖아! 마지스터 일은 어떻게 되어가냐고? 베티 앞에서 침 그만 흘리고 대답이나 해!"

빙고! 동생이 즉각적으로 반응하는 걸 보면 마라의 예상이 적중한 것이다.

"뭐, 뭐라고? 내가 무슨 침을 흘렸다고 그래? 말도 안 되는 소리 하고 있어!" 자르가 격하게 소리치자 베티는 멍하니 입을 벌렸다.

살루는 눈살을 찌푸렸다.

"자르가 왜 베티 앞에서 침을 흘려? 설마 베티를 잡아먹으려는 건 아니겠지?"

불쌍한 드래곤은 인간들의 비유적 표현을 이해하기 어려웠다.

베티가 웃음을 터뜨렸다.

자르가 투덜거렸지만 너무 늦었다. 마라는 쾌재를 올렸다. 의심의 여지가 없었다. 와우, 이렇게 기쁠 수가! 틈만 나면 자르를 괴롭힐 수 있다는 거잖아.

마라는 더운 날씨에도 검정 레깅스를 입은 긴 다리를 꼬며 거리낌 없이 말했다.

"아니, 자르는 잡아먹으려는 게 아냐, 살루. 내 동생이 큐피드의 화살을 맞았다는 뜻이야."

살루의 눈살이 더 찌푸려졌다. 깜짝 놀란 베티도 웃음을 그쳤다.

"이번에는 또 화살이야?" 살루가 짜증이 나 죽겠다는 투로 말했다. "인간들이 하는 말은 뭐가 이렇게 맨날 복잡한지 진짜 골치 아파. 오, 흉측한 벤드룩의 내장이여, 대체 큐피드가 누군데?"

"사랑의 신." 마라가 달콤한 목소리로 대답했다. "사랑의 신 큐피드가 쏜 화살에 심장을 맞으면……."

순간 자르가 번갯불 같은 것을 날리자, 마라가 잽싸게 엎드려 마법을 작동시키며 피했다. 번갯불은 마라가 앉았던 의자에 이어 뒤쪽 벽을 시커멓게 태웠다.

마라는 자르의 공격에 대비해 안락의자에 앉은 베티 뒤로 숨으며 놀렸다.

"와, 진짜 맞은 것처럼 아픈데!"

"멍청하기는!" 자르는 쌍둥이 누나가 무슨 말을 지껄이든 개의치 않는다는 걸 보여주기 위해 마법을 끄고 내뱉었다. 마라를 겨냥하다 앞에 있는 베티를 다치게 하고 싶지 않았기 때문이다.

마라는 망가진 의자를 응시하며 마법으로 복원시키고, 벽에 그을린 자국까지 싹 없앤 다음 마법을 껐다.

그러고는 해맑은 미소를 지으며 말했다.

"응접실 망가뜨린 거 걸리면 어떻게 되는지 알아? 이렇게 원상 복구해놓아야 외할머니가 너를 두꺼비로 둔갑시키는 일이 없지."

하지만 마라는 여전히 베티 뒤에 숨어 있었다. 걸핏하면 티격태격하는 쌍둥이의 사소한 싸움에 익숙한지 베티는 잠자코 있었다.

"마라를 용서해줘." 자르는 냉랭한 목소리로 베티를 쳐다보며 말했다. "치근덕거리는 악마 왕자에게 당해 반쯤 죽을 뻔한 뒤로 머리가 이상해졌거든."

베티는 미소를 지어 보인 뒤, 마라는 동생을 놀리는 것일 뿐 좋은 아이라고 생각하면서 화제를 바꿨다.

"물론이지. 근데 너 아직 내 질문에 대답 안 했어. 마지스터 일은 어떻게 되어가냐니까? 그 괴물이 우리 행성에서 인기가 있다는 게 난 믿을 수가 없어."

갑자기 베티의 목소리가 떨렸다. 마지스터에게 납치되었다가 미친 붉은 여왕 드래곤에게 넘겨져 얼굴이 엉망이 되었을 때 겪었던 악몽을 잊지 못한 것이었다. 마법 덕분에 다시 매끈해진 뺨을 만지는 베티의 떨리는 손을 보며 자르는 가슴이 찢어지는 것 같았다.

"특별한 거 없어." 자르는 부드럽게 대답했다. "마지스터가 악마들의 우주선을 나포한 것은 기술을 파악하기 위해서니까. 지금 한창 연구 중이겠지."

베티는 부들부들 떨었다.

"마지스터가 악마의 영혼들을 모아놨다가 사적인 용도로 이용할 생각이란 말이야? 그러면 무시무시하게 강력해지는 거잖아. 오랜 세월 악마의 셔츠를 몸의 일부로 지니고 있으니 끔찍한 마법을 어떻게 사용하는지도 잘 아는 작자인데."

자르는 신랄한 미소를 지었다.

"우리가 확인한 바로는 그것이 마지스터의 목적인 건 분명해. 지구인들에게는 알리지 않았지만. 아무튼 악마들은 단언했어. 우리의 기술력으로는 마지스터가 영혼을 훔치는 기계를 복제할 수 없다고."

"몇 주일 동안 모우르무르를 보좌하면서 느낀 건데 복제하지 못할 건 없어." 베티는 반신반의하는 얼굴로 반박했다. "그리고 이 세상에 천재가 모우르무르 한 사람만 있는 건 아냐."

자르는 베티의 고뇌를 의식해 여전히 부드럽게 말했다.

"천재든 천재가 아니든 그것으로 달라지는 문제가 아니야. 단순한 기계가 아니라 부분적으로 유기체이기 때문에. 그런 데다 그 유기체들은 사용되고 나서 몇 분 후에는 자동으로 죽게 되어 있어. 그렇게 프로그램이 짜여 있으니까. 그리고 아직 살아 있는 영혼들은 빠져나가 버리지. 그런데 마지스터가 나포한 우주선들은 모두 영혼 채집기를 사용했고 유기체들이기 때문에 바로 죽었을 거야. 비축된 영혼들도 자동으로 파괴되었을 것이고."

베티는 안도의 숨을 내쉬었다. 영혼 채집기로 지구를 무자비하게 공격한 악마들에 대한 정신적 충격은 비마인 자신과 마찬가지로 마법사들에게도 끔찍한 트라우마로 남아 있었다. 그걸 확인하자 베티는 한결 마음이 놓였다.

"그렇지만 마지스터는 작전 중 하나를 실패하면 또 다른 작전으로 바꿔버려." 자르가 말을 이었다. "어제 외할머니가 메시지를 받았어. 마지스터가 지구의 여러 정부에 제안했는데 단일 정부를 구성하여 자기가 지구를 다스리겠다는 거였어."

살루가 으르렁거렸다. 겉으로 드러나 있는 모습은 드래곤이 아니라도 본질은 살아 있는 모양이었다.

"마지스터는 권력에 굶주린 인간이야. 그래서 지구인들의 대답은 뭔데?"

베티가 웃었다.

"잠깐, 내가 알아맞혀 볼게. 지구인들이 마지스터를 좋아한다고 해도 대답은 '고맙지만 사양합니다' 이거 아냐?"

"정답!" 자르가 대답했다. "역시 지구인이라서 잘 아는구나. 지구인들은 공동의 적을 상대할 때는 단결하지만 위협이 사라지면 사이가 좋지 않아. 따라서 어떤 점에서는 마지스터의 제안이 일리가 있어도 지구를 다스리겠다는 것에 대해서는 논할 가치가 없지. 각국 정부들은 혜성의 위협에 공동 책임을 지고 우리 쪽과 손잡고 최선을 다할게 틀림없어."

"아, 며칠 전 특별 방송을 통해 악마 행성을 공격하는 혜성의 영상이 전파를 탄 이유를 이제야 좀 알겠네." 살루가 말했다. "아더월드와 드래곤에게 협력하지 않으면 지구인들도 위험하다는 걸 상기시키는 거였어. 아무튼 대단해!"

자르는 피식 웃었다. 지구의 각국 정부들이 또다시 서로 논쟁을 벌이며 싸우기 시작하자, 자르가 외할머니 이사벨라에게 그 영상을 부탁했었다.

지구에 오기 전에 자르는 팅가푸르에서 멀리 떨어져 있고, 마법이약한 행성에서 일하는 것이 아주 끔찍하다고 생각했었다. 악마들이공격하면서부터는 마침내 양지보다는 음지에서 활동하는 것이 훨씬재미있다는 걸 알았다. 자기가 뭔가를 했는데 아무도 눈치채지 못하는 것이 재미있고, 몰래 결과를 지켜보는 것도 흥미로웠다.

자르는 살루, 마라와 열띤 토론을 하는 베티를 응시했다.

전에는 거짓말하고, 이용하고, 복종시키기 위해 걸핏하면 때렸기때문에 마지스터를 좋아하지 않았다. 하지만 베티와 어울리면서부터 그 어느 때보다 더 마지스터라는 괴물을 증오하고 있었다. 마지스터가 천사 같은 베티에게 깊은 상처를 주었기 때문이다. 베티가 모우르무르를 보좌하는 걸 이상할 정도로 좋아하는 것은 그만큼 아더월드에 발을 들여놓는 걸 피할 수 있기 때문이었다. 베티는 어느 날 아침 눈을 떠보니 금지된 대륙에서 다시 붉은 여왕의 노예가 되어 있을까 봐 늘 두려움에 떨고 있는 것 같았다.

갑자기 찌렁찌렁 울리는 벨소리에 모두 소스라치게 놀랐다. 랑코비트에 있는 살아 있는 궁전의 영역을 확장시켜서 만든 지구의 살아 있는 저택은 상황에 따라 다양한 벨소리를 냈다. 랑코비트의 살아 있는 궁전은 거대해서 사람들에게 주의를 주기 위해 이런 방법이 필요하지만, 타공의 저택은 궁전에 비해 아주 작아서 이럴 필요가 없는데 습관 때문임이 틀림없었다.

"오늘 아침 누구 올 사람 있었나?" 마라는 먹먹해진 귀를 문지르며 물었다. "이런 벨소리를 내는 건 보통 사람이 아니라는 건데!"

"타라 아닐까?" 자르가 대꾸했다. "한번 올 거라고 했잖아. 로빈도 엘프들의 정책에 관해 정보 제공차 방문하겠다고 했고. 특히 공기와 암흑의 여왕 타빌라가 간밤에 팅가푸르에서 피살됐으니."

타쉴이 문을 열어주러 나가는 소리가 들렸다. 그사이 아직 타빌라 사건에 대해 모르고 있던 마라가 외쳤다.

"뭐? 어쩌다가 엘프들의 여왕이 피살됐는데?"

"타빌라 여왕이 타라를 만나러 팅가푸르에 왔었는데 무슨 이유였는지 아무도 몰라. 그리고 여왕이 피살된 직후 크산디아르 친위대장이 알 수 없는 곳으로 가기 위해 오무아를 떠났다는 거야. 이게 내가 알고 있는 전부야."

하지만 자르의 본능은 그 사건이 시한폭탄이 될 거라 예고하고 있었다.

"그래도 이 벨소리는 너무 심했어. 살아 있는 저택에게 소리를 좀 줄이라고 말해야지 안……."

또다시 사이렌이 울리기 시작했는데 소리가 어찌나 요란한지 모두 벌떡 일어났다.

이번에는 출입문이 아니었다.

밖에서 비명소리가 들렸다.

그리고 응접실이 폭발했다.

# 슈퍼히어로

쇼핑 기술

*

그들은 그렇게 느꼈지만 사실은 실내 쪽으로 불룩한, 응접실의 두 짝문이 폭발한 것이었다. 저택은 이미 방어 태세에 들어갔고, 그들이 무슨 일인지 알아차리는 사이 금과 은(공격자가 늑대인간일 경우를 대비해), 켈트릴이 섞인 묵직한 문짝들이 천장에서 덜커덩 내려와 응접실을 완전히 격리시켰다.

베티는 다행히 모든 폭발을 견뎌낼 수 있는 특수 작업복을 입고 있었다. 작업복 차림이 아니었다면 베티는 금속 섞인 나무 파편을 맞아 전신에 상처를 입었을 것이다. 자르와 마라는 본능적으로 방패를 불러냈기 때문에 다치지 않았다.

하지만 살루는 중상이었다. 나무토막이 복부를 관통했고, 출혈이 심해 얼굴이 창백했다.

"살루!" 베티가 소리치며 뛰어갔다.

덧창까지 모두 닫혔기 때문에 방은 어둠에 잠겨 있었다. 바깥에서 고함과 비명 소리가 들렸다. 저택은 집 안에서 폭발이 일어나는 걸 몹시 싫어했다. 여러 번 공격을 받은 뒤로 더욱 예민해져 있기 때문에 공격자들은 응분의 대가를 치를 터였다. 발전기들이 가동하기 시작했고, 전등이 켜졌다. 자르는 이미 살루 옆에서 나무토막을 빼기 위해 주문을 읊고 있었다.

하지만 상처가 아물지 않았고, 살루는 정신을 잃었다.

"슬루르크, 슬루르크, 슬루르크!" 자르는 욕설을 뱉었다. "이 상처는 왜 낫질 않지?"

마법에 문제가 생겼을 경우에도 치료할 줄 알아야 하는 면허 받은 도둑으로서 마라는 응급처치를 지시했다.

"살루의 상처를 압박해. 복부를 이렇게 눌러(마라는 손동작을 보여주었다). 내 생각에는 드래곤의 본성이 우리 마법에 저항하는 것 같아. 그리고 지구에서는 마법이 약하기 때문에 금방 낫지 않는 것일 수도 있고."

"맙소사! 죽어가고 있어!" 베티가 울먹이며 외쳤다. "자르, 마라, 살루가 죽어가고 있어!"

자르는 이를 악물었다. 죽어가는 살루의 검은 머리털을 애틋하게 쓰다듬는 베티를 보자 자르는 머리털이 곤두섰다.

"저택, 바깥 상황을 영상으로 보여줘!"

마라가 얼굴을 들고 지시했다.

즉시 그들의 눈앞에 영상이 나타났다. 여러 무리가 저택 안팎에서 싸우고 있었다.

마라는 자기와 똑같은 흰색 머리털이 섞인 금발을 알아봤다.

언니 타라가 상그라브들을 상대로 싸우고 있었다.

아니, 가슴에 빨간 원이 있는 잿빛 마법복 차림에 반사경 마스크로 얼굴을 가린 남자와 싸우고 있었다.

마지스터.

"빌어먹을!" 마라가 욕설을 뱉었다. "마지스터가 또 왜 나타난 거야?"

이번에는 자르가 고개를 들었고, 베티의 얼굴이 파랗게 질렸다.

"저자는…… 나 때문에 온 거야. 또 나를 납치하려고. 안 돼!"

갑자기 베티가 벌떡 일어났는데 아무것도 안 보이고, 도망칠 필요가 없다는 말도 들리지 않는 것 같았다.

"마라!" 자르가 외쳤다. "내 대신 살루의 상처를 압박해!"

마라는 시키는 대로 했다. 베티가 강철 덧창이 달린 창문을 향해 뛰어가며 소리쳤다.

"저택! 덧창을 열어!"

"안 돼!" 자르가 외쳤다.

하지만 너무 늦었다. 거주자들에게 복종하는 저택이 덧창을 열었고…… 베티는 밖에서 기다리는 한 무리의 상그라브 군대를 보고 흠칫 놀라는 것 같았다. 상그라브들이 총을 겨누는 순간 자르는 창문이 박살 나기 직전 아슬아슬하게 베티를 덮쳤다.

"저택!" 자르는 유리 파편으로부터 베티를 보호하며 외쳤다. "덧창을 닫아!"

저택은 복종했다. 입체적 형상의 유니콘이 나타나는 순간 탕, 탕, 탕! 강철 덧창이 흔들렸다. 유니콘이 의아한 눈길로 쳐다보는데 이렇게 묻는 것 같았다. '너희들 귀엽기는 한데 어쩌라는 건지 정확하게 말해야지. 덧창을 열라는 거야, 말라는 거야?'

"베티를 용서해, 저택." 자르가 단호하게 말했다. "제정신이 아니라서 그래. 마지스터에게 큰 충격을 받은 뒤로 비정상적인 두려움에 시달리고 있거든. 모든 덧창과 문을 봉쇄하고 지금부터는 나나 마라의 지시에만 따라."

자르는 이 말을 듣고 베티가 무슨 반응이든 보이길 바랐지만 멀거니 쳐다볼 뿐이었다.

자르는 나약한 인간을 좋아하지 않았다. 그런 인간을 보면 신경질이 났다. 그런데 희한하게도 벗어나려고 버둥거리는 베티를 일으키던 자르는 동정심과 연민으로 가슴이 찢어지게 아팠다.

"베티, 나를 봐." 자르가 부드럽게 말했다.

베티가 응접실 뒷문을 통해 위층 층계로 뛰어가려고 해서 자르는 두 손을 움직이지 못하게 꽉 잡아야 했다.

"내가 있잖아. 내가 절대로 너를 해치게 내버려두지 않아. 내 말 듣고 있지, 베티? 내가 지켜줄게. 아무 일도 일어나지 않아."

베티는 잠자코 봉쇄된 문을 향해 멍한 시선을 던졌다. 그러고는 애원했다.

"나를 나가게 해줘. 제발 부탁이야. 나를 나가게 해줘. 저택! 뒷문을 열어, 여기서 나가야 해!"

베티는 극도로 흥분해 있었다. 유니콘이 어떡하느냐고 묻는 듯 머리를 흔들었다.

"아니, 열지 마." 자르가 단호하게 잘랐다.

베티가 울부짖기 시작했다. 자제력을 완전히 잃은 상태였다.

자르는 둘 중 하나를 선택해야 했다. 베티에게 따귀를 날려야 하는데 그건 내키지 않았다. 그렇다면…….

자르는 몸을 숙이고 베티가 뭘 하려는 건지 알아차리기 전에 키스를 했다.

어찌나 놀랐는지 온몸이 굳어버린 베티는 눈물이 그렁그렁한 눈으로 자르를 쳐다봤다.

자르는 키스에 대해 아무런 기대가 없었다. 이미 다른 여자들과 키스를 해봤지만 여자들의 꼬임에 넘어간 것이지 단 한 번도 사랑하는 감정이 있어서가 아니었다.

그런데 지금은 파라다이스에 있는 것 같았다.

약간 아슬아슬하지만 그래도 파라다이스였다.

베티의 입술은 부드럽고 달콤했다. 자르는 베티를 더 꼭 끌어안았다. 베티를 왜 뚱뚱하다고 생각했을까? 뚱뚱한 게 아니라 푸근했다. 살며시 눈을 뜬 자르는 몸을 약간 빼고 확인했다. 베티도 몹시 놀란 얼굴이었다.

"와우." 마라가 탄성을 질렀다. "두 사람 지금 키스한 거야?"

베티도 자르도 대답하지 않았다. 바깥은 그들이 전혀 모르는 이유로 혈투를 벌이는 지옥인데 안에서 이렇게 나 몰라라 하고 있어도 되는 건가.

베티는 떨리는 손으로 자르의 열렬한 키스에 새빨개진 입술을 가렸다.

"근데…… 근데…… 너 왜……."

자르는 미소를 지었다.

"그러고 싶었으니까. 네가 너무 예뻐서. 베티, 네가 진짜 마음에 들어. 그리고 네가 히스테리 발작을 일으키는 바람에 하마터면 죽을 뻔했어. 우리 모두 죽을 뻔했어. 그래서 키스를 하든가 따귀를 날리든가 둘 중 하나를 선택해야 했거든."

베티는 아직 충격에서 벗어나지 못한 얼굴로 자르를 빤히 쳐다봤다. 그러다 수줍은 미소를 지었다.

"솔직히 따귀보다는 키스가 더 낫잖아."

베티는 손을 내밀다 유리 파편이 후드득 떨어지자 놀라서 옷을 쳐다봤다.

"내 몸에 왜 이렇게 유리조각이 많아?"

자르는 깨진 창문을 가리켰다.

"상그라브들이 창문을 박살 냈거든. 밖에 상그라브 군대가 있는데 네가 밖으로 뛰쳐나가겠다고 난리를 쳤어. 다행히 저택이 제때에 아무도 침입하지 못하게 덧창을 봉쇄했기에 망정이지 진짜 다 죽을 뻔했다니까."

베티는 부들부들 떨면서 주저앉았다.

"전혀 기억이 안 나. 마지스터를 본 기억밖에는. 그다음부터는 아무엇도 기억이 안 나."

"저런!" 마라가 놀랐다. "혹시 네가 키스한 것도 기억하지 못하는 거 아냐? 근데 자르, 너 여자 싫어한다며?"

"닥쳐!" 자르가 단호하게 받아쳤다.

마라는 웃음이 터졌다. 동생과 베티가 키스하는 동안 마라는 살루의 상처를 살피며 곰곰이 생각했다. 인간 형상의 몸속에 블랙 드래곤의 몸이 있었다. 마라가 레파루스 주문을 날렸을 때 살루의 몸이 마법을 거부했다. 부드러운 것이 센 것을 누른다고 했는데……. 타라를 보며 센 것이 능사가 아니라는 걸 배우지 않았던가. 때로는 부드럽게 접근할 필요가 있었다.

마라는 마법의 강도를 아주 약하게 줄이고 살루의 상처에 한 방울씩 스며들게 했다.

처음에는 이 방법도 통하지 않는다고 생각했다. 다만 출혈이 확연히 줄어들고 있다는 것에 만족했다.

정확히는 모르지만 살루는 죽어가고 있었다.

베티의 시선이 살루에게 향했다. 살루의 상처를 돌보는 마라의 손끝에서 마법의 빛이 번쩍이고 있었다. 베티는 입술을 깨물었고, 자르는 숨을 죽였다.

"그러지 마." 불안한 얼굴로 자르가 말했다. "그러지 좀 마, 제발."

"뭘 그러지 마?"

"그렇게 입술 깨물지 말라고. 내가 혼란스러워."

"미안." 이번에는 베티가 불안한 얼굴로 대답했다. "너무 무서워서 살루가 다친 것도 잊고 있었어. 그렇게 자제력을 잃다니 내가 미쳤나

봐. 내가 그 정도로 마지스터를 두려워했는지 몰랐어. 먼발치이긴 했지만 그래도 마지스터를 여러 번 봤는데."

"하지만 마지스터가 최근에는 공격적으로 나오지 않았어." 마라가 끼어들었다. "저택을 공격하는 마지스터를 보고 끔찍했던 기억이 무의식적으로 되살아났을 거야."

그때 살루가 움직이며 신음소리를 냈다. 죽지 않은 것이었다. 휴, 천만다행이었다.

살루는 눈을 뜨고 주위를 둘러봤다.

"어…… 어떻게 된 거야?"

"나무토막이 복부를 관통했어. 레파루스 주문이 통하지 않아서 네가 죽었다고 생각했는데……. 그래도 혹시 몰라서 내가 마법을 조금씩 스며들게 해봤는데 그게 통했나 봐. 너를 살려서 다행이야. 상그라브들이 밖에서 저택을 공격하고 있어. 영상으로 봤는데 타라가 지금 마지스터와 싸우고 있어."

"아니, 지금은 말싸움하는 중인 것 같아." 자르가 눈살을 찌푸리며 정정했다.

그들 모두 고개를 들고 영상을 봤다.

타라와 마지스터가 마주 보고 서 있고, 상그라브들은 저택에 대한 공격을 멈춘 상태였다. 고요해서 더 무서운 정적이 흐르고 있었다. 폭풍 전야의 고요처럼.

타라는 지켜보는 눈들을 의식하지 않은 채 마지스터와 마주 보고 있었다. 타라의 손에서 파란색과 검은색 마법이 윙윙거렸다.

타라와 친구들의 공격에서 살아남은 상그라브들이 힘겹게 일어나고 있었다. 무아노, 아니 또 다른 자이인 2미터 50센티미터 키의 털북숭이는 축 늘어진 상그라브를 태연하게 떨어뜨렸다. 늑대인간으로 변신한 파브리스도 기절한 상그라브를 휙 내던졌다.

로빈과 릴란드릴의 활을 상대했던 상그라브들은 사정이 더 나빴다. 활은 무자비했다. 심장을 뚫어버렸으니.

마지스터는 태연한 척하면서 속으로 6개국 언어로 욕설을 내뱉었다. 타라가 혜성과 맞서 싸운 뒤 아더월드에서 휴식을 취하고 있을 거라 생각했고, 그래서 지구로 이동해 저택을 공격한 것이었다.

저택 뒤편 잔디에 착륙한 마지스터는 누군가가 와서 벨을 누를 때 주의를 기울이지 않았다. 그런데 수년 동안 번번이 그의 계획을 좌절시켰던 타라와 또다시 맞닥뜨릴 줄이야!

"네가 여기는 웬일이야?" 타라의 공격과 함께 매직갱이 달려들어 상그라브들을 쓰러뜨렸을 때 마지스터가 내뱉은 첫마디였다.

"나는 가족을 만나러 왔는데요." 타라는 차분하게 대답했다. 타라 뒤에는 칼, 도끼를 잡은 파프니르, 로빈과 릴란드릴의 활, 늑대인간 파브리스, 랑코비트의 야수 무아노, 옆구리에 장검을 찬 하프드래곤이자 마지스터의 아들인 실버, 마니투와 산헥시아가 서 있었다.

"그러는 당신은 여기서 뭐하는 거죠?"

"나는 쇼핑하러 왔지." 마지스터는 재빨리 대답했고, 검은색 마법의 빛이 두 손을 에워쌌다.

타라의 쪽빛 눈이 동그래졌다.

"쇼핑이요?"

"그래, 몇 가지 꼭 필요한 게 있어서. 그중 하나가 어떤 학자거든."

타라는 대번에 알아차렸다.

"모우르무르를 납치하러 왔군요. 당신이 나포한 우주선에 있는 기계를 작동시키려고."

마지스터의 마스크가 어두워졌다.

"훌륭한 추론이구나. 정확해. 내 상그라브들이 저택 지하실을 뒤졌는데 미친 노인의 실험실이 사라졌어. 모우르무르를 어디다 숨겼니? 며칠 전까지만 해도 분명히 여기 있었는데."

"정보원들의 수준이 형편없나 봐요, 아버지." 실버는 생물학적 아버지와 상그라브 군대를 상대로 싸워야 한다는 사실에 전혀 동요하지 않는 듯한 얼굴로 말했다. "모우르무르는 벌써 떠났으니까 아버지가 찾을 가능성은 전혀 없습니다."

갑자기 마지스터가 실버 뒤쪽에 있는 뭔가를 응시하는데 마스크가 흡족해하는 파란색으로 변했다.

등 뒤쪽에서 잘 아는 목소리가 물었다.

"거기…… 무슨 일이니?"

대서양 해저에 주둔하는 아마존 부대 블랙 섹션의 전 사령관 히글 5와 패밀리어들인 호랑이와 치타 두 마리(플루토와 플루타르)를 거느린 모우르무르가 공원을 가로질러 왔다. 발명가는 자기 말고 다른 이들이 저택을 폭발시켰다는 사실에 약간 놀란 얼굴이었다.

칼은 한숨을 내쉬었다.

마지스터는 웃음을 터뜨렸다.

"이렇게 제 발로 나타나주시는데 내가 절대로 찾지 못할 거라고? 너 유머 감각이 대단하구나, 아마바의 아들. (마지스터는 모우르무르에게 허리를 굽혔다.) 덩컨 선생, 선생을 만나러 온 것이오."

모우르무르가 헝클어진 머리를 삐딱하게 숙이는데 반백의 머리가 아인슈타인을 연상시켰다.

"안녕, 타라." 모우르무르는 마지스터를 거들떠보지도 않고 말했다. "나는 너 보러 오는 길인데. 매번 말하지만 네가 빌려준 살아있는 돌에 대해 정말 궁금한 게 있어서……."

"나도 궁금한 게 있어요." 칼이 끼어들었다. "사람들은 대체로 폭발음이 들리면 멀리 피하는 편이거든요. 위험은 피하는 게 상책이니까요. 근데 이 집안사람들은 물어보고 싶은 게 너무 많아요!"

"그 돌은 최고의 협력자야." 모우르무르는 칼마저 본 척도 않고 말을 이었다. "이따금 고집부릴 때는 대책이 없지만."

타라는 웃음을 꾹 참으며 마지스터를 힐끔 살핀 다음 모우르무르에게 인사했다.

"잘 지내셨죠, 삼촌할아버지? 지난번에 통화한 뒤로 작업에는 진전이 좀 있었어요?"

노학자가 한숨지었다.

"내가 원한 것만큼은 아니야. 크세프로디 행성의 노란색**19** 자이언

<hr />

**19.** 크세프로디 행성의 주민들은 네 계급으로 나뉜다. 병정 계급은 짙은 적갈색, 오너러블 계급은 노란색, 하인과 유모 계급은 오렌지색, 여왕은 새빨간색으로 구별된다.

트 개미 오너러블 456이 우리를 도와주겠다며 왔지. 그럼에도 불구하고 현재로서는 악마의 영혼들을 해방시키는 건 불가능해. 악마들이 만든 것들은 아무튼 쉽지가 않아. 그렇다고 진전이 전혀 없는 건 아니고."

마지스터의 마스크가 회색으로 변했다.

"방해가 되면 그렇다고 말할 것이지 투명인간 취급을 하다니!" 마지스터는 못마땅한 어조로 내뱉었다.

하지만 모우르무르와 타라는 개의치 않고 눈길조차 주지 않았다. 마지스터가 아주 싫어하는 것 중 하나가 바로 무시당하는 것이었다.

"상그라브들!" 마지스터가 명령했다. "모우르무르 덩컨을 잡아!"

모우르무르는 좀처럼 흥분하는 법이 없었다. 머릿속에 딴생각이 너무 많아 여간해선 감정에 휘둘리지 않았다. 하지만 온순한 이들이 대개 그렇듯 모우르무르가 보이는 중립적인 태도 때문에 공격할 거란 생각은 아무도 하지 않았다.

번개같이 빠르게, 모우르무르가 은빛 만년필같이 생긴 것으로 마지스터를 향해 발사했다. 전혀 예상하지 못한 마지스터는 은빛 충격파를 맞고 즉시 돌처럼 굳었다. 상그라브들도 모조리 옴짝달싹하지 못했다.

타라와 친구들은 멍하니 입을 벌린 채 무기를 집어넣는 모우르무르를 물끄러미 쳐다봤다. 칼이 먼저 입을 열었다.

"오, 젤리소르의 충치여, 그게 뭐예요?"

"악마의 마법에 감염된 자들과 나를 짜증 나게 하는 자들을 마비시키는 광선."

타라 일행은 모우르무르가 방금 한 말을 이해하는 데 시간이 좀 걸렸다. 이윽고 칼이 놀란 얼굴로 외쳤다.

"하지만 마지스터만 겨누고 쐈는데 왜 상그라브들까지 다 마비되었죠?"

모우르무르는 눈살을 찌푸렸다.

"글쎄, 표적이 된 사람만 마비시켰어야 하는데……. 이것이 억압된 악마의 영혼들에게서 나오는 에너지를 주성분으로 만든 무기거든. 상그라브들은 아마도 마지스터가 길들이기 위해 사용한 악마의 마법에 감염되어 있어 영향을 받은 것 같구나."

"나한테도 한 개 주시면 안 될까요?" 칼이 눈을 반짝이며 물었다.

모우르무르는 짓궂은 미소를 지었다.

"당장은 안 돼. 테스트를 몇 가지 더 해봐야 하니까."

"오래가요?" 타라가 물었다. "테스트하는 데 걸리는 시간이 아니라 마지스터와 상그라브들이 마비되어 있는 시간이요?"

"30분에서 45분 사이. 그것도 테스트가 끝나봐야 확실히 알아. 오너러블 456과 내가 실수를 저지르지 않았다면……."

모우르무르는 중얼중얼 얼버무렸다.

타라가 다른 질문을 하려는 순간 모우르무르는 휙 돌아서서 멀어져 갔다. 옆에서 지켜보던 히글 5는 웃음을 터뜨렸다. 짧은 은빛 머리(군 복무를 끝낸 히글 5는 머리를 자르기로 결심했다) 때문인지 딱딱하고 강인해 보이는 인상이 확실히 부드러워 보였다.

"오, 아더월드의 모든 신들이여, 실험하는 걸 저렇게 행복해하는 사람은 처음 봐. 혼자 있다 폭발 사고를 당하기 전에 빨리 따라가야겠다.”

“마지스터를 처리하고 나도 금방 갈게요.” 타라는 미소를 지어 보이며 말했다. “악마의 영혼들 문제 말고도 의논할 게 많아요. 특히 드래코-티라노사우루스가 먹이를 소화하는 과정에 관해 알아야 할 게 있어서요.”

히글 5는 돌아서려다 멈춰 서서 호기심으로 가득한 파란 눈을 반짝였다.

“타라는 좀 다를 줄 알았는데 엉뚱하기는 이 집안사람들과 똑같네. 드래코-티라노사우루스가 먹이를 소화하는 과정이 궁금하단 말이야?”

히글 5는 고개를 설레설레 저으며 이런 집안의 일원이 되려고 하는 자신이 훨씬 더 미쳤다고 생각했다. 그러고는 패밀리어들을 데리고 전직 군인다운 걸음걸이로 사랑하는 남자를 뒤따라갔다.

타라가 히글 5와 얘기하는 동안 칼은 돌처럼 굳어버린 마지스터에게 다가갔다.

“손을 포기해야 하는 두려움만 없으면 마스크 속의 얼굴이 어떻게 생겼는지 보고 싶은데.” 칼이 마지스터의 얼굴을 가린 반사경 마스크를 유심히 살피며 투덜거렸다. “왠지 이게 다 함정이란 생각이 든단 말이야. 이렇게 마비되어 있는 것도 의심스러워.”

“한번 마스크를 벗겨봐.” 타라가 놀리듯 대꾸했다. “손을 포기하게 돼도 그건 너무 걱정 말고. 네 손은 내가 다시 자라게 해줄 거니까!”

칼이 타라를 째려봤다.

“에이, 그건 아니지! 면허 받은 도둑에게 가장 귀중한 게 손인데. 그럴 위험까지 무릅쓸 수는 없지!"

"아, 그래?" 산헥시아가 마지스터에게 다가오더니 칼을 흘겨보며 말했다. "확실해? 나야말로 마스크 속의 얼굴이 귀엽게 생겼는지 진짜 궁금해 미치겠는데 나한테 맡기는 건 어때?"

파브리스가 비아냥거렸다.

"고약한 면에서는 너희 둘 막상막하다."

칼이 빙긋이 웃다가 마지스터를 가리켰다.

"타라, 어떡할래? (칼이 손가락 마디 꺾는 소리를 냈다.) 마지스터를 해치울 절호의 찬스야. 이런 기회는 다시 올 것 같지 않은데?"

타라는 한숨을 내쉬었다.

"그러고 싶지……. 정확하게는 끝장내고 싶은 마음 굴뚝같지. 그래도 지구를 구해준 인간이잖아. 그리고 지금은 한 명의 전사가 아쉬운 때야."

"고민할 필요 없어. 타라, 너는 그 누구보다도 마지스터를 죽일 권리가 있어. 따라서 너에게 양보할게. 목을 치거나 머리를 날려버리라고 강력하게 권하지만, 네가 원하면 내가 처치할 수도 있고."

"무슨 소리!" 파프니르가 발끈했다. "머리 날려버리는 건 내가 전문인데! 그리고 얼마나 오랫동안 우리를 해친 작자인데 내가 기꺼이 해주지!"

칼과 파프니르는 희망에 부풀어 잠시 기다렸다. 하지만 타라는 깊은 생각에 잠겨 아무 반응이 없었다. 실망한 칼은 하늘을 쳐다보다 눈살을 찌푸렸다.

파프니르는 도끼를 닦으며 인내심을 갖고 기다렸다. 정확하게는 가만히 기다리는 게 아니라 실버를 말리러 갔다. 하프드래곤이 쓰러진 상그라브들을 한데 모아놓고 살릴 수 있는 이들이 있는지 살피고 있었던 것이다.

상그라브들을 툭툭 건드리고 나서 치료하는 건 하프드래곤 한 명밖에 없었다.

아주 못마땅한 얼굴로 쳐다보는 파브리스와 무아노 역시 파프니르와 같은 생각이었다.

타라는 실버가 개의치 말고 선택하라는 뜻에서 일부러 자리를 피해준 거라고 생각했다. 실버는 타라가 아버지 마지스터를 죽이기로 결정하면 개입하지 않을 터였다. 타라는 머뭇거렸다. 비록 증오하는 작자일지라도 방어할 수 없는 사람을 죽이는 건 너무 비겁하잖아.

드디어 타라가 말문을 열었다.

"죽이지 말자."

"에이, 실망이다." 칼이 말했다.

"미안해." 타라는 미소를 지으며 말했다. "마지스터가 정신이 들면 광기를 부리며 닥치는 대로 공격하겠지. 하지만 그걸 피할 방법이 있어."

타라는 브주아 지롱 백작의 성에서 회수한 핸드폰을 꺼내—아더월드로 떠나기 전 성에 놔두고 갔었다—번호를 눌렀고, 갑자기 다급한 목소리로 통화했다. 타라가 누구와 통화하는지 알아차린 칼은 타라가 전화를 끊자마자 웃음을 터뜨렸다.

"와우, 사랑해, 타라." 칼이 외쳤다. "너 여우가 다 됐구나. 마지스터를 죽이지 않는 이유가 바로 그거 때문이었어. 불쌍한 마지스터,

어쩌자고 너의 적이 되겠다는 결정을 했을까. 그냥 침대에 가만히 누워 잠이나 잘 것이지!"

이번에는 모우르무르의 예상이 맞았다. 정확하게 45분 후, 정신이 든 마지스터가 무슨 일이 있었는지 전혀 모른 채 고함을 질렀다.

"상그라브들, 명령을 내리겠다!"

마지스터는 상그라브들에게 저택, 타라와 친구들을 공격하라고 지시를 내리려다 두 가지 사실을 알아차렸다. 1) 매직갱과 타라는 그곳에 없다는 것, 2) 라디오, 웹, 텔레비전, 심지어 몇몇 국영방송까지 모든 언론 매체가 그에게 질문을 쏟아내고 있다는 것.

아연실색한 마지스터는 공격을 멈췄다. 마스크가 청회색으로 변했다.

"대체…… 무슨 일……."

갈색 머리 젊은 여기자가 흥분한 얼굴로 마지스터의 마스크에 마이크를 들이댔다.

"우리 뒤쪽으로 보이는 이 저택이 정체불명 외계인들의 공격을 받았다는 제보를 받았습니다. 지구인들을 구해준 영웅인 당신은 누가, 왜 저택을 공격했는지 아십니까? 악마들과 관련 있습니까? 아니면 혜성과 관련 있습니까? 당신은 어쩌다가 마비된 겁니까? 우리가 촬영한 시신들로 보아 많은 부하를 잃으셨는데 그와 관련해 한 말씀 해주십시오. 이번에도 당신이 물리쳐서 외계인 침략자들이 도망친 겁니까?"

"나…… 나는……."

"외계인들의 공격을 받은 저택 안에는 몇 명이 살고 있습니까?"

갈색 머리 여기자 못지않게 흥분한 대머리 기자가 외쳤다.

물론 이사벨라의 민투스 주문 덕분에 기자들은 저택에 마법사들이 살고 있다는 걸 모르고 있었다.

마지스터는 곤경에 처했다.

"텔레비전으로 현장을 지켜보는 시청자들께서 제기하는 것 중 가장 중요한 질문을 드리겠습니다. 당신은 누구십니까?" 갈색 머리 여기자가 마지스터에게 다가가며 물었다. "슈퍼히어로처럼 마스크로 얼굴을 가리시는데요. 수백만의 남녀 팬들이 지구를 구해준 영웅의 얼굴을 보며 인사하고 싶어 합니다. 멋진 몸을 가지셨는데 얼굴도 미남이십니까?"

여기자가 대담하게 마지스터의 상체에 손을 대면서 마이크를 들이댔다. 마지스터는 소스라치게 놀랐다. 사람들이 이 정도로 가까이 오는 것에 익숙하지 않았다. 셀렌바만 유일하게 마지스터에게 다가가는 걸 겁내지 않았다. 여성 상그라브들은 보스에게 감히 접근할 엄두를 내지 못했고, 마지스터 역시 수하의 여성은 거들떠보지 않았다. 마지스터가 여러 신분으로 유혹한 여자들의 경우는 그가 누군지 전혀 모르고 있었다.

마지스터는 대답하려다 좋은 방법이 생각났다.

방금 전 마지스터에게 몸을 바짝 붙이고 있던 여기자는 잠시 후 넘어질 뻔했다. 마지스터가 가장 확실한 선택을 했기 때문이다.

마지스터가 줄행랑쳐버린 것이다.

트란스미투스 주문은 수하의 상그라브들에게도 전달되었다. 여전히 화가 나 씩씩거리는 저택, 실망한 기자들, 그리고 전투가 벌어졌음을 알려주는 흔적만 군데군데 남아 있을 뿐 시체조차 사라지고 없었다.

마지스터가 그렇게 순식간에 사라지자 믿기지 않는 기자들은 한동안 주변을 돌아다녔다. 심지어 저택의 대문을 두드리는 기자들도 있었다.

기자들은 저택이 한두 명을 감전시키고 나서야 아무 소용 없는 짓이라는 걸 깨달았다.

화가 나지만 기자들은 하는 수 없이 짐을 챙겨야 했다. 하지만 열혈 기자 몇 명은 철수하지 않고 주위를 어슬렁거렸다. 결국 자르와 마라는 불쾌한 기분이 들게 하는 주문을 날려 기자들을 떠나게 했다.

저택 안으로 피신한 매직갱과 함께 상황을 지켜보던 자르와 마라는 웃음이 터졌다. 마지스터와 기자들의 참패는 쌍둥이가 실로 오랜만에 보는 가장 통쾌한 장면이었던 것이다.

한편 마지스터가 마비되어 있는 동안 그들은 신중을 기하기 위해 모우르무르의 실험실을 또다시 옮겨놓았다. 이제 실험실은 저택 안에 있었다. 전화로 연락받은 이사벨라가 불같이 화를 냈지만 그래도 천재 발명가는 반드시 지켜야 할 보물임에 틀림없었다. 마지스터의 모우르무르 납치 시도는 그렇게 실패로 끝나고 말았다

물론 이런 와중에도 모우르무르는 노란 자이언트 개미와 조수들의 보조를 받으며 실험을 재개하고 있었다.

작은 폭발에 건물이 또 흔들거리자 마니투가 탄식했다.

"내가 이 집에 특별한 애착을 갖는 건 아니지만 그래도 정이 많이 들었는데." 초록색 응접실에서 가장 편안한 소파베드에 앉은 검둥개가 말했다. "오랜 세월 우리의 보금자리였어. 벽에 균열이 일어나든, 지붕이 부서져 머리 위로 떨어지든 그것도 다 추억이잖아."

자르와 마라를 비롯해 모두 마니투의 말에 전적으로 동의한다는 뜻으로 고개를 힘차게 끄덕였다. 로빈은 자르가 부탁하는 것을 가져왔다. 엘프들의 나라에만 있는 고문서들이었다. 마라는 자르 뒤쪽의 크리스털 전광판을 힐끔 쳐다봤다. 지지직거리는 소리가 나다 엘프 언어로 쓰인 원문이 나타났다. 깜짝 놀란 마라는 터져 나오려는 비명을 참았다. 보고서였다. 오랜 옛날 엘프족과 드래곤족이 병력을 보강하기 위해 비마 인간들을 마법사로 만들려고 시도한 것에 관한 보고서였다.

자르가 왜 이런 문서를 부탁했는지 대번에 알아차린 마라는 가슴이 아팠다. 자르가 베티를 마법사로 만들어 함께 지내고 싶었던 모양인데 잘못 생각한 것이었다. 독심술이 있는 건 아니지만 마라는 마법 때문에 베티가 얼마나 고통을 받았는지 잘 알고 있었다. 자르로부터 마법사가 되라는 제안을 받으면 베티가 흔쾌히 승낙하지 않을 게 뻔했다.

마라는 보고서를 훑어봤다. 자르가 눈살을 찌푸리는 걸 보며 마라는 속으로 안도의 숨을 내쉬었다. 보고서의 결론은 불가능하다는 것이었다. 엘프족과 드래곤족의 시도는 완전히 실패했다. 마법사는 타고난 재능이 있어야 가능한 것이었다. 새를 거북으로 형질전환시킬 수 없는 것만큼이나 명백하게 불가능한 일이었다.

산헥시아가 계속해서 옆에 찰싹 달라붙어 있는데 자르는 알아차리지 못한 것 같았다. 하지만 그런다고 낙담할 악마가 아니었다.

"우리는 얘기할 기회가 없었어, 자르 덩컨. 그동안 어떻게 지냈어?"

자르는 잘 지냈다고 중얼거리듯 말했다. 악마 사절단의 일원으로 지구에 온 산헥시아가 아더월드인들과 함께 각국 정부의 대사들을 만나는 과정에서 자르를 여러 번 본 건 사실이었다. 산헥시아는 '늙은 악마들'이 실세에서 밀려났다며 마왕인 동생의 상황을 전달했었다. 당시 아름다운 데다 사교적이고 패셔니스타인 산헥시아는 많은 남자들의 마음을 사로잡았다. 하지만 자르는 재미있는 악마라고 생각할 뿐 산헥시아에게 아무런 관심을 보이지 않았다. 정확히는 눈 깜짝할 사이에 머리를 제거해버릴 수도, 초강력 근육 덕분에 높은 건물에서 뛰어내릴 수도 있는 강력한 포식동물쯤으로 생각하고 있었다. 그래서 자르는 산헥시아의 육탄 공세에 끄떡도 하지 않았다. 결국 산헥시아는 샐쭉해서 응접실 구석자리에 앉아 인간들은 재미가 없다고 투덜거렸다.

산헥시아를 지켜보며 웃음을 참던 마라는 사고 수습이 잘되고 있는지 저택을 살피러 나갔다. 문을 열어주러 나가다 공격을 받고 놀란 타철은 다행히 목숨을 잃지 않았지만 의무실에 누워 있었다. 마라는 타철이 괜찮다는 걸 확인한 다음 자신이 맡고 있는 일을 시작했다. 외할머니 이사벨라의 지시에 따라 하루 동안 일어난 일을 빠짐없이 문서로 기록하고 비디오 자료로 남기는 일이었다. 사건이 일어난 날짜까지 상세하게 기록한 보고서는 언젠가 마지스터를 상대할 때 쓸모가 있을 거란 생각에서였다.

타라와 칼은 지하실로 다시 이전한 실험실로 내려가서 모우르무르와 얘기하고 있었다. 타라는 모우르무르가 언제쯤 악마의 영혼들을 해방시켜 혜성을 제압할 방법을 찾을지 물었다.

이어서 정말 알고 싶은 것, 즉 드래코-티라노사우루스가 먹이를 소화하는 과정에 대해 물었다.

타라는 전날 아더월드에서 일어난 일을 모두 얘기했고, 모우르무르는 다시 나타난 다릴 크라투스와 엘프족이 처한 상황에 몹시 황당해했다.

모우르무르는 아더월드의 출생률 문제는 어제 오늘의 일이 아니라면서 리스베스에게 일어난 일 덕분에 이제는 자신이 나이와 종족에 관계없이 임신을 가능하게 할 수 있다고 말했다. 그리고 드래코-티라노사우루스에게 잡아먹히면 잘근잘근 씹혀 위로 내려가기 때문에 누구든 결코 살아서 나올 수 없다고 단언했다.

따라서 사라졌던 다릴 크라투스가 다시 나타난 것은 드래코와는 아무 관계도 없다는 얘기였다.

다릴이 맞는지 아닌지 확인하려면 DNA 검사를 하는 방법밖에 없었다. 다릴 크라투스 백작의 형제들이 여전히 살아 있으니까 그들의 DNA를 확보하면 전혀 어려운 일이 아니었다. 그래서 타라는 크산디아르에게 메시지를 보냈다. 친위대장은 그 생각을 하고 있었다며 부하들이 이미 출발했다는 메시지를 보내주었는데 꼭 이런 뜻이 담겨있는 것 같았다. '그런 사소한 일은 나에게 맡기고 너는 혜성이나 마지스터 같은 정신병자들로부터 행성을 구하는 더 중대한 일에나 집

중해.'

타라는 미소를 지었다. 물론 불안함이 감돈 미소였지만 그래도 미소는 미소였다.

그때 히글 5가 갑자기 모우르무르를 뚫어져라 쳐다보며 물었다.

"그러니까 당신 말은 누구든 임신시킬 수 있다는 거죠?"

칼과 타라는 웃음을 참느라 죽을 뻔했고, 모우르무르는 얼굴이 빨개졌다.

"그래요. 물론 나는 아니고! 좋은 유전자를 가져다주면 가능하다는 얘기요. 그리고 임신하려면 지구에 있어야 해요. 아더월드의 마법은 너무 충돌이 심한데 그것이 출생률이 낮은 이유니까요. 비단 엘프족뿐만 아니라 아더월드에 있는 인간들의 나라, 그 밖의 모든 종족의 나라도 출생률이 낮아요. 수명이 긴 것에 대한 마법의 방어 본능이라고 할 수 있지요. 너무 많은 피조물 때문에 행성이 황폐해지는 걸 막기 위해. 따라서 엘프들의 문제는 지구에서 최소 2년은 머물 용기가 있으면 해결이 돼요."

"으음, 그렇군요. 당신과 함께라면 나는 지구에 있는 것이 전혀 불편하지 않은데…… 모우르무르, 우리도 아기를 갖는 건 어때요?"

그 순간 모우르무르가 히글 5를 쳐다보는데 마치 불을 토해내는 머리 둘에 팔 열두 개가 달린 괴물이라도 보는 얼굴이었다.

"뭐…… 뭐라고요?" 얼굴이 파래진 모우르무르는 다리가 후들거려 앉아야 했다. "뭐라고 했어요?"

"나는 아이를 가져본 적이 없어요." 히글 5는 설명했다. "일이 너무 많은 데다 시간도 없었고. 당신과 나는 앞으로도 살날이 아주 많잖아요. 이제는 내가 민간인 신분이니 그동안 가정을 꾸리기 위해 저축해 놓은 돈으로 얼마든지 아이를 키우며 살 수 있어요. 그리고 당신은 머리가 비상하잖아요. 당신의 훌륭한 DNA를 받은 모우르무르 2세나 히글 2세를 갖게 되면 정말 행복할 것 같은데……."

모우르무르는 암소에게 호되게 당한 드래곤의 얼굴이라고 하면 딱 맞을 것 같았다. 흐릿한 눈이며 표정은 끔찍한 악몽에 시달리고 있음을 말해주고 있었다.

칼의 얼굴이 빨개진 걸 보면 웃지 않으려고 기를 쓰는 것이었다. 타라도 이를 악물고 웃음을 참았다. 결국 둘은 실험실을 뛰쳐나와 엘리베이터 안에서 숨넘어가게 웃음을 터뜨렸다.

"오, 맙소사." 타라는 깔깔대고 웃었다. "삼촌할아버지 표정 봤지?"

"거 봐! 다들 반응이 똑같잖아! 우리가 아기 얘기할 때도 그랬다니까! 뇌가 분리되는 것 같았어."

"삼촌할아버지도 그랬을 거야." 타라는 어찌나 웃었는지 배가 아파 허리를 부여잡고 말했다. "그렇게 난감해하는 얼굴을 본 적이 없어."

둘은 위층으로 올라갔고 친구들에게 지하 실험실에서 있었던 일을 얘기했다. 아직 아파서 소파에 누운 살루는 눈살을 찌푸렸다. 어린것들이 대놓고 모우르무르를 놀리는 건 버릇없다고 생각하기 때문이었다. 그런데 그런 말을 들은 아이들까지 모두 빵 터졌다.

오랜만에 만난 베티와 파브리스는 몹시 반가워했다. 어릴 적에는 타라와 함께 늘 붙어 다녔던 소꿉동무들이었지만 아더월드가 셋을 갈라놓았다. 무아노에게 미쳐 있는 파브리스, 잘생긴 로빈에 이어 영악한 칼에게 미쳐 있는 타라. 한때 살루를 사랑한다고 생각했던 베티는 인간의 몸으로 살아가는 드래곤과 사귀는 것이 생각보다 힘들다는 걸 이내 깨달았다. 그래서 둘은 좋은 친구로 남았다. 하지만 미쳤다고 할까 봐 아무에게도 털어놓을 수 없는 납치에 대한 트라우마 때문에 베티는 자기 자신에게 갇혀 있었다.

그래서 타라와 친구들이 즐겁게 얘기하는 모습을 보며 베티는 소외감을 느꼈다.

베티의 시선이 자르에게 머물렀다. 금빛 도는 초록빛 눈의 자르와는 의외로 말이 잘 통했다. 자르는 쌍둥이 누나보다 훨씬 진지하고 의사표현이 명확하지만 이따금 찬바람이 불 정도로 차가웠다. 권력에 대한 강박관념에 사로잡혀 있는 듯 보였는데 얼마 전부터 그에 대한 관심이 확연히 줄어든 것 같았다.

그런 자르가 키스를 했다. 그냥 가벼운 입맞춤이 아니라 떠올리기만 해도 다리에 힘이 빠질 정도로 뜨겁고 열렬한 키스였다.

그때 갑자기 저택의 유니콘이 나타났는데 분위기가 심상치 않았다.

뭔가 긴급히 전달할 메시지가 있는 것이 분명했다.

곧이어 이사벨라의 이미지가 눈앞에 유형화되었다. 무릎까지 내려오는 원피스, 에메랄드 브로치, 틀어 올린 반백의 머리, 불안한 기색이 역력한 초록빛 눈, 타라의 외할머니는 지구의 여러 나라 대통령들에게 둘러싸여 있었다.

대통령들 역시 이사벨라 못지않게 불안한 얼굴이었다.

"타라, 자르, 마라, 아버지, 큰 문제가 생겼어요." 이사벨라가 딱딱한 어조로 말했다.

타라는 재앙이 다가오고 있음을 느끼며 입술을 깨물었다.

"혜성에 문제가 생겼어." 이사벨라가 지체 없이 밝혔다.

"혜성이 왜요? 악마들의 방벽이 뚫렸어요?"

"아니." 이사벨라가 대답했다. "더 최악이야."

"최악이라뇨? 할머니, 불안해 죽겠어요! 무슨 일인데요?"

"혜성이 사라졌어!"

# 사라진 혜성

온 세상, 온 세계를
전대미문의 공포에 몰아넣으려면
어떻게 해야 하나

*

"네?"

타라를 비롯해 친구들 모두 귀가 믿어지지 않았다.

"그럼 혜성이 어디로 갔다는 거야?" 마니투가 네 발로 서서 물었다.

이사벨라는 초록빛 눈으로 검둥개를 응시하며 말했다.

"전혀 몰라요, 아버지. 추적기가 없어서 혜성을 쫓을 수가 없어요. 혜성이 이따금 몸체에 결합시키는 소혹성들 중 하나에 추적기를 숨기려고 해봤지만 금속이 용해되는 바람에 기능을 멈춰버렸어요. 그런데 악마들의 철은 어떻게 혜성 안에서 녹지 않는지 이해가 안 돼요. 분명히 불타는 혜성인데."

"혜성이 사라졌다는 건 어딘가로 휙 날아갔다는 건가요? 아니면 폭발했다는 건가요?" 파프니르가 날카롭게 지적했다.

"어디론가 휙 자취를 감췄다는 뜻이야! 폭발한 거라면 우리는 지금 샴페인을 마시고 있겠지. 혜성을 감시하는 우주선들이 뒤따라갔는데 순식간에 사라지는 바람에 놓쳤어. 그때부터 혜성의 위치를 전혀 알 수가 없어. 어쩌면 지구로 오는 중인지도 모르지."

"슬루르크!" 산헥시아가 내뱉는 욕설에 모두들 깜짝 놀랐다. 악마들이 아니라 아더월드인들이 쓰는 욕설이었기 때문이다. "그럼 빌어먹을 혜성이 모든 걸 집어삼킬 거란 뜻입니까? 그러면 크리스티앙 루부탱이나 크리스티앙 디오르, 샤넬이 다 위험해지는 거잖아요?"

시선이 일제히 쏠리자 산헥시아는 머쓱한 미소를 지었다.

"내가 뭐 틀린 말 했어요……? 지구는 특히 패션이 기막힌 거 맞잖아요. 그런 지구를 혜성이 파괴하게 내버려두는 건 범죄행위입니다!"

타라는 눈살을 찌푸렸다.

"범죄행위라는 말도 틀린 말은 아니죠. 할머니, 혜성은 은하계를 건너뛰는 방식으로 공간이동을 할 수 있어요. 모우르무르의 말에 따르면 혜성은 공간이동의 문을 이용하지 못하기 때문에 아더월드에서 여기까지 오는 데 두 달쯤 걸려요. 하지만 왜 지구를 공격하는 걸까요? 악마들의 말로는 지구인들의 영혼은 옛날 악마들의 영혼만큼 강력하지 않다는데……."

갑자기 타라는 말을 중단했다. 쪽빛 눈이 커지다 얼굴이 창백해졌다.

"자기야, 네가 그런 표정 지을 때 나 정말 싫은데." 칼이 말했다.

타라는 어이가 없는 얼굴로 숨을 깊이 들이쉬었다. '사람들 앞에서 한번만 더 자기라고 부르기만 해. 두꺼비로 둔갑시키고 말 테니까' 하고 속으로 칼에게 중얼거리고 나서 말을 이었다.

"할머니, 확인할 게 있어서 아더월드로 돌아가야겠어요. 모우르무르와 함께."

그렇게 말하자마자 타라는 무형화되었다가 모우르무르의 실험실에서 다시 유형화되었다. 히글 5와 모우르무르는 아직도 아이를 갖는 장점과 단점에 관해 열띤 공방을 벌이는 중이었다. 모우르무르의 표정으로 미루어 특히 단점이 더 많다고 보는 모양이었다.

어깨에 앉은 갈랑과 함께 나타난 타라가 뒤에서 헛기침을 하자 히글 5와 모우르무르는 소스라치게 놀랐다.

"타라?" 히글 5가 놀란 얼굴로 쳐다봤다.

"한창 얘기 중이신데 방해해 죄송해요. 도움이 필요해서 왔어요. 삼촌할아버지, 내가 드린 갑옷의 일부를 포함해 악마의 영혼을 모두 회수해야겠어요."

모우르무르가 빛을 번쩍이는 한 기구를 가리켰는데 강철 물림장치에 갇힌 검은색 금속 조각이 들어 있었다.

"저기 있으니까 당장 복원시켜줄 수 있어. 근데 왜 실험을 중단하려는 거니? 우리는 낭비할 시간이 없는데."

"알아요, 삼촌할아버지. 잘 알고 있어요." 여전히 얼굴이 창백한 타라는 마음속으로 잘못 생각한 것이길 빌며 대답했다. "불가항력인 일이 발생해 우리는 아더월드로 돌아가야 해요. 데미데루스와 상의해야 되는데 삼촌할아버지도 같이 가주실 거죠? 혜성이 사라졌다는데 현재 어디 있는지 아무도 몰라요."

"혜성이 뭐 어쨌다고?"

타라는 설명했다.

모우르무르는 히글 5를 쳐다봤다. 그녀가 호랑이를 쓰다듬어주는 사이 또 다른 패밀리어들인 치타 두 마리는 머리를 흔들었다. 항상 폭발이 문제였는데 이번만은 좀 전의 열띤 논쟁이 다시 시작될까 걱정된다는 듯.

"내가 같이 가자고 하면 당신과 패밀리어들도 떠날 준비가 되어 있소?"

히글 5는 피식 웃었다.

"나 군인이에요, 모우르무르! 아, 이제는 전직 군인이지만. 나는 항상 준비되어 있다는 거 알잖아요!"

모우르무르가 갑자기 능청스러운 표정을 지었다.

"거 봐요. 이런데도 괜찮다는 거요? 임신하면 당신은……."

히글 5는 손을 들었다.

"그땐 내가 작전에 참여하지 않으면 되죠. 위험하니까."

모우르무르는 한숨을 쉬며 타라 쪽으로 고개를 돌렸다.

"두세 가지 챙기면 되니까 잠시만 기다려."

칼과 친구들은 지구에서 사용하는 마법이 불안정하다는 걸 알기 때문에 타라의 트란스미투스보다 편리한 엘리베이터를 타고 내려왔다. 타라와 제레미 덕분에 전보다는 지구의 마법이 강해지면서 갑자기 마법 능력을 약간 되찾은 이들[20]도 있지만, 타라의 친구들을 비롯

. . . . . . . . . . . . . .

**20.** 특히 마마두 마라부트(성직자)는 이런 광고를 내걸었다. '마마두는 사랑하는 사람을 돌아오게 해주며, 미래를 내다볼 수 있고, 주문을 풀 수 있으며, 전화 통화로도 고장 난 컴퓨터를 작동시킬 수 있습니다.' 그래서 한 고객의 연인을 소생시키려고 하던 마마두는 복수심이 아주 강한 유령이 자신의 사무실/주방에 들이닥치는 걸 봤다. 고객이 아내가 죽었다는 말을 하지 않았기 때문이다.

해 마법사들은 신중하게 행동했다. 마법이 제대로 작동할지 불안했던 것이다.

몇 미터 움직이는 데 팔다리가 따로따로 분리된 상태로 도착할 위험을 무릅쓰느니 마법을 사용하지 않는 게 나았다.

그때였다. 갑자기 번쩍거리며 나타난 아더월드의 석영 덩어리가 즐거운 탄성을 지르며 돌진했다. 악마의 갑옷 일부와 동시에 풀려난 살아있는 돌은 친구들을 발견하고 몹시 기뻐했다.

"오, 오! 예쁜 타라! 전쟁? 전투? 힘을 줄까? 다 폭발시킬까?"

"오, 내 조상들이여!" 파프니르가 웃었다. "살아있는 돌은 난쟁이족 기질을 타고났다니까!"

살아있는 돌은 그들 주위를 둥둥 떠다니며 차례로 인사하다 특별히 '최고 미남'이라고 생각하는 로빈 옆에서는 잠시 지체했다.

살아있는 돌이 번쩍거리며 가까이 오자 타라는 어루만지며 진지하게 대답했다.

"폭발시킬 일이 있을지는 모르겠지만 아주 신나는 일은 있을 거라 확신해. 그동안 여기서 지내는 건 좋았어?"

"응, 응. 지구 방문, 예쁜 행성 좋아. 하지만 여기서는 많이 움직이지 못했어! 모우르무르와 있으면 폭발하는 것밖에 없어. 재미는 전혀!"

모우르무르는 다차원 호주머니에 들어갈 수 있게 실험실의 절반을

---

그 일이 있고 난 뒤로 마마두는 직업을 바꿨다. 그래서 지금은 유령보다는 닭이 훨씬 덜 위험하다는 생각에서 지지 셀리그맨이라는 마법사와 함께 양계장을 하고 있다.
PS: 마마두는 지지 셀리그맨이 만들어낸 키가 3미터에 이르는 자이언트 검정 수탉을 보고 부두교의 동물 제물 율법을 다시 생각하게 되었다.

접으며 구시렁거렸다.

"뭐가 재미없어? 폭발보다 신나는 게 어디 있다고!"

분개하는 모우르무르를 보며 칼과 친구들이 웃는 반면, 타라는 가슴에 돌이 얹힌 듯 무거웠다. 내가 잘못 생각한 거면 좋겠는데.

자르는 이사벨라, 마니투, 살루 그리고 베티와 함께 지구에 남아 있어야 했다. 파브리스와 다른 친구들은 타공에 남아 있을 필요가 없었다. 비록 파브리스가 아버지 집에서 보내는 시간이 짧아진 것에 투덜거리긴 했지만.

몇 시간 후, 그들은 브주아 지롱 백작의 성에서 은하계를 뚫고 아더월드로 돌아갈 준비를 했다.

타라는 서둘러야 한다며 모두를 독려했다. 타라는 이사벨라의 사무실에서 공간이동의 문과 직통으로 연결되는 은하계 간 통신장치를 통해 오무아에 데미데루스를 만나야 한다고 알려놓았다. 악마를 몹시 싫어하는 데미데루스는 악마들과 손잡고 일해야 한다는 것이 생각만 해도 끔찍하기 때문에 잿빛 시간 속으로 돌아가기로 결정했었다. 데미데루스가 악마들이 얼마나 간악하고 위험한지 인간들이 깨달을 때까지 잿빛 시간 속에 있겠다고 한 것은, 인간들이 혜성 문제를 해결하는 즉시 악마들에게 뒤통수를 맞을 가능성이 있다고 판단한 것이 틀림없었다.

타라는 데미데루스의 판단이 맞다, 틀리다 말할 수 없지만 만일을 대비해 조상이 힘을 비축하고 있겠다는 것에 대해서는 전적으로 동의했다. 그리고 데미데루스가 5000년이란 긴 세월 동안 살아 있기 때문에 잿빛 시간 속만큼 완벽하게 안전한 곳은 없다고 생각했다.

하룻밤을 푹 잤는데도 떠날 때와 똑같은 피로를 느끼며 아더월드의 팅가푸르에 도착한 타라는 눈이 휘둥그레졌다. 아더월드의 기자인 크리스털리스트들이 떼로 몰려들었고, 크리스털 전광판에서는 뉴스의 큼지막한 표제들이 번쩍거리고 있었다.

〈사라진 혜성! 대체 정부는 뭘 하고 있나?〉

〈악마 혜성의 미스터리한 행방불명. 음모인가? 악마들의 역모인가?〉

〈누가 혜성을 사라지게 했나? 또 마지스터의 책략인가?〉

〈정부의 비밀 작전? 우리에게 뭘 감추려는 건가?〉

그렇지 않아도 공간이동의 문을 이용할 때마다 머리가 아픈데, 타라는 크리스털리스트들이 질러대는 소리 때문에 두통이 심해졌다.

정부에서 아무런 논평이 없기 때문에 크리스털리스트들이 몹시 흥분해 있었다. 하지만 이번 경우는 타라가 크리스털리스트들보다 더 알고 있는 정보가 없기 때문에 특별히 설명해줄 것이 없었다.

티그족 친위대원이 타라가 지나갈 수 있게 길을 터주었다. 타라는 불만을 터뜨리며 아우성치는 크리스털리스트들을 뒤로하고 접견실이 아니라 회의실로 향했다. 회의실에서 많은 이들이 초조하게 타라를 기다리고 있기 때문이었다.

지구를 출발하기 전 타라는 아더월드에서 공간이동의 문과 연결되는 나라의 모든 통치자들에게 긴급 소집 회의에 참석해달라는 요청을 해놓았다. 회의실은 원래 접견실보다 덜 장중한 편인데, 이번만은 아더월드의 모든 종족을 표현한 조각상들이며 각양각색의 아름다운 꽃과 나무들 덕분에 그 어느 때보다 웅장해 보였다. 타라는 회의실에 들어서면서 거의 모든 나라의 대표들이 참석해 있음을 확인하고 흐뭇해했다.

검은색 눈과 머리, 하얀 송곳니, 검은색 양복 차림의 뱀파이어족 대통령 드라큘, 차가운 눈빛에 하얀 송곳니를 드러낸 갈색 정복 차림의 늑대인간족 대통령 틸, 굽 낮은 구두에 수수한 바지 정장 차림의 타트리스족 행정관 텔과 멜 코트리스, 랑코비트를 상징하는 금빛 뿔의 하얀 유니콘과 은빛 초승달을 수놓은 파란색 옷차림의 키 작은 베어 왕과 티타니아 왕비, 검은색 갑옷 차림의 엘프족 여왕 에레, 희한한 초록색 식물을 토가처럼 걸친 에드라킨족의 왕 스센, 살테렌스 사막의 초록빛과 주홍빛 옷차림에 노란 송곳니를 드러낸 하프표범/하프사자인 두 발 동물 카샤(족장), 붉은 산에 사는 이파니족의 셀리팔, 몽둥이를 든 거인족의 왕 감비스 그로아르스, 이색적으로 파뉴를 허리에 두른 초록색 트롤족을 대표하는 그로올이 참석해 있었다. 그리고 빌랭 왕국의 용병들을 대표하는 바리우스 덩컨 남작은 드라큘과 마찬가지로 검은색 양복 차림이고, 100개의 금빛 눈을 가진 주홍빛 공작이 수놓인 흰색 드레스 차림의 리스베스 여제는 위엄 있는 자태를 뽐내고 있었다.

칼의 자이언트 거미 친구 드르르르도 참석해 있는데 두꺼운 가죽옷에 박힌 보석 때문에 눈이 부셨다. 흡사 버터 덩어리 같은 카흠보움과 타츠보움들을 대표하는 발로움은 불안한 듯 촉수들을 흔들고 있었다. 하프트리톤-하프엘프로서 혼혈족을 대표하는 초록색 옷차림의 몽타뉴크리스토, 트리톤족을 대표하는 우로시스, 사이렌족을 대표하는 발라리아는 물의 장막 안에서 화려한 비늘을 뽐내며 의자 위에 둥둥 떠 있었다. 흑장미 섬의 진흙먹보 보우흐는 안락의자가 무엇에 쓰는 물건인지 모르는 듯 먹어치우려 하고 있었다. 무지갯빛 나비 날개가 달린 요정들의 여왕 셸릴라, 스몰컨트리의 파란 땅신령족을 대표하는 굴 굴굴, 난쟁이족 대장장이 씨족의 수장이자 파프니르의 부모인 탐두르와 벨리르(반갑게 달려와 포옹하는 딸과 똑같은 빨간색 머리), 소인국 스파니비아의 최고 엔지니어 봉라르는 모우르무르를 만나자마자 수다를 떨기 시작했다. 꼬마도깨비 파보족은 특정 대표가 아니라 장사꾼 셋을 보냈는데 모두들, 그중에서도 특히 타트리스족[21] 행정관이 경계의 눈빛으로 쳐다보고 있었다. 물론 드래곤족을 대표하는 셈 선생님도 참석해 있었다.

요컨대, 피해망상이 심해 황무지 늪을 나오길 거부하는 마녀들과 세상사에 아무 관심이 없는 오크들, 대표자를 파견하고 싶어도 수가 너무 적은 고블린들을 제외하고는 거의 모든 종족이 참석했다.

아, 온종일 고깃덩이와 씨름하는 것 말고는 하는 일이 없고, 입 열었다 하면 욕설을 쏟아내는 하르퓌아들도 보였다.

진실의 입들은 예민해진 통치자들을 안심시키기 위해 초대받았지만 산티보르 행성을 대표해 참석한 것이기도 했다. 보울리미-레마족, 자보르족, 크세프로디족, 에프리트족 등 모든 악마를 대표하는 산혝시

••••••••••••

**21.** 짓궂은 장난을 치는 것으로 유명한 꼬마도깨비들은 은하계에서 가장 유머 감각이 없는 타트리스족을 웃기는 자에게 큰 상금까지 내걸었다. 타트리스족은 행정 능력이 뛰어나고 정직하고 성실하지만 상상력이 전혀 없다. 따라서 행정관을 웃기는 데 성공하면 황홀경에 빠질 것이다. 그래서 코트리스 부인은 당연히 더욱 경계하고 있다.

아. 그리고 아더월드에 있는 비마와 인간들을 대표해 SPH[22]의 수장으로 최근에 선출된 데고바르드스미스 부부까지 참석해 있었다.

쩍쩍거리는 소리, 으르렁거리는 소리, 짖는 소리, 휙휙거리는 소리, 한 덩어리를 이룬 형형색색의 모습이 타라의 눈에는 아주 인상적으로 보였다.

통치자마다 경호원을 수행하고 있어 고문관/장관/보좌관들은 회의실 밖에서 대기해달라고 양해를 구해야 했다. 타라는 모든 걸 비밀에 부치려는 통치자들의 편집증을 경계하기 때문에 가능한 한 많은 이들 앞에서 공개적으로 발표하고 싶었지만, 리스베스 여제는 왕/여왕/왕비/대통령/기타 등등만 참석하면 된다는 주장을 끝내 굽히지 않았다.

타라는 정신을 똑바로 차려야 했다. 좀 전에 본 뉴스의 큼지막한 표제들에서 정부를 꾸짖는 무언의 비난을 읽지 않았던가. 크리스털리스트들은 바보가 아니었다. 그들도 뭔가 급박하게 돌아가는 조짐을 감지하고 있었던 것이다.

정지된 잿빛 시간 속에서 나온 데미데루스는 아직 비몽사몽인지 눈을 비비고 있었다. 쪽빛 눈에 금발의 호리호리한 남자, 리스베스와 타라의 조상은 수수한 잿빛 양복 차림이었다.

타라는 데미데루스를 볼 때마다 활을 들고 괴물들을 물리치는 용맹한 전사의 모습이 상상이 되지 않았다. 옷차림으로 사람을 판단해서

......

**22.** 인간 보호 단체. 법으로 금지되어 있는데도 이익을 얻기 위해 인간들에게 마법을 사용하는 이들을 재판에 넘기고자 비마들이 설립한 압력 단체로, 도처에서 활동하고 있다. 하지만 너무 순진한 마법사들을 이용하는 인간들도 있다.

는 안 된다는 걸, 겉모습과 힘은 아무 상관이 없다는 걸 잘 알면서도.

타라는 고모 옆자리, 통치자들을 마주 보는 탁자 뒤에 놓인 금색과 빨간색 의자에 앉았다. 이번에는 대등하게 토론하는 모임이기에 여제를 위한 단상이나 받침대는 설치하지 않았다. 거리가 너무 멀리 떨어진 이들은 의자/안락의자/침대를 공중에 띄우거나 각자 뒷사람의 시야를 가리지 않도록 들쭉날쭉하게 자리를 옮기며 타라와 리스베스를 볼 수 있게 했다.

방금 휴가에서 돌아온 셸렌바가 타라 뒤에서 경계 태세를 취했다.

뱀파이어는 임신한 티가 나기 시작했고 인피뱀파의 특징인 새빨간 눈과 하얀 머리도 여전했다.[23]

리스베스 여제가 이렇게 빨리 오무아에 와준 것에 대해 고맙다는 인사말을 전하자 왁자지껄하던 회의실이 순식간에 조용해졌다.

긴장한 시선들이 일제히 리스베스에게 쏠렸고, 마법으로 증폭시킨 목소리가 쩌렁쩌렁 울렸다.

리스베스 여제의 말이 끝났을 때 타라가 일어나 말문을 열었다.

"방금 고모께서 말씀하신 대로 이렇듯 신속하게 모여주셔서 고맙다는 말씀 드립니다."

"여제께서 소집하는 이유를 아주 명확하게 밝혔으니까요." 드라큘 대통령이 떨떠름하게 한마디 했다. "모든 것이 파괴될 위기에 처해 있으니 빨리 모이라는 식의 표현이었는데 어느 누가 미적거릴 수 있

· · · · · · · · · · · · ·
**23.** 타라는 셸렌바의 부탁을 받고 인피뱀파로 전환시키는 도중 임신한 사실을 알았다. 이에 타라가 다시 평범한 뱀파이어로 되돌리려고 했지만, 셸렌바는 태아의 생명이 위험할 수 있기 때문에 만류했다. 그래서 셸렌바는 당분간 인피뱀파로 지내게 되었다.

겠소."

여기저기서 숨죽인 웃음소리가 들렸다.

타라는 미소를 억제했다. 심각한 상황이니만큼 웃을 때가 아니었다.

"네, 그건 사실입니다. 내 추측을 말했을 때 고모는 즉각 사태의 심각성을 알아차리셨습니다. 그 점에 대해서도 고맙게 생각하고 있습니다. 자, 이제부터 내가 이렇게 불안해하는 이유를 설명하겠습니다. 이미 많은 분들이 나와 같은 생각을 하셨을 것이라 짐작합니다만."

타라는 머릿속으로 악마의 영혼들에게 몸에서 떨어져 나와 원래의 모습으로 돌아가라고 지시했다. 불안한 표정으로 주의 깊게 지켜보는 수많은 시선을 받으며 만년필, 팔찌, 황금 체인벨트가 라오르의 창, 브롱스의 갑옷 여러 부분으로 변했다.

독성이 있는 검은색 철 속에 갇힌 악마의 영혼들.

빠져나가려고 검은색 철에 달라붙어 악몽 속에서나 볼 법한 끔찍한 얼굴로 울부짖는 다른 악마들과는 달리 이 영혼들은 평온했다. 타라는 영혼들과 계속 소통할 수 있게 사물들에게 다가가 손으로 만졌다.

타라는 얼굴이 굳어진 데미데루스가 흠칫 뒷걸음치는 걸 봤다. 수천 년 전에 악마의 사물들을 가두거나 파괴하기 위해 싸웠던 데미데루스였다. 그런데 타라가 거리낌 없이 악마의 사물을 만졌는데 파괴되기는커녕 정신을 잃거나 미치지 않는 것이 데미데루스로서는 받아들이기 힘들었다.

타라는 다른 손으로 헤어밴드 같은 금빛 기구를 머리에 둘렀는데 한가운데에 렌즈가 달려 있었다.

"이것은 여러분이 갖는 의문에 대해 영혼들이 하는 대답을 들을 수 있도록 우리의 유명한 학자 모우르무르 덩컨께서 발명해주신 멘탈로-오디오 기구입니다. 이 기구 덕분에 여러분은 영혼들이 나에게 하는 대답을 들으실 수 있습니다. 영혼들과 내가 나누는 대화가 직접 전달되는 것이므로 나는 어떤 개입도 하지 않습니다. 다시 말해 여러분은 나를 통해서가 아니라 영혼들의 대답을 직접 듣는 것입니다."

모우르무르는 많은 시선이 자신에게 쏠리자 장난기 있는 표정으로 미소를 지었다. 모우르무르는 타라의 부탁을 받고 몇 시간 만에 이 기구를 만들었는데 결과는 만족스러웠다.

한 가지 불안한 것은 기구가 뜨거워지기 시작하면 즉시 벗어야 한다는 주의 사항이었다.

아니면 뇌가 지글지글 타버린다면서.

타라는 이 주의 사항을 칼에게 말하지 않았다. 기구를 사용하지 말라고 생난리를 칠 텐데. 안 그래도 칼이 의심스러운 시선으로 이마를 쳐다보고 있어서 타라는 신경이 쓰였다.

"이제 내가 영혼들에게 첫 번째 질문을 하겠습니다." 이렇게 말하고 타라[24]는 정신을 집중했다. "혜성의 영혼들이 떠난 이유에 대해 너희들의 의견을 말해줄래? 5000년 전에 쇠붙이 속에 가둬놓고 에너지가 완전히 고갈되어 사라질 때까지 영혼들을 이용하려는 악마들을

. . . . . . . . . . . . . .

**24.** 회의하는 동안 통치자들은 유난히 엄숙하고 심각하고 불안해 보이는 타라의 얼굴에 주목하고 있었다. 사실, 타라는 무엇보다도 이마에 두른 기구의 열이 높아질까 봐 신경이 곤두서 있었다. 그래서 여차하면 기구를 벗어버릴 준비를 하고 있었기 때문에 얼굴에 경련이 일어날 정도였다.

파멸시키겠다는 계획을 포기한 거야?"

"아니다!" 영혼들이 합창으로 대답하는 소리에 모두들 소스라치게 놀랐다. "혜성의 영혼들은 돌이킬 수 없을 정도로 미쳐 있어. 타라 덩컨 덕분에 광기와 고통에서 빠져나오는 데 성공한 우리와는 달라. 복수심이 그 영혼들을 움직이고 있어."

타라의 얼굴이 빨개졌다. 운이 좋았던 것뿐인데. 타라는 질문을 계속했다.

"혜성에 갇힌 영혼들은 왜 마법사들이 행성들과 악마 우주선들을 지키기 위해 설치한 방벽을 완벽하게 뚫지 못했지?"

"혜성의 영혼들은 그 정도로 힘이 세지 않아. 타라 덩컨의 마법은 항상 우리 마법보다 더 셌어. 우리 마법은 천리를 거역하는 부패한 것이지만 타라 덩컨의 마법은 훨씬 순수하기 때문에. 게다가 그들의 마법은 사용할수록 고갈되어 영혼들이 하나둘 소멸되기 때문에 무슨 방법을 찾는 수밖에 없게 되었어. 이런 식으로 계속가면 결국 파멸에 이르고 말 테니까."

통치자들이 불만 조로 웅성거렸다. 지금까지 영혼들이 말한 내용은 새로운 것이 전혀 없었다.

"그건 우리가 이미 다 알고 있는 사실이잖아." 살테렌스족 카샤가 혼잣말처럼 중얼거렸는데 모두에게 들릴 정도로 소리가 컸다.

타라는 카샤의 말에 개의치 않고 정신을 집중하며 말했다.

"나는 혜성에 갇힌 영혼들이 왜 떠났는지, 어디로 갔는지 알 것 같아. 하지만 나는 인간이고 마법사이지 자유를 박탈당한 영혼이 아냐. 따라서 너희들의 생각을 직접 우리 통치자들에게 말해줘."

침묵이 흘렀다. 모두들 숨만 쉬고 있었다. 다들 내로라하는 수장이나 왕, 여왕, 대통령들이니만큼 바보가 아니었다. 영혼들이 마음에 들지 않는 말을 하리라는 걸 다들 예측하고 있었다.

영혼들이 대답했다.

"어딘가에 갇혀 있는 또 다른 영혼들을 찾으러 떠났다. 혜성에 결합시키기 위해. 크뢰의 이중 도끼, 즈셀의 방패, 마지스터가 갖고 있는 브라의 셔츠('악마의 셔츠'라고 불리는), 우리 갑옷의 일부인데 없어진 브롱스의 투구, 드래곤들이 인간들에게 돌려준 뒤로 오무아 제국이 갖고 있는 브롱스의 속바지, 센티르의 피리, 멘타르의 볼을 찾기 위해."

좌중에서 불안한 한숨을 내쉬는 소리가 들렸다.

"우리의 경고를 잘 새겨듣기 바란다." 악마의 영혼들이 음울한 소리로 말했다. "혜성이 크뢰의 도끼와 즈셀의 방패, 센티르의 피리, 멘타르의 볼, 그 밖의 것을 회수하면 당신들은 살아남지 못할 것이다. 혜성은 악마들의 행성을 공격해 영혼들을 수집할 것이다. 그러면 혜성은 무적이 될 것이다. 그때부터는 다른 행성들을 공격하고 모든 생명체를 파괴할 것이다. 그리고 당신들의 세계는 불구덩이에 빠질 것이다……."

# 혜성 추적

세계만 한 크기의 건초더미에서
복수심에 불타는 성난 바늘 찾기

＊

칼은 이맛살을 찌푸렸다. 과장된 선언을 하는 것이 목적이었다면 영혼들은 천부적 재능이 있었다. 의문과 불안을 해소하기도 전에 통치자들의 표정이 굳어졌고, 회의실은 공포의 도가니에 빠졌다.

타라는 가능한 한 효과적으로 빨리 대답하려고 노력했다. 특히 가장 많이 받는 질문은 이랬다.

"영혼들과 후계자, 그 주장이 확실한가?"

통치자들은 어리석거나 분별이 없지 않았다. 그들은 단지 또 다른 가능성들이 없는지 확인하고 싶은 것뿐이었다. '불행히도' 다른 가능성은 희박했다. 혜성이 사라진 지 하루가 지났고, 주민이 살고 있든 없든 다른 행성들 쪽에서 공격을 받았다는 보고는 전혀 없었다.

아이러니하게도 누가 죽었다거나, 어느 행성이 파괴되었다거나 영혼이 추출되는 사건이 없었다는 사실에 실망하기는 처음이었다.

왠지 모를 상실감에 빠져 이의와 의문을 제기하며 열띤 공방을 벌인 지 두 시간 후 통치자들은 타라와 영혼들의 의견에 따라야 했다.

그래서 혜성이 강력한 악마의 사물들을 회수하기로 작정을 한 것이라는 결론을 내렸다. 그럴 만한 이유가 있었다. 영혼들이 미쳐 있고 어리석어서가 아니었다. 혜성에 갇혀 있는 영혼들은 대부분 과학적 정신을 지닌 자이언트 여왕개미들의 영혼이었기 때문이다.

일단 이 가정에 기본적으로는 모두 동의하고 나자 의문이 이어졌다. 그렇다면 5000년 전에 마법사들과 드래곤들이 숨겨놓은 것들인데 그 빌어먹을**25** 혜성이 어떻게 그 사물들이 있는 장소를 알아냈단 말인가? 그 사물들이 어디 있는지 알기 때문에 혜성이 이동한 것인가, 아니면 무작정 찾아 나선 것인가?

질문을 받은 브롱스의 갑옷과 라오르의 창은 대답하지 못했다. 그건 전혀 모르기 때문이었다. 영혼들은 수천 타트롤이 떨어진 거리에서도 다른 영혼을 느낄 수 있었다. 그렇기 때문에 타라가 우주선을 놓쳤을 때 행성의 상층 우주 공간에서 유형화될 수 있게 도와줄 수 있었다. 하지만 그 이상으로 멀리 떨어진 거리는 불가능했다.

다시 말해 다른 은하계에 있는 영혼들의 위치를 파악하는 것은 불가능한 일이었다. 라오르의 창과 브롱스의 갑옷에 갇힌 영혼들은 아무튼 자기들에게는 불가능한 일이라고 겸손하게 덧붙였다.

• • • • • • • • • • • •

**25.** 회의실에 참석한 백 명이 서로 다른 백 개의 언어로 상상을 초월하는 욕설을 사용했다고 상상해보시라. 따라서 나는 그 많은 욕설을 '빌어먹을'이라는 말로 대체할 수밖에 없다.

데미데루스는 마치 갑옷과 창이 자기에게 달려들까 봐 혐오스러운 눈빛으로 지켜보다 헛기침을 했다. 그러고는 악마들의 대표로 참석한 산헥시아를 차갑게 쏘아본 뒤 말문을 열었다.

"소위 내 후손의 벗이라고 하는 저 영혼들을 중개로 악마들이 거짓말을 하는 게 아닌지 어떻게 확신하는가? 이 모든 것이 우리를 죽이려는 악랄한 음모인지 어떻게 알고? 나는 하나의 그림이 그려지는데…….. 수백만의 악마들이 우리 행성으로 피신한다. 혜성이 사라진다. 우리의 가장 강력한 무기인 내 후손 타라가 혜성을 찾으러 떠난다. 타라가 어딘지 모를 우주 공간을 헤매고 다니는 사이 혜성이 돌아온다. 혜성이 아더월드를 공격하는 사이 악마들은 마법사들을 무력화시킨다, 쾅! 아더월드는 파괴된다. 혜성은 아르칸즈라는 마왕의 조종을 받아 우리의 또 다른 세계들을 공격한다. 점점 더 많은 영혼들을 추출하거나 영혼을 추출하지 못할 경우 모두 죽인다. 마지막으로 악마들의 행성들만 살아남는다. 인류의 종말, 모든 것의 종말."

좌중에 무거운 침묵이 흘렀다. 여기 모인 통치자들은 모두 전쟁에 익숙한 백전노장들이자 편집증에 사로잡힌 낯짝 두꺼운 정치인들이었다. 그런데 이상하게도 이들 중 누구도 타라의 벗들인 영혼들의 설명을 의심하지 않았다.

이제는 타라가 두 손으로 만지고 있는 갑옷과 창을 향해 모든 시선이 쏠렸다. 타라는 지친 얼굴로 데미데루스에게 고개를 숙였다. 비록 데미데루스의 생각에 전적으로 동의하진 않지만 의심하는 마음이 이해되었다. 타라가 대꾸하려는 순간 리스베스가 빨랐다.

"혜성의 공격으로 악마들은 수천 명을 잃었습니다." 리스베스가 진지하게 말했다. "우리가 도와주러 가지 않았다면 혜성의 공격에 악마들은 전멸되었을 겁니다. 마법사들이 없었다면 그들의 주요 행성은 이미 사막이 되었을 겁니다. 존경하는 조상이신 최고 마구스 데미데루스, 악마들이 거짓말을 한 건지 그건 내가 판별할 수 없을지 몰라도 두려움은 간파할 수 있습니다. 인간 모습의 악마든 아니든 모든 악마들이 공포에 떨고 있는 건 분명합니다. 악마들이 만들었던 무시무시한 무기, 지금 그 무기가 부메랑이 되어 그들을 공격하고 있습니다. 그들은 그 무기를 무력하게 만들기 위해 가진 걸 모두 내어줄 겁니다."

데미데루스의 입술이 일그러졌다. 리스베스와 타라의 쪽빛 눈과 똑같은 눈이 반짝였다.

"바로 그거야. 공포에 질린 괴물들이 살 길을 찾아 우리 행성으로 도망쳐왔다. 그런데 그들은 우리에게 거짓말을 했어. 그들이 우리에게 말한 것처럼 악마의 수는 수십억이 아니라 10억도 안 되는 악마들이 여섯 행성에 분산되어 있었던 것이다. 5000년 전 우리가 상대할 때는 여섯 행성 중 네 행성, 즉 보울리미-레미 행성, 크세프로디 행성, 에프리트들의 행성 그리고 흉측한 벤드룩과 사이비 신들이 주민인 자보르 행성밖에 없었지. 전설에 의하면 서클에 따라 점점 더 광폭하다고 하는데 그건 그저 전설일 뿐이다. 내부의 적과 우리가 결탁하지 않도록 적들이 꾸며낸 말일 수도 있다. 그들이 우려했던 대로 에프리트족이 배신해 우리와 동맹을 맺었으니까."

데미데루스는 잠시 말을 중단했다. 모두들 그래서 데미데루스가 어쩌겠다는 건지 궁금해하는 얼굴로 듣고 있었다.

하지만 데미데루스는 악마들이 인간들을 죽이기 전에 먼저 악마들을 죽여야 한다는 말을 더는 계속할 수 없었다.

갑자기 회의실의 육중한 두짝문이 열리더니 불청객 둘이 여제와 타라를 향해 뚜벅뚜벅 걸어오고 있었기 때문이다.

너무 놀란 데미데루스는 입을 다물었다. 두 불청객은 안락의자며 욕조, 침대, 물의 장막 사이의 공간을 통과해 타라와 리스베스, 바리우스, 칼을 향해 전진하고 있었다.

분노의 웅성거림이 일어났다. 차가운 파란 눈빛에 금발의 남자 옆에 있는 크산디아르는 따가운 눈총에 어디로 숨을 수만 있다면 팔 두 개를 내어주고 싶다는 얼굴이었다.

타라는 긴장한 에레 여왕의 얼굴이 증오심으로 일그러지는 걸 봤다. 엘프들의 여왕이 크산디아르를 원망할 이유는 없으니 금발의 남자를 증오하는 것이 틀림없었다. 따라서 금발 남자의 신원을 예측하는 것은 그리 어렵지 않았다. 리스베스는 타라보다도 금발 남자를 알아보는 데 시간이 더 걸렸다. 타라보다 여제에게 훨씬 더 관련이 있는 남자이건만.

"비공개회의 중이다." 성난 여제가 호통을 쳤다. "크산디아르, 이게 지금 뭐하는……."

갑자기 여제는 말을 잇지 못했고, 옥좌에 앉아 있는데도 드레스만큼이나 하얗게 질린 얼굴로 비틀거렸다.

바리우스가 벌떡 일어나서 붙잡아주었지만 리스베스는 정신이 나간 듯 아무 반응이 없었다. 바리우스는 눈살을 찌푸렸다. 남작의 까만 눈이 전진해오는 남자를 응시했다.

바리우스도 파랗게 질렸다. 하지만 불안해서라기보다는 분노의 표시였다.

금발 남자가 리스베스에게 미소를 지었다.

"이런!" 금발 남자가 정중하게 허리를 숙이며 인사했다. "리스베스, 당신은 남편한테 인사도 안 하나?"

타라는 심장이 멎을 뻔했다.

"슬루르크!" 칼이 옆에서 속삭였다. "크산디아르는 확실히 능력자라니까. 우리의 티그족 친위대장이야말로 진정한 멀록이야. 30년 전에 사라졌던 사람을 찾아온 것 좀 봐!"

타라는 얼마 동안 숨을 죽이고 있어야 한다는 생각에 심호흡을 해야 했다.

"멀록이 아니라 셜록이야, 셜록 홈스!" 타라가 중얼거렸다. "빌어먹을! 하필이면 지금 와! 마치 가장 나쁜 때를 골라서 온 것처럼."

주위에 있는 통치자들이 술렁거렸다. 중요한 회의를 중단시킨 불청객을 빨리 내보내라고 요청하는 이들이 있는가 하면, 누군지 알아보고 정중하게 허리를 굽히며 기다리는 이들도 있었다.

충격받은 이들이 속삭였다.

"세네르 마트리브 다릴 크라투스 헬리오보스 압 샨트리 툴 그라빌!

다릴, 다릴 크라투스! 황제! 오무아 제국 여제의 사라진 남편!"

그사이 리스베스는 정신을 차리고 남자를 뜯어봤다. 자존심 강하고 날카로워 보이는 얼굴, 파란 눈, 금발, 전사의 손, 근육질의 다부진 체격. 당당한 몸짓에서 느껴지는 힘. 차림새는 수수했다. 스키니 진에 회색 셔츠, 가죽조끼, 튼튼한 부츠. 검대를 차고 있지만 매달린 가죽집은 비어 있고, 넓은 가슴팍에 묶은 네 개의 단도집도 텅 비어 있었다.

회의실에 들어오기 전 크산디아르가 무기를 압수한 걸 보면 제정신인 건 분명했다. 리스베스는 침을 삼키고 나서 목소리가 떨리지 않게 힘을 주며 말했다.

"당신이 내 남편이었던 다릴 크라투스란 말이에요?"

"아니오."

"아니라고요?"

"그건 아니니까."

리스베스의 눈빛이 이글거렸다.

"내 전남편은 말장난을 하지 않았어요."

"나도 말장난 같은 건 하지 않아. 그리고 난 당신의 전남편이 아니야. 우리는 이혼한 적이 없고, 당신이 재혼한 것도 아니니까. (그는 바리우스를 향해 비웃는 눈길을 던졌다.) 아무튼 아직은 결혼하지 않았으니."

리스베스는 눈앞의 건장한 남자를 유심히 살폈다.

"당신은 지금 중대한 비공개회의를 하는 곳에 난입한 거요! 크산디아르?"

172

"네, 폐하?"

"이 사람을 내보내라. 회의가 끝난 뒤에 만나겠다. 그리고 크산디아르?"

"네, 폐하?"

"이 사람이 다릴 크라투스라는 이름과 옛날 지위인 황제를 사용하고 있단 말이지?"

크산디아르는 난처한 표정을 지으며 대답했다.

"그렇습니다, 폐하."

"다시는 그런 일이 일어나지 않도록 주의하라. 확실한 증거가 나타날 때까지 우리는 이름을 사칭한 사기꾼을 상대하고 있음을 잊지 말라. 쾌적한 독방에 가둬라. 그리고 이 사람한테는 어떤 권력도 권리도 없다. 알아들었나?"

크산디아르는 발뒤꿈치를 따닥, 소리가 나도록 부딪쳤다.

"알겠습니다, 폐하."

크산디아르 친위대장은 다릴 크라투스에게 앞장서라는 손짓을 했다. 크라투스는 어깨를 으쓱했지만 순순히 돌아섰다.

"잠깐!"

엘프들의 여왕이 내지르는 소리에 두 사람은 멈춰 섰다. 에레는 격분해 있었다. 엘프의 오른손 끝에서 주홍색 불꽃이 타오르고, 왼손의 지팡이는 어찌나 세게 잡았는지 나무가 신음소리를 낼 정도였다.

"당신…… 당신이 바로 그 인간이다. 나는 당신이 살해했다고 확신한다!"

에레는 꼭 필요한 말 외에는 하지 않으려고 했는데 끓어오르는 엘프의 피를 주체하지 못해 누가 들어도 의문이 생길 만한 말을 순간적으로 내뱉고 말았다. 이미 늦었지만, 증인이 아무도 없는 독방에 들어가길 기다렸다가 심문할 기회를 놓친 것이 후회가 되었다. 그래야 고문도 할 수 있는데.

다시 돌아선 다릴이 엘프를 뚫어져라 쳐다봤다. 에레가 설마 많은 이들이 지켜보는 앞에서 무슨 짓을 하겠어? 그래서 다릴은 비웃음을 흘렸다.

그게 큰 실수였다.

바이올렛 엘프는 냉정을 잃었다. 에레가 지팡이를 휘두르며 마법을 날렸고, 놀란 다릴은 미처 방어할 겨를이 없었다.

하지만 타라는 에레가 어떻게 나올지 예상하고 있었다. 엘프의 얼굴에 드러난 증오심을 읽었기 때문이다. 후계자의 마법이 간발의 차로 먼저 발사되었고, 에레의 치명적인 마법이 타라가 만든 짙은 파란색 방패에 격하게 부딪쳤다.

즉시 마법이 윙윙거리는 소리가 회의실에 울려 퍼졌다. 비마들을 제외한 모든 통치자들이 방금 교전 중인 이들로부터 ─ 금발 남자의 마법 역시 손가락 끝에서 윙윙거리고 있기 때문에 ─ 방어하기 위해 마법을 작동한 것이다.

격분한 에레가 타라를 향해 마법을 날렸다. 타라가 방어하는 사이에 금발 남자를 보호하는 방패를 깨뜨릴 생각이었다. 하지만 타라의 마법은 워낙 강력해서 방패를 유지하는 것과 동시에 방어할 수 있었다. 물론 마법이 강하다고 해서 힘이 안 드는 건 아니지만. 타라는 바이올렛 엘프의 마법을 제압하며 반격했다. 에레도 방패를 불러냈지만, 타라의 성난 마법이 포효하며 방패를 뚫고 단박에 지팡이를 박살 냈다. 어찌나 격하게 산산조각이 났는지 하얀 나무 파편들이 에레의 손에 박혔다.

격분한 에레는 고통의 비명을 지르면서도 패배를 거부하고 다른 손을 휘둘렀다.

타라가 제압하려는 순간 이번에는 리스베스가 나서서 마법으로 에레의 무릎을 꿇렸다. 검은색 갑옷 차림의 바이올렛 엘프는 완강히 버텼지만 온몸을 떨고 있었다.

"이제 난동은 끝났소?" 리스베스가 성난 목소리로 호통치는데 손이 금빛과 빨간빛 마법으로 번쩍이고 있었다. "화를 내야 할 사람은 나요! 사랑하는 남자와 결혼을 앞두고 있는 때에 느닷없이 죽었다고 생각한 남편이 나타났단 말이오! 따라서 사건의 전모를 명확히 밝히기 전에 당신이 그를 죽이는 건 어림없다 그 말이오, 알겠소?"

회색 대리석 바닥에 에레의 자줏빛 피가 철철 흐르고 있었다. 엘프가 인상을 썼지만 선택의 여지가 없었다. 리스베스는 에레가 뭐라고 말하기 전에 마법을 날려 손을 치료했다. 엘프는 굳은 얼굴로 아무런 내색도 하지 않으려고 했지만 고통 때문에 얼굴이 일그러졌다.

에레는 애써 인상 쓰지 않으려고 참으며 손을 폈다. 살에 박힌 나무 파편들이 바닥으로 떨어졌다. 그러자 타라와 리스베스, 크라투스의 시선을 피하며 지팡이에 마법을 날렸고, 날아다니는 조각들이 결합되자 왼손으로 지팡이를 짚고 일어났다.

에레는 리스베스의 위압적인 시선을 받으며 자리에 앉았다. 그리고 마치 자석에 끌리듯 회의실 한가운데서 자신을 쳐다보는 다릴 크라투스 쪽으로 고개를 돌렸다.

다릴은 엘프를 차갑게 쏘아봤다.

"이제 당신의 질문에 대답해줄 것이니 나를 공격할 생각은 집어치우시오. 그래요, 맞소. 내가 바로 엘프들의 여왕 타빌라의 연인 다릴 크라투스요. 하지만 나는 그녀를 살해하지 않았소."

다시 입을 열려고 하는 다릴의 눈빛에 복수심이 불타고 있었다. 타라는 그가 분풀이라도 하지 그냥 넘어가지는 않을 거라 예상했다. 그러면 그렇지.

"타빌라가 엘프족이 사라질 위기에 처해 있으며, 불과 200만 명밖에 남지 않았다는 사실을 세상에 알리기로 결정했지만 솔직히 나는 그걸 막을 이유가 없었소. 내가 상관할 일이 아니니까." 다릴 크라투스는 냉정하게 말했다.

다릴이 그렇게 내뱉고 돌아서서 문을 향해 걸어가는 사이 경악한 통치자들이 수군거리는 소리로 회의실은 또다시 술렁거렸다.

뭐라고? 엘프들의 여왕이 인간과 연애를 해? 대체 이게 무슨 말도 안 되는 소리야? 그런데 에레는 왜 다릴 크라투스를 죽이려고 한 거야? 전 여왕을 살해한 사람이 그가 아니라는데!

게다가 엘프족의 수가 200만 명밖에 안 남았다고? 이건 또 무슨 소리지?

에레는 자신을 저주했다. 리스베스가 알았으니 언젠가는 소문이 퍼질 거라 예상했기에 정신 똑바로 차려야 했는데. 엘프들은 워낙 활동적이고 자유분방해서 동태를 살피는 것이 힘들었다. 그래서 지금까지는 엘프족의 수가 그렇게 적은지 아무도 간파하지 못했다. 하지만 그 사실이 밝혀졌으니 이제 엘프족은 취약해졌다. 다른 종족이 셀렌다를 정복할 마음만 먹으면 엘프 200만 명을 상대하기는 그리 어렵지 않았다. 그래도 금지된 대륙에서 늑대인간들을 발견하기 전까지는 엘프족이 최고의 전사들이었는데.

이렇게 된 것은 분노를 자제하지 못한 에레 자신 탓이었다.

무엇보다 다릴 크라투스가 엘프족의 현실을 발설하기 전에 죽이지 못했기 때문이었다.

"폐하." 에레가 리스베스를 향해 돌아서서 말했다. "범인을 넘겨주고 내가 심문할 수 있게 하겠다고 약속하셨습니다. 그 약속을 상기시키겠습니다."

리스베스는 짐짓 놀라는 척 눈살을 치켜 올렸다.

"아직은 유죄로 선언되지 않았어요. 드론을 조종해서 타라의 접견실에 총격을 가하고 타빌라 여왕을 살해한 킬러를 우리는 아직 찾는 중이오. 다시 한 번 상기시키는데 우리는 혜성에 대해 토론하기 위해 여기 모인 것이오. 그 문제가 가장 중요하단 말이오!"

하지만 에레의 고집도 만만치 않았다. 바이올렛 엘프는 이 난관을 벗어나기 위해 가로질러야 하는 거리를 저주하며, 문을 향해 전진하는 남자에게 물어야 할 것들이 가슴속에서부터 끓어오르고 있었다.

반면 편안하게 앉은 통치자들은 눈앞에서 벌어지는 멜로드라마에 푹 빠져 있었다. 그중에는 마치 극장에서 영화를 관람하듯 음료수와 먹을 것을 불러내는 이들도 있었다.

"당신 대체 누구야?" 에레가 소리쳤다. "자칭 세네르 크라투스라고 하는 당신의 정체가 뭐냐고? 우리 여…… 타빌라와는 어떤 사이고?

타빌라를 어떻게 만났지? 우리의 극비사항인 엘프족 수에 관한 정보를 어떻게 입수했어?"

다릴 크라투스는 주먹을 불끈 쥐었다. 남자의 긴장한 등을 보면 에레의 도발에 기꺼이 응해줄 기세였다. 하지만 그는 조용히 돌아서서 에레의 눈을 빤히 쳐다봤다.

"얼마 전까지는 평범한 나무꾼이었소." 다릴은 차분하게 대답했다. "오랜 세월 기억상실증에 걸려 있었기 때문에. 30년 전 비리디스와 살테렌스 사이의 안개 대양 해변에서 발견되었을 때 나는 중상을 입고 의식을 잃은 상태였소."

바리우스가 비아냥거리며 끼어들었다.

"오무아의 드래코-티라노사우루스[26]에게 잡아먹힌 사람이 수천 타트롤 떨어진 해수욕장에서 발견되었다? 그거 점점 흥미로워지는군. 그 괴물이 삼켰다가 소화시키지도 않고 토해내기라도 했단 말이오?"

다릴 크라투스가 어떻게 죽었는지, 왜 죽은 것으로 알려졌는지 전혀 모르고 있던 이들은 바리우스를 쳐다봤고, 웬만큼 알고 있던 이들은 사연을 설명했다. 그렇게 놀라움과 의혹의 쑥덕거림으로 회의실이 소란해졌다. 왕, 여왕, 기타 등등은 기적을 믿지 않는 눈치였다.

다릴 크라투스는 증오심을 내비치는 바리우스의 신랄한 지적에 전혀 개의치 않는 듯 어깨를 으쓱했다.

리스베스가 바리우스의 옆구리를 팔꿈치로 치며 속삭였다.

........

26. 다릴 크라투스가 드래코-티라노사우루스에게 잡아먹힌 것으로 알려진 건 사실이기 때문에 바리우스의 지적이 몰상식한 것은 아니다.

"그만. 당신까지 나서지 말고 빨리 나가게 가만있어요!"

다릴 크라투스가 계속 말하려는 순간 살테렌스족 카샤가 일어났다. 카샤의 옷에 새긴 파란색 소금을 물고 곧추서 있는 초록 벌레 문장이 번쩍였다. 칼은 몸서리를 쳤다. 금빛 트실에게 물린 뒤로 칼은 기어가거나 꿈틀거리는 벌레만 봐도 알레르기가 일어났다. 타라는 슬그머니 칼의 손을 잡아주었다.

"당신이 누군가를 타락시켰다는 거요?" 카샤가 금빛 눈으로 다릴 크라투스를 뚫어져라 쳐다봤다. "소금 광산에서 벗어나려는 자들이 매수되는 바람에 우리는 노예제도를 폐지해야 했소. (카샤는 리스베스와 타라를 노려봤다.) 비리디스와 살테렌스 사이의 해변에서 발견되었다면 당신은 소금 광산을 탈출했을 가능성이 있어요. 우리 광산의 문서와 크리스털레오를 확인해보면 당신의 자취를 찾을 수도 있소."

다릴 크라투스는 정중하게 허리를 굽혔다.

"고맙소, 카샤. 나는 아직 기억이 돌아오지 않아 실마리가 될 만한 걸 말씀드릴 게 없습니다. 그리고 내가 소금 광산에서 일했다는 기억도 없고요."

"그렇다면 자신이 누군지도 기억하지 못한다는 말인데 당신이 다릴 크라투스라고 주장하는 이유는 뭡니까?"

리스베스가 거침없이 내뱉었다.

이때였다. 비리디스의 통치자로 참석해 있던 빨간 머리의 흑인 미녀가 다릴을 향해 냉랭한 시선을 던지며 일어났다. 몸에 딱 맞는 검은색 바지 정장 차림에 비리디스의 핑크빛 진주목걸이(비싸기로 소문난 진주)를 하고 있었다.

"훌륭한 질문입니다, 폐하. 게다가 내가 방금 우리나라의 서버 매직넷으로 검색해봤는데 다릴 크라투스라는 인간에 대해서는 아무런 정보가 없습니다."

"블로리스 마을에 사는 이스터 새그라는 이름으로 검색해보시오." 다릴 크라투스가 엷은 미소를 지으며 말했다. "몇 달 동안 혼수상태에 빠진 나를 치료해주었던 늙은 여성 샤먼이 나에게 준 이름이죠. 사고로 죽은 아들의 이름이라면서. 나는 샤먼이 죽는 날까지 곁에 머물다 나무꾼이 필요한 곳을 찾아다니기 시작했지요."

불과 몇 분 전에 자충수를 두지 말자 다짐했으면서 에레가 또다시 외쳤다.

"그렇게 빠져나갈 순 없지! 당신이 알고 있는 정보는 우리의 극비 사항이다. 타빌라가 맹세를 어기고 발설했다는 당신의 말을 나는 절대 믿지 않아. 여왕이자 내 친구였던 타빌라와 수천 년 동안 경쟁했지만 결코 배신할 엘프가 아냐!"

리스베스는 이맛살을 찌푸렸다. 에레가 또 고함을 지르며 생난리를 치는 것에 진짜 짜증이 나기 시작했다.

다릴은 어깨를 으쓱했다.

"맞는 말이오. 타빌라는 그런 말을 하지 않았으니까. 타빌라와 밤을 보내고 났을 때 나를 만나러 왔던 인간이 알려준 것이오. 그 인간은 여왕의 측근 중 한 엘프가 도표와 증빙서류를 자기에게 넘겨주었다고 했소."

"뭐라?" 에레가 외쳤다. "인간이 감히 우리를 모욕하다니! 우리 여왕을 모독하는 것으로도 모자라 감히 우리 중에 배신자가 있다고 주장하다니!"

엘프의 분노를 주체하지 못하면 또 자충수를 둘 수 있다는 걸 잊었는지 에레의 지팡이가 또다시 윙윙거리기 시작했다. 결국 에레는 지팡이를 휘둘렀고, 다릴이 두 손을 내미는데 희한하게도 시커먼 마법이 작동하고 있었다.

타라는 한숨을 쉬었다. 이런 일로 여기 모인 게 아닌데. 세계의 종말을 앞두고 있는데 이 둘은 아이들이 학교 운동장에서 싸우듯 체면이고 뭐고 막장으로 치닫고 있으니. 정말 가관이었다. 결국 리스베스가 폭발했다.

"에레 여왕! 세네르 크라투스! 진정하시오! 크산디아르, 자칭 세네르 크라투스를 내보내라. 이 사람이 여기 있는 한 회의를 진행할 수가 없다."

"저 인간은 거짓말을 하고 있다!" 에레가 악을 쓰는데 어찌나 격분했는지 거품을 물고 있었다.

다릴은 진짜 다릴 크라투스일 경우를 생각해 감히 팔을 심하게 비틀지 못하는 크산디아르에게 저항하며 아주 침착한 어조로 말했다.

"거짓말이 아니오. 하지만 나의 온순한 타빌라…… 아니 젠드라(그녀는 나에게 가짜 이름을 말했기 때문이오)는 그녀가 잘못되기를 바라는 이들에게 둘러싸여 있었던 것이오. 결국은 그자들에게 죽음을 당했고."

뜻밖의 폭로에 귀가 먹먹할 정도로 한동안 시끌벅적하다 침묵이 흘렀다. 그런 데다 참석자들의 머리에는 '온순한'과 '타빌라'가 꽂혔다. 완전히 모순어법이었다.

엘프들의 여왕 타빌라는 유능하고 교활하고 사납기로 이름난 무자비한 통치자였다. 그런 타빌라에게 '온순한'이라니 너무 거리가 멀었다.

에레는 눈을 감았다. 속에서 불덩어리가 치밀었고, 한 가지 욕망밖에 없었다. 펄펄 끓는 은을 쏟아부어 다릴 크라투스를 조각상으로 만들어놓고 두고두고 저주를 퍼붓고 싶었다. 하지만 그전에 가능한 한 오래 고통을 줘야 해.

"경애하는 우리의 여왕 타빌라는 죽었으니 이제 어떤 해명도 할 수 없습니다. 자기가 하고 싶은 말만 지껄이는 저자를 그냥 내버려둔다면 폐하는 타빌라 여왕의 명예를 더럽히는 것입니다. 나는 타빌라가 어떻게 미천한 인간과 깊이 사귈 수 있었는지 도저히 이해가 안 됩니다."

"얼마나 큰 충격일지 압니다, 에레 여왕." 리스베스는 냉랭하게 말했다. "하지만 인간과의 결합을 타락이라고 생각하는 건 당신밖에 없습니다."

에레의 마법이 꺼졌다. 이번에는 회의실에 있는 대부분이 인간이라는 걸 의식했는지 다시 켜지지 않았다.

리스베스는 자제력을 잃은 에레 때문에 그 불똥이 자신이나 타라에게 튈까 봐 재빨리 말을 이었다.

"에레 여왕이 진정이 되지 않는 한 저 사람을 내보낼 수가 없어요. 그래서 가급적 빨리 이 문제를 해결하기 위해 옆방으로 가서 얘기하자고 제안합니다. 나와 관련된 일이니 나도 같이 나가지요. (리스베스는 데미데루스를 향해 고개를 돌렸다.) 최고 마구스, 이 인간 때문에 말씀이 중단되었습니다. 내가 나가서 문제를 해결하는 동안 하던 말씀 계속하시기 바랍니다."

데미데루스는 고개를 끄덕였다.

"나의 직계 후손, 기꺼이 그렇게 하겠다. 존경하는 통치자 여러분……."

리스베스가 일어나서 나가자 에레, 크산디아르, 타라, 다릴 크라투스가 순순히 따라 나갔다. 물론 칼과 셀렌바, 다릴 크라투스의 등장에 여전히 격앙되어 있는 바리우스, 매직갱도 조용히 회의실을 나갔다.

파스텔 톤의 파란색 방에 들어가자 리스베스는 옥좌에 앉았다. 이번에는 옥좌가 다른 의자들보다 높은 데에 놓여 있었다. 바리우스가 옆에 가서 서자 리스베스는 다정하게 미소를 지어 보였다. 그 모습에 다릴 크라투스는 눈살을 찌푸렸다.

"나는 낭비할 시간이 없어요." 리스베스가 단도직입적으로 말했다. "타라와 에레 여왕에게 말할 기회가 없었는데 사실은 법의학자로부터 부검 결과를 받았어요. 여러 가지 밝혀야 할 것은 아직 남아 있지만 적어도 타빌라가 왜 살해되었는지 대답해줄 수 있어요."

거기까지 말하고 리스베스가 중단하자 모두 놀란 얼굴로 쳐다봤다.

"에레 여왕, 당신이 생각하는 것과는 달리 킬러는 타빌라의 입을 다물게 하는 것이 목적이 아니었어요. 엘프족의 수를 숨길 수 있다고 생각하는 것은 어리석은 겁니다. 엘프족의 수가 적다는 건 모든 통치자들이 잘 알고 있는 사실이에요. 비록 그 정도로 적을 줄은 몰랐다고 하더라도."

에레의 눈빛이 이글거렸다. 바보 취급 받는 걸 싫어하는데 방금 리스베스에게 그런 취급을 받았으니.

다릴 크라투스는 아무 말도 하지 않았지만 파란 눈에 재미있어하는 빛이 역력했다.

"그 잡종, 로빈 망질!" 에레가 내뱉었다. "그놈이 배신자였어! 로빈 망질이 우리의 약점을 폭로한 게 틀림없어!"

리스베스는 냉소했다.

"천만에요. 로빈은 신의가 두텁고 충성스러운 엘프예요. 나는 로빈에게 엘프와 인간 중 하나를 선택하라고 다그쳐 거짓말하게 만들 정도로 어리석지 않아요. 나는 로빈에게 엘프들을 염탐하라는 지시를 내린 적 없고, 어떤 정부도 그런 일을 시킨 적 없어요. 그건 맹세할 수 있소."

에레는 얼굴을 찌푸렸다. 범인으로 몰아가기에 가장 이상적인 용의자를 찾았다고 생각했는데 실망이었다. 하프엘프를 짓이겨 분풀이를 하는 것으로 이 끔찍한 하루를 끝낼 수 있었는데.

칼이 더는 참지 못하고 물었다.

"그래서 타빌라 여왕이 살해된 이유가 뭡니까?"

리스베스는 미소를 지으며 대답했다.

"타빌라가 임신한 상태였음을 샤먼이 확인했다. 쌍둥이를 배고 있었어!"

타라는 셀렌바가 움찔하는 걸 느꼈다. 슬쩍 보니 뱀파이어가 볼록한 배에 손을 얹었다.

하지만 타라는 눈앞에서 마치 치명적인 충격을 받은 것처럼 반응하는 두 인물에 주목했다. 끔찍한 고뇌가 두 얼굴에 나타나 있었다.

엘프 여왕이 인간의 아이를 가졌다는 사실에 에레의 얼굴은 공포에 질려 있었다.

다릴 크라투스의 얼굴은 몹시 놀랐거나 타빌라 여왕을 진심으로 사랑했거나 둘 중 하나였다.

"아니야……." 다릴 크라투스가 중얼거리는데 금방이라도 쓰러질 듯 다리를 덜덜 떨고 있어 크산디아르가 붙잡아줘야 할 정도였다. "아니야!"

"맞아요!" 리스베스는 차갑게 말했다. "이제 이 사이코드라마를 끝내기 위해서는 당신이 누구인지를 알려줬던 자, 엘프족의 멸종 위기에 대해 말해준 자, 타빌라가 당신의 아이를 임신하도록 타빌라와 당신을 연결시킨 자가 누구인지 알아야겠어요."

"난 그자가 누군지 전혀 몰라!" 다릴 크라투스는 마치 악몽에서 깨어나고 싶은 듯 두툼한 손으로 얼굴을 쓰다듬으며 말했다. "마스크를 쓰고 가슴에 빨간 원이 있는 잿빛 마법복 차림의 남자였다는 것밖에는. 그자가 이름은 말해주지 않았으니까. 하지만 그동안 내가 알아낸 정보로 확신을 갖게 되었지. 당신들의 철천지원수 마지스터가 아니면 내가 손가락에 장을 지지겠소!"

# 10
## 다릴 크라투스

언제 덮쳐서 으스러뜨릴지 모르는데
둘 사이에 끼어
이러지도 저러지도 못하게 되면 어쩌려고

*

해도 해도 너무하는 것 아닌가. 회의가 시작되었을 때부터 연쇄 폭탄이 터지는 것 같아 타라는 정신을 차릴 수 없었다.

방금 다릴 크라투스가 묘사한 바에 따르면 상그라브의 보스 마지스터가 얽히고설킨 음모의 배후라는 건데……. 그런데도 그들에게 미치는 영향은 소용돌이 정도에 지나지 않았다. 충격적인 소식을 연달아 접하다 보니 급기야 감정이 무뎌지기 시작한 건가.

"타빌라 여왕을 언제부터 아셨습니까?" 칼이 물었다.

"7년 전부터. 그리고 여왕을 소개해준 사람은 마지스터가 아니다."

"그럼?"

"셀렌다의 숲 기슭에서 벌목 작업을 하고 있을 때 만났어." 자칭 다릴 크라투스가 설명했다. "나무를 벨 때는 대개 조심하라고 소리치는 게 맞는데 나는 혼자 있다고 생각하고 아무 말도 하지 않았지. 그런데 나무가 넘어지는 순간 비명소리가 들리는 거야. 뛰어가 보니 아름다운 엘프가 부상을 당했더라고. 그래서 치료를 해줬지."

그는 리스베스를 쳐다봤다. 여제의 얼굴이 일그러져 있었다.

"내 과거에 대한 기억이 전혀 없었을 때였어. 내가 누군지, 직업이 뭐였는지 전혀 몰랐으니까. 그렇게 만난 엘프와 나는 사랑에 빠졌지만 엘프는 자기가 누구인지 전혀 말하지 않았어. 내가 셀렌다에서 가까운 제재소와 계약할 때마다 우리는 만났지. 그러다 그녀와 더 가까운 곳에서 살기 위해 숲 부근에 정착하게 되었어. 그리고 며칠 전에야 마스크의 남자가 나를 찾아와서 그녀가 누구라는 걸 말해줬는데 얼마나 화가 나는지……. 그녀가 7년 동안이나 거짓말을 한 거잖아!"

만난 시기에 대해서는 타빌라와 다릴의 말이 다르다는 것만 빼고 여기까지는 그런대로 괜찮았다. 그가 말한 것 모두 수긍할 수 있었다. 이상하지만 그럴싸했다. 그런데 바로 그 순간 타라와 그의 눈이 마주쳤다.

타라는 이상하게도 어디서 이미 본 듯한 '데자뷔' 느낌이 들었다. 이 남자를 한 번도 만난 적이 없는 건 분명한데 똑같은 눈을 이미 본 것 같았다.

남자의 눈에서 번뜩이는 킬러의 차가운 눈빛. 타라는 섬뜩했다.

"좋아요. 이제 대답은 들었고." 리스베스는 무뚝뚝한 목소리로 끼어들었다. "지금은 혜성 문제를 논의하는 것이 우선이니까 과거의 유령이 귀환한 이야기는 나중에 다시 합시다."

그렇게 말하고 리스베스가 위엄 있는 자태로 일어나자 파란 눈의 남자가 감탄 어린 눈길로 쳐다봤다. 하지만 타라는 남자가 리스베스에 대해 특별한 마음이 있는 건 아니라고 느꼈다. 리스베스와 같이 나눴던 시간은 기억과 함께 모두 사라져버렸으니 현재 그의 마음을 차지하는 여자는 자기 아이들을 임신한 채로 살해된 타빌라였다.

타라는 그 점에 주목했다. 어쩌면 리스베스 때문이 아니라 타빌라의 죽음에 대한 복수를 위해 모습을 드러낸 것일지 몰랐다.

"에레 여왕?" 리스베스가 물었다. "이제 답변을 들었으니 됐습니까?"

"참 쉽군요." 에레는 쓸쓸하게 대꾸했다. "이 인간은 기억상실중이라 아무것도 모르고 아무 짓도 하지 않았다며 자기가 하고 싶은 말만 내뱉고 있어요. 나는 이 인간의 입에서 나오는 말은 한마디도 믿지 않아요. 수사는 우리 엘프족이 하겠습니다."

에레는 다릴 크라투스에게 삿대질을 하며 또박또박 말했다.

"인간, 당신과 나는 아직 끝나지 않았다. 나는 당신의 머릿속에서 진실을 뽑아낼 것이다. 그러기 위해 산 채로 당신의 머리를 해부하는 한이 있더라도."

"해부하든 말든 지금은 이런 얘기를 하고 있을 때가 아니오." 리스베스가 딱 잘라 말했다. "우리는 훨씬 긴급히 처리해야 할 일이 있어요. 회의실로 돌아갑시다. 크산디아르, 이 사람을 독방으로 데려가라."

크산디아르는 다릴 크라투스의 팔을 잡아끌었다. 다릴은 저항 없이 순순히 끌려 나갔다. 그렇게 아무 말도 하지 않고 나가는 건 에레를 자극할 수 있는 행동이었다. 그래서 타라는 남자가 방을 나갈 때까지 긴장을 늦추지 않았다. 크산디아르와 자칭 다릴 크라투스가 나가고 문이 닫히자 그제야 안도의 숨이 새어 나왔다.

리스베스는 다릴을 머릿속에서 떨쳐내며 회의실을 향해 걸음을 재촉했다. 다릴 크라투스의 등장으로 중단된 회의를 빨리 재개해야 했다.

리스베스의 요란한 등장으로 데미데루스의 말은 또 중단되었다.

"존경하는 참석자 여러분, 최고 마구스 데미데루스의 말씀이 아직 끝나지 않았지만 그 전에 알려드릴 게 있습니다. 우리는 이제 혜성이 어디 있는지 알 필요가 없습니다."

리스베스의 말에 모두 깜짝 놀랐다. 통치자들은 어안이 벙벙한 얼굴로 쳐다봤다.

여제는 장난기 섞인 미소를 지으며 자리에 앉았고 모두의 시선이 집중되었다.

"혜성과 달리 우리는 악마의 사물들이 어디 있는지 알기 때문입니다. 따라서 우리가 찾아 수거한 뒤에 마법사들이 방벽을 세워 수호할 겁니다. 그사이 혜성은 온 세계를 헤매고 돌아다니겠지요. 그러다 혜성의 위치가 파악되면 마법을 소모하지 않고는 배길 수 없게 우리가 집중 공격하는 겁니다."

그때 모우르무르가 모범생처럼 손을 들어 발언권을 청하자 리스베스 여제는 허락했다.

"오너러블 456과 나는 악마의 영혼들이 방출하는 파동을 감지하거나 식별하는 데는 실패했습니다."

리스베스는 모우르무르의 다음 말을 기다렸다. 이제는 괴짜 발명가를 알 만큼 알고 있었다. 해줄 말이 없었다면 모우르무르가 굳이 발언권을 얻으려고 하지 않았을 터였다.

"하지만." 모우르무르는 짓궂은 표정으로 덧붙였다. "영혼들이 갇혀 있는 철은 아주 독특한 방사선을 방출합니다. 우리가 혜성을 찾지 못할 수도 있지만, 반면에 빨리 움직이면 혜성의 자취를 쫓을 수는 있지요. 악마의 사물이 지나간 뒤에도 방사선은 며칠 동안 우주 공간에 남아 있거든요. 이상하게도 악마의 사물이 대기권에 있을 때는 방사선이 더 빨리 사라지는데 아직 그 이유는 알아내지 못했습니다. 요컨대 혜성의 흔적을 찾으려면 일단 보울리미-레미 행성 부근으로 가 있다 뒤쫓으면 됩니다. 아, 물론 혜성이 이 은하계에서 저 은하계로 건너뛰는 경우는 추적이 상당히 어려울 겁니다."

리스베스는 손을 들어 반대 표시를 했다.

"아니, 나는 우리가 분산되는 걸 원치 않습니다. 지금은 악마의 사물에만 집중합시다. 내가 오늘 여러분을 모이게 한 진짜 이유를 말씀드리지요. 나의 후계자 타라 덩컨이 지휘하는 사물 회수를 위한 원정대 파견을 의결해야 합니다. 타라 덩컨이 지휘해야 하는 이유는 악마의 사물들을 지니고 있어 크뢰의 도끼와 멘타르의 볼, 센티르의 피리, 즈셀의 방패와 소통할 수 있기 때문입니다."

여러 목소리가 외쳤다.

"원정을 위한 경비는 누가 댑니까?"

리스베스는 속으로 한숨지었다.

"공동으로 부담하자고 제안합니다. 우주선을 열두 대씩이나 보낼 필요는 없습니다. 세 대면 충분하니까요. 그리고 식량과 공기, 연료를 위한 경비도 그리 많이 들지 않을 겁니다."

불평 섞인 웅성거림이 일었지만 리스베스의 말이 옳았다. 각국 정부들이 나설 경우 쓰이는 경비에 비하면 훨씬 경제적이었다.

"드래곤 우주선을 보내겠습니다." 그때 셈 선생님이 나섰다. "우리 우주선이 가장 빠르니까요."

"우리도 우주선을 빌려드릴 수 있습니다." 산혁시아가 경쾌한 목소리로 말했다. "악마 우주선은 세계를 넘나들고 은하계를 넘나드는 것이 어린애 장난이거든요."

데미데루스가 으름장을 놓듯 말했다.

"나는 드래곤들의 우주선을 선택한다. 적어도 드래곤들과 있으면 잡아먹히거나 뭔지 모를 것으로 둔갑될 위험이 적을 테니."

산혁시아가 데미데루스에게 다가가서 재미있다는 듯 말했다.

"오, 나의 토끼! 나는 당신을 산 채로 잡아먹고 싶은데 어쩌죠?"

토끼에 비유하는 소리를 들었을 때 데미데루스의 쪽빛 눈에서 눈알이 튀어나올 것 같았다. 데미데루스는 산혁시아를 노려보다 일어나 분노에 찬 걸음으로 회의실을 나가버렸다.

데미데루스의 실루엣이 사라지고 두 친위대원 덕분에 쾅 소리가 나지 않게 문이 닫히자 산혁시아는 몽환적인 어조로 말했다.

"와우! 저 조상이라는 분, 완전 귀여워. 전혀 5000살 같지 않단 말이야!"

"데미데루스야말로 참전한 모든 드래곤보다 더 많은 악마를 죽인 인간이었소. 그것도 맨손이나 활, 단검으로." 셈 선생님이 차갑게 응수했다. "그 정도로 악마들을 증오하는 인간한테 나 같으면 '귀엽다'라는 표현을 쓰지 않을 것 같은데."

"누구나 변해요. 우리를 보세요. 철천지원수였던 우리가 지금은 공공의 적을 물리치기 위해 합심하고 있잖아요. 그리고 나는 인간을 아주 좋아하는데 인간은 왜 나를 좋아하지 않는지 이유를 모르겠네요."

셈 선생님은 무슨 말을 하려다…… 입을 다물었다. 이렇게 어처구니없는 고백에 무슨 말을 할 수 있을까. 웃음이 터진 칼은 산헥시아의 등을 토닥여주며 속삭였다.

"너와 엘, 너희들 잘못 찍은 거 같다. 데미데루스의 약혼녀가 쌍둥이를 출산한 직후 악마들에게 살해됐어. 약혼녀가 죽어가면서 마지막으로 한 말이 악마들에게 복수를 해달라는 거였지. 그 말을 듣는 순간 꼭지가 돌아버린 데미데루스는 쌍둥이를 한 친구에게 맡기고 악마들과의 전쟁을 선포하고 떠났어. 전쟁이 끝나고 돌아온 데미데루스는 이미 건설하고 있던 제국을 쌍둥이에게 맡기고 잿빛 시간 속으로 들어갔지. 그렇게 악마들을 증오하며 보낸 세월이 5000년이야. 내 생각에는 네 보조개나 천사 같은 얼굴이 데미데루스에게 통할 거 같지 않지만 그래도 행운을 빌어줄게."

산헥시아는 대답하지 않았지만 생각에 잠긴 얼굴로 보아 이미 작전을 세우는 것 같았다. 자기가 거미이고, 데미데루스가 나비가 되는 작전.

악마들이 다 그렇듯 산헥시아는 '노우'라는 말을 끔찍이 싫어했다.

타라는 자리에서 일어나 너무 오래 앉아 있어 감각이 없어진 팔다리를 폈다.

몇 가지 문제에 대한 동의가 이뤄졌고 회의는 끝났다. 삼삼오오 무리를 지어 한동안 논의를 하더니 마침내 통치자들이 하나둘 빠져나가기 시작했다. 원정대에 참여할 인원 중 일부는 남아 리스베스 여제를 중심으로 세부 사항을 논의했다. 각 나라가 분담해야 할 돈의 액수가 주요 화제였다.

한편 타라와 친구들은 드래곤들과 함께 악마의 사물들을 찾으러 가는 원정대에 누가 갈지 의논했다.

타라가 가면 칼이 가는 건 당연했다.

타라와 칼이 어딘가로 가면 매직갱이 따르는 것도 당연했다.

모우르무르는 당연히 가야 했다. 기계를 작동시켜야 할 뿐만 아니라 갇힌 영혼들을 해방시키는 실험도 계속해야 되는데 그러려면 타라가 가진 갑옷의 일부가 필요하기 때문이었다. 셈 선생님은 타라의 멘토이자 아더월드에 주재하는 드래곤 대표이기 때문에 가야 했다. 비록 샤름과 결혼한 뒤로는 주로 드란보우글리스펜쉬르 행성에 머물고 있지만.

출발하기 전, 타라는 바리우스를 만나러 갔다. 늘 그렇듯 검은색 스팔렌디탈 가죽 옷차림의 용병은 타라와 만나기로 한 방에서 빙빙 돌고 있었다.

사흘 동안 면도를 하지 않아 수염이 덥수룩했다. 그렇지 않아도 딱딱한 인상이 더 어두워 보였다.

타라는 바리우스가 예민해져 있는 걸 충분히 이해할 수 있었다.

"뭐가 그렇게 중요한 일이 있다고 만나러 오기까지 하니?"

이 말에는 유령처럼 나타난 작자가 내 인생의 여자와 결혼을 막는 것보다 더 중요한 일이 뭐냐는 뜻이 내포되어 있었다.

"이거 드리려고요." 타라는 빛이 나는 검은색 돌 하나를 내밀며 말했다.

바리우스는 돌을 쳐다보다 받아 들고는 움찔했다. 마치 냉장고에서 방금 나온 것처럼 돌이 차가웠다.

"이게 뭐니?"

"대답을 듣기 전에 돌을 내려놓는 게 좋을 거예요."

바리우스는 약간 놀란 표정을 지으며 얌전히 다가와 있는 핑크빛 나무 탁자에 돌을 내려놨다.

"재판관 조각상의 돌조각이에요."

아! 타라가 내려놓으라고 말하길 정말 잘했다. 아니었다면 바리우스가 바로 돌을 던져버렸을 테니. 남작이 혐오스럽게 돌조각을 쳐다봤다.

"재…… 재판관? 악마들이 만든 사물의 조각을 왜 나한테 준 거니?"

"이 돌이 있으면 비욘드월드의 영혼들과 소통할 수 있으니까요. 특히 우리 집안의 유령들에게 연락할 수 있거든요. 만약 나에게 무슨 일이 생기면 유령들에게 도움을 청하세요. 유령들은 이곳으로 돌아올 권리가 없지만 인간 종족이 절멸될 위기에 처해 있을 경우는 위반이 아니기 때문에 아마 도와줄 거예요."

현재 상황에서는 유령들에게 도와달라고 하면 위반일 수 있었다. 하지만 전 여제인 엘세스는 절체절명의 위기 상황에서는 살아 있는 자들을 도와줄 수 있다고 분명히 대답했었다.

바리우스는 약간 불안한 얼굴로 타라의 부탁을 받아들였다.

"아, 그리고 바리우스?"

"응?"

"나라면 여제와 제국을 둘러싸고 벌어진 일에 휘둘려 결혼식을 미루지는 않겠어요. 빠른 시일 내에 결혼할 방법을 찾지 못하면 사랑하는 여자를 잃게 될지도 몰라요."

타라는 깊은 생각에 잠긴 바리우스를 뒤로하고 방을 나갔다.

짐을 다 챙기자 타라와 칼, 셀렌바, 모우르무르, 히글 5, 매직갱은 양탄자를 타고 셈 선생님의 우주선을 향해 날아갔다. 블루 드래곤 셈 선생님은 이미 도착해 우주선에 오르는 중이었다. 악마들이 참패했지만 드래곤 우주선 열 대가 만일을 대비해 아더월드의 우주항공기지에 남아 있었다.

우주선 정비가 한창이었다. 필요한 우주선은 세 대지만 열 대 모두 대기하고 있었다. 드래곤 우주선의 장점은 어마어마하게 크다는 것이고, 상상을 초월할 정도로 많은 선실을 갖추고 있었다.

우주항공기지에 도착했을 때 타라 일행은 도크의 치안이 부실하기 때문에 여러 번 검문검색을 거쳐야 했다. 화물용 양탄자, 온갖 기계, 분주히 일하는 에프리트들 사이를 이리저리 오가며 30분이 지나서야 드래곤 우주선 앞에 도착했다. 우주선들에 공급되는 일종의 연료에서 나는 건지 역한 냄새가 진동했다.

우주왕복선 여러 대가 정박해 있고, 하역 작업이 한창이었다. 행성 간 교역 물자의 80퍼센트가 공간이동의 문을 통해 이뤄지지만, 식료품이나 공간이동의 문 가까이 있으면 절대로 안 되는 이들을 운송할 때는 우주선이 유용했다. 글락스 벨트의 소혹성에서 검은색의 손상된 우주선에 귀금속을 싣고 오는 광부들도 있었다. 그런가 하면 행선지를 알리지 않고 비밀리에 여행하고 싶은 세력가들이나 상인들의 요트도 있었다.

타라와 친구들의 눈앞에 수십 층 높이의 금빛 금속 우주선이 어마어마한 위용을 뽐내고 있었다. 드래곤 형상을 본떠 만든 길쭉한 우주선. 흔히 접할 수 없는 인상적인 우주선이었다. 화물 전용 승강기들은 경비가 삼엄했다. 마법과 무관한 기계로 작동하는 승강기이지만 무서운 얼굴의 그레이 드래곤들이 경비를 서고 있었다.

타라는 아버지와 어머니를 앗아가고, 자신의 목숨은 물론 사랑하는 이들의 목숨을 끊임없이 위협하는 아더월드를 자주 불평했다. 하지만 아더월드가 안겨주는 경이로움 또한 무시할 수 없었다. 우주 공간을 자유자재로 넘나들 수 있는 우주선, 지구에서는 아직 꿈도 못 꾸는 기적 같은 일이 예사롭게 일어나는 세계가 아더월드였다.

탑승 허락이 떨어졌다. 타라와 갈랑은 동시에 코를 찡그렸다. 드래곤은 파충류 특유의 냄새를 풍겨 밀폐된 공간에 여러 드래곤과 같이 있으면 냄새가 지독했다. 아무튼 순수한 공기에 대한 개념이 인간과는 달랐다.

인간들이 탑승하는 걸 알기 때문에 나름 노력했을 텐데 근본적인 문제는 해결하지 못한 모양이었다.

셈 선생님이 타라에게 장난기 있는 시선을 던졌지만 아무 말도 하지 않았다. 블랙 드래곤 세바고울리셰비쉬부 기장을 소개해주었는

데 인상이 험악했다. 당장 읽어보라는 엄중한 권고와 함께 우주선의
규칙과 안전 수칙이 전달되었다. '주의할 것! 내 우주선을 훼손하는
자는 오래 살지 못하리라'는 경고가 함축되어 있었다. 셈 선생님이
기장실을 나가며 셰바 기장에 대해 탁월한 사령관이며 유능한 드래곤
이라고 말했다. 승무원 중 옐로우 드래곤이 그들을 선실로 안내했다.

선실이 워낙 많아 시간이 좀 걸렸다.

타라는 이번 미션이 중대하지만 큰 소득은 없을 것이라고 분명히
말했다. 그래서인지 더욱더 로빈, 무아노, 파브리스, 파프니르, 실버
는 다 같이 시간을 보내고 싶어 했다. 몇 주일이나 뿔뿔이 흩어져 있
다 오랜만에 만났는데 그렇다면 더더욱 따분하기 짝이 없는 우주선
안에서 친구들끼리 시간을 보내는 것이 훨씬 낫다는 주장이었다.

파프니르가 지적한 대로 매직갱은 그들 중 누가 어딘가로 떠나게
되면 모두 따라갈 정도로 끈끈한 관계였다. 온갖 시련을 겪으며 단련
된 타라와 친구들의 우정은 누구도 깨뜨릴 수 없었다.

타라의 완강한 만류에도 불구하고 셀렌바는 후계자를 가장 확실하
게 지킬 수 있는 것은 자기라며 동행을 고집했다. 무엇으로부터 지키
겠다는 건지 모르겠지만, 어깨 위에 머리가 붙어 있고 싶으면 임신한
인피뱀파와는 언쟁을 벌이지 않는 게 상책이었다.

타라가 지금이라도 우주선에서 내리는 것이 좋겠다고 했을 때 셀
렌바는 단칼에 잘랐다(언젠가부터 셀렌바는 타라와 많이 친해졌다
고 생각했는지 자연스럽게 말을 놓기 시작했다).

"아니, 나는 여기 남아."

타라가 뱀파이어를 쳐다봤는데 빨간 눈에 분노의 불꽃이 튀는 것

같았다.

"뭘 피하려는 거죠?" 타라는 부드럽게 물었다. "셀렌바, 왜 이러는 건데요? 이 원정길에 나와 동행할 이유가 전혀 없다는 건 당신이 더 잘 알잖아요. 더구나 배 속의 아기가 위험할 수도 있는데 왜 굳이 떠나려는 거죠?"

아름다운 뱀파이어가 검은색 가죽옷 입은 대리석상으로 보일 정도로 굳어버렸다.

이윽고 셀렌바는 이유를 설명했다. 사피르 드라고쉬와 함께 지내던 집 뒤편의 숲으로 산책을 나갔을 때 마지스터가 찾아온 적이 있었다며 그때 아이를 갖게 된 것 같다고 말했다. 얼마나 놀랐는지 타라는 우주선 안의 안락의자는 움직이지 않는다는 걸 깜빡 잊고 앉으려다 하마터면 엎어져 얼굴이 깨질 뻔했다.

"뭐라고요?" 타라는 아연실색했다.

타라는 언젠가 마지스터를 다시 만났냐고 물었을 때 셀렌바가 약간 머뭇거렸던 것이 기억났다.

"하지만 그렇다고 꼭……."

"그래." 셀렌바가 무언의 질문에 대답했다. "아기 아버지가 누군지는 나도 몰라. 하지만 사피르는 항상 나를 너무 조심스럽게 대했던 터라……."

타라는 침을 삼켰다. 호르몬 상승!

"그래서 이제 어떡할 건데요?"

"원정하는 동안 그 누구도 후계자를 해치지 못하게 보디가드로서 본분을 다하겠어. 그리고 아기를 낳을 때까지 계속 일하고 싶어. 그

다음 나와 아기의 형질을 전환시켜줘. 내 아들 혹은 딸이 인피뱀파로 살면 안 되니까."

"하지만 사피르는……."

"내 자식이니까 사피르도 마지스터도 아이에 대해 아무런 의무가 없어. 그리고 혜성이 악마의 사물들을 먼저 찾아내면 우리 모두 죽는 것이고, 그러면 내 문제는 저절로 해결될 터이고……. 더 이상의 질문은 사절합니다, 마마."

뱀파이어의 얼굴을 보면 혜성이 자신의 딜레마를 끝내주길 바라는 것 같았다. 타라는 더 이상 선택의 여지가 없음을 알아차렸다. 그래서 뱀파이어는 원정대의 공식 일원이 되었다.

하지만 타라는 방금 들은 셀렌바의 설명이 우주선에 있어야 하는 유일한 이유가 아니라는 느낌이 들어 꺼림칙했다.

한편 여제와 다른 통치자들의 명이 떨어짐에 따라 원정대 인원이 하나둘 늘어나고 있었다.

몇 시간 후, 데미데루스가 나타났다.

약 2분 20초 후 산헥시아가 명품 옷차림으로 나타났는데 데미데루스를 주시하고 있던 것이 틀림없었다.

족히 500킬로그램은 될 것 같은 여행 가방들은 물론이고 산헥시아의 손가락에 서류가 돌돌 말려 있는데 아르칸즈의 서명을 받은 미션 명령서가 틀림없었다.

그 순간 데미데루스의 이 가는 소리가 거대한 우주선의 반대쪽 끝까지 들렸다.

다음 탑승자는 오너러블 456이었다. 노란 자이언트 개미는 뜻이 잘

통하는 모우르무르와 히글 5와 함께 가는 걸 즐거워하고 있었다.

무엇보다도 크셀 꿀이 우주선에 실려 있다는 걸 알기 때문에 더욱 그렇겠지만…….

붉은 개미 무리가 마치 여왕처럼 오너러블 456을 수행하고 있었다.

오너러블 456은 기계들을 가지고 왔다. 인간이나 마법사들은 인간 형상의 기능성 로봇을 만드는 경향이 있는 반면, 크세프로디 행성의 자이언트 개미들은 곤충 형상의 로봇을 만들었다. 겉과 속을 온갖 색깔의 보석으로 화려하게 장식할 수 있을 뿐만 아니라 여러 가지 작업을 하기에도 효율적이라고 생각하기 때문이었다. 다양한 색깔의 자이언트 개미들이 탑승하자 우주선 안의 드래곤들이 눈이 휘둥그레져서 쳐다봤다.

산헥시아와 오너러블 456에 뒤이어 나타난 것은 초록빛 눈의 아름다운 바이올렛 엘프였다. 우주항공기지는 소매치기들이 돌아다닐 정도로 도크는 치안이 부실해 발라는 금품을 강탈당할 뻔했다.

발라는 소매치기들의 머리를 비틀어버렸다.

발라가 원정대의 일원이라는 걸 알았을 때 로빈은 신음소리를 냈다. 불행히도 에레가 엘프족 여왕으로 임명되면서 발라는 공주가 되었고, 당당히 엘프족의 대표로 원정대에 참여한 것이었다.

발라 역시 에레 여왕이 서명한 서류를 갖고 있었다.

바이올렛 엘프는 잔뜩 기대에 부풀어 있었다. 어떤 영광도 따르지 않지만, 악마의 사물들을 먼저 차지하기 위해 혜성과 벌이는 쫓고 쫓기는 추격전이기 때문에 스릴 넘치는 위험한 미션이었다.

위안이 되는 것이 있다면 로빈이었다. 하프엘프는 많이 달라져 있었다. 어떻게든 유혹해보려고 애썼지만 로빈은 눈길도 주지 않았고, 이전보다 훨씬 확고해 보였다. 반쪽은 인간임을 드러내주는 특성인 얼굴 붉히는 기색마저 없었다.

그런데 재미있는 건 셀렌다에서는 궁지에 몰릴 때마다 로빈이 발라를 피해 숲으로 도망쳤지만 우주선에서는 달아날 데가 없다는 점이었다. 탑승하는 발라의 얼굴은 구석으로 쥐를 몰아넣은 고양이처럼 의기양양했다.

다음 탑승자는 훨씬 무게감이 있었다.

아르칸즈가 등장한 것이었다.

리스베스와 드래곤들은 악마들에게 산헥시아와 수행원 외에 누구든 우주선 한 대를 이끌고 원정대에 합류해달라고 요청했었다. 물론 그들은 마왕이 직접 나설 줄은 전혀 예상하지 못했다. 마왕의 등장에 흥분한 크리스털리스트들이 아르칸즈와 인터뷰를 하기 위해 벌떼처럼 도크로 몰려들었다.

아르칸즈는 세련되게 인터뷰에 응했다.

마왕은 악마 우주선이 드래곤 우주선보다 좀 더 빠른 반면, 드래곤 우주선은 화력이 훨씬 강력했다며 몇 주일 전 마지막 대결에서 참패한 이유를 설명했다. 하지만 이제 원정대에 합류한 이상 악마 우주선이 가진 민첩성은 유용한 측면이 있을 것으로 내다봤다.

그럼 단지 그런 이유로 마왕이 몸소 원정대에 합류한 것이냐는 물음이 이어지자 아르칸즈는 이런 상황을 일으켜 전 세계를 위험에 빠뜨린 것이 악마들이기 때문이라고 답변했다. 따라서 악마들이 속죄해야 하는데 사물에서 풀려난 악마의 영혼들은 마왕에게 돌아오게 되어 있으니 원정대의 선두에 서는 건 마땅하다는 것이었다. 뜻밖의 사실에 크리스털리스트들의 반응은 뜨거웠다. 더군다나 흔들어대는 촉수27에다 이빨로 꽉 찬 괴물의 아가리를 가진 악마들은 싫지만 멀쩡한 인간 모습의 마왕은 인상적이었다.

이목구비가 반듯한 얼굴, 초록빛 눈, 숱진 흑발, 떡 벌어진 어깨, 미남 악마 앞에서 젊은 여자들은 감탄사를 연발하고 있었다.

아르칸즈가 크리스털레오에 나타날 때마다 시청률이 올라가는 걸 알아차린 크리스털리스트들은 마왕의 인터뷰에 더욱 열을 올리기 시작했다. 아더월드에서 일어나는 일에 완전히 매료된 지구인들까지 마법 행성의 소식을 전하는 컴퓨터/텔레비전/전화/태블릿 앞을 떠나지 않는 데다, 도처에서 쇄도하는 인터뷰 요청 때문에 아르칸즈가 빨리 이륙하기를 초조하게 기다릴 정도였다.

이런 와중에 또 다른 뉴스가 전해졌다. 리스베스 여제의 통제에도 불구하고 다릴 크라투스가 오무아 제국의 황궁에 나타났다는 소식이 새나간 것이었다. 따라서 이름을 사칭한 자라는 사실을 증명하지 못하면 여제는 합법적으로 다릴 크라투스를 가둬둘 수 없었다.

리스베스 여제는 강도 높은 심문을 했지만 기억을 잃어 할 말이 없다고 주장하는 자칭 다릴 크라투스를 마지못해 풀어주어야 했다. 이 일로 크산디아르의 아내 세네 센스사스가 지휘하는 비밀정보국이 발끈하는 사이, 다릴은 사랑하는 연인을 살해한 진범을 찾으러 떠난다는 쪽지를 남긴 후 황궁을 나가자마자 사라져버렸다.

．．．．．．．．．．．．．．

**27.** 예외적으로 카흠보움(촉수가 있는 종족이다)들은 악마들의 촉수가 맛이 좋다고 생각한다.

그러자 크리스털리스트들이 이번에는 로맨틱한 연애사에 대한 취재에 열을 올리기 시작했고, 리스베스 여제는 바리우스와의 결혼식 날짜를 잡겠다고 선포했다.

하지만 여제와 남작이 크게 다퉜고, 바리우스가 빌랭 왕국으로 돌아갔는데 어찌나 격분해 있는지 크리스털리스트들이 접근해 질문조차 할 수 없었다는 소문이 퍼졌다.

타라는 이 소식이 안타까웠다. 실망으로 인한 고통을 누구보다 잘 알기에 타라는 바리우스가 잘 참아내기를 바랐는데.

그렇게 떠나버린 바리우스가 그사이 뭘 했는지 아무도 알 길이 없지만 얼마 후 팅가푸르의 황궁으로 돌아왔다.

이번에는 리스베스와 바리우스가 화해했다는 소문이 나돌았다. 바리우스가 용서를 구하기 위해(바리우스가 무엇에 대해 용서를 구했는지는 아무도 몰랐다) 아더월드에서 가장 귀하다는 새빨간 케빌리아[28]를 엄청나게 큰 것으로 리스베스에게 선물했다느니, 리스베스가 바리우스의 발치에 엎드려 제국을 바쳤다느니(리스베스를 잘 아는 이들은 전혀 믿지 않았다)…… 팅가푸르는 온갖 소문이 무성했다.

전례 없이 쏟아지는 특종에 크리스털리스트들이 정신을 못 차릴 지경이었다.

이륙 시간이 임박하자 우주선 네 대가 정보를 교환하기 시작했다. 통신 책임자들은 서로 시스템이 완전히 다른 통신 기구를 연결하기

---

**28.** 아주 귀하고 값비싼 일종의 다이아몬드로, 반짝이는 가로등이 무색할 정도로 빛이 강렬하다.

위해 안절부절못하며 머리털을 쥐어뜯고 있었다(드래곤은 머리털이 없으니 비늘을 쥐어뜯었다). 결국 우주선들은 각각 커뮤니케이션 콘솔을 이용하고 나서야 통신이 가능해졌다.

식량과 연료를 가득 싣는 작업이 끝났고 마침내 이륙 시간이 정해졌다. 모우르무르가 탑승해 있는 드래곤 기함 우주선 '렘페리알루스'는 검은색의 뾰족한 기구, 즉 악마의 혜성 추적기를 우주선 선수에 설치하는 데 애를 먹고 있었다. 모우르무르가 이 우주선의 미션은 혜성을 찾는 게 아니라고 주장했지만 소용없었다.

다행히 모우르무르의 원격 지시를 받아 지구에서 조립한 기구를 갖고 도착한 조수 여러 명이 설치를 도와주었다.

활동적이라 가만히 있으면 좀이 쑤시는 칼은 사랑하는 타라와 여러 날을 같이 보내 좋지만, 한편으로는 정말 하고 싶은 걸 못한 채 갇혀 있게 된 현실이 답답했다.

칼은 밤새 당번을 서고 방금 샤워를 하려고 선실에 들어왔다. 거울 앞에 서서 한숨을 내쉬었다. 지옥이 따로 없었다. 드래곤들이 신경을 써준답시고 타라 바로 옆방을 배정했기 때문에 더욱 그랬다.

칼은 타라를 볼 때마다 따뜻하고 부드러운 몸을 꼭 끌어안았고, 떨어져야 할 때는 너무 아쉬워 늘 가슴이 찢어지는 것처럼 아팠다.

타라를 뒤따라갈 때면 아름다운 뒤태를 보며 이 관계가 영원히 지속될 수 있을까 의문이 들었다.

칼은 이미 사랑에 빠진 적이 있었다. 여자와 사귈 때마다(여러 여자와 사귄 경험이 있다) 사랑에 빠져 있는 거라고 믿었다. 엘레아노라에게 미쳤던 적도 있었다. 비록 그때는 엘레아노라가 전혀 관심을 보여주지 않았으니 결과적으로 이용당하고 있는 걸 몰랐지만.

칼은 자신이 까다롭고 열정적인 여자들을 좋아하는 거라고 생각했다. 제국의 후계자라는 신분과 초강력 마법을 지닌 타라는 그야말로 까다롭고 열정적인 여자의 극치였다.

칼은 자신도 모르게, 로빈이 몇 달 전 스스로에게 던진 것과 똑같은 질문을 던졌다. 있는 그대로의 타라를 사랑하는 걸까? 랑코비트의 평범한 마법사에 지나지 않았더라도 타라를 사랑했을까? 그렇지 않았었다. 그때도 타라를 좋아했지만 좋은 친구, 짜릿하고 위험한 모험을 몰고 다니는 친구일 뿐이었다. 최근에서야 목숨을 바칠 정도로 타라를 사랑하게 되었다.

물의 원소에서 해방된 칼은 샤워를 끝내며 얼굴을 찌푸렸다. 거울에 비친 잿빛 눈의 근육질 이미지가 아주 낯설게 느껴졌다.

많이 달라져 있었다. 도둑 수업을 받을 때나 랑코비트에서 수석조수로 있을 때는 진로에 대한 의문이 없었다. 정부의 정보기관에 들어갈 것이고, 당대 최고의 도둑이 될 것이고, 경제적 여유가 생기면 은퇴해 남은 여생은 도둑 지망생들을 가르치다 평온하게 죽는 것이 꿈이었다.

수많은 이들이 그랬듯 칼 역시 지도는 영토가 아니며, 상상하는 것은 자주 현실을 빗나가는 걸 알고 있었다. 타라가 칼의 인생에 들어오면서 모든 것이 뒤죽박죽되었다. 이제는 나이도 더 먹고, 더 현명…… 오케이, 현명해진 게 아니라 신중해졌다. 그건 확실했다. 예전에는 의문을 제기하는 일 없이 주저치 않고 위험을 무릅썼지만 지금은 위험 가능성을 재며 심사숙고했다.

그러다 검은 여왕이 몸을 바꿔놓았다. 작았던 키가 지금은 타라보다 더 컸다. 물론 나란히 걸을 때 타라가 자신의 어깨에 기댈 수 있다는 건 마음에 들지만 직업을 생각하면 결코 좋은 점이 아니었다.

키가 더 커지고 체격이 좋아진 뒤로 도둑이라는 직업이 위태로워졌다.

어릴 적에 도둑대학에서 봤던 일들이 떠올랐다. 해마다 학위를 받지 못하고 제명되는 이들이 있었다. 서툰 사람, 둔한 사람, 무능한 사람, 멍청한 사람, 키가 큰 사람. 이들은 뭘 하든 유전자와는 싸워 이길 수 없었다. 훌륭한 도둑이 되려면 신중하고, 키가 작고, 아주 영리하고, 능숙하고, 눈과 손이 빨라야 했다. 대학의 교수들이 조건에 맞지 않는 이들을 낙오시키는 것은 지망생들을 없애려는 것이 아니라 목숨을 구해주는 것이었다. 그만큼 도둑이라는 직업은 적합하지 않은 이들에게 너무 위험하기 때문이었다. 요컨대 도둑대학은 자질을 다듬어주기 위해 존재하는 것이기 때문에 무엇보다 타고난 재능과 신체적 조건이 맞아야 했다.

칼은 또 한숨지었다. 머지않아 직업과 작별해야 한다는 걸 깨달았기 때문이었다.

야간 당번을 서고 돌아왔는데도 칼은 잠이 오지 않았다. 손가락 꺾는 소리를 내고는 깨끗한 옷으로 갈아입었다. 딱 맞는 바지에 부드러운 가죽 부츠, 긴소매 셔츠. 단도와 모든 연장, 켈트릴 그물이 달리고 주머니가 많이 있는 스팔렌디탈 조끼. 모조리 검은색이었다. 이렇게 입고 민첩하게 뛰어다니며 활동하는 것이 면허 받은 도둑의 삶인데.

부군이나 황제로서 타라와 함께 살면 할 일 없이 궁전에 남아 있어야 할 텐데, 칼에게는 그런 삶이 아니라 모험과 활동이 필요했다.

궁전에 갇혀 살면 화가 나서 미쳐버릴 것이었다. 칼의 잿빛 눈이 어두워졌다. 이런 의문에도 불구하고 칼은 타라를 사랑하고 있었다. 정말 사랑하고 있었다.

게다가 둘의 미래를 모른다는 것도 불안한 요소였다.

타라에게 말해야 할 터였다.

그래, 꼭 말해야 해. 일단 우주선이 출발한 다음에.

내일. 어쩌면 모레.

겁쟁이…….

이륙 준비가 끝났을 때 마지막 탑승자가 나타났다.

아니, 정확히는 불청객이었다. 고모가 단호히 금했는데 거역하고 우주선에 오른 것이 분명했다.

마라였다.

마라는 동생 자르가 '베티앓이'를 하는 지구 생활이 따분했다. 자르는 정작 사랑한다는 말은 꺼내지도 못하면서 베티 앞에서 절절매고 있었다. 이럴 거면서 자르는 왜 마법사만 사랑할 거라고 주장했는지 이해가 되지 않았다.

마라는 베티가 자르에게 좋은 영향을 줄 여자인 건 틀림없다고 생각했다. 지구의 영화에 나오는 헬멧 가면을 쓰고 숨넘어가는 바다표범 같은 소리를 내는 악의 화신, 그자 이름이 뭐였더라? 아, 다스 베이더. 자르는 자신을 다스 베이더라고 생각하는 경향이 있는데 베티라면 자르의 마음을 잘 잡아줄 수 있을 터였다.

"마라!" 우주선의 헬스장에서 운동하던 타라는 동생이 불쑥 나타나자 깜짝 놀랐다. "네가 여기 웬일이야?"

마라는 씨익 웃으며 손에 든 가방을 가리켰다. 아, 물론 소지품 대부분은 3차원 호주머니에 들어 있었다.

"나도 따라가려고. 자르와 베티, 살루는 우리 할머니와 일을 잘하고 있어. 하지만 난 그렇지 않아. 내가 결혼식 준비를 도와줄 필요가 없게 된 뒤로는 고모가 나한테 일을 시키지 않아. 아무튼 그 바람에 이렇게 여길 올 수 있었으니 다릴 크라투스에게 고맙다고 해야 하나. 지금 지구는 혜성과 악마들 때문에 사람들이 어찌나 공포에 질려 있는지 도둑이나 강도들까지 몸을 사릴 정도야. 그래서 나는 언니에게 합류하기로 결정했지."

타라는 눈살을 찌푸리며 이마에서 뚝뚝 떨어지는 땀을 닦고 지구의 러닝머신과 비슷한 양탄자에서 내려갔다. 사실 타라는 뛰는 걸 싫어하기 때문에 30분 전부터 영화를 보며 운동하고 있었다. 타라는 컴퓨터에게 토르(〈토르:다크 월드〉의 주인공. 크리스 헴스워스가 토르 역을 맡았다—옮긴이)의 멋진 복근 이미지를 그대로 두라고 지시하고 동생에게 미소를 지어 보였다.

"이번 원정은 아주 지루하면서 굉장히 위험해. 우리는 사물들을 찾으러 가는 것뿐인데 혜성이 그걸 알아차리면 우리를 공격할 게 틀림없어."

마라는 어깨를 으쓱했다.

"언니, 어디에 있든 위험하기는 마찬가지야. 미션 중에 죽을 수도 있고, 언니가 있든 없든 죽을 수 있어. (마라는 과장된 미소를 지었다.) 또 다른 이유도 있고. 아르칸즈가 원정대에 합류했잖아. 산헥시아의 표현을 따라 하자면 아르칸즈, 엄청 귀엽잖아!"

마라가 입술을 하트 모양으로 만들고 구불구불한 머리털을 비비 꼬았다. 타라는 웃음이 터졌다.

"오, 마라, 가브리엘로 충분하지 않았어? 설마 아르칸즈를 유혹하려는 건 아니지?"

마라가 미소 짓는데 예쁜 보조개가 피었다.

"당연하지. 악마들이 인간화되었다고 해도 나는 여전히 그들을 악마라고, 위험한 적이라고 생각해. 하지만 마왕을 유혹하면 어떻게 되는지 궁금한데 손해날 거 없잖아?"

타라는 한숨을 쉬었다. 결국 마라에게 동행을 허락했다. 아르칸즈 때문이 아니었다. 동생과 달리 타라는 아르칸즈를 믿지만 마라의 말에도 일리가 있다고 생각했다. 동생이 어느 세계에 있든 안전하지 않다는 말은 맞는 말이기 때문이었다. 따라서 타라는 동생이 가까이 있으면 보살펴줄 수 있으니 데려가는 것이 낫다고 판단했다.

타라가 마라의 장난기 가득한 시선을 받으며 양탄자에 다시 올라갈 때 로빈이 헬스장에 나타났다. 로빈은 파란색 스포츠 브래지어에 반바지를 입은 타라의 늘씬한 몸매에 잠시 눈을 떼지 못했다. 뛸 때마다 금발을 흩날리며 땀을 많이 흘리고 있었다.

오, 신들이시여! 로빈은 타라 때문에 미칠 것 같았다. 자신이 모든 걸 망쳤다는 게 아직 믿어지지 않았다. 그토록 사랑하는 타라에게 자신이 고통을 주었기 때문에 잃은 것이라니.

이제는 로빈도 타라를 되찾는 것이 무리라는 걸 깨닫고 있었다. 문화 차이에 적응하지 못할 거라고 생각하는 타라의 선입견을 완벽하게 깨뜨릴 수 있다고 믿은 것이 큰 착각이었다. 타라는 칼과 사귀고 있고, 양다리를 걸칠 생각이 없다는 것을 아주 분명히 했다.

너무 경직된 인간들의 관습! 타라와의 문제는 문화 차이를 극복하지 못했기 때문이었다.

로빈은 무거운 마음으로 타라를 향해 다가갔다.

타라는 땀을 뚝뚝 흘리며 예쁜 미소를 지어 보였다.

"안녕, 로빈." 타라는 계속 뛰면서 말했다. "너도 운동하러 왔어?"

"응. 셀렌다에 체류할 때 역동적이었거든……."

"아, 그래? 어떻게 역동적인데?"

"하프엘프도 순종 엘프 못지않게 잘 싸운다는 걸 믿지 않는 엘프들이 있지."

타라가 갑자기 뛰는 걸 멈췄는데 양탄자를 멈추지 않았기 때문에 앞으로 튀어나갈 뻔했다. 타라는 재빨리 손목으로 정지 버튼을 눌러 기계를 멈춘 다음 바닥으로 펄쩍 뛰었다.

"맙소사, 로빈. 설마 싸웠다는 건 아니지?"

하프엘프는 재미있다는 듯이 미소를 지었다.

"그럼 그렇다고 말하지 않을게."

타라는 여섯 개의 언어로 욕설을 내뱉었다.

"쯧쯧쯧, 고상한 여자가 그런 욕설을 내뱉으면 안 되지."

"로빈, 농담하지 말고! 무슨 일이 있었는지 빨리 말해!"

로빈은 어깨를 으쓱했다. 하프엘프의 목을 휘감고 있던 소우르브는 난데없는 몸짓에 항의의 표시로 괴상한 소리를 냈다. 로빈은 히드라를 쓰다듬어주며 진정시키고 다른 양탄자에 내려놨다. 그러자 즉시 소우르브는 일곱 개의 머리로 여기저기를 살피기 시작했다.

로빈은 내심 자신의 멋진 몸에 타라가 숨도 못 쉬길 바라며 티셔츠를 홀렁 벗었다. 하지만 시선을 붙잡지 못했다. 그러기에는 타라가 너무 예민해져 있었다.

반면 마라는 감탄의 휘파람을 불었다. 슬루르크! 이런, 동생에게 통해봐야 아무 소용 없는데. 로빈은 양탄자에 올라 몸이 더워지게 빨리 걷기를 시작했다.

"그렇게 꼭 알아야겠다면 말해줄게. 우선 그동안 나와 훈련해준 칼과 실버에게 고마워하고 있어. 사실 나는 엘프들과 싸운 적이 없어. 내가 엘프를 때려눕힐 힘이 없어서가 아니야. 아, 물론 싸움의 고수들과는 상대가 안 되겠지만. 어쨌든 하프엘프라는 것 때문에 엘프들에게 아예 따돌림을 받아서 싸울 일이 없었어. 하지만 나를 더 이상 귀찮게 하지 못하게 한판 붙었어."

레파루스 주문으로 치료했을 텐데 온몸에 생긴 퍼렇고 누런 멍 자국으로 보아 로빈 역시 꽤 얻어맞은 것이 틀림없었다. 타라는 한숨을 내쉬었다. 잘생긴 로빈에게 그토록 감탄했건만 이제는 감동이 식은 것 같았다. 칼과 로빈을 동시에 사랑할 만큼 강심장이라고 생각하던 때와 비교하면 마음 정리가 많이 된 건가.

로빈이 웃음을 터뜨려 타라는 공상에서 벗어났다.

"가장 웃기는 건 발라가 거액의 돈을 날렸다는 사실이야."

"그건 또 무슨 말이야?"

"내기를 했거든. 처음에 모두들 내가 지는 것에 돈을 걸었지. 발라가 내가 이기는 것에 걸었다면 죽는 날까지 일할 필요가 없을 정도로 엄청난 크레디트—무트를 땄을 텐데."

"자기야, 아더월드에서의 생활비를 너무 과소평가하는 거 아냐?"

갑자기 들리는 비아냥거리는 목소리에 로빈과 타라는 흠칫 놀랐다.

"근데 어쩌나, 나는 상당한 금액을 땄지만 그래도 일은 할 건데. 그 돈으로 500년 동안 살 수는 없으니까. 어? 마라! 오랜만이다."

타라와 로빈이 얘기하는 동안 반바지에 반짝이는 오렌지빛 스포츠 브래지어 차림의 바이올렛 엘프가 헬스장에 들어와 있었다. 마라는 반갑게 화답했다.

로빈은 눈이 동그래져서 발라를 쳐다봤다.

"설마 네가 나에게 걸었다는 말은 아니겠지?"

"맞는데 어쩌지! 첫 번째 판돈을 누가 내놨을 거 같아?"

로빈이 양탄자를 정지시키고 엘프를 향해 돌아섰다.

"잠깐만. 판돈이 걸렸기 때문에 결투하는 거란 말을 듣긴 했는데 설마……."

발라가 천진난만한 얼굴로 말했다.

"아하, 아무튼 나는 내기를 하게 만들었을 뿐이야. 어두운 골목길 에서 너를 공격하게 내버려두는 게 낫다고 생각하는 건 아니지?(엘프 족은 종족차별주의가 심하기 때문에 발라는 엘프들이 로빈을 공격할 걸 알고 있었다. 백인들이 어두운 골목길에서 흑인을 공격하는 것처 럼. 따라서 발라는 피할 수 없는 일이라면 모르는 곳에서 그런 일이 벌어지게 놔두느니 그걸 이용하기로 결정했었다.)"

"셀렌다에는 어두운 골목길 없어." 로빈이 응수했다.

발라는 어처구니없다는 얼굴로 말했다.

"맙소사, 이건 또 무슨 말장난이야, 어울리지 않게. 인간들과 놀더니 어디서 이상한 것만 배워가지고!"

"그러니까 내가 그 멍청한 놈들을 이긴다는 쪽에 걸고 정말 돈을 땄다고?"

"그래!" 발라가 경쾌하게 대답했다. "엘프들을 쓰러뜨리는 너를 보는데 아주 통쾌했지. 놈들보다 빠르지는 않아도 혼혈이라는 점이 너를 더 강하게 만들어 정신력에서 이겼다고 봐. 놈들은 너를 한 방에 보낼 수 있다고 생각했지만 너는 넘어져도 다시 일어났어. 그리고 놈들이 방심하는 틈에 퍽! 다 때려눕혔지. (감탄하는 얼굴로 초록빛 눈을 반짝이는 발라를 보며 로빈은 어리둥절했다.) 내가 딴 돈을 너와 나눌 수도 있는데. (발라는 로빈의 몸에 난 멍 자국을 가리켰다.) 어쨌든 넌 받을 자격 있으니까."

로빈은 고개를 저었다.

"아니, 필요 없어. 너와 짜고 벌인 짓이라고 엘프들이 나를 고소할 수도 있어. 사기꾼으로 몰리느니 네 음모에 걸려든 무고한 희생양이 되는 편이 나아. 신중하게 생각할 일이니까."

발라는 미소를 지었다.

"이것도 내가 너를 좋아하는 것 중 하나야. 행동하기 전에 심사숙고하잖아. 그거 진짜 마음에 든단 말이야."

칭찬에 어안이 벙벙한 로빈이 무슨 말을 하기 전에 발라는 빙글 돌아서 헬스장을 나갔다. 로빈은 속으로 말했다. '이렇게 그냥 나갈 거면서 대체 운동복은 왜 입고 온 거야?'

"그 입 다물지." 타라가 빈정거리는 목소리로 말했다. "그러다 피크크크 삼킬라."

로빈은 순순히 입을 다물며 인상을 썼다.

"이해가 안 돼. 발라는 나를 가만히 내버려두질 않아. 내가 뭘 어쨌다고?"

"정말 몰라서 그래?" 타라는 진지한 얼굴로 천천히 대답했다. "발라는 너를 미치도록 사랑하는 거야."

"아니." 로빈이 단호하게 말했다. "발라한테 나는 빼앗고 싶은 장난감에 불과해. 발라가 좋아하는 건 발로 짓밟고 심한 모욕을 주는 거니까. 하지만 갖고 놀다 싫증 나면 당장 던져버리고 다른 장난감을 찾지. 몽타뉴크리스토에게 했던 것처럼. 몽타뉴크리스토가 홧김에 칼리나와 사귀기 시작했지만 아직도 자신이 왜 버림을 받았는지 이해 못하고 있을 거라 확신해."

타라는 반박하지 않았다. 발라가 얼마나 바람기가 많고 변덕스러운지 잘 알고 있었다. 남자들에게만 그런 게 아니라 대체로 모든 이에게 변덕스러웠다.

로빈과 타라는 얘기를 끝내고 양탄자에 올라 뛰기 시작했다. 로빈이 차츰 속도를 올렸다. 인간보다 훨씬 강하고 빠른 엘프를 어떻게 이기겠어. 타라는 경쟁하지 않았다. 지켜보던 마라는 한숨을 내쉬며 운동하기로 마음먹고 옷을 갈아입으러 갔다.

얼마 후, 파브리스와 무아노가 합류했다. 하지만 양탄자는 늑대인간과 랑코비트의 야수에게 필요한 운동 기구가 아니었다.

둘은 동물 모습으로 변신해 싸우기 시작했다. 춤추듯 움직이는 둘의 율동에 매료된 타라는 힐끔거리다 열 번이나 넘어질 뻔했다. 이런 훈련에 목숨이 달려 있다는 걸 잘 알기 때문에 그들은 열심히 운동했다. 이번에는 칼이 헬스장에 들어오다 로빈을 발견하고 얼굴을 찌푸렸다. 칼은 유치하게 웃통을 벗고 뛰는 로빈이 눈꼴시었지만 잠자코 타라 옆에서 나란히 뛰기 시작했다.

타라가 다정한 미소를 지어 보이자 칼은 질투심이 봄눈 녹듯 사라졌다. 산헥시아와 마라 역시 운동복 차림으로 돌아왔고, 뒤이어 실버와 파프니르도 나타났다.

그때였다. 둔탁한 소리가 나더니 소우르브가 일곱 개의 머리로 괴성을 지르며 쫘당, 내동댕이쳐졌다. 히드라가 멋모르고 양탄자를 작동했다가 혼쭐이 난 것이었다. 깜짝 놀란 로빈이 뛰어가 보니 벽에 부딪쳐 그로기가 된 히드라는 일곱 개의 머리를 끄덕이며 졸고 있었다. 모두 빵 터졌지만 로빈은 웃지 않으려고 애를 썼다.

승무원들이 인간 모습으로 헬스장에 들어왔다. 타라는 드래곤에게 이런 운동이 무슨 도움이 된다는 건지 알 수 없었다.

잠시 후, 타라는 거의 절반의 탑승자들이 뛰면서 땀을 흘리고 있음을 알았다.

대형 헬스장에는 화재를 대비한 물 저장고이자 훌륭한 수영장이 있었다. 타라와 친구들은 물속으로 뛰어들었고, 건강한 젊은이들답게 신나게 물장구를 쳤다.

반중력 미끄럼틀은 환상적이었다. 마라가 타라에게 팅가푸르의 황궁에도 꼭 설치해야 한다고 주장할 정도였다.

파프니르도 물에 들어왔지만 발이 바닥에 닿는 데에 서서 꼼짝하지 않았다. 난쟁이족은 밀도가 높은 근육조직이라 물속에 들어가면

쇳덩어리처럼 그대로 가라앉았다. 파프니르는 금빛 피부에 검은색 수영복을 입은 근사한 실버의 모습에 감탄하며 흰색 비키니를 입은 자신의 모습과 너무 대조적이라고 생각했다.

오너러블 456과 개미 수행원들이 나타나, 소리를 지르며 물장구치는 어린 인간들을 쳐다보았다. 그러고는 더듬이를 흔들며 두 발 동물들은 노는 것도 참 한심하다는 얼굴로 조용히 퇴장했다. 그때 귀청을 찢을 듯 사이렌이 요란하게 울렸고, 우주선 기장이자 사령관인 세바고울리셰비쉬부의 목소리가 출발이 임박했음을 알렸다.

로빈을 물속에 처넣으려고 하던 칼은 동작을 멈췄고, 파브리스는 실버와 수영 시합을 중단했다. 그들은 후다닥 힘의 장막 속 벤치에 가서 앉았다.

우주선이 거대한 행성의 중력을 벗어날 염려는 전혀 없기 때문에 힘의 장막이 꼭 필요한 건 아니지만 만일을 대비한 것이었다. 패밀리어들도 예외는 아니었다.

몇 초 후, 우주 공간으로 들어간다는 마지막 이륙 사이렌이 울렸다.

모두 서로를 쳐다봤다.

미션이 시작되었다.

# 산헥시아

아쉽게도 손봐줄 디자이너가 가까이 없는데
어떻게 입어야 우주복 차림이 멋지게 보이나

\*

드래곤 우주선들은 마법이 존재하는 행성 부근에서만 마법을 사용했다. 그래서 조종사들은 가능한 한 행성 가까이 비행하는 기술을 연마했다. 인공적으로 만든 것을 제외하면 마법이 전혀 존재하지 않는 악마의 행성들과 달리 아더월드 세계에는 어디나 마법이 존재했다. 마법이 고르지 않다는 문제는 있지만.

지구나 산티보르 같은 행성들과 달리 아더월드는 우주 공간 아주 멀리까지 퍼져나갈 정도로 마법의 유체가 넘쳐흐르기 때문에 아주 귀한 행성이었다.

아더월드의 두 위성 타딕스와 마딕스는 40만 킬로미터 떨어져 있는데도 마법 에너지의 플럭스(단위 면적을 통해 단위 시간당 단위 구간으로 흐르는 에너지양을 말한다—옮긴이)에 싸여 있었다(지구에서 달까지의 거리 평균 38만 4404킬로미터보다 약간 더 멀리 떨어져 있다).

엘프족 행성과 뱀파이어족 행성은 파괴되기 전까지 마법이 존재했었고, 드래곤족 행성은 마법이 풍족한 반면, 지구는 가장 마법이 약한 행성이었다. 하지만 모든 마법사, 엘프족, 드래곤족, 기타 등등의 종족들은 아주 깊은 우주 공간이나 마법의 유체 흐름이 전혀 없는 행성 부근이라면 모를까 어디서든 마법을 끌어모아 사용할 수 있었다.

그런데 이번 미션에서는 마법을 사용할 수 있느냐 없느냐보다 빨리 가는 것이 더 중요했다. 따라서 우주선 네 대는 고리를 넓게 이룬 행성 XvR3421 방향으로 기수를 돌렸다. 드래곤족이 XvR3421 행성의 메마른 위성에 센티르의 피리와 멘타르의 볼을 숨겨놓았기 때문이다. 드래곤들이 모우르무르와 통치자들과 상의한 끝에 이 방향을 선택한 것은 거리가 가장 가깝기 때문이었다. 사실 XvR3421 행성은 아더월드와 마찬가지로 페가수스자리에 있었다.

타라는 시간이 얼마나 걸리는지에 대해 사령관과 나눈 대화를 떠올렸다. 사령관은 대답했었다.

"일주일. 악마 우주선 측에서 은하계를 건너뛰게 해주겠다고 제안했지만 그건 악마들로서도 엄청난 에너지를 소모하는 것인 데다 다른 사물이 있는 그랄 은하계의 다오보르 행성(10권에서는 프룰 은하계의 다보르 행성이라 표기했으나, 작가가 그랄 은하계의 다오보르 행성으로 변경—옮긴이)에 확실히 도착한다는 보장도 없어요. 빨리 가는 것도 중요하지만 우리는 안전을 택했지요."

"내 계산에 따르면 혜성은 우리보다 하루 앞서 떠났지만 속도가 느려요." 타라가 말했다. "혜성은 거대한 몸짓 때문에 제한을 받는 데다 전속력으로 가기보다는 유유히 별을 집어삼키며 이동하는 습성이 있어요. 혜성이 우리가 가는 방향으로 떠났다면 따라잡을 수 있어요."

"혜성이 다오보르 행성으로 곧장 갔다면?"

모우르무르는 고개를 끄덕였다.

"다른 우주선들을 그 행성으로 보낼 수도 있지. 하지만 타라, 마법을 공급해주는 행성에서 멀리 떨어진 곳에서는 혜성의 광선을 견딜 수 있는 사람이 너밖에 없어. 그리고 악마들은 자기들의 마법으로는 방어할 수 없어. 따라서 우리는 선택의 여지가 없어."

타라는 짐작하고 있었다. 늘 그렇듯 숙명적으로 어깨에 짊어진 무거운 짐이 싫지만 이제는 충분히 익숙해져 있었다.

타라와 친구들은 힘의 장막 속 보이지 않는 안전띠를 풀자마자, 좀 더 수영장에서 시간을 보내기로 했다. 그들은 따뜻한 물속에서 평온하게 이런저런 얘기를 나누었고, 물놀이를 즐기고 있는 소우르브를 제외한 패밀리어들은 누워 있거나 높은 데에 앉아 있었다. 로빈이 옆구리에 난 입으로 공기를 들이마시는 일이 없게 히드라를 약간 확대시켰기 때문에 소우르브는 아주 신나게 놀고 있었다.

물속에 물고기가 있다면 히드라에게는 금상첨화였을 텐데.

며칠이 지나면서 모두들 우주선 생활에 익숙해졌다. 함께 운동하고 먹고 수영했고, 드래곤들과도 시간을 보냈다. 특히 셈 선생님이 샤름 여왕과 겪은 에피소드를 들려줄 때는 많이 웃었다.

"샤르맘니쉬라쉬바는 얼마나 열심히 일하는지 꼭 미친 것 같아." 셈 선생님이 아침을 먹으며 불평을 늘어놨다. "미치광이 셰니가 왕위 찬탈을 시도하며 나를 가두고 샤름과 함께 죽이려고 한 뒤로 편집증에 사로잡혀 있어서 더욱 그런 것도 있지만."

"에이, 편집증은 드래곤들의 트레이드마크 아닌가요?" 칼은 팬케이크에 발분 버터와 크셀 꿀 ㅡ 오너러블 456과 생과일 맛이 나고 향이 짙어 믿기지 않을 정도로 맛있는 꿀을 좋아하는 이들을 위해 특별히 비축해놓은 ㅡ 을 바르면서 말했다.

"그렇게 흰소리 할 처지가 아닐 텐데. 너도 여제와 결혼해봐, 어떻게 되나. 이 얘기는 그때 다시 하자."

타라는 칼의 손을 잡으며 셈 선생님에게 미소를 지었다.

"난 아니에요. 매사를 의심하고 모든 사람을 믿지 않는 칼과 리스베스 고모만큼은 아니거든요. 심지어 마라도 나보다 더 편집증이죠."

마라는 재미있다는 듯 초록빛이 도는 갈색 눈을 반짝이며 갈색 머리를 끄덕였다. 이날 아침 식사를 함께한 아르칸즈가 유심히 듣고 있었다.

"분명히 말하는데 언니는 막대사탕을 가진 아기 같아." 마라가 웃으며 말했다. "언니에게서 사탕을 빼앗는 건 식은 죽 먹기지. 언니처럼 순진하고 남의 말 잘 믿고 착한 사람은 처음 본다니까. 언니는 이사벨라 덩컨 외할머니와 리스베스 고모를 떠올리며 엄숙한 목소리로 '이번엔 가차 없다, 가차 없다' 아무리 말해봤자 소용없어. 어차피 언니는 아무도 속이지 못하고, 무슨 일이 일어나든 그놈의 천성 때문에 모질지 못할 테니까."

아르칸즈가 끼어들었다.

"하지만 그래서 사람들이 타라를 좋아하는 거야. 타라는 인간이고, 그래서 실수도 하는 거니까. 곤경에 처하기도 하고 헤쳐나가기도 하는 여느 인간과 똑같은 인간이야."

파프니르는 오만상을 찌푸리며 브릴 싹 접시를 밀어낸 뒤, 파란 후추(에드라킨족의 섬에 서식하는)를 뿌린 트라둑 갈비를 뜯어 먹으며 시니컬하게 말했다.

"빌어먹을 마법과 권력을 제외하면 뭐 그렇다고 할 수도 있겠죠. 하지만 바로 그것 때문에 타라는 여느 인간과 똑같다고 할 수도 없지요. 그런 특별성이 없었다면 우리 모두 오래전에 죽었을 텐데. 고로 나는 타라가 너무 평범하지 않다는 쪽이에요. 지금도 우리의 목숨을 타라가 쥐고 있단 말입니다."

이 말에 산헥시아가 웃음을 터뜨렸다. 짧게 자른 금발에 청록색 눈빛의 젊은 악마가 어찌나 졸졸 따라다니는지 타라의 조상 데미데루스는 선실에 틀어박혀 아침, 점심, 저녁 식사까지 아예 혼자 먹을 정도였다. 그러자 산헥시아는 젊은 아더월드인들과 시간을 보냈다. 그러다 잘생긴 드래곤에게 눈독을 들였지만 본디 악마인 산헥시아가 다가오는 순간 드래곤은 눈이 뒤집히고 이빨까지 드러내며 혐오감을 표시했다.

그럴 때마다 산헥시아는 악마를 싫어하기 때문이라는 걸 알면서도 섭섭하고 불쾌했다.

마법사들은 깊은 우주 공간에 있는 것이 몹시 싫었다. 마법이 작동하지 않는다는 걸 자꾸 잊어 우스꽝스럽거나 난처한 상황에 처했다. 그래서 마법을 전혀 사용하지 않는 파프니르의 비웃음까지 받아야 했다.

타라는 살아있는 돌과 악마의 영혼들에게서 도움을 받을 수도 있지만 마법을 뽑아 쓸수록 그들이 약해진다는 걸 알기 때문에 마법을 빌리려고 하지 않았다.

타라는 우주선에서 지낸 경험이 있는데도 드래곤 우주선은 여러 면에서 여느 우주선과는 달랐다.

기함 우주선은 드래곤 우주선 중 가장 큰 거함이었다. 우주선이라기보다 거대한 항공모함 같았다. 승무원 6000명 이상이 탑승해 있고, 우주왕복선 60대와 소형 공격기 40대가 탑재되어 있었다. 그만큼 우주선 내에서 지켜야 할 규칙이 아주 많았다. 탑승객들은 10시간마다 날카로운 휘파람 소리와 드래곤 음악에 이어지는 '핵키프, 핵키프, 핵키프' 소리에 잠을 깼다. '핵키프'는 드래곤 언어로 '기상'을 뜻하는 '핵카틱 이프'를 축약한 것이었다. 10시간마다 승무원 교대가 이뤄지는데 이것은 드란보우글리스펜쉬르 행성의 로테이션[113분씩 30시간(1시간이 113분)]을 따르는 것이었다.

다행히 요리사들은 언제든 신선한 음식을 먹을 수 있게 준비해주었다. 그래서 '민간인들'은 드래곤들의 긴 생체 리듬에 관계없이 식당을 이용할 수 있었다.

세바 사령관은 무질서와 불결을 아주 싫어하는 엄격한 장교였다. '민간인들'은 우주선 도처에서 드래곤들이 움직이지 않는 것은 모조리 반들반들하게 닦고, 움직이는 모든 것에 경례하는 모습을 볼 수 있었다.

다양한 직업군의 드래곤들이 통로를 몰려다니고 있었다. 직업군마다 색깔로 구별되었다. 파란색 무리, 노란색 무리, 초록색 무리, 빨간색 무리, 회색 무리, 검은색 무리, 오렌지색 무리, 보라색 무리는 직무를 표시하는 드래곤 룬 문자를 새기고 있었다. 기술 장교에 속하는 조종사, 병참부 장교, 전략에 능한 병사들, 화물 운반 병사들, 기타 등등으로 쉽게 구분이 되었다. 마법 행성 부근에서 변신했을 때도 드래곤들의 옷, 군복, 비늘, 털이나 맨살에 룬 문자가 남아 있었다.

정비사들도 분주했다. 이들은 물리학자, 엔지니어들과 함께 거대한 기계들을 관리하고 통제하며 거대한 우주선을 전진시키고 있었다.

사령관 기장이 순시할 때였다. 산헥시아가 무료하다며 드래곤들을 도와주겠다는 어이없는 말을 하자, 블랙 드래곤은 불쾌한 표정을 지으며 병사들에게 집적거릴 생각은 아예 집어치우고, 우주선 안에서 아무 짓도 하지 말라고 엄중히 경고했다.

산헥시아는 뿌루퉁했지만 받아들였다.

한편 모우르무르의 작업은 진전이 있었다. 모우르무르가 오너러블 456 덕분에 아주 순조롭게 진행되고 있음을 알리자 영혼들이 몹시 들떠 있었다. 그리고 자이언트 개미들의 집단적 기억 덕분에 흥미로운 사실을 알게 되었다. 개미족이 그토록 뛰어난 기술자들이 된 것은 한 번 발명한 것은 절대 잊지 않고 영원히 사용하기 때문이었다. 오너러블 456 역시 모우르무르와 함께 일하면서 인간 과학자에게 매료되었다. 늙은 과학자는 걸핏하면 발명한 것들을 잊어버리기 때문에 처음부터 다시 시도하던 중에 다른 해결책을 찾아내기 일쑤였다. 파티가 끝난 어느 날 새벽 2시경, 크셀 꿀을 포식하고 당에 취한 오너러블 456이 타라에게 털어놓았다.

"모우르무르는 정말 믿기지 않는 학자예요. 가장 놀라운 건 그의 방식이죠. 머릿속에 떠오르는 것은 뭐든 시도해요. 앞선 실험이 계속 실패해도 도대체 포기할 줄을 몰라요. 오, 붉은 개미 조상들이여! 폭발적인 상상력과 중도에 포기하지 않는 끈기, 정말 대단한 학자예요!"

며칠 후, 연구를 거듭하던 모우르무르가 마침내 사물 속에 갇힌 영혼을 탐지하는 기구를 시험해보고 싶다고 발표했다. 그래서 드래곤들의 강력한 항의에도 불구하고 우주선 네 대를 정지시키고 타라와 악마의 사물들을 우주 캡슐에 넣은 다음 예측 불가능한 우주 공간 어딘가에 던져놓고 탐지기를 시험했다.

하지만 한참이 지나도 아무런 신호가 잡히지 않았다. 실패라고 생각하는 순간 갑자기 타라의 목소리가 들렸다.

"저기요…… 여기 이러고 있는 지 벌써 두 시간 됐거든요. 빌어먹을, 책이라도 갖고 왔어야 했는데! 누가 나를 데리러 오긴 할 거예요? 따분해서가 아니라 이렇게 꾸물거릴 시간이 없잖아요. 우리는 빨리 사물들을 찾아야 하는데!"

자존심이 상한 모우르무르는 캡슐을 거두어들이고 다시 계산하기 시작했다. 그리고 여섯 번 시도 끝에 탐지기가 마침내 작동했다. 기계는 네 번 중 세 번 타라의 위치를 탐지했다.

실험을 하느라 지체되긴 했지만 모우르무르의 말이 맞았다. 우주 공간에 감춰져 있는 사물들의 영혼을 혜성이 찾아내어 모두를 죽이려고 돌진해오기 전에 혜성의 위치를 탐지하는 것이 무엇보다 중요했다.

지금은 혜성의 그림자도 보이지 않았다. 아, 이따금 마주치는 비공격적인 진짜 혜성을 제외하고.

충분한 수면을 취한 뒤(특히 타라와 갈랑), 모두들 최상의 몸 상태를 유지하기 위해 훈련을 시작했다. 물론 육체적으로 하는 미션이 아니지만 끼리끼리 짧은 결투로 체력을 단련하기로 결정했다. 마법 행성에서 멀어질수록 타라를 제외하고는 마법을 사용할 수 없기 때문에 더욱 그랬다.

아르칸즈와 산헥시아도 참여했다. 처음에는 두 악마에게서 멀리 떨어져 있으려고 하던 드래곤 승무원들마저 결투 때문인지(덕분인지) 차츰 악마들에게 다가왔다. 자이언트 개미들도 반색했다. 이번에도 뒤에서 발라가 부추기고 있었다.

타라는 판돈이 걸려 있는지 알고 싶지 않았다.

가령 실버에게 내기를 건다면 돈을 따는 것이 그리 어렵지 않았다. 아르칸즈를 비롯해 그 누구도 실버를 이길 수 없었다. 아르칸즈는 악마의 초강력 근육에도 불구하고 훨씬 밀도가 높은 근육과 뚫리지 않는 철벽 비늘의 하프드래곤에게는 상대가 되지 않았다.

마왕이 몸을 바짝 숙이고 저돌적으로 달려들다 벽면에 쾅 부딪쳐 나뒹굴었다. 체면을 완전히 구긴 아르칸즈가 오만상을 찌푸리며 내뱉었다.

"도대체 이렇게 싸움하는 기술은 어디서 배운 건가? 오, 흉측한 벤드룩이여, 어떻게 이럴 수가 있지? 무시무시하군!"

"특히 적수에게는 인정사정없죠." 파프니르가 의기양양해서 말했다. "내가 자주 실버와 겨뤄봐서 아는데 아주 특별한 기술이 있다니까요. 몇 가지 기술은 틀림없이 금지된 기술일 거야!"

실버는 머쓱한 얼굴로 사과했다.

"아니, 그런 건 전혀 없습니다! 내가 당신보다 더 빠르고 맷집이 더 강한 것뿐이니까요. 내 움직임을 간파하면 나를 상대하기가 쉬울 겁니다, 마왕."

실버는 아주 정중하게 말했지만 사실이 아니었다. 바이올렛 엘프가 나서봤지만 역시 실버의 상대가 되지 않았다. 동족인 드래곤들도 놀라움을 금치 못했다.

그중 덩치가 큰 병사(드래곤은 대머리에 엄청난 근육질을 드러낸 인간 모습을 하고 있었다) 하나가 허풍을 떨며 기세 좋게 도전했다.

실버는 드래곤 병사를 간단히 이겼다. 하프드래곤은 물처럼 부드럽고 불처럼 화끈했다. 상대의 주위를 빙빙 돌다 단번에 몸뚱이를 조르며 압박했다. 실버에게 덤볐던 이들은 하나같이 바닥에 쓰러져 욕설 섞인 신음을 내뱉었다.

타라는 실버가 아직은 다 보여주지 않고 있다는 의심이 들었다.

그래서 타라는 괜한 도전 욕심을 버리고 실버와의 대결을 거절했다. 하지만 엘레아노라/산헥시아와의 대결은 기꺼이 응했다. 둘이 힘을 합해 뛰어난 기술과 악마의 강한 지구력으로 덤비면 타라를 KO시킬 수도 있었다.

한 몸에 둘이 있다는 것이 장점일지 단점일지 알 수 없지만, 이따금 타라는 마치 두 영혼이 어떻게 할지 다투는 것처럼 산헥시아가 살짝 머뭇거리는 것이 느껴졌다. 그래서 몇 차례 새 기술로 공격해올 때마다 타라는 중심을 무너뜨리며 제압할 수 있었다.

셀렌바도 대결하겠다고 나섰다. 하지만 배 속의 아기를 해칠 거란 생각 때문에 아무도 선뜻 뱀파이어와의 대결에 응하지 않았다. 셀렌바는 이런 반응이 몹시 신경에 거슬렸다.

뱀파이어와 대결하지 않으려는 또 한 가지 이유는 불행히도 셀렌바가 친목을 다지는 결투라는 걸 잊고 가차 없이 깨물려고 달려들 경우 그 누구도 물리고 싶지 않기 때문이었다. 인피뱀파의 침에 중독되면 해독하기 전까지는 노예가 되어야 하는 건데……. 결국 셀렌바는 즉석에서 코치를 자처하며 거침없이 상대를 제압하는 기술을 보여주었는데, 지켜보는 이들이 혀를 내두를 정도로 대단한 실력이었다.

한편, 칼과 타라의 관계는 맑음과 흐림 사이를 오락가락했다. 타라는 우주선이 폭발할까 두려워 칼의 키스를 받아들일 수 없었다. 더군다나 기함 우주선의 사령관 세바고울리셰비쉬부가 지위 고하를 막론하고 우주선에 손상을 입히는 자를 어떻게 할 것인지 분명히 경고하지 않았던가.

사령관으로서는 당연한 요구이기 때문에 타라는 충분히 이해했다. 따라서 그들은 얌전히 행동해야 했는데 그것 때문에 반쯤 미쳐 있기도 했다. 그들이 열심히 훈련하면서 체력 단련을 하는 것도 바로 그런 이유에서였다. 녹초가 되면 서로에게 느끼는 갈망을 억제할 수 있길 기대하는 것이었다. 완전히 억누를 수야 없겠지만 그래도 약간은 누그러뜨릴 수 있을 테니.

모우르무르는 드래곤 사령관에게 실험이 잘못될 경우 우주선을 폭파할 수도 있기 때문에 격리된 실험실이 필요하다고 요청했다. 사령관은 케이블로 견인하는 대형 우주왕복선 한 대를 내주었다. 하지만 모우르무르를 만나러 가는 건 약간 복잡했다. 우주 스쿠터나 소형 왕복선을 타고 가야 했다. 모우르무르가 보낸 메시지를 받은 타라는 칼과 산헥시아를 데리고 서둘러서 실험실로 갔다.

모우르무르가 독성 있는 철에서 영혼 하나를 해방시켰다는 소식이었다.

자보르 행성 주민의 영혼이었다. 괴상하게 생긴 몸뚱이, 상어와 늑대가 뒤섞인 아가리를 가진 영혼이 브롱스의 갑옷 일부 위에 둥둥 떠 있는데 그 자신도 약간 어리둥절해 있는 것 같았다.

덩치가 아주 큰 실루엣이었다.

모우르무르는 오너러블 456과 히글 5 옆에 서서 불안한 표정으로 영혼을 쳐다보고 있었다.

"느낌이 어떻습니까? 마왕이 가까운 곳에 있는데 빨리 돌아가고 싶은 강렬한 욕망이 느껴집니까?"

자보르족 영혼은 눈 여섯 개의 초점을 맞추기가 힘든지 도로 눈을 감고 말했다.

"이상하게 매스껍소. 나는 육신이 없는데 어떻게 매스꺼울 수가 있지요?"

"그건 나도 모르겠어요." 모우르무르가 침착하게 대답하는 사이 히글은 경계하는 시선으로 영혼을 쳐다보고 있었다. "마왕에게 빨리 돌아가고 싶습니까?"

자보르족 영혼이 눈을 번쩍 뜨더니 무슨 말도 안 되는 소리를 하느냐는 듯 모우르무르를 쳐다봤다.

"내가 왜 아르칸즈에게 빨리 돌아가고 싶겠소? 전혀 내 스타일이 아닌데."

타라는 웃음을 터뜨렸다. 자보르족 영혼이 타라를 보고 미소 지었다. 송곳니를 드러낸 흉측한 모습이지만 몹시 기뻐하는 것이 역력했다.

"타라 덩컨, 당신이 해냈어요! 당신은 약속을 지켰어요! 나는 이제 고통스럽지 않아요. 당신 친척이 우리를 해방시켜줬어요!"

"아니, 아직은 다 해방시킨 것이 아닙니다." 모우르무르는 앞에 놓인 사물들을 만지작거리며 대답했다. "그렇게 간단한 문제가 아니라서…… 이 방식으로 여러분을 전부 다 빼내려면 아마 1000년은 걸릴 것입니다! 그러면 안 되니까 다른 방법을 찾아야겠어요. 오너러블 456, 나의 벗이여, 지체 없이 다시 시작합시다."

노란 자이언트 개미가 커다란 머리를 끄덕이는데 '벗'이라고 불러주는 것이 싫지 않은 기색이었다.

"오! 저게 무슨 빛이지?"

갑자기 영혼이 머리 위쪽을 응시하며 말했다.

타라와 칼, 모우르무르, 히글 5, 오너러블 456, 산혁시아, 조수들, 패밀리어들은 일제히 자보르족 영혼이 가리키는 쪽으로 머리를 들었다. 아무것도 보이지 않았다.

"빛이 어디 있다고…… 무슨 빛이요?" 칼이 물었다.

"저 빛, 아주 뜨겁고…… 아아아아악!"

그들이 손을 쓸 겨를도 없이 영혼은 비명을 지르며 사라졌다.

타라의 반지 안에 있는 영혼들이 동요했다.

타라는 불안한 얼굴로 영혼이 사라진 곳으로 다가갔고, 칼은 허공에 대고 손을 휘저었다.

"아무것도 없어." 칼이 말했다. "영혼이 사라졌어!"

타라는 영혼들이 모우르무르와 소통할 수 있게 멘탈로-오디오 기구를 머리에 썼다.

"모우르무르 학자, 무슨 일인가?" 영혼들이 말했다. "방금 해방된 영혼이 어디로 간 건가?"

모우르무르는 희끗희끗한 눈썹을 찡그렸다.

"전혀 모르겠어. 마왕에게 돌아가게 만드는 주문이 걸려 있어 시차를 두고 작동한 것일지도……."

그들은 서로를 쳐다봤다. 그 경우라면 완전히 실패한 것이었다.

"잠깐." 타라가 말했다. "아르칸즈에게 물어볼게요."

마왕 아르칸즈는 비디오에 나타난 타라를 보고 미소를 지었다.

"이게 누구야! 안녕, 타라! 굉장히 오랜만이네."

타라와 마찬가지로 아르칸즈도 청바지를 입고 있는데 '해지 청바지'였고, 이두근이 두드러져 보이는 티셔츠에는 오무아 언어로 이렇게 새겨 있었다. '유행의 첨단을 걷는 악마!' 자유분방한 청년의 모습 같다고 할까. 청바지에 티셔츠 차림일 뿐인데 어쩌면 저렇게 잘 소화하지? 타라는 영상 속의 잘생긴 아르칸즈를 보며 눈을 깜박였다.

"아침 먹은 지 정확하게 한 시간 지났는데 과장이 심하네요." 타라는 지적하면서 속으로 말했다. '미남이라고 해서 청바지에 티셔츠 차림이 다 잘 어울리는 것은 아닌데…… 자연스러워도 너무 자연스러워.' 실버도 잘생겼지만 아르칸즈만큼 썩 잘 어울리지 않기 때문에 그만큼 더 신기했다.

아르칸즈는 손을 이마에 대면서 말했다.

"아, 그러네! 근데 나는 왜 이렇게 오랜만인 것 같을까!"

칼이 악마가 계속 여친한테 수작을 걸면 날이 날카로운 자신의 친구들, 미스 단도와 미스터 단검과 인사를 나누게 해주겠다고 벼르는 사이 타라가 본론을 꺼냈다.

"아르칸즈, 좀 전에 영혼 하나를 회수했어요?"

악마의 초록빛 눈빛이 변하며 타라를 응시했다.

"아니, 왜? 영혼들을 해방시키는 데 성공했나?"

"내가 아니라 모우르무르가 성공한 것 같은데 아직은 몰라요. 현재로서는 하나의 영혼만 해방시킨 거니까. 거대한 몸집의 자보르족 영혼이었는데…… 갑자기 빛이 보인다고 말하고는 영혼이 휙 사라졌어요."

아르칸즈는 잠시 골똘히 생각하다 타라를 응시했다.

"아니, 영혼이 돌아왔다면 느낌으로 알았을 거야. 내가 크라에토비르의 반지 시제품을 파괴했을 때 해방된 영혼들은 즉시 나에게 빨려들듯 돌아왔지. 우리 조상들은 우리 몸을 영혼들의 저장소로 만드는 데 성공했어. 독성 있는 철 대신에 우리의 뼈를 이용해 영혼들을 가두게 했으니까. 그래서 이제는 악마의 사물들을 지니고 다니며 사용할 필요가 없게 되었지. 하지만 영혼이 배출하는 유체의 흐름을 느낄 수는 있어. 따라서 맹세코 오늘은 나에게 돌아온 영혼이 없었어."

타라는 아르칸즈를 쳐다보다 문득 인간 모습의 악마들이 무엇으로 구성되어 있는지 물어본 적이 한 번도 없었음을 깨달았다.

"당신의 뼈는 금속으로 되어 있나요?"

"부분적으로는." 아르칸즈가 대답했다. "우리 중 소수만 실험을 통과했지. 뼈가 금속을 거부하거나 병이 났기 때문에. 나는 몇 명 안 되는 중에서도 실험에서 살아남은 경우였고, 무엇보다도 나는 많은 영혼을 저장할 수 있어. (아르칸즈가 슬픈 미소를 지었다.) 그래서 아버지는 나를 살아 있는 영혼 저장소로 보고 있었지. 내 형 가브리엘은 그런 특성이 없었어. 산헥시아나 다른 악마들과 마찬가지로 가브리엘은 허벅지에 심어놓은 주머니에 악마의 사물을 지니고 다녔지."

칼이 눈이 동그래져서 호기심을 보였다.

"허벅지? 허벅지 속에 심어놨는데 아티팩트를 어떻게 꺼내죠?"

아르칸즈는 어깨를 으쓱했다.

"우리 손톱은 너희들보다 훨씬 날카로워. 손톱으로 허벅지를 10센티미터가량 찢으면 사물을 꺼낼 수 있어."

아르칸즈가 무의식적으로 인간 모습의 악마에 관한 중요한 정보를 털어놓자 타라는 마왕에 대해 혹시 하는 불안이 조금은 사라졌다. 하지만 아르칸즈가 비밀을 폭로했을 때 산헥시아는 이맛살을 찌푸렸다.

해방시켜주자마자 사라진 영혼 때문에 몹시 자존심이 상한 모우르무르는 생각에 골몰해 있다가 말했다.

"마왕에게 돌아간 게 아니라면 자보르족을 다시 찾아봐야겠군요. 어쨌든 빛이라는 말을 남긴 것이 아주 이상하지만……."

모우르무르는 미처 말을 맺을 수 없었다. 자보르족의 영혼이 방금 눈앞에 유형화되었던 것이다. 이승과 저승 사이를 넘나드는 여느 유령들과 비슷했다.

"와아아아아아!" 영혼이 외쳤다. "와아아아아아아!"

모두 질겁해서 뒷걸음쳤다. 하지만 영혼은 공격하려는 게 아닌 것 같았다. 그들은 마침내 영혼이 뭐라고 내지르는지 알아차렸다.

"여러분은 성공했습니다! 우리의 파라다이스를 찾았어요! 여러분의 영혼들이 나를 맞아주었어요. 어떻게 해서라도 비욘드월드에 행성 몇 개를 창조해 거기서 살면 돼요. 이렇게 경이로울 수가! 마음껏 즐길 수 있는 뷔페! 세상에서 가장 맛난 음식들! 설거지할 필요도 없고! 파라다이스**29**!"

자보르족 영혼이 모든 이들, 심지어 패밀리어들까지 포옹하려고 달려들었다. 애정 표현에 질겁한 갈랑과 블롱딘이 잽싸게 피하자 영혼은 잠시 모우르무르를 찬양하는 노래를 부르다 타라 앞에 둥둥 떠서 정중하게 말했다.

"당신은 우리의 '임자'일 뿐만 아니라 구세주입니다. 우리의 구세주 타라 덩컨에게 영광 있으라!"

타라의 머릿속에서는 갇힌 영혼들이 떠들썩했다. 영혼들이 어찌나 환호성을 질러대는지 머릿속이 지끈거렸다. 멘탈로-오디오 기구가 뜨거워지는 게 느껴져 황급히 벗어야 할 정도였다.

타라는 기구를 힐끔 쳐다본 뒤에 머릿속 친구로 있을 때와는 달리 계속 존대를 하는 자보르족 영혼을 정중하게 대했다.

"알다시피 나는 아무것도 한 게 없습니다. 모우르무르, 오너러블 456,

---

**29.** 보울리미-레마족이 그토록 지구를 침략하고 싶었던 것은 바닷물이 그들에게는 최고의 포도주나 다름없었기 때문이다. 그리고 자보르족이 보울리미-레마족을 배신한 것은 모우르무르가 최고로 맛있는 음식을 약속했기 때문이다. 이로써 악마 세계는 먹는 걸 가장 중요하게 여기고 있음을 알 수 있다.

조수들이 해낸 겁니다. 나 역시 몹시 기쁩니다. 그리고 수천 년의 고통 끝에 마침내 평화를 찾은 걸 진심으로 축하합니다."

"하지만 지금은 이 사실을 비밀에 부쳐야 합니다." 매력적인 젊은이가 아니라 마왕으로 다시 돌아온 아르칸즈가 심각한 얼굴로 말했다. "내 동족들이 영혼들의 해방으로 마법의 힘을 완전히 잃게 된다는 사실을 알면, 나의 통치는 예상보다 훨씬 짧아질 겁니다. 늙은 악마들은 또 다른 전쟁이 선포될 경우를 대비해 드래곤족과 다른 종족을 상대로 싸우려면 악마의 사물들을 모두 소유해야 한다고 믿고 있으니까요. 바위에 달라붙은 글로울30 *처럼 악마의 사물에 집착하고 있지요."

마법 통역기보다 전자 통역기의 성능이 떨어지는지 '글로울'이 뭔지 전혀 모르는 타라는 대답했다.

"걱정 마요. 어쨌거나 현재로서는 영혼을 하나만 해방시켰기 때문에 모우르무르는 지금 몹시 열받아 있어요. 수백만의 영혼을 해방시키려면 좀 더 연구를 해야 돼요. 당신도 국민에게 마음의 준비를 시키려면 시간이 좀 필요할 테고."

아르칸즈는 회의적인 얼굴로 고개를 끄덕이다 통신을 끊었다.

타라는 이해가 되었다.

어느 날 아침 자고 일어났는데 마법 능력을 박탈하겠다고 하면 흔

••••••••••••••
**30.** 보울리미-레미 행성에서 가장 생명력이 강한 조개류. 일단 바위에 달라붙으면 다이너마이트가 있어야 떼어낼 수 있다. 글로울은 먹을 수 없는 데다 모양도 흉해 아무도 따려고 하지 않는다. 게다가 자기들끼리 딱 달라붙어 있어 아무짝에도 쓸모가 없다. 그래서 아르칸즈의 행성에서는 이렇게 말한다. '저자는 글로울처럼 쓸모가 없어.'

쾌히 동의할 마법사가 있을까? 대혼란이 일어날 게 자명했다.

"근데 어떻게 다시 돌아올 수 있었습니까?" 칼이 둥둥 떠 있는 자보르족 영혼에게 물었다. "원칙적으로 유령들은 우리 세계로 돌아올 권리가 없는데요."

"아주 무시무시한 여자 인간이 있었지요. 내가 상황 설명을 했더니 모두를 안심시키고 다 잘될 거라고 알리라며 나에게 잠시 돌아가는 걸 허락해주었어요. 그리고 손녀인 타라 덩컨에게 안부를 전하라고 했지요. 후계자의 부모님도 만났는데 잘 지내고 있다면서 어서 또 얘기를 나누고 싶지만 만나는 것은 오랜 세월이 흐른 뒤이길 바란다고 했습니다. (영혼이 머뭇거렸다.) 그런데 '또'라는 말은 솔직히 이해하지 못했어요."

타라는 미소를 지었다. 재판관이 선물로 준 검은 돌(아더월드를 출발하면서 바리우스에게 빌려주고 온) 덕분에 이따금 부모님과 소통할 수 있었다. 하지만 혜성의 공격 때문에 소통하지 못한 지 몇 주일이 흘렀다.

타라는 부모님이 잘 지내고 있다는 걸 알고 기뻤다. 천국에 함께 있는데 부모님이 잘 지내지 못할 이유가 없었다.

단비우가 셀레나를 되찾은 뒤로 두 사람은 그 어느 때보다 사랑에 빠져 있었다.

자보르족 영혼은 임시 허가를 받았기 때문에 오래 머무를 수 없었다. 몹시 흥분해서 작별 인사를 하는데 비욘드월드에서 기다리는 음식을 빨리 맛보고 싶은 기색이 역력했다. 영혼은 마지막 말을 남기고 사라졌다.

"먼저 가서 뷔페를 즐기고 있을 테니 내 동족 영혼들에게 빨리 뒤따라오라고 전해줘요."

이 말에 타라와 칼은 웃음이 터졌다.

타라와 칼은 모우르무르에게 성공을 축하한다 말하고 기함 우주선으로 돌아가기 위해 나섰다. 이미 계산에 들어간 모우르무르는 아마 못 들은 것 같았다. 거의 무엇이든, 특히 놀라운 화장품도 발명할 수 있다는 걸 안 뒤로 자주 과학자 곁에서 시간을 보냈던 산헥시아는 모우르무르 옆에 남았다.

기함 우주선으로 돌아가기 위해 보조 소형 왕복선에 오르면서 칼이 말했다.

"네가 또 한 종족을 구했네. 뭐라고 불러줄까? 영웅?"

"나는 아무것도 한 게 없어! 영웅은 모우르무르지! 그리고 다 끝나지도 않았고! 아직은 우리 친구 영혼들과 혜성의 영혼들을 모두 해방시켜야 해!"

칼이 타라를 쳐다봤다. 그러고는 피식 웃었다.

"바로 이래서 내가 너한테 빠진 거라니까. 너는 승리해도 네 공으로 내세우지 않아. 그러면서도 승리 후에 일어나는 일에 대한 책임을 지지."

그들은 거대한 격납고로 들어가 갑실을 통과했다. 소형 왕복선이 이미 정박해 있었다. 그 순간 칼이 다정하게 입을 맞췄다.

가벼운 입맞춤이 이내 뜨거워졌고, 둘은 으스러지게 서로를 끌어안았다.

왕복선으로 내려가 거대한 금빛 격납고로 들어가는 동안 잠시 떨어졌지만 눈빛만으로도 자연스럽게 서로의 입술을 찾았다. 또 한번, 한번 더.

드래곤, 자이언트 개미, 곤충 형상의 로봇들이 호기심이 가득한 눈길로 힐끔힐끔 쳐다보며 지나갔다. 피가 끓어오르고 숨이 차서 타라와 칼은 떨어졌다.

"빌어먹을 혜성을 빨리 끝장내야지 내가 돌아버릴 것 같아." 칼이 이를 부드득 갈면서 말했다.

발그레해진 타라는 가쁜 숨을 몰아쉬며 다리가 후들거려 넘어지지 않으려고 허리를 숙였다.

"휴! 강렬했어! 이제 어떡하지?"

"우리가 늘 하던 대로 해야지, 뭐." 칼이 구시렁거렸다.

그리고 둘은 합창으로 외쳤다.

"가서 양탄자에서 미친 듯이 뛰자!"

# 암석 놀이

수천 톤이 나가는 바윗덩어리로
어떻게 놀이를 하나

\*

엄청나게 신축성이 좋고 질긴 금빛 우주복을 입은 타라는 땀을 흘리고 있었다. 갑자기 왼쪽에서 나타난 적을 보며 타라는 급히 우주 스쿠터를 옆으로 움직여 아슬아슬하게 피했다. 하지만 그것으로 끝이 아니었다. 타라가 또다시 피하려는 순간 그 기회를 노리던 공격자가 이번에는 왼쪽에서 나타나 충돌할 기세로 달려들었다. 타라는 스쿠터를 전속력으로 몰다 갑자기 하강하는 것으로 따돌렸다. 공격자가 허공을 가르며 욕설을 내뱉었다.

불행히도 타라는 밑에서 달려드는 세 번째 공격자를 전혀 보지 못했고, 스쿠터들은 충돌했다. 그 충격으로 타라는 안장에서 떨어졌다.

행성에서 너무 멀리 떨어진 데다 살아있는 돌을 우주선에 두고 나왔기 때문에 타라는 마법을 사용할 수 없어서 우주 공간에서 빙글빙글 돌기 시작했다.

"너 죽은 거야!" 한 목소리가 희희낙락해서 말했다. "50만 톤의 혹성과 충돌했으면 으스러졌을 테니까! 나 혹성이 타라를 13 대 0으로 승."

타라는 툴툴거리며 자동조종장치를 작동했고, 엄청 빠르게 멀어져 가던 스쿠터가 돌아오자 올라탔다.

"팅가푸르에서 양탄자를 타고 훈련 많이 했잖아?" 방금 세 번째로 타라를 공격했던 무아노가 말을 이었다.

"양탄자는 알아서 즉각 반응하잖아." 타라는 스쿠터에서 굴러떨어진 것이 분해 구시렁거렸다. "근데 스쿠터는 관성이 있어서 내가 운전해야 해. 하지만 이런 식으로 사방에서 공격하면 당할 수밖에 없어."

"투덜거리지 마, 타라." 파프니르가 난쟁이 몸에는 너무 큰 스쿠터를 타고 타라가 있는 데까지 내려와 말했다. "네가 어떻게 되는지 확인하려고 나도 이 끔찍한 우주복을 입고 한 시간이나 이러고 있는데. 제발 부탁인데 네 친구들 생각 좀 해줘."

파브리스가 웃으며 세 친구 앞으로 올라왔다.

"아주 재미있네. 너 정말 피할 수 있다고 생각했어? 행성을 둘러싸는 고리의 영역 내에 있는 암석들은 고유의 운동이 있어 사방으로 이동하다 서로 충돌해. 따라서 굉장히 세심한 주의가 필요해!"

이번에는 실버가 다가와 고개를 끄덕였다.

"나는 뭐가 문제였는지 알 것 같아, 타라. 중력이 없는 상태에서는 위와 아래가 없다는 걸 잊어서 그래. 무아노가 대역한 암석은 너를 향해 올라가지 않았는데 네 눈에 그렇게 보였던 거야."

"보지 못한 게 더 맞을걸." 칼이 이죽거렸다.

칼의 말에 개의치 않고 실버는 계속 말했다.

"너는 착각에서 벗어나야 해. 칼, 타라의 헬멧 안에 영상이 나타나 도록 스쿠터에 스쿠프를 설치할 수 있겠어? 그러니까 내 말은 타라가 주변 상황을 볼 수 있게 하자는 거야."

"좋은 생각이야." 칼은 인정했다. "하지만 쏟아지는 정보 때문에 아마 익숙해지는 데 시간이 좀 걸릴 거야."

"계속 암석 놀이를 해야 되는 건 아니지?" 파프니르가 내뱉었다.

"하긴 광산을 좋아하는 난쟁이한테는 암석 놀이가 어린애 장난이 지?" 우주복을 입고도 아주 편안해 보이는 칼이 깐죽거렸다.

그렇게 한 시간이나 친구들의 잔소리를 들은 다음 타라는 사방에 서 불쑥불쑥 나타나는 영상들과 맞서야 했다. 친구들과의 계속된 훈 련에서 서른 번은 죽고 난 다음에야 현기증이나 구토증을 느끼지 않 은 채 충돌하지 않고 모든 정보를 받아 스쿠터를 운전할 수 있었다.

마침내 타라는 모든 공격을 거의 피할 수 있었다. 타라가 살필 필 요가 없을 정도로 스쿠프들이 미리 암석/스쿠터/친구들의 움직임을 탐지해준 덕분이었다.

타라는 무아노와 실버의 변칙 공격도 가볍게 피할 수 있는 정도가 되었다.

그들은 녹초가 돼서 우주선으로 들어갔다. 안에서는 많은 드래곤 승무원들이 돈을 주고받고 있었다. 타라는 무엇보다 입이 귀에 걸릴 정도로 환한 미소를 짓고 있는 발라를 보며 눈살을 찌푸렸다. 바이올렛 엘프가 딴 돈을 거둬들인 다음 승무원들에게 분배하고 있었다. 타라 일행은 우주복이 수축하고 있어서 헬멧을 벗어놓고 갑실로 들어 갔다가 몸에 딱 붙는 빨간색 속옷만 달랑 입고 나왔다.

로빈이 다가가서 바이올렛 엘프를 쏘아보며 내뱉었다.

"설마 네가 또 내기를 계획한 건 아니겠지? 빌어먹을! 발라, 네 어 머니가 엘프들의 여왕인데 어떻게 기회만 있으면 순진한 이들을 등 쳐먹을 생각만 하는지 설명 좀 해줄래? 마치 돈에 미친 것처럼!"

발라는 천진한 얼굴로 초록빛 눈을 크게 떴다.

"내가 계획한 거 아냐! 나는 단지 타라가 방법을 찾기 전까지 적어 도 서른 번은 죽는다는 쪽에 걸었어. 한 드래곤은 타라가 피하지 못 한 횟수를 고려하면 아마 방법을 찾기까지 훨씬 오래 걸릴 거라고 했 고. 너희들이 스쿠터에 스쿠프를 설치할 생각을 했고, 타라가 마침내 위아래가 없다는 걸 깨달았는데 그건 내가 꾸민 게 아니잖아. 그리고 엄청나게 큰돈을 딴 것도 아니고! 드래곤들은 인간의 능력을 과소평 가했어. 그리고 드래곤들이 우리 내기에 끼어들었는데 내기를 어떻 게 하는지 모르기에 내가 정리를 해준 것뿐이라고! 네 배당액이 올라 갔단 말이야. 네 능력을 아는 드래곤 몇몇이 너에게 걸었기 때문에. 결론적으로 말해 나는 많이 따지 못했고, 잃은 이들을 빼고는 모두 만족하고 있어. 이제 설명이 됐니?"

발라는 두 주먹을 허리에 올리더니 초록빛 눈을 치켜뜨고 배를 쑥 내밀었다. 그러고는 바이올렛 엘프의 장난기 섞인 어조가 느닷없이 아주 차갑고 신랄하게 바뀌었다.

"그리고 로빈, 네가 나에 대해 뭘 안다고 그래? 어머니는 나를 사랑하지 않아. 모든 엘프 중에서 자식을 원치 않는 최악의 어머니였어. 다른 엘프들이 임신을 질투할 정도로 부러워했는데 어머니는 나를 원치 않는다고 악을 썼지. 그리고 최근 몇 년간은 나한테 그걸 뼈저리게 깨닫게 해줬어. 어머니가 여왕이 되었다고 해서 나한테 돈을 줄까? 천만에! 경제적 문제는 나 스스로 해결해야 돼. 지금까지 그래왔던 것처럼."

로빈이 뭐라고 하기 전에 발라는 딴 돈을 쓸어 담고 홱 돌아섰다.

타라는 몇 시간 동안 헬멧에 눌린 머리를 매만지고 있는 로빈을 돌아보며 말했다.

"너도 알다시피 나는 발라를 아주 싫어해. 하지만 나도 같은 경험을 했기 때문에 발라의 심정을 알아. 외할머니는 나를 사랑하지 않았어. 아니 사랑하는 표시를 전혀 하지 않았지. 그래서 어머니와 아버지가 없이 혼자 버려진 것 같은 나에게 베티와 파브리스는 또 다른 가족 같았어. 엘프의 고집스러운 머릿속에 양식이라는 게 있다면 너를 사랑하는 발라를 제대로 보고 마음을 열어줘. 내 말 알아듣겠어, 로빈? 상처를 받고 자라면 늘 남들한테 관심을 받고 싶어 해. 어릴 적에 사랑을 받아보지 못했기 때문에. 그러니까 누군가에게 소중한 존재라는 말을 듣고 싶은 발라의 마음을 좀 헤아려주라는 거야. 가슴속 응어리는 쉽게 풀리는 게 아냐."

로빈은 깜짝 놀라서 타라를 쳐다봤다. 그리고 눈살을 찌푸렸다.

"하지만 나는 발라를 사랑하지 않아! 발라…… 발라는 진짜 짜증 나게 해!"

"나는 거창하게 무릎 꿇고 고백하라는 게 아냐, 로빈! 발라를 존중해주라는 거야. 사랑하지 않는다고 솔직하게 말하되 상처를 주지는 마. 어쨌든 너를 사랑하는 여자니까. 행동이 어떻든 발라는 아름답고 용기 있는 소중한 엘프잖아. 너는 발라의 친구야. 네가 솔직하게 말하면 너를 자기 품에 안지 못하는 건 슬퍼하겠지만 네 마음을 이해할 거야. 발라를 존중해주는 느낌이 들게 하라고. 무엇보다 그게 중요해."

"그렇게 생각해?"

"확신해. 로빈, 발라는 신의가 두터운 엘프야. 기억나? 금지된 대륙에서 발라가 미션을 실패했다고 자결하려고 했던 거?"

로빈의 크리스털 눈이 동그래졌다.

"미션을 실패한 엘프들의 의례적 자결 말이야? 발라가 언제 그랬는데?"

"붉은 여왕의 감옥에서. 아, 그때 너희들은 다른 감방에 갇혀 있었기 때문에 못 들었겠구나."

로빈은 생각에 잠긴 얼굴로 긴 은빛 머리를 흔들며 말했다.

"나는 발라가 그 정도로 신의가 있다고는 생각하지 못했어."

"사실이야!"

"네가 그렇다면 그런 거겠지. 하지만 발라가 동정하는 거냐고 달려들어 나를 찌르면 네가 나 책임져. 내가 중상을 입었을 테니까!"

로빈은 사형 선고를 받은 것 같은 얼굴로 친구들에게 손을 흔들며 발라를 찾으러 나갔다.

타라의 말에 감동한 칼은 뒤에서 허리를 감아 끌어안았고, 파브리스는 눈물을 글썽였다. 파브리스 역시 어머니를 몹시 그리워했지만 아버지의 사랑을 받고 자랐기 때문에 타라가 그렇게까지 외로워했을 줄은 정말 몰랐다. 타라가 왜 그토록 위험을 무릅쓰고 어머니를 찾으려고 했는지, 아더월드에서 온갖 모험을 마다 않고 뛰어들었는지 알 것 같았다.

타라가 왜 그토록 매직갱을 사랑했는지도.

매직갱 친구들이 가족이었기 때문이다.

타라를 끌어안은 칼, 파브리스는 두 친구를 두 팔로 감싸 안았다. 가슴이 뭉클해진 무아노도 합세했다.

파프니르는 따라 하면서 쫑알거렸다.

"왜 이런 응석을 부리는지 진짜 이유를 모르겠지만 못할 것도 없지!"

이 말에 모두 빵 터졌고, 마지막으로 한 번 더 포옹한 뒤에 다섯 친구는 떨어졌다.

파프니르와 마찬가지로 주위에 둘러서 있던 드래곤들도 황당하다는 얼굴을 하고 있었다.

매직갱은 타라가 스쿠터를 몸의 일부로 느낄 때까지 훈련을 계속했다. 로빈은 발라와 조금 더 많은 시간을 보냈다. 거만하던 바이올렛 엘프는 자기가 무슨 말을 하든, 어떤 행동을 하든 하프엘프가 다른 이들과 똑같이 대해주자 이전보다는 확연히 다소곳해졌다.

로빈도 많이 놀란 것이 분명했다.

이틀 후, 칼과 타라가 양탄자에서 달리기 운동을 하고 있을 때 사이렌이 울렸다.

아더월드를 출발한 뒤로 사령관이 주관하는 훈련이 여러 번 있었다. 파손이나 공격받는[31] 경우 우주선에서 철수하는 훈련을 시키기 위해서였다. 파손되었을 경우는 경보 사이렌이 짧게 반복해서 울렸다. 공격받는 경우는 짧게 두 번, 길게 한 번이었다. 네 번 길게는 화재가 났을 경우이고, 짧게 한 번, 길게 한 번은 선체에 구멍이 뚫려 산소가 유출된 경우였다.

하지만 지금 울리는 경보 사이렌의 처음 들어보는 소리에 모두 어리둥절했다. 짧게 한 번, 길게 한 번, 짧게 한 번, 길게 두 번, 이 신호는 뭐지?

타라와 칼은 양탄자에서 펄쩍 뛰어내려 사령관실 쪽 복도를 달렸다. 통로 여섯 개를 지나고, 층계를 4단씩 황급히 뛰어오른 그들은 땀을 흘리고 헐떡거리며 상층 갑판(항공모함의 구조와 비슷했다)에 이르렀다. 사이렌이 울릴 때는 엘리베이터 사용이 금지되기 때문이었다. 드래곤들이 워낙 공간을 많이 차지하기 때문인지 수많은 카메라와 탈루디, 스쿠프들이 우주선 곳곳에 설치되어 있었다. 그리고 대형 창이 있는데 감마글리스[32] 창문이었다. 그래서 바깥의 우주 공간 저 멀리 별들이 드문드문 반짝이는 게 보였다.

• • • • • • • • • • • • • •

**31.** 전혀 예기치 않고 있던 타라는 한밤중의 사이렌 소리에 심장마비를 일으킬 뻔했다. 그래서 느닷없이 폭발하는 경향이 있는 마법사를 놀라게 하는 것은 좋지 않다고 지적하자, 사령관은 의도적으로 마법의 행성에서 멀리 떨어져 있을 때 경보를 울리는 거라며 대수롭지 않게 대꾸했다. 이 말에 타라는 살아있는 돌을 지니고 있어서 이따금 본능적으로 살아있는 돌의 힘을 끌어오기 때문에 마법의 행성이 가까이 있든 멀리 있든 상관없다고 응수했다. 그것으로 대화는 끝났고, 그 뒤로 사령관은 타라가 잘 때는 한밤의 훈련을 하지 않았다. 이 일로 고역스러운 야간작업에서 해방된 많은 승무원이 타라에게 선물을 가져오거나 무슨 일이든 기꺼이 도와주려고 했다.

**32.** 드래곤족이 감마글리스 만드는 기술을 악마들에게서 훔친 것인지 그 반대인지 알 길이 없다.

타라와 칼에 이어 다른 이들도 질겁해서 달려왔다. 모우르무르는 이미 사령관실에 와 있었다. 사실 경보 사이렌을 울린 사람은 모우르무르였다.

"무슨 일이에요?" 칼과 타라가 동시에 물었다.

모우르무르는 심각한 얼굴로 돌아봤다.

"방금 내 기구의 센서에 악마의 신호가 잡혔는데 여기서 5만 킬로미터 떨어진 거리에 있어."

"혜성이에요?"

모우르무르는 고개를 저었다.

"그건 몰라. 이상한 신호가 잡히긴 했는데 너무 멀어 혜성의 영혼들인지 다른 사물의 영혼들인지 판별하기 힘들어. 아무튼 우리 뒤쪽 어딘가에 악마의 영혼들이 있는 건 확실한 것 같아."

블랙 드래곤 세바고울리세비쉬부 사령관이 말했다.

"속력을 냅시다. 한 시간 안에 우리가 최고 마구스 5인과 함께 멘타르의 볼과 센티르의 피리를 놔둔 행성 주변에 도착할 겁니다."

세바 사령관은 마치 5000년 전의 원정대에 참전했던 것처럼 말하고 있었다. 타라는 드래곤들의 긴 수명을 알기 때문에 당시 많은 드래곤이 악마들과 싸우다 죽었지만 세바는 살아남은 드래곤이 틀림없다고 생각했다. 위압적인 블랙 드래곤의 기세만으로도 타라는 굳이 확인할 필요를 느끼지 않았다.

"그럼 빨리 가서 사물들이 있는 곳에 나를 내려놓으세요." 타라가 말했다. "만약 혜성이라면 따라잡아야 합니다. 아, 그리고 최고 마구스 5인과 사령관이 그곳에도 지킴이들을 배치했습니까?"

타라는 떨리는 목소리를 억제할 수 없었다. 지킴이들과 맞서는 것은 항상 죽음을 각오해야 할 정도로 끔찍했다.

"네." 세바 사령관이 대답했는데 어조에 재미있어하는 기색이 느껴졌다. "지구와 달리 사람이 살지 않는 행성임을 고려하면 필요 없을지 모르지만 혹시라도 악마들이 찾아낼까 두려웠지요. 지킴이들 외에도 행성을 둘러싸는 고리 안으로 들어가는 것 자체가 궤도를 따라 띠를 이뤄 움직이는 유성체(태양계 내를 임의의 궤도로 배회하는 다양한 크기의 바윗덩어리를 말하며, 유성체가 대기를 뚫고 지표면까지 낙하된 것을 운석이라 한다—옮긴이) 때문에 위험천만한 모험이죠. 내가 악마의 혜성이라면 불어난 체적 때문에라도 누군가 사물을 회수하러 오길 기다렸다가 덮쳐버릴 것이오."

그 순간 머릿속을 스치는 생각에 타라는 금붕어를 노리던 고양이처럼 매섭게 사령관을 쳐다봤다.

"지킴이들! 악마들!"

"그게…… 왜요?"

"사령관은 악마들이 사물을 만드는 방법을 알고 있는 거네요. 그래서 악마들의 무기나 칼퀴발톱, 마법 광선으로는 공격할 수 없는 지킴이들에게 사물을 지키게 했던 거예요. 악마들은 지킴이들의 영혼을 빨아들일 수 없어요. 지킴이들의 영혼은 육신에 종속되지 않고 자유로우니까요. 늙은 악마들도 사물 속에 갇힌 영혼들은 회수할 수 없는 거죠?"

"그래요." 당황한 블랙 드래곤이 대답했다. "늙은 악마들은 너무 간악해서 영혼들이 빠져나가지 못하게 독성 있는 쇠붙이 속에 가둔 것이오. 악마의 광선으로도 영혼을 빼내는 건 불가능하죠. 아니면 너무 쉽게 빠져나갔을 테니까! 그리고 사물을 무기로 사용하려면 육신이 있어야 해요."

"그럼 우리가 여기 올 필요가 없는 거잖아요!" 타라와 같은 생각을 한 칼이 외쳤다. "혜성 자체는 영혼들을 가로챌 수 없다는 건데!"

"그래, 불안해할 필요도 전혀 없겠어. 사물들은 여기 그냥 내버려 두고 집으로 돌아가야 해!" 지킴이들과 맞서지 않아도 되는 이유를 찾은 것이 기쁜 타라는 미소를 지었다.

모두들 더 일찍 생각하지 못한 것이 황당하지만 지금이라도 돌아 간다는 생각에 기뻐하는 사이 모우르무르가 나섰다.

"내 생각은 좀 달라." 모우르무르는 유감스러운 어조로 말했다. "혜성은 악마들이 하지 못하는 걸 할 수 있어. 진화되어 있다고 할까. 악마들이 사용하는 무기는 기계공학적인 사물인 반면, 혜성이 사용하는 광선은 순전히 마법이야. 혜성의 광선은 악마의 사물을 건드리지 않고도 영혼을 빨아들일 가능성이 커. 지킴이들은 악마들과 마지스터 같은 자들의 침입을 막을 수는 있어도 혜성은 막지 못해."

타라가 유감스러운 표정으로 의기소침해지자 모우르무르는 손짓을 보내며 말했다.

"나도 돌아가고 싶어. 내 연구는 우주 공간보다 육지에서 하는 것이 훨씬 더 수월하니까. 여긴 연구할 공간도 턱없이 부족하고!"

"알았어요. 내가 갈게요." 타라가 체념한 얼굴로 말했다. "슬루르크!"

타라는 드래곤 사령관을 보며 말했다.

"솔직히 무엇보다 사령관의 방어는 걱정이 됩니다. 이 행성의 마법이 아주 약한 것이 느껴져요. 사령관이나 내 친구 마법사들은 천연적인 마법이 없으면 크리스털리스트들의 표현대로 '영혼 뽑아내는 기계', 즉 혜성을 상대로 싸우지 못해요. 내가 없을 때 공격받으면 방벽을 불러내지 못하는데 그때는 어떡할 겁니까?"

블랙 드래곤의 불안한 눈빛으로 보아 그럴 위험이 있다는 걸 자각하고 있는 것이 분명했다. 그래서 타라는 덧붙였다.

"그래서 내가 해결책을 가져왔나 봅니다."

타라는 호주머니에서 살아있는 돌을 꺼내 모두에게 보여주었다.

"다들 아시겠지만 내 친구 살아있는 돌은 아더월드 마법의 저장소예요. 살아있는 돌은 혜성의 공격을 버티기에 충분한 힘을 지니고 있지요. 우주선은 행성보다 훨씬 작기 때문에 지켜주기가 쉬우니까요. 살아있는 돌이 내가 없는 동안 혜성이 공격해올 경우 여러분에게 필요한 마법을 제공하겠다고 했어요. 우주선들이 거리를 좁혀주면 네 대를 보호하는 것쯤은 문제없을 거예요."

"힘을 줄게. 힘을 원해?" 살아있는 돌이 블랙 드래곤의 주둥이 앞으로 조용히 떠오르며 노래하듯 말하자, 사령관이 부정할 수 없는 증거 앞에서 흠칫 놀랐다.

"그게…… 정말 고맙지만 지금은 아니오." 거대한 날개 달린 파충류가 사팔눈이 되지 않으려고 애쓰면서 대답했다.

살아있는 돌은 빛을 번쩍이며 마치 있지도 않은 어깨를 으쓱하듯 움찔하더니 우주선의 측면 대포를 작동하는 수많은 버튼 중 하나 바로 옆에 조용히 내려앉았다. 사령관이 침을 삼켰다. 타라는 블랙 드래곤이 살아있는 돌에게 다른 데로 이동하라는 말을 어떻게 할지 궁금했다. 버튼을 잘못 눌러 아르칸즈의 우주선이 폭파하는 거야 큰 손실이 아니겠지만 드래곤 우주선일 경우는 낭패이기 때문이었다. 하지만 살아있는 돌은 포동포동한 강아지처럼 얌전히 꼼짝하지 않고 지시를 기다리는 것 같았다.

세바고울리셰비쉬부는 나오려는 한숨을 꾹 누르며 타라에게 고맙다고 말했다.

"하지만 마마는 어떡할 겁니까?" 사령관이 반박했다. "지킴이들이나 볼과 피리의 영혼들이 공격할 경우 살아있는 돌이 없어도 마마는 방어할 수 있습니까?"

사령관은 알아차리지 못했지만 타라는 방금 모우르무르가 발명한 멘탈로-오디오를 머리에 쓰고 있었다. 그래서 사령관은 자신의 질문에 타라의 목소리가 아닌 다른 목소리가 합창으로 대답했을 때 소스라치게 놀랐다.

"임자는 우리가 지킬 것이다." 영혼들이 대답했다. "우리가 도울 것이다."

"아." 사령관이 다분히 회의적으로 말했다. "악마의 영혼들이 또 다른 악마의 영혼들로부터 마마를 지켜주겠다니 대단합니다."

블랙 드래곤이 금발의 타라를 향해 몸을 숙이고 말했다.

"용감합니다, 타라 덩컨. 약간 무모하지만 용감합니다. 만약 잘못될 경우 마마의 시신은 우리가 본국으로 보내드리겠습니다."

사령관의 얼굴로 보아 잘못되리라는 걸 확신하는 눈치였다. 타라는 반응하지 않았다. 드래곤들이 악마의 사물을 얼마나 싫어하는지 잘 알고 있는데.

"관제실에서 마마를 지켜볼 겁니다. 마마의 스쿠터 곳곳에 설치한 스쿠프들이 마마가 보는 것과 동시에 영혼들이 보는 것을 전송해줄 겁니다. 우리 오퍼레이터 역시 확실한 위험을 발견하는 즉시 마마에게 알려주겠지만 정신을 집중하고 신중해야 합니다."

갑자기 셈 선생님이 유성체의 흐름을 보여주는 홀로그램을 처다보며 물었다.

"사령관? 저 시뮬레이션에서 암석들 위에 있는 **빨간** 것은 뭡니까?"

블랙 드래곤이 지도를 향해 돌아섰는데 속으로 욕설을 내뱉는 것이 느껴졌다.

"저건 함정 암석입니다. 하지만 걱정할 필요가 없기 때문에 말하지 않은 것이니 안심하십시오."

"뭐라고요?" 타라와 칼이 동시에 외쳤다.

블랙 드래곤은 난처한 표정을 지었다.

"혹시라도 흑심을 품고 위성으로 가려는 자가 있을 경우를 대비한 것입니다. 유성체의 띠를 파괴해 뚫고 들어갈 수가 있어서 우리가 곳곳에 함정 암석을 심어놓았지요. 누군가 공격하는 날에는 모든 것이 폭발해요. 아, 물론 악마의 사물들이 아니라 도둑놈이 죽는 것이지만."

"네, 알겠어요. 단언컨대 사물이든 인간이든 절대 공격하지 않겠다고 맹세하죠." 타라는 사령관이 이렇게 중요한 사실을 숨겼다는 것에 화가 나서 말했다. "내 스쿠터가 저 암석 중 하나와 충돌하면 어떻게 되는 거죠?"

"아무 일도 없습니다." 사령관이 단언했다. "저 암석들은 충돌하면 폭발하도록 설계된 게 아니니까요. 그렇지 않다면 유성체 띠 전체가 벌써 오래전에 폭발했겠지요."

셈 선생님의 눈빛으로 보아 불쾌한 기색이 역력했다.

"5000년이 지났는데 암석들이 예전과 같다고 보증할 수 있습니까?" 블루 드래곤 셈 선생님이 물었다.

셰바고울리셰비쉬부는 비늘 덮인 커다란 머리를 끄덕였다.

"네, 암석들은 끊임없이 충돌하고 있습니다. 스쿠터는 아무렇지도 않을 테니까 내 말을 믿으세요. 그리고 타라 덩컨이 폭발하면 순식간에 이 기함 우주선을 비롯해 다른 우주선 세 대도 증발하는데 내 목숨도 날아가는 것 아닙니까?"

이상하게도 이 말에 그 누구도 안심하는 것 같지 않았다. 아무튼 폭발이라는 말에 눈을 반짝이는 모우르무르를 제외하고는.

한 시간 후, 우주선은 유성체의 띠 부근에서 멈췄다. 뒤따르는 우주선들은 멀찍이 떨어져 있었다.

이번에는 칼이 타라와 동행할 수 없었다. 암석과 지킴이들, 악마의 영혼들을 상대로 타라 자신만을 방어하기도 힘든 상황일 텐데. 타라는 축소시킨 페가수스를 칼에게 맡겼다. 갈랑이 항의했지만 페가수스를 데려가기에는 우주복 안에 자리가 없었다. 갈랑이 조그만 벌레 크기로 축소하라고 사정했지만 타라는 거절했다.

갈랑만 항의한 게 아니었다. 셀렌바 역시 화까지 내면서 따라가겠다고 고집을 부렸다.

타라가 악마의 사물들을 혼자 가서 회수할 거라고 말했을 때 셀렌바가 외쳤다.

"내 조상들의 피여! 타라 덩컨이 마지스터보다 더 지독하네! 위험한 일에 무모하게 뛰어드는 경향이 있는 마지스터보다는 그래도 마마는 좀 신중할 거라고 생각했는데! 내가 따라갈 거야."

타라는 혼자 가야 하는 이유를 설명하며 일축했다. 첫째, 다른 누군가의 목숨을 위태롭게 하고 싶지 않다. 둘째, 지킴이들이 최고 마구스 5인의 직계 혈통만 통과시키기 때문에 데려가봐야 아무 소용 없다. 셋째, 절대로 악마의 사물들에 가까이 가려고 하지 않는 데미데루스 외에 지킴이들이 통과시키는 사람은 타라와 마라밖에 없다.

그런데 마라는 갑옷을 입은 것도 아니고, 악마의 사물을 지니고 있는 것도 아닌 데다 언니가 누구보다 잘할 수 있는데 미치지 않고서야 따라가겠다고 나설 이유가 없었다. 이것으로 상황 종료!

뱀파이어 셀렌바는 패배를 인정해야 했다. 이때부터 뱀파이어가 어찌나 표독스러운 얼굴로 타라 뒤에 서 있는지 승무원들은 셀렌바를 마주칠 때마다 눈을 피하며 멀리 돌아가야 할 정도였다.

드래곤들은 뱀파이어를 두려워하지 않지만, 마주치면 뱀파이어의 기분이 몹시 나빠 까딱 잘못하면 죽음을 면할 수 없다는 걸 감지하는 능력이 있었다.

타라는 이미 금빛 우주복 차림으로 갑실로 들어갔고, 헬멧을 쓰기 전 칼이 타라를 끌어안았다. 칼은 열렬하게 키스하고 나서 무아노를 위해 비켜주었다. 이어서 파브리스, 파프니르, 마치 이런 순간을 기다렸다는 듯 뜨겁게 포옹하는 아르칸즈—칼이 일그러진 얼굴로 입술을 실룩거렸다—에 이어 로빈의 차례였다. 로빈이 이번만은 우정의 포옹을 했다(어쩌면 발라가 빤히 지켜보고 있는 걸 의식하는 것 같았다). 다음은 산헥시아의 차례였다. 엘레아노라가 남친을 빼앗은 여자에게 무슨 작별 인사냐고 콧방귀를 뀌었지만 산헥시아는 어깨를 토닥여주었고, 동생 마라 역시 같은 이유로 시큰둥하면서도 언니 타라를 따뜻하게 안아주었다. 모우르무르, 어깨뼈에서 뚝뚝 소리가 날 정도로 박력 있게 끌어안는 히글 5, 불안한 기색이 역력한 데미데루스, 마지막으로 블루 드래곤 셈 선생님의 '비늘 포옹'에 타라는 당혹감을 감추지 못했다.

여전히 뾰로통한 셀렌바는 고개만 까딱했는데 빨간 눈빛이 이글거렸다.

그렇게 모두들 포옹하면서 얼마나 소중한 사람인지 상기시키는 바람에 타라는 가슴이 뭉클해져 눈물을 글썽였다. 이윽고 타라는 전쟁터로 떠나는 복잡한 심정으로 우주 스쿠터를 타고 날아갔다.

드래곤들이 불안정하게 움직이는 암석들 때문에 특히 위험한 지역을 표시한 지도를 주었지만, 타라는 5000년 동안 많은 변화가 있을 거라 예상했다.

타라의 몸에 있는 악마의 영혼들이 방벽을 만들어 에워쌌다. 시속 수천 타트롤로 이동하는 미세입자들도 커다란 암석 못지않게 위험했다.

방벽에다 딱딱한 껍질 같은 금빛 우주복에도 불구하고 점점 우주선들에서 멀어지자 타라는 안심이 되지 않았다.

지구와 달리, 죽은 행성은 별에서 멀리 떨어져 있어 빛이 거의 없었다. 하늘을 밝혀주는 태양이 없을 때 우주 공간이 얼마나 어두운지 아는 사람이 몇이나 될까.

다행히 스쿠터에 아래와 위, 뒤와 옆을 밝히는 라이트들이 달려 있어 타라는 마치 금빛 혜성처럼 번쩍거렸다.

라이트 불빛으로 주위가 훤한데 타라의 헬멧 안에서 패션에 신경 좀 쓰라는 산헥시아의 목소리가 들렸다. 솔직히 아무리 대단한 디자이너라도 우주복 차림으로는 멋 내기가 쉽지 않겠지만.

타라는 한숨을 내쉬었다.

관제실에 모인 이들이 서로 한마디씩 주의 사항을 떠들어대는 통에 타라는 귀가 따가웠다.

타라는 가능한 한 빨리 두려움에서 벗어나고 싶어 행성을 부분적으로 에워싸고 있는 거대한 고리의 깨진 부분으로 접근했다.

죽은 행성 주위를 고리 모양으로 에워싸는 암석의 일부가 왜 깨져 있는지 이유는 알 길이 없었다. 아주 이상하게도 완전히 비어 있는 공간이지만 중력이 구멍을 채우고 있을 게 틀림없었다. 우주선의 학자들은 아무런 파동도 감지하지 못했는데도 뭔가 이상했는지 타라에게 이 지역을 피하라고 조언했었다.

어쨌든 악마의 사물들이 있는 곳은 이 지역 밖이었다. 타라는 소유성 사이를 지그재그로 항해하다 깨진 고리 안의 중심으로 들어갈수록 속도를 늦추었다. 이어폰에서 오퍼레이터와 칼의 숨소리가 들렸다. 스쿠프들에 영상이 나타나기도 전에 암석들의 이동 경로를 알려주는 오퍼레이터 덕분에 타라는 방향을 수정했다. 칼은 아무 말도 하지 않았다. 타라의 집중력을 흐트러뜨리지 않으려는 배려였다.

드래곤족이 사물을 감춰놓았다는, 작은 달처럼 보이는 위성을 향해 전진할 때 타라는 몸에 지닌 영혼들이 흥분하는 걸 느꼈다.

'왜 그래?' 타라가 정신적으로 물었다.

'영혼들이 느껴져. 느껴져. 우리가 그 영혼들에게 말할게. 거의 다 왔어.'

'와우, 그래주면 내가 처음 너희들을 만나러 갔을 때 받았던 공격은 피할 수 있겠네. 너희들 진짜 호전적이었는데!'

영혼들이 또 사과했다. 그동안 영혼들로부터 미안하다는 사과를 받은 게 적어도 만 번은 되는데.

'아니, 아니, 그런 뜻이 아니야.' 타라는 말뜻을 오해한 영혼들에게 설명했다. '이 영혼들도 공격적으로 나올 위험이 있다는 걸 강조하려고 말한 것뿐이야. 너희들이 어떤 취급을 받았는지 알기 때문에 나는 충분히 이해해.'

타라는 갑자기 스쿠터를 옆으로 기울였다. 영혼들과 얘기하다 아주 잠깐 방심하는 바람에 암석과 충돌할 뻔했다.

귀에서 욕설이 들렸다.

"빌어먹을, 타라! 정신 차려!" 칼이 소리쳤다.

"괜찮아. 영혼들이 말을 시켜서 항로를 벗어났지만 지금은 다시 돌아왔어."

"네가 방금 피한 것이 함정 암석 중 하나였다고 오퍼레이터가 알려주었어."

타라는 하늘을 쳐다보지 않았다. 너무 위험했다. 하지만 방금 느낀 공포에 칼을 끌어들이고 싶지 않았다.

"고마워, 칼. 네가 있어서 안심이 된다."

칼이 더는 아무 말도 안 했지만 빨라진 숨소리가 마이크를 통해 들렸다. 칼이 심장마비를 일으킬 뻔했다는 표시였다. 타라는 피식 웃으며 칼이 모습을 보지 못해 다행이라고 생각했다. 칼이 걱정해주는 것이 좋았다. 아주 만족스러운 건 아니라도 기분이 좋아졌다.

타라는 정신을 집중했다. 영혼들은 타라를 죽일 뻔했다는 사실에 충격받고 더는 말을 걸지 않았다. 힘든 항해를 한 지 30분 후 마침내 타라의 시야에 위성이 들어왔다.

오랜 세월 수많은 충격으로 곰보가 된 회색 위성은 지구의 달보다 훨씬 작지만 타딕스나 마딕스와 비슷한 크기여서 우주선 여러 대가 착륙하기에 충분한 공간이 있었다. 타라의 작은 스쿠터가 내려앉는 것은 식은 죽 먹기였다. 중력이 거의 존재하지 않아 타라는 스쿠터의 쇠갈고리를 작동해 착륙했다.

타라는 드디어 도착했다. 미션은 이제 시작에 불과했다.

훨씬 작은 유성과의 충돌로 분화구처럼 깊이 파인 구멍의 중앙, 드래곤족이 사물들을 감춰놓은 곳과 아주 가까운 데에 착륙했다. 구멍은 동굴이 몇 개 생길 정도로 컸다. 타라는 스쿠터의 라이트들을 동굴 입구 쪽으로 돌려 불빛으로 주위를 환히 밝혔다.

타라는 날아가지 않기 위해 걸음을 뗄 때마다 지면에 구두가 박히게 우주복에 장착된 자동 징을 작동하고 조심스럽게 전진했다. 속도는 느려도 허공에서 둥둥 떠다닐 위험은 없었다.

타라는 느릿느릿 동굴 입구까지 전진했다. 헬멧 챙의 지도에서 번쩍번쩍하는 표시가 이곳이 맞는다는 걸 확인해주었다.

라이트 불빛에도 불구하고 어두운 동굴을 살피는 동안 심장박동이 빠르게 뛰자 타라는 침을 삼켰다. 헬멧의 이마에 달린 램프까지 컸다.

악마의 영혼들은 우주복 안이 아니라 넓은 팔찌와 반지로 변해 타라의 팔과 손가락에 겹쳐 있었다.

타라는 팔찌들을 땅바닥에 내려놨다.

그리고 영혼들에게 일단 '아우라'를 감추라고 부탁했다. 악마의 마법을 느낀 지킴이들의 공격을 받고 싶지 않았다. 말은 이렇게 했지만 타라는 사물들이 더 이상 광기의 부작용인 역겹고 격한 마법을 뿜어내지 않는다는 사실을 염두에 두고 있었다.

타라가 금빛 반지를 땅바닥에 내려놓기 무섭게 동굴에서 은빛 연기가 새어 나왔다.

그러고는 타라를 에워쌌다.

타라는 마음을 가라앉히고 생각한 것을 바로 표현했다. 세 번이나 상대했기 때문에 지킴이들을 잘 알고 있었다. 솔직히 너덧 번째라면 훨씬 능숙하겠지만.

지구의 달에서처럼 송곳니와 갈퀴발톱이 있고, 다른 종족들과 협정을 맺고 우주의 광선을 양식으로 삼는 지킴이들이었다. 지구의 해저에 있던 지킴이들은 물고기를 보수로 받았는데 달에 있는 지킴이들에게는 무엇으로 보수를 받는지 물어볼 생각을 하지 않았었다.

게다가 타라는 지구의 해저에서 악마의 사물들을 책임지던 지킴이들과는 협약을 맺었지만, 달의 지킴이들에게는 경황이 없어 직업 전환을 제안하지 못했다. 상황이 종료되어 더 이상 지켜야 할 사물이 없으니 앞으로 뭘 하고 싶은지 지킴이들에게 물어봤어야 했는데.

늘 그렇듯 지킴이들이 머릿속에 침투했다. 그러고는 타라가 지킴이들을 잘 알고 있다는 걸 확인하고 깜짝 놀랐다. 하지만 타라가 데미데루스의 직계 혈통임을 알아차렸을 때는 아연실색했다.

'오오오오!' 지킴이들이 몹시 실망한 듯 말했다. '이렇게 유감스러울 수가! 데미데루스의 후손, 최고 마구스의 후손! 더어어어어어어엉커어어어어어어어컨!'

이 위성에는 보호해줄 마법이 없는데 지킴이들이 옷을 벗으라고 요구하지 않아서 타라는 기쁜 마음에 큰 소리로 말했다.

"맞아. 내 머릿속을 보고, 내 피 냄새를 맡아봐. 나는 직계 후손이고 사물들과 얘기를 하러 왔어."

험악한 침묵이 흘렀고, 연기 정령들이 타라를 에워싸고 춤추는 사이 순간적으로 유형화된 송곳니와 갈퀴발톱들이 갈가리 찢을 기세였다.

'사물들과 얘기를 하러 왔다고?'

"그래, 도움을 청하려고."

'사물들과 얘기를 해? 도움을 청해?'

"그래." 타라는 지킴이들이 사물들에게 얘기를 하고 도움을 청한다는 말 자체를 이해하기 힘들다는 걸 알기 때문에 인내심을 갖고 반복했다.

지킴이들이 어이없어하는 것 같았다.

'아무도 사물들과 얘기하지 않는다. 미친…… 완전히 미친 영혼들이다.'

"아니, 가능해. 나는 그들과 얘기할 수 있어! 하지만 당신들이 나를 통과시켜줘야 한다. 데미데루스의 이름으로 부탁한다!"

갑자기 단호해진 어조에 움찔한 연기 정령들이 웅성거렸고, 타라는 '명령'이라고 하지 않길 잘했다고 생각했다. 잠시 후, 지킴이들이 천천히, 마지못해 비켜섰다.

'데미데루스의 혈통은 들어갈 수 있다.'

타라는 우주복이 허락하는 만큼 정중하게 허리를 숙여 인사한 다음 발치에 놓인 반지와 팔찌들을 집어 들고 어두컴컴한 동굴로 향했다. 다행히 지킴이들이 따라오지 않았다. 타라는 우주복의 팔에 팔찌들을 채웠다.

'지킴이들을 통과했어. 멘타르의 볼과 센티르의 피리가 응답했어?' 타라는 정신적으로 친구인 영혼들에게 물었다.

'아니.'

'이런······.'

'짜증 나.'

'너희만 짜증 나는 거 아냐. 그럼 이제 어떡하지?'

'본래의 모습을 되찾게 해줘.' 영혼들이 대답했다.

타라도 그럴 생각이었다. 영혼들끼리 소통하는 것 외에, 멘타르의 볼과 센티르의 피리가 브롱스의 갑옷과 라오르의 창의 실제 모습을 보면 문제를 쉽게 풀 수 있을 거라 생각했다.

지금까지 경험으로 미루어 타라는 사물들을 처음 접촉할 때 고통과 분노에 사로잡힌 영혼들이 얼마나 미쳐 날뛰는지 잘 알고 있었다. 영혼들이 다른 모습을 하고 있으면 광기 때문에 동족을 알아보지 못할 우려가 있었다.

'너희들, 내 머릿속을 읽었구나.' 타라는 미소를 지었다. '너희들 본래 모습으로 변하라고 제안할 참이었는데.'

영혼들이 머뭇거렸다.

'……우리는 네 머릿속에 있잖아.' 영혼들은 타라의 기분을 상하지 않게 하려고 소심하게 응수했다.

'그냥 해본 말이야. 인간의 유머니까 신경 쓰지 마.'

타라는 팔찌들을 풀었다. 공기가 1그램도 없는 허공에서 진동 같은 것이 일어나더니…… 검은색 갑옷의 여러 조각이 나타났다.

브롱스의 갑옷은 거대한 악마, 아마도 흉측한 벤드룩이나 충치가 있는 젤리소르를 위해 만든 것이 틀림없었다. 라오르의 창도 마찬가지였다. 타라는 고개를 들었다.

타라는 마법의 도움 없이는 거대한 검은색 금속 조각들을 들지도 못한다는 걸 알아차리고 말했다.

'크기를 좀 줄여줄래? 내 힘으로는 너희들을 동굴 안으로 가져갈 수가 없어.'

영혼들이 대답했는데 타라는 무슨 말인지 이해가 되지 않았다.

'우리가 우주복을 부분적으로 덮어씌울 거야. 볼과 피리의 영혼들이 우리를 먼저 봐야 우리가 너를 보호해줄 수 있어.'

타라는 영혼들이 방금 한 말을 이해하기 위해 생각에 잠겼다.

'오케이. 지금까지 한 것으로는 아무 소용 없으니까 너희들이 내 몸을 덮겠다는 거야?'

'우리가 본래의 모습을 하고 있어야 마법 소모도 적어.'

아, 당연한 말이었다. 아더월드의 무궁무진한 마법과 달리 악마의 마법은 완전히 고갈될 때까지 영혼들을 소모시키는 것이었다. 타라는 영혼들이 가능한 한 마법을 절약하려는 마음을 이해할 수 있었다.

'좋아. 이제 어떡할까?'

'상체에 코르셋을 걸쳐.'

"타라." 귓속에서 칼의 목소리가 들렸다. "뭐하는 거야? 센서에 네 심장이 빠르게 뛰고, 몸짓이 커지고 있는 표시가 나타났어."

"옷 입고 있어." 타라는 시치미를 떼고 새침하게 대답했다.

"뭐라고?"

"나중에 설명해줄게."

칼은 입을 다물었지만 통신기 너머에서 부글부글 끓고 있는 것이 느껴졌다.

타라는 거의 키만 한 코르셋 안으로 들어갔다.

'코르셋 안으로 들어갔는데 상체가 아니라 온몸이 다 뒤덮였어.'

영혼들이 웃기 시작했다. 이윽고 갑옷이 타라 주위에서 다시 조립되는 사이 창은 타라가 손에 잡기 쉽게 줄어들었다.

'아하하, 오케이, 알겠다.'

타라가 갑옷의 나머지 부분을 걸치자 몸에 맞게 줄어들었다. 다리, 상체, 팔, 손. 갑옷의 속바지와 투구는 없었다.

타라는 거울이 없어서 어떤 모습인지 볼 수 없지만 금빛 우주복에 걸친 갑옷, 쇠사슬로 짠 토시를 하고 있는 모습이 얼마나 우스꽝스러울지 상상이 갔다.

"중세의 투사 같은 모습은 아니어야 하는데!" 타라가 큰 소리로 말했다. "됐어, 가자."

칼은 무슨 상황인지 더는 알려고 하지 않은 채 끔찍한 상상을 하며 애꿎은 손톱만 물어뜯으며 속삭였다.

"조심해, 타라. 기다릴게. 사랑해."

"나도. 이따 봐. 통신기는 열어둘 거지만 지금부터는 말시키지 마. 정신을 집중해야 하니까."

타라는 천천히 걸어가면서 칼의 대답을 듣지 않았다. 멘타르의 볼과 센티르의 피리 속 악마의 영혼들이 방금 타라의 존재를 감지했기 때문이다.

그리고 이 영혼들은 달가워하지 않았다. 전혀.

# 13

# 볼과 피리

밥상을 차리지도 않고 어떻게 먹길 바라나

*

　공격은 전광석화같이 빨랐다. 타라가 동굴로 들어서서 끝이 비죽
비죽 솟은 거대한 덩치와 시커먼 금속 피리 — 단순한 피리라고 생각
했는데 구멍이 많고 마우스피스가 여섯 개나 되는 악기였다. 오보에
와 플루트, 색소폰을 섞어놓은 것 같은 악기가 돌무더기에 놓여 있었
다 — 를 발견하는 순간, 기다렸다는 듯 검은 연기가 달려들며 수백만
의 성난 목소리가 절규했다.

　영혼들의 절규에서 단말마의 고통, 절망, 아픔, 증오, 병적인 감정
이 소용돌이처럼 휘몰아쳤다. 달에 갔을 때는 지구에서 오는 천연 마
법뿐만 아니라 악마의 영혼들이 간파하지 못하는 살아있는 돌의 마
법으로 보호를 받았었다. 하지만 마법이 거의 없는 죽은 행성 부근,
생명체 없는 이 위성에서 타라는 거의 무방비 상태였다.

친구인 영혼들이 즉시 반응했다. 타라에게서도 구름 같은 연기가 피어오르더니 볼과 피리를 후려쳤다.

하지만 볼과 피리의 영혼들이 시커먼 갈퀴발톱으로 찢어발길 듯 거친 공격을 해오기 때문에 친구인 영혼들만으로는 부족할 것 같았다. 그래서 타라는 살아있는 돌의 힘이 미치는 정도의 거리에 우주선이 머물러 있기를 기도했다.

하지만 브롱스의 갑옷은 빠진 부분들이 있어 온전하지 않은데도 창의 지원 덕분인지 센티르의 피리와 멘타르의 볼보다 훨씬 강력했다. 친구인 영혼들이 반격하며 맹렬하게 검은 연기를 후려쳤다. 볼과 피리 속에 갇힌 영혼들은 몇 초 동안 버텼지만 이윽고 화가 나고 낙심해 괴성을 지르며 물러서야 했다.

이 영혼들은 동족이 왜 이토록 필사적으로 반격하는지 이해할 수 없었다. 이 영혼들은 타라에 대한 공격을 멈추지 않았고, 창과 갑옷은 계속 공격을 막고 있었다.

이렇게 여섯 시간째 공방전이 계속되자 타라는 화장실에 가고 싶었다. 속이 메스꺼운 데다 등이 쑤시고 어깨뼈 사이에 불덩이가 박힌 것 같았다. 타라는 우주복 안에 물을 준비해오지 않은 것이 몹시 후회되었다. 트실 사막에 있을 때보다 훨씬 입이 말랐다.

싸움이 일어나는 동안 타라는 깨진 유성체 띠 주변에서 기다리고 있는 칼과 다른 이들을 안심시킬 필요가 있었다.

"나를 갈가리 찢어 집어삼키려고 하는 '볼과 피리의 영혼들'을 '소통할 수 있는 영혼들'로 만들기 위해 노력하는 중." 타라는 친구 영혼들의 주의를 흐트러뜨릴까 봐 몇 마디 속삭였다.

하지만 공격을 받을 때마다 분출하는 아드레날린 때문에 타라의 심장박동수가 높아졌고, 이를 데이터로 받아보고 있는 칼과 다른 이들이 속지 않을 게 분명했다. 따라서 더 이상의 설명은 굳이 할 필요가 없었다.

예전에 크라에토비르의 반지와 속바지가 그랬던 것처럼 악마의 사물들끼리는 직접 소통할 수 있는데 왜 이렇게 힘든지 타라는 이해가 되지 않았다. 유니콘이 조각된 은빛 반지로 변해서 건드렸을 때 속바지도 즉시 변했었다.

그런데 여기서는 왜 이렇게 오래 걸리지?

타라는 한창 싸우는 중인 영혼들에게 물어볼 수 없었다.

그때 갑자기 친구 영혼들이 타라에게 말했다. 그러자 검은 연기도 움직이지 않고 주의를 기울였다.

'마침내 우리가 하는 말을 듣고 있어.' 영혼들이 진지하게 말했다. '우리가 미친 상태가 아닌 것에 대해서는 별로 감동을 받지 않아. 여기는 마법이 약하기 때문에. 네 친구 살아있는 돌을 가져오지 않아서 다행이야. 살아있는 돌이 있었으면 이 영혼들이 더 격분했을 테니까. 이 영혼들은 살아있는 돌의 마법을 견디지 못했을 거야.'

아, 그래? 타라는 조심스럽게 허리를 폈다.

'대답을 받았어?'

'응.'

타라는 친구 영혼들이 몹시 불안해하는 것이 느껴져서 눈살을 찌푸렸다.

'그래서?' 타라가 인내심을 갖고 물었다.

'네가 그렇게 우리를 믿는다면 증거를 보여줘야 한대.'

타라는 입술을 깨물었다. 분명히 내가 좋아하지 않는 것일 텐데.

'주저하지 말고 뭔지 어서 말해. 너희들을 믿는다는 걸 보여주려면 내가 뭘 해야 되는데?'

타라는 영혼들의 대답에 어찌나 놀랐는지 혼자 듣고 있는 게 아니라는 걸 잊고 큰 소리로 되물었다.

"옷을 벗으라고?"

칼이 귓속에서 소리쳤다.

"뭐라고?"

"칼, 진정해. 지금은 너랑 얘기할 때가 아냐. 나 대답해야 하니까 조용히 있어, 제발."

타라는 창을 앞에 세우고 단호하게 말했다.

"내가 우주복을 벗으면 허공으로 떠올라. 인간은 허공 속에서 살 수 없어. 내 대답은 노우. 나는 벗지 않아."

"피리와 볼을 빼앗아, 빌어먹을!" 타라의 귓속에서 흥분한 칼이 소리쳤다. "그것들은 너에게 아무 짓도 하지 못해. 그냥 사물일 뿐이라고! 일단 우주선에 오르고 나면 사과는 우리가 할 테니까. 이건 이렇고 저건 저렇고……."

"아니." 타라는 단호하게 일축했다. "수천 년 동안 속기만 하고 강탈당해온 영혼들이야. 영혼들의 허락 없이는 아무 짓도 할 수 없어!"

"빌어먹을, 타라!"

"내가 아니라고 했다!"

'소리 지를 필요 없어, 타라 덩컨.' 친구인 영혼들이 말했다. '네 말

들었다고!'

타라는 이를 악물었다. 우주복 안에 너무 많은 이들이 있었다. 타라가 통신을 끊자 칼의 성난 고함이 사라졌다.

'아, 미안해. 너희들에게 한 말이 아냐. 칼과 얘기하는 중이었어. 나한테 무슨 말 했어?'

'옷을 벗으라고 했다고 네 몸을 보이라는 게 아냐, 타라 덩컨. 우리는 네 영혼에 대해 말한 거야.'

몇 달 전, 타라는 악마의 사물 속에 갇힌 영혼들에게 말을 걸어보겠다는 기상천외한 생각을 했었다. 영혼들에게 싸우기보다는 차라리 도와달라고 설득하기 위해서였다. 설득하는 데 며칠이 걸렸다. 얼어붙은 마음을 녹여주고 편안하게 해줄 것들, 그림들, 텔레비전, 기분 전환할 거리를 가져다주었다. 그때는 시간적 여유가 있었기 때문에 그렇게 여유를 부릴 수 있었다.

타라가 멘타르의 볼과 센티르의 피리와도 그렇게 시작했다면 그만큼 시간이 오래 걸렸을 것이다.

여섯 시간 만에 갑옷과 창은 볼과 피리 속에 갇힌 영혼들의 광기를 누그러뜨릴 수 있었다.

하지만 볼과 피리는 아직 경계를 늦추지 않고 있었다. 이 영혼들은 함정을 두려워하고 있는 것이었다. 허락 없이는 데려가서 사용하지 않겠다는 약속에도 불구하고 이 영혼들은 하나를 더 원하고 있었다.

타라의 정신을 열어달라는 뜻이었다.

정확히는 우주복은 입고 있되 브롱스의 갑옷을 벗고 창을 내려와야 했다.

타라는 주저하지 않았다.[33] 따뜻한 우주복을 입고 있는데도 부들부들 떨면서 전진했다. 검은 연기가 뒤로 물러서자 타라는 회색 돌로 쌓은 제단 같은 데에 놓인 사물 두 개를 볼 수 있었다. 드래곤족은 아무도 우주 공간에서 오는 폭발성 에너지를 감지할 수 없기를 바라며 지킴이들 이외의 다른 함정을 설치해놓지 않은 모양이었다.

타라는 숨을 죽이고 두 손을 내밀었다.

그리고 커다란 사물 두 개에 두 손을 얹었다.

전해져오는 엄청난 통증. 갑옷과 창의 영혼들은 볼과 피리의 영혼들이 사납고 난폭하기 때문에 혹시라도 해방될 수 있는 유일한 기회를 날릴까 봐 타라의 뇌를 섬세하고 신중하게 치료했다. 정신을 침범한 볼과 피리의 영혼들이 어찌나 거친지 타라는 중력이 없는 바닥으로 천천히 미끄러졌다. 눈물이 볼을 타고 흘러내렸다.

타라는 영혼들을 봤다.

육신에 들러붙어 있는 영혼들, 황폐해진 도시들, 살육당하는 부모와 친구들을 봤다. 공포와 고통을 봤고, 이 영혼들이 사는 곳, 완전히 살아 있는 것도, 완전히 죽은 것도 아닌 곳에 만연하는 공포를 봤다.

이번이 악마의 영혼들과 처음 대면하는 것이었다면 타라는 영혼들

••••••••••••

33. 사실 타라는 많이 망설였다. 무방비 상태로 악마의 영혼들 앞에 선다는 생각만으로도 공포가 밀려왔다. 하지만 어차피 마법을 사용할 수도 없는 곳에서 죽을 위험에 처해 있을 때는 어쩌면 처분에 맡기는 것이 속 편한 것일지도…….

못지않게 미쳤을 것이다. 하지만 처음이 아니었다. 그리고 지금은 든든한 지원군이 있었다.

정당함. 타라가 여기 온 것은 이득을 얻거나 적을 상대로 싸우기 위해서가 아니었다.

부당함을 만회할 기회를 주려고 여기 온 것이었다.

타라는 확신에 차서 갇힌 영혼들에게 가치관을 전했다. 영혼들은 악마들이 원하는 것과는 정반대되는 걸 원하고 있었다.

타라의 생각을 알아차린 영혼들은 압박을 풀어주었고, 타라는 숨을 쉴 수 있었다. 몇 시간은 지난 것 같은데 1분도 채 안 되는 시간이 흘렀을 뿐이었다. 타라는 한 번 숨을 들이쉬는 것으로는 부족했기 때문에 다시 한 번 심호흡하고 코를 훌쩍이다 — 코를 닦아야 하는데 방법이 없었다 — 눈물을 없애기 위해 머리를 흔들며 힘겹게 일어났다.

다리에 힘이 풀려 있기 때문에 중력이 없는 것이 고마웠다.

타라는 사물들에서 손을 떼지 않았다. 아직은 때가 아니었다.

"볼과 피리의 영혼들, 이제 협약이 된 건가?" 타라는 고통 때문에 아직은 갈라진 목소리로 물었다.

머릿속에서 영혼들이 속삭였다.

'협약은 체결되었고, 우리는 지킬 것이다. 인간, 우리를 데려가라. 폭발의 왕 모우르무르 학자가 우리를 해방시켜서 마침내 휴식을 찾을 수 있게.'

타라는 미소를 지었다. 모우르무르가 새 별명을 마음에 들어할 것 같았다.

하지만 데려가려면 볼과 피리를 변형시켜야 한다는 걸 어떻게 설명해야 할지 막막했다.

타라는 갑자기 정신이 희미해졌다. 지킴이들에게 우주의 광선보다는 훨씬 위험하지 않은 물고기를 실컷 먹으며 살고 싶으면 지구의 지킴이들과 합류하라고 제안했던 것이 어렴풋이 기억났다. 지킴이들은 어떤 공격에도 끄떡없지만 수가 그리 많지 않았다. 지킴이들이 지구의 해저에 간다고 해서 크게 달라질 건 없었다. 타라는 아주 긴 미션을 마침내 끝내고 지구로 가기 위해 어둠 속으로 사라지는 지킴이들에게 작별 인사를 한 것이 기억났다.

어렴풋이 스쿠터에 올라탄 것도…….

주위의 모든 것이 빙글빙글 돌기 시작했다.

눈앞이 시커메졌다.

아주 깜깜했다.

타라는 눈을 떴다.

얼마나 불안에 떨었으면 초췌해진 칼의 잿빛 눈이 타라를 빤히 쳐다보고 있었다.

"빌어먹을, 타라!" 타라와 눈이 마주친 칼이 외쳤다.

타라는 미소 지었다.

"칼, 너 때문에 모두들 내 이름이 '빌어먹을타라'인 줄 알겠어!"

칼이 떨리는 손으로 얼굴을 문질렀다.

"마법사들의 수명이 길다는 거 알지?"

"응?"

"내 수명이 방금 확 줄어들었어. 네가 통신을 끊어버린 뒤 우주복이 보내는 데이터에 네가 의식이 없다는 신호가 나타났단 말이야!"

아, 그렇지, 참. 타라는 얼마나 경황이 없었던지 우주선에서 자신의 생체 반응을 지켜보고 있다는 사실을 잊고 있었다.

"그래서?" 타라는 얼굴을 찌푸리며 물었다.

"알 수 없는 이유로 네가 의식을 잃었다는 걸 알고 내가 열 번은 죽을 뻔했다는 거 빼고?"

"응, 그거 빼고."

"네가 옷을 벗는다고 말한 뒤 통신을 끊자마자 나는 스쿠터를 타고 질주했지. 타라, 솔직히 너에 대한 걱정 때문이 아니었다면 나는 신나게 암석들 사이를 전속력으로 질주했을 거야. 하지만 100톤에 이르는 소유성과 충돌해 내가 박살이 나면 너한테 무슨 도움이 되겠어."

타라는 속으로 말했다. '그래, 맞는 말이지.' 칼은 잠시 뜸을 들이다 말을 이었다.

"너를 발견했는데 동굴 앞에 놓인 스쿠터에 올라앉은 채로 의식을 잃은 상태였어. 영혼들은 어찌할 바를 모르고 있었지. 그때 상황을 정확히 말하면 갑옷과 창의 영혼들이 볼과 피리의 영혼들을 원망하며 구세주, 임자를 죽였으니 영원히 독성 있는 철 속에 갇혀 있게 될 거라고 고래고래 소리를 지르고 있었어. 아무튼 그렇게 질타를 당하는 바람에 볼과 피리의 영혼들은 나를 공격할 겨를이 없는 것 같았어."

칼이 또 잠시 말을 중단하자 타라는 광경을 상상하다 의아한 얼굴로 물었다.

"잠깐, 영혼들이 하는 말을 네가 어떻게 알아?"

"다행히 모우르무르가 나한테도 네 거랑 똑같은 멘탈로-오디오를 줬거든. 하지만 얼마나 막막했는지 몰라. 막상 뛰쳐나오기는 했는데 방어할 수단이 없으니 진짜 부들부들 떨리더라고. 얼마 전 몸에 지닌 경험이 있긴 하지만 그렇다고 내가 너만큼 악마의 사물들과 가까운 건 아니잖아. 사령관 세바고울리셰비쉬부가 살아있는 돌을 가져가지 못하게 해서 내가 마법을 사용할 수 없으니 영혼들에게 산 채로 잡아먹힐지도 모른다고 항의했거든. 하지만 두 목숨을 살리자고 수천의 목숨을 포기할 수 없다고 딱 잘라버리는 거야."

칼은 이맛살을 찌푸렸다.

"그 블랙 드래곤, 진짜 재수 없어. 꽉 막혀가지고. 살아있는 돌이 없으니 방어할 수 없는데 너는 의식을 잃었지, 게다가 나는 데미데루스의 혈통이 아니라 지킴이들한테 꼼짝없이 죽게 생겼지…… 정말 암담했어. 근데 네가 어떻게 했는지 모르겠지만 내가 도착했을 때 지킴이들은 어디에도 없더라고."

타라는 주위를 둘러보다 드래곤 우주선의 의무실이라는 걸 알아차렸다. 정신만 충격을 받았기 때문인지 아픈 데는 없었다. 그렇지만 몸에 의료 크리스털 관들이 꽂혀 있었다.

"칼, 네가 살아있는 돌을 가져오지 않은 건 아주 잘한 거야. 내 친구 영혼들의 말로는 살아있는 돌이 있었다면 볼과 피리의 영혼들이 광기를 부렸을 거라고 했어."

칼은 한숨을 내쉬었다.

"다시 정리해서 말하면 너를 구하기 위해 동굴 앞에서 내렸을 때까지만 해도 어떻게 된 건지 몰랐어. 다행히 갑옷과 창이 나를 알아보고 피리의 공격을 막아줬어. 내 머리 좀 보라고…….”

칼이 몸을 숙이고 머리를 들이댔다.

“너 때문에 머리가 하얘졌다니까. 갑자기 괴성을 지르며 나를 집어삼킬 듯 달려드는 검은 연기를 봤을 때의 공포에다 너에 대한 걱정이 더해졌기 때문에 인피뱀파 셀렌바보다 머리가 더 하얗게 변했을 거야.”

“네 머리 하얗지 않아.” 타라가 애써 웃음을 삼키며 진지하게 말했다. “그리고 나를 구하러 와줘서 고마워. 근데 내 스쿠터랑 똑같은 게 있었어?”

칼이 고개를 끄덕였다.

“응, 스쿠터가 고장이 나거나 망가질 수 있고, 너에게 도움이 필요할 경우를 대비해 내가 한 대가 더 있어야 한다고 요청했었거든.”

칼은 몸을 숙이고 부드럽게 키스했다.

타라가 소스라쳤지만 칼은 주의를 기울이지 않았다.

“다음에 또 그런 식으로 통신을 끊으면 내가 너 가만 안 둬둘 거야. 알았어, 타라?” 칼이 자세를 바로 하며 말했는데 냉랭한 어조에 비해 눈빛은 다정했다. “앞으로 다시는 그러지 마, 타라. 부탁이야.”

“의식을 잃었기 때문에 어차피 대답할 수 없었는데 뭐!” 타라는 반박했다.

“어쨌든 내가 돌아버릴 뻔했다니까. 빌어먹을, 타라!”

칼이 또다시 독설을 날리려는 순간 다행히 무아노가 의무실에 들어왔다.

“꿈꾸는 숲 속의 미녀, 괜찮아?”

타라는 어이없어하는 얼굴로 하늘, 아니 우주선 천장을 쳐다보며 말했다.

"무아노, 너까지! 정확하게 알지도 못하면서 어설프게 지구의 표현으로 비유하는 건 칼이 전문이잖아. 한 명으로 충분해. 무아노, 꿈꾸는 숲 속의 미녀가 아니라 잠자는 숲 속의 미녀야!"

"어쩐지 파브리스한테 들었을 때보다 뭐가 좀 이상하더라니. 어때, 괜찮아?"

타라는 갑옷의 영혼들이 알아서 해결해주었다는 것까지 그간 일어난 일을 자세히 설명했다.

"그 영혼들은 지금 어디 있는데?" 타라가 갑자기 불안한 얼굴로 물었다. "칼, 네가 가져왔어?"

칼은 피식 웃었다.

"그 영혼들의 표현대로 폭발의 왕 모우르무르 학자랑 있어. 영혼들은 무사해. 아, 정신이 건강한지는 더 두고 봐야겠지만."

칼이 손을 잡았는데 타라가 또 소스라쳤다. 이번에는 칼이 이상한 느낌이 들어 물었다.

"타라? 왜 그래? 내가 아프게 했어?"

타라는 쪽빛 눈을 크게 뜨고 벌떡 일어났다. 이런, 몸에 의료 크리스털 관들을 꽂은 것 외에는 아무것도 걸치지 않았음을 타라는 인식하지 못했다.

칼의 눈이 동그래졌다. 침이 질질 흘러내릴 정도로 아름다운 몸매였다. 무슨 음흉한 생각을 한 건지 후끈 달아오른 칼의 머릿속에서 본격 외설 영화 이미지들이 지나갔다.

칼은 타라가 외치는 소리에 민망한 공상에서 빠져나왔다.

"슬루르크! 아까 네가 키스했을 때는 방전 같은 게 일어난 거라고 생각했는데 드래곤 우주선에서는 정전기가 일어나지 않잖아. 근데 외설적인 이미지들까지 보이는 건 뭐지? 무아노?"

"응?"

"나 한번 만져봐."

무아노는 놀란 표정으로 타라를 쳐다보며 말했다.

"이건 아닌 것 같은데……. 내가 요조숙녀라서가 아니라 누드 패션이 최신 유행인지 모르겠지만 파브리스와 나는 털이 있어서 이런 거 모르거든. 난 적응 못하겠어, 타라."

무아노가 무슨 말을 하는 건지 이해하지 못한 타라는 눈을 내리다 알몸이라는 걸 알아차리고 얼굴이 새빨개졌다. 얼른 시트를 잡아당겨 몸을 가리며 말했다.

"맙소사, 미안해……."

"아니, 괜찮아. 아주 좋은데." 칼이 잿빛 눈을 반짝이며 중얼거렸다.

"칼!" 무아노가 소리쳤다.

무아노는 타라가 웃으면서 내미는 손을 잡았다.

감각과 이미지들이 즉시 전해졌다. 타라는 무아노를 잡은 손에 힘을 주며 눈을 감았다. 잠시 후 무아노가 물었다.

"이렇게 손을 잡고 있어야 할 만큼 무서워서 그래? 타라, 왜 이러는데?"

"너 지금 치즈 먹고 싶지?" 타라가 멍한 얼굴로 동문서답을 했다. "두 시간 전 헬스장에서 드래곤들이 운동하는 사이 파브리스랑 화장실에서 뭐 했지? 선실로 가기에는 너무 멀고 도저히 참을 수는 없고 그래서 너희들……."

무아노는 깜짝 놀라서 손을 뺐다.

"야아, 너 왜 이래?"

타라는 눈을 떴다. 칼과 무아노는 타라의 쪽빛 눈이 거의 시커메지는 걸 보고 아연실색했다.

"왜 이러냐고?" 타라는 대답했다. "별거 아냐. 네 머릿속을 읽은 거니까!"

칼과 무아노는 방금 하나가 더 돋아난 타트리스족의 새 얼굴을 보듯 타라를 쳐다봤다.

"너 뭐라고 했어?" 칼이 외쳤다.

"무아노의 머릿속을 읽었다고. 아까 네가 키스했을 때 뭔가 이상했지만 깨닫지 못했어. 그리고 손을 잡았을 때는 접촉 시간이 길어서 그랬는지 너의 분노와 두려움을 단편적으로 감지할 수 있었어. 나는 우리가 아주 가까운 사이이기 때문이라고 생각했는데 무아노의 손을 잡아보니까 명확해지더라고. 내가 일부러 오래 잡고 있었거든."

무아노는 뒤에 놓인 안락의자에 털썩 주저앉았다.

"이건 또 무슨 일이야? 타라, 그 위성에서 뭐했는데?"

"타라가 뭘 한 게 아니라 그것들이 타라에게 무슨 짓을 한 거지." 칼이 말했다. "악마의 영혼들과 대화 좀 해야겠다. 지금 당장 해야지 더 늦으면 안 돼!"

둘은 타라에게 옷 입을 시간을 주었다. 체인지라인은 여전히 타라의 목에 붙어 있지만 마법 없이는 작동하지 않았다. 타라는 혼자서 옷을 입어야 했다. 문제될 건 없지만 시간이 좀 걸렸다. 타라가 옷 입는 동안 칼과 무아노는 질문을 퍼부었다. 하지만 의식을 잃어 전혀 알아차리지 못했기 때문에 타라는 대답해줄 수 없었다.

오, 조상들의 혼령들이여, 영혼들은 왜 타라를 텔레파시 능력이 있는 진실의 입처럼 만들었을까?

그들은 우주선의 특실을 향해 달려갔다. 악마를 경계하는 드래곤들이 악마의 영혼들을 두꺼운 금속 벽으로 격리시켜놓은 방이었다.

드래곤들의 철통 경비 속에 특실 중앙에서 비추는 불빛에 본래의 크기를 되찾은 시커먼 사물들이 바닥에 놓여 있었다. 그런데 드래곤들은 의문도 갖지 않고 갑옷과 창, 볼과 피리를 한 곳에 모아놓았다.

타라는 특실에 들어서자마자 외쳤다.

"당신들 무슨 짓을 한 거야?"

드래곤들은 전혀 예상하지 않고 있다가 소스라치게 놀랐다. 드래곤들이 마법이 아주 약하고 살아있는 돌을 사용하지 않아서 다행이지만 그래도 하마터면 타라는 새까맣게 타버릴 뻔했다.

드래곤들은 불을 내뿜는 데 마법이 필요 없기 때문이다.

"워워, 진정해요!" 칼이 드래곤들의 아가리에서 시뻘건 불길을 보며 소리쳤다. "악마의 영혼들에게 한 말이에요. 문제가 좀 생긴 것 같아서요."

드래곤 중 하나가 사물들에게 다가가라는 신호를 했다. 타라가 소통하기 위해 사물들에 손을 얹으려고 할 때 갑자기 피리가 말했다.

더 정확히는 피리가 노래를 불렀다. 타라는 뒷걸음쳤고, 무아노와 칼은 경계했다.

피리 속에 갇힌 바다 포유류 종족, 이들은 음악에 헌신하기로 맹세한 종족이기 때문인지 맑고 아름다운 소리를 낼 수 있었다.

그런 이유에서 악마들은 바다 포유류 종족을 피리 형상으로 만들었고, 아마도 관악기 형상이 인간의 언어와 가장 흡사한 소리를 낼 수 있기 때문인 것 같았다.

하지만 지금 들리는 소리는 불협화음이었다. 타라는 갈퀴발톱으로 귀를 막지 못하는 걸 괴로워하며 반쯤 미친 듯 난리를 치는 갈랑을 내보내주었다. 블롱딘 역시 으르렁거리며 머리를 마구 흔들어댔고, 쉬바는 신경질적인 고양이 울음소리를 내고 있었다.

여우가 칼에게 보내는 이미지에 따르면 피리가 인간에게는 들리지 않는 소리로 동물들을 몹시 괴롭히는 모양이었다.

타라는 패밀리어들을 내보내고 나서 피리가 내는 소리에 집중했다. 무슨 말을 하는지 해독하기 힘들기 때문에 악마의 사물들을 만지겠다고 제안할 뻔했지만, 피리는 이 방식으로 소통하길 원하는 것 같았다.

그래서 타라는 얌전히 기다리며 이해할 수 있는 소리나 단어를 지각할 때마다 큰 소리로 분명히 말했다. 타라의 머릿속에서 시간을 보냈기 때문인지 사물들은 타라가 구사하는 오무아 언어를 알아들었다. 타라가 가장 자주 사용하는 언어가 오무아 언어였기 때문이다.

언어 전문가 무아노가 같이 있어서 천만다행이었다. 무아노의 도움으로 칼과 타라는 짧은 시간에 향상되었다. 기본적인 어휘를 습득하자 이해력이 현저하게 좋아졌다.

놀란 얼굴로 지켜보던 드래곤들은 타라와 칼, 무아노를 위한 안락의자를 가져오게 했다. 그러고는 사물들에게서 시선을 떼지 않으면서 차가운 금속 바닥에 길게 누웠다.

피리가 자기 종족의 역사를 얘기했다. 드러나는 지면이라곤 없는 완전히 바다 행성인 세계에서 어떻게 인식력을 지닌 종족으로 진화했는지, 검은 태양의 유독한 광파에도 불구하고 기술을 터득해 살아남은 순진무구하고 유쾌한 해저 종족이 어떻게 악마 종족에게 정복되어 약탈당하다 끝내 독성 있는 철 속에 갇히게 되었는지 아픈 역사를 털어놓고 있었다.

피리 속의 영혼들이 '텔레파시 능력'을 타라에게 선물한 것은 소통할 수 있게 해주어 고마움을 표한 것이었다.

정확히 말해 피리는 '선물'이 아니라 '이점'이라고 표현했다. 악마들보다 우위에 있게 하려는 것이었다.

이제부터 타라는 악마의 사물을 지녀봤거나 지니고 있는 누군가와 접촉할 때마다 머릿속을 읽을 수 있을 터였다. 상대의 뇌를 거의 해부하는 진실의 입만큼은 아니라도 거짓말을 하는지 아닌지는 충분히 알 수 있을 터였다. 피리 속의 평화로운 보울리엔 종족은 그동안 악마들이 많은 거짓말을 했고, 속아왔던 걸 더는 참을 수 없었던 것이다.

"그렇더라도 먼저 허락을 받았어야 하는 거 아닌가?" 영혼들이 한 말을 웬만큼 해독하게 된 칼이 말했다. "당신들이 '이점'이라고 말하는 걸 타라가 원치 않았을 수도 있잖아?"

"일시적인 능력이다." 피리가 노래하듯 말했다. "우리는 타라 덩컨에게 이 고통스러운 능력을 영원히 준 것은 아니다. 얼마나 힘든지 우리가 잘 아니까. 하지만 악마족을 상대로 싸우려면 타라 덩컨과 인간들은 온갖 무기가 필요해. 비록 지금은 악마들이 친구로 보이겠지만 언젠가는 등을 돌릴 수 있어. 더는 이용할 가치가 없다는 걸 알아차린 순간 우리에게 했던 것처럼. 그리고 이 능력은 악마의 사물을 지녀본 적이 전혀 없는 사람들이나 평범한 인간들에게는 작동하지 않아."

"하지만 타라가 나를 만졌을 때만 그 능력이 작동했어." 무아노가 반박했다. "그건 별로 실용적이지 않아."

"악마의 사물을 지닌 적이 있다면 접촉하지 않아도 작동해."

칼이 타라를 쳐다봤다.

"이제 마지스터의 피부를 만지지 않아도 정체를 알게 되는 거잖아. 마지스터가 악마의 셔츠를 입고 있으면 심지어 네가 머릿속을 꿰뚫어 볼 수도 있고!"

타라는 눈을 굴렸다.

"칼, 마지스터는 맨 마지막으로 해결할 문제야. 지금은 마지스터에게서 가능한 한 멀리 있을 생각이야."

타라가 안락의자에서 일어나 드래곤들을 뚫어져라 쳐다봤다.

"방금 피리가 한 말은 방어를 위한 비밀로 분류하길 요청합니다. 우리 셋과 당신들, 그리고 드래곤족 최고 결정권자들 외에는 그 누구도 알면 안 됩니다. 아주 중요한 극비사항입니다. 악마들은 절대 알면 안 됩니다. 당신들을 믿습니다."

경비를 서는 드래곤들이 커다란 머리를 숙이며 약속했다.

"알아들었습니다. 비밀을 지키겠습니다. 중요한 극비사항이니까요."

"고마워요."

타라는 사물들을 향해 돌아섰다.

"나는 많은 사람과 접촉해야 해." 타라는 차분하게 설명했다. "당신들의 선물이 내 친구들과 접촉할 때는 작동하지 않는 방법을 알려줘. 친구들이 무슨 생각을 하는지 아는 것은 아주 불편하니까."

타라는 칼과 키스할 때마다 그 머릿속을 들여다본다면 서로에 대한 갈망을 외면하기가 힘들기 때문이라는 말은 굳이 하지 않았다.

"이해한다." 피리가 대답했다. "나를 만져. 그러면 우리가 그 기능을 정지시키겠다. 그것을 제외한 새로운 능력이 작동할 것이다."

드래곤들의 예민해진 눈길을 받으며 타라는 하라는 대로 했다. 사물의 검은 마법이 타라를 에워쌌다. 이윽고 들리지 않는 지시에 따라 사물들이 변형되었고, 상당히 많은 팔찌가 타라의 양쪽 팔뚝을 장식하고 있었다.

"누가 수영장으로 떠밀면 그대로 가라앉겠어." 타라가 농담을 했다.

무아노가 무슨 말을 하려고 했지만 말할 겨를이 없었다.

마치 장애물을 뛰어넘듯 우주선이 펄쩍 뛰며 크게 흔들렸기 때문이다. 사이렌이 요란하게 울렸다.

"브롤크 드 슬루르크!" 칼이 사이렌 소리를 압도할 정도로 크게 고함을 질렀다. "또 무슨 일이에요?"

한 드래곤이 겁에 질린 목소리로 대답했다.

"방금 공격을 받았다!"

# 14
# 검은색 우주선

뭔가를 공손하게 부탁하는 것과
군대를 끌고 와서
뭔가를 공손하게 부탁하는 것의 차이

\*

사령관실까지 올라가는 데는 그리 오래 걸리지 않았다. 타라는 이미 우주선에서 벌이는 전투를 경험했었다. 연기, 고함소리. 정통으로 맞았다면 우주선이 공중분해되는 것을 아무도 막지 못했을 수도 있는 상황이었다. 모두 다 죽었을 터였다.

사이렌을 울리고 허겁지겁 전투 승무원들을 거점에 배치하는 것 말고는 속수무책이었다.

결론은 명백했다.

"혜성이 틀림없어!" 타라는 헐떡거리며 말했다.

타라가 공격을 받았거나 화재가 난 경우 엘리베이터 사용을 금지하는 건 재고할 필요가 있다고 생각하는 사이 본능적으로 야수로 변신한 무아노가 앞장서서 달려갔다. 타라는 멘타르의 볼과 센티르의 피리의 변형된 팔찌들을 차고 있다는 것이 몹시 꺼림칙했다. 하지만 타라의 선택이 아니었다. 갑옷과 창의 영혼들은 예의 주시하겠다고 약속했었다.

늑대 모습으로 변신한 파브리스가 측면 복도에서 불쑥 튀어나왔다. "자기야? 타라? 괜찮아?"

"나를 자기라고 불러줘서 고마워." 칼이 대답했다. "그래도 노골적으로 티내면 안 좋은데!"

"실없기는! 무아노에게 하는 말인 거 뻔히 알면서." 파브리스가 핀잔을 주었다.

칼은 뛰어가는 중인데도 과장된 몸짓으로 가슴에 손을 얹었다.

"윽, 절망으로 쓰러지겠어. 내가 네 가슴속에 있는 유일한 사람이라고 생각했는데!"

동행하는 드래곤들이 이상한 놈들이네, 하는 눈길로 쳐다봤다. 늑대인간은 얼굴을 붉히지 않는데, 아니 털에 가려 보이지 않는데 파브리스는 민망해하는 기색이 역력했다. 칼은 더 신이 나서 낄낄거렸다.

"칼! 내 남친 그만 놀려!" 무아노가 으르렁거렸다.

"무슨 그런 말을!" 칼이 외쳤다. "절대로 놀리는 게 아냐! 웃자고 하는 말이라고!"

"빌어먹을! 진짜 싫다!" 타라가 말했다.

"뭐?" 칼이 놀란 얼굴로 물었다. "내가 파브리스 놀리는 거?"

"아니. 사령관이 무슨 일인지 알려주지 않은 것 때문에. 살아있는 돌의 마법을 사용해 우주선 네 대를 지키기 위한 방벽을 세웠어야 하는데."

"그랬으니까 우리가 아직 살아 있는 거 아닐까?" 칼이 지적했다.

그들이 사령관실에 들어가니 로빈과 다른 친구들도 이미 와 있었다. 사령관이 갈퀴 발에 살아있는 돌을 쥐고 있지만 사용한 것 같지는 않았다.

"무슨 일입니까?" 타라가 물었다. "왜 아무런 통보가 없었죠?"

훈련이 있을 때마다 사령관이나 부관이 '화재' '공격' '압력 저하' 기타 등등을 밝혔다. 지난번에 미확인물체를 감지했을 때와 마찬가지로 사령관은 아무런 통보를 하지 않았다. '전투 준비!'를 알리는 사이렌 외에는.

"혜성이에요?" 무아노가 물었다.

사령관이 투명한 창을 가리켰고, 그들은 멍하니 입을 벌렸다.

혜성이 아니었다. 혜성과는 아무 관련 없는 것이었다.

우주선들이었다. 우주선 수십 대.

무시무시한 대형 대포들을 장착한 우주선들이었다.

"오, 젤리소르의 충치여! 어디서 온 것들이죠?" 로빈이 외쳤는데 칼이 즐겨 쓰는 표현이었다.

"너무 멀리 있어 우주선의 정체를 판별하기 어렵고, 그쪽이나 우리나 사정거리 밖이에요." 사령관이 말했다.

"하지만 좀 전에 충격을 느꼈잖아요?"

"일종의 공포탄으로 미사일을 발사한 것 같아요. 기체 가까이에서 폭발했기 때문에 그 충격을 받은 거죠. 우리 방벽은 끄떡없지만 우주선이 흔들렸던 겁니다."

머리에 수신기를 쓰고 통신을 확인하던 드래곤 중 하나가 갑자기 놀란 목소리로 말했다.

"사령관님? 비디오로 들어온 통신을 받았는데 우리 방식의 통신입니다."

"드래곤족의 표준 방식인가?"

"네, 사령관님."

"그럼 미확인 우주선들이 아니라는 건가?"

"그건 모르겠습니다, 사령관님."

"새로운 종족을 발견했나 보군. 알았다, 중앙 전광판에 띄워라."

전광판에 나타난 영상을 보며 모두들 두 번째로 멍하니 입을 벌렸다. 미지의 종족은커녕 너무 유명한 존재였다.

반사경 마스크와 가슴에 빨간색 원을 새긴 잿빛 마법복 차림.

마지스터였다.

"서로 통신망을 여는 것이 어떻겠는가?" 물기를 머금은 듯 부드러우면서 느끼한 목소리가 요청했다. "내가 시키면 전광판에 대고 말하는 걸 좋아하지 않아서 말이야."

통신을 확인하던 드래곤이 눈짓으로 물었다. 사령관은 고개를 끄덕였다. 찰칵 하는 소리가 난 뒤 그들의 영상이 모니터와 마지스터의 전광판에 나타났다.

"아하." 마지스터가 흡족한 얼굴로 말했다. "완벽해. 다 모여 있군. 지난번에는 모우르무르 덩컨과 대화를 길게 하지 못해 정말 유감이었다. 내 요구를 관철시키려면 좀 더 명확하게 설명할 필요가 있다는 걸 깨달았지."

마지스터가 손짓을 하자 무장한 우주선들로 영상이 바뀌었다.

"당신들의 우주선은 네 대, 내 우주선은 50대." 마지스터가 거드름을 피우며 말했다. "많은 이들이 이미 확인한 대로 나는 빼어난 전사이므로 당신들과 불쾌한 일을 벌일 생각이 없다. 따라서 이성적인 결정을 내리라고 충고한다."

마지스터는 금빛 마스크가 화면 전체를 채울 정도로 몸을 앞으로 숙였다.

"항복하라."

무슨 말을 계속하려던 마지스터의 시선이 갑자기 셀렌바에게 꽂혔다. 그리고 뱀파이어의 불룩한 배에 시선이 머물렀다.

마지스터의 마스크가 흰색으로 변했다.

"셀렌바?"

"마지스터." 뱀파이어가 무뚝뚝하게 대답했다. "또 무슨 짓을 하려는 겁니까? 이 세계에서 유일하게 혜성과 맞서 싸울 수 있는 사람을 죽이려는 겁니까?"

"나는 맞서 싸울 생각이 없는……." 타라가 말했다.

"가만히 있어!" 하고 외치면서 뱀파이어가 대형 전광판 앞에 서서 배를 쑥 내밀었다.

마지스터는 침을 삼켰다.

"배에 쿠션을 넣는 것이 요즘 유행하는 패션인가?" 마지스터가 어설픈 농담을 시도했다.

"꼴값을 하십니다, 마지스터. 당신의 아이일 수도 아닐 수도 있는데."

화가 난 마지스터가 몸을 꼿꼿이 세우는데 마스크가 검은색으로 변해 있었다.

"언제 말할 생각이었나?"

마지스터는 후환이 두려워 셀렌바의 임신 사실을 숨긴 상그라브 스파이들을 당장이라도 죽일 것 같았다.

"조용히 낳을 생각이었죠." 셀렌바는 하얀 얼굴에 비웃음을 흘리며 대답했다. "우리가 다시는 마주치는 일이 없을 테니 수십 년쯤 뒤에나 말할 생각이었는데……."

마지스터가 갑자기 셀렌바의 빨간 눈과 하얀 머리칼을 알아보고 외쳤다.

"다시 인피뱀파로 돌아왔잖아! 미쳤군! 우리…… 아기를 가졌으면서 어떻게 이런 위험을 무릅쓸 수 있지? 대체 그 우주선에는 왜 있는 거야?"

"당신이 이런 짓을 할 것 같아서 우주선에 오른 거예요. 타라를 보호하기 위해서. 당신이 이 우주선을 공격하면 아기와 나를 죽이는 겁니다."

침묵이 흘렀다. 빨간 눈과 검은색 마스크의 기 싸움이 치열했다.

마지스터가 먼저 침묵을 깼다.

288

"미안하지만 나를 떠난 건 너라는 걸 잊었나?" 마지스터가 부드러운 어조로 말했다. "너는 아이를 원했고, 그러면 사냥꾼 임무를 할 수 없기 때문에 내가 이해한 것이다. 그리고 나를 버린 건 너야. 그런데 내가 왜 너와 아기의 목숨을 걱정해야 되는지 이유를 모르겠군."

셀렌바는 표정이 더 굳어졌지만 아무 말도 덧붙이지 않았다.

아군이었으나 다시 적이 된 둘이 그렇게 옥신각신하며 서로 어떻게 나올지 분석하고 있을 때 전광판 오른쪽 위에 아르칸즈의 영상이 나타났다.

"무슨 일이오?" 마왕이 소리쳤다. "마지스터의 우주선들이 왜 우리를 향해 대포를 겨누고 있는 것이오?"

아! 마왕도 마지스터의 우주선들을 알아본 것이었다.

"마지스터가 모우르무르에게 악마의 무기들을 작동시키게 해서 세계를 접수하고 싶은가 봐요." 타라는 아주 가벼운 어조로 대답했다. "'내가 우주를 통치할 것이다, 으하하하하하!' 이런 타입이거든요."

아르칸즈가 눈이 동그래져서 타라를 쳐다봤다.

"으하하하하하?"

"네, 시니컬하고 소름 끼치는 웃음이 악당들의 트레이드마크거든요. 예스든 노우든 흘리는 웃음이죠. '드디어 내 주위를 얼쩡거리는 모기 같은 놈을 짓이겨버렸군, 으하하하하!' 또는 '죽여라, 적이다! 으하하하하하!' 별의별 짓을 다 하는 놈들이 꼭 그렇게 웃는다니까요. 식상하게!"

아르칸즈는 타라가 완전히 실성한 게 아닌지 의심하는 얼굴이었다. 하지만 마지스터의 마스크는 아주 불쾌하다는 뜻의 검은색으로 변했다.

"웃기고 있군!" 마지스터가 냉랭한 목소리로 말했다. "모우르무르를 내 우주선으로 이송하라, 아니면 너희들을 짓뭉개버리겠다."

그러고는 상그라브들의 보스가 음울한 목소리로 덧붙였다.

"으흐흐하하하하하!"

"하여튼 이상한 종족이야." 아르칸즈가 약간 멍한 표정으로 지적했다. "하긴 우리 종족 속에서도 아군과 적군이 있으니 이해 못할 바는 아니지만. 근데 저자는 내 아버지의 우주선들이 영혼들을 수집하기 위해 지구를 공격했을 때 도와주던 인간 아닌가?"

"맞아요."

"근데 지금은?"

"지금은 다시 자기들끼리만 떨어져 있죠. 마지스터는 외로운 늑대라 다른 무리와 어울릴 줄을 모르거든요."

"내가 마지스터 무리를 치워줄까요, 타라 덩컨, 드래곤 사령관?"

사령관이 비늘 덮인 꼬리를 신경질적으로 흔들며 말했다.

"악마에게 도움을 청하느니 석쇠에 올려 내 꼬리를 구워버리겠다."

그사이 타라는 차분하게 대답했다.

"우리보다 마지스터의 우주선이 훨씬 많아요. 우리가 여기서 할 일은 다했으니 저들을 치워버리는 건 반대예요. 마지스터가 우리에게 필요할 수도 있으니까요. 자기가 빼어난 전사라는 말도 맞고요(타라는 셀렌바의 아이 아버지를 죽이는 것은 난처한 일이라고 밝히지 않았다). 반면에 여기를 떠나는 건 찬성이에요."

"그래, 싸우는 건 내가 자신 있지." 마지스터가 신경질적으로 반응했다. "셋까지 세겠다. 셋에 모우르무르가 화물창구 쪽으로 이동하지 않으면 사격을 개시할 것이다. 하나……."

아르칸즈와 타라는 미소를 지었다.

이어서 아르칸즈가 그들에게 말했다.

"꽉 붙잡아요! 흔들릴 것이오!"

그리고 모든 것이 지워졌다.

흔들릴 거라더니 숫자 8을 따라 올라갔다 내려갔다 하는 것처럼 심하게 요동쳤다. 흔들린다는 표현은 지나친 완곡어법? 마지막 물 한 방울까지 짜낼 작정을 한 사람이 돌리는 대형 야채 탈수기에 들어 있는 느낌이라고 할까.

우주선이 불안하게 삐걱거리기 시작하자 사령관은 그제야 전 탑승자에게 꽉 붙잡으라고 지시했다.

타라가 우주선 조종 장치에다 토하는 건 아주 좋지 않은 생각이라고 속을 달래고 있을 때 성난 블랙 드래곤이 돌아보며 말했다.

"악마랑 또 무슨 일을 꾸민 겁니까?"

"아더월드를 출발하기 전, 비상사태 발생 시 시행하기로 마왕과 사전에 합의한 사항입니다." 타라는 대형 안락의자 중 하나에 매달린 채 대답했다. "악마들은 우리 우주선 네 대까지 포함해 에너지장을 형성할 수 있는 기계를 소지하고 있어요. 방금 아르칸즈가 '공간을 파괴하는 기계'를 작동한 겁니다. 세계를 건너뛰고, 심지어 은하계까지 건너뛸 수 있게 하는 기계지요. 다오보르 행성은 멀리 떨어져 있기 때문에 우리는 언제든 필요할 경우 기계를 사용할 생각이었어요. 그러면 귀중한 시간을 버는 것일 뿐만 아니라 마지스터를 피할 수도 있어요. 아르칸즈가 마지스터는 에너지장에 포함시키지 않았기 때문이죠. 마지스터는 우리가 뭘 하고 있는지 알아차려도 뒤쫓아오려면 최소 한 달은 걸릴 거예요."

블랙 드래곤이 비늘 덮인 낯짝을 찌푸렸다.

"하지만 나는 마지스터가 우리가 하고 있는 일이 뭔지 잘 알고 있다고 생각해요. 오히려 마지스터가 모우르무르와 악마의 사물들을 같이 보내라고 요구하지 않은 것이 뜻밖이었어요."

"마지스터가 악마의 사물을 원하는 것은 그 마법을 사용해 세계를 지배하기 위해서예요. 하지만 마지스터가 악마의 사물을 만들어낼 수 있으면 위험천만한 악마의 사물들까지 욕심 내지는 않을 것 같아요. 내 생각에 마지스터는 모우르무르에게 갇힌 영혼을 세탁해달라고 할 게 틀림없어요. 영혼들이 무기로만 이용되고 있다는 기억을 지워버리겠다는 거죠. 그러면 영혼들과 싸울 필요가 없을 것이고, 영혼들이 그를 미치게 만들지도 않을 테니까요."

기겁한 팔찌들이 팔목에서 찰그랑거렸다. 영혼들은 마지스터가 그 정도로 사악할 줄은 생각도 못하고 있었다. 타라는 한숨을 쉬었다. 마지스터가 세탁이라는 단어에 새로운 의미를 부여한 것이다.

사령관과 타라가 맞서는 동안, 탑승자들의 목숨을 구하기 위해 필요할 경우 마지스터에게 가기로 결정하고 잠자코 있던 모우르무르가 말했다.

"아, 센서에 잡혔던 그 이상한 신호! 악마의 셔츠가 보내는 파동! 나는 내가 아주 자랑스러워. 마지스터는 불시에 우리를 공격하기 위해 멀리 떨어져 있었지만 우리에게 들킨 거야."

옆에 서 있는 히글 5가 입술을 실룩거렸다. 타라와 히글 5는 시선을 교환했다. 뭔가가 원정대를 미행하고 있음을 눈치채긴 했지만 정체를 알 길이 없었는데 그게 마지스터일 줄은 생각도 못했었다. 타라와 히글 5는 모우르무르가 자신감에 들떠 있게 내버려두기로 했다. 누가 뭐래도 모우르무르가 천재임에는 틀림없지 않은가.

흔들림이 더 강해져서 그들은 대화를 할 수 없었다. 우주선이 심하게 덜커덕거리고 있었다. 칼이 재빨리 타라의 몸을 감싸는 사이 파브리스는 무아노를, 실버는 파프니르를 보호했다. 놀랍게도 로빈이 다가와 몸을 감싸자 발라는 흠칫 놀라면서도 싫지 않은 기색으로 얌전히 있었다.

산헥시아는 아무도 신경 써주는 사람이 없기 때문에 뿌루퉁해 있었다(그래줄 만한 존재는 비늘 덮인 드래곤들밖에 없었으니). 그때 갑자기 데미데루스가 놀란 얼굴로 나타났다.

산헥시아는 잔뜩 겁먹은 시늉을 하며 데미데루스의 품에 안겼다.

"우리 모두 죽게 생겼어요!" 산헥시아는 과장되게 말했다. "데미데루스, 살려주세요!"

데미데루스는 산헥시아가 악마라는 걸 잊은 모양이었다. 우주선에 무슨 문제가 생겼고, 예쁜 여자가 보호해달라고 안길 정도로 긴박한 상황이라고 생각했는지 데미데루스는 그녀를 두 팔로 감싸주며 얼굴이 다치지 않게 조심했다.

"무슨 일인가? 혜성 때문인가?"

여러 명이 데미데루스에게 상황을 설명하는 동안, 타라는 데미데루스의 품에 안겨 행복해하는 산헥시아의 표정 때문에 웃지 않으려고 입술을 깨물었다.

갑자기 모든 것이 정지되었다. 삐걱거리던 소리가 그쳤고, 그들은 무수히 많은 별들이 반짝이는 평온한 우주 공간에 와 있었다.

방금 다른 은하계에 진입한 것이었다. 몇 분 사이에.

눈앞에 자태를 드러낸 다오보르 행성이 태양의 하얀빛[34]을 받으며 회전하고 있었다.

드란보우글리스펜쉬르와 마찬가지로 다오보르 행성은 은하계 중앙 부근에 위치해 있어 별들이 서로 아주 가깝고 별이 아주 많았다. 은하계 외곽에 위치해 있어 밤이 있는 지구와는 달리 다오보르 행성은 거의 항구적인 빛에 잠겨 있었다.

드래곤들은 이 행성이 인간, 엘프, 마법사, 난쟁이, 다시 말해 산소로 호흡하는 모든 종족에게 맞는다고 단언했었다.

하지만 드래곤들은 마법에 관련해서는 잘못된 판단을 내렸다. 생명체가 많은데도 불구하고 다오보르 행성은 마법 에너지가 희박하기 때문에 악마의 사물들을 감춰놓을 곳으로 선택한 것이었다.

하지만 마법 에너지 계량기를 지켜보던 사령관 셰바고울리셰비쉬

· · · · · · · · · · · · ·

34. 사실, 지구의 태양도 흰색이다. 아니 정확히는 가시광선 무지개색의 일곱 가지 색을 나타내는 광이 모두 모이면 희게 보인다. 하지만 이 흰색 빛이 대기 속의 입자들에 부딪쳐 흩어지며 산란하는데 이때 반사된 파란색 빛의 파장이 눈에 들어와 하늘이 파란색으로 보이는 것이다. 반면 아더월드의 두 태양 중 큰 것은 빨간색, 작은 것은 파란색이다. 아더월드의 대기 속에 있는 먼지와 마법 입자들 때문에 하늘이 보라색으로 인지된다.

부는 깜짝 놀랐다. 마법 에너지의 농도가 아더월드와 거의 맞먹는 수준이었다.

"무슨 뜻이지?" 파브리스가 물었다.

"많다는 뜻이지." 이런 질문에 대해서는 늘 그렇듯 무아노가 대답했다. "아더월드는 우리 세계에서 유일하게 마법 에너지가 무궁무진한 행성이야. 아주 희귀한 경우지."

"이럴 리가 없어!" 블랙 드래곤이 중얼거리며 계량기를 툭툭 쳤다. 마치 그렇게 하면 수치가 변하기라도 하듯.

예민해진 모우르무르가 말했다.

"예상이 빗나가면 왜들 기계에 화풀이를 하는지 나는 도무지 이해가 안 돼. 어디서 나쁜 버릇은 배워가지고. 내 분석에 따르면 이 수치는 확실해. 아주 정확한 수치라고!"

"하지만 5000년 전에 우리가 사물들을 가져왔을 때 분명히 행성을 테스트했소. 마법 에너지가 거의 검출되지 않았기 때문에 뱀파이어족과 엘프족에게 이 행성을 제안하지 않았던 겁니다!"

"상황은 변할 수 있는 거요."

"하지만 행성은 절대 그런 일이 일어날 수 없소. 이렇게 되면 다른 행성도 모두 다시 테스트를 해야 된다는 뜻이란 말이오, 아시겠소? 그러면 진짜 대혼란이 일어나는데!"

모우르무르는 미소를 지었다.

"하, 드래곤족이 테스트를 못하게 될까 봐 걱정인 모양인데 당신들에게 시킬 거니까 걱정 마시오."

여전히 계량기에서 눈을 떼지 못하는 블랙 드래곤의 날개가 축 늘어졌다.

"이 행성에 마법이 있다니, 슬루르크!"

"왜 슬루르크예요?" 타라는 드래곤의 반응이 의아해 물었다.

블랙 드래곤이 타라를 향해 머리를 돌리다 아가리를 벌리며 너무 날카로운 송곳니들을 드러냈다. 하지만 드래곤의 눈은 타라 뒤쪽을 응시하고 있었다.

셀렌바.

뱀파이어가 타라의 의문을 풀어주었다.

"사령관이 슬루르크라고 하는 건 뱀파이어족과 엘프족이 행성을 잃었기 때문이야. 종족은 둘인데 마법의 행성은 하나밖에 없다는 게 큰 문제였으니까. 안 그렇습니까, 사령관?"

"저기……." 통신을 담당하는 옐로우 드래곤이 말했다. "이상한 일 이지만 탐지기에 뭔가가 감지되었습니다. 옛날 엘프족의 것과 비슷한 것 같은데…… 저것 좀 보세요!"

측면에 뭔가가 나타났다. 서서히 행성과 가까워지고 있으니 자칫 충돌할 수도 있었다. 스쿠프들이 렌즈를 조정할수록 윤곽이 명확해 졌다. 타라는 아연실색했다.

검은빛과 은빛의 거대한 금속 덩어리들이 눈앞에 나타났을 때 발 라가 제일 먼저 반응했다.

"팡당곤35!" 바이올렛 엘프가 욕설을 내뱉었다. "말도 안 돼! 저건 사라진 우주선들이야!"

• • • • • • • • • • • • •
**35.** 엘프족의 욕설로 '망할 것! 꺼져버려!'와 비슷한 뜻이다.

# 다오보르 행성

오랜 세월 눈에 띄지 않게 살아왔건만
이제 발각되면 얼마나 통탄스러울까

\*

지구에서 교육을 받아 아더월드 종족들의 역사를 잘 모르는 타라와 파브리스는 다른 이들의 표정을 보며 어리둥절했다.

울퉁불퉁한 시커먼 금속 덩어리들이 점점 가까워지고 있었다.

"발라, 설명 좀 해줄래?" 타라가 물었다.

낡은 우주선들이 파손된 건 분명한데 아직은 위협적으로 보였다.

발라는 침을 삼켰다. 평소에 시니컬하고 냉정하던 바이올렛 엘프는 얼이 빠진 얼굴이었다.

"발라?" 타라가 재차 물었다.

"뭐? 아! 사라진 우주선들? 엘프족 아이들까지 모두 알고 있는 거야. 생존한 엘프들이 전해준 사실이니까. 악마들이 우리 행성을 파괴했을 때 드래곤족은 일단 드란보우글리스펜쉬르 행성에 와서 살라고 제안했어. 하지만 공기에 독성이 있어 우리가 살 수 있는 환경이 아니었지. 그러다 드래곤족이 거대한 행성을 발견했어."

아직 충격에서 벗어나지 못한 발라가 말을 중단하자 로빈이 이어 나갔다.

"당시 엘프족은 수백 년부터 악마들이 드래곤족의 방어를 조금씩 돌파하고 있음을 알고 있었어. 그래서 우리 조상들은 악마들이 쳐들어올 경우 엘프족 국민을 모두 수용할 수 있는 우주선들을 준비해놓았지. 그런데 애석하게도 원정을 나갔던 우리 군대가 돌아와 보니 행성이 불타고 있었고, 우주선들도 온데간데없었어. 그래서 우주선들도 행성과 동시에 파괴된 거라고 생각했는데…… 이렇게 버젓이 눈앞에 나타나다니 정말 상상도 못한 일이야!"

발라가 블랙 드래곤을 향해 고개를 들고 감탄했다.

"세바고울리셰비쉬부 사령관님, 우리 종족의 우주선들을 찾아준 겁니다!"

"이것으로 뱀파이어족과 엘프족 중 누가 이 행성을 차지하느냐의 문제는 해결됐네." 다분히 현실적인 칼이 말했다. "내 생각에는 엘프족이 이겼어!"

"이상한 신호를 포착했는데 저 우주선들이 세균에 감염되어 있는 것 같습니다. 멀리 떨어져야 합니다." 통신을 담당하는 엘로우 드래곤이 말했다. "이제 행성과 접속을 시도할 겁니다. 우리의 예상대로 살아남은 엘프들이 악마들을 피해 여기 은신해 있는 거라면 5000년 동안 발각되지 않은 것만 봐도 아주 신중하게 행동하며 살아온 겁니다. 설마하니 우주선에 남아 있을 리는 없을 테고, 그렇다면 엘프들이 다오보르 행성을 점령한 것이 틀림없습니다."

행성에 가까워질수록 호기심이 커졌다. 타라는 혜성보다 먼저 악마의 사물들을 회수하는 것이 목적임을 잊은 게 아닌데도 홀린 듯 흥분해 있는 발라와 로빈의 감정에 전염되어 있었다. 무슨 일이 일어난 건지 타라 역시 몹시 궁금했다.

온갖 기계를 동원했지만 다오보르 행성에서 현대적 건축물 같은 것은 전혀 탐지되지 않았다. 생명체가 많아 스캐너로는 엘프 생존자들의 위치를 탐지할 수 없었다. 두 발 동물이 다소 많기 때문이었다. 그래서 엘프들이 정말 존재하는지 확인이 불가능했다.

발라가 연신 욕설을 내뱉었다.

바이올렛 엘프는 즉시 어머니 에레에게 메시지를 보내고 싶었다. 하지만 불행히도 행성 주위에 통신을 차단하는 우주의 교란 전자파가 형성되어 있는 것 같았다.

통신기를 작동하던 옐로우 드래곤이 점점 당혹스러워했다.

"도저히 믿을 수가 없습니다! 계기를 검침하고 행성을 관찰하고 영상으로 볼 수는 있어도 은하계 밖으로 어떤 신호나 간단한 메시지조차 보낼 수가 없습니다. 이 지역을 벗어나야 가능할 것 같습니다. 이 행성은 통신을 방해하는 전파를 보내는 것이 틀림없습니다. 정말이지 이런 경우는 처음입니다."

"우리가 여기 온 목적은 악마의 사물들을 회수하는 거예요." 타라가 지적했다. "따라서 지금은 딱히 여러분이 필요하지 않아요. 내가 왕복선을 타고 가서 사물들을 회수한 다음 여러분에게 돌아오면 됩니다. 그사이 우주선 한 대는 이 지역을 벗어나 에레 여왕에게 메시지를 보내세요. 그러면 에레 여왕이 우리가 어떻게 하길 바라는지 알 수 있겠죠. 아무튼 악마 우주선을 포함해 세 대가 모두 이 행성에 착륙하는 건 그리 좋은 생각이 아닌 것 같아요. 엘프족이 모두 죽은 게 아니라면 도망치거나 우리를 공격할 텐데."

사태를 지켜보기 위해 순간이동으로 기함 우주선에 와 있던 아르칸즈가 짜증 난 표정으로 말했다.

"그래도 너무 괴롭네. 내 조상들의 잘못 때문에 어디를 가나 모욕을 받아야 하니……."

"마왕의 조상들이 저지른 짓은 잘못이 아니라 극악무도한 범죄행위인데 어떻게 그런 말을 합니까?" 화가 난 로빈이 일침을 가했다. "마왕의 조상들이 수백만의 악마족을 학살한 것은 우리 엘프족 수백만을 죽일 힘을 얻으려는 것이었단 말입니다. 나 같으면 살아남은 엘프들에게 미안해서라도 조용히 숨어 있겠어요. 눈에 띄는 즉시 당신 미간에 화살을 꽂은 다음 대화든 뭐든 할 테니까."

아르칸즈는 어깨를 으쓱했다.

"표현이 너무 비유적이지만 무슨 뜻인지는 대충 알겠다. 내 우주선이 눈에 띄지 않게 하지. 타라는 뭐 할 말 없나?"

언젠가는 이런 상황이 닥칠 거라 예상하고 있었다. 타라는 한숨을 내쉬었다.

"내가 뭘 하러 가는지 잘 알고 있어요. 이 행성으로 내려가 지킴이들과 맞서 싸우며 악마의 사물들을 찾아야 해요. 그러면서 인사 나눌 겨를도 없이 엘프들이 급습하지 않기를 기도하는 거죠."

파프니르가 의아해하는 얼굴로 눈살을 찌푸렸다.

"인사?"

"응. 미간에 화살이 꽂히기 전에 인사는 해야지."

그 옛날의 우주선들을 보고 감격해 다리가 후들거려 주저앉아 있던 발라가 안락의자에서 일어났다.

"내가 같이 가겠어! 엘프 조상들이 바이올렛 엘프에게는 활을 쏘지 않을 거야."

"나도 갈게." 로빈이 크리스털 눈을 반짝이며 말했다. "나한테도 공격하지 않을 거야."

"우리도 다 같이 가." 무아노는 딱 잘라 말했다. "난 다리를 좀 풀어야겠어. 일주일이나 금속 우리 안에 갇혀 있었더니 진저리가 나."

다른 친구들도 고개를 끄덕였다.

작은 원정대를 위한 준비가 시작되었다. 셈 선생님도 동행하기로 했다. 드래곤족은 엘프족과 오랜 동맹 관계였고, 화살을 두려워하지 않기 때문이었다.

마침내 왕복선이 준비되었고, 기함 우주선은 행성 부근에 남아 있기로 했다. 드래곤 우주선 두 대는 엘프족의 옛날 우주선들을 발견했다는 놀라운 소식을 전하기 위해 멀리 떨어진 공간으로 이동했다. 신호를 증폭하기 위해서는 가능한 한 많은 에너지를 사용할 필요가 있는 데다, 혜성이 나타나 공격할 경우 그 범위를 벗어날 시간을 벌려면 아주 멀리 이동할 필요가 있기 때문이었다.

한편 드래곤들은 행성 부근의 깨진 고리에서 마지스터의 함정에 걸려들기 전, 타라가 혜성보다 먼저 사물 두 개를 회수했으니 첫 번째 미션은 성공했다는 사실을 아더월드에 알렸었다. 아더월드인들은 원정대가 이어서 다오보르 행성으로 갈 예정임을 알고 새로운 소식에 대한 기대를 하지 않다가, 엘프족의 사라진 우주선 소식이 전해지면 몹시 놀랄 터였다.

악마 우주선은 기함 우주선 뒤에 대기하고 있었다. 아르칸즈도 갇혀 있는 것이 지겹다며 악마의 사물을 몸에 지니지 않고 같이 가겠다고 주장했지만 반대에 부딪혔다. 타라와 셈 선생님은 엘프들이 아르칸즈가 인간이 아니라는 걸 알아챌 것이라고 우려했다. 겉모습이 인간인 건 맞지만 완전한 인간은 아니기 때문이었다.

"타라, 너도 공격받을 위험이 있어." 아르칸즈가 지적했다. "너도 나와 마찬가지로 악마의 사물들을 지니고 있으니까!"

"알아요. 하지만 이 행성에서는 내 마법만 사용할 거예요. 다행히 마법이 무궁무진한 행성이라니까. 그리고 악마의 사물이 보내는 특유의 신호를 숨길 거예요. 적어도 크뢰의 이중 도끼와 즈셀의 방패와 소통하는 순간까지는. 내 친구 영혼들은 이제 미치지 않았기 때문에 그 신호의 파동을 어떻게 줄이는지 잘 알고 있거든요. 잘될 테니 걱정 마요."

아르칸즈는 고개를 끄덕였지만 초록빛 눈에 불안한 기색이 역력했다.

"가는 장소는?"

"드래곤족은 이중 도끼와 방패를 활화산 속에 가둬놨고, 지킴이들은 마그마를 양식으로 삼는다고 했어요. 사물들을 회수하는 데는 길어야 한두 시간이면 될 거예요."

대화에 귀를 기울이던 파브리스가 끼어들어 태연하게 말했다.

"우리를 급습해 죽이려고 달려드는 자는 박살이 나겠지. 물론 나도 엘프족이 살아남았다는 사실은 아주 기쁘지만 그래도 느낌은 아주 안 좋아."

아르칸즈는 손으로 숱이 많은 흑발을 쓸어 넘겼다.

"너희들만 떠나는 것이 마음에 걸려. 나도 느낌이 아주 안 좋아서……."

"둘 다 그만!" 타라가 똑 부러지게 말했다. "초를 치는 말은 그만하죠. 다 잘될 거니까. 그리고 무슨 문제가 생긴다고 해도 내가 방금 말한 대로 이 행성은 마법 에너지가 무궁무진하니까 지켜보라고요!"

타라는 손가락을 퉁겨서 검푸른 빛을 솟구치게 했다. 아주 약하게 마법을 사용한 것일 뿐인데 방을 훤히 밝혀줄 정도로 강했다.

"하긴 너는 운을 타고난 성공의 여신이니까." 파브리스는 어색해진 분위기를 풀기 위해 가벼운 농담을 던졌다.

타라는 파브리스에게 입술을 삐죽거리고는 마법을 거두었다.

"이제 알아들었죠? 누구든 우리를 건드리면 크라크덴트의 먹이로 만들어줄 테니 명심해요, 이상 끝."

모우르무르는 악마의 사물들이 있는 위치를 더 정확하게 알기 위해 기계를 시험했다. 불행히도 타라가 지닌 악마의 영혼들도(왜 동족들이 느껴지지 않는지 이유를 몰라 몹시 당황하고 있었다) 이중 도끼와 방패의 위치를 알지 못했다.

이동해야 하는 상황이 생길 수도 있는 우주선에 의존하지 않고 타라 일행이 무선 통신을 할 수 있도록 사령관은 소형 통신위성을 많이 투하했다.

자력으로 방어할 수 있다고 생각하는 매직갱의 항의에도 불구하고 세바 사령관은 두 번째 왕복선에 위베른족을 태워 동행하게 했다. 드란보우글리스펜쉬르에서 타라가 맞서 싸워야 했던 드래곤족의 병사들이었다.

두 발로 다니는 금빛 도마뱀, 위베른족 병사들을 보는 순간 타라는 등골이 오싹했지만 한편으로는 이들의 존재가 막강한 공격력이 된다는 걸 부인할 수 없었다. 투구에 에너지 소총으로 무장한 위베른족 병사의 대장 타스스스크가 타라에게 차갑게 인사했다. 타스스스크는 옆구리에 동그란 배지 같은 것을 달고 있는데 정부 소속으로 드래곤족 수상에 해당하는 최고 비늘의 직속이라는 표시였다.

위베른족은 인간을 아주 싫어했다. 세계를 정복하고 인간들을 학살하려는 음모를 타라가 좌절시켰기 때문이었다. 하지만 드래곤들에게 복종해야 하는 위베른족은 선택의 여지가 없었던 것이다. 의심이 발동한 칼은 금빛 눈으로 타라를 살피는 타스스스크 대장을 감시하고 있었다.

몇 시간 후, 그들은 모든 준비가 끝났다. 마법이 부족해 강제로 잠들어 있다 깨어난 것이 기쁜 체인지라인은 우주복 안에 켈트릴 갑옷을 입었고, 헬멧 안에 작은 왕관까지 썼웠다. 다오보르 행성에 살고 있을 엘프족에게 타라가 오무아 제국의 공주라는 걸 보여주기 위한 것이었다. 계측기에는 공기가 해롭지 않은 것으로 나타났지만 현장에서 채취한 공기에 대한 분석이 나오기 전까지는 헬멧과 우주복을 착용하고 있어야 했다.

하강은 아주 조용히 진행되었다. 두 왕복선이 공기 저항을 줄이기 위한 유선형으로 만들어졌기 때문에 대기권으로 진입할 때 약간의 소용돌이만 일으켰다.

가장 놀라운 것은 악마의 사물들을 가둬놓은 화산이 폭발했다는 사실이었다. 상층 부분이 완전히 날아갔을 정도로 강력한 폭발이었다.

사령관은 드래곤족이 악마의 사물들을 아주 깊이 파묻었기 때문에 그 자리에 아직 있을 것이 틀림없다고 주장했다. 하지만 모우르무르의 기계들을 동원해 가까운 거리에서 측정을 했는데도 악마의 신호를 감지할 수 없었다.

사령관은 용암이 사물들을 뒤덮었기 때문이기를 바랐고, 다른 이들은 혜성이 이미 찾아간 것이 아니기를 바랐다. 하지만 그들이 행성 상공을 날고 있을 때 확인한 바로는 화산이 폭발하면서 뚫린 왼쪽 측면을 식물이 완전히 뒤덮은 것으로 보아 수백 년 동안 아무도 건드린 것 같지 않았다. 그리고 행성에 생명체를 빨아들인 끔찍한 흔적이 전혀 없기 때문에 혜성이 지나갔다는 증거가 없었다.

그래서 20여 분 후 원정대는 두근거리는 가슴으로 갑실 앞에서 공기와 물, 흙을 채취한 표본이 오기를 기다렸다.

공기가 어떤지 확인되지 않았기 때문에 패밀리어들은 다른 방에서 대기하고 있었다. 마법 때문에 강력해진 박테리아와 바이러스들이 공기에 존재할 경우 위협적일 수 있었다. 마법사들은 패밀리어들이 위험해지는 일은 절대 하고 싶지 않았다. 갈랑과 쉬바, 블롱딘, 소우르브의 항의가 심했지만 허락되지 않았다.

벨제부트만 논쟁에서 이겼다. 악마의 고양이는 죽지 않는 데다 거의 모든 균에 면역되어 있다며 파프니르와 떨어져 있기를 완강히 거부했던 것이다. 난쟁이는 하는 수 없이 받아들였다.

단 장밋빛 고양이는 파프니르의 우주복 안의 가슴 부위에서 얌전히 있어야 한다는 조건이 따랐다. 그리고 장소가 장소이니만큼 발톱을 세우면 안 된다는 조건도 붙었다. 칼은 남자들이 고양이를 부러워할 거라며 배꼽을 잡고 웃었다.

실버는 칼을 흘겨볼 뿐 아무 말도 하지 않았다. 하프드래곤은 질투에 무감각한 것 같았다.

마침내 드론 몇 대가 공기와 물, 흙을 채취하고, 주변을 촬영하고 돌아왔다. 털이며 갈퀴발톱, 송곳니가 있는 것은 여느 동물과 비슷했고, 아더월드와 마찬가지로 마법의 영향을 받아 동물의 털과 식물의 색깔이 아주 화려하지만 인식력을 지닌 생명체가 있다는 흔적은 전혀 없었다.

풀 색깔이 대체로 파란 아더월드와 달리 다오보르 행성의 풀은 색깔이 아주 다양했고, 어찌나 반짝이는지 태양 빛을 받으면 눈이 따가울 정도였다.

세균은 세계 어디서나 같은 도식으로 번식하는지, 공기나 흙 속에 있는 바이러스와 박테리아 역시 지구나 아더월드에 존재하는 것들과 크게 다르지 않았다.

세균 분석을 끝낸 뒤, 원정대에 동행해 있던 샤먼 둘이 타라 일행에게 여러 종류의 주사를 놓고 약을 삼키게 했고, 지금부터는 예상 질병으로부터 면역이 되었다고 말했다.

드디어 가능한 한 식물과 동물을 건드리지 않는다는 조건으로 착륙을 허가하는 초록불이 들어왔다.

306

붉은 털의 성난 짐승 무리가 오렌지색 암소와 보라색 거북(껍데기가 두껍고, 덩치는 더 크고 느린)의 잡종 같은 짐승을 갈기갈기 찢어 놓는 걸 본 뒤로, 타라는 건드리지도 말아야 할 동물이라고 지적했다. 너무 키가 큰 수풀 속에 웅크리고 있다가 영양 같은 동물에게 달려드는 호랑이처럼 생긴 동물을 본 뒤에 파프니르는 자기야말로 간식거리밖에 안 될 것 같다고 덧붙였다. 실버가 재미있어하면서 간식거리로 보일지 모르지만 치아까지 무기인 간식거리라서 멋모르고 덤볐다가는 호랑이가 오히려 큰코다칠 거라고 말했다.

드론 몇 대가 금빛 왕복선 주위에 자동이착륙을 위한 레이다 비컨을 설치했다. 발각되지 않기 위한 문제도 해결되었고, 미확인물체가 보이지 않는 장벽을 뛰어넘는 경우에는 경보가 울릴 터였다.

왕복선의 트랩이 펼쳐지자 위베른족 병사들이 내려가 분산했고 누구든 공격하는 자는 분쇄해버릴 기세로 레이저를 휘두르는 시범을 보였다. 셈 선생님은 드래곤 실루엣을 감춰주는 우주복 때문에 거대한 악마로 보일 위험이 있어 인간 모습으로 변신했다.

모우르무르는 이 행성의 주민들에 대한 호기심 때문에 굉장히 흥분한 상태였다.

칼은 주민들을 딱하게 여기고 있었다. 다오보르 주민들과 엘프들은 무슨 일이 벌어질지 아직 모르고 있지 않은가.

"특기할 만한 것 없음." 헬멧 안에서 타스스스크 대장의 목소리가 들렸다. "출발!"

작은 원정대는 파란색에 이어 분홍색, 빨간색, 오렌지색으로 이어지는 풀밭에 조심스럽게 발을 내딛었다. 이 행성은 태양이 하나인데도 마법이 아더월드 못지않게 강력하기 때문에 타라는 아더월드와 동일한 요소를 많이 발견할 거라고 생각했다. 하지만 동물들이 다르고 색깔도 달랐다. 타라는 발밑에서 아주 미세한 떨림 같은 것이 느껴져서 약간 께름칙했다. 마치 행성이……, 아니 정확히는 땅의 일부가 진동하는 것 같았다. 지구에서 일어났던 지진에 대한 기억 때문에 타라는 경계하며 땅을 살폈지만 미세한 진동 외에 다른 것은 나타나지 않았다.

풀은 위험해 보이지 않아 그들은 전진했다. 사실, 왕복선은 기함 우주선보다 훨씬 작지만 너무 무거워 화산 정상에 착륙할 수 없었다. 그래서 원정대는 중턱에서 내렸고, 모우르무르가 땅을 파내 사물들을 찾기 위해 발명한 로봇 둘이 뒤따르고 있었다. 타라는 마법으로 땅을 파헤칠 수도 있지만 친구 영혼들이 반대했다.

"이중 도끼와 방패가 공격을 받는 것으로 느낄 위험이 있어. 그러면 이성을 찾는 것이 늦어질 거야. 기계들에 맡겨. 일단 네가 지킴이들의 장벽을 넘으면 우리가 그 영혼들과 얘기할게."

두더지나 정신병에 걸린 토끼 형상의 로봇이었다. 오른쪽은 삽 모양의 손과 왼쪽은 곡괭이 모양의 손, 아이젠을 장착한 발, 악몽 속에서나 볼 법한 로봇 둘이 걸음을 뗄 때마다 쿵, 쿵, 쿵 소리를 내고 있었다.

그래서 은빛과 금빛 우주복 차림의 원정대는 은밀하게 이동할 수가 없었다.

투명한 헬멧을 통해 칼이 눈살을 찌푸리는 것이 보였다. 칼은 모두가 들을 수 있게 마이크를 작동했다.

"우리가 은밀하게 움직여야 할 이유가 없는 건 알겠어요. 그래도 이 로봇들은 너무 시끄러워요!"

"엘프들이 들어야 하니까." 모우르무르가 장난기 있는 어조로 말했다. "어쨌든 우리가 늙은 악마들을 상대로 싸워 이겼고, 젊은 악마들과는 동맹을 맺었으니 이제는 위험하지 않다는 걸 엘프들에게 알려야 해."

파프니르가 끼어들었다.

"혜성이 이곳에 나타나면 엘프들이 몹시 위험해요. 우주선이나 성난 혹성의 침입은 예상하겠지만 혜성이 공격할 줄은 꿈에도 모르고 있잖아요. 혜성의 광선이 순식간에 빨아들일 텐데……. 엘프들에게 알려주고 혜성의 공격을 방어할 수 있게 방법을 알려줘야 해요!"

"바로 그래서 로봇들이 소리를 낸 거야." 모우르무르가 말했다. "쿵쿵거리는 소리가 엘프들의 호기심을 끌 테니까."

타라는 머쓱해진 칼의 얼굴을 보고 웃음이 터졌다.

"모우르무르 선생님, 정치를 하셔야겠어요!" 칼이 태연하게 말했다. "입담을 따라올 정치가가 없을 거예요!"

"우리 갈라져서 찾는 게 어떨까?" 예리한 눈으로 뜨거운 미풍에 흔들리는 숲을 살피던 발라가 제안했다. "로빈과 나는 엘프야. 엘프들이 악마들을 피해 숨어 있는 거라면 우리를 알아볼 거야. 그사이 너희들은 악마의 사물을 회수해. 오케이?"

"와우, 나의 흡혈귀께서 머리가 잘 돌아가는데."

칼의 대답에 타라와 파브리스가 재빨리 웃는 것으로 자칫 살벌해질 분위기를 무마했다.

병력을 분산시키자는 뜻밖의 제안에 타스스스크 대장은 불만을 표시했다. 하지만 셈 선생님이 두 무리로 나누라고 지시했다. 위베른 족 병사들 일부가 로빈과 발라를 따라나섰다.

릴란드릴의 활이 로빈의 등에 유형화되는 것으로 보아 하프엘프가 잔뜩 긴장한 것이 역력했다.

"조심해, 알았지?" 타라가 인터컴을 작동하며 당부했다. "그리고 계속 통신해야 되니까 인터컴을 켜놔."

"왜, 동굴에 들어갔을 때의 너 같을까 봐?" 발라가 빈정거렸다. "세상에서 가장 위험한 사물들과 조용히 얘기하겠다고 통신을 끊었을 때 우리가 얼마나 불안했는지 알아? 아, 물론 나야 네 친구들처럼 걱정하진 않았지만."

"그래. 너희들은 나처럼 하지 마." 타라는 한발 물러섰다. "우리 모두 인터컴을 켜둘 거니까 무슨 일이 생기면 소리를 질러. 곧 달려갈게."

"고마워, 타라." 로빈이 진지하게 대답했다.

"흥!" 발라가 콧방귀를 꼈다. "난 금발의 도움이 필요하지 않아!"

"발라, 네가 하는 말 모두 듣고 있는 거 알지?"

"알아. 그래서 뭐?"

로빈은 침묵했다. 다른 이들이 보거나 듣고 있을 때는 발라와 입씨름을 하지 않기로 마음먹은 지 이미 오래되었다. 바이올렛 엘프는 로빈과 단둘이 있을 때와 다른 이들이 있을 때의 행동이 너무 달랐다. 로빈은 발라가 최근에 좀 괜찮은가 싶더니 왜 또 이렇게 공격적인 성향을 보이는지 이해되지 않았다.

게다가 예전에는 기회다 싶으면 기를 쓰고 유혹하려고 하더니 지금은 그러지 않았다. 로빈은 그것도 이해가 되지 않았다.

호주머니에서 살아 있는 나뭇가지가 꿈틀거렸다. 깜짝 놀란 로빈은 나뭇가지를 꺼냈다. 여러 번 도움을 주었고, 여러 번 목숨을 구해준 나뭇가지였다. 왜 이렇게 떠는 거지?

손을 빠져나간 나뭇가지가 숲으로 달아났을 때 로빈이 외쳤다.

"슬루르크!"

로빈은 쫓아갔지만 놀라울 정도로 빽빽한 식물 때문에 포기해야 했다.

나뭇가지가 로빈을 떠나버린 것이었다. 하프엘프는 눈살을 찌푸렸다. 나무로 자라고 싶었나? 나뭇가지를 지니고 있는 몇 년 동안 여러 번 도움을 주었는데……. 로빈은 고개를 설레설레 흔들며 깜짝 놀라서 지켜보고 있는 친구들 쪽으로 갔다.

"로빈? 괜찮아?" 무아노가 물었다.

"너는 생태계를 잘 알잖아." 로빈이 물었다. "아더월드의 살아 있는 나무의 가지가 이 행성에서 자랄 수 있을까?"

무아노는 깜짝 놀라 눈살을 치켜떴다.

"방금 그거였어?"

"응."

"글쎄. 아더월드 고유의 세균이 이 행성의 식물군에 해롭지 않기를 바라야겠지만 그럴 가능성도 배제할 수는 없어. 여기 식물들이 거의 비슷해 보이기는 해도 알 수가 있어야지. 하지만 몇 년 후 우리가 다시 올 때 살아 있는 나무 몇 그루가 있을지도 몰라. 아니면 초식동물에게 먹히거나 다른 식물이 살아 있는 나무가 자라지 못하게 할 수도 있고…… 가능한 시나리오는 많아."

로빈은 고개를 끄덕였다. 그리고 한숨을 내쉬었다. 나뭇가지가 어디서든 잘 자라기를 바랄 수밖에 없었다.

많이 그리울 것 같았다.

타라와 친구들은 화산 내부로 들어가는 데 그리 많은 시간이 걸리지 않았다. 화산 자락이 허물어져 있고, 분화구 주위의 나무들과 바위에 풀과 이끼가 뒤덮여 있어 오히려 들어가기는 쉬웠다.

위베른족 병사들은 두 번이나 나서서 동물들을 상대해야 했다. 오렌지색 암소-거북이를 공격했던 사자 크기의 동물들이었다. 꿈틀거리던 동물들이 연기를 내며 분해되자 살아남은 동물들은 상대하기 힘든 침입자들이라고 생각했는지 더 이상 공격하지 않았다. 멀리서 동물들이 포효하는 소리가 들렸지만 다가오는 것 같지 않았다.

하지만 무아노에 따르면 동물들은 소리를 내지 않고 다가오고 있었다.

"무아노, 네가 같이 있어서 안심이 된다." 타라가 말했다.

모우르무르가 재빨리 로봇 둘을 작동했는데 마치 드래코-티라노 사우루스 떼가 돌진하는 것 같은 소리를 냈다.

로봇 둘이 땅을 파헤치는 동안 그들은 사방에서 떨어지는 파편을 피해야 했다. 모우르무르는 계측기를 살피고 있었다. 사물들이 묻힌 곳 위에 있으니 금속 덩어리가 나타날 것이 틀림없었다.

하지만 파프니르를 완전히 황홀경에 빠뜨린 은과 금의 광맥('야호, 나 부자 됐다!' 난쟁이는 탄성을 질렀다. '이 산에 대한 권리를 주장해야겠어!')에 이어 다이아몬드 광맥(난쟁이는 기절할 뻔했다) 말고 악마의 사물들이 있다는 흔적이라곤 없었다.

타라가 몹시 걱정하던 지킴이들도 보이지 않았다. 이번만은 지킴이들과 맞서야 하는 것이 아니라, 오히려 그럴 일이 없다는 것이 불안했다.

지킴이들이 악마의 사물들과 같이 사라진 것 같기 때문이었다.

모우르무르를 도와 계측기를 살피던 히글 5가 갑자기 고개를 들었다.

"칼데라(화산이 폭발하면서 함몰되어 움푹 파인 지형—옮긴이) 안에는 없어. 피로클라스티트 암석들……."

"그게 뭐예요?" 파브리스가 물었다.

"화산탄과 용암, 화산재 분출물을 말하는 거야. 중턱이 뻥 뚫린 걸 보면 엄청난 폭발이 일어났다는 거야. 드래곤족이 깊이 묻었다고는 해도 사물들이 폭발력 때문에 튕겨나간 게 틀림없어. 그렇다면 분화구 반경 1, 2킬로미터 내에 있을 거야. 가볍기 때문에 그 이상으로 멀리 날아갔을 수도 있고. 아더월드에서 몇 번 경험한 바로는 화산 폭발로 수 톤에 이르는 암석이 5타트롤 이상 날아간 경우도 있었으니까. 그리고 화산재가 반경 500타트롤까지 뒤덮은 경우도 있었고."

"화산 분출물이 몇 헥타르를 뒤덮었다면 이 기계들로 금속 사물을 찾는 건 아주 힘들겠어." 모우르무르가 구시렁거렸다. "기계들을 다시 손봐야겠는데 여기서는 할 수 없어. 아니, 뭐 여기서 할 수도 있지만 왕복선 안에서 하는 것이 더 편하지. 이제 돌아가자."

"근데 지킴이들은 어디 있는 걸까요?" 타라가 물었다. "화산 폭발

에 파괴될 수는 없어요. 지킴이들은 비물질적이기 때문에. 이해가 안
돼요."

그들은 실망해서 돌아섰다. 멘타르의 볼과 센티르의 피리를 회수
할 때처럼 쉬운 미션일 거라 생각했는데 상황이 복잡해졌다.

그들은 무사히 왕복선까지 돌아왔다. 인터컴을 통해 이따금 발라
와 로빈이 나누는 말이 들렸다. 아더월드 못지않게 숲이 울창해 전진
하기가 힘든 모양이었다.

두 엘프가 하는 말을 들으면 붉은 털 동물과 또 다른 포식동물들의
공격을 여러 번 받은 것 같았다. 무아노는 깜짝 놀랐다.

"이상해. 이 행성에는 두 발 동물이 그렇게 많지 않은 게 분명하거
든. 포식동물들은 우리를 먹잇감으로 생각하는 것이 아니라 자기들
이 모르는 존재에 대해 두려워하는 게 틀림없어. 우리 모습이 아주
낯서니까. 그리고 우주복 때문에 우리의 몸 냄새가 나지 않아 먹을
수 있는지 없는지도 모른단 말이야. 그런데 발라와 로빈, 위베른족한
테는 공격했다? 뭔가 이상해."

그때 우렁찬 포효 소리에 그들은 잠시 움직이지 않았다. 드론들이
울부짖는 동물들의 사진을 찍었는데 이빨이 날카로웠다. 노란색과
초록색 줄무늬가 있는 동물들이 네 발로 어슬렁거리는데 필요할 경
우 두 발로 일어설 수도 있는 것 같았다. 드래곤과 악어, 스피노사우
루스의 잡종인 것 같고, 등에는 돛을 펼쳐놓은 듯한 빨간색 볏 같은
게 달려 있었다. 무시무시한 모습인데 아주 민첩했고, 엄청난 덩치에
도 불구하고 사자처럼 무리를 지어 사냥하는 것 같았다.

그들은 동물의 이름을 포르미둘로수스라고 짓고, 살상무기 같은

동물과 마주치면 무조건 피하기로 했다. 이 동물의 먹잇감은 드래곤 크기 정도는 될 것 같았다.

"우주선으로 돌아와." 셈 선생님이 로빈과 발라에게 지시했다. "너희 둘이 찾아 나선 지 벌써 세 시간이 지났다. 위베른족 병사들 모두 이동할 건데 곧 어두워져. 너희 둘만 어둠 속에 있는 걸 원치 않아."

"되돌아가고 있어요." 로빈이 즉시 대답하는 소리가 헬멧 안에서 들렸다.

"나는 돌아갈 생각 없어!" 발라가 외쳤다. "피곤하지 않단 말이야! 정말 몰라서 이래? 우리 조상들을 찾아야 한다고!"

"내일 다시 찾자는 얘기야." 로빈이 단호하게 말했다. "어둠 속에서 동물에게 물려 죽거나 사고를 당하면 수색이고 뭐고 할 수도 없잖아. 이성적으로 생각해야지, 발라!"

"네가 할 수 있는 말은 그저 네, 네, 네, 그거밖에 없지! 너는 완전 짜증 나는 예스맨이야!"

하지만 이번에는 로빈도 물러서지 않았다.

"개죽음을 당하느니 신중하게 행동하자는 얘기잖아!" 로빈이 퉁명스럽게 응수했다.

발라는 숲에서 돌아 나오는 동안 내내 툴툴거렸다. 갈 때보다 돌아 나오는 것이 훨씬 빠른 것도 불만이었다. 아더월드와 마찬가지로 마법을 지닌 식물이 이미 다시 자라나고 있다고 해도 다시 수풀을 헤치고 나아갈 필요가 없었기 때문이다.

한편 타라는 무슨 일이 일어날 거라고 예상하고 있었다. 위베른족이 공격을 받았고, 로빈과 발라가 공격을 받았으니 이번에는 우주선이 공격을 받을지도 몰랐다.

하지만 모두 무사히 왕복선으로 돌아왔고 아무 일도 일어나지 않았다.

"이상해." 타라와 같은 생각인지 칼이 말했다.

로빈과 발라의 우주복이 살균 처리된 뒤 사라졌다.

"뭐가 이상해?" 파브리스가 물었다.

"무슨 일이 생길 거라고 생각했거든. 이건 정상이 아냐."

무아노는 고개를 흔들었다.

"너무 조용해서 이상하단 말이지?"

"그래, 바로 그거야! 타라, 너는 괜찮아?"

"왜, 나한테 무슨 일이 있어야 하는 건가?" 타라가 의아한 얼굴로 물었다.

"대체로 사건의 진앙은 너잖아. 네가 사라지든가 아니면 네 주위의 누군가가 사라지든가. 그러면 우리가 너나 우리 중 사라진 사람을 찾으러 출동하고, 대체로 아주 끔찍한 죽음을 맞을 뻔하지."

타라는 웃음을 터뜨렸다.

"아주 독특한 시각이다. 그래서 아무 일도 일어나지 않았으니 내가 아픈 걸로 결론을 내린 거야?"

"응."

"이상한 건 너라는 거 알아?"

"아, 그런가?" 무아노가 피식 웃었다.

타라 일행은 기함 우주선에 올랐다. 사령관은 그들 행성에서 밤을 보내게 하고 싶지 않았다. 왕복선에 잠자리가 갖춰져 있어도 우주선이 훨씬 더 편안했다. 타라 일행은 샤워를 하고 나서 우주선 식당에 모였다.

미션 상황 보고를 끝냈을 때 산헥시아가 데미데루스와 아르칸즈와 함께 합류했고, 무슨 일이 있었는지 자세히 말해달라고 했다.

다오보르 행성의 궤도에서 보내는 첫날 저녁은 매직갱의 모험을 들으며 탄성을 지르거나 웃고 떠드는 가운데 지나갔다. 잠자리에 들어야 하지만 기꺼이 대화에 끼어든 셈 선생님 덕분에 이야기꽃을 피우기 시작했는데 지난 몇 년 동안 일어났던 일을 다 하려면 한 달은 필요할 것 같았다.

그들이 식당 테이블에서 일어나려는 순간 산헥시아/엘레아노라가 말했다.

"칼, 타라와 사귀겠다는 생각 변함없는 거 맞아? 이런 말해서 미안한데 타라는 일종의 피뢰침이야. 엘과 나는 타라가 기상천외한 방식으로 문제를 만든다고 생각해."

"엘?" 칼이 부드럽게 이름을 불렀다.

목소리는 그대로인데 산헥시아의 표정과 억양이 달라졌다.

"응? 나 여기 있어."

"너는 죽었고 지금은 유령이야. 문제를 만드는 건 너도 만만치 않거든."

산헥시아는 진지하게 아름다운 금발을 끄덕였다.

"칼이 득점, 1 대 0."

아르칸즈가 엘레아노라의 말에 동의하는 듯 고개를 끄덕였다. 하지만 타라와 사귀는 것이 위험하기 때문이 아니었다.

"타라, 넌 나와 사귀어야 해." 아르칸즈가 칼을 힐끔 쳐다보며 말했다. "나는 인간보다 훨씬 강해서 네 모험에 동참한다고 죽을 위험이 없어. 다른 어떤 인간보다 나는 강하니까."

타라가 대답하려는 순간 마라가 아르칸즈 앞을 막아서며 미소를 지었다.

"나는 가브리엘을 좋아하지 않았어요. 악의 화신이었으니까요. 가브리엘에 비하면 당신은 선의 화신이죠. 그래서 당신과 사귀고 싶은데."

잘생긴 악마는 멍하니 입을 벌렸다. 매력적인 소녀가 '선의 화신'이라고 말해주는데 무슨 말을 할 수 있을까.

더군다나 마라는 새로운 세계를 정복하려는 악마들의 작전을 수포로 돌아가게 했던 소녀가 아닌가.

"뭐…… 뭐라고?" 아르칸즈는 얼굴이 빨개져서 어물어물 말했다.

세상의 모든 남자들은 악마든 아니든 예쁜 여자가 노골적으로 대시하면 다 이런 반응일 것이다.

"네! 당신은 너무 귀엽게 생겨서 요즘 인기가 엄청나거든요. 행성의 텔레크리스털에서 계속 당신에 대해 떠들어대고 있어서 여자들은 누가 당신의 파트너가 될지 몹시 궁금해하죠. 인간, 악마, 엘프, 뱀파이어……. 나는 타라 언니 다음의 후계자니까 우리가 잘 어울릴 것 같은데요. 아마 우리가 같이 다니면 주르스탈들이 히스테리 발작이 일어날 거예요. 몇몇 주르스탈과 텔레크리스털 두세 채널의 주식을 보유하고 있으니 그들에게도 나쁠 게 없죠. 아마 비둘기 한 쌍의 구구, 구구구 인터뷰가 한두 번쯤 있을 거예요. 물론 독점 인터뷰가 되

318

겠죠."

잠시 침묵이 흘렀다. 아르칸즈는 방금 들은 말을 이해하려고 애쓰는 중이었다.

"비둘기 한 쌍? 미안한데 통역기가 새의 이미지만 보여줘서 무슨 관계가 있는지 모르겠어."

웃음보가 터진 타라가 비둘기에 얽힌 에피소드를 얘기하는 사이, 로빈은 얼굴이 벌게져서 천장을 처다봤다.

아르칸즈는 눈살을 찌푸렸다.

"타라에게 한 말은 그냥 농담이었는데……. 칼을 놀리려고 한 말이야. 너희 둘이 사랑에 빠져 있는 게 눈에 보여."

칼이 인상을 썼다. 아르칸즈가 정색을 하고 말했다.

"마라 덩컨, 네 말대로 너는 타라 다음의 후계자야. 따라서 오무아 국민은 네 표현대로 악마와 사귀는 걸 곱지 않은 시선으로 볼 게 틀림없어. 하물며 나는 악마들의 왕인데. 타라에게 청혼한 적이 있지만 그건 내 아버지의 술책이지 내 결정이 아니었어. 순전히 정략적인 거였으니까."

마라가 주먹을 양쪽 허리에 대는 사이 다른 이들은 비켜섰지만 둘의 대화를 한마디라도 놓칠세라 멀리 떨어지지는 않았다.

"뭐라고요? 그러니까 내가 예쁘지 않다는 뜻인가요? 내가 당신의 사랑을 받는 여성 악마들만큼 체력이 강하지 않을까 봐 걱정이에요?"

말도 안 되는 공격이었지만 아르칸즈는 품위를 지키기 위해 멍하니 입을 벌렸다.

"아니, 그런 뜻이 아니야! 네가 얼마나 아름다운데! 근데 여성 악마들 얘기는 또 왜 나오는 거지?"

"지금 사귀는 여자가 있을 거 아니에요?"

"아니, 난 그럴 시간 없어."

실제로 아르칸즈는 그럴 마음이 없었다. 여성 악마들은 마치 경연 대회에서 1등 상을 탄 갈로우브36처럼 그를 쳐다보는데 그게 아주 싫었다.

"그럼 됐어요." 마라는 흡족한 얼굴로 말했다. "내 남친이 되려면 시간이 좀 걸릴 거예요. 마음에 안 들면 여성 악마들에게 돌아가도 되고요."

아르칸즈는 타라를 향해 부상당한 짐승의 시선을 던졌다.

"인간들은 다 이런가? 우리 국민은 이런 경우가 전혀 없기 때문에. 너희들은 우리를 혼내주기로 작정을 한 것 같아!"

타라는 배꼽을 잡고 웃었다.

"산헥시아를 보면 예쁜 악마들에게 우리 인간들이 혼쭐이 날 것 같은데요."

우주선 내에서 계속 그래왔듯 산헥시아는 어떻게든 데미데루스 옆에 있으려고 했다. 타라의 조상 역시 마라에 대한 아르칸즈 못지않게 산헥시아를 불편해하는 것이 역력했다. 두 여자는 목적이 같았다. 아무런 관심도 보이지 않는 악마/인간 남자들을 함정에 빠뜨리려는 것

---

**36.** 보울리미-레미 행성의 소에 해당한다. 암컷 갈로우베트는 맛이 좋기로 유명하고, 수컷 갈로우브는 커다란 뿔이 멋있는 것으로 유명하다. 여성 악마를 낚으러 돌아다니는 악마를 두고 '갈로우베트를 좋아한다'고 말한다.

이었다.

타라는 악마를 혐오하는 데미데루스가 산헥시아를 쳐다보려고도 하지 않는다는 걸 알아차렸다.

밤은 평온했다. 아무도 그들을 공격하지 않았고, 혜성은 코빼기도 보이지 않았다.

선실에 들어간 로빈은 기분이 이상했다. 저녁 내내, 수색하는 동안 경험한 것들을 얘기하며 웃고 떠들었다. 지난날이 새록새록 떠올랐다. 기쁨의 순간, 공포의 순간, 끔찍한 고통의 순간(특히 유령에게 분해되어 죽을 뻔했을 때), 전투에서 혁혁한 승리를 거둔 순간도 있었다.

이불 옆에 놓인 바구니에서 자던 소우르브가 울음소리를 냈다. 로빈이 쓰다듬어주자 히드라는 다시 잠들었다. 하프엘프는 미소를 지었다. 블롱딘이나 쉬바만큼 영리한 패밀리어가 있으면 좋겠다고 생각했는데 어느 날 갑자기 찾아온 소우르브가 어찌나 귀여운지 사랑하지 않을 수가 없었다. 서툰 짓으로 로빈을 난처한 지경에 빠뜨릴 때도 있지만 사랑스러웠다.

이제는 상황이 많이 달라졌다! 굉장히 나이가 많은 파프니르를 빼고(하지만 로빈은 난쟁이의 정신적 나이는 열네 살일 거라고 의심하고 있었다) 매직갱에서 로빈의 나이가 제일 많았다. 마법사 수석조수였고, 언젠가는 아버지 뒤를 이어 랑코비트 정보국에서 일할 생각으로 아버지 일을 열심히 돕고 있었다.

그러던 중 타라가 나타났다. 그때부터 혼돈과 혼란에 빠져들었지만 경이롭기도 했다. 로빈은 사랑에 빠졌다. 진심으로 깊은 사랑에 빠져 있었다. 그러다 그 사랑이 유혹 주문에 의한 가짜였다는 생각에 무효를 선언했었다.

그 일로 로빈은 모든 걸 망쳤다. 하프엘프라는 본성으로 인해 생각지도 못했던 너무나 강렬하고 너무나 좋은 것을 망쳐버렸다. 엘프 아버지가 인간 어머니에게 맹세한 사랑이 가능하다는 걸 날마다 증명해주고 있건만 로빈은 인간이나 엘프들은 자기를 좋아하지 않는다고 생각했다.

타라는 로빈에게 반해 있었고, 종족에 대한 선입견도 없었다. 인간들은 엘프를 좋아하면서도 경계했고, 엘프들은 인간을 멸시하고 있었다. 그렇지만 타라는 다른 의문을 제기하지 않고 로빈을 있는 그대로 받아들였다.

로빈은 이제 되돌릴 수 없다는 걸 깨달았지만 타라를 사랑하던 때가 너무나 그리웠다. 타라만 보면 여전히 가슴이 떨려서 경솔했던 판단을 뼈저리게 후회했다.

서로의 사랑을 확인하고 서로의 감정을 공유하던 때가 그리웠다. 타라와 함께하며 느낀 감정은 정말 놀라운 경험이었다.

발라의 품에 안긴다고 해서 채워질 수 있는 것이 아니었다. 발라는 로빈을 장난감이나 노획품 정도로 생각하기 때문이었다. 로빈은 완전한 유혹을 위해 발라가 태도를 바꾼 것임을 잘 알고 있었다. 로빈은 아들을 진심으로 사랑해주는 아버지와 어머니 밑에서 자랐지만 발라는 어머니에 대해 깊은 상처가 있었다. 하지만 로빈은 발라가 어머니 에레에게서 받은 상처를 치유해줄 자신이 없고, 그럴 능력도 없었다. 발라는 여러 번 언급했었다. 어머니는 끊임없이 발라를 깎아내리며 외동딸이 죽을 줄 뻔히 알면서 금지된 대륙으로 보낼 정도로 미위했다고.

로빈은 발라와 여러 번 밤을 보내며 유혹에 넘어갔었다. 하지만 자신 없다는 말을 꺼낸 적이 없었다. 발라가 순순히 물러나지 않으리라는 걸 잘 알기 때문이었다. 발라가 원하는 것은 로빈이 자기에게 굴복하는 것이었다. 전투에서 중히 여기는 굴복의 개념과는 전혀 다른 것이었다.

어! 그런데 왜 이렇게 덥지? 아름다운 바이올렛 엘프 생각을 너무 많이 했나?

로빈은 이불을 걷어차고 근육질의 맨몸을 내려다봤다. 땀이 송골송골 맺혀 있었다. 검은 여왕이 인간의 육체적 특성을 완전히 없애고 순종 엘프의 힘과 에너지만 지닐 수 있게 형질을 전환시켜주었다.

그렇지만 항상 뭔가의 반쪽이라는 느낌을 지울 수 없었다.

그리고 왜 하프인간이라고 하지 않고 하프엘프라고 하는지 늘 의문이었다. 실버의 경우도 마찬가지였다. 모두들 하프드래곤이라고 하지 않는가.

로빈은 그저 자신을 로빈 망질 그 자체로 받아들여주면 좋겠다고 생각하며 잠이 들었다.

다음 날 아침, 그들은 다오보르 행성으로 다시 내려갔다. 마라는 없는 게 분명한 악마의 사물들을 찾다가 사고를 당하는 것보다는 아르칸즈를 정복하는 것이 더 재미있다고 여기고 동행하지 않았다.

발라와 로빈, 위베른족 병사들은 숲으로 들어갔고, 모우르무르와 히글 5, 타라, 실버, 매직갱은 타스스스크 대장과 위베른족 병사들과 함께 언덕 중턱으로 향했다. 그들은 모우르무르가 밤새 새로 발명한 기구로 땅을 파헤치기 시작했다.

이따금 타라는 모우르무르가 잠을 자기는 하는지 의문이 들었다.

위베른족과 달리 그들은 헬멧과 우주복을 착용하고 있었다. 다오보르 행성은 아더월드만큼 컸고, 중력도 컸다. 해가 뜨겁게 내리쬐고 있는 데다 우주복의 무게와 비탈이라서 그런지 수색 작업이 힘들고 빨리 지쳤다.

타라는 우주복 안의 에어컨을 작동했다. 그래도 땀이 흘렀지만 감기에 걸릴까 봐 온도를 너무 내리지 못했다. 아더월드의 과학은 믿기지 않을 정도의 수준인데 이상하게도 감기 바이러스는 박멸되지 않았다. 타라는 감기에 걸리면서까지 계속 동굴을 수색하고 싶지 않았다. 헬멧을 벗지 않고서는 코를 풀거나 닦는 것이 불가능하기 때문에 더더욱 그랬다.

타라는 인내심을 잃고 마법을 작동했다. 다행히 마법의 유체가 갑옷과 우주복을 뚫고 나왔다. 타라의 검푸른 마법이 언덕 중턱을 후려쳤다. 지면에서 뽑힌 암석들이 공중으로 떠오르기 시작했다.

"야!" 무아노가 외쳤다. "이런 거 할 때는 미리 알려야지!"

"어머, 어떡해! 미안해!" 타라가 소리쳤다. 친구가 마법이 작동하는 범위 안에 있을 거라고는 생각도 못하고 있었다.

"괜찮아." 무아노가 비아냥거렸다 "내가 쉬는 꼴을 그렇게 못 보겠어?"

칼은 바위들 틈에 둥둥 떠 있는 무아노를 보고 웃음이 터졌다. 잠시 후, 칼은 펄쩍 뛰어 오르면 붕 날아오를 거란 생각에 공중부양 범위 안으로 뛰어들었다. 하지만 칼이 이럴 줄 전혀 예상하지 못한 타라는 방금 무아노를 해방시키기 위해 공중부양 마법을 중단했다.

무아노는 우아하게 두 발로 착지했지만, 그럴 겨를이 없었던 칼은 으아악 비명을 지르며 땅바닥으로 떨어졌다.

동시에 암석이 비 오듯 쏟아져 내렸다.

질겁한 타라가 뛰어갔다.

"칼! 오, 맙소사! 칼! 대답해봐!"

칼이 머리를 흔들며 몸을 일으켰다. 우주복이 충격을 흡수해줬기에 망정이지 갈비뼈가 몇 대는 부러졌을 터였다.

"괜찮아, 괜찮아. 근데 왜 갑자기 중단한 거야!"

타라는 안도의 숨을 내쉬며 하늘을 쳐다봤다.

"빌어먹을, 칼! 우리는 지금 미지의 행성에서 악마의 사물을 찾는 중이야. 이런 상황에서도 이딴 장난을 쳐야겠어? 어떻게 생각해?"

"스트레스 때문에 너무 힘들었어." 칼은 헬멧에 이상이 없는지 확인한 뒤 흙을 툭툭 털면서 구시렁거렸다. "이거라도 하면 좀 풀릴 것 같아서……."

타라 못지않게 화가 난 무아노가 다가왔다.

"칼, 너 깔려 죽는 줄 알고 얼마나 놀랐는지 알아? 장난 좀 치지 마. 이럴 때가 아니잖아!"

"에이, 너희들도 스트레스가 쌓인 거 맞잖아. 아무튼 공중부양 마법을 사용한 건 좋은 생각이었어, 타라. 그래서 말인데 암석들을 다시 공중에 띄워줄래? 사고를 당할 거란 생각을 떨쳐버릴 수 있을 텐데."

타라는 아무리 스트레스가 심해도 이럴 때일수록 긴장을 풀면 안된다고 면박을 주면서도 칼의 요구를 받아들였다. 칼은 익살스러운 미소를 지으며 추락했을 때 갈비뼈를 다쳤으면서도 공중부양의 장막 속으로 뛰어올랐다. 칼은 마치 헤엄치듯 공중에 둥둥 떠 있는 암석들 사이를 요리조리 빠져나가다 다이빙까지 했다.

"에이, 숙녀들! 너희들도 해봐! 엄청 재미있다니까!"

갑자기 이번에는 금빛 덩치가 뛰어들더니 징검다리를 건너뛰듯 암석들을 건너뛰며 미친 듯이 즐거워하고 있었다. 모우르무르가 합세한 것이었다. 타라와 무아노는 어이없는 얼굴로 어린애처럼 뛰노는 늙은 학자를 쳐다봤다.

"얘들아, 어서 와. 칼의 말이 맞아. 아주 재미있구나!"

타라와 무아노는 서로를 쳐다봤다. 이번에는 와자지껄한 소리에 이끌린 파프니르가 뛰어올랐고, 실버에 이어 타라와 무아노도 합류했다. 정말 칼의 말이 맞았다. 공중부양 마법의 장막이 탄성을 형성하고 있어서 마치 트램펄린 놀이를 하는 것처럼 재미있었다.

타스스스크 대장이 도저히 못 봐주겠다는 듯 갈퀴발톱 발로 땅바닥을 쿵쿵 치면서 놀이를 중단시킨 다음 머리를 흔들면서 순찰을 돌기 위해 자리를 떴다.

그들은 인터컴으로 서로 통신을 하고 있기 때문에 같이 긴장을 풀지 못하는 발라의 불평을 들을 수 있었다. 발라는 엘프들을 찾지 못해 미치기 직전인 것 같았다.

얼마 후, 작은 소리에도 정신을 집중하던 타라는 검사를 끝낸 암석들을 밀어내고 발라에게 말했다.

"발라, 여기는 어마어마하게 큰 행성이야. 우리가 본 우주선들에 각각 엘프 5만 명은 탈 수 있을 것 같아. 빽빽이 들어찼다고 가정하면 더 많을 수도 있고. 우리가 하늘에서 본 우주선은 100대쯤 될 거야. 그럼 엘프의 수가 약 500만 명은 돼. 엘프족에 아이들이 없다고 했는데 내가 이해한 바에 따르면 남녀 전사들이 악마들을 물리치러 원정을 나갔기 때문이야. 5000년 동안 이 행성에서 주민이 두세 배로 늘었다고 치면 1500만 명쯤 되겠지. 근데 이 행성은 세 개의 대륙으로 나뉘어 있어. 아더월드만큼 큰 행성이야. 따라서 엘프들이 여기서 멀리 떨어진 다른 대륙에 정착해 있다면 우리는 찾을 수가 없어. 다시 말해 여기서 200에서 300타트롤 떨어진 거리에 있다면 그들을 찾지 못해!"

침묵이 흘렀다.

"일리가 있는 말이야." 모우르무르가 말했다. "5000년 전에 있었던 질병들은 이미 다 확인이 됐어. 어떤 이유가 있어서 죽지 않았더라도 엘프들이 멀리 떨어져 있다면 우리가 여기 있다는 걸 어쩌면 모를 수도 있어. 발라, 그래서 내가 한 가지 제안을 하는데 얼마 동안 스타가 되는 것에 동의하겠니?"

발라가 호기심이 가득한 목소리로 물었다.

"스타요? 뭘 어떻게 하려고요?"

"너를 스타로 만들어줄 생각이야."

# 16
# 함정

만지지 말라고 하면
절대로 만지지 말아야 하는데

*

다음 날, 다오보르 행성은 하늘에 떠 있는 거대한 영상과 함께 아침을 맞았다.

바이올렛 엘프의 영상이었다.

그들은 행성에 돌아와 있었고, 타라는 몇백 미터 위에서 내려다보는 발라를 향해 고개를 들었다. 늘 그렇듯 모우르무르의 천재성이 유감없이 발휘된 것이었다. 이런데도 행성의 주민들이 바이올렛 엘프를 못 본다면 눈이 멀고 귀가 먹은 것이다.

수천 배로 증폭된 발라의 목소리는 흡사 살아 있는 천둥 같았다.

"엘프 국민이여." 발라가 옛날 엘프 언어로 말했다. "나는 엘프족의 새 여왕 에레의 딸, 발라입니다. 우리는 살아 있습니다. 우리는 악마들을 물리쳤습니다(그들은 이 원고를 준비하면서 악마들과 동맹

328

을 맺었다는 사실은 언급하지 않기로 결정했다. 결코 있을 수 없는 일이라 엘프족 조상들이 믿지 않을 것이기 때문이다). 우리 국민은 이 행성과 아주 비슷하고, 마법 에너지가 넘치는 아더월드라는 행성에 정착했습니다. 뱀파이어족, 난쟁이족, 거인족, 유니콘족, 요정족, 꼬마도깨비족, 땅신령족, 인간족, 타트리스족, 카홈보움족 등 여러 종족이 어우러져 살고 있습니다. 우리 왕복선이 이 행성의 이곳에 착륙해 있습니다(거대한 영상 옆에 다오보르 행성의 지도가 3D 입체로 나타났고, 왕복선이 있는 지점이 초록색 원으로 표시되어 있었다). 트란스미투스 주문을 몇 번 사용하면 여러분은 우리를 만날 수 있습니다. 여러분을 기다리겠습니다. 이건 함정이 아닙니다."

발라는 잠시 중단했다가 말을 이었다.

"얼마 전 타빌라 여왕이 우리 조상들의 혼령이 머무는 비욘드월드로 떠난 뒤 엘프들의 새 여왕이 된 에레의 딸 발라입니다. 여러분 중에는 에레를 아는 분도 있을 겁니다(발라의 이미지 옆에 위엄 있고 매서운 에레의 영상이 나타났다). 다오보르 행성의 엘프들이여, 우리에게 모습을 보여주십시오! 기다리겠습니다."

메시지는 온종일 쩌렁쩌렁 울려 퍼졌다. 위베른족 병사들은 보초를 서고, 발라와 로빈은 악마의 사물 수색을 돕기 위해 합류해 있었다.

위베른족 병사들은 거들지 않고 무기를 뽑아 든 채 감시하는 것으로 만족하고 있었다.

이런 병사들이 눈에 거슬리는지 모우르무르는 그들을 향해 여섯 명쯤은 우주 스쿠터라도 타고 지역을 더 넓혀서 둘러보라고 쏜소리를 날렸다.

"엘프들은 여기 없어!" 다른 비탈에서 일하던 파프니르가 불쑥 말했다. "지금 이 산과 접속 중인데…… 느끼는 데 시간이 좀 걸렸어요. 산은 손상되지 않았고, 악마의 사물들은 여기 없어. (난쟁이는 탐욕스럽게 덧붙였다.) 광맥이 무진장 많은 이 행성이 정말 마음에 드는데 여길 떠나야 해?"

인터컴을 통해 무아노의 웃음소리가 들렸다.

타라는 인상을 쓰면서 일어나 등을 풀었다. 타라가 마법을 사용해 암석들을 공중에 띄웠다는 걸 알고 화가 난 사령관이 공격받을 때를 대비해 마법을 아껴야 한다고 경고했다. 타라는 온종일 마법을 사용해도 고갈되지 않는다고 맞받아치려다 참고 마지못해 복종했다. 계속 허탕 치면서도 기계가 금속을 감지할 때마다 허리를 구부렸다 폈다 했더니 척추가 끊어지는 것처럼 아팠다.

"악마의 사물들이 없는 거 확실해, 파프니르?" 타라가 물었다. "악마의 마법은 작동하지 않을 때는 간파하기 쉽지 않아. 쉽게 간파가 된다면 아더월드의 여러 궁전에 숨어든 마지스터와 상그라브들이 오래전에 발각되었을 거야."

빨간 머리 난쟁이 전사가 대답할 때 마이크가 약간 지지직거렸다.

"나는 암석의 반응을 감지하는 거지 악마의 마법을 감지하는 게 아니야. 정확히는 독성 있는 철과 접촉한 암석의 반응을 감지하는 거지. 그리고 나는 오무아 궁정이나 랑코비트 궁정에 있는 모든 이들을 만날 일이 없거니와 암석과는 별개의 문제야."

"아, 무슨 말인지 알겠어. 아무것도 없단 말이지?"

"없어."

"우리가 헛다리를 짚은 거구나."

"내 말이 바로 그거야."

"슬루르크!"

저녁에 우주선으로 돌아가서 악마의 사물들이 이 행성에 없다는 소식을 전하자 드래곤들, 특히 사령관이 몹시 당황했다.

사령관은 즉각 파프니르의 선언을 믿지 않았다. 타라는 발끈한 난쟁이가 블랙 드래곤에게 도끼를 날리지 못하게 말려야 했다.

솔직히 타라도 의심하고 있었다. 악마의 사물들을 지켜야 할 지킴이들이 사라졌다는 것이 이해가 되지 않았다. 지킴이와 사물은 떨어지려야 떨어질 수가 없는 공생관계인데……

혜성이 나타날 때가 점점 다가오고 있었다. 타라 원정대는 혜성을 앞질러 오는 데 성공했지만 언제 나타날지 모를 혜성에 대한 불안에 시달리고 있었다. 악마의 사물들이 사라진 지금 무슨 이유인지 타라의 친구 영혼들마저 사물들이 있는 위치를 알지 못했고, 전략을 짜는 여유를 잃어버렸다.

기함 우주선의 셰바 사령관은 아더월드로 메시지를 보내러 떠난 드래곤 우주선 두 대가 돌아오지 않아 걱정하고 있었다.

호출 신호에도 응답이 없었다. 불길한 냄새가 나지만 사령관은 왕복선을 보내 두 우주선에 무슨 일이 일어났는지 알아볼 엄두를 내지 못하고 있었다.

사령관은 군사회의를 열었다. 회의실은 이내 악마 둘과 마법사들, 위베른족 병사들, 엘프들, 드래곤들로 가득 찼다.

"나와 셈 선생님이 심사숙고해서 내린 결론입니다." 셰바 사령관이 말문을 열었다. "두 가지가 있는데 하나는 여기 남아 사라진 사물들을 찾는 것, 또 하나는 빈손으로 돌아가는 것. 악마!" 사령관이 갑자기 부르는 소리에 아르칸즈는 소스라치게 놀랐지만 꾹 참는 것 같았다. "당신의 아버지가 악마의 영혼들을 회수했을 가능성이 있소? 화산이 폭발했을 때 독성 있는 철이 파괴되었다면 가능한 일이잖소?"

입술은 이미 '그럴 가능성은 없다'는 뜻으로 실룩거리고 있지만 아르칸즈는 생각에 잠겼다. 그러다 산헥시아와 시선을 주고받은 뒤에 대답했다.

"모르겠소. 우리 아버지 바쉬는 비밀이 많았던 분이고 인간화된 우리를 믿지 않았지요. 타라가 실루르의 옥좌를 파괴했을 때 대축제가 열리는 걸 보고 알았소. 우리가 처음으로 잃어버린 힘의 일부를 회수했기 때문이라는 걸. 브뤽스의 왕홀과 드레쿠스의 왕관이 파괴되었을 때도 마찬가지였소. 드레쿠스의 왕관이 파괴되었을 때는 검은 여왕이 마법을 많이 사용했기 때문에 남아 있는 영혼이 적었지만…….
내 생각에 이 다오보르 행성의 화산은 몇천 년 전에 폭발했어요. 내 아버지가 그렇게 오래전에 영혼들을 회수했다면 나는 알 수가 없지요. 하지만 우리 문헌에 사물 속에 가두었던 영혼이 돌아왔다는 기록은 없소. 따라서 나는 그건 아니라고 생각해요. 하지만 가능성이 전혀 없는 것도 아니죠. 아버지가 자신만을 위한 힘으로 저장해두기 위해 비밀리에 간직하고 있었을지 모르니까. 그게 아버지의 방식이기도 하고."

"실루르의 옥좌 얘기가 나왔으니까 말인데 궁금한 게 있어요." 타라가 말했다. "옥좌는 돌이었어요. 검은색 돌. 내가 옥좌를 파괴했을 때 산산조각이 났죠. 하지만 나는 악마의 사물들이 검은색 철로 구성되어 있다고 생각했는데."

아르칸즈가 깜짝 놀라 초록빛 눈을 찡그렸다.

"맞아. 우리가 마지스터에게 준 실루르의 옥좌 시제품도 돌로 만든 거였어."

무거운 침묵이 흘렀다. 이윽고 그들이 일제히 외쳤다.

"뭐라고요?"

아르칸즈는 방금 자신이 무슨 말을 했는지 깨닫고 이맛살을 찌푸렸다.

"아, 깜빡 잊고 있었네. 아버지 바쉬가 영혼들을 회수하기 위해 마지스터에게 기능이 많이 손상된 시제품 하나를 선물로 주며 너를 부추겨 사물들을 파괴하게 했지. 시제품에는 영혼이 그리 많지 않지만 마지스터가 충전하기에는 충분한 악마의 마법이 남아 있었지. 우리는 시제품을 사용하지 않아. 우리에게는 없으니까. 요컨대 우리 학자들은 아주 특수한 돌 속에 영혼들을 가둬두는 방법을 찾아냈지. 철 성분이 아주 많은 특수한 돌이라서 그 속에 포로가 된 영혼을 붙잡아두고 저장할 수 있었거든. 불행히도 너희 인간 마법사들에게 패해 빼앗긴 사물들은 가득 충전되어 있었지. 더 이상은 추가로 영혼들을 추출할 수 없었어. 이미 모든 행성에서 수많은 목숨을 죽였기 때문에. 그래서 포기해야 했어."

"시제품이 몇 개나 되는데요?"

"여러 개 있었지. 크라에토비르의 반지, 실루르의 옥좌, 드레쿠스의 왕관, 브뤽스의 왕홀은 시제품이 있었으니까. 결함이 있는 사물들이 폭발하는 바람에 수많은 악마들이 죽자 우리 조상들이 완벽에 가깝게 만들어낸 시제품들이었지. 네가 파괴한 실루르의 옥좌, 저주받은 왕홀, 드레쿠스의 왕관은 완제품들이었고, 크라에토비르의 반지는 시제품이었어. 그때마다 아버지는 그 영혼들을 회수해서 우리의 행성을 지구처럼 만들고, 우리의 태양을 바꾸는 데 사용했지. 하지만 시제품 중에서는 크라에토비르의 반지 속의 영혼들만 회수했어. 다른 영혼들은 돌아오지 않았지. 내가 아는 한 그래."

"그러니까 마지스터가 악마의 셔츠와 옥좌의 시제품을 갖고 있는 거네요." 칼이 말했다. "다른 시제품들은 어딘가에 있을 것이고. 맙소사, 얘들아! 지킴이들과 독성 있는 철에도 불구하고 혜성이 그 시제품들까지 발/거시기/손에 넣는다면…… 재앙이야, 재앙!"

무거운 침묵이 흘렀다. 셈 선생님이 한숨을 내쉬었다. 블루 드래곤은 사랑하는 레드 드래곤과 멀리 떨어진 곳에서 오래 머물고 싶지 않았다. 샤름이 몹시 그리웠다.

"그렇다고 너무 앞서나가지는 말자. 섣부른 추측은 금물이야. 마지스터 문제는 나중에 걱정하자. 지금 우리에게는 훨씬 중요한 문제들이 있으니까. 그리고 무엇보다 우리 행성들과 연락할 수 없다는 것이 불안해. 만약 혜성이 우리 은하계에 머물러 있다가 공격하는 중이라고 해도 우리는 전혀 알 수가 없어. 다오보르 행성에서 이틀만 더 찾아보자고 제안한다. 이틀 후에도 아무것도 찾지 못하면 돌아가는 거야. 멘타르의 볼과 센티르의 피리는 이미 확보했으니 크뢰의 이중 도끼와 즈셀의 방패는 어쩔 수 없지. 그리고 혜성이 아직은 마지스터의 서츠, 브롱스의 투구, 악마의 속바지, 그리고 시제품들에 접근한 것도 아니고. 게다가 이중 도끼와 볼이 파괴되었다면 혜성도 찾지 못하는 거잖아."

셈 선생님의 제안은 한 명만 빼고 만장일치로 가결되었다. 모두들 가족과 측근들을 걱정하고 있었다. 더 오래 머문다고 뾰족한 수가 있는 것도 아닌데.

빠진 한 명은 발라였다. 바이올렛 엘프는 떠나려고 하지 않았다. 사라진 엘프들에게 무슨 일이 일어났는지, 그리고 특히 영상 메시지를 하늘에 띄웠는데도 엘프들이 왜 나타나지 않는지 이유를 모른 채 떠날 수는 없었다. 발라의 일그러진 얼굴에서 엘프들이 모두 죽었을까 봐 두려워하는 것이 역력했다.

저녁에 타라는 칼과 함께 멀찍이 떨어져서 마라와 산헥시아가 각각 남자를 유혹하려고 벌이는 수작을 지켜보고 있었다.

"잘될 거라고 생각해?"

칼이 귀에 대고 속삭여서 타라는 흠칫 놀랐다.

"아이, 간지러워! 글쎄, 모르겠어. 마라가 아르칸즈에게 사귀자고 했을 때 너무 어이가 없어서 턱 빠질 뻔했어."

칼은 웃지 않으려고 입술을 깨물었다.

"아르칸즈는 안 넘어간다고 봐! 매혹된 것 같으면서도 공포와 불안이 가득한 얼굴, 거의 보기 드문 표정이었어."

마라는 아르칸즈와 논쟁을 벌이는 중이었다. 마라의 저돌적인 공세에 마왕은 점점 더 쩔쩔매고 있었다.

산헥시아는 데미데루스를 상대로 별로 성과가 없는 것 같았다.

산헥시아가 자신과 사귈 의향이 있는지 물었을 때 최고 마구스는 무뚝뚝하게 대답했다.

"나는 5000살이다. 아이들과는 사귀지 않아. 하물며 악마족 아이와는 어림없다."

"어머, 난 아이가 아니라 젊은 여자예요." 산헥시아는 황당하다는 얼굴로 말했다. "아주 뜨거운 젊은 여성이라고요. 나는 우리 종족을 물리친 정복자와 꼭 사귀고 싶어요."

정복자라는 표현에 깜짝 놀란 데미데루스가 쪽빛 눈으로 젊은 악마를 쳐다봤다. 산헥시아가 눈부신 미소를 지었다.

"너희 종족을 물리친 정복자? 너희들은 나를 그렇게 부르니?"

"네! 당신이 우리가 이제 막 완성한 악마의 사물들을 훔쳐갔을 때 평화를 위해 투쟁해온 블루파에게 깊은 인상을 주었지요. 블루파가 당신을 '우리 종족을 물리친 정복자'라고 표현한 것이 언론에 보도되면서 그 별명으로 불리게 되었죠. 당신에게 패한 레드파, 오렌지파, 블랙파에게 치욕을 안겨주겠다는 목적도 있었겠지만. 그러면서 당신은 전설이 되었어요. 말썽꾸러기 어린 악마들에게 겁을 줄 때 뭐라고 하는지 알아요? '너 말 안 들으면 무서운 데미데루스가 와서 잡아먹는다!'"

그 순간 산헥시아는 데미데루스의 왼쪽 입가에 미소가 번지는 것을 보았다. 이 미소는 아주 진지한 최고 마구스로서는 미친 듯이 웃는 것이나 다름없었다.

"됐고, 나는 오천……."

"나이 타령은 그만 좀 하시죠." 산헥시아가 말을 잘랐다. "당신이 정말 5000살이라면, 5000년을 살았다면 벌써 오래전에 석화된 미라가 되었을 것이고, 당연히 아무도 당신과 사귀려고 하지 않겠죠. 하지만 엘레아노라와 얘기를 하다 알아낸 사실이 있거든요. 당신은 서른다섯 살까지 살다가 당신의 여자가 죽은 후 잿빛 시간 속으로 들어갔다는 걸. 그때 쌍둥이의 나이가 겨우 여덟 살이었는데 후견인들에게 맡겨놓고 그런 끔찍한 결정을 내렸어요. 혈액 순환이 정지된 상태로 잿빛 시간 속에 들어가 있었던 건 힘을 보존하기 위해서였다고. 나는 이십 대의 여자고, 당신 못지않게 똑똑해요. 나이 차이가 그렇게 중요해요? 5000살을 내세우며 나를 흔들 생각은 그만두세요. 그리고 우리는 함께 늙은 악마들을 물리치고 두 종족 간의 평화와 번영을 맞이하는 새 시대를 열고 있어요. 다시 살아갈 때가 되었다고 생각하지 않으세요?"

그 순간 데미데루스의 얼굴과 공포에 질려 아연실색해 있던 아르칸즈의 표정이 어찌나 똑같은지 칼은 숨이 멎을 뻔했다.

"와우, 양쪽 다 만만치 않아. 타라, 나는 가서 잘게. 물론 너랑 같이 자면 좋겠지만 우리는 아직 혜성과 맞서야 하니까 얌전하게 지내야지. 가슴은 폭발할 것 같지만."

갑자기 웃음기가 싹 달아난 타라는 쪽빛 눈으로 칼의 잿빛 눈을 뚫어져라 응시했다.

"나는 뭐 괜찮은지 알아?" 타라가 속삭였다. "혜성이고 뭐고 내 마법 능력을 잃는다고 해도 하룻밤이라도 너의 품에 편히 안겨 잠들었으면 좋겠다는 생각을 자주 해. 하지만 그럴 때마다 악마들이나 혜성에 의해 황폐화된 세상의 모습이 떠올라서 포기하는 거야."

"하룻밤, 어떻게 하룻밤이야?" 칼이 발끈해서 물었다.

타라는 미소를 지었다.

"네 말이 맞다. 수많은 밤, 수많은 날."

"깍쟁이."

"넌 상상도 못할 거야."

칼은 자제력을 잃기 전에 심호흡을 하고 가볍게 입을 맞췄다. 그런데도 피가 끓었다. 칼은 바지가 너무 꽉 껴서 이러는 거라고 생각하며 뒷걸음쳤다.

"그래, 우리는 영웅이니까. 슈퍼히어로!"

평온한 밤을 보내고 나서 그들은 행성으로 다시 내려갔다. 물론 아르칸즈와 산헥시아는 우주선에 남았다. 이번에는 데미데루스가 동행했고, 타라는 최고 마구스가 수색 작업에 관심이 있어서라기보다는 아름다운 악마를 피해 도망친 거라고 생각했다.

그들은 왕복선 한 대에 모두 올랐다.

엘프들이 밤에 돌아다닐 특별한 이유는 없겠지만 발라의 영상은 밤새도록 시간마다 계속 투영되고 있었다.

이번에는 헬멧을 꼭 쓰고 있지 않아도 되었다. 헬멧이 필요할 경우 즉각 튀어나오도록 우주복 안에 수축되어 있었다. 그렇지만 독성 있는 곤충과 파충류가 있으니 우주복과 그 안에 갑옷은 그대로 착용했다.

그들은 분화구 주변의 수색 범위를 넓히고 지역을 나눠 각자 구역을 맡았다. 이번에는 타라와 타스스스크가 한 조를 이루었다. 위베른족 대장은 좋아하지 않는 인간들에게서 떨어져 있기를 초조하게 기다린 듯 열심히 수색하기 시작했다. 하지만 험상궂은 얼굴로 입도 벙긋하지 않았다.

그래서 타라는 타스스스크가 말을 걸었을 때 깜짝 놀랐다.

"마이크를 켜놓았습니까, 후계자?"

"아니요. 지금은 욕설이나 불평하는 것 말고는 내가 특별히 할 말이 없어서 듣는 것만 켜놓은 상태예요. 그건 왜요?"

"우리를 총알받이로 이용했을 겁니다." 타스스스크가 말했다.

"그게 무슨 말이죠?"

금빛 파충류는 신경질적으로 꼬리를 흔들었다.

"그것이 최고 비늘 세니보우리쉬부가 원하는 것이었습니다. 최고 발톱이었던 경험으로 우리의 전투 능력을 잘 알고 있었으니까요. 세니는 우리를 총알받이로 이용하려 했고, 계획이 좌절되지 않았다면 그때 우리 위베른족은 다 죽었을 겁니다."

타스스스크가 멍한 얼굴로 쳐다보는 타라를 향해 머리를 숙일 때 이마에 박힌 불그스름한 돌이 햇빛에 반짝였다.

"그러니까 위베른족은 전투를 좋아하지 않는단 말인가요? 나는 드래곤들이 전투 때문에 위베른족을 창조한 거라고 생각했는데요?"

"전투 훈련을 받으셨지요?" 타스스스크가 응수했다.

"네."

"전투를 좋아하세요? 사람들을 죽이고, 죽을 위험에 놓이는 걸 좋아하세요?"

"그건…… 아니죠."

"우리도 그렇습니다."

타라는 생각도 못했었다. 위베른족은 치명적인 타격을 가하는 무시무시한 병사들이라고만 생각하고 있었다. 그런데 싸우는 걸 좋아하지 않는다는 것은 전혀 뜻밖의 반전이었다.

"위베른족의 이름으로 후계자를 고맙게 생각하고 있습니다. 후계자가 헬멧을 쓰고 마이크를 켜놓았다면 이런 말을 꺼내지 못했을 겁니다. 드래곤들이 우리의 대화를 듣는 걸 원치 않으니까요."

타라는 등에 소름이 끼쳤다. 위베른족이 드래곤들에게 반기를 든다면, 타스스스크가 말하는 것으로 보아 창조주들에 대한 존경심이라곤 없는데 혈전으로 치달을 게 틀림없었다.

"고마워요." 빠르게 두뇌회전을 하던 타라가 말했다. "하지만 나는 방어를 한 것뿐이에요. 세니보우리쉬부의 음모를 좌절시킨 것은 부차적 결과 중 하나에 지나지 않았어요."

"드래곤들은 항상 인간을 과소평가하지요. 그들은 후계자의 마법 능력이 훨씬 강력하다는 걸 늘 잊어버리고 있습니다. 특히 인간 마법사들의 수가 훨씬 많다는 것도 잊고 있습니다. 이제는 그들이 세상의 주인이 아니라는 걸 깨닫지 못하고 있어요. 드래곤들이 주도권을 되찾으려고 하는 날에는 끝장나고 말 겁니다!"

타스스스크가 얼마나 힘을 줬는지 갈퀴발톱과 기구 손잡이가 마찰하는 소리가 들렸다.

"미안하지만 한 가지 물어볼게요." 이 대화가 현실적이지 않다고 생각하는 타라가 신중하게 물었다. "드래곤들의 여왕 샤름에게 말해

봤습니까? 샤름은 누구보다도 우리를 잘 알고 있고, 나 역시 샤름이 무엇이든 정복할 생각이 없는 걸로 알고 있어요."

"여왕은 약해요." 타스스스크가 멸시하듯 말했다. "늙은 드래곤들이 샤름에게 나라를 맡긴 것은 자기들은 쓸데없는 서류에 시달리고 싶지 않기 때문이에요. 하지만 그중 누군가가 깨어나 지구인들이 위협이 된다고 생각하는 날에는 우리 위베른족은 또다시 그들의 살아있는 무기가 될 겁니다. 의심의 여지가 없어요. 인간 마법사들이 우리를 이겼어요. 하지만 드래곤들의 이기심을 만족시키기 위해 우리는 또 얼마나 더 죽어야 할까요?"

타라는 신중하게 말했다.

"그러니까 나한테 고맙다고 말한 것이……?"

"우리 위베른족은 드래곤들을 위해 죽고 싶지 않습니다!"

타라는 함정에 걸려든 느낌이 들어 침을 삼켰다. 차가운 금빛 눈으로 쳐다보는 위베른족에게 뭐라고 대답해주지? 근데 나한테 진정한 마음을 읽을 수 있는 능력이 있잖아? 만질 기회만 만들면.

"무슨 말인지는 알겠어요. 그래서 내가 뭘 해주길 바라는 거죠?"

"여왕을 도와주세요. 드래곤들은 후계자의 엄청난 능력을 경계하고 있어요. 드란보우글리스펜쉬르 행성으로 가서 여왕을 지지하고 있음을 천명해주세요. 여왕을 공격하면 즉시 후계자가 개입할 것임을 보여주세요."

타라는 오래 생각할 필요가 없었다.

"그건 드래곤들이 도저히 참을 수 없는 내정 간섭이에요, 타스스스크. 그건 불가능한 일이에요! 내가 샤름을 좋아한다고 해서 드래곤족의 국사에 그런 식으로 개입할 수는 없습니다! 샤름도 나를 내쫓을 거예요, 아주 현명한 드래곤이니까요."

타스스스크가 코를 찡그렸다. 이건 몹시 불안하다는 표시였다.

"무슨 방법을 찾아야 합니다. 지금 드래곤들이 조용히 있는 것은 악마들과 혜성이 두렵기 때문이에요. 하지만 악마들이 드래곤이 아니라 인간 모습을 택해 변했다는 사실에 드란보우글리스펜쉬르의 호전적인 파당이 위협을 느끼고 있습니다."

타라는 아연실색했다. 그건 꿈에도 생각 못했는데.

"아, 그래요? 악마들이 드래곤 형상이 아니라 우리 인간 모습을 선택했다는 사실 때문에 드래곤들이……?"

타스스스크는 타라가 제대로 이해한 것에 만족하며 말을 잘랐다.

"네. 악마들이 선택한 모습이 드래곤들도 가장 위협적이라고 여기는 인간이니까요. 혜성 문제를 해결하고 나면 드래곤들은 여왕을 제거하고 인간들을 공격할 겁니다. 무섭게 발전하는 지구인들의 기술력, 아더월드인들의 마법, 인간 모습이 된 악마들이 힘을 합치면 인류는 드래곤들이 상상했던 것보다 훨씬 위협적이 되는 거니까요. 이 음모를 모르고 있다가는 인간들과 우리 위베른족이 그 광기의 희생양이 될 겁니다. 제발 내 말을 들어주십시오! 무슨 대책을 세워야 합니다."

타라는 이맛살을 찌푸렸다. 설상가상이었다. 희미하지만 불길한 예감이 들었다. 셰니보우리쉬부의 음모는 빙산의 일각일 뿐이었다.

"혜성을 무력화시키기 전까지는 아무것도 할 수 없어요." 타라는 단호하게 말했다. "타스스스크 대장, 당신의 메시지는 분명히 이해했어요. 내 고모와 상의하고, 샤름과 셈 선생님과 함께 새로운 위기를 미연에 방지할 방법을 찾아볼게요. 나한테 미리 알려줘서 고마워요."

타라가 정중하게 허리를 숙여 예를 표하자 타스스스크가 어찌나 놀랐는지 잠시 뻣뻣하게 굳었다. 오무아 제국의 후계자가 한낱 위베른족인 자신에게 정중하게 허리를 숙여서 감격한 것이 분명했다. 타스스스크도 허리를 숙여 인사했다.

"틴불리스37*흉내 내는 것도 아니고 뭐 하는 거야?"

타라가 돌아보자 칼이 대체 뭘들 하냐는 얼굴로 쳐다보고 있었다.

"칼, 깜짝 놀랐잖아. 여기는 왜 왔어?"

"내 구역에 대한 조사를 끝냈는데 아무런 흔적도 없었어. 그래서 너는 뭐하나 보러 찾아온 건데 둘이 서로 인사하고 있잖아. 무슨 일이야?"

타스스스크가 바짝 긴장하자 타라는 안심하라는 표시를 했다.

"칼과 내 친구들은 괜찮아요. 모든 걸 공유하기 때문에 대장이 방금 나한테 한 얘기는 친구들도 알아야 해요."

"난쟁이도요?" 타스스스크가 목멘 소리로 물었다.

"네, 난쟁이도." 타라는 단호하게 대답하고 나서 타스스스크에게서

• • • • • • • • • • • • • •

**37.** 아더월드의 아주 희한한 동물로, 목이 구부러지지 않아 벌레를 잡아먹으려면 두 발로 서서 앞뒤로 몸을 흔들어야 한다. 지구인이 틴불리스를 보면 초록색 닭과 오뚝이를 섞어놓은 것처럼 묘사할 것이다.

들은 말을 칼에게 설명했다.

칼이 조그맣게 휘파람을 불었다.

"드래곤들과의 전쟁? 아주 나쁜 생각이야. 하지만 타스스스크 대장의 말에 일리가 있어. 악마들이 우리와 동맹하면 드래곤들은 수적으로나 힘으로나 열세에 놓여. 악마들과 우리 사이의 불신이 사라지기 전에 공격하는 것이 최상이겠지. (칼이 한숨을 쉬었다.) 지금까지 겪은 위기로는 충분하지 않아서 하나가 또 생긴 거야? 작은 위기도 아니고 아주 큰 위기로. 슬루르크!"

타라가 대답하려는 순간 비명소리가 들렸다. 체인지라인이 즉시 타라의 머리에 헬멧을 씌웠고, 마이크가 뺨에 고정되었다.

"발라!" 바이올렛 엘프의 목소리를 알아들은 타라가 외쳤다. "무슨 일이야?"

마이크가 지지직거렸다.

"로빈!" 타라가 불렀다. "발라 보여? 발라가 대답을 안 해!"

다행히 로빈이 대답했다.

"나도 발라의 비명소리 들었어(헐떡거리는 소리로 보아 로빈이 달리는 중이었다). 서로 멀리 떨어져 있었고, 위베른족 병사 한 명이 발라를 경호하고 있었어. 발라가 있던 곳에 달려왔는데…… 슬루르크! 어디로 간 거지?"

모두들 발라가 비명을 지른 곳으로 향하였다. 스쿠터를 타거나 발로 뛰는 이들도 있고, 파브리스와 무아노처럼 우주복을 확대하고 변신한 이들도 있고, 마법을 사용해 날아가는 이들도 있었다. 타라도 마법을 사용해 타스스스크와 칼을 데리고 즉시 날아갔다.

타라와 칼이 땅에 내렸을 때 로빈과 친구들이 흩어져서 숲을 뒤지고 있었다.

수색한 지 한 시간 후, 그들은 인정해야 했다.

발라가 행방불명되었다는 것을.

# 사라진 엘프들

인사도 하기 전에
온 가족의 악감을 사게 되면 어쩌려고

*

우주복마다 서로의 위치를 알 수 있는 신호기가 있어서 타라와 로
빈, 모우르무르는 왼쪽 손등에 박힌 화면을 통해 발라의 있는 정확한
위치를 알 수 있었다.

하지만 이상하게도 우주복을 착용한 이들을 표시하는 작은 점들
중에 발라를 나타내는 점이 빠져 있었다.

"찾았다!" 과학보다는 야수의 후각을 믿고 헬멧을 벗던 무아노가
외쳤다.

그들이 달려갔다. 무아노가 바이올렛 엘프의 우주복을 흔들고 있
었다.

텅 빈 우주복.

위치 신호기가 달려 있던 자리에 구멍이 뚫려 우주복 소매가 늘어

346

져 있었다.

"슬루르크!" 칼이 욕설을 내뱉었다. "나는 발라가 다쳐서 어딘가에 쓰러져 있더라도 우주복의 보호를 받고 있기를 바랐건만. 이젠 의심의 여지가 없어. 이 행성에는 우리만 있는 게 아니야. 그게 엘프들이든, 아니든 호의적이지 않은 누군가가 있는 거야."

"발라는 납치당한 거야!" 로빈이 주먹을 불끈 쥐며 말했다. "바로 내 코앞에서! 발라와 떨어져 있지 말았어야 했는데! 내가 멍청했어. 여기는 아무도 없다고 생각하고 방심한 거야."

칼이 허리를 숙이고 흔적이 있는지 살폈다.

"눈 깜짝할 사이에 당한 게 틀림없어. 겨우 비명밖에 지르지 못했다는 건……. 로빈, 여기까지 오는 데 얼마나 걸렸어?"

"글쎄, 30초쯤."

"우주복에 탄 자국이나 찢어진 데도 없어. 위치 신호기를 떼어낸 구멍 말고는. 발라는 뭔가에 얻어맞은 게 틀림없어. 헬멧 안 쓰고 있었지?"

"응. 이제는 조심해야 할 곤충과 식물을 알기 때문에 우리도 너희들처럼 헬멧을 벗고 있었어."

로빈이 욕설을 내뱉으며 땅을 유심히 살폈다.

"슬루르크! 네 말이 맞아, 칼. 싸운 흔적도 없어. 하지만 발라는 뛰어난 전사야. 발라가 피습당했다는 것이 이해가 안 돼. 저 위에서(로빈이 주변의 나무들을 올려다봤다) 기습적으로 이뤄진 공격이 틀림없어."

보초를 서는 위베른족 병사들이 누구든 나타나기만 하면 태워 죽일 기세로 나무들을 향해 레이저를 휘둘렀다.

으르렁거리는 소리, 포효하는 소리, 깍깍거리는 소리, 바스락거리는 소리, 휙휙 날아가는 소리, 새 울음소리, 동물들이 내는 온갖 소리가 들리지만 금빛 파충류 위베른족이 둘러선 빈터에는 다가오지 않고 있었다. 그 주위에는 아무도 얼씬거리지 않았다. 위베른족 병사들이 일단 저질러놓고 통보하는 타입인 것 같아 다행이었다.

저질러놓고도 아예 통보도 하지 않는 경우가 있는데…….

로빈의 말이 맞았다. 그들은 나무에서 단서를 찾기 위해 공중부양을 하고 나뭇가지가 꺾이거나 긁힌 데가 있는지 살폈다. 무언가가 숨어 있었던 흔적이 여러 개 발견되었다.

이 행성의 나무들은 곤충과 동물들에 대한 방어가 상당히 발달되어 있는 것이 분명했다. 초록색, 빨간색, 회색의 부식성 액체가 흘러나오거나 드래곤의 송곳니처럼 긴 가시로 덮여 있고, 미끌미끌한 데다 자칫 비볐다가는 살점이 떨어져나갈 정도로 껍질이 날카로웠다. 요컨대 발라를 공격한 이들이 숨어 있던 자리에 가시들이 제거되어 있는 것으로 보아 몇 명이 가시나무에 매복해 있었던 것이 틀림없었다.

타라 일행은 빈터 주위를 샅샅이 훑었다. 하지만 동물의 발자국이든 다른 존재의 발자국이든 깨끗이 지워져 있어 발라를 공격해서 납치했다는 증거를 찾을 수 없었다. 그저 심증만 있을 뿐이었다.

"아무튼 하나는 확실해." 투명한 헬멧을 통해 칼이 눈살을 찌푸리는 것이 보였다.

"그게 뭔데?" 경계하는 눈으로 주변을 살피던 파브리스가 물었다.

"이 행성의 동물들이 인식력을 지니고 있지 않는 한 5000년 동안 무슨 일이 있었는지 전혀 예측할 수는 없어. 하지만 사라진 엘프들인지, 이 외계 행성 다오보르족인지 모를 누군가가 발라를 납치한 건 확실하다는 거야. 우리는 이제 그들이 발라를 돌려보내 주길 기다리는 수밖에 없어. 온존한 상태로 돌아오길 희망하면서."

타라는 인상을 썼지만 아더월드인들이 지구인들보다 훨씬 잔혹한 건 사실이 아닌가. 그런 의미에서는 칼의 말도 일리가 있었다.

타라 일행은 우주복을 발견한 빈터에 캠프를 치기로 했다. 엘프의 관습을 잘 아는 로빈은 언제 돌아올지 모를 엘프들에게 빨리 대응하려면 현장을 벗어나지 말아야 한다고 주장했다.

우주선의 사령관은 탐탁해하지 않았다. 하지만 선택의 여지가 없었다. 경계하는 모습을 보이는 것은 다오보르 행성의 엘프들을 불안하게 해서 오히려 발라를 해칠 우려가 있었다. 캠프를 치고 야영을 하면 엘프들이 진짜 존재하는지 확인할 수 있을 뿐만 아니라 그중 한 명을 납치할 가능성도 있었다.

그래서 타라는 위베른족 병사들을 우주선으로 돌아가게 했다. 더욱이 드래곤들이 위베른족을 이용하고 있다는 타스스스크의 말이 머릿속을 떠나지 않아 위베른족과 엘프족이 전투를 벌이는 걸 원치 않았다. 아무튼 타라의 마법이라면 아무도 죽이지 않고 무력화시킬 수 있었다. 모우르무르와 히글 5 역시 기함 우주선으로 돌아갔다. 한 사람은 전사가 아니고, 히글 5는 숙련된 전사지만 모우르무르는 자기가 없는데 사랑하는 여인만 행성에 남는 걸 거부했기 때문이다. 패밀리어들도 떨어지지 않으려고 난리를 쳤지만 벨제부트를 포함해 모두 우주선으로 돌려보냈다. 마법사들은 영혼의 동반자들까지 위험해지는 걸 원치 않았다.

데미데루스도 우주선으로 돌아가야 했다. 최고 마구스는 거부했지만 사령관이 굽히지 않았다. 모든 마법사들의 조상인 데미데루스가 시신이 되어 돌아갔을 경우 무슨 화를 당할지 상상조차 하기 싫었던 것이다.

사실 사령관은 마법사들이 어떻게 할지 잘 알고 있었다. 드래곤의 가죽을 벗겨서 가방과 구두를 만들 게 틀림없는데.

드래곤 사령관은 그래도 밤에는 왕복선의 금빛 특수 금속의 보호를 받으며 자야 안전하다고 주장했다. 하지만 타라를 비롯한 매직갱은 보호를 원치 않았다. 그들의 목적은 발라를 찾는 것이었다. 사령관의 불호령에도 불구하고 그들은 화살에 뚫리지 않는 텐트 여러 개 정도만 치고 가급적 모든 장비를 갖춘 정교한 야영 진지로 보이지 않도록 신경을 썼다.

그리고 로빈은 텐트를 흰색으로 칠해야 한다고 주장했다. 분홍색이나 노란색 풀, 밝은 파란색, 형광을 내는 초록색, 오렌지색, 보라색 나무들에 에워싸여 있으니 흰색이어야 엘프들의 눈에 띌 수 있는 것이다. 파브리스는 흰색 텐트에다 빨간색 십자가만 하나 그리면 딱이라고 농담을 했다. 물론 아더월드에서는 아무도 적십자 마크를 모르기 때문에 파브리스의 농담은 타라를 제외한 아무에게도 통하지 않았다.

그렇게 해서 소수 정예만 다오보르 행성에 남았다.

셀렌바는 수색 작업이 금지된 상태였다. 뱀파이어가 항의했지만 타라는 고집을 꺾지 않았다. 임신한 뱀파이어에게 자칫 위험할 수도 있는 고된 일이었다.

그렇지만 셀렌바는 다오보르 행성에서 몇 명이 공격을 받았다는 사실과 텐트를 쳤지만 아주 허술한 캠프라는 걸 알고는 타라 못지않게 고집을 부렸다. 뱀파이어는 밤에 기어코 왕복선을 타고 내려왔고, 우주선으로 돌아가길 거부했다.

빨간색 스팔렌디탈 가죽 옷차림(안티박테리아 우주복을 거부하며 그 차림으로 싸울 수 없다는 핑계를 댔다)의 셀렌바가 핏빛 눈으로 타라를 뚫어져라 쳐다봤다. 이제는 불룩한 배가 확연해 보였다.

"돌아가지 않겠어." 셀렌바가 대답했다.

"하지만……."

"돌아가지 않는다니까!" 뱀파이어는 차갑게 말을 잘랐다. "나는 우주선으로 돌아가지 않아. 발라를 공격했다는 건 이 행성에 뭔가가 있다는 거잖아. 발라가 싸우는 걸 본 적이 있는데 그렇게 호락호락하게 당할 전사가 절대 아니야. 그리고 나와 내 아기의 형질을 전환시켜줄 유일한 사람이 위험을 무릅쓰게 내버려둘 수 없어."

셀렌바는 팔짱을 끼고 타라에게 맞섰다.

결국 타라는 항복했다. 지구보다 훨씬 별들이 밀집되어 있어 해가 졌을 때도 다오보르 행성은 약간 밝지만 그래도 뱀파이어는 밤눈이 아주 밝다는 장점이 있기 때문이었다.

그리고 격앙되어 있는 뱀파이어를 보며 타라는 셀렌바가 얼마나 이기적인지를 새삼 깨달을 수 있었다. 셀렌바가 보디가드라는 직업적인 이유 외의 다른 이유 때문에 타라의 목숨을 걱정한다는 생각을 전혀 하지 않았는데, 뱀파이어가 그 정도로 자신에게 의존하고 있다는 것이 마음에 들지 않았다.

그래서 타라는 이왕 다오보르 행성에서 뱀파이어와 함께 처음으로 밤을 보내게 된 김에 셀렌바와 아기를 인피뱀파에서 평범한 뱀파이어로 형질전환하는 방법을 칼에게 알려주기로 했다.

칼은 내키지 않는 얼굴을 했다. 타라가 정신적인 부담을 느낄 정도로 책임이 따르는 일이었다.

만약 타라가 셀렌바의 아기를 죽일 경우 뱀파이어가 무슨 짓을 할지 모를 일이었다. 그걸 잘 알기에 칼은 타라가 인피뱀파를 마주하고 있을 때 마음이 썩 편치 않았다.

"왜 나야?"

칼은 약간 불평하는 투로 말했다.

"그거야 네가 여러 번 뱀파이어와 인피뱀파38로 변신한 적이 있기 때문이지." 타라는 단호하게 대답했다. "따라서 너는 이미 절차를 알고 있잖아. 우리 매직갱 중에서 셀렌바와 아기의 생명을 위험에 빠뜨리지 않고 전환시키는 방법을 금방 이해할 수 있는 사람은 네가 유일해."

타라의 논리에 꼼짝 못하게 된 칼은 뱀파이어의 불룩한 배를 쳐다보며 말했다.

"셀렌바, 다른 사람들 생각도 해야지 너무 이기적인 거 아니에요?"

빨간 눈의 뱀파이어가 미소를 지었다. 아니, 송곳니를 드러냈다.

· · · · · · · · · · · · ·

**38.** 유령들이 습격했을 때 칼은 인피뱀파로 변신했다가 그 특성상 절식해야 했기 때문에 정말 마지못해 트라둑 갈비구이를 거부했던 경험이 있었다.

"나는 아이를 갖고 싶은 거야. 그리고 난 너보다 훨씬 많이 살았어. 그러니까 충고든 지적이든 그만두지. 넌 그냥 타라가 알려주는 대로 하면 되는 거야. 타라의 말이 맞아. 내 아기와 나를 전환시킬 수 있는 사람은 타라 말고는 아무도 없다고 생각했는데 내가 멍청했어. 나 혼자서는 생각도 못했을 텐데."

셀렌바가 안팎으로 하얀 텐트 바닥에 깔아놓은 빨간색 양탄자 위에 길게 눕는 사이, 타라가 칼에게 말했다.

"지금 당장 전환시키겠다는 게 아니라 너에게 그 과정을 보여주려는 거야. 둘 다 전환시키려면 아기가 태어나길 기다려야 하니까. 태아 상태에서는 할 수 없어. 셀렌바가 아기의 발육을 두려워하기 때문에."

칼은 이맛살을 찌푸리지 않을 수 없었다. 하지만 순순히 타라 옆에 안정된 자세로 앉았고, 타라에게 정신을 열어준 다음 그녀와 함께 셀렌바의 정신에 이어 세포핵에 이르기까지 깊이 들어갔다.

칼은 타라가 이끄는 대로 힘들이지 않고 따라갈 수 있다는 사실이 그저 놀랍기만 했다. 타라는 이제 아주 숙달되어 있는지 형질전환을 위한 과정을 여러 번 보여주었다.

그렇지만 칼은 불안했다. 형질전환이 되는 동안 뱀파이어가 얼마나 고통스러워했는지 이미 본 적이 있었다. 그런 고통을 아기의 심장이 견뎌낼 수 있을까?

타라와 셀렌바는 그 점에 대해 말하지 않았지만 칼은 두 여자의 머릿속에서 같은 걱정을 하고 있음을 읽을 수 있었다. 칼은 집중해서 노력한 지 한 시간 후, 두 뱀파이어를 맡을 수 있게 되었다. 셀렌바가 출산하고 나면 훨씬 쉬울 것이었다.

칼이 흡족한 얼굴로 타라의 정신을 따라 빠져나가는 순간 갑자기 뱀파이어가 격렬하게 몸을 떨었다.

"왜? 왜 이러는데?" 질겁한 칼이 말했다. "나 아무 짓도 안 했어!"

하지만 이미 용수철처럼 몸을 일으킨 뱀파이어는 벌떡 일어나 텐트 밖으로 튀어나갔다.

칼은 눈을 떴고, 타라의 놀란 눈과 마주쳤다.

"나 아무 짓도 안 했어!" 칼이 방어적으로 반복했다. "진짜 아무 짓도 안 했다고!"

그 순간 고함소리가 들렸다. 둘은 뛰어가 텐트의 문을 열었다.

칼이 아무 짓도 하지 않은 건 사실이었다.

그들은 공격을 받았다.

검은 옷차림에 시커먼 스카프로 머리털을 감춘 엘프들이 캠프를 포위하고 있었다. 칼과 타라는 셀렌바를 형질전환하는 것에 집중하고 있어서 전혀 모르고 있었지만, 야수와 늑대로 변신해 정찰을 돌던 무아노와 파브리스는 공격자들이 있음을 감지하고 어둠 속에 숨어 신호를 보냈다. 셀렌바가 그 소리를 들은 것이었다. 그리하여 쏜살같이 질주한 뱀파이어와 늑대, 야수가 엘프들을 가능한 한 죽지 않게 때려눕히고 있었다. 머리 위 상공에 있는 기함 우주선에서 패밀리어들이 불안해하는 게 느껴졌지만 데리고 있지 않아서 천만다행이었다. 패밀리어들까지 보호할 여력이 없었다.

화가 난 로빈도 화살 끝을 무디게 만든 다음 무아노와 파브리스, 셀 렌바와 합세해 엘프들을 쓰러뜨리고 있었다.

칼과 함께 나타나자마자 타라는 엘프들의 표적이 되었다. 뒤이어 달려온 셈 선생님과 파프니르, 실버도 마찬가지였다. 하프드래곤은 파프니르를 보호하기 위해 방패를 불러냈고, 드래곤의 모습으로 돌아온 셈 선생님은 긴 꼬리로 공격자들을 소탕했다.

타라는 상황을 살피기 위해 공중으로 날아올랐다. 빗발치는 화살들이 타라가 주위에 만든 방벽을 맞고 떨어졌다. 타라는 빈터가 엘프들에게 포위되었을 뿐만 아니라 또 다른 엘프 무리도 뒤에서 대기하고 있음을 알았다.

엘프들의 대장이 군대를 어떻게 지휘해야 하는지 잘 모르는 걸까? 전술치고는 너무 허술해서 오히려 이상할 정도였다. 타라는 공격 작전이 아주 서툴다는 걸 간파했다.

엘프들은 뛰어난 전사라 전술 또한 뛰어나기로 이름나 있는데 혹시 의도적인 걸까?

이건 분명히 정상이 아니었다. 타라는 망설였다.

엘프들이 상당히 많았다. 하지만 타고난 전사적 기질은커녕 릴란드릴의 활이나 아더월드의 엘프들이 쏘는 활과 비교하면 화살의 정확도가 많이 떨어졌다.

그럼에도 불구하고 캠프는 수세에 몰려 있었다. 타라는 아더월드의 엘프들이 공격할 때의 기상천외한 고문을 생각하면 소름이 끼쳤지만 여기서는 그런 일이 일어날 것 같지 않았다. 타라는 다오보르 행성의 마법 에너지를 사용해 주위를 후려쳤다.

이렇게 강력한 힘을 전혀 예상하지 못하고 있어서였을까. 엘프들은 아주 쉽게 제압되었다. 눈 깜짝할 사이에 화살들이 힘없이 떨어졌고, 엘프들은 마비가 되어 옴짝달싹하지 못했다.

타라는 칼 옆에 착지했다. 칼의 눈이 휘둥그레졌다.

"내가 같은 말 반복하는 거 아는데." 칼이 열렬하게 타라를 포옹하며 말했다. "이럴 때마다 네가 우리 편이라는 게 정말 기뻐."

타라는 순식간에 엄청난 마법을 사용했기 때문에 약간 몸을 떨면서 눈살을 찌푸렸다.

"나는 이럴 때마다 잘못될까 봐 불안해. 마비시키거나 쓰러뜨리는 대신 다 죽이게 될까 봐."

파프니르가 도끼를 휘두르며 다가왔고, 실버도 뒤따라왔다.

"타라, 네가 나서지 않았어도 될 만큼 싱거운 전투였어." 난쟁이가 말했다. "이럴 때는 우리한테 맡기고 좀 즐길 수 있게 해주지 그랬어? 전투를 전혀 못하는 엘프들이라 소꿉놀이 수준이었는데!"

타라와 실버, 칼이 동시에 하늘을 쳐다봤다. 그들을 향해 달려오던 파브리스와 무아노는 동물의 청각 덕분에 대화를 듣고 빵 터졌다.

"파프니르의 말이 맞아." 파브리스가 말했다. "한참 재미있었는데. (파브리스는 털가죽에서 화살 하나를 뽑으며 인상을 썼다.) 엉덩이에 화살이 꽂히기 전까지는. 에이, 나를 향해 겨눈 것도 아니었는데."

"뭐? 파브리스!" 무아노가 외쳤다. "다쳤어? 어디 봐!"

파브리스가 돌아섰다. 털가죽에 빨간 피가 얼룩져 있었지만 상처는 이미 아물고 있었다. 무아노는 안도의 숨을 내쉬었다.

셀렌바가 킁킁거려서 파브리스는 흠칫 놀랐다. 동물의 청각인데도 뱀파이어가 다가오는 소리를 못 들었으니.

"너는 인간일 때의 냄새가 훨씬 좋은데." 뱀파이어가 두 팔로 불룩한 배를 감싸며 말했다. "지금은 부상당한 개 냄새가 나잖아."

"듣던 중 반가운 소리네요." 파브리스는 점잖게 대꾸했다. "당신이 내 냄새를 좋아하지 않는다니."

파브리스는 셀렌바가 고문하던 순간들이 생생히 떠올랐다. 차가운 미소를 짓는 걸 보면 셀렌바도 기억하고 있는 것이었다.

"다들 괜찮아?" 타라가 물었다.

"그런 것 같구나." 다시 인간 모습으로 변신해 파란색과 은색 마법복을 입은 셈 선생님이 말했다. "근데 이 엘프들은 너무 어설프단 말이야! 이상해. 타라?"

"네, 셈 선생님."

"심문을 해야겠는데 엘프 한 명만 풀어주겠니?"

타라는 고개를 끄덕였다.

"네, 해볼게요. 마법을 조절하는 게 좀 나아지긴 했지만 아직은 완전하지 않으니까 만일의 경우를 대비해주세요."

그들은 조각상처럼 굳어 있는 엘프들 중 한 명을 골라 왕복선으로 데리고 들어갔다. 타라는 이곳의 곤충들이 맛있어 보이는 것이면 뭐든 갉아먹으려는 경향이 있다는 걸 알고 아무도 엘프들에게 얼씬거리지 못하게 마법을 강화했다.

셈 선생님과 무아노, 파브리스는 기함 우주선과 통신을 했다. 전투가 너무 빨리 끝나는 바람에 드래곤 사령관에게 미처 알릴 겨를이 없었는데, 흥분해 날뛰는 패밀리어들 때문에 드래곤들이 경계 태세에 들어가 있었다. 셈 선생님이 연락했을 때 사령관은 깨어 있었다.

얼마 후, 드래곤 사령관은 왕복선으로 잡혀온 엘프를 홀로그램 상태로 살필 수 있었다. 엘프는 여전히 마비된 상태였다.

사실 엘프들의 대장을 찾을 때 로빈의 지시를 따랐었다. 대장 계급장을 알아본 것도 로빈이었다.

그들은 이 행성에 있는 엘프들이 모두 여성이라는 사실에 깜짝 놀랐다. 그리고 아더월드의 엘프 전사들과는 달리 전술이 없다는 것도 확인할 수 있었다.

그중 대부분이 늙은 여성이었다. 임무를 마치고 왕복선으로 들어간 타라는 엘프들을 가까이에서 볼 수 있었다.

엘프 대장은 늙은 여성이었다. 희끄무레한 파란색 눈의 엘프는 타라가 마비를 풀어주었지만 적응하지 못했다.

늙은 엘프가 어찌나 공포에 사로잡혀 있는지 보기가 딱할 정도였다.

셈 선생님은 온화한 늙은이의 모습을 이용해 부드럽게 말했다.

"걱정하지 마요." 셈 선생님이 엘프어로 말했다. "우리는 당신을 해칠 생각이 전혀 없습니다. 그저 얘기를 나누고 싶은 것뿐이에요."

그들은 엘프 대장에게서 무기를 압수했지만 팔다리를 묶지 않았다. 비공식 회담이라는 인상을 주기 위해 늙은 엘프를 왕복선의 식당에 데려다 놓았고, 금속 탁자에는 음식과 음료수가 잔뜩 차려져 있었다. 드래곤 사령관의 홀로그램이 탁자 옆에 조그맣게 나타났다.

늙은 엘프는 경계하는 얼굴로 모두를 쳐다봤다. 특히 인간으로 다시 변신해 있는 무아노와 파브리스를 가리키며 옛날 엘프어로 말했다.

"악마들이다. 우리의 영혼을 빼앗기 위해 야수로 변신해서 우리를 잡아먹으려고 한다!"

파브리스는 눈살을 찌푸렸다.

"아, 아니에요. 나는 잡아먹을 생각이 전혀 없어요. 나를 믿으세요! 그리고 우리는 악마가 아니라 인간입니다!"

늙은 엘프가 모르는 단어를 듣고 의아해했다.

"인간?"

"네, 인간이면서 늑대인간이기도 합니다." 셈 선생님이 차분하게 설명했다. "우리 종족 중 붉은 여왕이라 불리던 레드 드래곤이 만들어낸 혼혈족으로, 현재 늑대라 불리는 개과 동물과 인간이 합성된 모습으로 변신할 수 있지요. 요컨대 레드 드래곤이 아더월드를 침략하기 위해 정예군으로 양성한 종족이었는데 우리가 못하게 막고 늑대인간들을 해방시켜주었지요. 그리고 또 한 명은 500년 전 저주받은 주문에 걸려 야수가 된, 랑코비트 왕국의 다미엥과 야수의 후손 글로리아 다아빌입니다. 글로리아는 그 저주의 일부를 물려받아 마음대로 야수로 변신할 수 있는 겁니다. 악마와는 아무 상관이 없다고 단언합니다. 파프니르는 또 다른 종족인 난쟁이고, 실버는 하프드래곤이자 하프인간이지요."

늙은 엘프는 주위를 둘러보다 갑자기 우주 왕복선 안에 있음을 알아차렸다.

"내 동지들을 죽인 거요?"

타라 일행은 늙은 엘프가 이 질문을 하리라 예상하고 있었다.

"아니에요. 그들은 마비되어 있을 뿐입니다." 타라가 대답하며 버튼을 눌러 식당에 설치된 전광판 다섯 개에 바깥의 영상을 나타나게 했다. "하지만 곧 풀어줄 겁니다. 이 행성에는 아주 공격적인 동물이 많은 데다 곤충들도 공격할 수 있으니까요."

타라는 몸서리치는 시늉을 했다.

"무방비 상태에서 잡아먹히는 건 아주 끔찍한 죽음이니까요."

타라는 바깥의 엘프들을 보호하기 위해 필요한 조치를 취해놨다는 말을 하지 않았다.

"죽이지 않았다?" 늙은 엘프가 생각에 잠긴 얼굴로 말했다. "나를 놓아주지 않으면 바이올렛 엘프가 죽게 되는데 그래도 이렇게 관대하게 나올 수 있을까?"

아! 타라와 모든 이들이 걱정하던 것이었다. 협박! 타라는 늙은 엘프의 관심을 끌기 위해 한숨을 크게 내쉬었다.

"어떡할 텐가?" 늙은 엘프가 도전적으로 내뱉었다.

"이성적으로 판단하기 바랍니다. 좀 전에 내 마법의 힘을 보셨잖습니까?"

늙은 엘프의 얼굴이 굳어졌다. 물론 타라의 마법이 얼마나 강력한지 똑똑히 봤다.

"나는 당신의 머릿속을 아주 쉽게 들여다볼 수 있습니다." 타라가 설명했다. "그래서 거짓말이라는 거 알고 있습니다. 내가 발라를 숨겨놓은 곳을 찾아 풀어준 다음 여기 있는 모든 엘프를 죽일 수도 있습니다. 이 행성을 파괴하거나 폭발시킬 수도 있습니다."

늙은 엘프는 '행성을 폭발시키려면 그럴 만한 이유가 있어야 하는데, 뭐 그리 대단한 일이 있었다고!' 하고 말하는 듯한 얼굴로 타라를 쳐다봤다.

물론 타라는 그럴 수 없었다. 하지만 상황에 따라 어쩔 수 없는 경우도 있었다. 타라는 최근에 아더월드의 달을 파괴하는 상상도 할 수 없는 일에 가담했었다. 어쨌든 자료 정리가 아주 잘되어 있는 드래곤들의 매직컴 파일을 뒤져서 늙은 엘프를 회유하는 데 필요한 것들을 미리 준비해놓았었다.

타라는 전광판을 가리키며 말했다.

"내 능력에는 한계가 없습니다. 보시죠."

다행히 아더월드의 달 타딕스를 폭발, 아니 폭파했을 때 드래곤 우주선들과 악마 우주선들이 그 장면을 촬영해놓았었다. 타라와 제레미가 어떻게 타딕스가 블랙홀이 되지 않게 막았는지도 담겨 있었다.

그들이 가리키는 크리스털레오를 응시하던 늙은 엘프의 얼굴이 파랗게 질렸다.

"있을 수 없는 일이야." 늙은 엘프가 힘없이 내뱉었다. "저건 가짜야. 환영일 뿐이다."

타라가 윙윙거리기 시작했다.

주위에 있는 이들이 슬금슬금 물러섰다. 늙은 엘프는 친구들조차 타라의 엄청난 마법을 경계하고 있음을 확인할 수 있었다. 아, 물론 여간해선 눈 하나 깜짝하지 않는 파프니르와 타라를 너무 사랑하기 때문에 경계할 수가 없는 칼을 제외하고.

경계하는 친구들을 보고 슬픈 미소를 짓던 타라는 드래곤 왕복선의 천장 높이가 수 미터에 이르는 것에 만족하며 붕 날아올랐다. 타라의 눈빛이 시퍼레졌고, 손가락 끝에서 마법이 찌지직거리기 시작했다. 타라는 강도를 높이기 시작했다.

타라는 타딕스를 폭파했을 때 하던 그대로를 재연했다.

영상으로 보는 모습은 분명히 멋지고 인상적이었다. 타라는 마법이 얼마나 강력한지 눈앞에서 보여주는 것으로 늙은 엘프를 납득시켜야 했다. 마법 에너지로 가득 채워진 타라는 흡사 호리병박……음, 아니 예쁜 물병 같았다. 그래도 에너지가 꽉 차 있는 것으로 보여서 나쁠 거 있나.

타라의 몸에서 빛이 사방으로 퍼지기 시작하는데 새로운 별 같았다. 어찌나 눈이 부신지 모두들 눈을 보호해야 할 정도였다.

"대체 당신 누구야?" 늙은 엘프가 마침내 깜짝 놀라 뒷걸음치며 물었다. "괴물인가? 드래곤들의 마법도 이 정도는 아닌데!"

"아무도 이 정도는 아니라고 말씀하셔야지요." 칼이 깐죽거렸다.

타라는 마법을 중단하고 천천히 내려왔다. 눈빛이 정상으로 돌아와 마법을 껐지만 몸속에서는 여전히 뜨겁고 강한 마법 에너지가 흐르는 것 같았다.

"나는 괴물이 아닙니다. 우리는 인간이고 당신 편입니다. 우리는 수천 년 동안 엘프족과 평화롭게 살고 있습니다. 엘프족의 행성을 파괴한 악마족을 상대로 싸웠지요. 엘프족, 뱀파이어족, 드래곤족, 에프리트족이 모두 힘을 합해 악마족을 물리쳤고, 악마족은 이제 우리와 동맹을 맺었습니다."

이러는 사이 밖에 마비되어 있는 엘프들이 동물의 공격을 받을 수도 있어서 타라와 친구들은 시간을 단축하기 위해 5000년의 역사를 축약하며 늙은 엘프에게 컴퓨터 메모리에 담긴 영상을 가능한 한 많이 보여주었다.

악마의 사물들에 대해 아예 아무 말도 안 할 수는 없었다. 악마들과의 평화 협상은 데미데루스가 빼앗아간 악마의 사물들이 있었기에 가능한 것이었기 때문이다. 하지만 그들은 늙은 엘프가 너무 많이 쏟아지는 정보 때문에 정신을 못 차리는 틈에 최대한 간추려 말할 수 있었다.

늙은 엘프는 믿기지 않는 영상들을 보며 멍하니 입을 벌리고 있었다. 드래곤족이 인간 마법사들을 발견하면서부터 일어난 엄청난 변화, 인간 모습으로 바뀐 악마들, 바쉬와 가브리엘의 죽음, 수천 년 동안 계속되던 전쟁의 종식…….

늙은 엘프는 눈물을 흘리기 시작했다.

당당하게 버티던 늙은 엘프가 하염없이 눈물을 쏟았다.

모두들 안타까운 마음과 연민에 찬 눈빛으로 잠자코 지켜봤다. 셈 선생님이 손수건을 건네자 늙은 엘프는 눈물을 닦았다.

이윽고 늙은 엘프가 몸을 숙이더니 타라의 손을 덥석 잡았다.

"고맙소, 인간. 고마워요, 정말 고마워요. 우리는 다시 살 수 있게 됐어요. 여러분은 몰라요. 여러분은 생각도 못할……."

얼마나 감동했는지 늙은 엘프가 횡설수설하고 있었다. 아무도 무슨 말인지 모르겠다는 말을 차마 하지 못했다.

"이해합니다." 타라는 부드럽게 말했다. "가서 동족에게 이 소식을 전하세요. 내가 그들을 풀어줄 겁니다. (타라는 잘못 말했다는 걸 깨닫고 눈을 찡그리며 다시 말했다.) 아니, 내가 마비된 엘프들을 풀어줄 테니 그들에게 말씀하세요. 그다음 발라를 풀어주세요. 그리고 앞으로 어떻게 하고 싶은지 들어보고 같이 의논해봅시다. 아더월드의 엘프들을 맞아들여 이 행성을 새로운 엘프족의 세상으로 만들 건지, 아니면 아더월드로 모두 돌아와 함께 살 건지 결정합시다."

그들이 다오보르 행성에 있는 악마의 사물들에 대해 말하지 않은 것은 지금은 때가 아니기 때문이었다. 타라는 먼저 발라부터 찾은 다음 미션에 대해 말하기로 했다. 아, 혜성에 대해서도. 어떤 점에서는 수천 년 동안 엘프들이 피해온 악마들보다 훨씬 최악이 될 혜성이 곧 이 행성에 들이닥칠 거란 말을 차마 할 수가 없었다.

"내 이름은 마제 도브릴이오." 늙은 엘프가 마침내 그들 앞에 허리를 숙이며 말했다. "내가 에레를 알기 때문에 발라를 죽이지 않았던 것이오. 바이올렛 엘프가 주장하는 대로 에레의 딸이 맞는지, 아니면 악마들의 함정인지 확인하고 싶었지요. 내 엘프들을 풀어주면 발라가 있는 곳으로 안내하겠소."

합의를 끝낸 뒤(드래곤 사령관은 동의하지 않았지만) 타라와 친구들은 마제를 왕복선에서 내려가게 했다.

마비되어 있던 엘프들은 풀려나자마자 대장을 에워쌌고, 왕복선을 공격하려고 하지 않았다.

마제가 뭐라고 명을 내리자 엘프들의 태도가 돌변했다. 무질서하게 허둥대던 엘프들이 갑자기 질서정연해졌다. 마제의 손가락과 눈짓에 따라 일사불란하게 움직이는 모습을 보고 타라 일행은 어리둥절했다.

"내가 이럴 줄 알았다니까!" 로빈이 말했다. "어쩐지 그렇게 어설픈 엘프를 본 적이 없거든. 일부러 그랬던 거야."

"우리가 적인지 아닌지 확인하려고 일부러 잡혔다는 뜻이야? 하지만 너무 위험한 작전이잖아." 놀란 파브리스가 지적했다.

"그렇긴 하지. 하지만 성공하면 아주 효과적인 작전이지. 지금 저런 모습을 보인다는 건 엘프들이 우리가 복수를 하러 온 것이 아님을 확실히 알았다는 거야."

"그럴까……." 파브리스는 반신반의했다. "그래도 나는 왕복선 안에 있어서 다행이라고 생각해. 늙은 엘프들이 갑자기 위험한 적으로 돌변할지도 모르니까."

타라 일행은 조심스럽게 갑실을 닫고 카메라와 캠프 주위를 날아다니는 스쿠프들, 탈루디들이 전하는 바깥의 상황을 지켜보고 있었다. 밤이지만 그들이 설치해놓은 강력한 탐조등 덕분에 밖이 훤했다.

엘프들은 한밤중에 그들을 공격했었다. 별빛에도 불구하고 엘프들이 시커먼 차림이었기 때문에 잘 보이지 않았다. 따라서 타라 일행은 만일을 대비해 엘프들의 움직임을 주의 깊게 살피고 있었다.

통신 수단이라고 할 만한 것을 찾지 못했지만 엘프들끼리 통하는 뭔가가 있을 게 틀림없었다. 어둠 속에서 몰래 움직이는 킬러들을 시켜 바이올렛 엘프를 제거하는 것은 그리 어려운 일이 아닐 터였다.

드래곤 사령관의 지시를 무시한 것이 마음에 걸린 셈 선생님은 눈치를 보고 있었다. 심기가 몹시 불편한 블랙 드래곤은 이러다 누군가 죽기라도 하면 마법사들을 가만두지 않겠다며 필요 이상으로 노발대발했다. 폭언을 듣던 블루 드래곤은 침을 잘못 삼켜 딸꾹질이 나왔다. 그 바람에 불을 토해내게 되어 커뮤니케이션 콘솔이 파손되었다(물론 순전히 우연이었고, 몇 분 후 콘솔은 복구되었다). 그사이 셈 선생님은 욕설을 퍼붓는 블랙 드래곤의 영상이 다시 나타나기 전에 피할 수 있었다.

왕복선 조종사지만 지금처럼 왕복선이 지상에 착륙해 있을 때는 통신을 담당하는 옐로우 드래곤은 아무 말도 하지 않았다. 하지만 셈이 감히 사령관을 무시했다고 느낀 블랙 드래곤은 옐로우 드래곤이 웃지 않으려고 참고 있음을 알아차렸다. 기함 우주선에 있는 사령관은 통신을 끊어버리고 격앙된 어조로 중얼거렸다. '위베른족 병사에게 휴대용 영상 통신기를 들려서 보내면 셈이 또 태우지는 못하겠지.'

밖에서는 늙은 엘프 마제가 다른 엘프들에게 그동안 일어난 일을 설명하고 있었다. 마제에게 내어준 휴대용 영상 통신기 덕분에 머리 위에 나타나는 아더월드와 지구의 역사를 영상으로 보며 엘프들은 입을 다물지 못했다.

왕복선 안에서 타라를 비롯해 매직갱과 함께 전광판을 지켜보던 칼은 생각에 잠겨 있었다.

"이상해." 칼이 전광판을 응시하며 말했다. "진짜 이상해."

"뭐가?" 타라가 물었다. "뭐가 이상한데?"

"넌 알아채지 못했어?"

타라는 칼이 이렇게 말할 때가 싫었다. 즉시 대답해주기보다 알아맞혀 보라는 식으로 말하는 것. 타라는 짜증이 났다.

"칼!"

칼이 돌아보며 일부를 털어놓았다.

"엘프들이 마법을 사용하지 않았어, 타라. 한순간도. 활, 화살, 단도 같은 무기는 갖고 있었지. 하지만 마법을 사용해 너와 우리의 방패를 뚫어볼 생각도 하지 않았잖아. 수적으로 우세했기 때문에 마법을 사용했다면 얼마든지 우리에게 치명상을 입힐 수도 있었는데."

타라는 눈살을 치켜떴다.

"하지만 엘프들은 우리를 공격하는 게 목적이 아니라 시험한 것뿐이라고 했잖아. 그래서 그랬겠지?"

"글쎄."

그들은 전광판을 응시했다. 늙은 엘프는 설명을 끝냈고, 둘러선 엘프들이 고개를 끄덕이고 있었다.

엘프들은 마치 왕복선이 자신들을 공격하기 위해 전진할 거라고 예상한 듯 일제히 왕복선을 올려다봤다. 엘프들의 태도에서 경외심이 느껴졌다.

이윽고 늙은 엘프가 왕복선 앞에 와서 할 말이 있다는 표시를 했다. 셈 선생님의 지시에 따라 옐로우 드래곤이 트랩을 내려주고 곤충과 세균, 혹시 모를 공격적인 엘프들이 달려들지 못하게 보이지 않는 장막으로 주위를 봉쇄했다.

"발라에게 안내할 준비가 되었소." 마제가 숲에 울려 퍼질 정도로 우렁찬 목소리로 알렸다. "하지만 그 전에 한 가지 묻겠소."

셈 선생님이 마이크에 대고 대답했다.

"네, 기꺼이 대답해드리지요, 마제 대장."

마제는 옛날을 떠올리며 정중하게 허리를 굽혔는데 닌자[39]의 검은색 복장인데도 우아했다.

⋯⋯⋯⋯⋯⋯

**39.** 지구의 무술영화와 자신의 직업을 연상시키는 미스터리한 실종 사건 영화를 특히 좋아하는 칼은 닌자의 복장 같다고 설명했다. PS: 칼은 면허 받은 도둑들에 비해 닌자들은 복장이 너무 요란하고 기술도 형편없다고 비아냥거렸다.

"드래곤 경." 마제는 옛날에나 쓰던 칭호를 쓰며 말했다. "이곳은 반역이 무시무시한 독처럼 번지고 있습니다. 여러분, 아니 바이올렛 엘프가 나타나는 바람에 주춤하지만 곧 다시 시작될 겁니다. 아더월드의 우리 동족을 되찾아 한 민족으로 평화롭게 살 수 있게 도와주십시오."

셈 선생님이 무엇을 도와주면 좋을지 묻기도 전에 늙은 엘프가 구체적으로 밝혔다.

"이 싸움에서 우리가 이길 수 있게 도와주시겠습니까? 반역하는 엘프들을 굴복시켜 광명을 찾을 수 있게 도와주십시오."

# 리스베스

역거워서라도 절대로 결혼을 포기하지 않겠다는 연인에게
결혼식을 미뤄야 한다는 걸 뭐라고 설명하나
한 번도 아니고 벌써 세 번째인데

*

다오보르 행성에서 아주, 아주, 아주 멀리 떨어진 아더월드에서는 리스베스 여제가 격분해 있었다.

여제가 기분이 나쁠 때는 궁인들의 움직임을 보면 알 수 있었다. 여제의 기분이 나쁠수록 궁인들은 마치 주의를 끌었다가는 불똥이 튈까 봐 눈에 띄지 않으려고 노력했다.

모두 발꿈치를 들고 살금살금 걸어 다녀서 궁전에는 움직이는 그림자들과 유령이 득실거리는 것 같았다.

리스베스는 기분이 나쁘면[40] 접견을 거부하고 평소에 드나들기 쉬

........

**40.** 리스베스는 자신의 불같은 성격을 악용하는 멍청한 자들을 스파슌으로 둔갑시키는 경향이 있기 때문이다. 그래서 리스베스는 기분이 풀어지고 나면 사과해야 하는 경우가 종종 있다. PS: 황궁의 요리사들 역시 진짜 스파슌의 털을 벗기는 건지, 아니면 서툰

운 데에 있는 접견실을 황궁의 측면, 수천 헥타르에 이르는 공원 깊숙한 곳으로 이동시켰다. 그런 데다 황궁 안에서는 위험한 침입을 막기 위해 트란스미투스 이동이 금지되어 있고, 황궁 내 공간이동의 문 출입이 엄격히 제한되어 있어서 여제를 만나려면 한 시간은 족히 걸어야 했다. 수많은 복도와 정원 여러 개를 지나야 하는 거리가 적어도 10킬로미터는 되기 때문이다.

한 영악한 인간[41]이 정원을 돌아다니는 켄타우로스들을 보며 말과 비슷하다는 사실에 주목하고 유료로 사람들을 수송해주라고 제안했다. 요금은 자기가 70퍼센트, 켄타우로스들이 30퍼센트 갖는 것으로 공평한 분배라고 주장했다.

착한 켄타우로스들은 교활하지 않기 때문에(켄타우로스들은 말이 '공평한 분배'지 사실은 한쪽에 이익이 많이 가는 분배라는 걸 알아차리지 못했다) 기꺼이 수락했다.

그렇게 해서 켄타우로스를 이용한 가마 운송 사업이 시작되었는데 반응이 좋아 황궁 내에서 하는 새로운 운송 사업의 전례를 만들었다.

리스베스 여제는 황궁 깊숙한 곳에 숨는 전략이 평소와 같은 효과가 없다는 걸 이내 알아차렸지만 별로 신경 쓰지 않고 있었다.

"나는 당신과 헤어지지 않아요!" 바리우스가 분노의 눈빛을 이글거리며 소리쳤다. "솔직히 말해 결혼이 중요한 건 아니오. 나는 오무

· · · · · · · · · · · · ·

처신으로 스파슌으로 둔갑한 대사의 털을 벗기는 건지 알 길이 없어 난감할 때가 있다.

**41.** 영악한 인간인 데리아[한때 상그라브였던 데리아는 세네 센스사스와 협정을 맺고 국외 영토 수사기관(CIA에 해당하는)의 요원으로 활동하고 있었다]는 브래드포드 메델루스와 함께 우연히 황궁에 왔다가 돈을 벌 기회를 잡은 것이었다.

아의 여제가 아니라 당신을 사랑하는 거요! 이렇게 당신 곁에서 사는 것으로도 충분히 행복하니까!"

두 사람은 리스베스의 집무실에 있었다. 화려한 꽃과 나비들이 아름다운 조화를 이루고 있었다. 리스베스는 또 성질을 참지 못하고 하마터면 경제부 장관 달로르를 스파슌으로 둔갑시킬 뻔한 뒤 피신해 있는 것이었다. 장관이 감히 결혼식을 올릴 때마다 너무 막대한 비용이 든다며 상황이 좋아지길 희망하며 결혼식 날짜를 다시 잡기보다는 일단 포기하든가, 아니면 작은 예배당을 찾아 은밀히 결혼식을 올리는 것이 훨씬 현명하다고 말했기 때문이었다.

그렇지 않아도 기분이 좋지 않던 여제는 격분했다.

"하지만 나는 바리우스와 결혼합니다! 그리고 어디 가서 몰래 결혼식을 올리지 않을 것이오! 나는 오무아의 여제요! 내 결혼은 역사에 기록될 것이오."

"폐하의 결혼은 지난번에 하신 것으로 이미 역사에 기록되어 있습니다." 통통한 어깨에 둘러 묶은 흰색 토가 차림의 경제부 장관은 땀을 뻘뻘 흘리며 말했다. "그러니 이번에는 간소한 결혼식을 올려도 되지 않겠습니까?"

여제의 입에서 나오는 소리는 아름다운 여인이 아니라 성난 호랑이가 포효하는 소리 같았다. 질겁한 경제부 장관은 재빨리 물러갔다. 얼른 피하는 게 상책이라고 판단한 것이었다.

"장관이 지금 전남편 다릴 크라투스와의 결혼을 들먹이는 거요? 내 결혼식을 망치려고 작심한 듯 느닷없이 나타난 다릴 크라투스는 나를 불임으로 만든 마지스터와 다를 바 없는 작자란 말이오! 장관까지

내 결혼식에 대해 왈가왈부하다니!" 여제는 멀어져가는 장관의 뒤통수를 향해 분통을 터뜨렸다.

화가 머리끝까지 치민 리스베스는 괜한 사람들까지 희생양으로 삼을까 봐 접견실을 나와버렸던 것이다.

바리우스는 지난번에 말다툼을 하고 빌랭 왕국으로 돌아갔다가 엄청나게 큰 케빌리아42를 갖고 돌아왔었다. 리스베스는 궁정에 소문이 나는 걸 원치 않았기 때문에 케빌리아를 엥카드나수스 금고에 고이 넣어두었다.

"뭐가 어째?" 리스베스가 소리치면서 우리 안의 야수처럼 책상 앞을 성큼성큼 걸어 다녔다. 흰색 드레스 자락이 블루 다이아몬드가 촘촘히 박힌 샌들까지 흘러내리고 있었다. "바보 멍청이가 감히 다릴 크라투스와의 결혼을 상기시키다니! 경박하기는! 나는 만인이 보는 앞에서 당신과 결혼할 거예요! 하지만 계속 이런 식이면 당신도 결국 기다리다 지쳐 당신의 용병 나라에서 금발의 가슴이 풍만한 여자와 결혼하겠죠!"

바리우스는 방금 사랑한다고 분명히 고백했는데 그 말을 듣고도 이런 말을 하느냐고 물으려는 순간 이미지가 떠올랐다.

바리우스는 참을 수가 없었다. 분노가 순간적으로 사라지고 웃음이 새어 나왔다.

작은 웃음소리에 리스베스는 말을 중단하고 눈살을 찌푸렸다. 바

••••••••••••

42. 리스베스와 바리우스, 단둘이 있을 때 바리우스가 선물을 했는데도 이상하게 케빌리아에 대한 소문이 자자하게 퍼져 있었다.

리우스는 속으로 말했다. '아, 웃으면 안 되는데……. 위험해!'

"내가 웃기는 말을 했나요?" 리스베스가 너무 차분해서 위험하게 느껴지는 어조로 물었다.

바리우스는 까만 눈으로 리스베스의 쪽빛 눈을 뚫어져라 쳐다보며 말했다.

"내가 방금 오무아의 여제가 아니라 당신을 사랑하기 때문에 헤어지지 않겠다고 분명히 말했잖아요. 그런데 당신이 금발의 가슴이 풍만한 여자라고 말하는 바람에 그 이미지가 떠올라 나도 모르게 웃음이 나온 거요. 미안해요."

바리우스는 치아가 다 드러나는 함박미소를 지었다. 리스베스는 참으려고 했지만 전염된 듯 미소를 지었다. 잠시 후, 둘은 웃음이 빵 터졌다.

"그래도 웃으니까 조금 후련하네요!" 리스베스는 킥킥거리며 말했다.

"이리 와요." 바리우스는 자신의 무릎을 톡톡 치며 명령조로 들리지 않도록 조심하며 부드럽게 말했다. "흥분한 뒤에는 이게 최고니까. 불쌍한 달로르는 살아서 접견실을 나간 걸 행운이라고 생각하며 살아갈 거요!"

리스베스는 머뭇거리지 않았다. 바리우스의 무릎 쪽으로 기울어지며 용병의 근육질 어깨에 금발을 기댔다. 그리고는 바리우스의 은은한 나무 냄새를 맡자 긴장이 풀렸다. 바리우스가 다정하게 안아줄 때마다 리스베스는 여제라는 것도, 냉철한 통치자라는 것도 잊고 사랑받는 여자로 돌아갔다.

바리우스는 리스베스의 금발과 부드러운 목덜미를 다정하게 어루 만졌다. 리스베스는 연약한 여인이 아니라 아름다운 여전사이기 때문에 자신이 큰 키로 태어난 것에 감사했다.

"근데 오늘은 왜 이렇게 화가 난 거예요?" 바리우스는 그녀의 귀에 뜨거운 숨결을 불어넣으며 속삭였다. "첫 번째 미션의 사물들을 회수했다는 메시지를 전한 뒤로 타라에게서 추가 소식이 없지만, 다음 미션을 위한 행성의 거리를 생각하면 며칠 더 기다려야 하니까 정상이잖아요. 혜성은 조용하고, 이제 혜성이 떠났으니 빨리 자기들 행성으로 돌아가자고 악마들끼리 싸우는 것도 아니고, 피난민들에게 내어 준 우리의 영공이 뚫린 것도 아니고, 악마들이 우리를 침략하려는 의도가 있다는 데미데루스의 불길한 예언도 지금으로 봐서는 완전히 빗나간 상태이고…… 어제까지의 상황은 이랬는데 뭐 달라진 게 있어요, 없잖아요?"

리스베스는 행복한 신음소리를 내며 대답했다.

"맞아요. 실은 그런 문제가 아니라 다릴의 동생인 젠릴-메투스를 만났어요. 다릴 크라투스가 사망한 것으로 알려진 후 형을 대신해 북부 국경지대를 다스리는 백작이지요. 젠릴은 형이 살아서 돌아온 걸 기뻐하면서도 두려워하고 있어요. 형에게 자리를 도로 내놓아야 할지 모르니까요. 다릴 크라투스가 무죄라고 주장하며 황궁을 나가기 전에 이미 형을 만났던 젠릴-메투스가 오늘 아침에 뭔가를 찾았다며 궁전에 왔거든요. 우리가 확보한 형의 DNA는 최고 마구스라면 위조할 수 있기 때문에 그거 이외에 형의 신원을 명백하게 확인할 만한 것을 찾아야 했지요. 30년이란 세월이 흘렀기 때문에 그는 자칫 요새의 절반을 파괴할 뻔했지만 결국은 도움이 될 만한 걸 찾아왔지요."

바리우스는 젠릴-메투스가 왜 요새를 파괴할 뻔했다는 건지 이해가 되지 않았다.

"아, 그래요? 그게 뭔데?" 바리우스는 짧게 물었다.

"대들보. 불행히도 대들보 중 하나라서 잘못 건드리면 집이 무너질 테니 잘라내기가 쉽지 않았겠죠. 다릴 크라투스가 그 대들보에 부딪쳐 넘어지면서 부상을 당한 적이 있는데 나무 속으로 피가 스며들었거든요. 젠릴-메투스는 늙은 집사들끼리 다릴에 대해 나누는 대화를 듣게 되었지요. 어린 시절 다릴에게 일어났던 몇 가지 사고 중 특히 대들보에 묻은 핏자국을 깨끗이 지우기 위해 온갖 마법을 사용했는데도 원상 복구할 수 없었다는 말이었어요. 멀리 떨어진 국경지대 사람들은 우리보다 마법이 강하지 않아서 다행이라고 할까. 아무튼 그래서 젠릴-메투스가 그 대들보 조각을 가져온 거죠. 우리에게 다릴 크라투스의 혈액과 비교해보라고. 크산디아르가 다릴의 혈액을 채취해놨거든요. 계속 연락을 취했지만 다릴을 못 찾는 중이었는데. 이제 우리 학자들이 대들보 조각에서 채취한 혈액을 분석해보면 다릴이 사기꾼인지 아닌지 입증할 수 있어요."

리스베스는 바리우스의 얼굴이 굳어지는 걸 봤다.

"크산디아르와 당신이 다릴에게 연락했단 말이오? 그래서 다릴이 뭘 하려는 건지 구체적으로 밝혔소?"

"그래서 내가 이렇게 화가 나 있는 거예요." 리스베스가 또다시 흥분했다. "그가 우리에게 알려준 주소와 크산디아르가 그를 찾아냈던 마을, 그리고 그가 일했다는 곳으로 여러 번 사람을 보냈지만……."

"짐작이 가는군." 바리우스는 한숨을 내쉬며 말했다. "전남편이 사라진 거요?"

"네, 맞아요. 크산디아르가 돌아와 아주 이상한 보고를 했어요. 아더월드에서 출발하는 우주선, 공간이동의 문을 모두 확인한 결과 떠난 흔적이 없는데, 다릴 크라투스는 아더월드에 없는 것 같다는 거예요."

# 19

# 크산디아르

아무도 입을 열려고 하지 않는 곳에서
어떻게 수사를 하나

*

친위대장 크산디아르는 기분이 좋지 않았다.

"돌아버리겠어!" 크산디아르는 불만을 터뜨리면서도 마치 아름다운 아내의 부드러운 머리카락을 만져야 제정신으로 돌아온다는 듯 세네의 머리를 어루만지고 있었다.

크산디아르와 세네는 팅가푸르에 있는 관사에 누워 있었다.

친위대장은 북부 국경지대와 셀렌다에서 수사를 마치고 돌아와 있었다.

적어도 말할 수 있는 건 고집스러운 인간들과 의심 많은 엘프들이 그가 임무를 수행할 수 있게 협조해주지 않았다는 것이다.

"엘프들! 타빌라 여왕이 피살된 뒤로 엘프들은 아더월드 전체가 음모를 꾸민다고 의심하며 보통 경계하는 게 아니야. 아주 편집증 환자들이 되었다니까. 오, 흉측한 벤드룩의 창자들이여! 새 여왕 에레는 아예 도와주질 않고!"

남편을 사랑하는 세네는 크산디아르의 짧게 깎은 머리를 만졌다. 이 짧은 머리털의 부드러운 촉감이 좋았다. 티그족의 까무잡잡하고 보드라운 피부는 그의 불같은 성격과 아주 대조적이었다.

"진정해, 여보." 세네는 다정하게 말했다. "방법을 찾아야지. 당신은 늘 방법을 찾았잖아."

세네는 남편을 돌아눕게 하고 근육이 단단히 뭉친 등을 주물러주었다.

크산디아르는 세네가 뭉친 데를 누를 때 신음소리를 냈다.

"음, 좋아. 아, 시원해!"

크산디아르는 베개에 얼굴을 묻고 "음, 좋아"를 연발했고, 세네는 네 개의 손으로 남편의 등을 점점 더 세게 주물렀다.

"테러가 일어난 때부터 돌이켜보자고. 그러면 당신도 생각이 정리가 될 거야. 하나하나 되짚어가며 둘이 같이 생각하면 혼자보다는 낫겠지."

크산디아르는 입이 베개에 눌리지 않게 고개를 옆으로 돌리고 정신을 집중했다.

"우리는 숲을 샅샅이 수색했어. 킬러는 타라의 접견실에서 멀리 떨어진 어딘가에 숨어 드론을 조종해서 타빌라를 죽인 것이기 때문에. 우리 정찰병들의 군화 자국 외에 여성인지 남성인지, 인간의 것인지도 전혀 알 수가 없는 발자국들을 발견했지. 그래서 머리털이나 동물의 털이라도 발견하길 바랐지만 아무것도 없는 걸 보면 킬러는 특수

작업복을 입고 있었던 게 분명해. 따라서 DNA 채취는 불가능했어."

"그렇다면 전문 킬러가 틀림없어." 세네는 남편의 말에 대꾸하면서도 균형 잡힌 등에 감탄했다. 하지만 너무 근육질이라 뭉친 데가 쉽게 풀리지 않는 거라고 생각했다.

억지로라도 근육이 풀리게 좀 세게 때리면 화를 내려나?

"킬러 길드를 찾아가 봤어?"

"타빌라를 죽인 솜씨를 보며 당연히 킬러 길드를 생각했지. 당신도 알잖아, 정치적 문제를 야기하는 사건에 대해서는 그들이 절대로 입을 열지 않는다는 거."

크산디아르의 어조가 너무 침울해서 세네는 웃음이 나오려는 걸 꾹 참았다.

"그래서?" 세네는 남편을 독려하며 네 손으로 삼각근을 눌렀다. 크산디아르의 척추에서 으드득 소리가 났다.

"전문 킬러의 솜씨로 보이기는 하지만 내 생각에는 아닌 것 같아."

세네는 의아한 얼굴로 물었다.

"그래? 이유는?"

"내 직감으로는 전문 킬러가 개입한 것이 아니야. 전문 킬러들은 아주 치밀하고, 태도를 보면 감이 오는데 전혀 아니었어. 그들은 이번 사건과는 관련이 없어."

"길드에 소속되지 않은 킬러라면?"

혼자 활동하는 킬러가 가장 골치 아팠다. 돈과 쾌락 때문에 신념도 법칙도 없이 죽이기 때문이었다. 반면 길드에 소속된 킬러들은 법칙이라는 게 있고, 직업에 대한 프로 의식이 있었다.

크산디아르는 세네의 손이 척추 아래쪽으로 내려오자 움찔했다. 아내가 마사지해줄 때 기분이 아주 좋았다. 꼭 아파서가 아니라 아내의 손길을 느끼고 싶어서 등이 아프다고 호소할 때도 있었다. 그럴 때마다 세네는 속은 체하며 한번도 거절하지 않고 받아주었다.

"모르겠어." 크산디아르는 막연하게 느껴지는 뭔가에 집중하며 대답했다. "들어맞지 않는 것들이 있단 말이야. 타빌라가 공격을 받은 장소가 타라의 집무실이라는 것에 주목할 필요가 있어. 소속된 킬러든 단독 킬러든, 타라를 건드렸단 말이야. 타라가 마음만 먹으면 공원 전체에 파랄리수스 주문을 날려 범인을 잡을 수 있어서 감히 그럴 수가 없는데…… 타라가 불안정한 마법 때문에 사용하길 주저하는 것은 측근들만 아는 사실이란 말이야. 그런데 킬러가 불확실한 것에 기대를 걸었다? 나는 그렇게 생각하지 않아."

이런! 세네는 크산디아르의 근육이 다시 뻣뻣해지는 걸 느꼈다. 그래서 근육질 엉덩이를 한 대 찰싹 때렸다.

"쯧쯧, 여보, 긴장을 풀라니까. 제발 흥분 좀 하지 말고."

크산디아르는 심호흡을 하고 순순히 말을 들었다.

"당신 지금 내 엉덩이 때렸어? 내가 꿈을 꿨나?"

"아니, 꿈꾼 거 아니야." 세네는 아주 세게 등을 주무르면서 으름장을 놨다. "여보, 나 카무플레 국장이야. 이렇게 자꾸 방해하면 당신 어떻게 되는지 알 텐데!"

크산디아르는 무슨 말인지 알아차리고 얌전히 있다가 말을 이었다.

"일단 여기서 수사를 마친 다음 셀렌다에 갔지. 타빌라를 원망할 가능성이 있는 엘프들을 수사하러 간 건데 에레 여왕 때문에 잘 안 됐어."

세네는 에레를 좋아하지 않았다. 사실 대다수 사람들이 에레를 좋아하지 않았다. 타빌라는 냉정하고 매정하기 때문에 사랑받지는 못했지만 그래도 공평하기 때문에 여왕으로서 존중을 받았다.

반면에 에레는 여왕의 진정한 역할이 뭔지 모르고 있었다. 통치자는 국민이 무슨 생각을 하는지 개의치 않고 그저 명령만 내리면 된다고 생각하는 것 같았다. 크게 잘못된 생각이었다. 그리고 부드러움과 카리스마를 겸비한 외교술이라는 것이 없고 무력으로 밀어붙일 생각밖에 없었다. 여왕이 된 지 얼마 되지도 않은 사이에 거의 모든 통치자들이 등을 돌리게 만들었다.

"가서 보니까 엘프들이 에레를 여왕으로 뽑은 걸 약간 후회하는 것 같더라고. 타빌라 여왕이 갑자기 죽을 경우 부통치자인 블랙 엘프가 자동적으로 여왕이 되는 건데 에레가 몇 달 전 블랙 엘프를 몰아내고 부통치자 자리를 차지하고 있었다는군. 내가 타빌라에 대한 수사를 시작하자마자 엘프들은 나를 거부했어. 이방인을 몹시 싫어한다는 이유로."

세네가 엘프들이 했을 법한 말을 흉내 냈다.

"'타빌라 여왕에게는 적이 없었어요. 가장 아름답고 가장 현명한 여왕이었지요. 이방인에게 살해된 것이 틀림없는데 우리 아름다운 여왕을 죽인 게 분명한 비열한 인간들의 나라로 가지 않고 왜 우리나라에 와서 수사를 하는 겁니까?'라고 따졌겠지."

크산디아르는 냉소적으로 말했다.

"정확해! 나와는 아예 말하는 거 자체를 거부했으니 그런 말을 한 건 아니지만 입을 열었다면 딱 그렇게 말했을 거야. 보디랭귀지는 그렇게 말하고 있었으니까. 셀렌다 궁정에서 국경을 지키는 드론들에게 무슨 지시를 내렸다는 걸 알았을 때도 그랬지. 일련번호를 매긴 드론들과 후계자의 정원에서 폭발한 드론의 수가 정확하게 일치했어. 폭발로 인해 번호가 거의 지워졌는데도 불구하고 우리는 확인할 수 있었지. 하지만 그 이상은 수사할 수 없었어. 드론들이 어디를 정찰하던 중이었는지 나한테 말해주지 않았기 때문에. 얼마나 화가 나는지 두들겨 패서라도 엘프들의 입을 열게 하고 싶었어."

"다릴 크라투스는?" 세네는 남편이 또 흥분할까 봐 화제를 바꾸기 위해 달래주는 어조로 물었다.

이런! 크산디아르가 또 긴장했다. 세네는 한숨을 내쉬었다. 그러고는 아무 말도 하지 않는 게 낫겠다고 생각하며 다시 남편을 누르고 굴리고 만지며 마사지를 시작했다.

"다릴 크라투스는 완전 유령이야." 크산디아르가 구시렁거렸다. "어쩌면 그렇게 감쪽같이 사라졌다 나타났다 하는지 알 수가 없어. 그에 대한 수사를 했는데 진짜 미스터리한 인물이야. 나무꾼이라는 건 사실이었어. 수년 동안 그가 기거했다는 집을 찾았고, 주인 여자가 죽은 것도 사실로 확인됐지. 그가 다스렸던 북부 국경지대에서도 수사를 했어. 그곳 사람들 역시 경찰에 대해 폭언을 서슴지 않고 제국을 비난하더군. 통합하려면 아주 문제가 많은 거친 사람들이었어. 셀렌다에서와 마찬가지로 거기서도 내가 환영받지 못했다는 건 굳이 말할 필요 없겠지."

등의 근육으로 보아 크산디아르는 신경이 극도로 날카로워져 있었다. 직종이 같아서 그런지 크산디아르와 세네는 비슷했다. 미스터리한 일이 있으면 반드시 풀어야 하는 성격이라 수사가 막히면 크게 낙담했다.

"동생이라는 백작은 다릴 크라투스가 자기 형이 맞는다고 인정했어?"

"외모로는 인정했지. 다릴과 대질시켰을 때 젠릴-메투스는 몹시 감격했지. 하지만 남자가 몇 살 연상인 형과 닮은 것은 분명한데 기억상실이라 확인할 수가 없으니 자신 없다고 했어. 그리고 이해가 안 되는 게 또 있어."

"뭔데?"

"다릴 크라투스 사건에 마지스터 얘기가 왜 나오지?"

세네가 피식 웃었다.

"아, 여제가 장관한테 소리쳤거든. 결혼식을 망치려고 작심한 다릴 크라투스는 자기를 불임으로 만든 마지스터와 다를 바 없는 작자라고."

깜짝 놀란 크산디아르가 몸을 반쯤 일으키는 바람에 세네는 뒷걸음치는 말처럼 몸을 젖혔다. 크림색 실크 잠옷 차림의 아름다운 세네가 남편의 얼굴 쪽으로 미끄러지듯 내려왔는데 보라색 머리가 헝클어져 있었다. 장난꾸러기 꼬마도깨비처럼 씨익 웃었다.

"당신이 그걸 어떻게 알아?" 크산디아르는 아내의 허리에 손을 얹으며 물었다.

"여제가 하는 말을 들었으니까."

크산디아르의 손이 멈췄다.

"당신이 오무아 제국의 여제를 염탐했단 말인가?"

세네는 태연하게 미소를 지었다.

"당연하지! 누구를 막론하고 뭐든 다 알아내는 것이 내 직업인데! 그리고 이번에는 나만 들은 것도 아니야. 여제가 접견실에서 달로르 경제부 장관을 향해 그라욱스처럼 소리를 질러대서 주위에 있는 궁인들은 다 들었을 텐데, 뭐. 나는 여제가 달로르를 스파슌으로 둔갑시킬 줄 알았다니까. 진짜 크라투스가 맞는지 모르겠지만 30년 동안이나 행방불명되어 있던 사람이 기적처럼 여제가 결혼하려는 순간에 다시 나타난다는 게 말이 된다고 생각해? 나는 도저히 믿을 수가 없어. 마지스터가 오랜 세월 여제에게 독을 먹여 불임으로 만든 것도 그렇고. 아무튼 마지스터는 리스베스가 후계자를 낳지 못하도록 주도면밀하게 준비했다는 거잖아. 게다가 타라도 여러 번 죽이려고 했는데……. 그게 다 우연이라고 할 수 있을까?"

크산디아르는 불법적인 염탐을 하다 걸리면 감옥행이라고 지적하면서 말했다.

"타빌라 피살 사건, 다시 나타난 다릴 크라투스. 그렇지만 마지스터에 대한 여제의 생각은 옳다고 생각해. 나는 그 점을 고려해서 수사할 것이고, 그러다 보면 단서를 찾을지도 모르지. 그건 그렇고……."

크산디아르는 이글거리는 눈빛으로 세네를 응시했다.

"이번에는 내가 당신을 마사지해줄 차례인가?" 크산디아르가 금빛 어깨를 드러내며 속삭였다.

세네는 장난기 있는 미소를 지었다.

"진짜? 진짜 마사지하려는 거 맞아?"

# 동굴 마을

누가 누군지도 모르고 누가 맞는지도 모르는데
어떻게 반역인지 아닌지를 결정하나

\*

아더월드에서 수십억 타트롤 떨어진 다오보르 행성의 왕복선 안에서는 모두 어안이 벙벙했다. 늙은 엘프가 방금 부탁한 것은 이해하기가 힘든 말이었다.

파브리스는 금발을 쓸어 넘기며 눈살을 찌푸렸다.

"얘들아, 저 엘프들이 누구와…… 싸우고 있다는 거잖아? '반역하는 엘프들'이라고 한 거 맞아? 뭘 반역했다는 거야?"

타라는 유감스러운 얼굴로 말했다.

"잘 모르겠지만 우리가 또 싸움에 휘말릴 것 같아. 슬루르크! 내 인생에서 이번만은 평화로운 종족을 만나길 바랐는데. 토마토를 경작하며 살아가는 것 이외의 다른 야망이라곤 없는 종족이었으면 했는데!"

"왜 토마토야?" 칼이 재미있다는 듯 물었다.

"별 뜻 없어. 그냥 내가 토마토를 좋아하니까. 빨갛고 수분도 많고 달콤한 게 맛있잖아. 아무튼 이번에는 이 모든 일의 배후에 미친 붉은 여왕이나 반역하는 드래곤, 마법의 반지 같은 건 제발 없기를 바라야지."

"육체나 물질에 대응하는 의미의 단어, 정신 의식 장애를 일으킨다는 뜻의 단어, 이걸 합하면 정신착란! 정신착란에 빠진 존재는 없어야 할 텐데." 또 문자 수수께끼 병이 도진 파브리스가 혼자 문제 내고 답을 말했다. "근데 언제부터 엘프들이 서로 치고받고 싸웠지?"

"오래전부터, 왜?" 로빈은 자기가 싸웠던 걸 떠올리며 대답했다. "엘프족은 싸움을 좋아해. 악마들이 쳐들어오는 걸 보고 기뻐했을 정도로. 물론 악마들이 우리 행성을 파괴하기 전까지였지만. 전쟁이 시작된 초기만 해도 한바탕 신명나게 싸울 수 있는 기회라고 아주 좋아했거든."

"아, 그렇구나." 파브리스가 말했다. "근데 엘프들끼리 싸운다면 바이올렛 엘프 대 블랙 엘프, 뭐 그런 식인가?"

로빈은 황당한 시선으로 파브리스를 쳐다봤다.

"그건 아니야. 서로 적대적인 파벌이 있는 거지 정치적 견해와 색깔은 아무 상관 없어."

파브리스는 이맛살을 찌푸렸다. 아더월드인들은 지구인들과 완전히 다르다는 걸 늘 잊었다. 파브리스의 눈에는 분명히 바이올렛 엘프와 실버 엘프가 다른데 실상은 그렇지 않은 것이었다.

"요컨대 저 엘프들이 우리한테 반역하는 엘프들을 이길 수 있게 도와달라는 거잖아." 파프니르가 나섰다. "난 오케이. 근데 어느 쪽이 정당한지 어떻게 알지?"

타라는 고개를 설레설레 저었다.

"우리가 엘프들을 타스스스크의 표현처럼 총알받이로 이용한다는 건 말도 안 돼."

이건 또 무슨 소리야? 하는 얼굴로 친구들이 서로를 쳐다봤다.

"이 대목에서 타스스스크 얘기가 왜 나오는지는 모르겠지만……." 실버가 미소를 지으며 말했다. "나는 네 말에 동의해, 타라. 우리는 어느 편도 들지 말아야 해. 발라부터 찾고, 악마의 사물들을 찾아야 해. 그다음 누가 옳고 그른지는 엘프들끼리 결정하게 내버려두자."

파프니르는 오랜만에 몸 풀 기회를 막는 실버가 못마땅해 오만상을 찌푸렸다.

타라 일행은 엘프들이 공격할 생각이 없으며, 함정이 아니라는 걸 확인한 뒤 왕복선에서 내렸다.

셈 선생님이 드래곤으로 변신한 뒤에 늙은 엘프 마제에게 말했다.

"이제 준비되었으니 발라가 있는 데까지 안내해주시지요."

블루 드래곤이 왕복선을 나갔을 때 엘프들이 뒷걸음치더니 놀란 얼굴로 몸을 숙였다. 싸움이 벌어졌을 때 그중 일부만 드래곤을 봤기에, 매복하고 있던 나머지 엘프들은 경악하는 얼굴로 드래곤을 쳐다보고 있었다.

"오, 내 할머니의 수염이여!" 허리가 구부정해 무기를 지팡이로 사용하는 엘프가 탄성을 질렀다. "세상에 블루 드래곤이잖아! 얼마 만에 보는 블루 드래곤이야! 내가 젊었을 때 블루 드래곤과 사귄 적이 있는데. 아주 단단하고 아름다운 비늘, 멋진 꼬리……."

"에헴." 셈 선생님이 헛기침을 했다. "그렇게 말씀해주셔서 고맙습니다, 부인."

어조로 보아 드래곤도 낯이 빨개질 수 있다면 셈 선생님의 파란 낯이 빨갛게 변했을 것이다.

늙은 엘프는 안 들린다는 듯 뾰족한 귀에 양손을 갖다 댔다.

"드래곤이 뭐래?"

"아무 말도 아니에요, 할머니." 조금 나이를 덜 먹은 엘프가 귀가 먹은 늙은 엘프에게 반복해줄 생각도 않고 대답했다.

유심히 뜯어보던 칼은 완전히 노쇠한 엘프들이라는 걸 알아차렸다.

"이해가 안 돼." 칼은 눈살을 찌푸리면서 타라 쪽으로 몸을 숙이고 말했다. "어떻게 저토록 늙었을까? 타빌라도 나이가 아주 많았지만 30대 이상으로 보이지 않았는데!"

타라는 마제가 하는 말에 주의를 기울이느라 대답할 겨를이 없었다.

"하지만 내 질문에 대답하지 않았소." 마제가 말했다. "반역하는 엘프들을 제압할 수 있게 우리를 도와주겠소? 당신들이라면 수천 년 동안 골머리를 썩어온 문제를 몇 분이면 해결할 수 있을 텐데!"

"물론 그렇지요." 블루 드래곤이 대답했다. "그 얘기는 발라부터 데려온 다음에 하지요. 어린 엘프는 지금 이 시간에도 두려움에 떨고 있을 텐데."

마제는 어이없다는 표정으로 블루 드래곤을 쳐다봤다.

"두려워해요?" 마제가 숲으로 들어가며 말하자 블루 드래곤과 일행이 따라갔다. "바이올렛 엘프는 두려움이라는 단어의 뜻을 모른다고 생각하는데. 발라는 함정에 빠져 납치된 것에 화가 나 탈출하기 위해 자기에게나 간수들에게나 가장 복잡하고 위험한 작전을 짜고 있을 게 틀림없소. 그리고 우리를 죽이려고 달려들 텐데 발라가 두려움에 떨고 있다니요. 하지만 여러분의 걱정은 이해합니다. 동지가 생포되었는데 당연히 구해내고 싶겠지요. 자, 갑시다, 따라오시오."

타라 일행은 왕복선을 타고 갈 수 없었다. 그들이 이해한 바로는 엘프들이 동굴에서 살고 있는데 울창한 숲이 동굴 마을을 에워싸고 있어 착륙할 데가 없기 때문이었다. 따라서 걸어가야 했다.

엘프들은 다리가 여섯 개 달린 동물을 키우고 있었다. 여섯 개의 발에 파란색 원 무늬(천연적으로 보이는)가 있는 초록색 털의 민첩한 동물이었다. 엘프들이 한참 떨어진 울타리까지 걸어가더니 그 동물들에 올라타고 길을 가리켰다.

타라는 페가수스를 타기 때문에 등이 넓고 편안한 동물에 올라타는 것이 그리 낯설지 않았다. 파브리스는 어릴 적부터 아버지의 말을 많이 타고 달려봐서 거리낌이 없었고, 히믈리아에서 많이 살아본 무아노는 마법을 싫어하는 난쟁이들이 주로 조랑말을 타고 이동하기 때문에 동물을 타는 것이 익숙했다. 난쟁이 양부모에게서 자란 실버도 그렇고, 파프니르는 물론 아무 문제가 없었다.

반면 셀렌바는 여태껏 동물이든 인간이든 누군가의 등에 올라탄 적이 없는데 이제 와서 탄다는 건 말도 안 된다며 거부했다. 그리고 이런 뚱뚱한 동물을 타고 가는 것보다 자기가 훨씬 빠르다고 강조했다. 로빈은 말을 탈 줄 알지만 별로 좋아하지 않기 때문에 셀렌바 옆에서 달리기로 했다. 칼은 도둑 교육을 받았기 때문에 어떤 동물이든 타고 달리는 것에 자신이 있었다.

위베른족 병사는 신경질적으로 휘파람을 불며 혼자 이동하겠다고 말했고, 셈 선생님도 알아서 가겠다고 말했다.

하지만 파브리스에게서 포식동물의 냄새가 날 줄은 아무도 생각하지 못했다. 파브리스가 타라에게 카우보이처럼 타는 방법을 설명하며 여섯 다리의 짐승의 등자에 발을 올리고 앉으려는 순간이었다. 동물이 거칠게 뒷발을 찼다.

파브리스는 몸을 숙인 자세로 붕 떴다가 다행히 우거진 수풀에 떨어지면서 빨간색과 파란색 꽃가루 범벅이 되었다. 파브리스는 얼떨떨한 얼굴로 몸을 흔들며 수풀에서 나왔다.

무아노는 부리나케 뛰어가서 다친 데가 없는지 확인한 다음 웃음을 참으며 파브리스를 안아주었다. 칼은 기어코 파브리스를 놀렸다.

"카우보이처럼 한다며? 카우보이가 뭔데? 서커스단에서 재주 부리는 사람이야? 그건 피에로인 줄 알았는데?"

"하하, 웃긴다, 칼." 파브리스가 말했다. "근데 저 멍청한 동물이 왜 이런 거지?"

아직 동물에 오르지 않고 있던 무아노는 야수로 변신했다. 파브리스의 동물이 겁을 먹었는지 다시 뒷발을 차더니 달아났다. 무아노는 안도의 숨을 내쉬었다.

"파브리스, 우리는 두 발로 가야겠다. 초식동물이 어떻게 포식동물을 태우겠어? 당연한 반응이야. 우리에게서 동물 냄새를 맡은 거야."

파브리스는 인상을 쓰면서 흙을 털었다.

"내가 그렇게 나가동그라지기 전에 누가 미리 좀 알려줬으면 좋았잖아!"

"무슨 일입니까? 다들 괜찮습니까?" 그들의 이어폰에서 질겁한 목소리가 외쳤다. "누가 왜 비명을 지른 겁니까? 분명히 들었는데……!"

왕복선의 조종사 옐로우 드래곤이었다. 타라 일행은 몹시 예민해져 있는 옐로우 드래곤에게 왕복선을 지키게 했었다. 옐로우 드래곤은 그들에게 무슨 일이 생기면 즉시 연락하라고 적어도 열 번은 강조했다. 걸어서 가야 한다는 엘프의 설명이 미덥지 않기 때문에 옐로우 드래곤은 왕복선에 장착한 대포로 숲을 초토화시킬 작정을 하고 있었다. 함정이라는 의심이 들면 당장 날아올 기세였다. 타라 일행은 우주복을 착용하지 않았지만 이어폰과 마이크를 지니고 있었다.

파브리스는 놀라게 해서 미안하다며 아무 일도 없다고 옐로우 드래곤을 안심시켰다. 이윽고 그들은 출발했다.

별빛이 닿지 않을 정도로 울창한 숲속이 너무 어두웠다. 타라는 동물에게 뒷발을 차게 해서 날아오른 다음 탐조등처럼 밝은 마법의 빛으로 길을 밝혀주었다. 엘프들은 타라의 마법에 홀린 것 같았다.

칼과 타라는 엘프들이 전혀 마법을 사용하지 않는 것이 사실임을 확인하고 깜짝 놀랐다.

다오보르의 동물들은 아더월드의 동물 못지않게 공격적이었다. 지구의 공룡 시대와 약간 비슷했다. 타라 일행은 여러 번 포식동물의 공격을 받았지만 동물이 달려들려는 순간 나무를 쓰러뜨리는 것으로 해결했다. 엘프들은 동물이 달려들기 전에 나름의 방식으로 대처하고 있었다. 그렇게 양쪽에서 혼쭐이 난 포식동물들은 더 이상 얼씬도

하지 않았다.

오히려 작은 곤충류가 물리치기가 좀 더 힘들었다. 마제는 가장 공격적인 곤충들을 향해 냄새 나는 식물을 흔들어서 쫓아버렸다. 그렇지 않았다면 그들은 어쩔 수 없이 마법의 장막을 만들어야 했을 터였다.

노란색 풍뎅이과 벌레가 떼를 지어 길을 가로지를 때는 모두 멈춰 서야 했다. 풍뎅이 떼가 지나가고 나자 마제는 독을 내뱉어 먹이를 마비시킨 다음 산 채로 잡아먹는 벌레라고 설명했다. 엘프들은 겁 없이 덤벼드는 공격적인 곤충들 때문에 고생을 많이 한 것 같았다.

타라는 시간이 흐를수록 소모되는 에너지를 절약하기 위해 빛의 세기를 약간 낮추고 마제 옆으로 날아갔다. 빨간 가죽 안장을 얹은 동물에 올라탄 마제는 걸어가는 블루 드래곤에게 엘프족의 역사를 얘기하는 중이었다.

"엘프 전사들이 우리를 버린 겁니다." 마제는 쓸쓸한 어조로 말하고 있었다. "오만한 엘프 전사들이 이 전쟁은 '재미있는 놀이'에 불과하다고 큰소리치면서 떠났지요. 늙은이들과 아이들, 불구자들, 싸우고 싶지 않거나 싸울 수가 없는 이들이 동족에게 배신을 당한 거지요. 악마들이 들이닥쳐 학살했을 때 우리도 필사적으로 싸웠고 악마들을 쓰러뜨렸어요. 우리는 지원군이 와서 구조해주길 기다리고 또 기다리면서 할 수 있는 한 오래 버텼어요. 하지만 압박이 너무 심해 선택의 여지가 없었지요. 결국 우리는 우주선들을 이륙시켰고 도망 쳤어요."

마제가 블루 드래곤을 쳐다봤는데 당시의 공포가 희끄무레한 눈빛에 나타나 있었다.

"악마들이 우리 행성을 완전히 파괴할 정도로 흉악한 괴물이라고 는 생각하지 않았어요. 악마들이 그런 극악무도한 짓을 할 수 있을 정도로 강력한지도 몰랐고요. (마제가 타라를 힐끔 쳐다봤다.) 그런 데 인간들을 보니 얼마든지 가능하다는 걸 알겠소. 우리는 행성이 폭 발하는 걸 똑똑히 봤으니까요. 아무튼 끝내 오지 않는 지원군을 너무 오래 기다렸던 것이 불행이었지요. 행성이 폭발하는 순간이 되어서 야 이륙했는데 우주선들의 절반이 파괴된 상태였지요."

그들은 초록색 동물들의 속도에 맞춰 전진하고 있었다. 다오보르 행성의 새들과 동물 울음소리, 가죽 안장 삐걱거리는 소리, 드래곤의 비늘이 마찰하는 소리가 간간이 들렸다. 늙은 엘프는 5000년 전에 일 어난 일이지만 기억 속에 생생히 남아 있는 끔찍한 비극을 울먹거리 며 이야기하고 있었다. 타라는 꾹 참고 들었다.

"아, 바로 그래서 우리는 여러분이 모두 죽었다고 생각한 겁니다." 셈 선생님이 아주 유감스러운 목소리로 말했다. "우주 공간에서 우 주선 잔해들을 발견했기 때문에 이륙할 시간이 없었을 것으로 결론 짓고 행성과 함께 파괴되었다고 생각했지요."

"공황 상태에 빠져 있었소. 우리는 어디로 가야 할지 모른 채 무작 정 도망쳤지요. 악마들이 사방에 있었기 때문에. 몇 달 동안 우주를 돌아다니며 악마 우주선들과 마주칠까 두려워 숨어 있었어요. 그러 다 드래곤 우주선 한 대를 발견했지요. 은밀히 작전 수행을 하는 우 주선으로 보였어요. 어쩌면 드래곤 우주선이 생명체가 살 수 있는 행 성으로 안내해줄지 모른다고 생각하고 우리의 존재를 알아채지 못하게 우주선 한 대만 몰래 따라가게 했어요. 그리고 나머지 우주선들은 숨어서 연료를 소모하지 않기 위해 정지하고 있었지요."

셈 선생님이 갑자기 걸음을 멈추는 바람에 뒤따르던 이들이 넘어지지 않으려고 묘기를 부려야 했다.

"뭐라고요?" 셈 선생님이 외쳤다. "드래곤 우주선을 따라 여기까지 왔는데 연락하지 않았단 말입니까? 왜 그랬습니까?"

늙은 엘프는 키를 맞춰주느라 머리를 숙인 드래곤의 주둥이를 향해 삿대질하며 말했다.

"당신들, 드래곤족도 우리를 버렸잖소! 당시 드래곤족은 악마들과의 전쟁에서 패하는 중이었어요. 때문에 악마들이 뱀파이어족의 행성을 파괴한 뒤 우리 행성을 파괴하러 온 거니까요. 우리는 여러 행성을 찾아다녔지만 전혀 호의적이지 않았어요. 그래서 드래곤 우주선의 동태를 살피며 뒤따라갔던 겁니다. 우리의 미행 우주선으로부터 드래곤 우주선이 이 행성에 착륙했는데 식물상과 동물상이 풍부해 우리가 사는 데 문제가 없어 보인다는 보고를 받았지요. 그래서 드래곤 우주선이 떠나기를 기다렸다가 우리는 이 행성에 정착하게 된 겁니다. 하지만 언제고 드래곤 우주선이 돌아오리라는 걸 알기 때문에 숨어서 조심하며 살았지요."

"여러분이 살아 있다는 걸 누군가에게 알리려고 한 적이 전혀 없었단 말씀이세요?" 칼이 놀란 얼굴로 물었다.

"누구한테 알린단 말인가?" 마제는 신랄한 어조로 대꾸했다. "우리는 악마들이 승리했다고 생각하고 있었는데. 그리고 악마들이 드래곤족을 전멸시켰기 때문에 드래곤 우주선이 돌아오지 않는 거라고 생각했지. 그래서 우리는 마법도 기계도 사용하지 않기로 결정하고 숨어 살기로 한 것이다. 숲 속에 숨어 사냥이나 물고기를 잡으며 살았지. 거대한 행성에 비해 우리는 수가 너무 적었어. 아이들은 거의 없었고. 정착한 초기에는 동물에게 잡아먹히거나 병에 걸려 죽었고, 나중에는 늙음과 절망, 과로에 지쳐 죽는 이들이 늘어났으니 살아남은 엘프는 아마도 100만에서 300만 사이로 추정하고 있다."

아! 행성 상공을 돌면서 관찰했을 때 엘프들을 볼 수 없었던 이유가 설명이 되었다. 기계도 마법도 사용하지 않고 수렵시대 같은 생활을 하며 살았으니……. 로빈의 크리스털 눈이 휘둥그레졌다.

"하지만 엘프의 수가 너무 적습니다. 우주선들에 500만 명은 타고 있었을 텐데 오늘날은 훨씬 많아야 하잖아요! 적어도 세 배는 늘어났어야 합니다."

"내가 알고 싶은 것은 당신들이 내 팀을 공격한 이유입니다." 또다시 홀로그램 형태로 동행하고 있는 블랙 드래곤 사령관(영상 통신기를 작동해야 하기 때문에 사령관은 일부러 위베른족 병사 한 명을 파견한 것이었다)이 말했다.

칼은 인상을 썼다. 언제부터 우리가 블랙 드래곤의 '팀'이 되었지?

늙은 엘프 마제는 칼처럼 인상을 쓰지 않았지만 불쾌한 표정을 짓고 싶은 것이 역력했다.

"당신들이 반역자들인지, 악마들인지 몰랐으니까요. 당신들의 정체를 전혀 모르는데 당연한 것 아니오. 당신들의 우주선이 우리 행성에 다가오는 순간부터 작전을 짜기 시작했지요. 처박아놨던 낡은 센서들을 꺼내 사용해봤는데 경보가 울려서 심장마비를 일으킬 뻔했단 말이오! 그런데 허공에 나타난 발라가 악마들과의 전쟁에서 승리했다고 말했을 때 우리가 그 말을 믿을 수 있었겠소? 우리를 유인해 죽이려는 술책이라고 생각해서 발라의 입을 열게 하려고 생포한 겁니다."

로빈이 냉소적인 미소를 지었다. 너무 노골적이라 칼은 놀란 얼굴로 친구를 쳐다봤다.

"발라가 입을 열긴 열었겠죠." 로빈이 말했다. "내 생각에는 악을 썼을 게 틀림없는데 맞습니까? 단언컨대 들어보지도 못한 엄청난 욕설을 쏟아냈을 거예요."

마제는 재미있다는 듯이 미소를 지었다.

"정확하네. 몹시 화가 나 있었지. 특히 자네들의 반응을 떠보기 위해 우리가 공격하기로 결정했을 때는 아주 길길이 날뛰었으니까."

"네?" 무아노가 물었다. "그게 다 일종의 테스트였다는 말씀이세요?"

마제는 고개를 끄덕였다.

"자네들이 악마나 반역자들이었다면 우리를 죽였겠지. 우리에게 부상을 입히기보다는 기절시키는 걸 보고 죽이려는 것이 아님을 알아차렸다. 마법으로 쓰러뜨리는 걸 보고 내가 휴전을 결정한 것이다."

"진작 말씀해주셨으면 겁먹지 않았을 텐데요." 칼이 말했다.

"인간이라고 하는 자네들은 우리가 전혀 모르는 종족인 데다 드래곤 우주선을 타고 도착했어. 악마 세계에 여러 종족이 있다는 걸 알고 있었고, 우리가 아직 싸워본 적이 없는 악마 종족일 수도 있는데 위험을 무릅쓸 필요가 없었다."

마제가 솔직하게 덧붙였다.

"하지만 자네들이 평화적이라서 기쁘다. 어차피 우리는 자네들과

정면 승부할 힘이 없었는데."

그렇게 계속 얘기하며 전진하는 사이 엘프들이 사는 동굴 부근에 도착했다.

어느새 어둠이 걷히고 있었다. 마법을 사용하지 않기 때문에 초록색 동물이 아무리 빨라도 시간이 오래 걸렸다. 아더월드의 새벽 4시에 해당하는 시간에 해가 떴다. 이내 훨씬 따뜻해졌고, 1시간 후, 체인지라인은 타라의 두건 달린 재킷을 얇은 옷으로 바꿔주었다. 그러자 타라는 달려드는 벌레로부터 보호할 수 있게 피부를 노출시키지 말라고 부탁했다.

빗발치는 화살에 타라 일행이 바늘꽂이가 되지 않도록 마제는 정찰병 둘을 보내 동굴을 지키는 파수병들에게 알렸다. 파수병들이 조금이라도 의심스러우면 화살을 날릴 기세로 시위를 매긴 채 타라 일행이 지나가는 걸 지켜봤다.

마침내 동굴 앞에 도착했다. 아더월드에서는 가장 자유분방하게 사는 종족이 엘프이건만, 두려움 때문에 어둡고 습기가 많은 동굴 속에 숨어 사는 것을 보니 타라는 가슴이 아팠다.

낯선 행성의 엘프들이 동굴에서 나왔다. 그리고 경계를 늦추지 않은 채 적의에 찬 시선으로 그들을 에워쌌다.

모두 늙은 엘프들이었다.

타라 일행은 다시 한 번 놀랐다. 아더월드에서는 마법 덕분에 엘프들이 거의 영원히 젊음을 유지하고 있었다. 다오보르 행성에서는 마법을 거부하는 탓에 엘프들은 세포의 노화를 막을 수가 없었다. 더욱이 타라는 아이들이 없는 걸 보며 가슴이 먹먹했다.

아더월드의 엘프들은 패밀리어나 가축을 키우지 않는 반면 동굴 마을에는 고양이와 개들이 뛰놀고 있었다. 그래서 타라는 엘프족의 세계와 비슷한 게 뭐가 있는지 궁금했다. 드론들이 촬영한 영상 중에는 이 행성에 있는 정글의 동물들이 개와 고양이와 전혀 닮지 않았기 때문이다. 지구와 비슷한 건가?

"죽으면 죽는 대로 방치한 겁니까?" 블루 드래곤이 엘프들을 찬찬히 뜯어보다 갑자기 물었다. "추적을 피하고 악마들을 피한다는 핑계로 죽어갔군요. 이건 정말 비극입니다."

"어쩌면." 마제는 의연하게 응수했다. "하지만 악마들은 우리를 찾지 못했고, 우리는 이렇게 살아 있지요. 늙고 지쳤지만 이렇게 살아 있습니다. 이제 마법을 사용해도 된다는 걸 알았으니 마법으로 갱생할 겁니다. 누구의 눈에 띄는 것을 두려워할 필요가 없게 되었다니 이렇게 경이로울 수가!"

"시간이 좀 걸릴 겁니다." 사라졌던 종족의 고뇌에 충격을 받아 가슴이 뭉클해진 무아노가 말했다. "안타깝지만 며칠 사이에 젊음을 되찾지는 못할 겁니다."

마제는 은빛 머리를 끄덕였다.

"그래, 안다. 괜찮아. 마법을 사용하지 않은 지 수천 년이 지났으니 천천히 해야겠지."

마제는 로빈을 쳐다보며 말했다.

"그래서 말인데 아더월드에는 엘프들이 몇 명이나 되는가? 우리보다는 훨씬 많이 살아남았겠지?"

로빈은 고개를 저었다.

"여기는 최대 300만 명이라고 하셨지요? 모든 역경에도 불구하고 여러분은 우리보다 전쟁의 대가를 덜 치르셨습니다. 아더월드에 있는 엘프는 200만 명쯤 됩니다. 악마들과의 전쟁, 또 다른 전쟁에서 많은 엘프가 전사했습니다."

마제 도브릴이 약간 비틀거렸다.

"5000년 전에 악마들을 물리치러 원정을 떠난 1100만 명 중 현재 200만 명만 남았단 말인가? 그럴 수가! 대부분 남성인가, 여성인가?"

"남성 엘프들입니다. 아시다시피 원정 당시 대부분 여성 엘프들이 우리 행성에 남아 있다 행성이 파괴될 때 사라졌으니까요. 그리고 거의 모든 마법 행성들과 마찬가지로 아더월드에서는 임신이 어렵습니다. 발라와 나는 예외입니다. (로빈은 심호흡을 했다.) 그리고 나는 혼혈입니다. 하프인간, 하프엘프입니다."

마제는 깜짝 놀랐지만 부정적인 반응을 보이지 않았다.

"음, 좋은 일이군. 두 종족을 결합시킨 것은 아주 훌륭한 생각이다. 무엇보다 인간의 마법 능력이 아주 강력하다는 걸 생각하면. 게다가 자식까지 가질 수 있다면 더더욱 나무랄 데가 없다. 내 앞에 있는 자네가 인간이 아니라 엘프라니 정말 놀랍군."

로빈은 검은 여왕이 인간적인 부분을 없애주었기 때문이라는 걸 설명하지 않기로 했다.

하지만 다오보르 행성의 엘프는 아더월드의 엘프들과 달리 순혈주의자가 아닌 것에 감동했다.

마제의 지시에 따라 늙은 엘프들이 발라를 내보냈다.

발라는 햇빛 때문에 아무것도 보이지 않아 눈을 깜박였다. 이윽고 앞에 있는 이들이 눈에 들어오기 시작했다. 블루 드래곤, 블랙 드래곤의 홀로그램이 나타나 있는 통신기를 들고 있는 위베른족 병사, 매직갱, 셀렌바와 타라.

발라는 피와 땀이 묻은 턱을 쳐들고 초록빛 눈을 깜빡이다 로빈을 발견하고 쏘아붙였다.

"참 빨리도 찾아왔다! 여기가 어떤지 알아? 화장실도 옛날식이고, 샤워기도 없는 원시시대야. 꿈인지 알았어!"

로빈은 공격적인 어조에 개의치 않고 다가가 발라를 부드럽게 안고 머리에 난 상처를 살펴봤다.

"*레파루스의 이름으로 상처는 사라지고 통증은 멈춰라!*" 로빈이 주문을 읊었다.

로빈의 마법에 피가 사라지자 발라는 긴장이 풀렸다. 몹시 고통스러웠던 게 틀림없었다.

"자, 이제 우리는 발라를 돌려주었소." 마제 도브릴이 거만하게 말했다. "이제 반역하는 엘프들을 제압하게 도와주겠소?"

셈 선생님이 길게 누워 편안한 자세를 취했다. 아무리 드래곤이라도 드래곤들은 주로 마법이나 기구, 날개를 이용하여 이동하기 때문이었다. 울창한 정글을 몇 시간 동안 계속 걷는다는 것은 힘든 일이었다.

블루 드래곤은 녹초가 되어 있었다.

하지만 블루 드래곤이 드러눕는 모습에 엘프들은 참지 못하고 흥분했다.

"네, 좋습니다. 무슨 짓을 했기에 반역이라고 하는 건지 설명해주세요." 블루 드래곤은 애써 하품을 참으며 말했다. "그리고 말씀하신 대로 왜 그들을 굴복시켜 광명을 찾게 하려는 겁니까?"

"우리는 그들을 구해야 하니까요!" 마제가 소리쳤다. "설명할 테니 앉으세요. 세라! 편히 앉을 수 있게 뭐 좀 내오게."

방금 호명받은 엘프가 고개를 끄덕이고 동굴로 들어갔다가 이내 나왔다. 엘프들은 소박하게 살지만 모든 이들처럼 편안한 걸 좋아했다. 엘프들이 푹신해 보이는 방석을 가져왔는데 여러 식물로 색색가지 물을 들이고 새털을 채워 만든 것들이었다.

그런데 이상하게도 엘프들이 새끼 고양이와 강아지를 한 마리씩 내밀었다. 타라 일행은 동물을 받아 들고 어찌할 바를 모르다 품에 안아주었다. 이내 어린 동물들이 천연덕스럽게 하품을 하고는 잠이 들었다.

"음, 친절도 하셔라. 간식인가요?" 셀렌바는 고양이를 내미는 엘프에게 말했다.

엘프는 눈이 동그래져서 셀렌바에게서 고양이를 도로 빼앗았다.

타라와 다른 친구들도 모두 앉았다. 타라는 엘프들의 시선이 셀렌바에게 쏠려 있음을 알아차렸다. 엘프들은 부러워하는 눈으로 뱀파이어의 불룩한 배를 쳐다보다 하얀 머리에 이어 새빨간 눈에서 시선이 멈췄다.

엘프들은 소곤거린다고 한 거지만 대부분이 귀가 먹었기 때문에 소리가 클 수밖에 없었다.

"뱀파이어야! 임신한 뱀파이어!"

"임신했는데 안색이 왜 저래?"

"눈 색깔이 이상해. 아기를 가져서 그런가?"

"뱀파이어들은 동물의 피를 먹고 사니까 철분이 부족하진 않을 텐데 이상하네."

더는 듣고 있을 수 없는지 셀렌바가 말했다.

"미안하지만 태아가 방광을 누르고 있어서 소변을 참을 수가 없네요. 화장실을 알려주시겠어요?"

엘프들이 동굴 안쪽을 가리켰다. 몇 분 후 셀렌바가 나왔을 때 엘프들이 더는 관심을 보이지 않자 뱀파이어는 안도의 숨을 내쉬었다. 그래서 주위를 유심히 살필 수 있었다. 눈에 보이는 것만 가지고 판단할 수는 없었다. 이 모든 것이 속이기 위한 계략일 수도 있기 때문에 보이지 않는 것을 확인하고 싶었다. 하지만 속임수 때문에 일부러 옛날식 화장실을 만들어 사용했을 가능성은 희박했다.

셀렌바는 가장 소중한 아기의 탄생을 앞두고 심적으로 많이 흔들려 있었다. 다오보르 행성의 엘프들에 대해 코끝이 찡해질 정도로 일종의 동정심이 느껴졌는데 뱀파이어 세계에서는 전혀 나타나지 않은 감정이라 적응이 되지 않았다.

얼마 후, 이번에는 남성 엘프들이 머뭇거리며 동굴에서 나왔다. 함정이 아니라는 걸 확인했기 때문에 모습을 드러내는 것 같았다.

셀렌바는 남성 엘프들을 보며 양쪽 다 서로에게 의심의 끈을 놓지 않고 있는 거라고 생각했다.

여성 엘프들과 마찬가지로 남성 엘프들 역시 늙은 모습이었다. 몇몇 건강 상태가 양호한 이들도 있지만 대부분 관절염 때문에 신음소리를 내며 방석이나 바닥에 앉았다. 남성 엘프들은 이가 없는 이들을 위한 유동식 아침을 먹으며 셈 선생님과 마제가 나누는 얘기에 귀를 기울였다.

마제는 드래곤이나 악마들에게 알려지지 않은 행성을 찾을 거란 희망 속에 우주 공간을 배회하다 이 다오보르 행성을 발견한 이후를 설명하는 중이었다.

"이 행성에 착륙했을 때 우리는 뿔뿔이 흩어졌지요. 우리 행성에서도 이미 악마들을 당해내지 못했는데 이곳에서 공격을 받으면 결과는 불 보듯 뻔하니까요. 그래서 1000명 미만으로 나눠 각각 작은 마을을 만들고 산을 중심으로 흩어져 살기로 결정한 겁니다."

셈 선생님이 의아하다는 표시로 머리를 들었다.

"왜 산을 중심으로 흩어졌습니까?"

"드래곤 우주선이 착륙한 곳이 산이었으니까요. 우리는 드래곤족이 악마들을 물리치면 언젠가 그 드래곤 우주선이 돌아올 거라고 생각했지요. 그때는 우리의 존재를 알려도 되니까요."

마제는 블루 드래곤을 쳐다보며 말했다.

"물론 5000년이란 세월이 흐를 줄은 몰랐지요."

블루 드래곤은 갈라진 눈을 찡그리며 하고 싶은 말이 있는 것 같지만 잠자코 있었다.

"각 마을들은 심부름꾼을 통해 서로 소통하며 관계를 유지했어요. 초기에는 힘들었지요. 아주 야생적인 행성이라 식물과 동물들이 끊임없이 우리를 공격했지요. 치료법을 알 수 없는 병에 걸려 목숨을 잃은 경우는 말할 것도 없고요. 차츰 우리가 차지한 지역 내에 있는 공격적인 성향의 식물이나 동물을 방어하면서 평화를 찾게 되었고,

마법을 사용하지 않고 숨어 사는 것에 익숙해졌지요. 2000년이 그렇게 흘렀고, 우리는 평화와 평온을 되찾았어요. 온갖 역경을 극복하며 모두들 싸움이나 전투를 하고 싶은 욕망을 버리게 되었지요."

"그런데 1000년 전쯤 화산이 폭발했어요." 훨씬 젊은 목소리가 말했다. "내 어머니는 엄청난 위험에 직면해야 했지요."

그들은 깜짝 놀라 새로 등장한 엘프를 향해 고개를 돌렸다.

젊은 엘프였다. 그런데 이상하게도 이 여성 엘프는 젊음을 유지하고 있었다. 밝은 잿빛 눈과 잘 어울리는 은발의 엘프. 그 옆에서 손을 잡고 있는 남성 엘프도 은발에, 로빈처럼 크리스털 눈이었다. 둘은 빨간색 즙이 나오는 식물로 물들인 것이 틀림없는 면 소재의 얇은 튜닉을 걸치고 있었다.

"어머니." 여성 엘프가 다정하게 마제를 포옹하면서 말했다. "내가 올 때까지 기다리라고 했잖아요. 어머니보다 더 고집 센 여왕이 또 있을까요? 이러다 목숨을 잃으면 어쩌시려고!"

마제는 딸을 꼭 끌어안고 자랑스럽게 말했다.

"내 딸 사엘을 소개하지요. 내 딸은 이 행성에서 태어났고, 나보다 훨씬 이해가 빠르지요."

사엘이 정중하게 허리를 숙였다. 발라가 멍하니 쳐다보는 로빈의 옆구리를 팔꿈치로 쳤다.

"제법 예쁘네. 그러면 뭐해, 사엘의 나이가 장난 아닌데." 바이올렛 엘프가 이죽거렸다.

"발라." 로빈은 옆구리를 문지르며 말했다. "사엘이 아름다워서 쳐다보는 게 아니라, 사실 아름답긴 하지만 이 행성에 도착한 다음 태어났다면 4999살인데 어떻게 다른 엘프들과는 전혀 다른지 궁금해서 쳐다보는 거야."

마제는 로빈이 하는 말을 들은 게 틀림없었다.

"내 배 속에 있던 사엘을 포함해, 행성 주위에 있는 다른 우주선들과 멀리 떨어진 곳에 숨겨놓은 우주선 세 대 안에 일종의 '자궁기'를 만들어 그곳에 아기들을 혈액순환 정지 상태로 재워놓았지. 우리는 1000년마다 몇 명씩 깨웠고, 아이들이 성장하면 임신할 수 있도록 갖은 노력을 했어. 하지만 아이들은 극소수에 불과했지. 우리는 20년 전에야 사엘과 갈바엘, 다른 몇 명과 함께 깨웠어. 따라서 사엘과 약혼자 갈바엘은 자네들과 비슷한 나이라고 할 수 있지. 하지만 에너지원이 고갈되는 중이라 안전을 생각해서 우리는 이제 아이들을 재우기 위해 우주선에 보내는 걸 단념했지. 그래서 경보기 작동을 제외하고는 우주선 운행을 완전히 중단했어."

어머니가 말하는 동안 사엘은 잿빛 눈으로 로빈을 응시하며 미소를 지었다. 로빈도 미소를 지어 보였다. 발라는 눈살을 찌푸렸다. 갈바엘도 사엘의 미소를 보고 눈살을 찌푸렸다.

다오보르의 젊은 엘프 둘이 자리에 앉았는데 사엘은 매료된 얼굴로 로빈에게서 시선을 떼지 않고 있었다.

하프엘프도 매료된 얼굴이었다. 로빈은 혐오감 없는 시선으로 하프엘프를 쳐다보는 엘프를 만난 것이 처음이었다. 좋다고 쫓아다니는 발라조차 이따금 반쪽 엘프로 바라보는데 로빈은 사엘의 노골적인 잿빛 시선에 마음이 흔들렸다.

"마제 부인, 화산에 대해 계속 말씀해주시겠습니까?" 이런 상황을 전혀 알아채지 못한 블루 드래곤이 물었다.

"아, 네. 사엘이 말한 대로 화산이 폭발했지요. 전혀 예상하지 못한 엄청난 용암이 분출됐어요. 그래서 또 많은 엘프가 죽었지만 그보다 훨씬 끔찍한 일이 일어났지요."

타라는 눈살을 찌푸렸다. 뭐지? 화산 폭발로 죽는 것보다 더 끔찍한 일이 뭔지 짐작조차 할 수 없었다.

"우리는 폭발로 인해 분화구가 뚫린 쪽에 살지 않았어요. 그래서 다른 마을들보다는 피해를 덜 받았지요. 화산 폭발 후에 도움이 필요한지, 생존자가 있는지 보기 위해 분화구 쪽으로 가봤는데 그곳의 마을 전체가 멀쩡한 겁니다. 사흘이 지난 뒤에도 우리 마을에 화산재가 비 오듯 쏟아졌는데 믿을 수 없는 일이었지요. 정작 화산 분출이 일어난 곳의 식물은 깨끗했고, 그 마을의 엘프들은 건강한 상태였어요. 도저히 이해가 안 됐지요. 그 엘프들이 찾아냈다는 것을 우리에게 보여주기 전까지는."

타라는 숨을 죽였다. 이유는 모르겠지만 느낌이 불길했다.

그러면 그렇지. 역시 예감은 빗나가지 않았다.

"이중 도끼와 방패. 검은색 금속으로 만든 것들인데 유해한 블랙 에너지를 뿜어내고 있었지요. 그 사물들이 지면에 노출되어 있었거든요."

타라 일행은 충격을 받고 얼어붙었다. 엘프들이 악마의 사물들을 찾은 것이었다.

# 21
# 방패와 이중 도끼

차가운 금속 조각이
따뜻한 육신을 가졌다고
뭐가 달라질까

*

"오, 내 조상들의 송곳니들이여!" 셈 선생님이 탄식하며 모두의 생각을 대변했다. "악마의 사물들을 찾으셨군요! 그래서 우리가 못 찾은 거였어!"

늙은 엘프가 놀란 얼굴로 블루 드래곤을 쳐다봤다.

"그 사물들을 아시오?"

"그 사물들을 회수하기 위해 이 행성에 온 겁니다." 블루 드래곤이 설명했다.

마제가 벌떡 일어나는 사이 엘프들이 분노의 눈빛으로 뻣뻣해졌다.

"안 돼! 안 돼!" 마제가 외쳤다.

"진정하십시오!" 블루 드래곤이 차분한 어조로 말했다. "진정하세요. 다 잘될 겁니다. 여러분의 도움과 호의적인 보호 없이 우리는 아무것도 하지 않을 테니 걱정 마십시오. 어떻게 된 건지 설명해주세요."

마제는 앉을 생각을 않고 타라 일행을 유심히 살폈다. 그들이 꼼짝도 않고 호기심이 가득한 얼굴로 쳐다보자 늙은 엘프는 세라가 가져다 놓은 방석에 털썩 주저앉았다.

"반역자들은 두 가지 사물이 자기들을 구원하기 위해 나타난 거라고 말했어요. 화산 폭발로 생긴 분화구에서 배출된 사물들이 그 마을을 보호해줬다는 거예요. 그 마을의 엘프 중 한 명이 도끼를 움켜잡았을 뿐인데 마법의 장막이 집들을 에워싸고 용암의 방향을 바꿔놨다는 겁니다. 하지만 악마들에게 파괴되기 전 우리 엘프족의 행성에서 사용하던 마법과는 다른 것이었다면서……."

마제는 몸을 부르르 떨었다.

"얼마나 아연실색했는지! 처음에는 그들이 살기 위해 엘프족의 마법을 사용한 거라고 생각했지요. 하지만 우리를 속인 게 아니었소. 화산 폭발에 너무 놀라 그럴 겨를도 없었고, 오랫동안 사용하지 않던 마법을 불러내는 것이 그리 쉬운 건 아니니까요. 그래도 우리는 그들의 말을 믿지 않았지만 그들이 사물들의 블랙 마법을 사용한 것이 사실이었어요. 부식성이 있는 차가운 블랙 마법의 에너지. 우리는 두려웠소. 그들에게 블랙 마법을 사용하는 건 위험하다고 말했지요. 드래곤이나 악마들을 행성으로 끌어들일 위험이 있다고. 하지만 그들은 우리의 말을 들으려고 하지 않았지요. 오히려 우리도 그 사물들을 만지고 사악한 마법을 사용해야 한다면서……."

마제는 몸을 꼿꼿이 세우고 말을 이었다.

"우리는 거부했고, 그 엘프들은 우리의 말을 들으려고 하지 않았지요. 그래서 우리는 마을로 돌아와 화산 폭발로 더러워지거나 파손된 것들을 깨끗이 치웠지요."

마제는 심호흡을 하고 계속 말했다.

"하지만 그때부터 그들은 서서히 마을을 하나씩 정복하면서 번영과 건강, 젊음을 약속하여 추종 세력을 만들고 차츰 우리 마을을 포위하고 있어요. 그들은 여전히 우리에게도 도끼와 방패를 만지길 원하지만 나는 그 사물들이 엘프들에게 무슨 짓을 했는지 알아요. 내두 눈으로 봤으니까요!"

마제는 행성이 파괴되던 순간을 떠올릴 때의 공포에 질린 눈빛이 되었다. 그리고 거의 속삭이는 것처럼 말을 맺었다.

"그 사물들이 우리를 점령하고 있는 겁니다!"

타라 일행은 질겁해서 서로를 쳐다봤다. 이때까지 검은색 철 속에 갇힌 타라의 친구인 영혼들은 엘프들이 감지할까 봐 나타나려고 하지 않았었다. 하지만 영혼들은 이제 더는 잠자코 있을 수 없었다.

'타라!' 영혼들이 타라의 머릿속에서 외쳤다. '늙은 엘프가 뭐라는 거야?'

"미안하지만 전혀 이해가 안 됩니다." 타라는 영혼들과 마제가 동시에 들을 수 있게 말했다. "'우리를 점령하고 있다'는 말이 무슨 뜻입니까?"

"사물들이 엘프들의 몸을 점령하고 있다는 말이다. 사물에 손을 댔던 엘프들은 마치 여전히 그 자신인 것처럼 말을 하지만 관찰력이 없는 엘프들을 속이고 있는 거야. 하지만 나는 이내 알아차렸지. 점령된 엘프들을 유심히 관찰하던 중 뭔가 이상한 걸 느꼈으니까. 그 엘프들은 의지대로 생각하는 것이 아니라서 각각 반응이 달랐거든.”

칼이 끼어들었다.

“타라! 크라에토비르의 시제품 반지를 갖고 있을 때와 비슷한 것 같아. 이번에는 도끼와 방패가 한 명이 아니라 많은 엘프를 장악한 모양이야. 근데 지킴이들은 어디로 간 거지? 지킴이들이 틀림없이 사물에 접근하는 자를 막았을 텐데!”

그때였다. 위베른족 병사가 들고 있던 영상 통신기에 드래곤 사령관의 홀로그램 대신 모우르무르와 오너러블 456의 얼굴이 나타났다.

엘프들이 즉시 고함을 지르기 시작했다.

“악마들이다!”

엘프들이 벌떡 일어나 아더월드에서 온 이들을 향해 활과 화살, 창, 검을 겨누었다. 보이지 않는 신호에 따라 다른 엘프들이 새끼 고양이와 강아지를 도로 빼앗았다. 싸움이 일어날 경우 동물들이 다칠까 봐 걱정하는 것이 틀림없었다.

모우르무르가 즉시 사과하는데 목소리가 약간 지지직거렸다.

“아, 미안합니다. 나는 우주선에서 여러분이 하는 말을 아주 흥미진진하게 듣고 있는 것이니 걱정 말고 우리 친구들을 공격하지 마세요. 그리고 내 옆에 있는 오너러블 456은 우리 편이며, 경이로운 발명가이자 엔지니어입니다. 우리를 도와 악마의 사물 문제를 해결하기 위해 동행한 겁니다. 그런데 현재의 상황이 너무 놀라워 가만히 듣고만 있을 수 없어 이렇게 개입한 것입니다.”

“나는 오너러블 456입니다.” 노란색 자이언트 개미는 본의 아니게 엘프들을 공포에 빠뜨린 것을 난감해하며 공손히 인사했다. “우리 종족은 평화를 지지합니다. 사람을 잡아먹기보다는 크셀 꿀을 훨씬 좋아하니까 안심하십시오. 그리고 우리 종족 역시 보울리미-레마라 불리는 악마들에게 정복당했습니다. 하지만 악마들이 여러분의 행성을 파괴했을 때만큼이나 우리 종족을 많이 죽였기 때문에 우리는 옛날이나 지금이나 그 악마들의 적입니다. 보울리미-레마들은 군대의 우월성을 이용해 우리가 발명한 모든 기술을 가로챘습니다. 가공할 만한 정복자들과 평화 협상을 하고 우리를 해방시켜준 인간족과 드래곤족에게 보답하기 위해 나는 친구로서 도와주려고 여기 온 것입니다. 여러분도 우리와 친구가 되기 바랍니다."

오너러블이 안심시키는데도 불구하고 엘프들은 두려워하고 있었다. 자이언트 개미의 노란 머리, 비록 오너러블의 알록달록한 아래턱은 자이언트 병졸 개미의 아래턱보다 훨씬 작지만 모르는 이들에게는 그 모습만으로도 무시무시할 수밖에 없었다.

반면 모우르무르는 위험하기보다 미친 사람으로 보였다(영상 통신기에 비친 홀로그램이나 실제의 모습이나 마찬가지이다). 그때 갑자기 히글 5의 패밀리어인 치타 플루토가 호기심 가득한 머리를 들이밀었다. 자이언트 개미가 머리를 쓰다듬어주자 치타는 고양이 소리를 냈다.

그 즉시 기적처럼 엘프들이 조용해졌다. 셈 선생님이 타라와 칼을 쳐다보는데 '너희 둘이 몰래 개입한 게 아냐?' 의심하는 눈초리였다.

"고양이가 무서워하지 않는다!" 마제는 믿기지 않는 듯 말했다. "고양이가 자이언트 개미에게 다가왔어."

멀리 떨어진 거리로 인해 홀로그램 영상이 약간 흐릿해서 치타와 고양이를 혼동할 가능성은 있었다. 치타의 모습이 마을에 사는 고양이들과 아주 흡사했기 때문이다.

플루토 옆에 칼의 여우 블롱딘, 타라의 페가수스 갈랑이 나타나 영혼의 동반자들에게 신호를 보냈다.

마제는 놀란 눈으로 젊은 마법사들을 쳐다봤다.

"자네들이 키우는 동물인가?"

"아닙니다." 칼이 대답했다. "내 여우는 패밀리어라고 하는 동물이에요. 많은 마법사들이 패밀리어인 동물과 정신적으로 연결되어 있습니다. 그건 왜 물어보시는데요?"

"동물들은 블랙 마법을 견디지 못해. 엘프들이 도끼와 방패의 영혼들에게 점령되었을 때 동물들이 모두 도망쳤어. 스파이 중 한 명이 우리 마을에 와서 살겠다고 할 때마다 우리는 테스트를 하고 있다."

오케이. 엘프들이 왜 어린 동물들을 타라 일행의 품에 안겼는지 이제는 이유가 이해되었다. 혹시 악마의 사물에게 점령된 것이 아닌지 확인하기 위한 것이었다.

벨제부트가 플루토의 머리 위에 올라앉아 체념한 듯 눈을 감은 채 파프니르를 향해 야옹거렸다. 엘프들의 눈이 휘둥그레졌다.

"고양이인데…… 색깔이 장밋빛?"

파프니르는 한숨을 쉬었다.

"얘기하자면 길어요. 내 고양이는 죽지 않는 동물이고, 나의 절친한 친구예요."

약간 안심이 된 마제가 자리에 앉자 엘프들이 무기를 거두었다.

마라와 산헥시아도 얼굴을 내밀고 인사했다. 둘은 사령관실에서 다오보르 행성에서 일어나는 일을 지켜보고 있는 것이 분명했다.

셈 선생님이 홀로그램에 나타난 블랙 드래곤에게 말했다. 사실 사령관은 한발 물러서서 지켜보고 있지만 예민해져 있는 것은 역력했다.

"사령관, 5000년 전의 전쟁에 참전해 악마의 사물들을 화산 속에 감추었던 당신은 이 상황에 대해 할 얘기 없소?"

그들은 늙은 엘프에게 역사 기록을 홀로그램으로 보여줄 때 발라를 구하는 것이 우선이었기 때문에 시간상 많은 부분을 짧게 줄여서 말했었다.

이번에는 홀로그램 영상 속의 블랙 드래곤에 이어서 타라와 친구들이 악마의 사물과 관련된 모든 것을 자세하고 명확하게 설명했다. 악마들의 많은 사물들을 빼앗아 감췄고, 타라가 그중 몇 개를 회수하기에 이르기까지.

엘프들은 타라가 악마의 사물들을 지니고 있다는 걸 알고 또다시 질겁해서 경계했다.

"자네도 점령되었구나!" 마제가 비난했다. "악마의 사물들에게 복종하고 있는 거야!"

타라는 악마의 사물들을 땅바닥에 내려놓고 미소를 지었다.

"잘 보세요. 난 이제 아무것도 지니고 있지 않아요. 그리고 내 의지대로 생각하는 내가 틀림없습니다. 이 사물들의 영혼과 나는 친구가 되었어요. 혜성을 물리치려면 에너지를 다 소모하게 만들어야 합니다. 절대로 사물들에게서 에너지를 빼내지 못하게 막아야 혜성을 이길 수 있습니다. 크라에토비르의 반지 때문에 얻은 경험으로 나는 악마의 사물이 사람들을 장악할 수 있다는 걸 알았지요. 하지만 사물을 오래 접촉했을 때만 가능한 일이었어요. 방패와 도끼는 많은 조각으로 나뉜 게 틀림없어요. 그래서 영혼들이 각각……."

"아니, 도끼와 방패는 원래의 형태 그대로였다. 그들을 계속 염탐하고 있었으니까." 마제가 불신하는 조로 말했다. "이중 도끼와 방패의 형태는 전혀 달라지지 않았어. 그 사물들은 단 한 번의 접촉으로 엘프의 몸을 점령했어! 그렇게 점령된 이들의 눈은 어둠 속에서 번쩍거렸지. 우리는 분명히 봤다!"

"있을 수 없는 일이에요!" 타라가 외쳤다.

생각에 잠겨 있던 칼이 고개를 흔들며 말했다.

"잠깐, 잠깐만. 생각나는 게 있다. 유령들이 습격했을 때 유령에 들린 사람의 눈은 어둠 속에서 반짝였어. 어둠 속에서 반짝이는 눈, 정상인들과 구별할 수 있는 유일한 것이었지. 혹시 도끼와 방패가 영혼들을 유령으로 바꿔놓은 건 아닐까? 유령은 사람의 몸을 점령할 수 있으니까."

잠자코 있던 실버가 물었다.

"타라, 지킴이들과 무슨 관계가 있는 건 아닐까? 지킴이들이 의지대로 유형화할 수 있는 유령과 비슷하다고 했잖아?"

타라는 두 손을 벌리고 어깨를 으쓱했다.

"글쎄, 난 전혀 모르겠어."

영상 통신기에 다시 나타난 마라가 파충류는 따뜻한 걸 좋아하는 줄 알았는데 사령관실이 어찌나 추운지 스웨터를 가져오겠다고 불평을 늘어놓았다. 이에 블랙 드래곤이 뭐라고 구시렁거리는 소리가 들렸다.

이번에는 모우르무르가 끼어들었다.

"아하! 영혼들이 도망칠 방법을 찾아낸 것으로 봐야겠다! 영혼들이 독성 있는 철 대신에 엘프들의 몸을 점령했기 때문에 새 마왕 아르칸즈에게 돌아가지 않은 거야! 그건 바쉬도 몰랐기 때문에 말하지 않았던 것이고. 도끼와 방패의 영혼들은 악마들이 영혼을 가두는 시스템의 결함을 알아낸 거지. 엘프들의 몸을 점령한 영혼들에게 이 사실을 알려주고 어떻게 한 건지 방법을 알아야 해! 그 방법을 알려면 영혼들을 도끼와 방패 속으로 돌아가게 해야 하는데……."

"그게 사실이라면 쉽지 않을 거예요." 칼이 부정적으로 말했다. "영혼들은 차가운 철 속에 갇혀 있는 것보다 따뜻한 몸속에 그대로 있는 것이 더 좋을 테니까요."

"영혼들이 엘프들의 자유를 박탈하고 있어요!" 파프니르가 격분했다. "늙은 엘프의 말이 맞아요. 속박된 굴레에서 엘프들을 해방시켜야 합니다!"

파프니르는 영혼 약탈자에게 장악되었을 때 몇날 며칠을 목이 터져라 노래를 불렀지만 끝내는 굴복했었다. 그 뒤로 난쟁이는 누군가가 정신을 침범할 수 있다는 생각만 해도 몸서리를 쳤다. 실버가 손을 쓰다듬어주었지만 파프니르는 예민해져 있었다.

비록 마제는 '늙은 엘프'라고 불린 것이 못마땅하지만 한 명이라도 동의해주는 것이 기뻤다. 하지만 무엇보다 설득해야 하는 인간은 금발의 타라였다. 팔찌를 다시 차는 타라의 얼굴로 보아 이 상황이 엘프족에게 얼마나 심각한지 이해하지 못한 것 같았다.

그때 갑자기 홀로그램이 흔들렸다. 모우르무르와 오너러블 456이 사라지고 블랙 드래곤이 다시 나타났는데 무언가를 두들겨 패고 싶은 낯짝이었다. 드래곤 뒤쪽의 움직임이 심상치 않았다.

모두 벌떡 일어났다.

경보 사이렌이 울리고 있었다.

바로 그 순간 우주 공간에서 믿기지 않을 정도로 밝은 섬광이 번쩍했다.

"공격받고 있다!" 사령관이 외치는데 얼마나 화가 났는지 콧구멍에서 불티가 쏟아지고 있었다. "지금은 이동해야 하므로 다시 연락하겠다!"

그들이 아연실색해서 반응할 겨를도 없이 홀로그램이 꺼졌다.

"마라!" 타라는 파랗게 질려서 외쳤다. "내 동생이 우주선에 있어요! 갈랑도 함께!"

"최고 마구스 데미데루스도 같이 있어." 셈 선생님이 심각하게 말했다.

위베른족 병사가 본능적으로 휴대용 영상 통신기를 흔들었다. 통신이 끊겼지만 휴대용 영상 통신기는 작동하고 있었다.

"산헥시아와 아르칸즈도 있어." 악마를 아주 싫어하면서도 파프니르가 말했다. "그들이 같은 우주선에 있는 건 아니지만 신경이 쓰이네. 벨제부트 걱정은 안 해. 그 고양이는 죽지 않으니까."

말은 그렇게 했지만 벨제부트 생각에 난쟁이의 초록색 눈빛이 어

416

두워졌다.

마제는 격분해서 타라 일행을 쳐다봤는데 부르르 떨고 있었다.

"악마들을 물리쳤다고 했잖은가? 그런데 악마들이 우주선을 공격해?"

"사령관은 누구의 공격인지 말할 겨를이 없었습니다." 파브리스는 불안한 얼굴로 하늘을 살피며 지적했다. "하지만 나는 악마들이라고 생각하지 않아요. 아무튼 우리와 협상한 악마들은 아닐 겁니다. 좀 전에 엄청난 섬광 보셨지요? 굉장했잖아요!"

그들 모두 하늘을 쳐다봤지만 지금은 낮이라서 특별한 것은 볼 수 없었다. 우주선들은 밤에도 높은 궤도에 있었는데 아무것도 보이지 않았었다.

타라가 우주선으로 가기 위해 왕복선을 향해 날아가려고 하자 셈 선생님이 막았다.

"기다려, 타라!"

"하지만 우리가 가서……."

"기다리라니까!"

타라가 멈춰 섰지만 얼굴에서 드래곤을 밀쳐버리고 싶은 걸 간신히 참고 있는 것이 느껴졌다.

"혜성의 공격이라면 우리는 여기 있어야 해." 블루 드래곤이 말했다. "타라, 네가 뭘 걱정하는지 알아. 나도 마찬가지야. 하지만 혜성이 나타난 거면……."

"혜성이 광선을 보내면 다 타 죽는 거예요." 경보 사이렌이 울리자 양손에 도끼를 뽑아 든 파프니르가 말을 잘랐다. "그리고 빌어먹을 광선을 사용하는 데 필요한 영혼들을 다 빨아들일 거라고요!"

"그리고 악마의 영혼들이 장악한 엘프들에게 그 광선이 떨어지면." 무아노도 합세했다. "그 영혼들까지 모조리 빨아들일 거예요. 그러면 혜성의 힘이 어마어마하게 막강해져 우리는 도저히 당해낼 수 없어요. 완전히 끝나는 거예요!"

타라는 결단을 내리지 못하고 우물쭈물하는 자신에게 화가 나 주먹을 불끈 쥐었다. 드래곤은 타라가 행동보다 생각에 잠긴 걸 보며 안도의 숨을 내쉬었다.

"이제는 정말 지긋지긋해요." 타라가 말했다. "사물들이 파괴되면 영혼들이 곧장 마왕에게 돌아갈 것이기 때문에 다른 방법을 찾으려고 했지만 더는 못 참겠어요."

마제가 이해가 안 되는 얼굴로 타라를 뚫어져라 쳐다봤다.

"무슨 말인가?"

"다오보르 행성에 있는 엘프 수천 명이 악마의 영혼들에게 점령되었다고 말씀하셨죠? 어쩌면 그 이상…… 수만, 수십만 명일지도 모릅니다. 악마의 사물들에는 각각 영혼이 천만 명까지 갇혀 있기 때문입니다. 실루르의 옥좌의 경우가 그랬거든요. 하지만 화산 폭발이 일어난 뒤부터라고 해도 그사이에 모든 엘프의 몸을 점령하는 건 불가능하다고 봐요. 그런데 우리는 영혼들을 엘프들의 몸에서 나오게 하는 방법을 아직 모릅니다."

"자네의 강력한 마법이라면……."

"아뇨, 이 행성은 아주 넓습니다. 사물들에게서 나온 영혼들은 어디든 있을 겁니다. 우주 공간에서 무슨 일이 일어났는지 모르지만 우

418

리 우주선들이 공격을 받았어요. 먼저 여기 문제를 해결한 다음 우주선에 합류해야 합니다. 나를 악마의 사물들이 있는 곳으로 데려가주세요."

머릿속의 친구 영혼들은 타라가 뭘 하려는 건지 알아차렸다. 타라는 단호했다.

'혜성이 영혼들을 소모하면 영원히 사라지는 거야. 정말 원하는 게 뭔지 잘 생각해봐. 내가 믿는 아르칸즈의 일시적 노예가 되어 우리가 다른 방법을 찾을 수 있게 시간을 줄래? 아니면 혜성이 휩쓸어버린 은하계가 괴물이 될 경우 영혼들이 결코 해방되지 못할 텐데 이걸 선택할래?'

침묵. 타라의 말이 맞았다. 그들은 이제 조용히 해결할 시간이 없었다.

무아노가 진지한 얼굴로 타라를 쳐다봤다.

"네가 하려는 것이 내가 생각하는 그건가?"

"응, 정확해." 타라는 대답했다.

사엘이 두려움과 호기심이 가득한 눈으로 둘을 쳐다봤다.

"뭘 하려는 거야, 인간?"

타라는 사엘을 쳐다보며 명쾌하게 대답했다.

"악마의 사물들을 파괴할 거야."

사엘의 얼굴이 굳어질 때 타라는 거침없이 덧붙였다.

"그리고 빌어먹을 혜성을 파괴할 거야."

모든 엘프가 일어나 타라를 에워쌌다. 타라는 아드레날린이 급상 승하면서 목이 메고 속이 뒤틀리는 것 같았다. 제발 끔찍한 실수를 저지르는 것이 아니길 간절히 바랐다.

타라는 아르칸즈를 믿고 있었다. 하지만 사물이 파괴될 경우 엄청 나게 많은 악마의 마법을 회수하는 건데 아버지 못지않게 위험한 괴 물로 변하지 않을까? 타라는 의심을 배제하지 않고 있었다. 보울리 미─레마들은 블랙 마법의 유혹에 빠진 것이었다. 타라가 고문서에서 읽은 바에 따르면 보울리미─레마들은 무시무시한 블랙 마법에 빠지 기 전까지는 본래 태평하고, 정복욕이 있고 거칠긴 해도 결코 잔혹하 지 않았었다.

"잘 안 되면?" 발라가 불신하는 표정으로 물었다. "영혼들이 다 빠 져나왔다면 독성 있는 금속은 빈 껍데기일 뿐이잖아. 그런데 도끼와 방패를 파괴해봐야 영혼들이 아르칸즈에게 돌아가겠어?"

타라는 토론할 시간이 없어 딱 잘라 대꾸했다.

"그러면 다른 방법을 찾아야겠지. 이따금 실패를 받아들일 줄도 알 아야 해, 발라. 실패할 때도 있는 거니까. 그렇다고 시도도 해보지 말 아야 하는 건 아니야."

발라의 초록빛 눈이 타라를 뚫어져라 응시했다. 하지만 더는 따져 묻지 않았다. 사엘은 로빈에 이어 어머니 마제를 쳐다보다 다가왔다.

"나도 같이 갈게."

"뭐?" 갈바엘이 소리쳤다. "너는 안 돼! 너무 위험해!"

사엘은 갈바엘에게 눈길도 주지 않고 로빈에게 시선을 고정하고 있었다. 로빈은 아름다운 엘프의 노골적인 관심을 어떻게 받아들여야 할지 몰라 쩔쩔매고 있었다.

발라는 아무 말도 하지 않지만 얼굴은 샐쭉해 있었다. 셈 선생님이 머리를 끄덕였다.

"우리와 함께 누가 가느냐, 그건 중요하지 않아요. 우리는 가능한 한 싸움을 피할 겁니다. 타라의 말이 맞아요. 이제는 빨리 움직여야 합니다. 날아가야겠다. 얘들아, 너희들도 준비해. 마제 부인, 악마의 사물들이 있는 마을이 어디 있는지 알려주세요. 우리에게 길을 안내할 엘프들을 내 등에 태울 겁니다. 빨리 결정하세요. 우리는 지상에서 문제를 해결한 다음 빨리 우주선으로 가야 합니다."

"그럼 나는 어떡합니까? 이 행성을 떠나 사령관에게 돌아가야 합니다!"

갑자기 이어폰에서 옐로우 드래곤의 목소리가 들려서 그들은 깜짝 놀랐다.

"죄송합니다, 부인." 셈 선생님이 마제에게 말했다. "우리 드래곤 조종사가 불안해하니까 내가 대답을 해야겠습니다."

늙은 엘프 마제는 마음대로 하라는 손짓을 했다.

"조종사!" 셈 선생님이 모두가 다 듣게 외쳤다. "당신은 대기하시오. 당신이 없으면 우리는 우주선에 연락할 수가 없어요. 이 통신기를 켜놓을 것이오. 위성 드론들은 여전히 작동하고 있는 것으로 보아 우주선과는 상관없어요. 따라서 우리는 당신과 연락할 수 있어야 해요. 만약 통신이 끊어지면 마법을 사용할 것이오. 크리스털 볼은 갖고 있소?"

침묵이 흘렀다.

"아뇨." 이어폰을 통해 옐로우 드래곤이 탄식하는 소리가 들렸다. "돌아버리겠네, 그 생각을 왜 안 했을까! 멍청하기는! 나는 조종사지 통신 장교가 아니잖아! 그래도 크리스털 볼 한 개쯤은 갖고 있어야 했는데! 내가 왜 이 모양인지……."

"괜찮소." 조종사의 탄식이 한동안 계속될 거란 느낌에 셈 선생님이 말을 잘랐다. "당신과 연락할 방법을 찾을 테니 기다리고 있어요."

그들은 날아갈 준비를 했다. 밤을 새워서 피곤하지만 불안하기 때문에 빨리 움직였다. 셈 선생님은 위베른족 병사를 왕복선으로 돌려보냈다. 지금으로서는 위베른족 병사가 특별히 도울 일이 없을 터였다.

또 다른 섬광은 일어나지 않았다. 그들은 이제 혜성이 아니라고 확신하고 있었다. 혜성이었다면 즉시 공격했을 텐데 지금까지 가만히 있을 리가 없지 않은가.

15분 후, 목이 뻐근할 정도로 허공을 응시하던 타라 일행은 준비가 되었다.

마제와 사엘이 동행했다. 흰색 실크 바지와 이 행성의 꽃들을 수놓은 튜닉을 걸치고 있었다. 아름답지만 너무 눈에 띄는 차림이었다.

하지만 블루 드래곤도 타라와 친구들도 아무 말도 하지 않았다.

갈바엘은 못 가게 하려고 애를 썼다. 하지만 사엘은 갈바엘이 팔을 잡았을 때 뿌리치고 잿빛 눈으로 노려보며 냉정하게 응수했다.

"나는 통치자의 딸이야. 내가 해야 할 의무를 막으려고 하지 마!"

갈바엘도 지지 않고 사엘을 노려보며 하지 말아야 할 말을 내뱉었다.

"차라리 이 가짜 엘프를 따라가고 싶다고 솔직히 말해! 언제 봤다고 죽을 위험을 무릅쓰면서까지 쫓아가려고 하다니 진짜 웃긴다!"

로빈은 뻣뻣해지다 긴장이 풀렸다. 더 최악의 소리도 듣지 않았던가. 이 정도로는 상처를 받지 않았다.

사엘이 바짝 다가가자 갈바엘이 너무 멀리 갔다고 느껴질 정도로 뒷걸음쳤다.

"좀스럽기는!" 사엘이 집게손가락으로 갈바엘의 가슴을 톡톡 치면서 말했다. "지질하고 옹졸하게 굴지 마. 그리고 로빈을 가짜 엘프라고 말하는 네가 훨씬 웃긴다는 거 알아?"

그리고는 사엘이 휙 돌아섰는데 긴 은발이 흩날리며 갈바엘의 얼굴을 후려쳤다. 갈바엘의 크리스털 눈이 분노로 이글거렸다.

블루 드래곤이 태우려고 몸뚱이를 낮추는 사이 갈바엘이 외쳤다.

"그래, 가! 죽으러 가버려! 너를 위해 눈물 한 방울 흘리지 않을 테니까!"

마제는 하늘을 쳐다보며 "하여튼 사내놈들이란!" 하고 중얼거리며 블루 드래곤의 등에 올라탔다. 이어서 파프니르와 실버, 발라, 로빈, 칼이 차례로 올랐다.

타라는 블루 드래곤 옆에서 날기로 했고, 파브리스와 무아노, 셀렌바는 달려가다 나무에 막힐 때마다 공중부양을 하기로 했다. 그들은 악마의 사물들이 있는 마을을 습격하기 전에 적당한 장소에서 다시 모이기로 했다.

"그리 멀지 않아요." 마제가 말했다. "반역자들이 사물들을 가지고 마을을 정복할수록 우리는 그것을 피하기 위해 조금씩 이동했지요. 이렇게 날아가면 1시간 정도 걸릴 겁니다. 밑에서 달리는 이들은 시간이 좀 더 걸리겠지만."

드래곤은 마제에게 크리스털 볼 하나를 건네주었다. 날아가는 동안 마제는 크리스털 볼로 밑에서 달리는 이들에게 길을 안내했다. 먹잇감이라고 생각하고 달려드는 자이언트 새들 때문에 로빈과 칼이 화살과 마법을 날린 것 말고는 별일 없이 지나갔다.

"활이 범상치 않아. 활이 마치 살아 있는 것 같아." 로빈의 현란한 솜씨에 놀란 사엘이 말했다.

드래곤의 파란색 날개가 펄럭이는 동안 로빈이 대답했다.

"살아 있는 거 맞아. 릴란드릴의 활에는 엘프의 혼령이 깃들어 있거든. 릴란드릴에게 비욘드월드에 가서 편히 쉬라고 제안했지만 나와 함께 다니며 싸우는 쪽을 택했어."

로빈은 미소를 지었다.

"성깔 있는 능력자, 그런 동반자가 항상 지켜준다면 얼마나 든든할까."

사엘이 배시시 웃었다.

"나한테는 모두 신기한 전사들이야. 인간, 늑대인간, 야수, 난쟁이, 하프드래곤, 나는 다 처음 보는 종족들이거든! 다오보르 행성에서의 생활은 조용하고 평온해. 물론 반역하는 엘프들을 피하는 일을 제외하면. 우리는 씨 뿌리고 수확하고 사냥하고 옛날이야기를 하며 살고 있어. 그런데 너희 우주선이 나타나면서부터 정말 많은 일이 일어나고 있어!"

사엘은 사랑스러웠다. 흥분한 사엘의 뺨이 발그레했다. 로빈은 깨물어주고 싶었다. 이런 이상한 생각을 하다니, 로빈은 뻣뻣해졌다. 사엘과 가까워진다는 건 말도 안 되는 일이었다. 아주 순진하고 착한 엘프였다. 인생 경험이 아주 제한적이라 아더월드에 갈 경우 어떤 일을 보게 될지 전혀 모르고 있었다. 권력 투쟁, 냉소주의, 탐욕 등과는 거리가 멀어 보였다. 게다가 외부에 발각될까 봐, 악마의 영혼에게 점령될까 두려워 오랜 세월 작은 마을에서 은둔생활을 하며 자랐다. 어떤 점에서 이들은 엘프가 아니었다. 동족의 피를 끓어오르게 하는 정복과 모험에 대한 욕망을 잃은 이들이었다.

로빈은 두 젊은 여성 엘프를 쳐다봤다. 아더월드에서 엘프식 교육을 받고 자란 발라는 관능적이고 과격하고 무례하다 싶을 정도로 매사를 시니컬하게 바라봤다. 사엘은 유혈을 즐기거나 승부욕 때문이 아니라 이상을 추구하기 위해 싸우고 있었다. 청순하고 순수한 사엘, 로빈을 혼혈이 아니라 엘프로 보는 사엘. 안 지 1시간도 안 돼 가슴의 상처를 치유해주는 사엘.

로빈은 가슴이 뭉클했다.

빛나는 태양에도 불구하고 믿기지 않을 정도로 빛을 번쩍이는 타라를 따라 그들은 얼마 후 도착했다.

"타라-반딧불만 끄면 모두가 발각되는 건 피할 수 있을 텐데." 로빈의 이상한 행동 때문에 예민해진 발라가 투덜거렸다.

"이틀 전 하늘에 띄운 네 영상을 보지 못했으면 여기 엘프들은 다 눈이 멀었다고 비난했을 거면서." 칼이 응수했다. "거대한 블루 드래곤이 날아가는 것만으로도 이미 눈에 띌 수밖에 없어."

발라가 발끈해서 쏘아붙이려고 할 때 밑에서 신호가 울렸다. 파브리스와 무아노보다 훨씬 빠른 셀렌바가 핑크빛 나무로 둘러싸인 빈터를 발견하고 신호를 보낸 것이었다.

얼마 후, 숨을 헐떡이며 도착한 파브리스와 무아노가 화려한 나무숲에서 나타났다. 꽃가루가 털에 알록달록하게 묻어 있었다.

"헉, 헉, 헉." 파브리스는 숨을 몰아쉬며 말했다. "늑대는 장거리에 강점이 있지. 단거리는 우리 취향이 아니거든."

무아노는 너무 숨이 차서 말은 한마디도 못하고 발짓만 하고 있었다.

"우리가 발각됐겠지만 이젠 어쩔 수 없어." 셈 선생님이 말했다. "일단 부딪쳐서 반역하는 엘프들과 얘기를 해봐야지."

마제가 눈살을 찌푸렸다.

"하지만 반역자들이 사물들에 접근하지 못하게 할 겁니다. 따라서 곧장 공격해서 파괴하는 게 나을 거예요!"

블루 드래곤은 이빨이 다 드러날 정도로 미소를 지었다.

"너무 걱정하지 마세요, 마제 부인. 나는 평화적인 접근을 시도할 겁니다. 그리고 그들을 어떻게든 설득할 생각입니다. 타라?"

"네, 셈 선생님?"

"네가 아까 암시했던 대로 해."

"알겠어요."

타라는 눈을 감고 검은 여왕으로 변신했다. 잠시 후, 타라는 축소한 브롱스의 갑옷 차림에 라오르의 창을 잡고 있었다. 그리고 등에 묶인 피리, 허리춤에 매단 멘타르의 볼.

하얀 머리타래가 두드러진 까만 머리와 새까만 눈, 2미터가 넘는 검은 여왕의 모습은 가히 위압적이었다.

속바지와 투구가 빠진 갑옷이기 때문에 영혼들이 체인지라인과 협력해 완전한 갑옷을 만들기로 했다. 신이 난 체인지라인은 기꺼이 응했다. 잠시 후 갑옷에 빠진 부분이 채워졌다. 체인지라인은 빨간색 뿔 네 개가 달린 인상적인 투구를 만들었다.

타라의 친구들은 겉으로는 태연했다. 하지만 속으로는 이제는 검은 여왕에 익숙해 있는데도 타라가 정말로 변한 게 아닌지 조금은 두려웠다.

게다가 악마의 사물들까지 지니고 있지 않은가.

그런데 타라가 몹시 불안해하는 걸 보며 친구들은 안도의 숨을 내쉬었다.

"빌어먹을, 뭐가 이렇게 무거워!" 타라가 불평을 쏟아냈다. "영혼들, 갑옷 좀 가볍게 해줄 수 없겠어? 너무 무거워서 움직일 수가 없잖아!"

영혼들은 타라가 원하는 대로 해주었다.

"음, 훨씬 낫네!"

마제는 아무 말도 못하고 뒷걸음치는 반면 사엘은 눈이 휘둥그레져 있었다. 독성 있는 철 표면에 어른거리는 영혼들은 마제가 도끼와 방패에서 본 영혼들처럼 사나워 보이지 않았다. 그리고 숨이 막힐 것 같은 독성 있는 해로운 마법 에너지를 발산하지도 않았다.

마제는 끝이 뾰족하고 톱니처럼 생긴 무시무시한 창을 쳐다보며 떠는 목소리로 말했다. "저건…… 악마의 사물들이잖아요!"

"네, 맞아요." 셈 선생님이 흡족한 어조로 대답했다. "저 사물들이 본래의 형상을 되찾으면 충격적인 모습이지요. 하지만 저 사물들 속의 영혼들은 우리 편이에요. 그리고 우리는 이미 그중 한 영혼을 해방시키는 데 성공했습니다. 부인이 말한 엘프 반역자들이 보면 두려워하지 않을 겁니다. 같은 악마의 영혼들이기 때문에. 그 영혼들이 아무리 광기에 사로잡혀 있어도 우리 편 영혼들과 소통할 것이고 도끼와 방패가 있는 데까지 우리를 안내할 겁니다. 그다음은 타라의 몫이지요."

타라는 고개를 끄덕이며 창을 움켜잡았다.

"오케이. 준비됐어요. 아르칸즈가 악마의 영혼들을 회수할 수 있게 재빨리 파괴해야 해요. 하지만 그전에 아르칸즈에게 메시지를 보내야 하니까 조금만 기다리세요. 우리가 하려는 일을 아르칸즈가 미리 알고 있어야 해요. 아니면 아르칸즈가 소화불량을 일으킬 위험이 있거든요."

타라는 마법 메시지를 보냈다. 타라는 검은 여왕으로 변신하기 전에 우주선의 드래곤들이 심장마비를 일으키지 않도록 메시지를 입력해놓았었다.

타라는 드래곤 우주선들과 악마 우주선이 행성에서 멀리 떨어져 있거나 어쩌면 전투 중이라는 걸 고려해 마법 메시지를 보낸 것이었다. 때로는 과학보다 마법이 훨씬 효과적이었다. 마법 주문은 아르칸즈가 우주 공간 어디에 있든 찾아낼 터였다.

타라가 메시지를 보낸 뒤, 그들은 마법을 작동한 셈 선생님을 중심으로 다시 집결했다. 파브리스와 무아노는 인간 모습으로 돌아왔다.

상황이 나쁘게 돌아갈 경우 다시 동물로 변신해야 할 텐데 엘프들이 나중에 놀라지 않도록 미리 보여준 것이었다.

　그들은 전진했다. 집결하기 전에 이미 발각되었을지도 모르기 때문에 그들은 너무 가까이 접근하지 않았다.

　그래서 악마의 사물들이 있는 곳과 연결되는 길에 접어들었을 때 그들은 깜짝 놀랐다.

　눈앞에 보이는 것은 작은 마을이 아니었다.

　젊은이들이 많고 마법이 풍부한 도시였다.

　마법을 장착한 젊은 군대가 에워싸고 있는 도시였다.

# 22

# 마왕

싫다고 말할 입장이 아닌데
어떻게 선물을 거절하나

*

기함 우주선은 기습 공격을 받았다. 드래곤 사령관 셰바고울리셰 비쉬부는 경보 사이렌을 울렸을 때 모우르무르와 오너러블 456이 본의 아니게 많은 엘프들을 공포에 떨게 하는 걸 지켜보고 있었다.

번쩍이는 미사일이 빗발치듯 우주선을 향해 날아오고 있었다. 마법과 연료 에너지를 사용하는 엄청난 파괴력의 미사일들이었다. 미사일이 물체에 닿는 순간 폭발하고 있었다. 이 미사일은 마법 주문으로 표적을 추적하기 때문에 더 정확하지만, 마법과 달리 계속 연료를 공급해야 하기 때문에 효율이 떨어졌다.

그리고 미사일은 마법의 행성에서 멀리 떨어진 곳에서는 작동하지 않았다.

블랙 드래곤은 모우르무르와 오너러블 456을 밀치고 더 많은 정보를 얻기 위해 커뮤니케이션 콘솔 키보드를 두드리기 시작했다. 그 순간 자동 방벽들이 펼쳐지며 우주선을 에워싸고 있었다. 그럼에도 불구하고 몇 초 후 엄청난 충돌이 일어났다.

조종사가 방벽의 위치를 조정했지만 한 발 늦었다. 거의 모든 미사일이 폭발하면서 우주 공간을 훤히 밝혔다. 다오보르 행성에 있는 타라와 친구들은 크리스털레오 화면으로 엄청난 섬광을 볼 수 있었다.

"공격받고 있다!" 세바 사령관이 외치는데 얼마나 화가 났는지 콧구멍에서 불티가 쏟아지고 있었다. "지금은 이동해야 하므로 다시 연락하겠다!"

아연실색한 타라 일행이 반응할 겨를도 없이 사령관은 홀로그램을 껐다.

마라는 빨개진 얼굴로 사령관실로 뛰어 들어갔다.

"무슨 일이에요? 스웨터를 가져오느라 3분 자리를 비웠는데 이 폭음은 뭐죠? 폭발한 거예요?"

사령관이 마라에게 간단히 설명하는 사이 조종사는 미사일 공격의 사정거리를 벗어나기 위해 이미 우주선을 돌리고 있었다. 산헥시아는 창백해져 있었다. 혜성의 공격을 받은 경험 때문에 인간들보다 훨씬 공포에 떨고 있었다. 데미데루스가 산헥시아의 손을 잡아주며 혜성은 미사일 공격을 하지 않는다고 안심시켰다.

데미데루스의 말이 맞았다.

투박해 보이는 우주선들이 전광판에 나타났을 때 공격자의 정체를 알아보는 것은 그리 어렵지 않았다.

잿빛 우주선들의 측면에 빨간색 원이 그려져 있었다.

마라와 사령관이 동시에 욕설을 내뱉었다.

"또 마지스터잖아! 빌어먹을 인간! 크론크**43**\*보다 더 질긴 놈! 아주 끈질기게 쫓아다니는군! 대체 어떻게 알고 우리를 찾아낸 거야?"

"내가 알기로 마지스터는 드래곤족이 악마의 사물들을 숨겨놓은 장소 목록을 가지고 있소." 모우르무르가 대수롭지 않다는 듯 태평하게 지적했다. "지난번에도 매복하고 있었는데 새삼 놀랄 일이 아니지요. 내가 도울 일이 없다면 나는 돌아가서 실험을 계속하겠소. 영혼들을 해방시키는 데 성공하면 더는 싸울 이유도 없을 테니!"

"뭐라고요?" 블랙 드래곤이 말했다. "그건 안 됩니다! 우리는 지금 실험실로 쓰는 왕복선까지 지켜줄 여력이 없어요. 이 우주선 안에 꼼짝 말고 있어요! 발포!"

모우르무르에게 하는 명령이 아니라 우주선 안에서 공격자들을 향해 포문을 열어놓은 위베른족 병사들에게 내린 것이었다.

우주선의 수가 많았다. 마지스터는 우주선 함대를 이끌고 온 모양이었다.

"마지스터가 진짜 당신을 데려가고 싶은 모양이오, 학자." 셰바고 울리셰비쉬부가 말하는 순간 대포 발사로 인해 우주선이 크게 흔들렸다. "조종사!"

"네, 사령관님?"

• • • • • • • • • • • • •

**43.** 드란보우글리스펜쉬르에 서식하는 일종의 카멜레온 진드기로, 특히 드래곤의 피를 좋아한다. 드래곤의 발이 닿지 않는 곳에 숨어 피를 빨아 먹는다. 그래서 짜증이 날 정도로 귀찮게 해서 짓이겨버리고 싶은 충동이 일게 하는 드래곤에 대해 '크론크 같은 놈'이라고 한다.

"여길 빠져나가!"

"해보겠지만 어려울 것 같습니다. 우리가 포위된 것으로 보입니다. 다른 우주선들에 알리고 포위망을 뚫을 수 있는지 보겠습니다."

"다른 우주선들이라니?" 블랙 드래곤이 물었다.

"우리 우주선 2대와 악마 우주선이요."

"나는 저놈들이 우리 우주선 2대를 나포했기 때문에 소식이 없는 것이라고 확신한다. 저놈들이 통신을 방해한 것이 틀림없어. 그래서 우리 우주선들에서도, 빌어먹을 악마 우주선에서도 연락이 없는 것이다."

"셰바고울리세비쉬부 사령관." 한 목소리가 끼어들었다. "문제가 생긴 것 같습니다."

계속되는 미사일 공격에 우주선이 흔들릴 때 아르칸즈의 영상이 블랙 드래곤 앞에 나타났다.

"그쪽은 통신이 되는 겁니까?" 블랙 드래곤이 놀라서 물었다. "어떻게 한 겁니까?"

"우리는 그쪽과 같은 기술을 사용하지 않으니까요." 아르칸즈가 친절하게 대답했다. "도움이 필요합니까?"

"아니오." 곧 죽어도 악마들에게 의존하고 싶지 않은 드래곤이 발끈했다. "우리가……."

우주선이 집중 포화를 받았고 블랙 드래곤이 미끄러질 정도로 심하게 흔들렸다. 영상이 흔들리다 불빛이 깜박거렸다.

"도와주겠소." 아르칸즈가 부드러운 목소리로 제안했다.

잠시 후, 이번에는 악마 우주선에서 대포들이 불을 뿜었다. 드래곤 우주선 뒤에서 포격하던 마지스터의 우주선이 폭발했다. 블랙 드래곤은 멍하니 입을 벌렸다.

"오, 내 어머니의 송곳니여! 저들의 방벽을 뚫은 것이오? 어떻게 한 것이오?"

"표적이 한 곳에서 오래 움직이지 않을 경우 가능한 공격이지요." 아르칸즈는 여전히 친절하게 설명했다. "그렇지만 사령관의 우주선 방탄 장치가 아무리 강력하더라도 여길 빨리 벗어나는 게 좋겠어요. 사령관이 알아차렸는지 모르겠으나 저들은 우주선을 날려버리려는 것이 아닙니다. 저들은 엔진과 방벽을 파괴하려는 것뿐이에요. 모우르무르를 데려가려는 것이 틀림없어요. 그건 아무도 원치 않겠지요? 그럼 빨리 이동하세요!"

아르칸즈의 영상이 사라졌다. 사령관이 욕설을 내뱉었다.

조종사는 이미 도주로를 확보하고 있었다. 뒤에서 공격하던 마지스터의 우주선이 폭발한 덕분에 적들의 포위망에 구멍이 뚫린 것이었다. 마지스터의 우주선들이 반응하기 전에 빠져나온 드래곤 우주선은 악마 우주선의 엄호를 받으며 탁 트인 우주 공간으로 질주했다.

"망할 놈!" 블랙 드래곤이 마라에게 말했다. "악마들이 우리 우주선의 꼬리를 구해줬어. 과열되고 있어서 조금만 늦었어도 폭발했을 거야."

"네, 악마들이 쓸모가 있다니까요." 마라가 재미있어하면서 대꾸했다. "믿기지 않을 만큼 잘생기기도 했지만."

블랙 드래곤이 어이없다는 표정을 지었다.

아르칸즈의 영상이 다시 나타났다. 마왕이 짓는 미소에 블랙 드래곤은 울화통을 터뜨렸다.

"또 뭐요?"

"전술을 논의해야겠어요." 마왕은 평정심을 잃지 않고 대답했다. "마지스터는 두 가지 목적이 있어요. 모우르무르를 납치한 다음 악마의 사물들을 빼앗으려는 겁니다. 마지스터가 우리 통신위성들을 발견하면 도청하는 것쯤은 식은 죽 먹기일 겁니다. 그렇게 되면 우리를 난처한 상황에 빠뜨리기에 충분한 주요 인질들을 잡아둘 겁니다."

블랙 드래곤 옆에서 모우르무르가 고개를 끄덕였다.

"아르칸즈의 말이 맞아요. 마지스터는 금방 찾아낼 거요."

"사실 나는 마지스터 따위는 별로 걱정하지 않아요." 아르칸즈가 말했다. "내가 특별히 애착을 갖는 타라에게 무슨 일이 일어난다면 못 참을 겁니다. 그래서 내 친구를 돕기 위해 행성으로 들어갈 생각이에요. 타라의 마법이 강력하고, 친구가 된 영혼들이 도와준다고 해도 군대가 공격하면 목숨을 잃을 수도 있어요."

마지스터의 우주선들이 추적해오고 있었다. 세바 사령관이 갈퀴발톱으로 가리켰다.

"어떻게 하겠다는 거요? 우리는 행성 출입이 금지되어 있는데……."

그때였다. 갑자기 타라의 목소리가 들려서 블랙 드래곤과 아르칸즈는 말을 중단했다.

타라가 아르칸즈의 영상 뒤에 나타났다.

마왕이 물러서서 가슴에 손을 얹으며 말했다.

"타라, 깜짝 놀랐잖아."

아르칸즈는 영상 속 타라의 시선이 허공을 응시하고 있음을 알아차렸다.

아르칸즈는 이제야 마법 주문이라는 걸 깨달았다. 타라의 마법이 얼마나 강력한지 볼 때마다 마음이 불편했다.

사령관은 알아차리는 데 몇 초 더 걸렸다. 타라는 상그라브들이 통신을 방해하고 있다는 걸 고려해 영상 통신기가 아니라 마법을 사용한 것이었다. 사령관은 타라의 기지에 혀를 내둘렀다. 기함 우주선과 악마 우주선이 행성에서 이미 멀리 떨어져 있는데도 타라가 마법으로 메시지를 보내는 데 성공한 것이었다. 타라는 검푸른 눈빛으로 간결하게 말했다.

"우리는 이제 악마의 사물들이 있는 곳으로 갑니다. 사물들을 파괴하는 것 말고는 방법이 없어요. 우주선들이 공격받고 있는 상황인데 엘프들을 점령한 영혼들이 너무 흩어져 있어 도끼와 방패 속으로 영혼들을 돌아가게 할 시간이 없기 때문이에요. 나는 이 메시지를 보낼 수는 있지만 당신의 메시지를 받을 수는 없어요. 혜성의 공격이 아니길 바라지만 모든 것을 휩쓸어버리는 광선을 보지 못했기 때문에 마지스터나 또 다른 적이라고 추정하고 있어요. 그래서 차라리 잘 아는 마지스터의 공격이길 바라고 있어요. 아르칸즈, 내가 사물들을 파괴하는 즉시 영혼들이 당신에게 돌아갈 거예요. 엄청나게 많은 영혼이 갈 거니까 잘 받아요."

그리고 타라의 영상이 사라졌다.

아르칸즈는 사령관을 쳐다봤다. 이제는 웃고 싶지 않았다.

"안 돼! 안 돼!" 아르칸즈가 외쳤다.

"무슨 일이오?" 깜짝 놀란 블랙 드래곤이 물었다. "기뻐할 줄 알았는데! 수천 년 동안 회수하려고 학수고대하던 것을 찾는 것인데!"

"모르겠습니까?" 공포에 질린 아르칸즈가 외쳤다. "내 몸은 내 아버지의 몸과는 달라요! 나는 일정한 양의 영혼들만 받을 수 있어요. 아버지가 인간 모습의 악마들이 너무 강력해지는 것을 원치 않았기 때문에 그렇게 만든 것이지요! 그런데 타라가 그 사물들을 파괴하면 수백만의 영혼들이 나에게 돌아올 거란 말입니다!"

"그럼 어떻게 되는데요?"

"나를 파괴하는 겁니다!"

마라가 성난 얼굴로 벌떡 일어났다.

"그건 안 돼요!" 마라는 실물 크기의 아르칸즈 영상 앞에서 주먹을 불끈 쥐고 소리쳤다. "아직 당신을 내 연인으로 만들지도 못했는데! 절대 용납 못해!"

블랙 드래곤 사령관이 어이없다는 듯 마라를 쳐다봤다.

"어린 인간, 지금 우리는 비상사태야. 우리를 나포하려는 마지스터의 저 많은 우주선들, 언제 나타날지 모를 혜성…… 그런데 한가하게 연애 타령을 하다니!"

"지긋지긋해!" 마라가 내뱉었다. "맨날 똑같은 소리! '그럴지 모른다' '그럴 가능성이 크다' 그런 거 때문에 내 고모는 아직도 바리우스와 결혼하지 못했어요. 그런 거 때문에 로빈은 타라를 잃었어요.

'어쩌면' '글쎄' '틀림없이 그럴 거야'……. 이젠 진저리가 난다고요. 어쩌면 그렇게들 이성적인지! 내 동생 자르는 베티에게 사귀자는 말도 꺼내지 못해요. 베티에게 빠져 미칠 지경이면서도 그녀가 마법사가 아니기 때문에. 혜성이고 마지스터의 우주선들이고…… 나는 개의치 않아요. 사랑에 빠지는 기분이 어떤지 난 그걸 알고 싶은 거예요. 아르칸즈가 정말 마음에 든단 말이에요. 당장 깊은 사랑을 하겠다는 것도 아니고."

블랙 드래곤과 아르칸즈는 멍한 표정으로 마라를 쳐다봤다.

"깊은 사랑?" 셰바 사령관이 물었다.

"우리는 그런 거 모르는데……." 아르칸즈는 이상한 상상을 했는지 얼굴이 빨개졌다.

"모르면 그냥 넘어가고요." 마라가 블랙 드래곤에게 설명했다. "아르칸즈, '우리는 그런 거 모른다'고 했지만 당신이 나한테 분명히 말했잖아요. 인간 모습의 악마는 우리와 거의 비슷하다고. 아, 물론 완전히 똑같을 수야 없겠죠. 그리고 좀 전에 악마의 사물들을 파괴하면 돌아올 영혼들에 대해 불안해했어요. 하지만 당신은 평화를 위해 모우르무르가 영혼들을 해방시켜주길 바란다고 말한 적도 있어요. 뭐죠? 너무 상충되는데!"

블랙 드래곤은 격분을 토하며 조목조목 따지는 마라를 쳐다보며 감탄했다. 인간이 아니라 드래곤이었다면 커뮤니케이션 콘솔이 새까맣게 타버렸을 텐데! 콧구멍에서 가상의 불티가 쏟아지는 게 보이는 것 같았다.

아르칸즈는 두 손을 쳐들고 항복하는 표시를 했다.

"워워, 진정해, 마라! 정말 미안해. 그리고 네 말이 맞아."

마라는 항복 표시에 의아해하며 아르칸즈를 쳐다봤다.

"그래요?"

"내가 잘못한 것 같아. 악마의 사물 속에 갇힌 모든 영혼을 회수하고 싶지 않다고, 아니 회수할 수 없다고 타라에게 말했어야 했는데. 하지만 내 약점을 드러내고 싶지 않았어."

갑자기 블랙 드래곤은 아르칸즈가 한 말의 의미를 알아차리고 충격을 받았다.

"오, 내 조상들의 비늘이여! 지금 그 말은 전 마왕 바쉬가 죽은 뒤로는 우리 세계를 위협하는 주요 군대가 없어졌다는 뜻이오?"

"꼭 그런 건 아니고요." 아르칸즈가 고백했다. "가령 현재 부통치자인 다쉬 같은 늙은 악마가 나에게서 왕위를 빼앗고 마왕이 될 경우는 신체적 특성상 악마의 영혼들을 다 받아들일 수 있어요. 다쉬는 영혼들을 장악하고 내 아버지가 그랬던 것처럼 마음대로 사용할 수 있지요. 이것이 내가 타라에게 이 문제에 대해 말하지 않은 두 번째 이유예요. 나는 아직 적이 많아요. 내가 '배신'했던 걸 용서하지 않는 늙은 악마들이 많거든요. 지금이야 혜성을 물리치는 것에 모두 동의하고 있지요. 하지만 혜성이 떠났기 때문에 악마들이 우리 행성으로 돌아가고 있어요. 그들은 이미 나를 몰아내기 위한 쿠데타를 모의하고 있는 게 틀림없어요."

그 순간 마라의 얼굴이 환해졌다.

"그래서 원정대에 합류한 거예요? 혜성을 추적하거나 타라 언니를 도와주러 온 것이 아니라 늙은 악마들에게서 벗어나 악마의 사물들을 해결하기 위해서?"

아르칸즈는 미소를 지었지만 초록빛 눈은 슬펐다.

"일석삼조라고 할 수 있지. 하지만 늙은 악마들은 나를 죽이지는 않을 거야. 이미 승기를 잡았거든. 네 언니가 그들의 소원을 이루게 해줄지도 모르니까. 사물들이 파괴되면 영혼들은 정지 상태로 있다가 새 마왕이 된 다쉬에게 돌아갈 거야. 그러면 다쉬는 역대 최고의 강력한 마왕이 되겠지. 아마 혜성을 물리치고 혜성이 하는 짓을 그대로 따라할 거야. 불타는 혜성 속에 갇힌 반지와 검의 영혼들을 빨아들여서!"

무거운 침묵이 흘렀다.

침묵을 깨고 마라가 내뱉듯 말했다.

"그럼 이제는 타라 언니가 그 빌어먹을 사물들에 가까이 가지 않길 바라는 수밖에 없네요!"

# 보울라 장군

첫 단추를 잘못 끼웠는데
아무리 열정을 갖고 계속한들
참담한 결과를 낳을 텐데

*

다오보르 행성의 두 엘프와 함께 등장하는 아더월드 원정대의 모습은 가히 위압적이었다. 일부는 거대한 블루 드래곤의 등에 앉아 있고, 나머지는 드래곤 옆에서 걸어오고 있었다. 엘프들은 대경실색했다. 너무 놀라 잠시 흐트러졌던 엘프 군대가 정렬하며 블루 드래곤을 에워쌌다.

원정대가 공격적으로 보이지 않는 데다 창이나 화살, 손에서 윙윙거리는 마법에 개의치 않고 조용히 전진하며 완벽한 엘프어로 경쾌하게 "안녕하세요! 안녕하세요!" 인사를 건넸기 때문에, 엘프 군대도 공격하지 않고 원정대를 따라왔다. 하늘에서 영상으로 보았고, 살아남은 엘프들이 아더월드에서 기다리고 있다고 며칠 동안 설명해주었던 바이올렛 엘프가 동행한 덕분이기도 했다.

하지만 엘프들은 그 말을 믿지 않고 악마들의 함정이라고 확신하고 있었다.

드리에스티르**44** 보울라는 텐트 밖이 시끄럽다는 걸 알아차렸다. 서류를 보던 보울라가 화가 나 얼굴을 들었을 때 파란색 군복 차림의 전령이 숨을 헐떡이며 들어왔다.

"드래…… 드래드래!" 전령은 눈이 동그래져서 더듬거렸다.

"드래 뭐?" 엘프 사령관이 퉁명스럽게 내뱉었다.

"드래곤! 진짜 드래곤이 나타났습니다! 살아 있는 드래곤이 바이올렛 엘프와 함께 여기 왔습니다!"

드리에스티르가 벌떡 일어나며 의자가 넘어졌다.

"뭐라고?"

드리에스티르 보울라가 확 밀치는 바람에 전령이 엉덩방아를 찧었지만 개의치 않고 쏜살같이 텐트를 나갔다.

그리고 뚝 멈춰 섰다.

드래곤이 파란색 뚱보 거위처럼 뒤뚱거리며 다가오고 있었다. 잘못 본 게 아니라면 그 옆에는 엘프들, 뱀파이어, 인간(보울라의 머릿속 영혼이 인간이라는 걸 대번에 알아보고 그들이 다오보르 행성에 있게 된 것이 바로 인간들이 악마의 사물들을 훔쳐갔기 때문이라고 설명했다)들이 있었다.

보울라는 뭔가를 보고 멍하니 입을 벌렸다. 드래곤 옆에서 무거운 갑옷(영혼이 대번에 알아봤다)에도 불구하고 가볍게 걸어오는 존재

••••••••••••
**44.** 군대의 장군에 해당.

442

는 까만색 긴 머리에 무시무시한 투구를 쓰고 있었다.

갑옷 말고도 라오르의 창과 멘타르의 볼, 센티르의 피리로 무장한 존재. 보울라의 머릿속 영혼은 악마의 사물들을 대번에 알아봤다.

보울라는 머릿속 영혼이 갑옷과 창, 볼과 피리에 대한 정보를 알려 주자 욕설을 내뱉었다. "슬렌디르**45**! 방패와 도끼보다 저 사물들이 더 강력하다는 거야?"

'그래.' 공포에 사로잡힌 영혼이 머릿속에서 외쳤다. '훨씬 더. 우리를 회수하러 온 게 틀림없어. 죽도록 마법을 사용해 저들을 파괴해야 해! 악마들이 우주의 모든 종족을 정복했기 때문에 우리를 회수하러 온 거야!'

영혼이 히스테릭해졌고, 보울라는 너무 고통스러워 두 손으로 머리를 감싸 쥐었다.

"그만, 그만해." 보울라가 호소했다. "네가 나를 파괴하고 있어!"

영혼이 이내 흥분을 가라앉혔다.

'미안, 미안. 나는 싫어! 미안해……. 어떻게 되찾은 자유인데…… 우리는 악마들에게 돌아가고 싶지 않아. 어떡하지? 우리는 싸울 수 없어!'

드리에스티르 보울라는 숨을 깊이 들이쉬었다.

"우리가 알아서 해볼게. 급물살처럼 쏟아지는 용암에 휩쓸릴 때 우리가 했던 대로. 그때 네가 해방되어 우리를 구해줬잖아. 한번 더 해보자고. 내가 말할 테니까 너는 흥분하지 말고 가만히 있어, 오케이?"

••••••••••••
**45.** 옛 엘프어 욕설로, '브롤크 드 슬루르크'에 해당하며 '믿기지 않아'라는 뜻이다.

신음처럼 약한 대답이었지만 영혼은 복종했다. 영혼은 보울라의 의식 속 깊은 곳에 들어가 그녀가 하는 말을 가만히 듣기로 했다.

보울라는 심호흡을 하고 걸어갔다. 군대의 수장을 의미하는 빨간색과 흰색 군복 차림의 대장 여섯 명이 즉시 보울라 옆에 정렬했다. 장군은 드래곤 일행이 바로 앞에 올 때까지 어두운 얼굴로 쳐다보고 있었다. 엘프들이 거대한 파충류를 향해 일제히 창을 겨누었는데 당장이라도 찌를 기세였다.

보울라가 말하려는 순간 드래곤이 먼저 입을 열었다.

"안녕하십니까? 좋은 소식을 가져왔습니다. 바이올렛 엘프 발라가 홀로그램 영상으로 여러분에게 한 말은 모두 사실입니다. 악마들은 패했습니다!"

바이올렛 엘프가 예쁜 미소를 지으며 고개를 끄덕였다. 엘프들이 얼어붙었다. 이어서 웅성거리는 소리가 났다.

"드래곤이 뭐라는 거야?"

"있을 수 없는 일이야!"

"아니, 악마들이 졌다고 하잖아!"

"함정이야!"

"사흘 동안 밤낮으로 떠들어대던 소리잖아. 그렇다고 사실이라고 할 수는 없어!"

"바이올렛 엘프는 정말 예쁜데 내 아들과…….''

"욕심이 너무 심한 거 아냐? 네 아들은 거의 6000살인데 저 아이는 기껏해야 20살일 텐데."

"악마들이 패한 거면 좋은 거잖아. 마침내 우리가 자유로워지는 건데!"

"좋아할 것 없어. 어차피 거짓이니까!"

보울라는 믿기지 않는 얼굴로 고개를 흔들며 손짓으로 엘프들의 온갖 억측을 멈추게 했다.

"드래곤 선생, 미안하지만 그건 바이올렛 엘프가 보낸 메시지와 같은 내용이오. 아무튼 우리는 믿기 어렵소. 셀렌다사프라<sup>46</sup>에 엘프들이 수백만 명이 있다는데 나는 에레라는 엘프를 만난 적이 없소."

"믿기 어렵다는 거 충분히 이해합니다, 부인의 성함이?"

"보울라 갈렌티르. 드리에스티르 보울라 갈렌티르. 신성한 사물들을 지키는 경비대를 지휘하고 있지요."

블루 드래곤은 드리에스티르가 '경비대'라고 말한 군대를 힐끔 쳐다봤지만 아무 말도 하지 않았다.

블루 드래곤은 송곳니를 드러내지 않으려고 조심하며 호의적인 미소를 지었다.

"갈렌티르 부인, 느닷없이 등장한 걸 용서하십시오. 여러분에게 할 얘기가 있는데 위치를 알 수 없었습니다. 다행히 마제 부인이 여러분이 있는 곳까지 안내해줘서 이렇게 찾아올 수 있었습니다."

보울라가 마제를 흘겨봤다. 하지만 마제는 드래곤의 등에 꼿꼿이 앉은 채로 태연하게 내려다보고 있었다.

"여러분에게 우리 친구들을 소개하기 위해 빨리 만나고 싶었습니

---

**46.** 엘프족이 예전에 살던 파괴된 행성 이름이 셀렌다사프라이다. 다오보르 행성의 엘프들은 옛 행성을 기리는 뜻에서 아더월드에서 엘프족이 살고 있는 나라 셀렌다를 '셀렌다사프라'라고 부르는 것이다.

다. 여기 있는 타라 덩컨은 인간입니다. 강력한 인간 종족 덕분에 우리는 악마들을 물리칠 수 있었습니다."

보울라도 키가 큰 편인데 눈앞에서 까만 눈으로 뚫어져라 응시하는 인간에 비하면 아주 작아 보였다.

"확실합니까?" 보울라가 회의적인 어조로 물었다. "나는 인간과는 너무 다르게 생겼다고 생각하는데요."

"여러분의 몸을 점령한 악마의 영혼이 인간의 모습이 아니라고 합니까?"

보울라의 머릿속 영혼이 신음소리를 냈다. 악마의 영혼들이 엘프들의 몸을 점령하고 있는 걸 알고 있잖아! 보울라는 영혼에게 입을 다물게 했다.

"그 영혼은 틀림없이 타라 덩컨을 알아볼 겁니다." 블루 드래곤은 차분하게 말했다.

블루 드래곤이 그들 앞에 작은 통신기를 내려놓자 데미데루스의 영상이 나타났다. 머릿속에서 영혼이 어찌나 화들짝 놀라는지 보울라는 본능적으로 뒷걸음쳤다.

"도둑놈, 도둑놈!" 보울라가 말했다.

"네, 맞습니다." 블루 드래곤이 이번에는 이빨을 드러내며 말했다. "악마의 사물들을 훔친 아주 유명한 도둑이지요. 이분이 바로 타라 덩컨의 조상입니다. 거듭 말하지만 데미데루스에 이어 오무아 제국(오무아 제국과 화려한 수도 팅가푸르, 랑코비트 왕국, 드래곤족 행성 드란보우글리스펜쉬르 등의 영상이 나타났다)의 후계자인 타라 덩컨 덕분에 우리는 악마들을 이길 수 있었고, 악마들은 이제 우리와 동맹을 맺었지요. 보시다시피 타라 덩컨이 갑옷과 볼, 피리, 창을 지니고 있기 때문에 우리는 악마의 사물 네 개를 갖고 있습니다. 아울러 우리 과학자들은 현재 독성 있는 철 속에 갇힌 영혼들을 해방시키기 위한 연구에 매진하고 있습니다."

그때 마제가 혐오스러운 얼굴로 끼어들었다.

"하지만 우리 쪽 영혼들은 당신 쪽 영혼들처럼 몸을 점령하기 위해서가 아니다."

"네, 맞습니다." 블루 드래곤이 단호하게 말했다. "우리 쪽 영혼들은 휴식을 원하고 있지요. 그 영혼들이 어떻게 여러분의 몸속으로 들어갔는지 모르지만 그건 정상이 아닙니다."

보울라는 부르르 떨다 드래곤을 유심히 뜯어보며 크리스털 눈을 찌푸렸다.

"어쨌든 당신들은 영혼을 지니고 있지 않소. 전혀 느껴지지 않아요."

"네, 맞습니다." 블루 드래곤이 인정했다. "나는 지니고 있지 않습니다. 악마들이 사물을 만든 것은 기본적으로 우리 드래곤족을 없애기 위한 것이었으니까요. 여러분이 도둑이라고 하는 데미데루스가 악마들이 마법을 얻기 위해 사물을 만들었다는 걸 알아차릴 때까지는 비밀에 부쳐져 있었지요. 데미데루스는 악마들이 사물을 만들어 무수히 많은 영혼들을 노예로 삼아 농락했다는 걸 알았기 때문에 사물들을 빼앗았던 겁니다. 거듭 말하지만 그래서 우리는 악마들을 이길 수 있었습니다."

보울라는 어찌할 바를 몰랐다. 드래곤은 위험한 상대였다. 뒤에 군대가 있지만 드래곤을 이길 자신이 없었다. 게다가 갑옷에 피리, 볼, 창을 지니고 있는 거구의 인간은 더 위험해 보였다. 그 옛날의 기억을 더듬어보면 임신한 뱀파이어 역시 몹시 두려운 상대였다.

마제와 사엘은 제쳐놓았다. 모녀 엘프들은 두려워서 감히 맞설 용기가 없는 상대였다. 반면 희한한 활을 맨 엘프와 바이올렛 엘프, 또 다른 인간, 빨간 머리의 난쟁이는 강력한 무기를 들고 있었다.

보울라는 너무 생소한 이들이라 무력 충돌의 결과를 예측할 수 없었다.

이들이 하는 말을 믿든 안 믿든 달라지는 건 없었다. 보울라는 엘프들을 지켜야 하고, 이제는 영혼들이 그들의 일부를 이루고 있었다. 머릿속의 영혼이 고맙다는 표시로 파동을 보냈다.

"우리에게서 바라는 것이 뭡니까?" 보울라는 가능한 한 친절하게 말하는 것으로 이방인들을 죽이고 싶은 속내를 숨겼다.

"먼저 우리를 두려워할 필요가 전혀 없다는 걸 납득시키려는 겁니다." 셈 선생님이 갑자기 발로 캠프를 가리키는 바람에 등에 올라앉은 이들이 떨어질 뻔했다. "우리가 부인에게 한 말은 전부 다 사실입니다. 그리고 우리는 여러분과 우호적 관계를 맺고 싶습니다. 마지막으로 우리의 갑옷과 창, 볼과 피리가 여러분의 도끼와 방패에게 말하고 싶어 합니다."

보울라는 즉시 뻣뻣해졌다.

"어림없소."

블루 드래곤은 노란 눈으로 보울라를 뚫어져라 쳐다봤다.

"그렇습니까?" 블루 드래곤은 당황한 어조로 물었다. "그 이유가 뭡니까? 아주 특별한 마법을 원하는 엘프가 있으면 누구든 사물을 만져보게 하는 것으로 알고 있는데요. 아닌가요?"

보울라는 자신을 곤경에 빠뜨린 마제와 한심한 엘프들에게 대가를 치르게 해야겠다고 생각하며 입술을 깨물었다.

"당신은 엘프가 아니오. 신성한 사물들을 만져보게 해달라는 당신의 요구는 들어줄 수 없어요. 이 행성을 떠나시오. 우리를 조용히 살게 내버려두면 우리도 당신들을 조용히 떠나게 내버려둘 것이오. 그리고 우리를 찾았다는 걸 잊으시오. 우리는 5000년 전에 우리를 버린 세계의 위험한 것들과 맞서 싸울 생각이 전혀 없소."

마법으로 얼마든지 젊어 보이게 할 수 있기 때문에 에레를 모른다고 말할 때까지만 해도 드리에스티르가 젊은지 늙었는지 알 길이 없었다. 하지만 셈 선생님은 마지막 말에서 보울라가 마제와 같은 세대라는 걸 확인할 수 있었다.

쉽게 포기하지 않는 고집 센 전사가 틀림없었다.

셈 선생님은 한숨을 내쉬었다. 옆에 있는 타라도 한숨을 쉬었지만 꾹 참고 침묵했다.

"부인의 요구에 긍정적으로 대답하고 싶습니다만 불행히도 그럴 수가 없습니다. 심각한 위험이 닥칠 것이기 때문에……."

보울라의 얼굴이 잔뜩 긴장했다.

"악마들을 물리쳤다고 했잖아요? 그런데 또 무슨 위험이 닥친다는 겁니까?"

블루 드래곤은 질문을 교묘하게 피했다.

"바로 그래서 우리는 악마의…… 아니 신성한 사물들과 얘기할 필요가 있는 겁니다."

보울라가 손짓을 하자 군대가 경계 태세를 취했다. 셈 선생님과 칼, 파프니르, 다른 이들도 이미 예상하고 있었다. 그들은 드래곤의 등에서 내렸고, 마제와 사엘은 그대로 있었다. 매직갱은 엘프들의 민첩성과 능력을 잘 알기 때문에 내려와서 싸우는 것이 낫다고 판단했다.

칼은 타라를 쳐다보며 망설였다. 인피뱀파로 변신하는 것이 인간보다 힘이 훨씬 강력하다는 건 두말할 필요가 없었다. 그리고 어떻게 하는지 방법도 알고 있었다. 칼은 마음을 다잡으며 엘프들에게 두려움을 주지 않기 위해 조금씩 전환을 시작했고, 비명을 지르지 않으려고 입술을 깨물었다. 칼의 키가 커지고 어깨가 더 넓어지고 눈이 핏빛으로 변하고 흑발이 흰빛으로 변하는 사이 혈관 속으로 에너지가 흘러들고 있었다. 셀렌바는 금방 알아챘지만 잠자코 미소를 지었다.

칼 옆에서 블루 드래곤이 한숨을 쉬었을 뿐인데 콧구멍에서 불티가 튀어나왔다. 엘프들이 긴장했다. 드래곤의 불을 잊지 않았지만 어느 정도로 막강한지 아는 엘프는 그리 많지 않았다.

하지만 보울라는 두려웠다. 두려움 때문에 판단이 흐려졌다. 타라는 보울라가 크게 흔들리고 있음을 느꼈다.

"실버." 타라가 갑자기 소리쳐서 소스라치게 놀란 보울라가 엘프들에게 공격 명령을 내리려는 순간이었다. "변신!"

실버와 함께할 때 좋은 것은 영리한 것은 물론이고 아주 민첩하다는 점이었다. 무엇보다 실버는 타라를 믿고 있어서 즉시 이행했다.

하프드래곤의 몸이 커지면서 옷이 찢어지자 주변의 엘프들이 비명을 지르며 흩어졌다.

그리고 눈 깜짝할 사이에 셈 선생님 옆에 또 하나의 드래곤이 서 있었다. 햇빛을 받아 은빛 가죽에서 무지갯빛을 반짝이는 비늘, 희한하게 너울거리는 흰색 갈기, 가슴 부위에 검은색 별 무늬가 있는 멋진 드래곤이었다. 타라는 실버가 은빛 드래곤이라는 걸 잊고 있었다. 검은 여왕이 노예로 삼았을 때 검은색 드래곤으로 변형시켰기 때문에 타라의 뇌리에 그 모습이 박혀 있었던 것이다.

검은색 드래곤일 때는 무시무시했었다. 실버 드래곤은 눈이 부실 정도로 반짝거렸다. 하지만 단호한 모습을 유지해야 하기 때문에 타라는 선글라스를 불러내는 주문을 읊지 않고 시선을 돌렸다.

파프니르는 실버 드래곤의 따뜻한 옆구리에 어깨를 기대고 섰다. 그러고는 '어때, 멋지지? 잘 봐둬, 나만의 드래곤이니까!' 하는 얼굴로 팔짱을 꼈다.

보울라는 멍하니 입을 벌렸다. 드래곤이 하나도 아니고 둘이나 되는데……. 게다가 이 인간들이 전부 다 드래곤으로 변신할 수 있다면 해보나 마나한 싸움이 아닌가.

보울라는 침착해지려고 숨을 깊이 들이쉬었다.

"드래곤은 몇 명이나 온 겁니까?" 보울라는 자신도 모르게 튀어나온 애처로운 어조를 저주했다.

"꽤 있습니다." 타라는 너무 정직한 셈 선생님이 대답하기 전에 끼어들었다. "이미 말씀드렸는데요."

타라는 보울라가 어리둥절해 있음을 알았다. 솔직히 수백 년 동안 숭배해온 도끼와 방패가 표적이라며 이제 곧 뭔지도 모르는 위협이 모든 걸 휩쓸어버릴 거라고 말하면 누가 곧이곧대로 믿을까. 그래서 타라는 가능한 한 명확하고 구체적으로 말할 필요를 느꼈고, 너무 신중한 셈 선생님 대신 나서기로 했다.

"왜 위험하다는 건지 알고 싶으시겠지요. 그래서 셈 선생님이 답변하기 위해 신성한 사물들과 얘기를 해야 한다고 말씀하신 겁니다. 내가 이유를 설명해드리지요."

스트레스와 경계심 때문에 나무토막처럼 뻣뻣해져 있던 보울라는 타라의 친절한 태도에 긴장을 약간 풀었다. 타라는 손짓으로 말하겠다는 표시를 했다.

"악마의, 아니 부인의 표현대로 신성한 사물 몇 개에 일종의 변이가 일어나 변형이 되었습니다. 우주에 떠돌던 유기체가 사물들과 결합되어 불타는 혜성으로 변형되었는데 닥치는 대로 모든 걸 죽이는 괴물 혜성으로 변했지요. 어떻게 하는 건지 정확히는 모르지만 혜성이 우주 공간에서 일종의 촉수들을 뻗어 닥치는 대로 모든 생명체를 빨아들이는 것 같습니다. 혜성은 이미 악마의 여러 행성을 공격했고, 자이언트 개미들의 행성인 크세프로디에 있는 생명 대부분을 파괴했습니다."

엘프의 크리스털 눈이 휘둥그레졌다. 꾸며낸 말이라고 하기에는 너무 생생한 묘사였다.

"우리는 여러분에게 알려주고 싶었습니다. 혜성이 지금 이곳으로 오는 중이라고 생각하기 때문이지요."

"여기로? 왜? 세상에 집어삼킬 것이 얼마나 많은데 하필 왜 이곳으로 오지?"

"신성한 사물들이 이곳에 있기 때문이지요. 혜성이 재충전해야 한다는 걸 알기 때문에 우리는 강력한 방벽으로 막고 있는 겁니다. 우리가 혜성과 싸우면서부터 영혼을 원하는 만큼 흡입하지 못했으니까요. 그런데 혜성이 며칠 전에 사라진 겁니다. 다행히 우리 우주선만큼 빠르지 않기 때문에 이곳에 혜성이 아직 도착하지 않은 것이지요."

보울라는 괜히 장군이 된 것이 아니었다. 즉각 반박했다.

"당신들이 강력한 방벽으로 막고 있다면서 왜 우리까지 혜성과 싸워야 하지?"

타라는 연민의 시선으로 보울라를 쳐다봤다. 잔혹한 얼굴이 짓는 표정치고는 아주 이상했다.

"5000년 전에 악마들이 그들의 여러 행성에서 영혼들을 채집하기 위해 그랬던 것처럼 혜성이 이 행성으로 촉수들을 뻗으면 여러분은 속수무책으로 당할 겁니다. 여러분이 몸속에 악마의 영혼들을 지니고 있는 한 버틸 수가 없을 테니까요. 악마들도 필사적으로 대항했지만 혜성에게 패배했습니다. 그래서 악마들은 그들의 세계를 도망쳐야 했고 우리 세계에 와서 도움을 청했지요."

타라 일행이 아직까지 말해주지 않은 것이었다. 장군은 멍하니 입을 벌렸고, 다른 엘프들도 얼어붙었다.

"뭐라고?" 마침내 장군이 격분했다. "그러니까 너희들이 수천 년 동안 우리를 학살한 철천지원수들을 도와줬단 말인가?"

"악마들은 더 이상 우리의 적이 아닙니다." 로빈이 끼어들었다. "악마들은 달라졌습니다. 인간화되었지요. 우리는 늙은 악마들과는 충돌하고 있지만 인간 모습의 새로운 세대와는 평화 협정을 맺었습니다. 새로운 세대의 왕이 아르칸즈인데 우리를 도와 인류를 절멸시키려고 하던 자기 아버지와 형을 제거했습니다."

"아무튼." 타라는 빨리 목적을 달성하기 위해 로빈의 말을 끊었다. "혜성을 물리치는 유일한 방법은 영혼들을 악마의 사물들 속으로 돌려보내고 여러분은 이 행성의 천연 마법만 사용하는 겁니다. 방벽만이 혜성을 저지할 수 있으니까요. 하지만 시간이 얼마 남지 않았습니다. 혜성이 곧 도착합니다!"

"불가능하다." 보울라는 항변했다. "영혼들은 이 행성 도처에 있는 수천 명의 엘프들의 몸속에 흩어져 있다!"

타라가 예상한 그대로였다. 그래서 다시 덫을 놓았다.

"네, 우리도 그럴 거라고 예상했습니다. 그래서 생각한 건데 해결책은 하나밖에 없습니다. 이중 도끼와 방패를 파괴해야 합니다. 그러면 여러분의 몸속에 있는 영혼들이 어떤 식으로든 독성 있는 철에 결합되어 있어서 새 마왕 아르칸즈에게 돌아가게 됩니다. 그다음 우리는 영혼들을 해방시키고 평화를 안겨줄 겁니다."

'안 돼!' 보울라의 머릿속에서 영혼이 외쳤다. '나는 떠나기 싫어! 함정이야, 거짓말이야!'

보울라는 공포에 빠지지 않게 하려고 애를 썼지만 영혼은 너무 두려웠다.

결국 영혼은 보울라에게 하지 않겠다고 맹세했던 짓을 하고 말았다. 처음에는 물론 전이되는 충격으로 보울라를 장악했으나 합의 끝에 수백 년 동안 동거하는 관계로 만족하며 살고 있었다. 그런데 영혼이 지금 그 맹세를 깨버린 것이었다.

영혼이 장군을 장악하기 시작했다.

454

타라는 머릿속에서 아우성치는 악마의 영혼들과 동시에 이상한 낌새를 알아차렸다. 타라는 더 이상 생각하지 않고 행동으로 들어갔다.

타라는 장군이 엘프들에게 공격 명령을 내리기 전에 달려들었다. 영혼이 보울라의 성대까지 장악하려면 몇 초가 걸리기 때문에 타라는 보울라의 두 손을 움켜잡았다.

멘타르의 볼과 센티르의 피리는 악마의 영혼을 지닌 악마나 누군가가 거짓말을 하는지 알려면 만지면 된다고 타라에게 말했었다. 하지만 타라는 무엇보다 많은 이들을 죽이지 않으려고 노력하고 있었다. 그래서 장군의 머릿속으로 침투해 친구인 영혼들에게 길을 열어주었다.

친구 영혼들은 예상하지 않고 있다 한순간 깜짝 놀랐지만 타라를 따라 장군의 머릿속으로 침투했다.

장군의 머릿속 영혼은 밀려 들어오는 엄청난 힘과 맞닥뜨리자 방법이 없었다. 영혼은 장군의 몸을 빠져나와 갑옷의 독성 있는 철 속으로 휩쓸려 들어갔다. 타라는 갑옷의 친구 영혼들이 달아나지 못하게 막자 장군을 점령했던 영혼이 내지르는 공포의 비명을 들었다.

그런데 안타깝게도 갑옷의 영혼들은 이 영혼이 어떻게 금속 사물을 빠져나왔는지 알아내지 못했다. 방법을 알면 타라의 친구 영혼이 장군에게 침투해 적이 아니라는 걸 설득할 수 있을 텐데. 타라는 다른 방법을 써야 했다. 좋아하지 않는 방법이지만 무고한 엘프들을 죽이고 싶지 않기 때문에 어쩔 수 없었다.

타라는 엘프의 머릿속에 강력한 명령을 심어놓은 다음 슬그머니 빠져나왔다.

엘프들의 눈에는 타라가 마치 인사하는 것처럼 장군의 손을 잡는 것으로 보였는데 장군이 파랗게 질리더니…… 쓰러졌다.

타라가 뒷걸음치며 소리쳤다.

"장군이 기절했어요! 빨리 누가 와서 도와줘요. 여러분 중에 샤먼 있습니까?"

하지만 그사이 눈을 뜬 장군이 두 손으로 머리를 부여잡으며 신음했다.

"슬렌디르!" 보울라는 조심스럽게 중얼거렸다. "어떻게 된 거지?"

"모르겠어요." 타라가 솔직하게 말했다. "부인이 신성한 사물들을 보러 가는 걸 허락하려는 순간 의식을 잃으셨어요. 괜찮으세요?"

엘프들이 험악한 표정으로 둘을 쳐다보고 있었다. 엘프들은 어리석지 않았다. 타라가 장군에게 뭔가를 했다고 생각하고 있었다. 모두 악마의 영혼이 점령한 엘프들이라 무슨 일이 일어난 거라고 의심하는 게 틀림없었다. 타라는 그들이 제발 장군의 머릿속을 읽지 않기를 바랐다. 보울라의 머릿속 영혼이 셈 선생님을 알아봤던 것처럼, 이들 엘프들이 보울라 갈렌티르의 몸속에 이제는 악마의 영혼이 없다는 걸 알아채면 안 되는데.

다행히 엘프들은 한순간도 타라가 그런 일을 할 수 있다는 걸 상상도 하지 못하는 것 같았다. 엘프들은 보울라 장군을 일으켜주었고, 장군이 비틀거릴 때 부축해주는 것으로 만족했다.

"느낌이 아주 좋지 않아." 장군이 눈살을 찌푸리며 말했다. "뭔가가 없어진 것 같은데 그게 뭔지 모르겠어."

"방금 신성한 사물들을 파괴하는 걸 허락하셨습니다." 타라는 어조를 바꾸고 장군의 머릿속에 심어놓은 명령을 강화했다. "혜성을 상대로 싸우는 우리를 도와주겠다면서."

장군이 타라를 향해 흐릿한 시선을 던졌다.

"내가? 내가 그런 말을 했다고?"

장군을 에워싼 엘프 대장 여섯 명이 동요했다. 하지만 규율을 잘 지키는 전사들이었다. 고함을 지르고 싶은 기색이 역력한데 아무 말도 하지 않았다. 타라는 밀어붙였다.

"네. 그럼 이제 가실까요?"

보울라는 순순히 길을 나섰고, 원정대가 착륙했던 빈터 주위의 나무들과 똑같은 핑크빛 나무들이 둘러선 잘 닦인 길을 따라 신성한 사물들이 있는 장소로 향했다.

신전 같은 건물이 보였다. 보울라 장군이 사는 마을이 아니었다. 엘프족은 원래 많은 남신과 여신을 숭배하는데 대체로 공격적 성향의 남신들을 숭배했다. 그러나 파괴된 행성을 뒤로하고 다오보르 행성에 숨어 살게 된 엘프들은 옛 행성에서는 그리 유명하지 않은 평온한 여신들을 숭배하는 것으로 바뀌었다. 가령 평화와 평온의 여신 고그마와 잠의 신 도우도우**47**가 대표적이었다.

이번에는 얇은 초록색 갑옷 차림의 남성 엘프 기사단이 음산한 분위기로 신전을 에워싸고 있었다. 로빈은 남성 엘프들을 보며 소스라치게 놀랐고, 이렇게 많은 남성 엘프를 한 번도 본 적이 없는 사엘은 얼굴이 발그레해졌다. 사엘은 로빈의 도움을 받아 어머니와 함께 드

· · · · · · · · · · · · ·

**47.** 도우도우라는 단어와 잠의 신 이름이 아주 잘 어울린다.

래곤의 등에서 내리면서 남성 엘프들에게서 시선을 떼지 못했다.

남성 엘프들이 있다는 걸 아는 마제도 충격을 받았다. 수천 년 동안 살아남은 남성 엘프의 수가 겨우 이 정도밖에 안 되는 건가! 남성 엘프들도 마법 덕분에 젊은 모습이고, 사물들을 지키기 위해서라면 목숨을 걸겠다는 각오로 보초를 서고 있었다. 그들의 목숨보다 사물이 훨씬 중요하다는 걸 분명히 인식하고 있는 것이었다. 물론 사물들 덕분에 살아남았지만, 마제는 사물이 정말 목숨을 걸고 지킬 만한 가치가 있는 건지 의문이 들었다.

그들이 층계를 올라가자 남성 엘프 기사단이 길을 열어주었다.

반짝이는 초록색 반점이 있는 흰색 돌로 지은 신전이었다. 고그마 여신과 도우도우 신의 조각상들이 입구에서 두 손을 모으는 이들을 축복해주는 것 같았다.

양옆에 놓인 초록색 기름 용기에서 신들에게 경의를 표하는 불이 타오르고 있었다. 빨간색 옷을 입고 입구에서 조용히 대기하고 있는 무녀들은 사물들에게 다가가는 이들을 감시하는 것이 의무인 것 같았다.

크리스털 눈, 빨간색과 초록색 리본으로 묶은 은발의 무녀들은 표정이 온화하고 평온했지만 맨살이 드러난 복부에 단검 두 개를 교차시키는 것으로 무장하고 있음을 보여주었다.

드래곤 둘은 입구의 크기를 살피고 나서 거대한 몸을 축소시킨 다음 건물로 들어섰다.

첫 번째 방은 비어 있었다. 신전의 중심으로 들어가기 전의 부속실인지 빨간색이나 초록색 나무로 만든 고그마와 도우도우 조각상들만 놓여 있었다.

그들은 일렬로 안으로 들어갔다. 드래곤이 본래의 크기로 다녀도 지장이 없을 정도로 천장이 아주 높은 거대한 실내였다.

신성한 사물들이 있었다.

보울라 장군을 따라 들어간 타라 일행은 거기서 사라진 지킴이들을 발견했다.

그리고 영혼들이 어떻게 사물을 빠져나갈 수 있었는지 알았다.

초록색 돌과 흰색 돌로 지은 넓은 방, 단아한 벽화들, 중앙에 설치된 거대한 분수대 연못, 고요한 수면에 떠 있는 각양각색의 향기로운 꽃……. 타라 일행이 주위를 둘러보고 있을 때였다. 지킴이들이 갈가리 찢어발길 듯 송곳니와 갈퀴발톱을 세우고 달려들었다.

맙소사, 타라는 가슴이 철렁했다. 악마의 사물들을 몸에 지니고 있지 않은가! 악마의 마법을 공격하도록 훈련된 지킴이들이기 때문에 데미데루스의 혈통임을 증명할 겨를도 없이 자칫 떼죽음을 당할 수도 있었다. 타라는 번개같이 정상적인 모습을 되찾았다. 긴 금발에 섞인 흰 머리털. 갑옷은 즉시 몸에 맞게 줄어들었다. 아니었다면 타라는 너무 큰 갑옷에 묻혀 얼굴도 보이지 않는 우스꽝스러운 모습으로 욕설을 내뱉으며 죽었을 것이다.

"스톱!" 타라는 꼿꼿하게 서서 고함을 질렀다. "나는 데미데루스의 혈통이다! 물러서라!"

깜짝 놀란 지킴이들이 머뭇거렸다. 그 뒤에서 빨간 옷차림의 무녀들이 불안한 얼굴로 동요하고 있었다.

보울라가 타라 일행을 노려보며 경계심을 드러냈다.

"지킴이들이 왜 당신들을 공격하는 것이오? 지킴이들은 대체로 신전에 들어오는 이들을 공격하지 않는데!"

아틀란티스 신전에서 있었던 안 좋은 기억이 떠오른 칼은 익숙하지 않은 뱀파이어의 송곳니 때문에 약간 발음이 새는 소리로 응수했다.

"이런 말까지 하고 싶진 않지만 지킴이들이 신전에 들어오는 이들을 공격하지 않는다는 것 자체가 이미 비정상입니다. 지킴이들은 악마의 사물을 지키는 것이 본분이기 때문에 누구든 접근을 막아야 하니까요! 그리고 타라는 데미데루스의 혈통이기 때문에 통과시켜야 마땅하지만 지금은 또 다른 악마의 사물들을 몸에 지니고 있어서 지킴이들이 공격하는 겁니다. 다시 말해 데미데루스의 혈통으로, 타라와 타라의 동생들인 마라와 자르를 제외하고는 누구도 사물들에 접근하지 못하게 막는 것이 정상이죠. 그런데 여긴 아주 이상한 일이 일어나고 있는 겁니다."

지킴이들이 경계하며 타라에게 다가왔다. 이윽고 그중 하나가 송곳니와 갈퀴발톱들을 세운 소용돌이 형상이 아니라 온전한 모습으로 유형화되었다. 지킴이가 타라를 향해 몸을 숙이고 사냥개처럼 냄새를 맡았다. 그리고는 번개같이 움직였는데 어찌나 빠른지 타라는 아픔을 느낄 겨를조차 없었다.

타라는 얼굴에 뭔가가 흐르는 걸 느꼈다. 잠시 후 지킴이가 핏방울이 뚝뚝 떨어지는 갈퀴발톱을 핥았다.

타라의 피였다.

"아야!" 타라는 너무나 예리한 갈퀴발톱에 할퀴어진 통증을 한 박자 늦게 느낀 것이었다.

지킴이는 타라의 피가 '알려주는' 것에 당황하는 듯싶더니 타라의 얼굴 높이로 둥둥 떠올라 말했다.

"최고 마구스 데미데루스의 후손?"

"그렇다." 타라는 뺨을 타고 흘러내리는 피 때문에 두렵지만 애써 감추며 대답했다. "내 조상의 피를 알아보았는가? 나에게 악마의 사물들에 접근할 권리가 있음을 인정하는가?"

타라의 질문에 흠칫 놀라는 것 같더니 지킴이는 한번 더 타라의 냄새를 맡았다. 마치 몸에 지닌 악마의 사물들 때문에 방해가 되어 데미데루스 직계 혈통이 맞는지 다시 확인하는 것처럼.

한참 지나고 나서야 지킴이가 대답했다.

"인정한다."

타라는 너무 긴장했던 탓에 쓰러지지 않으려고 이를 악물었다.

"좋아. 그럼 이제 악마의 사물들에게 안내해라. 우리는 사물들을…… 가져가야 한다."

타라는 지킴이들을 비롯해 모든 이들의 반응을 보며 사물들을 파괴하겠다는 말을 하지 않기로 했다. 자칫 상황이 복잡하게 꼬일 수 있었다.

지킴이가 타라를 쳐다보며 놀랍게도 두 발을 가슴에 대고 교차시키는 인간의 동작을 취했다.

"안 된다." 지킴이가 대답했다.

타라는 뜻밖의 대답에 두 번이나 입만 들썩거리며 말을 못하고 있다가 마침내 물었다. "안 된다고? 뭐가 안 된다는 건가?"

"우리는 파롤을 잃었다." 지킴이는 무슨 신탁이라도 내리듯 수수께끼 같은 답변을 했다. "우리는 이제 지령을 모른다. 우리는 영혼들을 도와줘야 한다. 우리는 도와주고 있다."

타라는 무슨 말인지 전혀 이해되지 않았다. 하지만 다른 이들의 얼굴을 보니 타라만 모르는 것이 아니었다.

무녀들이 재빨리 그들을 에워쌌는데 원이 아니라 일그러진 타원형을 이루고 있었다. 아마도 보울라가 개입하길 바라는 눈치였다. 하지만 보울라의 표정도 타라 못지않게 어리둥절해 있었다.

"지킴이들에게 내린 지령은 사물들을 지키는 것이지 도와주는 것이 아니다." 셈 선생님이 위엄 있는 목소리로 엉뚱한 지킴이에게 설명했다. "5인의 최고 마구스 직계 후손들 이외에는 누구도 사물을 건드리거나 가져가지 못하게 막는 것이다. 파롤을 잃었다고 했나? 무슨 일이 일어났기에?"

지킴이는 머뭇머뭇하다 대답했다.

"화산이 폭발했다. 파롤이 신임 파롤에게 임무를 인계하는 중이었다. 두 파롤은 유형화되어 있었고, 화살 폭발로 둘 다 죽었다. 우리는 지령이 뭔지 모른다. 파롤은 지킴이 중의 지킴이이기 때문이다. 파롤은 지령을 알고 있고, 우리는 데미데루스와 최고 마구스들의 피에 대해 알고 있다. 우리는 사물에 대해서는 모른다."

셈 선생님이 다른 이들을 향해 돌아서서 설명했다.

"최고 마구스들은 지킴이들 중 한 명을 뽑아서 지령을 내렸지요.

지킴이들은 아주 느리게 늙는 것일 뿐 영원히 살지 못합니다. 파롤이란 전통적으로 지킴이를 가리키는 말이며, 자리를 물려받는 신임 파롤에게 권한과 지령을 인계해야 합니다. 그런데 불행히도 그 과정에서 화산이 폭발했고 두 파롤이 죽은 것 같습니다."

"화산이 폭발했을 때 사물들이 튕겨 나왔다." 타라가 지금까지 만난 지킴이들보다 훨씬 명확하게 말하는 지킴이가 설명했다. "엘프가 이중 도끼를 만졌을 때 우리는 사물들을 지켜야 했다. 우리는 엘프에게 영혼 하나를 주었다. 사물을 지키기 위해서였다."

지킴이의 말에 모두 경악했다.

파브리스가 가장 먼저 입을 열었다. 드래곤 둘과 칼과 달리 무아노와 파브리스는 변신하지 않고 있었다. 이런 순간이 올 거라고 의심하고 있던 파브리스는 빈정거리는 어조로 말했다.

"오케이. 내가 제대로 이해했는지 정리해볼게요. 악마의 사물들을 지키기로 되어 있는 지킴이들이 영혼들을 독성 있는 철에서 빠져나오게 해, 빵을 나눠주듯 엘프들에게 영혼들을 분배하는 방법을 찾았다는 거잖아요?"

타라는 눈앞에 둥둥 떠 있는 지킴이를 쳐다봤다. 모든 걸 종합해 이해하려고 노력했지만 쉽지 않았다.

"나는…… 이해가 안 돼. 왜 영혼들을 각각 나눠줬지?"

인간들과 드래곤의 표정으로 보아 작은 잘못을 저질렀을지 모른다고 생각한 지킴이가 설명했다.

"사물들을 지키려면 영혼들을 분배할 필요가 있었다. 엘프들이 너무 허약했다. 우리는 사물들을 지켰고, 복종했다!"

셈 선생님은 마음 같아서는 지킴이를 갈기갈기 찢어버리고 싶지만 성질을 누르며 머리를 끄덕였다.

"그래, 그래, 부정할 수 없이 너희들은 지켰고, 복종했다. 이제는 그 모든 영혼들을 철 속으로 돌아오게 한 다음 여길 떠나게 해야 한다. 이제부터는 우리가 사물들을 지킬 것이지만 여기서 멀리 떨어진 곳으로 가져갈 것이다. 지킴이로서의 일은 거의 끝났다. 지구, 더 정확히는 지구의 해저에 있는 지킴이들에게 합류할 수 있다. 이제부터는 5000년 동안의 고된 일을 끝내고 물고기를 잡아먹으며 편히 쉴 수 있을 것이다."

지킴이는 미션이 끝났다는 걸 알고 기뻐하는 것 같으면서도 물고기가 뭔지 전혀 모르기 때문에 잠자코 타라 앞에 있었다.

그때 사엘이 말했다.

"다 잘됐으니까 이제 악마의 사물들을 파괴해도 되겠어요!"

지킴이들이 즉시 흥분해 너무 센 불에 올린 냄비처럼 부글부글 끓어오르기 시작했다.

"안 된다!" 타라 옆에 있던 지킴이가 갑자기 격분해 외쳤다. "사물들을 파괴하면 안 된다! 사물들은 귀중한 것이다. 사물들을 구해야 한다."

그렇지만 데미데루스의 혈통이기 때문에 지킴이들이 공격은 하지 않았다.

사엘은 방금 너무나 바보 같은 말을 내뱉었다는 걸 깨닫고 손으로 입을 막았다.

그때였다. 공기를 가르는 휘파람 소리가 울리면서 무녀들이 일제히 단검을 뽑아 들었다. 무녀들은 지킴이에게 복종하는 것 같았다. 지킴이가 자신의 딜레마를 해결할 방법을 찾은 것이었다. 지킴이는 자신이 직접 데미데루스의 직계 후손을 공격하지 않고 무녀들에게 시키려는 것이었다. 그러고는 지킴이들이 사라졌는데 마치 이런 말을 남기는 것 같았다. '우리는 여기 있지 않았다. 우리는 아무것도 보지 않았다. 맙소사, 끔찍한 일이 일어났어. 이런 일을 벌인 자들은 벌받아 마땅해. 암, 그래야지.'

무녀들이 여러 무리로 나뉘어 이방인들을 포위했다.

블루 드래곤이 사엘을 나무랐다.

"어린 엘프, 다음에는 무슨 말을 하려거든 나한테 물어보든가 아니면 입 다물고 있어."

모욕적인 말이지만 사엘은 자책감 때문에 아무 말도 못하고 고개를 끄덕였다. 모두들 무녀들과 맞서 싸우려고 할 때 릴란드릴의 활이 로빈의 팔에서 유형화되었다.

갑자기 피를 먹고 싶은 욕망이 느껴지는 순간 칼의 송곳니가 무시무시한 무기로 변했다. 무녀 몇 명이 칼을 보고 부들부들 떨었다.

타라는 본능적으로 검은 여왕으로 변신했다. 옆에서 지켜보던 칼은 변신하는 순간 타라의 얼굴에서 상처가 사라지는 걸 보고 깜짝 놀랐다. 레파루스 주문은 다른 마법사가 치료해주는 것이지 다친 마법사가 자신을 직접 치료할 수는 없기 때문이었다.

혈투를 피하려면 무시무시한 마법의 힘을 보여주는 것으로 제압할 필요가 있었다.

친구 영혼들이 보내주는 악마의 마법과 타라 자신의 검푸른 마법이 섞인 강력한 빛이 흡사 방울뱀처럼 진동하고 있었다. 명확한 경고였다. '어디 조금만 더 가까이 와봐. 우리 둘 중 하나는 경을 칠 테니. 근데 나는 아닐걸.'

타라는 머리끝에서 발끝까지 번쩍거렸고, 검은색으로 변한 눈에서 시커먼 번갯불이 발사되었다.

하지만 무녀들이 목숨을 걸고 지키겠다고 맹세한 것은 신성한 사물들이었다. 의무를 저버리게 만들려고 하는 드래곤 둘과 빛을 번쩍이는 여자, 이방인들이 아니었다.

무녀들이 돌격했다.

그런데 두꺼운 벽에도 불구하고 밖에서 아주 크게 고함치는 소리가 들렸다.

시간이 없었다. 타라가 마지못해 마법을 날리려는 순간 갑자기 검은색 끈적거리는 마법이 급류처럼 몰려왔다. 마법의 물결에 휩쓸린 무녀들이 벽에 들러붙었고 단검들이 떨어지며 돌바닥에 부딪치는 소리가 났다.

타라 일행은 아연실색해서 미친 듯이 몸부림치는 무녀들을 쳐다봤다.

"타라? 네가 한 거야? 아니, 네 친구 영혼들이 한 건가?" 칼이 물었다.

"아니." 뒤쪽에서 물기 어린 목소리가 말했다. "타라와 사물들은 아무 관련 없다. 너희들을 구해준 건 나야, 도둑."

모두 재빨리 돌아봤다. 아니, 드래곤 둘은 몸집과 신전에 있는 원기둥들의 방해로 돌아보는 것이 약간 느렸다.

그들은 얼어붙었다.

상그라브 수십 명이 박살기를 겨누고 있는 것이 아닌가. 맙소사, 흡족한 표시의 파란색 마스크를 쓴 마지스터가 검은빛이 번쩍이는 손을 흔들었다.

"헬로우, 헬로우, 나 많이 보고 싶었지?"

# 24

# 마지스터

어딘가에 들이닥쳐서
"아하, 제대로 걸려들었군!" 하고 외치는데
등 뒤에서 문이 쾅, 닫히고
홀로 괴물과 마주하고 있으면 어쩌려고

*

전혀 예기치 않은 순간에 등 뒤에서 불쑥 나타나는 이런 극적인 등장. 타라는 누군가 이런 식으로 행동할 때가 정말 싫었다.

그들은 마지스터가 다오보르 행성까지 오는 데 한 달은 걸릴 거라고 생각하고 있었다. 완전히 잘못 계산한 것이었다.

마지스터가 며칠 만에 나타났으니.

한 가지는 타라의 생각이 맞았다. 마지스터가 우주선들을 공격한 것이었다. 마라를 죽인 건가? 동생을 해쳤다면 마지스터의 숨통을 끊어주겠어. 더는 참을 수도 망설일 이유도 없었다.

눈앞에 있는 존재가 누군지 갑자기 알아차린 마지스터의 마스크가 갈색으로 변했다. 흑발에 두드러져 보이는 하얀 머리털, 2미터 장신에서 뿜어져 나오는 잔혹한 포스.

"검은 여왕? 이게 무슨 일이야? 또 검은 여왕을 나오게 내버려둔 거야? 빌어먹을, 타라!"

마지스터가 칼과 똑같은 말을 해서 타라는 웃음이 나올 뻔했다. 하지만 그럴 때가 아니었다. 군대가 포위하고 있는 신전 안에서 악마의 사물들과 반쯤 미친 지킴이들을 상대하고 있는데 웃음이라니.

'내 동생에게 무슨 짓 했어?' 타라는 튀어나가려는 말을 꾹꾹 누르고 상그라브들의 보스에게 비웃음을 흘리는 검은 여왕의 말투를 흉내 냈다.

"아니, 이럴 수가! 인간! 안녕, 나의 토끼, 하는 일은 잘되고?"

타라가 꾹 참고 다가가 아주 반가워하는 체하자 마지스터는 놀라서 뒤로 물러섰다. 한 걸음이지만 검은 여왕을 두려워하고 있음이 역력히 드러났다. 창을 응시하던 마지스터의 마스크가 시퍼레졌다.

마지스터는 타라가 손에 쥐고 있는 창을 알아본 것이었다. 그리고 온몸에 지니고 있는 것들도 봤다.

마지스터가 몇 발짝 더 물러섰다.

"악마의 사물들을 지니고 있잖아! 그렇게 많은 사물들을 지니고 있다니! 그러니까 또 검은 여왕이 되지! 네가 완전히 미쳤구나!"

"와우, 그 대단한 눈썰미에 찬사를 보낸다. 브롱스의 갑옷, 라오르의 창, 멘타르의 볼, 센티르의 피리. 아쉽게도 이중 도끼와 방패만 빠졌지."

타라는 더 바짝 다가갔다.

"나의 토끼, 악마의 셔츠도 나한테 넘기는 게 어때? 그러면 내가 세상을 지배하는 날 조금은 네 덕분이라고 말해줄 수도 있는데. 저 위에 있는 우주선들을 어떻게 했지? 다 죽였나? 나라면 그렇게 했을 텐데……."

마지스터는 천천히 뒷걸음치며 대답했다.

"악마 우주선은 도망쳤고, 드래곤 우주선들만 나포했지. 드래곤 우주선 중 2대는 파괴했고, 1대는 나와 함께 여기 다오보르 행성에 있다. 모우르무르 학자와 그의 애인, 마라, 데미데루스, 이름이 기억 안 나는 이상한 여성 악마를 납치했지. 타라, 검은 여왕을 쫓아내야 해! 내 말 들어!"

타라는 검은 여왕이라면 했을 법한 말로 냉랭하게 응수했다.

"여기 타라는 없다. 지난번에는 내가 당했지만 이번에는 타라를 내 머릿속 아주 깊은 곳에 가둬놨지. 타라는 다시는 나오지 못해. 절대로."

마지스터는 바보가 아니었다. 검은 여왕과 맞서서 이길 가능성은 전혀 없었다. 마지스터는 타라가 반응하기 전에 휙 돌아서서 로미네트보다 더 빠르게 밖으로 뛰어나갔다.

하지만 마지스터는 그냥 달아나지 않았다. 추적을 따돌리는 데 필요한 조치를 취했다.

마지스터는 나가면서 무녀들을 풀어주었다.

무녀들이 빨간 고양이처럼 날렵하게 바닥에 떨어져 있는 단검을 집어 들고 발딱 일어났다.

다행히 이렇게 나올 줄 예상하고 있던 칼이 마법을 날려 단검들을 낚아챈 다음 무녀들을 물속으로 날려버렸다. 아주 깊어 보이는 거대한 연못이었다. 무녀들은 마법을 사용하지 않았다. 아마도 악마의 사물들이 마법을 견디기 힘들어하기 때문인 것 같았다. 이유가 무엇이든 타라 일행에게는 다행이었다.

그래서 무녀들에게 신경 쓰지 않고 마지스터를 추격하기 위해 신전 밖으로 질주했다.

그런데 맙소사! 엘프들이 도처에 널브러져 있었다. 아, 무녀들이 공격했을 때 엘프 군대가 왜 신전으로 몰려오지 않았는지 설명이 되었다. 마지스터가 미리 엘프 군대를 무력화시킨 것이었다. 군대와 마을의 모든 주민을 순식간에 제압하다니, 놀라웠다.

기계적으로 뒤따라 나온 보울라가 경악했다.

"당신들이 내 국민을 죽인 건가?"

"당신들이요? 어떻게 당신들이라고 할 수 있습니까?" 무아노가 더는 못 참겠다는 듯 말했다. "계속 우리랑 같이 있었으면서! 우리가 한 짓이 아니란 말입니다!"

파브리스가 몸을 숙이고 쓰러진 엘프의 목을 만져보고 고개를 흔들었다.

"기절한 거지 죽은 게 아니야. 이상하네. 마지스터는 이렇게 관대한 인간이 아닌데."

그들은 숲을 쳐다봤다. 상그라브들은 보이지 않았다. 트란스미투스나 또 다른 마법으로 날아갔거나 숲에 숨어 있을지 모를 상그라브들을 추적하는 것은 너무 위험했다. 그때 셈 선생님이 "여기서 기다려, 곧 돌아올게." 하고 소리치고는 실버와 함께 날아갔다.

성난 무녀들이 신전에서 몰려나왔다.

홀딱 젖은 상태였다.

수심이 3, 4미터쯤 되는 연못에서 어쩔 수 없이 잠수한 것 때문에 무녀들은 당장이라도 달려들 기세였다.

신성한 사물들에서 멀리 떨어지면서부터 숨쉬기가 훨씬 수월해진 보울라가 무녀들에게 호통쳤다.

"멈춰라! 그만해! 너희들은 지킴이들이 아니라 나에게 복종해야지, 알았나? 내가 아직 상황 파악이 안 되었으니 내 명령 없이는 누구도 죽이지 마라! 가서 쓰러진 엘프들을 보살펴라! 지금 당장!"

무녀들은 마지못해 보울라의 명에 따라 무기를 집어넣었다. 그리고 뒤늦게 군대가 제압되었음을 알아차리고 널브러진 엘프들을 살피기 시작했다.

칼은 잔혹한 미소를 흘렸다. 뱀파이어의 본성이 비웃음을 흘리게 만드는 것이었다.

"물을 사용하세요." 칼은 정신이 들게 하려고 시퍼레진 엘프의 얼굴을 때리는 무녀에게 말했다. "그게 훨씬 효과적일 겁니다. 옷이 푹 젖어서 비틀어 짜면 되겠는데."

격분한 엘프가 쏘아봤다. 칼은 웃음이 터졌다.

셀렌바는 이 녀석 보게, 하는 얼굴로 입술을 실룩거렸다. 뱀파이어는 진짜 재미있는 녀석이라고 생각했다.

이상하게도 마지스터를 다시 만난 것이 기뻤다. 마지스터의 마스크가 분명히 그녀를 응시했었다.

그리고 마지스터가 손가락으로 보내는 신호, 그녀에게만 보내는 은밀한 메시지였다.

보울라는 정신을 차리려고 애를 쓰며 타라에게 물었다.

"그자는 누구지? 왜 당신을 두려워하는 건가? 그리고 왜 신성한 사물들을 지니고 있어서 당신이 미친 거라고 말한 거지?"

질문은 많은데 시간이 별로 없었다.

"마지스터는 끔찍한 적이에요. 하지만 악마가 아니라 인간이에요. 내 어머니와 아버지를 죽였지요. 아, 그리고 내 친구 실버의 아버지예요."

"실버?" 그 허연 드래곤? 드래곤의 아버지가 인간이라고? 그건 불가능……."

"스톱!" 칼이 끼어들었다. "그 말만은 하지 마세요, 제발. 그 말을 할 때마다 타라가 '불가능'은 없다는 걸 증명해주거든요. 그러니까 그 말만은 피해주세요, 제발."

보울라는 멍한 얼굴로 입을 다물었다. 타라가 말을 이었다.

"장군은 지금 나의 사악한 분신인 검은 여왕을 보시는 겁니다. 검은 여왕은 나의 적들에게 두려움을 주기 때문에 그 모습으로 변신한 겁니다. 아까 봤던 대로 나는 키가 더 작은 금발이고, 미치지도 않았어요."

보울라가 전혀 이해가 되지 않는 얼굴로 쳐다봤기 때문에 타라는 짧게 설명했다.

"요컨대 마지스터와 나는 얽히고설킨 아주 긴 사연이 있지요. 마지스터는 나를 검은 여왕이라고 믿고 있지만 검은 여왕은 이제 존재하지 않아요. 나는 지금 검은 여왕인 척하는 겁니다."

보울라는 잠시 크리스털 눈을 감았다. 그러고는 손가락으로 관자놀이를 누르면서 고통스러운 표정으로 말했다.

"그리워." 보울라가 타라에게 고백했다.

"검은 여왕이 그립다고요?" 타라는 어리둥절한 얼굴로 물었다.

"아니, 당신의 표현대로 내 친구인 악마의 영혼이 그리워. 비록 동거를 시작한 초기에는 혼란스러웠지만 의로운 친구였어. 처음에는 좀 미친 것 같고 공격적이었지. 가능한 한 많은 영혼들이 엘프의 몸을 점령하게 하려고 나를 이용했고. 그러다 차츰 광기가 사라졌고 온화하고 평화적인 존재가 되었지. 영혼은 자기가 한 일이 나쁜 짓이라는 걸 깨달았어."

"그렇지만 당신은 계속 영혼이 엘프들의 몸속에 기생하게 했다."

마제가 적개심이 느껴지는 어조로 말했다.

마제는 용서하지 않겠다는 듯 보울라 앞에 버티고 섰다.

"아니." 보울라는 당당하게 대답했다. "당신은 우리를 반역자니 뭐니 하면서 악당 취급을 했지. 하지만 영혼들이 우리 목숨을 구해준 것은 사실이다. 우리는 점점 병약해지고 있었고, 영혼들은 우리에게 그걸 깨닫게 해주었어. 하지만 우리는 영혼을 원치 않는 엘프들은 해방시켜주었지. 원하는 엘프들에게만 영혼을 나눠주었으니까. 처음에는 점령이었지만 진정한 우정으로 변하게 되었다. 지금 당신은 우리에게 그 친구들을 배신하라는 건가? 악마들이 그랬던 것과 똑같이? 그럼 우리가 악마들과 다를 게 뭐야?"

보울라는 타라를 똑바로 쳐다보며 말했다.

"어림없어. 우리는 그럴 수 없어."

타라는 어찌해야 할지 결정을 내리지 못하고 있었다. 이제 악마의 사물들을 파괴하는 대신 마지스터를 찾아 동생을 구해야 하는 건가? 셈 선생님과 실버는 뭘 하고 있기에 아직도 안 오지? 마지스터가 어디에 착륙해 있는지 모르지만 거대한 우주선을 찾는 것은 그리 어렵지 않을 터였다.

다오보르 행성의 상황이 점점 꼬이고 있었다. 타라는 사물을 파괴하는 것으로 한 종족을 해방시킬 생각이었다. 하지만 보울라는 진심이었다. 그때 타라의 머릿속에서 한 목소리가 들렸다. 타라는 보울라의 몸에서 빠져나갔던 영혼임을 대번에 알았다.

'제발 부탁이야. 간청한다! 보울라와 말하게 해줘. 보울라에게 돌아가게 해줘! 갑옷 속의 다른 영혼들이 설명해줬어. 모우르무르 학자가 독성 있는 철 속에 갇힌 자보르족의 영혼 하나를 해방시켜주었고, 비욘드월드에서 우리를 맞을 준비를 하고 있다고. 그 말을 들으니까 행복해. 하지만 미친 혜성이 정말 이곳으로 올지는 확실하지 않잖아! 확실하지도 않은 가정 때문에 우리를 악마들에게 보내 노예로 살게 하지 말아줘. 인간, 당신의 정의에 호소한다.'

'나는 갑옷 속에 있는 당신을 해방시키는 방법을 몰라.' 타라는 속으로 대답했다.

'당신은 할 수 있어. 내가 이 속에 갇혀 있는 이유는 독성 있는 철 때문이 아니야. 나를 구속하는 것은 악마들의 기계가 아니라 당신의

친구인 영혼들이 못 나가게 막고 있기 때문이야. 그렇지 않았으면 나는 벌써 보울라에게 돌아갔을 거야.'

그리고 영혼은 겸손한 말을 덧붙이는 것으로 타라를 설득했다.

'물론 보울라가 진심으로 나를 받아들이겠다면 돌아가고 싶어. 하지만 보울라가 원치 않는다면 내 운명을 받아들이고 당신과 함께 있을게. 어쩌면 내가 학자들의 연구에 도움을 줄 수 있을지도 모르니까.'

얼마나 정직하고 솔직한 말인가. 완전히 미쳐 날뛰는 잔혹한 영혼들이면 차라리 상대하기가 편한데. 이 세계에서 소망은 이뤄진 적이 거의 없었다. 무슨 말을 하는 거야. 한번도 소망한 대로 이뤄진 적이 없는데.

타라는 한숨을 내쉬었다. 그리고 큰 소리로 말했다.

"보울라?"

"인간?"

"영혼이 보울라에게 돌아가도 되는지 물어보는데 받아들이겠습니까?"

보울라는 타라가 세상에서 가장 귀하고 가장 탐나는 보물을 주겠다고 제안한 것처럼 쳐다봤다.

"물론이지!" 보울라는 떨리는 목소리로 말했다. "텍키는 나의 절친한 친구인데!"

그렇지 않아도 타라는 영혼의 이름을 물으려던 참이었는데, 텍키였구나.

"그럴 줄 알았어요. 나한테 손을 주세요."

그때 칼이 다가와서 타라를 향해 움직이는 보울라를 저지했다.

타라는 칼이 인피뱀파로 변신한 것에 개의치 않고 있었지만 속을 꿰뚫어보는 듯한 핏빛 눈은 무시하기 힘들었다.

"너 지금 제정신인 거 맞지? 자신 있어?" 칼이 날카로운 송곳니를 드러내며 심각하게 물었다.

칼이 비록 제동을 걸었지만 타라는 아주 어려운 상황임을 일깨워 주는 것이 고마웠다.

타라는 고개를 흔들며 대답했다.

"아니. 하지만 우리는 독재자도 신도 아니야. 설령 우리가 하는 것이 좋은 방법이라고 해도 다른 이들에게 우리의 뜻을 강요할 수는 없어. 보울라? 나한테 손을 내밀어요. 텍키가 빨리 보울라에게 돌아가고 싶어 해요."

보울라는 주위에 둘러선 이들의 시선을 받으며 다가왔다. 마제는 화가 나 있고, 셀렌바는 무표정하고, 무아노, 파프니르는 호기심이 가득한 얼굴이고, 칼과 파브리스는 불안한 얼굴이었다.

타라는 보울라의 손을 잡았다.

영혼들이 텍키를 풀어주었다. 보울라의 눈이 반짝이더니 가슴을 폈다. 마치 갑자기 숨 쉬는 것이 한결 편해진 것처럼.

보울라 장군이 허리를 숙였다.

"고마워. 정말 고마워."

"천만에요." 타라는 진지하게 말했다. "그래도 우리가 곤경에 처해 있는 것에는 변함이 없습니다. 장군이 사물들을 파괴하는 걸 원치 않는다는 것, 그 마음을 나도 충분히 이해합니다. 하지만 혜성의 위협은 피할 수 없는 사실입니다. 모든 생명체를 안전하게 대피시킬 무슨 방법이 있다면 몰라도 사물들을 파괴해야 하는 건 불가피합니다. 죄송하지만 혜성의 위협은 너무나 엄청나서 나는 이 행성을 멋대로 집어삼키게 내버려둘 수가 없습니다. 내가 아무리 호감을 갖고 있다고 해도 한 종족을 구원하겠다고 전 세계를 파멸로 몰아넣을 수는 없습니다."

보울라는 눈살을 찌푸렸다. 타라는 보울라가 텍키와 얘기하는 중임을 알아차렸다.

타라는 진심으로 둘이 무슨 방법을 찾기를 바랐다. 타라가 보울라의 표정을 살피고 있을 때 칼과 셀렌바, 파브리스, 무아노가 동시에 고개를 쳐들었다.

아, 드래곤 둘이 돌아오나?

하지만 아니었다. 친구들의 초감각이 뭔가를 감지한 것이었다. 타라는 긴장하면서 마법을 작동할 기세로 경계 태세에 들어갔다.

하지만 공격이 아니었다. 이번만은.

더 최악이었다.

파란 하늘에 이미지가 나타났다. 단도에서 흐르는 피가 보일 정도로 아주 선명한 영상이었다.

마라 덩컨의 목에 들이댄 단도.

타라는 피가 거꾸로 솟는 것 같았다. 무의식적으로 마법을 작동한 타라는 단도로 마라의 목을 긋고 있는 마지스터가 대응할 겨를도 없이 공중으로 날아올랐다.

아니, 더 정확히는 마지스터가 무슨 말인가 했지만 분노와 두려움 때문에 타라는 아무 소리도 들리지 않았다.

이 순간은 진짜 검은 여왕이었다. 피에 대한 욕망과 복수심으로 가득 찬 검은 여왕.

마지스터는 비디오가 촬영된 장소를 추적해 연쇄 살인범을 찾는 탐정 영화를 본 적이 없는 모양이지만 타라는 영상이 찍힌 장소를 대번에 알아봤다. 왕복선이 있는 캠프였다. 타라는 질풍처럼 날아갔다.

마지스터는 검은 여왕이 오는 걸 봤다. 검은 여왕이 싫고 두려웠다. 타라보다 더 위험한 적이었다. 마라를 이용하기로 결정한 것은 한 가지 이유 때문이었다. 타라를 돌아오게 해 검은 여왕을 무찌르게 하려는 것이었다.

어떤 점에서 보면 마지스터는 아주 단순했다. 두려운 것이 있으면 죽이거나 제압했다. 드래곤족이 두렵기 때문에 제거하기 위해 수단 방법 가리지 않고 있었다. 악마들을 없애려는 것도 두렵기 때문이었다.

모우르무르를 이용해 직접 악마의 사물들을 만들기만 하면 두 종족을 동시에 없애고, 혜성을 파괴하는 데 필요한 힘을 얻을 수 있고 온 세상의 영웅이 될 수 있었다. 마지스터는 모든 걸 실현시키는 데 전념할 터였다. 우주선들의 무기로 악마족의 행성들을 겨누고 영혼을 추출해 그들에게 쓴맛을 맛보게 할 터였다.

하지만 검은 여왕과의 대결은 그의 계획에 전혀 들어 있지 않았다.

한편 마라는 목을 찔렀는데도 미친 듯이 달려들었기 때문에 마지스터의 마법에 마비된 상태였다. 마라와 자르는 그들의 기억 대부분이 가짜라는 걸 알기 전까지 마지스터를 아버지로 알았고, 그의 교육을 받고 자랐다.

마라는 마지스터 때문에 어머니 셀레나가 죽었기에 그를 싫어했다. 마라는 경계하고 있었지만 마지스터가 타라를 복종하게 만들기 위해 자기를 인질로 삼을 줄은 전혀 예상하지 못했다. 마라가 탄 우주선이 마지스터의 공격을 받았을 때, 아르칸즈는 어쩔 수 없이 드래곤 우주선을 뒤로하고 도주했다. 드래곤 우주선은 강력한 무기를 탑재하고 있지만 속도가 너무 느렸다. 결국 마라는 블랙 드래곤 사령관에게 항복하라고 설득했다.

그리고 마라는 마지스터가 원하는 것은 모우르무르니까 보내주자고 말했다. 모우르무르 학자를 잘 아는데, 몇 달만 기다리면 뭔가를 폭발시켜 상그라브 대다수를 제거하고 당당히 돌아올 거라며, 그러면 일석이조의 효과를 거두는 거라고 설득했다(물론 마라는 모우르무르와 오너러블 456에게는 그렇게 설명하지 않았다. 하지만 히글 5의 실룩거리는 입술이 왕년의 아마존 전사답게 마라의 의도를 정확하게 알아차렸음을 말해주고 있었다).

하지만 작은 문제가 있었다.

데미데루스가 마지스터의 우주선들과 싸우겠다고 나서며 자신의 마법으로 미사일 공격을 막을 수 있다고 주장했다. 블랙 드래곤은 미치광이 보듯 데미데루스를 쳐다봤고, 마지스터에게 항복을 알렸었다. 하지만 성난 데미데루스가 상그라브들을 공격해 모조리 죽이려고 했기 때문에 드래곤 사령관은 최고 마구스를 기절시켰다. 블랙 드래곤은 군법회의에 회부되게 생겼다고 구시렁거렸지만, 상그라브들의 보스든 아니든 미천한 인간에게 죽기 위해 악마들과의 전쟁에서 살아남은 것이 아니라며 이를 갈았다.

그런데 또 다른 문제가 있었다. 패밀리어들. 마지스터가 매직갱의 패밀리어들이 우주선에 있다는 걸 알면 끝장나는 것이었다. 타라가 방어하지 못하게 하려면 갈랑을 다치게 하는 것으로 충분했다. 그래서 그들은 패밀리어들에게 산소마스크를 장착하고 마라의 마법복에 있는 비물질적 주머니들 안에 숨겼다.

드래곤 사령관의 우주선에 오른 상그라브들은 드래곤들을 죽이지 않고 무력화시키는 것으로 만족했다. 그러고는 마법복 주머니의 기능을 정지시킨 다음 마라와 데미데루스, 모우르무르와 히글 5, 산헥시아(공격을 받았을 때 하필이면 드래곤 우주선에 있던)를 납치했다.

남은 우주선 45대 중에서(그래도 드래곤 사령관은 상그라브들의 우주선 다섯 대를 격추시켰었다) 열 대는 아르칸즈를 추격하는 사이 드래곤의 금빛 기함 우주선과 마지스터의 잿빛 우주선은 다오보르 행성으로 내려가고 있었다.

마지스터는 타라와 일행을 찾으러 가기 위해 포로들을 우주선 안에 가둬놓고 있었다. 우주선이 없으면 타라 일행은 다오보르 행성을 벗어날 수 없을 터였다. 왕복선의 운행 범위로는 아더월드 은하계로 갈 수 없기 때문이었다.

그렇게 되면 타라는 마지스터의 명령에 복종하며 혜성과 대결할 것이었다. 터무니없는 착각이 아니었다. 마지스터는 이미 오래전에 타라가 훨씬 강하다는 걸 알아차렸다. 따라서 타라를 데리고 있는 것보다 더 훌륭한 작전은 없다고 생각했다.

위성 근처의 깨진 고리 부근에서 공격했을 때 달아났던 타라가 놀랄 생각만 해도 희열을 느끼는 마지스터는 우주선을 나와 신전으로 향했다. 그런데 포로들, 그중에서도 특히 마라에 대해 간과한 것이 있었다. 마지스터에게 복종하도록 교육을 받았지만 마라는 이제 어엿한 면허 받은 도둑이 되어 있었다. 더군다나 최고의 선생님들과 칼리반 달 살란으로부터 온갖 기술을 전수받은 마라였다.

마라는 몸 구석구석에 숨겨놓았던 다양한 연장을 꺼내 그들이 갇혀 있는 방의 자물쇠를 따는 데 2분, 나가서 보초들을 때려눕히는 데 2분, 다 합해 4분이면 족했다.

아무것도 모른 채 마지스터가 트랜스미투스를 이용해 왕복선이 있는 캠프에서 유형화되는 바로 그 순간 경보 사이렌이 울렸다. 마라는 몰래 펼쳐놓은 비상 사다리로 내려가고 있었다.

마라를 발견한 마지스터는 전광석화같이 마법을 날렸다. 방패가 힘없이 뚫리면서 마라는 푹 쓰러졌다.

마라가 깨어나 보니 수갑이 채워진 채 상그라브 둘에게 붙잡혀 있고, 앞에서 성난 마지스터가 왔다 갔다 하고 있었다.

마라는 시간을 낭비하지 않았다. 숲이 아주 멀리 있지 않아서 여차하면 도망칠 수 있을 터였다.

마지스터가 왕복선 부근(상그라브들은 타라 일행을 기다리며 발톱을 물어뜯고 있던 옐로우 드래곤을 기절시켰다)에 착륙시킨 우주선 2대의 주변 경비를 강화하라고 지시했다. 이 틈을 이용해 마라는 자신을 감시하는 상그라브 둘을 유심히 살폈다. 상그라브들이 어쩌면 악마의 마법에 감염된 강력한 마법사들일지 모르지만 겉모습으로 봐서는 대단해 보이지 않았다.

마라는 눈 깜짝할 사이에 수갑을 풀고 번개같이 빠르게 한 명의 목을 졸라버리는 것과 동시에 또 한 명의 얼굴을 발차기로 넘어뜨렸다. 마스크 안의 코가 부러진 상그라브는 그대로 뻗어버렸다. 마라는 다른 상그라브들이 날리는 마법을 피하기 위해 숲을 향해 지그재그로 질주하다 마지스터의 품에 안기고 말았다.

교활한 마지스터가 트란스미투스 주문으로 마라를 앞지른 것이었다.

"쯧쯧쯧." 마지스터가 부드러운 목소리로 말했다. "배은망덕한 계집! 나는 네가 필요하니까 도망칠 생각은 안 하는 게 좋아. 네가 있어야 검은 여왕에게서 벗어날 수 있으니까."

이 말이 끝나는 것과 동시에 마라는 마지스터의 블랙 마법을 맞고 마비가 된 상태로 빈터 중앙에 둥둥 떠 있었다.

마지스터는 공중에서도 아주 쉽게 마라를 따라다니는 것으로 신체 조건이 얼마나 우수한지 과시했다. 그의 잿빛 마법복 뒷자락이 부풀어 올랐다.

"아, 근데 네가 이건 몰랐을 거다."

맙소사, 마지스터는 늑대인간이 되어 있었다. 신체적으로 더 강해진 것이었다.

마라는 완전히 마비된 상태가 아니라서 숨을 쉴 수 있고 말도 할 수 있었다.

"대단하세요." 마라가 이죽거렸다. "나를 잡으려고 검은 여왕을 언급하다니. 내가 완전히 속았으니까 성공했네요."

하지만 마지스터의 마스크는 갈색이었다. 전혀 즐겁지 않다는 의미였다. 마라는 마비가 되어 있는데도 소름이 쫙 끼쳤다.

"아니, 너를 속이려고 한 말이 아니야. 검은 여왕이 돌아왔다. 내가 봤고, 대결도 했어. 검은 여왕이 아더월드에서 드레쿠스의 왕관을 갖고 무슨 짓을 했는지 잊은 건 아니지?"

"네, 알아요." 마라는 떠올리기도 싫다는 얼굴로 대답했다.

"이제는 검은 여왕이 갑옷과 창, 볼, 피리까지 갖고 있어. 이중 도끼와 방패도 빼앗을 게 틀림없어."

"슬루르크!"

"타라를 구하고 우리를 구하는 유일한 방법은 너를 위협하는 거야. 타라는 이미 한 번 검은 여왕을 물리친 적이 있어. 네가 죽게 생겼다는 걸 알면 타라는 검은 여왕을 물리치고 돌아올 거다. 검은 여왕을 물리칠 수 있는 방법은 그것밖에 없어."

마라는 이해가 되지 않았다. 타라는 몇 주일 전부터 악마의 사물들과 같이 있었다. 그리고 분명히 검은 여왕은 영원히 사라졌다고 말했었는데 왜 돌아왔지? 뭔가 아주 이상한 일이 일어나고 있었다. 지금으로서는 할 수 있는 것이 없는 것 같았다.

하지만 그들은 오래 기다릴 필요가 없었다. 마라는 하늘에서 성난 독수리처럼 날아오는 것을 보며 눈이 휘둥그레졌다.

아주 불길했다. 검은색 갑옷에 무시무시한 투구를 쓴 거대한 존재가 그들을 향해 날아오고 있는데 분명히 타라가 아니었다. 마치 지나가면서 모든 걸 휩쓸어버리는 시커먼 돌풍처럼 들이닥치고 있었다.

마라는 침을 삼켰다. 할 수 있는 게 그것밖에 없었다. 마라는 마지스터가 부들부들 떠는 것을 고스란히 느낄 수 있었다. 단도를 잡은 마지스터의 손에 힘이 들어가면서 마라의 목에서 좀 더 많은 피가 흘러내리고 있었다.

검은 여왕은 고혹적인 자태로 그들 바로 앞에서 멈췄다. 어찌나 격분해 있는지 투명한 피부에 뼈가 드러나 보일 정도여서 해골이 튀어나올 것 같았다.

무시무시한 검은 여왕을 살피던 마라는, 차츰 가까이 지내면서 착한 언니라는 걸 인정하게 된 타라와는 아주 거리가 멀다고 생각했다.

오, 모든 신들이여, 저 투구!

"네가 정녕 수명을 단축시키고 싶으냐?" 검은 여왕이 소름 끼치는 목소리로 외치며 표범처럼 날렵하게 착지했다. "그렇다면 내가 기꺼이 그 소원을 들어주지!"

"타라!" 마지스터가 소리쳤다. "정신 차려! 이제 모우르무르는 내가 데리고 있으니까 필요한 것을 가질 수 있어. 왕복선과 엘프 우주선들을 파괴해버리고 너희들을 이 행성에서 썩게 내버려둘 수도 있지만, 나와 함께 혜성과 악마들을 해치우자는 제안을 하러 온 거야! 그러니까 너는 검은 여왕을 물리쳐, 타라! 아니면 가차 없이 마라의 목을 베어버리겠다. 지금 당장 결정해!"

잠시 후, 발라, 파프니르를 업고 날아오는 칼, 보울라, 셀렌바, 동물로 변신한 파브리스와 무아노가 차례로 빈터에 도착했다. 사엘과 마제는 쓰러진 엘프들을 보살피기 위해 신전에 남아 있는 게 틀림없었다.

인피뱀파로 변신한 칼을 보면서 마지스터는 검은 여왕이 정말로 돌아왔다는 걸 더욱 확신했다. 검은 여왕이 매직갱에게 무슨 짓을 했는지 모르는 사람이 없을 정도로 모든 이들의 뇌리에 각인되어 있었다.

슬루르크! 마지스터는 이번만은 솔직히 검은 여왕의 공격이 자신에게만 집중되리라는 걸 느꼈다.

검은 여왕은 미동도 없이 당장이라도 악마의 창으로 마지스터를 찌를 기세였다.

"그 아이를 놓아줘." 검은 여왕은 애써 참고 있지만 분노 때문에 가늘게 떨리는 목소리로 명령했다.

마지스터는 뒤쪽에 있는 우주선을 향해 슬금슬금 뒷걸음치기 시작했다.

검은 여왕이 땅에 내려서자마자 상그라브들은 우주선 안으로 들어가서 마지스터를 엄호할 채비를 하고 있었다. 이유 없이 전사들을 희생시켜서는 안 된다고 교육한 보스의 지시를 따른 것이었다. 마지스터는 타라 말고는 아무도 검은 여왕과 대결할 수 없다는 걸 알고 있었다.

그런데 마라 때문에 불안해하는 모습은 검은 여왕의 태도가 아니었다.

타라는 마지스터를 완벽하게 속이기 위해 어쩔 수 없이 정신을 차리는 시늉을 했다. 검은 여왕은 마라가 죽어도 손가락 하나 까딱하지 않겠지만 타라라면 동생을 죽게 내버려두지 않을 것이기 때문이었다.

타라는 마치 내면에 있는 무언가와 싸우는 것처럼 천천히 창을 세웠다.

모두 얼어붙었다. 매직갱조차 타라가 연기를 하는 건지, 아니면 정말 검은 여왕이 돌아온 건지 헷갈릴 정도였다.

그때 셀렌바가 마지스터를 향해 다가갔다. 그리고 허리 양쪽에 주먹을 올린 자세로 불룩한 배를 보란 듯이 드러냈다.

"아이, 지겨워!" 셀렌바는 피곤한 어조로 말했다. "둘 다 선전포고를 뭐 이렇게 길게 해요? 이제 그만 좀 하죠. 피곤해 죽겠는데."

마지스터의 마스크 색깔이 어두워졌다.

"감히 어딜 나서는 거야? 저리 비켜, 멍청한 것!"

인피뱀파는 늑대처럼 으르렁거렸다. 가장 듣기 싫어하는 것이 멍청하다는 말이었다.

"그 칼 치우죠. 그래야 타라가 당신을 간식거리로 먹어치우고 싶은 검은 여왕의 욕망을 멈추게 할 텐데. 그리고 당신이 아까 손가락으로 보낸 메시지 정말 마음에 들었어요. '너는 내 거야.' 근데 나는 나 자신 말고 누구의 것도 아니에요. 당신이 정상적이 되기로 결심하고 복수심과 권력욕도 약간 누그러진 것 같아서, 혼자 살아보다 당신 곁으로 돌아가기로 마음먹었는데 다시 생각해봐야겠군요."

셀렌바가 무모해 보일 정도로 검은 여왕의 위협에 개의치 않고 그에게 돌아오겠다고 고백하는 바람에, 마지스터는 너무 놀란 나머지 마라의 목에서 칼날을 뗐다.

바로 그 순간 영화의 한 장면처럼 마라가 펄쩍 뛰어 마지스터의 손아귀에서 벗어났으면 정말 좋았을 텐데.

하지만 마비되어 있는 마라는 옴짝달싹할 수가 없었다. 이건 곧 마지스터가 마라의 목을 베어버릴, 적어도 당장 죽여버릴 작정이었던 것은 아니라는 의미였다.

타라는 망설이지 않았다. 마법을 날려 마라를 자신의 등 뒤로 잡아끌어 마지스터에게서 멀리 떼어놓았다.

그러면서도 타라의 시선은 셀렌바에게 고정되어 있었다.

어이없는 장면에 매직갱과 다른 이들은 믿지 않는다는 표정으로 마지스터와 셀렌바를 쳐다보고 있었다.

"그 아기, 내 아이인가?" 마지스터가 너무 부드러워서 오히려 이상하게 느껴지는 어조로 물었다.

"아니면 어떡할 건데요?" 뱀파이어는 태연하게 맞섰다. "아까 손가락으로 보낸 메시지는 내가 당신 거라는 뜻 아니었어요? 내가 당신 것이면 아기도 당신 아이 아닌가요? 내 아기인 것으로 충분하잖아요."

마지스터는 잠자코 있었다. 그런 시각으로 생각해본 적이 없었다. 하지만 타라의 어머니 셀레나에 대한 광적인 집착에서 벗어난 지금 셀렌바마저 떠나버리자, 마지스터는 영원히 혼자 사는 것은 전혀 재미가 없다는 걸 깨달았다.

반면, 한 번도 그가 운명을 비관하게 내버려두지 않았던 영리한 뱀파이어와 영원히 함께하는 것은 재미있을 것 같았다. 더군다나 이제는 늑대인간이 되어버렸는데 아기가 누구의 애든 무슨 상관인가. 셀렌바가 옆에 있으면 은하계를 유혈의 도가니로 만드는 것이 훨씬 신날 텐데.

그때였다. 차가운 목소리가 마지스터를 단꿈에서 깨어나게 했다.

"이제 너의 사냥꾼도 되찾았는데 어떡할 건가? 항복인가?"

타라는 변신하지 않고 있었다. 올 때부터 목적은 마라와, 우주선, 나머지 일행들, 그리고 모우르무르를 찾는 것이었다. 따라서 타라는 계속 검은 여왕으로서 마지스터를 상대하고 있었다.

"내가 항복을? 농담이겠지! 아니, 모우르무르를 데리고 떠날 거다. 그리고 네가 얌전히 나를 따르면 너에게 우주선과 조종할 드래곤 승무원들을 맡길 것이다. 나는 그들을 죽이지 않았다. 그리고 말이 나왔으니 말인데 아까 너희들과 같이 있던 드래곤들은 어디 있지? (마지스터는 경계하는 시선으로 파란 하늘을 쳐다봤다.) 그리고 만약 나를 공격할 생각이라면 그들에게 말해. 내가 가차 없이 죽일 거니까 완전 끝장나는 거라고, 알았니?"

타라가 드래곤들이 어디 있는지는 모르지만 모우르무르와 함께 있다고 대답하려는 순간 땅이 크게 흔들렸다.

엄청난 폭발음이 울리고 숲의 나무들이 쓰러지면서 그 여파로 주변이 아수라장이 되었다.

그들은 멍하니 입을 벌린 채 점점 커지면서 하늘 높이 치솟는 엄청난 연기를 봤다. 파란 하늘이 순식간에 시커메졌다.

엄청난 연기는 신전 바로 위에서 치솟은 것이었다.

# 25
# 드래곤들
뭔가를 폭파하기에 이르렀지만
금세 후회막심이면 어쩌려고

\*

셈과 실버는 마지스터를 추적하기 위해 날아간 것이 아니었다. 처음에 하프드래곤은 마지스터를 추적하는 거라고 생각했지만 하늘 높이 날아오르자마자 블루 드래곤이 옆으로 날아왔다.

"우리가 사물들을 파괴해야겠다." 셈이 바람 소리를 이겨내려고 외쳤다. "타라는 너무 착해. 내가 잘 아는데 타라처럼 모든 이들을 지켜주려고 하다가는 재앙으로 끝나고 말아!"

실버는 드래곤의 하얀 눈살을 찌푸렸다. 파프니르가 드래곤 모습을 싫어해서 훈련할 기회가 별로 없었기 때문에 실버는 비행에 정신을 집중해야 했다.

"그런가요?" 실버는 공중에 떠 있으려고 미친 듯이 날개를 치며 대답했다. "자신 있으세요, 선생님? 우리가 몰래 이런 짓을 하면 몹시 화낼 텐데…….”

“어쩔 수 없지. 근데 너 뭐 하는 거니?” 블루 드래곤이 공기와 싸우는 실버 드래곤을 희한하다는 눈으로 쳐다보며 물었다. “그렇게 날개를 휘저을 필요 없어! 날 때는 상승기류를 이용하는 게 훨씬 쉽다.”

불행히도 실버의 바람과는 달리 비행은 쉽게 이루어지지 않았다. 셈이 멋지게 날개를 움직여 회전하는 걸 보면서 실버는 따라 해보고 싶었다.

하지만 실버의 날개가 셈의 날개를 건드리면서 드래곤 둘은 균형을 잃었다. 실버는 뭔가에 매달리고 싶었지만 주위에는 셈밖에 없었다.

그들의 날개가 뒤얽히며 강하 선회하다 나무에 쾅 부딪쳤다. 그 바람에 놀란 새들이 요란한 울음소리를 내며 날아갔고, 드래곤 둘은 땅으로 쿵 떨어져 하필이면 빨간 도가머리가 있는 무시무시한 동물 십여 마리 앞으로 굴러갔다. 이 육식 공룡들은 트리케라톱스처럼 커다란 머리에 초록색 뿔이 셋 돋친 빨간색과 파란색 초식 공룡을 추적하는 중이었다.

드래곤 둘이 떨어지는 사건으로 사냥이 중단되자 초식 공룡은 때마침 나타나 죽음을 면하게 해준 걸 고마워하며 달아났다.

아직도 충격에서 벗어나지 못한 셈 선생님은 눈을 깜박거리며 가까스로 일어나려 했지만 날개가 나무에 엉켜 있었다. 게다가 앞다리가 부러지고, 왼쪽 뒷다리가 삐어서 일어설 수가 없었다. 얼이 나간 실버는 셈 선생님에게 다가가려고 했다. 하지만 꽃가루와 수액, 잎을 뒤집어쓴 데다 갈기에 비스듬히 박힌 노란색 꽃향기에 취해 마취가 된 것처럼 움직일 수가 없었다.

"어휴, 왜 별이 보이죠?" 실버가 눈을 굴리면서 말했다.

"네가 한창 비행중인 나와 부딪쳤잖아. 바보 같은 놈!" 셈 선생님은 부글부글 끓었지만 머리가 터질까 봐 목소리를 낮춰야 했다. "나한테 무슨 짓을 한 거야……."

"근데, 셈 선생님." 실버가 갑자기 블루 드래곤 뒤쪽을 응시하며 말했다.

"왜?"

"문제가 생긴 거 같아요."

셈이 돌아봤다.

드래곤보다 두 배는 더 긴 송곳니를 드러낸 육식 공룡이 빨간색 도가머리를 곤두세운 채 호기심이 가득한 낯짝으로 쳐다보고 있었다.

침까지 질질 흘리는 걸 보면 이렇게 말하는 것 같았다. '아니, 이게 웬 떡이야. 하늘에서 저녁식사가 뚝 떨어지다니! 야호!'

셈이 슬루르크! 하면서 무슨 생각을 할 겨를도 없이 굶주린 육식 공룡들이 달려들었다.

실버는 셈 선생님에게 달려드는 육식 공룡들을 보면서 공포의 비명을 질렀다. 블루 드래곤은 너무 그로기 상태라 마법을 사용할 수도 날아갈 수도 없는 상태였다. 추락하는 실버의 충격을 완화시켜주었기 때문에 결과적으로 블루 드래곤이 젊은 하프드래곤보다 훨씬 많이 다친 상태였다.

실버 드래곤은 거칠게 행동했다. 난쟁이 교육을 받아 마법에 대한 공포에도 불구하고 실버는 주문을 읊었고, 파랄리수스 마법으로 아주 거칠게 거대한 육식 공룡들을 후려쳤다.

육식 공룡들은 그대로 마비되었다.

그리고 셈 선생님의 몸 위로 쿵쿵 쓰러졌다.

실버는 다가갔고, 육식 공룡들에게 깔린 셈 선생님의 다리 하나가 삐죽 나와 있는 걸 보고 잡아당겼다. 서서히 의식이 돌아온 셈 선생님은 가까스로 빠져나오며 고통의 비명을 질렀다.

부러진 다리인지 모르고 잡아당겼던 실버는 당황하면서 얼른 셈의 다리를 놓아주었다.

블루 드래곤의 온몸에서 피가 흐르고 있었다. 육식 공룡들이 눈 깜짝할 사이에 갈가리 찢어놓은 것이었다. 실버는 레파루스 주문을 읊으면서 셈 선생님이 생생해지기를 진심으로 빌었다.

실버 드래곤은 주문을 읊을 때 깊이 생각하지 않았다. 더 정확히는 마법을 자주 사용했다면 주의했을 텐데…….

그리고 무엇보다 모든 이들의 마법 능력이 열 배로 커지는 행성이라는 것도 고려했어야 했는데.

실버는 힘껏 마법을 날렸다. 마법이 셈 선생님을 후려쳤을 때 뜻밖의 결과를 가져왔다. 부러진 뼈, 찢긴 살이 아물었고, 파란 비늘이 다시 자라면서 빛이 훨씬 반짝였다. 그런데 셈 선생님이 아주 작아졌다.

잠시 후, 밝은 파란색의 어린 드래곤이 아주 깜짝 놀란 낯으로 뚫어져라 쳐다보자 실버도 어리둥절하여 쳐다봤다.

"실버?" 아주 어린 드래곤이 몹시 불쾌한 어조로 물었다. "대체 너 또 무슨 짓을 한 거니?"

"오, 내 어머니의 도끼여! 선생님이 왜 이렇게 작아졌죠?"

"나야 모르지!" 어린 드래곤이 작은 날개를 파닥이며 낭랑한 목소리로 외쳤다. "내 꼬락서니를 봐라! 내가 아기가 됐어!"

셈이 성난 눈으로 실버를 노려봤다.

"너 주문을 날리면서 무슨 생각을 한 거니?"

"선생님이 생생해지기를 바랐어요."

"내가 낫기를 바란 것만이 아니라?"

"네."

"네 의지대로 마법이 이뤄진 거야. 내가 생생해지길 바란다고 생각하면 마법은 그대로 복종하니까. 그래서 나를 이렇게 가장 좋은 상태, 다시 말해 아주 어렸을 때의 건강한 모습으로 만든 것이다."

"그래서 색깔이 이렇게 밝은 파란색인가요? 정말 예뻐요." 실버는 눈치를 보며 애써 쾌활하게 말했다.

두 드래곤은 서로를 쳐다봤다.

실버 드래곤은 침을 삼켰다.

"그럼 다시 늙은 모습으로……."

"아니다!" 셈이 소리쳤다. "그럴 필요 없다. 상처가 아물었으니 괜찮아. 그리고 이 상태가 그리 오래가진 않을 거야. 점점 잃어버린 세월을 되찾을 게 틀림없어. 그동안은 마법을 삼가야 한다, 알았니? 그랬다가는 또 무슨 사고를 칠지 모르니까. 아, 그리고 실버?"

"네, 셈 선생님?"

"아더월드로 돌아가면, 그러니까 우리가 혜성, 마지스터, 저 굶주린 동물들, 히스테릭한 엘프들, 악마의 사물들을 해결하고 살아서 돌아간다면 내가 비행 방법을 제대로 가르쳐주마. 날 줄 모르는 드래곤은 웃음거리밖에 안 돼. 난쟁이들이 드래곤을 싫어한다는 거 알지만 너는 난쟁이가 아니야, 알았니?"

쥐구멍에라도 들어가고 싶을 정도로 민망한 실버는 셈 선생님이 제발 자신의 실수를 잊어주길 바라며 시원하게 고개를 끄덕였다.

"네, 네, 물론입니다."

대답은 했지만 파프니르를 이해시키는 것은 쉽지 않을 터였다. 드래곤과 마법을 싫어하고, 도끼를 사랑하는 처갓집 식구들을 이해시키는 것은 더 힘들 텐데.

실버는 생각만 해도 떨렸다.

셈 선생님의 말이 맞았다. 파랄리수스 주문이 서서히 걷히면서 육식 공룡들이 꿈틀거리기 시작했고, 블루 드래곤의 몸집이 커지고 있었다. 하지만 피가 다시 나는 것도, 살점이 떨어져나가지도 않았다.

몇 분 후, 다행히 블루 드래곤은 정상적인 크기와 나이를 되찾았다.

그렇지만 이상하게 원래 짙은 파란색이었던 비늘은 그대로 밝은 파란색을 유지하고 있었다.

육식 공룡들이 마비에서 완전히 풀려나는 걸 보고 셈 선생님이 하늘로 날아올랐고, 실버도 재빨리 이륙했다.

"멀리 떨어져." 블루 드래곤이 실버 드래곤에게 지시했다. "또다시 나를 건드리지만 않으면 비행 실수, 아니 추락은 눈 감아줄 테니."

"네, 셈 선생님." 실버는 블루 드래곤이 유머를 되찾은 것에 안도하며 대답했다.

그들은 신전 상공을 날고 있었다. 육식 공룡들과는 달리 엘프들은 아직 깨어나지 못했고, 빨간 무녀들이 보살피고 있었다.

블루 드래곤에게는 절호의 기회였다. 신전이 비어 있다는 건데. 특히 지킴이들이 어딘가로 피신해 사태가 해결되길 기다리고 있다면 아무도 다치게 할 우려도 없었다.

"죄송한데 이해가 안 돼요!" 실버는 셈 선생님으로부터 멀리 떨어져 있으려고 노력하며 소리쳤다. "타라만 악마의 사물들을 파괴할 수 있는 거 아니었어요? 최고 마구스들이 시도했지만 마법의 힘이 부족했다고 들었는데요?"

"그래, 인간의 마법이 드래곤의 마법보다 강력한 거 맞아." 셈 선생님이 인정했다. "하지만 이 행성은 아더월드보다 마법의 힘이 훨씬 강력해. 아무튼 실루르의 옥좌를 파괴할 때 타라와 셀레나는 각각 얼음 광선과 불의 광선을 사용했지. 옥좌를 구성하는 돌은 버티지 못하고 폭발했어. 우리도 그 방법으로 해봐야지. 이 행성의 마법이 열 배로 강하고, 악마의 영혼들이 분산되어 있으니 이중 도끼와 방패는 약해져 있을 게 틀림없어. 따라서 우리는 독성 있는 철을 파괴할 수 있다."

"성공하지 못하면 어떡하고요?"

"그러니까 시도해봐야지."

블루 드래곤과 실버 드래곤은 신전 위를 선회했다. 무녀들은 공중에서 위험을 받은 경험이 없는 데다 신전의 내부를 지키는 데 익숙해서 드래곤 둘이 착륙하는 순간까지도 주의를 기울이지 않았다.

무녀들이 경계하며 뒷걸음쳤다. 블루 드래곤이 갑자기 마법의 빛을 번쩍이는 앞발을 쳐들었다.

무녀들은 마법을 피하기 위해 멋지게 공중공예를 하며 흩어졌다.

공중에서 나부끼는 빨간 옷자락, 부챗살처럼 펼쳐지는 은빛 머리털, 아름다운 모습이었지만 블루 드래곤에게는 전혀 효과가 없었다. 셈 선생님이 가차 없이 무녀들을 제압해버렸으니. 그러나 죽인 건 아니었다. 잠시 후, 무녀들이 새근새근 코를 골기**48** 시작했다.

실버 드래곤은 감동받은 듯 머리를 끄덕였다. 밝은 블루 드래곤은 아주 인상적인 능력을 보여주었다. 실버는 앞으로 몇 년 동안 검 훈련만큼이나 마법을 꾸준히 연마할 필요를 느꼈다.

그 순간 실버는 파프니르가 보이지 않는다는 걸 알았다.

다른 친구들도 없었다.

"다 어디 간 거야?" 셈 선생님이 벌컥 소리를 질렀다. "이 행성에서 누군가가 무슨 짓을 꾸미고 있는 게 분명해. 어떤 놈인지 화가 치밀려고 하는구나."

그들은 모르고 있지만 사고를 당하는 사이 마지스터와 마라의 영상이 허공에 떠 있었다. 그걸 본 타라는 너무 격분해 번개같이 날아갔고, 친구들도 두 드래곤에게 메시지를 남길 생각도 하지 못한 채 따라간 것이었다.

사엘과 마제는 의식 잃은 엘프들을 보살피느라 너무 정신이 없어

---

**48.** 엘프 국가는 이 대목에 대해 출판사에 항의 서한을 보냈다. 엘프들은 코를 골지 않는다면서. 하지만 나는 이대로 둔다. 셈 선생님이 분명히 엘프들이 코를 골았다고 말했기 때문이다. 그리고 여자들이 대부분 극구 부인하지만 여자도 코를 곤다. 미안하지만 고상함보다 진실이 우선이니까.

드래곤들이 나타난 걸 알아채지 못하고 있었다.

초록색 반점 있는 흰색 돌로 지은 신전이 햇빛을 받아 반짝이고 있었다.

"걸림돌이 없으니 악마의 사물들을 끝장내는 게 수월하겠다." 셈 선생님이 신전을 쳐다보며 말했다. "무슨 일이 일어났는지는 나중에 사엘과 마제에게 물어보면 되고."

드래곤은 뭘 하겠다고 마음먹으면 생각을 바꾸기가 쉽지 않다고 하더니, 실버는 과연 사실임을 실감했다. 비록 고집에 있어서는 드래곤들보다 난쟁이가 한 수 위지만.

둘은 고요한 신전으로 들어갔다. 분수대에서 흘러내리는 물에 연못이 찰랑거리며 수면에 떠 있는 꽃들을 건드리자 분홍과 빨강, 파랑, 노랑, 보라 꽃잎이 벌어졌다.

방 안쪽 깊숙한 곳, 초록색 술 달린 빨간 천을 씌운 제단 위에 악마의 사물 두 개가 놓여 있었다.

이중 도끼는 과연 그 이름에 걸맞은 형상이었다. 높은 천창에서 쏟아지는 햇빛을 받아 시커먼 도끼의 무시무시한 날 두 개가 은은한 빛을 번뜩이고 있었다. 방패의 길이가 3미터쯤 되는 것으로 보아 악마족 중 가장 덩치가 큰 자보르족을 위한 것이 분명했다.

사물들의 표면에 영혼들이 몰려 있었다.

타라가 접했던 다른 사물들과는 달리 도끼와 방패에서는 미친 악마의 마법이 풍기지 않았다. 엘프들의 말에 따르면 수세기가 흐르는 사이 영혼을 지니고 있는 엘프들이 죽거나 결혼하면서 더는 지니고 있기를 거절하자 영혼들이 사물 속으로 돌아간 경우가 있었다(사실 결혼한 엘프들이라고 해봐야 서너 쌍에 불과했다. 아더월드와 달리 다오보르 행성에서는 남성 엘프의 수가 워낙 적기 때문에 여러 여성을 거느릴 권리가 있었다). 영혼들은 친구들에게 이런 수칙을 보냈을 것이 틀림없다. '조신하게 행동해, 아니면 아무도 우리를 원하지 않을 거야.'

한때는 빼어난 악마 전사들이었을 텐데, 도끼와 방패의 표면에 보이는 영혼들은 착하고 상냥한 인상이었다.

그래서 드래곤 둘이 공격했을 때 두 사물은 아주 크게 놀랐다.

사실, 타라를 제외하고는 누구도 악마의 사물을 파괴할 수 없었다. 따라서 이런 때가 아니면 드래곤들에게 사물을 파괴할 기회는 전혀 없었을 터였다.

사물들은 버티려고 했다. 그러나 실버 드래곤의 얼음 광선과 블루 드래곤의 불의 광선이 어찌나 강력한지 독성 있는 철은 그리 오래 버티지 못했다.

도끼와 방패가 파괴되는 순간 악마의 영혼들은 두려움이 가득한 소리 없는 비명을 지르며 독성 있는 철에서 떨어져 나왔다.

하지만 실루르의 옥좌와 달리 수세기 후에 만들어졌던 도끼와 방패에는 악마들이 뭔가를 추가한 것이 틀림없었다.

사물들이 폭발했다.

그리고 모든 것이 폭발했다.

# 무너진 신전

늑대나 더 무서운 것에 잡아먹히기 전에
길을 찾으려면
빨리 나침반이라도 나타나게 해야 하는데

＊

신전에서 몇 킬로미터 떨어진 곳에 있는 보울라가 비명을 질렀다. 타라가 했을 때와는 달리 텍키가 아주 격하게 떨어져나갔기 때문이다.

엘프는 주저앉았다.

매직갱이 뛰어갔다. 마지스터는 그 틈에 한 손으로 셀렌바를 잡았지만, 빨간 눈의 뱀파이어는 날렵하게 손을 뿌리쳤다.

"싫어요! 지금은 아니니까 혼자 가요! 타라가 나와 아기를 정상적인 뱀파이어로 형질전환시켜줄 거란 말이에요. 우리 목숨은 타라에게 달려 있어요. 나중에 내가 가죠. 아, 물론 당신이 우리 둘 다 받아들인다면."

뱀파이어는 특히 냉랭한 어조로 마지막 문장을 말했다. 마스크는 검은색으로 변했지만 마지스터는 셀렌바를 순순히 놓아주었다. 모우르무르를 납치해놓았는데 굳이 타라가 아닌 검은 여왕과 입씨름을 벌일 필요는 없었다.

마지스터는 갑자기 발작을 일으킨 엘프 때문에 검은 여왕이 정신이 없어 관심을 갖지 않길 바라며 미사일 발사대 쪽으로 달아났다.

리스베스 여제와 산도르 황제는 타라에게 싸우고 있을 때는 돌발 변수 때문에 방심해서는 안 된다고 가르쳤다. 상대를 이기는 데만 집중해야 한다는 말이었다. 엘프가 기절했을 때 마지스터는 도망칠 생각에 등을 돌리고 있어 모르지만 타라는 그에게서 시선을 떼지 않고 있었다.

타라는 빈터에 내려섰을 때부터 두 가지 생각에 집중하고 있었다. 하나는 마라를 구하고, 또 하나는 악마의 사물들과 함께 친구들을 구하는 것이었다.

타라가 마지스터를 향해 욕설을 내뱉는 사이 타라의 발밑 땅속으로 스며든 영혼들은 우주선까지 전진했다. 그러고는 보초들을 피하기 위해 시커먼 연기로 변한 다음 통풍장치를 통해 모우르무르와 히글 5, 패밀리어들, 산헥시아, 데미데루스가 갇혀 있는 방으로 들어갔다.

시커먼 연기가 들어왔을 때 그들은 일제히 뒤로 물러섰다.

산헥시아가 소리를 지르려고 입을 벌리는 순간 데미데루스가 막았다.

"아무 말도 하지 마." 데미데루스는 산헥시아의 귀에 대고 속삭였다. "저게 뭔지도 모르는데 주의를 끌 필요 없지. 우리를 위협하면 그때 소리 질러도 늦지 않아."

그들은 연기를 마주 보는 벽면에 기대고 서서 긴장한 채 기다렸다. 하지만 연기가 응축되어 흐릿하게 실루엣을 만들더니 신호를 보내기 시작했다.

유심히 관찰하던 히글 5가 마침내 말했다.

"저 실루엣이 뭐라고 하는 것 같은데요?"

모우르무르는 뜻밖의 것을 마주했을 때 늘 그렇듯 홀린 표정이었다.

"타라의 친구 영혼들이야!" 모우르무르가 속삭였다. "받쳐주는 금속이나 타라의 몸이 없기 때문에 말은 할 수 없어. 하지만 우리에게 방 중앙으로 모이라는 것 같은데……."

모우르무르가 한가운데로 나가자 실루엣이 머리를 끄덕이는 시늉을 했다.

"아, 맞네."

그들은 몹시 불안해하며 늙은 학자 옆에 가서 섰다. 그리고 연기가 그들을 에워쌌을 때 꼼짝하지 않았다.

몇 초 후, 재채기하고 싶고, 움직이고 싶고, 소리도 지르고 싶은 산헥시아는 눈살을 찌푸리며 떨리는 손으로 금발을 쓸어 넘겼다.

"이게 무슨 일이죠?"

"모르겠다." 데미데루스가 대답했다. "뭔가를 기다리는 것 같은데."

갑자기 연기가 움찔했다.

이어서 소용돌이치기 시작했다.

잠시 후, 그들의 머릿속에서 타라의 목소리가 똑똑히 들렸다.

"트란스미투스!"

그들은 소리를 지를 겨를도 없이 사라졌다.

그들이 다시 나타난 곳은 빈터였고, 검은 여왕 바로 앞이었다.

보울리미-레미 행성에서 검은 여왕을 만난 적이 있는 산헥시아는 공포에 질려 얼어붙었다. 모우르무르와 히글 5, 데미데루스는 이제 놀라지 않았다.

그들의 뒤쪽, 수십 미터 떨어진 곳에 착륙해 있던 상그라브들의 기함 우주선은 반중력 엔진을 가동해 이미 하늘로 날아가고 있었다. 마지스터는 포로들이 빠져나갔다는 걸 아직 알아채지 못하고 있었다.

마지스터의 우주선이 우주 공간으로 사라지자 타라는 안도의 숨을 내쉬었다.

그러고는 재빨리 변신하고 돌아서다 마비에서 풀려 비틀거리는 마라를 붙잡아주며 꼭 끌어안았다.

"절대로 언니 혼자 둘 수 없었어." 마라는 언니의 어깨에 얼굴을 묻고 포옹하며 말했다. "검은 여왕이 돌아왔다는 거 맞아?"

"얼마나 걱정했는지 몰라." 타라는 동생의 피 묻은 목을 보며 물었다. "괜찮아? 많이 아프지 않아?"

"응, 괜찮아."

타라와 마라는 포옹을 풀고 웃음을 터뜨렸다. 타라는 레파루스 주문을 읊었고 마라는 상처가 아물자 안도했다.

"그럼 검은 여왕이 아니었어?" 산헥시아가 어리둥절한 얼굴로 물었다.

타라는 웃으면서 말했다.

"응, 산헥시아. 나 타라 맞아. 다들 괜찮아요? 모우르무르, 히글 5, 데미데루스?"

최고 마구스와 학자, 히글 5는 긴장을 풀었다.

"괜찮아. 구해줘서 고맙다. 정말 뜻밖이었지만 아주 흥미로웠어." 모우르무르가 대답했다. "네 친구 영혼들과 내가 대화를 좀 해야겠다. 무슨 계획이 있는 거니?"

"물론이죠. 곧 알게 될 거예요." 타라는 얼버무리며 화제를 바꿨다. "무아노, 보울라는 어때?"

"기절했어." 구불구불한 갈색 머리의 무아노가 엘프를 살펴본 뒤에 대답했다. "쇼크 상태지만 곧 깨어날 것 같아."

"그럼 됐어."

사실, 타라는 갈랑이 보이지 않자 가슴이 철렁했다. 그래서 차마 꺼내지 못하고 있던 질문을 했다.

"마라? 설마 우리 패밀리어들은 마지스터의 우주선에 있는 건 아니겠지?"

마라는 초록빛 눈이 동그래졌다.

"아, 미안해. 아니, 아니야! 산소마스크를 씌워서 내 마법복 주머니 안에 숨겨놨어. 마지스터가 무기를 감춰놨을까 봐 주머니 기능을 정지시켰는데 뒤져보지는 않더라고."

마라는 동물들을 꺼내고 본래의 크기로 돌려놨다. 마스크에서 벗어난 패밀리어들이 마법사들에게 달려왔다. 타라는 갈랑의 목덜미를 끌어안고 건강한 말의 냄새를 맡았다. 갈랑은 타라의 머리에 턱을 부비며 정신적으로 너무 보고 싶었다는 말을 전했다.

칼은 마라에게 고마움을 표하며 안아준 다음 여우를 쓰다듬어주었다. 파프니르는 벨제부트를 찾은 것이 너무 기쁜 나머지 고양이를 으스러뜨릴 뻔했다.

이윽고 그들은 보울라를 돌아봤다.

무슨 일이었는지 가늠하기 어려운 것은 아니었다. 멀리서 폭발음이 울리고 보울라가 갑자기 기절했다는 것은 누군가가 사물들을 파괴했고, 그들이 바라던 대로 엘프들의 몸속에 깃들인 영혼들을 포함해 모든 영혼이 해방되었음을 의미했다.

그렇다면 사물들 문제는 해결된 것이었다. 타라가 원하는 대로 이뤄진 것은 아니지만 이제는 어떻게 된 건지 알아보고 행성을 떠나는 일만 남아 있었다.

"마라, 마지스터가 드래곤 승무원들과 사령관을 죽이지 않았다고 했는데 사실이야?"

"응. 내가 당장 가서 풀어줄게. 근데 저 엘프는 왜 쓰러진 거야?"

"폭발음이 들렸는데 아무래도 악마의 사물들이 폭발한 것 같아. 누군가가 파괴했기 때문에 영혼들이 해방되었고, 보울라의 몸속에 있던 영혼도 빠져나간 모양이야. 지금 아르칸즈에게 돌아가고 있을 게 틀림없어."

마라는 파랗게 질렸다.

"안 돼!" 마라가 외쳤다. "안 돼! 그러면 아르칸즈는 죽어!"

"누가 죽는다고?" 칼이 어이없는 얼굴로 물었다.

"아르칸즈!" 마라가 소리쳤다. "마왕! 그의 몸은 그 모든 악마의 마법을 받아들일 수 있게 만들어진 게 아니라서 죽는단 말이야! 영혼들은 마왕이 새로 선출되길 기다렸다가, 현재 부통치자인 늙은 악마 다쉬에게 돌아갈 거야. 그러면 새 마왕이 엄청난 힘을 갖게 되는 거야!"

"네가 그걸 어떻게 알아, 마라?" 타라가 물었다.

마라의 예쁜 눈에서 눈물이 주르륵 흘러내렸다.

"아르칸즈가 고백했으니까! 언니의 메시지를 받은 뒤에!"

그들은 경악해서 타라를 쳐다봤다.

"내 동생이 미쳤나!" 산헥시아가 으르렁거렸다. "그렇게 중요한 걸 왜 숨기고 있었지?"

"악마들이 만든 무기가 인간 모습의 악마가 마왕으로 있는 한 쓸모가 없다는 말을 어떻게 하겠어. 절대 하고 싶지 않았겠지." 마라가 대꾸했다. "산헥시아, 늙은 악마들은 인간 모습의 악마들을 모조리 죽일 생각이야, 자식일지라도. 그리고 늙은 악마들은 악마의 영혼들과 부식성 마법을 절대 단념하지 않을 거야. 무슨 수를 써서라도 회수하려고 들 거야."

갑자기 타라의 머릿속에서 악마의 영혼들이 끼어들었다.

'우리가 상그라브의 우주선에서 네 친구들을 구했어.'

'아, 미안해. 고맙다는 말을 할 겨를이 없었네. 너희들이 멋지게 해냈어!' 타라가 대답했다.

'고마워. 하지만 우리는 불안해. 마라가 한 말 들었어. 그럼 우리 동족 영혼들은 어떻게 되는 거지? 아르칸즈가 영혼들을 받아들이지 못하면 곧 늙은 악마 다쉬의 몸속으로 들어가는 거잖아. 그러면 에너지가 소멸될 때까지 이용할 텐데! 타라, 우리가 뭔가를 해야 해. 우리를 도와주겠다고 약속했잖아!'

'알아.' 타라는 단호하게 대답했다. '내가 한 약속은 지킬 거야. 지금은 신전에서 무슨 일이 있었는지 확인해봐야겠어.'

"서둘러!" 타라가 큰 소리로 말했다. "마라, 모우르무르와 히글 5, 셀렌바, 발라와 함께 드래곤 우주선으로 가서 승무원들을 구해줘. 왕복선을 우주선에 복귀시키고 이륙할 준비를 하고 있어. 모우르무르가 없어진 걸 알고 마지스터가 다시 돌아오기 전에 우리는 떠나야 해. 칼, 파브리스, 파프니르, 무아노, 나랑 신전으로 가자. 로빈, 보울라를 안고 갈 수 있겠어?"

"문제없지." 하프엘프가 기절한 엘프를 답삭 안으며 대답했다.

"나도 가겠다." 데미데루스가 말했다. "내가 지킴이들에게 명령을 내리겠다."

"나도." 산헥시아가 말했다. "나도 갈게. 나는 지킴이들에게 명령을 내리지 않지만."

타라는 하늘을 쳐다보려다 참았다.

"좋아요. 무슨 일인지 가서 보고 실버와 셈 선생님도 찾아야겠어요. 지금 이 숲 전체에 의식을 잃고 쓰러진 엘프가 수천 명이 있을 거예요. 마지스터가 기절시킨 엘프들도 반드시 깨워야 합니다. 그래야 깨어난 엘프들이 다른 엘프들을 돌볼 수 있으니까요. 엘프들이 이미 의식을 잃은 상태에서 영혼들이 사라졌기 때문에 아마 충격은 덜했을 거예요. 그리고 영혼들과 타협하지 않은 마을들의 엘프도 있어요. 동물들의 공격에도 마법을 사용하지 않고 불을 피우고 물고기를 잡고 사냥하면서 살아온 엘프들이에요."

"하지만……." 아르칸즈를 찾으러 달려가고 싶은 마라가 말했다.

"하지만은 없어." 타라가 딱 잘랐다. "아르칸즈를 도와주기에는 너무 늦었어. 악마의 영혼들이 마왕을 찾아가는 데 시간이 얼마나 걸리는지 모르겠지만, 내 생각에는 이미 상황은 끝났을 거야. 서둘러 가봐야 아무 소용 없어. 빨리 시키는 대로 해, 오케이?"

마라는 피가 날 정도로 입술을 깨물었지만 언니의 말이 옳았다.

마라는 마왕과 연인 사이가 된 것은 아니었다. 물론 아르칸즈가 잘생겨서 가슴이 설레는 것도 있었다. 하지만 무엇보다 괴물의 손에서 자랐고 완전한 인간이 아니라는 것에 대해 그에게 연민을 느끼고 있었다.

마라 역시 괴물의 손에서 자랐기 때문이었다. 아르칸즈는 어쩌면 마라의 어두운 면을 이해해줄 수 있는 유일한 존재였다.

어두운 내면의 목소리가 이따금 마라에게 나쁜 욕망을 심어주고 있었다. 그 내면의 목소리가 이따금 속삭였다. 타라를 없애고 그 자리를 차지하라고, 후계자가 되어 대륙을 지배하고, 천천히 하지만 확실하게 행성 전체를 지배하라고.

자르와 타라, 고모 리스베스가 생각하는 것처럼 마라는 정말 권력에 관심이 없어서 피하는 것이 아니었다. 내면의 목소리를 듣고 싶지 않아서였다.

마라는 턱을 쳐들고 갈색 머리를 뒤로 넘기며 고개를 끄덕였다.

"알았어. 시키는 대로 할게. 가능한 한 빨리 돌아와. 우주선 준비해놓을게."

마라는 아르칸즈가 살아 있기를 진심으로 바라며 돌아섰다.

그가 이미 죽었다는 걸 잘 알기 때문에.

신전이 폭발했을 때 거의 모든 엘프가 정신을 잃고 쓰러졌다. 중상을 입은 무녀 셋을 제외하고는 대부분 곧 깨어날 터였다. 사엘과 마제는 다행히 멀리 떨어져 있어서 피신할 겨를이 있었다.

사방으로 날아간 돌을 맞고 쓰러진 이들도 있지만 군대와 마을의 주민 일부에 불과했다.

마지스터의 마법에 쓰러졌던 엘프들이 엄청난 폭발의 여파인지 서서히 깨어나기 시작했다. 신전 경비대의 남성 그린 엘프들이 제일 먼저 일어나 몽롱한 얼굴로 주위를 둘러보는 반면, 흰색과 빨간색 군복 차림의 엘프들은 아직 눈빛이 흐렸다.

엘프들은 조용히 나타나 레파루스 주문으로 치료해주는 이방인들을 멍하니 쳐다보다 처참하게 무너진 신전을 보고 경악했다.

그때 파프니르가 자석에 이끌리듯 무너진 신전으로 달려갔다.

"제기랄!" 금발의 파브리스는 쉼 없이 초강력 레파루스 주문을 날리면서 물었다. "여러분이 원자폭탄이라도 터뜨린 겁니까?"

엘프들이 갑자기 신음하기 시작했다.

머릿속이 허전하다는 걸 알아차린 것이었다. 악마의 영혼들이 그들을 떠난 것이었다. 엘프들은 갑자기 머릿속이 텅 비어 있음을 느꼈다. 정신적 충격으로 다시 쓰러지는 엘프들도 있었다. 마법사들은 의식 잃은 엘프 샤먼들부터 치료했기 때문에 이제 샤먼들에게 뒷일을 맡기고 무너진 신전으로 갈 수 있었다.

로빈의 품에 안겨 있던 보울라도 깨어났다. 로빈은 불안한 얼굴로 드리에스티르가 일어서게 부축해주었다. 타라 일행이 신전 쪽으로 쏜살같이 달려가는 순간에 의식이 돌아온 보울라는 공포에 사로잡혀 다시 넘어질 뻔했다. 어지럽기도 했지만 엘프의 품에 안겨 있다가 깨어난 것에 놀란 데다 악마의 영혼 텍키를 또다시 잃었기 때문이었다.

보울라는 비틀거리면서 폐허가 된 신전을 살폈다. 타라와 친구들은 오는 길에 숲 속에서도 발견하지 못한 드래곤 둘을 찾고 있었다.

신전 안쪽에서 비명소리가 들렸다.

"여기 있어! 도와줘!"

파프니르였다. 벨제부트처럼 정신적으로 연결되어 있는 건 아니지만 실버가 어디 있는지 알 수 있는 특별한 감각이 있었다.

그래서 난쟁이는 실버가 바위더미에 깔려 있음을 느꼈던 것이다.

파프니르가 미칠 것 같은 심정으로 바위를 뚫고 들어가는 동안 친구들이 전속력으로 달려왔다. 벨제부트가 야옹거렸지만 파프니르와 스팔렌디탈 가죽옷은 이미 바위 속으로 침투하고 있었다. 돌을 뚫고 들어가는 걸 끔찍이 싫어하는 칼이 부르르 떨었지만 아무 말도 하지 않았다.

그들은 돌들을 비물질화하기 시작했지만 드래곤의 몸 일부가 떨어져나가거나 돌을 잘못 뺐다 바위더미가 와르르 무너지지 않게 아주 조심해야 했다.

갑자기 뭔가가 움직였고, 파브리스가 멈추라고 소리쳤다. 파프니르가 의식이 없는 몸뚱이 둘을 안고 나오는 중이었다.

드래곤의 몸뚱이가 아니라 천만다행이었다. 난쟁이가 아무리 힘이

510

장사라도 드래곤을 둘이나 안고 움직일 수는 없기 때문이었다. 셈 선생님과 실버는 변신해 있었다. 셈 선생님은 작은 드래곤 모습이고, 실버는 인간 모습이었다.

"죽었어요?" 사엘이 물었다.

파프니르는 사엘을 노려보고 나서 둘의 몸에 이상이 없는지 확인하고 바닥에 조심스럽게 내려놨다.

"모르겠어." 파프니르는 절망이 가득한 목소리로 말했다. "바위에 깔려 있었지만, 신전이 폭발했을 때 셈 선생님이 마법으로 방어했던 모양이야. 근데 왜 깔려 있었는지 모르겠어. 셈 선생님과 실버가 신전을 파괴한 거라면 폭발력 때문에 멀리 튕겨나갔어야 했는데!"

정말 이상한 일이었다.

가장 이상한 건 그들이 깨어나지 않는 것이었다.

그리고 셈 선생님의 비늘이 왜 밝은 파란색이 되었지?

불길한 예감에 사로잡힌 타라는 실버와 셈 선생님의 머릿속으로 침투했다.

아무것도 없었다.

둘의 영혼이 떨어져나가고 없었다.

타라는 반쯤 파묻힌 제단을 쳐다봤다. 악마의 사물들도 사라지고 없었다. 사물들이 파괴된 것이었다. 타라는 셈 선생님과 실버가 왜 알리지도 않고 이런 짓을 했는지 이해가 안 되지만 드래곤 둘이 저지른 것은 틀림없었다.

타라는 눈을 뜨고 슬픔을 억누르는 목소리로 말했다.

"미안해. 둘 다 영혼이 없어. 죽었어."

한편 우주선에 있던 마왕 아르칸즈는 이중 도끼와 방패가 파괴되었음을 느꼈다. 예리한 칼이 눈을 찌르는 것 같고, 불에 달군 꼬챙이가 뇌를 쑤시는 것 같았다.

악마 우주선은 악착같이 추적하는 빌어먹을 인간 마지스터의 우주선들과 숨바꼭질을 하며 다오보르 행성 주위를 돌고 있었다. 지금까지는 악마들이 인간들보다 훨씬 영리하고…… 아니 훨씬 민첩했었다.

문제는 마지스터의 우주선들이 행성으로 가지 못하게 방해하고 있다는 것이었다. 아르칸즈는 순간이동 기구를 사용해서 가려고 했다. 하지만 그걸 예상한 마지스터의 우주선들이 행성 주위를 도는 속도까지 맞추며 쉴 틈을 주지 않을 뿐만 아니라, 이동도 하지 못하게 완전히 포위하고 있었다.

아르칸즈는 보울리미-레마족 언어에 있는 욕설이란 욕설은 다 내뱉고 있었다.

악마의 사물들이 파괴되었고 성난 영혼들이 곧장 날아오고 있음을 느꼈을 때는 더 이상 입에 담을 욕이 생각나지 않았다.

이제 죽는 것이었다. 의문의 여지가 없었다.

하지만 이대로 죽을 수는 없었다.

아르칸즈는 안락의자에 편히 앉아 경련이 일어날 경우 넘어지지 않도록 안전벨트를 채우고 기다렸다.

시커먼 것이 물결처럼 떼 지어 몰려왔다. 영혼들은 오랜 세월 독성 있는 철 속에 갇혀 있으면서 악마들에 대한 복수심으로 가득 차 있었다. 그런데 지킴이들과 다오보르의 엘프들 덕분에 탈출할 기회를 가지며 평온해져 있었건만 또다시 배신당한 느낌이었다.

영혼들은 다시 복수심이 불타올랐다. 아르칸즈는 심장이 멎는 것 같았다. 영혼들이 건드리기도 전에 그의 인간화된 몸이 반응하고 있었다.

그때였다. 악마 우주선 주변의 우주 공간이 시커메졌고, 승무원들이 겁에 질린 비명을 내질렀다.

죽음을 눈앞에 둔 아르칸즈는 마지막으로 생각했다.

마라 덩컨을 안아보기라도 할걸. 이제 다시는 매력적인 마라의 쾌활한 웃음소리도 달콤한 말도 들을 수 없을 텐데.

왜 그렇게 바보 같았을까.

무시무시한 구름이 덮치더니 촉수들이 우주선의 금속을 마치 종잇장처럼 뚫고 들어왔다.

그리고 모든 것이 멈췄다.

# 27
# 사냥

사냥꾼이 몇 분 사이에 사냥감 신세가 된 것을
어떻게 이해해야 하나

\*

아마도 애초에 혜성은 우주의 암소였겠지만 타고난 사냥개의 후각
도 지니고 있었다. 그래서 가장 비옥한 초원, 빛이나 우주의 생물을
포식할 수 있는 장소를 찾아내는 능력이 있었다.

쉼 없이 행성들을 공격하던 혜성은 지쳐 있었다. 정신을 점령한 영
혼들에게 복종해야 하지만, 혜성의 중심이 된 몸체까지 그럴 필요는
없었다.

따라서 권모술수에 능한 인간들과 악마들이 갑자기 사라진 혜성에
대해 내린 확대 해석과 달리 우주의 암소는 단순히 재생할 시간을 갖
기 위해 어디론가 떠났던 것이고, 영혼들은 분통이 터지지만 따르는
수밖에 달리 도리가 없었다.

본의 아니게 들어와 있게 된 영혼들은 생존에 필요한 것을 주는 게

아니기 때문에 혜성의 생존본능을 꺾을 수 없었던 것이다.

혜성/암소는 수 킬로미터에 이르는 위장을 채우기 위해 며칠째 우주의 생물을 흡입하고 있었다. 하지만 악마들을 죽이러 돌아가자는 영혼들의 성화에 못 이긴 혜성이 마지못해 이동하려는 순간 갑자기 영혼들이 깜짝 놀랐다. 우주선 한 대가 방금 혜성/암소의 왼쪽 끝자락을 통과했는데 중심에서 수백 킬로미터 떨어진 부위였다.

이 우주선에도 악마의 영혼들이 있었다. 아주 많은 영혼, 정확히는 늙은 악마의 영혼들이었다. 혜성의 몸속에 있는 영혼들과 동시대(5000년 훨씬 이전)의 영혼들이 틀림없었다.

영혼들은 아주 조심스러워하고 있었다. 영혼들을 사용하는 악마가 타고 있다면 공격하고 싶지만 이 우주선은 악마 우주선이 아니었다.

호기심이 발동한 영혼들은 강제로 먹는 걸 중단시키는 것으로 혜성/암소를 성나게 한 다음 늙은 악마의 영혼들을 추적하게 했다.

그렇게 해서 혜성은 본의 아니게 마지스터의 우주선을 뒤쫓기 시작했다.

혜성의 속도는 우주선을 따라잡을 정도로 빠르진 않아도 놓치지 않을 정도의 속도는 충분히 낼 수 있었다. 거대한 동물들이 대개 그렇듯 보통 때는 유유히 이동하지만 필요할 때는 속도를 낼 수 있었다. 그래서 혜성의 영혼들은 터빈을 가동해 우주선을 쫓아 질주하면서 가상의 머리로 우주선 안의 영혼들을 유인할 궁리를 했다. 그렇게만 되면 혜성의 힘이 더 강력해질 터였다.

한편, 죽음이 따라오고 있는 걸 전혀 알 길이 없는 마지스터는 모우르무르를 납치하기 위해 깨진 고리 부근에서 매복하고 있었고, 혜성의 영혼들은 마지스터가 도망치지 못하게 조심스럽게 지켜보며 사정 거리에 이를 때까지 천천히 다가가고 있었다.

불행히도 혜성이 마지스터의 우주선을 공격해 악마의 셔츠 속 영혼들을 흡입하기에는 너무 늦었다.

타라와 모우르무르를 태운 우주선들이 은하계를 건너뛰어 달아나 버리자 마지스터가 전속력으로 따라갔기 때문이다.

그사이에 혜성은 타라가 지니고 있는 악마의 영혼들을 느낄 수 있었다.

그리하여 마지스터는 타라를 추적하고, 혜성은 사물들을 추적하기 시작했다. 그리고 인간 마법사들도 결국에는 사태의 심각성을 알아차리게 되었다.

인간들이 다오보르 행성 부근에 이르렀을 때 혜성은 신중했다. 악마들을 섬멸하지 못하게 방해했던 마법, 그와 똑같은 마법이 이곳에도 있음을 느꼈던 것이다.

그래서 혜성은 경계하면서 공격하기보다 무슨 일이 일어나는지 인간들을 지켜봤다.

많은 일이 일어나고 있는 것 같았다.

인간들이 더는 이동하지 않았기 때문에 혜성/암소가 먹은 것을 소화하고 평온하게 되새김질하는 사이, 악마의 영혼들은 인간들이 왜 싸우는지 이유를 알기 위해 좀 더 지켜봤다.

영혼들은 멀리서 마지스터의 우주선이 여러 우주선을 공격하는 걸 목격했다. 거리가 멀리 떨어져 있어서 미사일 공격을 받아도 큰 타격은 입지 않겠지만 (악마들, 인간들, 드래곤들은 여러 번 혜성을 공격했지만 성공하지 못했었다) 혜성/암소는 몸체에 미사일을 맞는 것 자체가 싫기 때문이었다.

미사일 공격을 피해 달아난 악마 우주선이 마지스터의 우주선들을 교묘히 따돌렸지만 도망치지 않고 있어서 혜성의 영혼들은 어리둥절해 있었다.

혜성이 눈독 들이고 있는 마지스터의 우주선과 또 다른 우주선이, 왕복선이 착륙해 있는 곳으로 내려갔다. 그리고 얼마 후, 마지스터의 우주선이 전속력으로 다시 날아갔고, 거의 동시에 엄청난 폭발이 일어났다. 수백만의 영혼들이 해방되어 곧장 악마 우주선으로 향하고 있었다.

혜성/암소는 무슨 일인지 모르면서도 본능적으로 반응했다. 혜성은 영혼들의 이동 경로를 지켜보다 재빠르게 영혼들을 모조리 빨아들이고, 악마들에게 돌아가지 못하게 그루이그의 검과 크라에토비르의 반지의 독성 있는 철 속에 가두었다.

늙은 마왕이 모든 영혼은 현 마왕에게 돌아오도록 걸어놨던 주문이 깨진 것이었다.

또다시 독성 있는 금속에 갇힌 것 때문에 화가 난 영혼들이 괴성을 질러댔다. 대부분 광기에서 벗어나 정상적이 될 기회를 얻고 평화롭게 지내다 살아 있는 몸에서 떨어져 나온 영혼들이었다.

그리고 지킴이들도 함께 있었다.

지킴이들은 폭발이 일어나는 순간 주문에 걸려 있었다. 절반만 물질적인 지킴이들의 영혼들은 떨어져나갔고, 몸은 완전히 비물질화되었다.

지킴이들은 무슨 일인지 알아차리자마자 이중 도끼와 방패의 영혼들이 그랬던 것처럼 다오보르 행성으로 돌아가려고 저항했다. 특히 의욕을 불태우며 주동하는 영혼 하나가 있는데 이름이 '텍키'였다.

텍키는 영혼들을 회수하려고 하는 빌어먹을 악마를 태워버리려고 했었다. 그런데 느닷없이 불타는 혜성, 우주의 거대한 유기체 속 광기와 분노가 뒤섞인 소용돌이에 붙잡히게 될 줄은 전혀 예상하지 못했다.

혜성의 영혼들은 반갑게 맞이하려고 했지만 도끼와 방패의 영혼들이 불쾌하게 내치자 깜짝 놀랐다. 텍키는 오로지 해방되길 원하고 있었다.

예민해진 영혼들은 텍키가 하는 말을 유심히 들었다.

"나는 엘프와 친구였고, 우리는 수백 년 동안 함께 살았어요. 내 친구 엘프에게 돌려보내 줘요, 부탁이에요! 그리고 검과 반지를 다오보르 행성으로 보내요. 우리가 여러분을 해방시킬 수 있어요! 그리고 살아 있는 엘프들과 공동생활을 하며 평화롭게 살아요, 우리!"

하지만 혜성의 영혼들은 악마들에 대한 분노가 너무 커서 텍키의 말을 들으려고 하지 않았다. 어찌나 날카롭게 괴성을 질러대는지 텍키의 말은 묻히고 말았다.

혜성의 영혼들은 복수를 원하고 있었다.

텍키는 이런 식으로는 혜성의 영혼들을 설득할 수 없으리라는 걸 알아차렸다. 그래서 때를 기다리기로 하고 같이 온 영혼들을 모이게 했다. 엘프들과 우정을 나누며 자유를 맛본 영혼들이었다.

텍키 일행의 수가 훨씬 많았다. 검과 반지보다 이중 도끼와 방패가 훨씬 강력한 영혼들로 이뤄져 있었다. 하지만 평온해진 도끼와 방패의 영혼들은 혜성의 격한 영혼들에게 휩쓸리며 자제력을 잃었다.

천천히 주위에 모여든 영혼들 중에서 텍키는 특히 두 영혼을 대번에 알아봤다. 블루 드래곤과 실버 드래곤의 영혼들이었다.

드래곤의 영혼 둘은 무슨 일인지 전혀 갈피를 잡지 못하고 있었다. 드래곤 영혼 둘이 금방 눈에 띄지 않았던 것은 도끼와 방패의 영혼들이 충격에서 벗어나는 데 시간이 걸렸기 때문이었다.

하지만 영혼들끼리 교감이 시작되면 비밀이 있을 수 없었다. 도끼와 방패의 영혼들과 지킴이들은 그들이 여기 와 있는 것이 드래곤 영혼 둘의 잘못 때문이라는 걸 대번에 알아차렸다. 영혼들의 분노가 폭발하자 셈과 실버는 간신히 방어하려고 애를 써야 했다.

영혼들은 서로를 파괴할 수 없다는 것이 그나마 둘에게는 다행이었다. 아니었다면 셈과 실버는 눈 깜짝할 사이에 끝장이 났을 텐데.

어쨌든 영혼들과 지킴이들이 뿜어내는 분노와 원한에 사무친 악마의 마법이 가세하면서 혜성의 힘은 훨씬 강화되었다.

혜성이 진동하기 시작했다.

그리고 시커메졌다.

우주선 안의 안락의자에 축 늘어져 있던 아르칸즈는 초록빛 눈 하나를 떴다. 이어서 나머지 한쪽 눈을 떴다.

늙은 마왕이었다면 50개의 눈을 차례로 뜨느라 시간이 걸렸겠지만, 눈을 다 뜬 아르칸즈는 주위를 둘러보다 깜짝 놀랐다.

죽은 게 아니었다. 만약 죽었다면 저승 역시 그가 몇 초 전까지 살던 곳과 아주 똑같은 곳이거나.

그러다 시야에 들어오는 것을 보고 죽지 않았음을 알았다. 아니면 악몽을 꾸고 있는 것이거나.

우주선의 감마글리스 창밖 몇백 미터 떨어진 곳에 타오르는 혜성이 꼼짝 않고 있었다. 하지만 혜성의 불이 서서히 시커메지고 있었다. 크기가 두 배로 늘어나 있는 것 같았다.

아르칸즈는 침을 삼켰다. 안전벨트를 풀고, 군복의 매무새를 가다듬으며 감마글리스 창 앞에 섰다. 서로 겹쳐진 다오보르 행성과 혜성.

"이게 어떻게…… 된 건가?" 아르칸즈는 쉰 목소리로 물었다.

"솔직히 전혀 모르겠습니다." 아르칸즈 뒤쪽에 있는 다양한 통제실에서 여러 명이 목멘 소리로 대답했다. "괜찮으십니까, 전하?"

이런 의미가 담겨 있는 질문이었다. '미쳐서 폭발하는 거 아닙니까? 사방에 피가 튀면 회복하기 힘들 텐데요.'

"괜찮다." 아르칸즈는 대답했지만 확신은 없었다. "왜 내 몸속이 성난 영혼들로 가득 차 있지 않은 거지?"

"영혼들이 취향이 아니라고 생각했을지 모르지요." 등 뒤에서 누군가가 감히 말했다.

이런 식의 신랄한 지적은 인간들이 주로 쓰는 말투인데…….

"그거야 나도 모르지." 아르칸즈는 퉁명스럽게 대꾸했다.

"저기…… 그 엄청난 힘을 거부하신 겁니까?" 이번에는 또 다른 목소리가 호의적으로 말했다.

아르칸즈는 한번만 더 그따위 소리를 하면 우주 공간으로 내동댕이쳐버리겠다고 소리치고 싶었지만 꾹 참았다.

"아니다. 내가 그들을 거부한 것이 아니라 영혼들이 먼저 멈췄다. 내 앞에 혜성이 있고 영혼들이 사라졌다는 것, 그리고 덩치가 훨씬 더 불어난 혜성이 마치 검은 신성처럼 진동하고 있다는 것, 그것만으로도 최악의 사태가 벌어진 것 같다."

"아, 그렇습니까?"

아르칸즈는 한숨을 내쉬었다. 이렇게 사태 파악을 못하니 인간들과 드래곤들을 상대로 하는 전쟁에서 질 수밖에 없지.

"그래." 아르칸즈는 피곤한 어조로 덧붙였다. "혜성이 그 영혼들을 다 집어삼켰다고! 혜성은 이제 훨씬 강력해졌단 말이다!"

뒤쪽에서 욕설이 연달아 들리는 것으로 보아 악마들이 이제야 알아들은 모양이었다.

아르칸즈는 혜성이 공격할 테니 우주선을 빨리 이동시키라고 명령했다. 꽤 멀리까지 퍼지는, 다오보르 행성의 마법을 사용할 수 있는 마법사 셋이 탑승해 있어서 다행이었다.

하지만 괜한 희망 아닌가. 영혼들의 힘이 방금 최소 두 배는 커졌다는 걸 감안하면 마법사들은 혜성을 감당할 수 없는데…….

한 가지 좋은 점은 있었다. 추적해오던 마지스터의 우주선들이 전속력으로 멀어져가는 중이었다. 스캔스페이스49로 관측해보니 혜성을 발견한 상그라브 우주선들이 어찌나 급히 유턴하는지 바퀴가 있다면 아마 연기가 풀풀 났을 것이다.

• • • • • • • • • • • • •

**49.** 일종의 슈퍼 레이다. 아주 멀리서 움직이는 물체의 크기와 온도를 측정하여 승무원들이나 기술병들에게 필요한 정보를 줄 수 있는 최첨단 기계를 말한다.

몇 시간째 마지스터에게 쫓기는 중이었는데 이거 하나만은 희소
식이었다.

악마 우주선 역시 슬금슬금 혜성을 피해 달아나는 사이 아르칸즈
는 가슴을 졸이며 보울리미-레마족이 숭배하는 악마 세계의 창조자
에게 빌었다

'타라가 혜성에 합류한 악마의 영혼들을 물리칠 수 있게 도와주소
서. 아니면 창조하신 세계가 영원히 사라질 위험에 처해 있으니 내
말대로 하는 것이 이로울 겁니다.'

물론 혜성에서 멀어질수록 다오보르 행성에서도 멀어진다는 것이
문제였다. 그것은 곧 차츰 마법이 미치는 영역을 벗어나고 있다는 의
미였다.

먹이가 도망치는 냄새를 맡고 깨어난 야수처럼 혜성이 부르르 진
동했다. 그리고 아르칸즈는 혜성의 관심이 악마 우주선에 쏠려 있음
을 느꼈다.

한편, 다오보르 행성의 폐허가 된 신전에서는 셈과 실버의 시신 옆
에 파프니르가 주저앉아 있었다. 그 곁을 지키는 벨제부트는 무력감
을 느끼고 있었다.

'실버와 셈 선생님을 돌아오게 할 거니까 걱정 마.' 장밋빛 고양이
가 파프니르의 머릿속에 말했다. '방법을 찾자. 실버가 보고 싶다는
생각이 들기도 전에 빨리 방법을 찾을 거야.'

하지만 난쟁이는 전사였다. 난쟁이들은 눈물을 흘리지 않는다. 친구들과 가족, 친척들이 전투하다 쓰러질 때도 눈물을 보이는 법이 없다.

파프니르가 천천히 일어섰다. 초록빛 눈이 분노와 두려움, 슬픔으로 이글거렸다.

난쟁이가 입을 열려다 푹 쓰러졌다.

무아노가 날린 마법을 맞고 쓰러진 것이었다. 벨제부트도 외마디 비명을 지르며 쓰러졌다.

타라는 난쟁이를 붙잡아줄 겨를이 없었다. 밀도가 높은 근육질의 난쟁이는 바닥에 콰당, 쓰러졌다.

"너 뭐하는 짓이야?" 타라가 소리쳤다.

"파프니르가 난쟁이들의 장례 의식을 시작하려고 했어." 무아노가 설명하면서 야수의 발로 난쟁이를 끌어안는데 힘이 드는지 얼굴이 일그러졌다. 그사이 파브리스도 무아노가 시키는 대로 악마 세계의 장밋빛 고양이를 품에 안았다.

"장례 의식?"

"응, 장례 의식." 무아노가 반복하는데 야수의 긴 수염이 파르르 떨렸다. "난쟁이들은 최면 비슷한 신들린 상태에 빠져서 죽음을 애도해. 몇날 며칠 목소리가 나오지 않을 때까지 노래를 부르지. 그게 얼마나 고통스러운 일인지 알기 때문에 나는 파프니르를 그렇게 놔둘 수 없었어. 그런다고 무슨 도움이 되겠어. 그래서 난쟁이가 시작하기 전에 내가 먼저 기절시킨 거야. 우리가 좋은 방법을 찾아서 실버가 죽지 않았다는 걸 알려줄 시간을 벌기 위해서."

"하지만 실버와 셈 선생님은 죽었잖아?" 전혀 이해가 되지 않는 파브리스가 물었다.

마법에 대한 욕심 때문에 크게 혼쭐이 난 뒤로 파브리스는 마법을 경계하고 있었다.

"맞아." 타라는 눈물을 흘리며 대답했다.

"아니." 무아노가 거의 동시에 말했다.

"뭐?" 타라와 파브리스는 한 목소리로 외쳤다.

"내 생각에 셈 선생님은 영혼이 떨어져나가기 직전에 상황을 알아차렸어. 그랬기 때문에 방어하는 주문을 읊었던 거야. 정말 죽었다면 마법도 죽었을 테니 본래의 몸을 되찾았을 텐데 아니잖아."

그들은 희망이 가득한 얼굴로 무아노를 쳐다봤다.

"네 생각에는 그럼……."

"나도 정확히는 몰라. 그래서 일단 파프니르를 기절시킨 거야. 노래를 부르기 시작하면 우리는 제대로 생각할 수가 없어. 지금은 우리가 머리를 써야 할 때잖아. 타라, 아르칸즈가 악마의 영혼들을 회수하는 데 성공했을지 모르겠어. 만약 아르칸즈가 살아 있다면 모우르무르의 기계로 셈 선생님과 실버의 영혼을 회수해야 해."

"텍키도." 친구 영혼에게 애착이 많은 보울라가 말했다. "나도 같이 가겠다. 우리 다오보르 행성의 엘프들이 아더월드의 엘프들과 외교 관계를 시작해야 하는데 그러려면 어차피 내 국민을 소개해야 되니까. 대장 여섯 명에게 명령을 내리고 가면 내가 없는 동안 알아서 잘할 수 있어. 훈련이 잘되어 있으니까."

"우리 엘프들에 대해서는 내가 가서 소개할게요." 사엘이 어머니 마제보다 먼저 끼어들었다. "군대를 훈련시키고 우리 국민을 통합하려면 어머니는 여기 남아 있어야 하니까요."

마제가 딸을 흘겨봤지만 사엘은 모른 체했다. 끔찍한 순간들을 경험하며 두려웠지만 마치 갑자기 모든 세포가 깨어나 살아 있다는 실감이 나고 모험을 하고 싶었다.

아, 그리고 로빈에게 완전히 매료되어 있었다. 사엘은 이제 멍청한 갈바엘이 역겨울 뿐이었고, 신전 경비대의 그린 엘프들을 처음 봤을 때 얼굴이 빨개지긴 했지만 그 이상의 관심은 없었다. 사엘이 원하는 엘프는 멋진 전사 로빈이었다. 그리고 바이올렛 엘프 발라 역시 로빈을 좋아하는 걸 알아차린 뒤로는 더욱 그랬다.

"타라?" 무아노가 불렀다.

"무아노, 왜?"

"지킴이들을 불러야 해. 영혼들을 복귀시키려면 지킴이들의 도움이 필요해. 지킴이들은 여러 번 해봤으니까."

타라는 자기 머리를 쥐어박고 싶었다. 지킴이들에 대한 생각을 단 1초도 하지 않고 출발하려고 했으니.

"뭐가 어떻게 된 거야?" 타라 일행이 신전에 있을 때 통신이 두절되었기 때문에 아직 자세한 설명을 듣지 못한 데미데루스가 물었다.

무아노가 상황을 짧게 요약하는 사이, 타라는 지킴이들에게 정신적인 지시를 내렸다.

아무 일도 일어나지 않았다.

타라는 다시 정신적인 지시를 내렸지만 역시 아무 반응이 없었다.

"빌어먹을!" 타라는 폐허가 된 흰색과 초록색 신전 안에 서서 외쳤다. "지금 고집부리고 있을 때가 아니다! 우리는 여기를 빨리 떠나야 한다!"

"타라? 왜 그러니?" 데미데루스가 물었다.

타라는 눈을 뜨고, 악마의 사물들을 빼앗고, 다양한 지킴이들과 협약을 맺었던 조상을 쳐다봤다.

"지킴이들이 대답을 거부하고 있어요."

데미데루스의 얼굴이 굳어졌다. 쪽빛 눈의 키 작은 최고 마구스는 깜짝 놀라면서 못마땅한 표정을 지었다.

"있을 수 없는 일이다!" 데미데루스는 딱 잘라 말했다.

"그럼 직접 불러보시든가요!" 타라는 퉁명스럽게 말했다. "내 말은 통하지 않는데!"

데미데루스가 버티고 서서 불렀다.

역시 아무런 반응이 없었다.

데미데루스와 타라가 같이 불렀다. 서로 손을 잡고 눈을 감은 채 정신을 집중하고 아무리 불러도 대답이 없었다. 잠시 후, 무아노가 개입했다.

"지킴이들이 여기 없는 거 아닐까요?"

데미데루스가 눈을 떴다.

"지킴이들이 여기 없다면……." 최고 마구스는 덤덤한 목소리로 대답했다.

"무기한 휴가를 떠났을지도 모르죠." 파브리스가 농담 섞인 말을 던졌다. "아니면 바닷가로 산책을 나갔는지도 모르고요!"

"아니." 데미데루스가 말했다. "지킴이들은 그럴 수 없어. 사물들

526

과 연결되어 있기 때문에. 내 후손 중 한 사람만 그 끈을 풀어줄 수 있다. 지킴이 종족은 우리와 협약을 맺었다. 그들은 그 협약을 깰 수 없어."

"슬루르크!" 파브리스가 말했다. "왜 가장 나쁜 일이 일어났을 것 같은 불길한 느낌이 드는 걸까요?"

그들은 불안한 얼굴로 서로를 쳐다봤다.

"마왕이 지킴이들을 빨아들인 거야." 데미데루스가 마침내 단언했다. "지킴이들은 아르칸즈의 몸속에 있을 거다. 아, 물론 아르칸즈가 살아 있다면."

상황이 점점 더 악화되고 있었다. 타라는 신중해야 한다는 원칙이 더는 필요 없다는 생각이 들었다.

그들은 신전을 나와 마제에게 작별 인사를 했다. 마제의 엘프들이 와서 보울라의 주민들을 도와주고 있었다. 보울라와 마제의 엘프들이 함께 사방으로 흩어져서 악마의 영혼들이 떨어져나간 것 때문에 완전히 정신이 나간 엘프들을 보살피고 있었다. 얼마 전까지만 해도 적이었던 엘프들이 이제는 서로 손을 잡고 충격을 견디지 못하는 엘프들에게 힘을 주고 있었다. 어쨌든 분열된 국민이 이번 일로 화합하는 중이었다.

타라는 아더월드의 마법사들이 혜성으로부터 우주선들과 행성을 방어하기 위해 어떻게 거대한 방벽을 세우고 유지하는지 방법을 설명해주었다. 엘프들의 수는 그리 많지 않지만 다오보르 행성의 마법이 믿기지 않을 정도로 강력해서 다행이었다. 더군다나 악마의 사물들은 파괴되었고, 영혼들은 마왕에게 돌아갔으니 혜성이 그들의 영혼을 흡입하지 못하게 막는 데 아무런 문제가 없을 터였다.

다오보르 행성은 위험을 면하게 되었다.

타라 일행은 트란스미투스를 사용해 드래곤 우주선으로 향했다. 몇 분 만에 그들은 빈터에 도착했다. 마라는 왕복선을 기함 우주선에 복귀시켜놓았고 이륙 준비는 끝나 있었다.

엔진은 이미 가열되어, 아니 냉각되어 있었다. 반중력 상태에서는 자동제동기 주위에 초강력 냉각장치가 필요했다.

세바 사령관은 타라 일행을 반갑게 맞이했지만 불안한 기색이 역력했다.

"아르칸즈와 교신하려고 애를 썼지만 통신 두절이오. 우주 공간으로 들어서면 가능할지 모르겠소."

사령관이 눈살을 찌푸렸다. 타라 일행이 의식이 없는 드래곤 둘과 난쟁이, 고양이를 조심스럽게 옮기고 있었던 것이다.

"무슨 일입니까?"

타라는 짤막하게 설명했다. 그들은 인위적으로 생명 활동을 정지시키는 장치가 되어 있는 방에 셈 선생님과 실버를 눕혔다. 우주선이 행성의 마법 영역을 벗어나도 육신을 온전한 상태로 보존하기 위해서였다. 파프니르와 벨은 선실 중 하나에 눕혀놓았다. 타라는 살아있는 돌을 기절한 난쟁이 옆에 내려놓은 다음 무아노가 날린 마법 대신 수면 주문을 걸었다.

셈 선생님과 실버가 누워 있는 방 바로 옆에 있는 선실이었다. 그렇게 해서 의식이 없는 넷은 살아있는 돌이 내뿜는 마법의 도움을 받고 있었다. 타라는 혹시라도 파프니르와 벨제부트마저 잃을까 두려위 신중에 신중을 기하려는 것이었다.

사엘과 보울라는 소지품과 옷을 가지러 각자 동굴과 캠프로 갔다. 아더월드의 엘프들과 달리 사엘과 드리에스티르가 경호원과 호위대 없이 혼자 와서 그들은 깜짝 놀랐다. 사엘은 약간 예민해져 있지만 왕복선을 타는 것이 처음은 아니었다. 5000년이 넘은 낡은 우주선들이지만 엘프들은 다오보르 행성 주위의 우주 공간에서 우주선들을 운행하며 양호한 상태를 유지하고 있었다. 그래서 타라 일행은 행성 주위를 선회하는 엘프 우주선들을 볼 수 있었던 것이다. 사엘은 우주선을 운행하는 팀의 일원이기 때문에 첫 우주여행이 아니었다. 반면 보울라는 불안하기보다는 호기심이 가득해 있었다. 무엇보다도 포로가 된 친구 텍키를 어떻게 되찾을지 궁금해했다.

마침내 우주선이 이륙했고, 이내 행성을 뒤로하고 질주했다. 물론 그들은 서로 통신이 가능한 휴대용 영상 통신기를 마제에게 주고 출발했다.

타라가 지니고 있는 사물들의 영혼들이 갑자기 술렁거렸다.

'저기 있어.'

영혼들에게서 느껴지는 두려움 때문에 누가 있다는 건지 물어볼 필요가 없었다. 타라는 다른 이들이 모두 들을 수 있게 큰 소리로 말했다.

"혜성? 멀리 있어?"

모두들 소스라치게 놀랐다.

'멀리 있지 않아.' 영혼들이 대답했다. '너무 가까이 있어.'

"아, 마지스터가 왜 돌아오지 않는지 이상하다고 생각했는데 혜성 때문에 도망친 거였어."

'뭔가…… 다른 게 있어.' 영혼들이 말했다. '저건…… 저건…… 있을 수 없는 일이야!'

"뭐라고?" 타라가 소리쳤다. "뭐라고?"

"언니!" 질겁한 마라가 외쳤다. "오, 젤리소르의 충치여! 한쪽 얘기밖에 못 들으니까 답답해 죽겠잖아! 멘탈로-오디오 기구 좀 사용해, 제발! 무슨 일인데? 아르칸즈가 살아 있는 거야?"

타라는 멘탈로-오디오 기구를 썼다. 잠시 후, 영혼들이 큰 소리로 말했다.

"맙소사, 맙소사!" 영혼들이 합창으로 한탄했다. "느껴져, 느껴져!"

"뭐가 느껴지는데?" 칼이 인내심을 잃고 물었다.

"방패와 도끼의 영혼들이 느껴져. 지킴이들이 느껴져. 증오심과 복수심이 느껴져."

"뭐라고?" 파브리스가 소리쳤다. "영혼들이 뭐라는 거야?"

이번에는 타라가 대답했다. 그런데 목소리가 침울했다.

"도끼와 방패의 영혼들이 아르칸즈에게 돌아간 게 아니었어. 아니 더 정확히는 영혼들이 갔다가 아르칸즈를 파괴했어. 하지만 새 마왕 다쉬에게 간 것도 아니야. 혜성이 빨아들였어!"

그들은 타라가 방금 한 말을 이해하는 데 시간이 좀 걸렸고 그사이 무거운 침묵이 흘렀다.

산헥시아가 공포에 질린 얼굴로 의자 중 하나에 주저앉았다.

"이제 우리는 끝장났어!"

# 28
# 지킴이들

수천 년 동안 복수의 칼을 갈았는데
누군가가 선수를 쳤음을 알아차렸을 때는
어떻게 해야 하나

\*

타라는 눈을 감았다. 지긋지긋했다.

타라는 한마디도 하지 않고 멘탈로-오디오 기구를 벗었다. 그러고
는 사령관실을 나가버리자 갈랑이 재빨리 날아갔다. 칼은 친구들에
게 따라오지 말라는 손짓을 하고 쫓아나갔다. 블롱딘도 불안해하며
뒤따라갔다.

타라의 걸음이 어찌나 빠른지 벌써 선실에 들어간 뒤였다. 칼은 선
실 문을 열고 들어갔다.

타라는 금빛 금속 선실의 의자에 멍하니 앉아 따뜻한 몸을 기댄 갈
랑을 쓰다듬어주고 있었다.

"타라?" 칼은 놀라게 하지 않으려고 부드럽게 속삭였다. "괜찮아?"

맙소사, 이렇게 맛있는 냄새가 나다니! 칼은 타라의 몸에 흐르는 따

뜻한 피와 뛰는 맥박을 보며 목을 깨물고 싶은 충동이 일었다.

칼은 소스라치며 방금 삐죽 튀어나온 송곳니 두 개를 만져봤다. 단도처럼 날카로웠다.

자신이 인피뱀파로 변신해 있다는 걸 새까맣게 잊었던 것이다. 인피뱀파로 있었으니 타라를 보고 맛있겠다는 생각을 하지! 칼은 우주선이 마법 영역에서 너무 멀어지기 전에 서둘러야 했다.

칼은 내면으로 깊이 들어갔고 고통의 비명을 억제하며 힘겹게 인간으로 돌아왔다.

잿빛 눈과 흑발로 돌아오고, 타라에 대한 마음이 정상이 되자 변신 때문에 커져 있는 옷을 줄이고, 근육이 이완되게 했다.

그러고는 하얀 이불을 씌운 간이침대 가장자리에 앉았다. 약간 드래곤 스타일이지만 아주 편안했다.

타라는 갑옷 대신 반바지에 핑크빛 티셔츠로 아주 간편한 차림이었다. 칼은 타라의 허벅지에 손을 올리다 이내 후회했다. 방금 인간으로 돌아온 때문인지 아직은 뱀파이어의 본능이 훨씬 많이 남아 있었다. 손끝으로 전해지는 매끄러운 피부가 비단결 같았다. 칼은 근육이 단단해지는 걸 느꼈다.

칼은 더 이상 안 된다고 자신에게 주의를 주었다. 지금은 진짜 그럴 때가 아니었다. 손이 마지못해 복종했다.

"타라, 왜 그래?" 칼은 부드럽고 다정하게 말했다.

칼은 타라가 이렇게 마음을 닫아버릴 때가 싫었다. 타라가 어렸을 때 외할머니가 자기 말을 들어주지 않거나, 아무도 관심을 가져주지 않을 때 하던 방어 태세였다. 내면의 세계로 들어가 외부와 단절하는 것이었다.

칼은 타라를 방해하려는 것이 아니었다. 그저 '넌 혼자가 아니야, 네 곁에는 내가 있어' 이걸 알려주고 싶은 것이었다. 칼은 몸을 숙여 귀에 대고 속삭였다.

"사랑해. 너를 위해서라면 네 적들의 심장을 뜯어다 네 발치에 가져다 놓을 수 있어. 드래곤들의 목을 베고 보물을 훔쳐다 너를 금과 보석으로 휘감아줄 수 있어. 나는 어떤 위험에도 굴하지 않고 별이 없는 나라의 어둠 속에 있는 너에게 유일한 빛이 되어줄 거야. 너를 위해서라면 화산의 중심부를 걸어도 사랑의 힘으로 나는 불에 타지 않을 거야. 너를 위해서라면 목소리가 갈가리 찢겨져도 노래를 부르고 또 부를 거야……."

타라는 흠칫 놀라 칼을 쳐다봤다. 이윽고 웃음이 새어 나왔다.

"칼? 무슨 말을 하는 거야?"

칼은 넉살좋게 미소를 지었다.

"난쟁이의 시야. 난쟁이들의 노래 이야기가 이렇게 내 가슴에 박혀 있을 줄 몰랐어."

"그랬구나." 타라는 미소를 지으며 말했다. "네가 심장을 뜯어내고, 드래곤의 목을 베고 보물을 훔치겠다는 말을 하는 순간부터 그런 의심이 들었어."

그러니까 타라는 칼이 하는 말을 듣고 있었던 것이다. 완전히 닫아 버린 것이 아니었다.

칼은 '근데 갑자기 왜 이러냐?'고 묻고 싶어 입이 근질근질하지만 억제했다.

타라는 한숨을 내쉬었다. 영혼의 동반자가 기분이 좀 풀어졌음을 느낀 갈랑이 잠을 자려고 옷장 위에 놓인 바구니 안으로 날아가더니 날개를 접었다. 갈랑은 타라와 떨어져 있는 것이 싫었다. 산소가 충분한지 알 수 없는 곳에 갇혀 찾아주길 기다리는 동안 몹시 불안했었다. 그리고 실버와 셈 선생님을 잃었다는 소식에 몹시 슬펐다. 하지만 서둘러서 팅가푸르로 돌아가는 우주선 안에서 보금자리를 되찾은 것은 좋았다.

타라는 보금자리에 자리를 잡고 웅크리는 페가수스를 바라보다 자신도 칼의 품에 안겼다. 칼은 안도의 미소를 지으며 타라를 꽉 안아주었다.

둘은 한동안 그러고 있었다. 이윽고 타라가 뭐라고 중얼거렸다.

칼은 타라의 머리에 놓인 턱을 들고 물었다.

"뭐라고?"

"내가 비겁했다고."

칼은 움찔했다. 얼굴을 보려고 몸을 빼려 했지만 타라는 포옹을 풀지 않았다. 칼의 가슴에 얼굴을 묻은 채로 있었다. 자기 마음속을 너무 깊이 들여다보는 잿빛 눈을 보고 싶지 않아서였다.

칼 역시 '넌 내가 아는 사람 중 가장 비겁하지 않아' 하고 외치지 않았다. 놀라운 용기로 이미 한 번 죽었던 타라가 왜 또 이런 바보 같은 말을 꺼내는지 정말 알고 싶었기 때문이다.

칼은 인내심을 갖고 기다렸다. 타라의 어깨가 들썩이는 걸 느끼며 칼은 이를 악물었다. 여자가 울 때 칼은 완전히 무장해제가 되었다. 타라가 울 때는 그 이상이었다. 칼은 가슴이 찢어지는 것처럼 아팠다.

"이제 어떻게 해야 할지 모르겠어." 타라가 울먹이는 소리로 말했다. "계속 이런 두려움과 싸워야 하는 것에 지쳤어."

"알지."

"내 힘 때문에 너희들이 다칠까 봐 두렵고, 끝없는 전투로 너희들이 다칠까 봐 두려워. 갈랑이나 우리 패밀리어 중 하나가 다칠까 봐 두려워. 엄마와 아빠가 돌아가신 게 행복하다는 생각이 들 정도야. 그래서 엄마, 아빠 걱정은 안 해. 엄마와 아빠가 잘 지내고 있다는 거 알아. 아더월드에서 가질 수 없었던 삶을 살고 있으니까. 그래서 이따금…… 이따금……."

칼은 가슴이 찢어지는 것 같았다.

"이따금 부모님 곁으로 가고 싶겠지." 무슨 말을 하려는 건지 짐작한 칼이 말을 이었다. "그게 훨씬 쉬울 테니까. 그래서 네가 비겁하다고 말하는 거지? 그 길을 선택하고 싶어서?"

"그게 낫지 않을까?" 타라는 작은 목소리로 말했다.

칼은 사는 것이 정말 행복했다. 하지만 타라와 달리 자신은 제국이라는 무거운 짐을 등에 짊어지지도, 모든 이가 부러워하거나 갖고 싶어 하는 초강력 마법의 힘을 지니고 있지 않아 표적이 되지도 않았다.

"다 털어놔봐." 칼은 타라의 질문에 대답하지 않고 천천히 속삭였다. "하고 싶은 말 있으면 다해."

타라의 몸에서 긴장이 약간 풀렸다.

"나는 도망쳤어. 여러 번." 타라는 차분하게 대답했다. "기억상실에 걸렸을 때 본의 아니게 일어난 일이 아니었을 거란 의심이 들어. 그리고 마법을 잃었을 때도 의도적이었을 거란 의심이 들어. 마법을 거부했을 때, 제국을 거부했을 때도. 하지만 결국에는 언제나 돌아왔고, 압박감, 두려움, 책임감은 변함없이 계속되지. 제국을 다스려야 하는 리스베스 고모 곁에는 장관들과 고문관들이 있고, 의지할 사람이 있어. 산도르 황제와 나, 자르, 마라. 하지만 구원이냐 파멸이냐 일촉즉발의 위기가 닥쳤을 때는 나에게만 의지해."

속으로는 '넌 우리를 의지하잖아' 하면서도 칼은 침묵을 지켰다. '물론 우리는 너를 의지하고.'

"리스베스 고모는 드래곤족이 제레미와 나에게 준 초강력 마법을 지니고 있지 않기 때문이라는 거 알아. 그래서 모든 이들이 나를 이용하려고 한다는 것도 알아. 내가 왜 이번 미션을 받아들였는지 알아?"

칼은 생각해본 적이 없었다.

"얼마 동안이라도 압박감에서 멀리 벗어나기 위해서였어. 미친 혜성으로부터 악마의 행성을 지켜줘야 하기 때문도, 나만큼 강력한 마법사가 없기 때문도 아니야. 책임감, 의무, 비상사태, 죽음, 공포, 음모, 배신, 살인, 전투, 전쟁 때문에 내 몸이 조금씩 갉아먹히고 있는 것 같아. 나는 늘 피곤해. 끊임없이 터지는 사건사고! 항상 긴급히 내가 개입해야 할 엄청난 일이 일어나. 개입하지 않으면 세계가 무너지는 위급한 사태의 연속이야! 그때마다 최선책은 나야. 내 마법으로만 희생을 최소화하고 문제를 해결할 수 있어. 하지만 나는 이따금 차라리 세상이 무너지면 좋겠다는 생각을 해. 그래서 한 번만이라도 나를 조용히 살게 내버려두면 좋겠어."

타라는 계속 되뇌고 있었다. 자신을 짓누르고 있는 것들을 어떻게 설명해야 할지 모르지만 칼은 완벽하게 이해했다.

칼은 이게 우울증이라는 걸 알고 있었다. 그 자신은 경험한 적이 없지만 도둑 아카데미에 우울증에 걸린 동료 몇 명이 있었다. 우울증에 걸린 도둑은 죽은 도둑이나 다름없었다. 주의력과 집중력이 떨어지고 태만해졌다. 그러다 자기혐오에 빠졌다.

하지만 칼은 타라의 심정이 이해되었다. 타라가 도망쳤던 건 사실이었다. 하지만 어쩌다 한번씩이었고, 아주 멀리 도망쳤던 것도 아니라고 반박하고 싶었다. 타라는 늘 돌아왔고, 본분을 저버리지 않았다.

지구인들이 하는 말 중에 번아웃, 즉 '소진 증후군'이라는 말이 있다. 어린 사람에게도 적용되는지 모르겠지만 신체적, 정신적 피로감으로 인해 무기력증, 자기혐오, 직무 거부 등에 빠지는 증후군이다. 칼은 타라가 지금 이 상태에 빠져 있는 거라고 생각했다.

칼은 타라가 차마 입 밖에 내지 못하는 말을 언급하는 것으로 정곡을 찔렀다.

"넌 지금 실버와 셈 선생님이 정말 죽었을까 봐 두려운 거야."

타라는 한숨을 쉬었다. 타라가 하염없이 흘리는 눈물에 칼의 회색 스웨트 셔츠가 젖고 있었다. 타라가 눈빛과 잘 어울린다며 부드럽고 좋은 냄새가 난다고 해서 칼이 즐겨 입는 셔츠였다.

"그래. 셈 선생님……. 셈 선생님은 나에게 마법에 관한 모든 걸 가르쳐줬고, 헤아릴 수 없을 정도로 내 목숨을 구해줬어. 이제는 자주 만나지 못해도 정말 좋아하는 분이야. 그리고 실버……. 칼, 실버가 죽으면 파프니르에게는 정말 끔찍한 일이야. 내가 너를 잃었다고 생각해봐. 나는 아무것도 못 하다 죽고 말 거야."

칼은 타라를 달랬다. 부정할 수 없는 현실인데 어떤 위로의 말도

타라 덩컨 537

소용없을 터였다.

거의 서른 시간 가까이 한숨도 자지 못해 지칠 대로 지친 타라는 이제 눈물도 마르고 있었다.

"우리는 투사들이야. 우리가 있잖아, 타라. 투사는 저항하고 싸우다 죽을 수도 있어. 그리고 죽음은 협상할 수 있는 게 아니야. 그게 우리의 삶인걸. 제국이나 왕국, 여러 나라 도처에 평온한 삶을 살아가는 이들이 있지. 하지만 그건 우리의 삶이 아니야. 타라, 그런 게 우리의 삶이었다면 내가 너를 만나는 일은 없었을 거야. 너도 나를 만나지 못했을 거고."

칼은 타라를 꼭 끌어안았다.

"6년 전에 마지스터가 너를 납치할 시도를 하지 않았다면 너는 믿기지 않는 마법 능력이 있다는 걸 모른 채 네 말을 들어주지 않는 외할머니와 함께 지구에 살았겠지. 많은 세월이 흘렀는데도 딸의 죽음에 대한 트라우마 때문에 무의식적으로 너를 원망하는 외할머니랑 살다 어쩌면 평범한 남자와 결혼했을지도 모르지. 하지만 내 생각에 네 외할머니는 너를 곁에 붙들어두고 있었을 거야. 네 마법을 감시하기 위해서라도. 그랬다면 우리 아더월드는 어떻게 되었을까? 우리는 셰니가 이끄는 제국주의 드래곤들의 침략을 받았을 거야. 그리고 셰니는 위베른족 덕분에 마법사들을 물리쳤겠지. 드래곤들이 그것으로 만족했을까? 지구를 침략하려고 들었을 거야. 셰니는 우주선을 제작하고 폭탄 공격을 가할 수 있는 인간들이 존재하는 걸 참지 못했을 테니까. 그러면 타라, 네가 원하든 원치 않든 지구는 전쟁에 휩싸였을 거야. 그리고 너는 죽었겠지. 셈 선생님이 몇 년 동안 너에게 가르

538

처줬던 것, 마법에 관한 걸 배울 기회가 전혀 없었으니까. 마법을 배우고, 힘을 조절하고 침략자들을 물리치는 방법……. 그뿐만이 아니야. 너는 이중으로 죽었을 거야. 악마들도 쳐들어갔을 테니까. 가브리엘과 바쉬는 드래곤족을 간단히 해치웠을 거야. 인간들의 도움이 없었다면 드래곤들은 악마들을 이기지 못했을 테니까. 이런 말 해서 미안하지만 나는 현재 상황이 훨씬 낫다고 생각해. 내 품에 안겨 있는 너, 샤름에게 복종하는 드래곤들, 마왕을 유혹하는 네 동생, 정신적 건강으로 보면 가상의 뿔이 달린 혜성보다 훨씬 위험한 네 동생과 싸워야 할 아르칸즈. 아, 물론 아르칸즈가 살아 있다면."

긴 연설이었다. 하지만 칼은 농담을 섞지 않고 한마디 한마디 생각하며 진지한 어조로 천천히 말했다.

칼은 갑자기 들린 소리에 깜짝 놀랐다. 타라가 킥킥거린 것이었다. 얼굴을 들었는데 코는 빨갛고 눈은 퉁퉁 부었지만 여느 때와 다름없이 아름다운 타라. 호주머니에서 손수건을 꺼내 코를 풀고는 다시 웃기 시작했다. 칼은 이해가 안 되는 얼굴로 쳐다봤다.

"아무튼 너는 여자를 위로하는 방법을 알아." 타라가 미소 띤 얼굴로 말했다. "칼, 이중으로 죽어? 그런 말은 이제껏 들어본 적이 없는 웃기는 말이야. 어떻게 이중으로 죽을 수 있어?"

타라를 웃길 목적으로 한 말이 아니었기 때문에 칼은 뜻밖의 반응에 약간 놀랐지만 자신 없는 미소를 짓는 것으로 만족했다. 타라는 두세 번 킥킥거리다 한숨을 내쉬었다. 그러고는 몸을 숙이고 칼에게 입을 맞췄다.

"고마워. 내가 느끼는 감정을 쏟아낼 필요가 있었는데 내 마음을 알아주다니 넌 정말 대단해. 그래, 책임감이나 내 마법의 문제가 아니었어. 이번에는 셈 선생님과 실버를 구하기 위해 아무것도 할 수 없다는 것 때문에 겁이 났어. 아, 그리고 피곤해서 죽을 지경이기도 하고."

"또 다른 이유에 대해서는 네 말도 맞아."

"아, 그래? 뭔데?"

"우리는 계속 정신적 압박에 시달리고 있어. 따라서 우리에게는 아름답고 달콤한 긴 바캉스가 필요해. 빌어먹을 혜성을 파괴하는 즉시 멀리 떠나자. 크리스털 볼과 컴폰을 꺼놓고 햇빛 속에서 칵테일을 마시며 게으름을 피워보는 거야. 파라솔 아래 맑은 물에 발을 담그고 블블들이 발가락을 간질이게 놔둬보기도 하고. 오렌지색과 청록색 줄무늬 파라솔 어때?"

타라의 약간 불그스름한 쪽빛 눈에 광채가 지나갔다.

"바캉스, 난 이제 그게 무슨 뜻인지도 몰라!" 타라가 향수 어린 목소리로 말했다. "비욘드월드에서 아빠, 엄마와 함께 보낸 게 마지막이었어."

또다시 타라의 목소리에서 칼은 뭐라 설명할 수 없는 느낌을 받았다.

"안 돼." 칼은 딱 잘라 말했다. "그건 안 돼."

칼이 지금까지 보여주던 부드러움과는 아주 다른 딱딱한 어조에 타라는 놀랐다.

"뭐가 안 돼?"

"네 부모님과 함께 보낸 행복한 순간은 기억하지 마. 그때는 네가 죽었을 때잖아, 타라. 죽은 거였잖아!"

칼의 목소리에서 느껴지는 두려움에 타라는 가슴이 아팠다.

"알아, 미안해. 하지만 얼마나 매력적인데! 무슨 일이 일어나든 불안해할 필요 없이 사는 것이 얼마나 즐겁고 행복했는지 몰라! 거기서 아주 많은 걸 발견했는데 정말 지루할 겨를이 없었다니까!"

"그건 내 알 바 아니고!" 칼은 분명히 대꾸했다. "비욘드월드에는 사랑도 할 수 없을 정도로 끔찍하게 늙었을 때 갈 거야. 그게 신호일 테니까."

이번에는 타라가 웃음을 터뜨렸다.

그리고 숨이 막힐 정도로 칼에게 키스를 했다.

"그 말은 마음에 쏙 든다." 타라가 속삭였다.

"옷 벗어." 칼이 말했다.

"뭐라고?"

"옷 벗으라고." 칼이 짓궂게 쳐다보며 반복했다. "근데 네가 생각하는 그거 아닌데! 샤워하고 눈 좀 붙이라고. 우리 모두 지친 거야. 얼마 안 되는 시간에 너무 많은 일이 있었어. 신경이 예민해지는 건 당연해."

타라는 귀여운 미소를 지었다. 남자들을 미치게 하는 미소.

'옷 벗어' 칼은 정말로 장난을 치고 싶어서 한 말일까?

"음…… 근데 산혁시아가 끝장났다고 하는 말 들었어." 타라가 일어나 허리를 쭉 펴면서 말했다. "혜성에게 잡아먹히기 전에 우리 뭔가 해야 되는 거 아닌가?"

칼은 갑자기 입이 바짝 말라서 침을 힘겹게 삼켰다.

"그 말은…… 산헥시아는 과장이 심해. 여성 악마들이 얼마나 히스테릭한지 너도 잘 알잖아?" 칼은 문 쪽으로 뒷걸음치며 말했다. "불행히도 우리는 네 마법이 필요해. 정말 몹시 유감이지만."

칼은 타라가 불타는 시선으로 티셔츠를 벗으려고 할 때 도망쳤다.

그러고는 타라의 웃음소리를 뒤로하고 문을 닫았다. 칼은 문에 기대고 섰고, 에어컨에도 불구하고 이마에 땀이 맺혔다.

칼이 사령관실로 돌아갔을 때 모두들 불안한 얼굴로 기다리고 있었다.

"타라는 괜찮아. 너무 지쳐서 그래."

마라는 칼의 목을 와락 끌어안았다. 약간 얼떨떨한 칼은 가만히 있었다.

"그가 살아 있어!" 마라가 귀에 대고 소리를 질러서 칼은 이맛살을 찌푸렸다.

마라가 칼을 놓아주고는 두 팔을 벌리고 팽이처럼 뱅글뱅글 돌았다.

"살아 있어! 아르칸즈가 살아 있어! 네가 언니랑 같이 있는 사이에 메시지를 받았어."

칼은 미소를 지었다.

듣던 중 좋은 소식이었다.

"아니, 그게 아니야!" 산헥시아가 소리쳤다. "끔찍한 소식인데 무슨! 혜성이 영혼들을 빨아들였으니, 우리는 끝장났다고!"

선헥시아는 손을 비비 틀며 모두를 공포에 빠뜨리고 있었다. 칼은 단호한 어조로 소리쳤다.

"그만해!"

"뭐?" 깜짝 놀란 산헥시아가 물었다.

"그만하라고 했다! 그 소식 들었다고 그렇게 세상이 끝난 것처럼 호들갑 떨 필요 없어. 영화에서나 가능할까 현실에서는 아무것도 아닌 걸로 공포의 도가니에 빠뜨리는 것밖에 안 돼. 그러니까 당장 입 다물어!"

화가 난 산헥시아가 대들었다.

"너 기분 나쁘다고 나한테 분풀이해봐야 소용없어. 나는 명백한 사실을 말한 것뿐이니까! 내 동생이 살아 있는 건 기쁘지만 그래도 끝장난 건 맞아!"

"산헥시아, 말 나온 김에 한마디 하겠는데 우리 조상들은 혜성 못지않게 위험한 너희 조상들을 물리쳤어. 그래서 죽자고 붙으면 저 빌어먹을 혜성을 이길 수 있다고! 알았어?"

초록색과 파란색 옷차림의 산헥시아는 어깨를 으쓱했다. 칼은 산헥시아의 돌변한 태도에 얼이 빠져 있었다.

"난 솔직히 말한 것뿐이니까 용서를 구하지 않겠어. (산헥시아는 하품을 했다.) 아, 이동을 많이 했더니 피곤해. 혜성의 공격을 받고 처참한 꼴로 죽기 전에 잠이라도 좀 자야겠다."

산헥시아가 모욕당해 기분이 몹시 불쾌하다는 티를 내며 휙 지나가자 칼은 한숨을 쉬었다.

"모두들 가서 자는 게 좋겠어." 무아노가 제안했다.

"그래, 다들 나가라." 드래곤 사령관이 말했다. "칼리반 달 살란에게는 내가 설명해주지. 잠깐 자리를 비운 동안 우리가 알아낸 것에 대해."

모두 조용히 사령관실을 나갔다.

타라 일행이 다오보르 행성에서 분투하는 동안 충분히 수면을 취한 모우르무르와 히글 5는 격리된 왕복선의 실험실로 향했다.

칼은 부러운 얼굴로 둘을 쳐다보며 블랙 드래곤이 하는 말에 집중했다.

세바 사령관이 상황을 설명했다.

그들은 우주 공간을 관측하고 있었는데 이상한 일이 일어나고 있음을 알았다.

우선 칼의 생각과는 달리 혜성은 아더월드의 두 태양 주위의 궤도에 자리 잡은 악마들의 행성을 공격하기 위해 곧장 떠나지 않았다. 혜성은 다오보르 행성에서 그리 멀지 않은 곳에서 지그재그로 움직이고 있었다. 처음에는 무슨 상황인지 알아차리지 못했는데 마침내 아르칸즈가 보낸 메시지를 받았다. 다오보르 행성에서 무슨 일이 일어났는지 전혀 모르는 상태에서 보낸 일방적인 메시지였다.

드래곤 사령관은 칼이 타라를 위로하는 동안 다른 이들에게 보여 줬던 아르칸즈의 영상 메시지를 보여주었다.

"도망쳐야 합니다." 마왕이 불안 때문에 일그러진 얼굴로 말하고 있었다. "타라가 해방시킨 영혼들을 혜성이 빨아들인 것이 틀림없소. 지금 우리는 혜성의 추격을 받고 있어요."

"어? 영혼들을 해방시킨 건 타라가 아니라 셈 선생님과 실버라는 사실을 아르칸즈가 모르고 있네요." 칼이 말했다.

영상 메시지는 계속되고 있었다.

"현재로서는 우리가 혜성보다 훨씬 빠르기 때문에 구석진 곳에 숨어 있다, 혜성이 추적하다 지쳐서 아더월드로 향하는지 살필 것이오. 앞으로도 연락은 이 채널로 하겠소."

메시지가 중단되었다가 다시 시작되었다.

"지금 도망쳐야……."

통신이 중단된 틈에 칼이 휘파람을 불며 블랙 드래곤에게 물었다.

"그럼 이제 어떡하죠? 우리는 아더월드로 가서 모두에게 알려야 하는데…… 아르칸즈가 우리 뒤를 따르고, 혜성이 아르칸즈를 쫓아오면 모두 다 아더월드로 이동하는 거잖아요? 그러면 서로에게 좋을 게 없어요. 혜성은 즉시 악마들을 공격하려고 들 텐데. 그리고 이번에는 혜성이 이길 가능성이 커요. 힘이 두 배로 커졌으니. 그렇다고 여기 머물면서 모우르무르가 혜성을 파괴하고 영혼들을 해방시키는 기발한 발명품을 만들 때까지 마냥 기다릴 수도 없잖아요? 그 김에 실버와 셈 선생님의 영혼들은 되찾을 수 있겠지만……."

블랙 드래곤이 한숨을 쉬는 바람에 튀어나온 불티에 콧등의 검은색 비늘이 환해졌다.

"다른 때 같으면 악마들이 죽거나 말거나 아무 관심 없는데, 지금 악마들이 죽으면 혜성에 에너지를 공급할 테고 그 화가 우리에게 미칠 테니……. 따라서 지금은 아더월드로 돌아갈 수 없겠다. 우리가 혜성의 위협을 무력화시키지 않는 한. 천재라는 인간이 셈과 잡종 실버의 영혼을 파괴하지 않으면서 이 문제를 해결할 수 있는지 모르겠지만…… 아무튼 너희들에게 맡기겠다."

"그래서요?" 칼은 눈을 비비면서 물었다. 인피뱀파로 변신해 날밤을 새운 탓으로 피로가 몰려온 것이었다.

블랙 드래곤이 피곤에 지친 칼을 쳐다보며 말했다.

"그래서 지금으로서는 아무것도 할 일이 없다. 멀리 떨어져 혜성을 따라가면서 작전을 세워야지. 하지만 인간이나 드래곤은 수면이 부족하면 생각을 잘할 수가 없다. 따라서 너는 잠을 자도록 해. 지금부터 일곱 시간 후에 만나자. 그사이 중요한 일이 생기면 사이렌으로 깨울 테니 걱정 말고."

칼은 반박하지 않았다. 블롱딘을 데리고 선실로 뛰어갔고, 빠르게 샤워를 한 다음 침대에 쓰러져 일곱 시간의 행복한 수면에 들어갔다.

한편 칼의 옆방에서 자고 있던 로빈에게는 난처한 일이 일어났다.

누군가가 노크를 했을 때 로빈은 깊이 잠들어 있었다. 그리고 옷을 홀딱 벗고 잠들었다는 걸 잊고 있었다. 너무 그로기 상태라 꿈이라고 생각했는지 뭔가를 걸칠 생각 없이 문을 열어주러 갔다.

사엘이 서 있었다.

얼굴이 빨개진 사엘은 시선을 피하다 로빈을 쳐다보며 말했다.

"흠흠." 사엘은 헛기침을 했다. "내가 온 건……."

갑자기 무슨 말을 하러 왔는지 전혀 기억나지 않았다. 평소에는 완고한 성격인 젊은 엘프는 이방인들이 다오보르 행성에 상륙한 뒤로 완전히 흔들려 있었다. 그래서 오늘 저녁은 스스로 운명을 결정하기로 작정하고 로빈을 찾아온 것이었다.

사엘은 또다시 흔들렸는데 이번에는 너무나 멋진 로빈의 근육질 몸매 때문이었다.

사실 사엘은 알몸을 보는 것이 거북하지 않았다.

서로를 응시하는 사이 사엘은 정신을 바짝 차리려고 애를 썼고, 잠에 취한 로빈은 몽롱한 상태에서 무슨 말인지 모를 소리를 내뱉었다.

"스프흐르크무엠플."

그리고는 문을 닫지도 않고 돌아서더니 침대에 엎어져 그대로 잠이 들었다.

사엘은 얼굴이 더 빨개져 로빈의 뒷모습을 응시했다.

잠시 머뭇거리다 한 발짝 안으로 들어갔다. 침대에서 로빈의 코고는 소리가 들렸다. 엘프들은 정숙과는 거리가 좀 멀었다. 하지만 다오보르 행성에는 남성 엘프들의 수가 아주 적었다. 그래서 남성 엘프들에게는 위험하거나 거친 일을 전혀 맡기지 않는 등 귀하게 대접했다. 사엘은 신전을 경비하는 그린 엘프들 말고는 이렇게 멋진 근육질 몸을 처음 보았다.

와우!

사엘은 얼른 입을 다물었다. 침을 흘리는 건 말도 안 돼. 품위를 지켜야지.

잠시 후, 사엘은 로빈의 품 안으로 파고들었다. 반쯤 잠이 든 로빈은 눈부시게 아름다운 여자가 방으로 뛰어드는 꿈을 꾸고 있었다.

로빈은 이런 꿈이 아주 좋았다.

여자의 도톰한 입술에 입을 맞추며 다정하게 안아주었다. 레파루스 주문으로도 사라지지 않은 수많은 흉터가 손에 닿자 로빈은 움찔했다.

음, 아주 좋았다. 어쩌면 이렇게 부드럽고 따뜻할까.

그때였다. 갑자기 들리는 차가운 목소리에 달콤한 꿈이 악몽으로 변했다.

"아하! 괜찮은지 보려고 왔더니 아주 가관이네!"

로빈은 눈살을 찌푸렸다.

발라가 내 꿈에 왜 나타난 거야?

로빈은 마지못해 얼굴을 들다가 갑자기 환해진 불빛에 소스라쳤다.

그리고 날아온 따귀를 맞고 정신이 번쩍 들었다.

잠시 후, 로빈이 벌떡 일어나서 발라를 쏘아봤다.

"내 방에 들어와서 뭐하는 짓이야! 빌어먹을 발라, 너 때문에 달콤한 꿈에서 깼잖아!"

발라는 초록빛 눈을 부릅떴다.

"꿈이라고? (발라는 침대에서 정신을 차리려고 애쓰는 사엘을 가리켰다.) 네 옆에 누워 있는 여자, 저 여자 이름이 꿈인가 보지?"

로빈은 어리둥절해서 침대와 사엘을 쳐다봤다. 사엘이 민망한 고갯짓을 했다. 그러다 로빈은 알몸이라는 걸 알아차리고 재빨리 시트를 몸에 둘렀다.

"오케이. 나는 꿈이라고 생각했는데…… 사엘? 네가 여기 왜 있어?"

잿빛 눈의 엘프는 머쓱한 미소를 지었다.

"그게…… 얘기를 하고 싶어서 왔다가…… 나도 모르게 이렇게 됐어. 네가 문을 열어줬는데…… 뭐라고 중얼거리더니 침대에 가서 누워버렸어. 나도 따라 들어왔고, 네가 깨어 있는 줄 알고…… 침대 위로 몸을 숙였는데 갑자기 나를 확 잡아끌더니 키스하기 시작한 거야."

로빈은 얼굴이 빨개졌다. 남성 엘프들은 얼굴을 붉히지 않지만 로빈은 반쪽이 인간이라 몹시 당황했을 때 얼굴이 빨개졌다.

"아주…… 아주 달콤했어." 사엘은 로빈이 괴로워할까 봐 얼른 말했다.

"말도 안 돼!" 발라가 으르렁거렸다. "너는 꿈이라고 생각하며 이 여자와 사랑을 나누려고 했단 말이야?"

"발라, 내가 비몽사몽간이었던 건 너도 봤잖아! 나는 문을 열어준 것조차 기억이 안 나! 아무튼 그렇다고 치고 따귀는 왜 날린 건데?"

"왜냐고?" 성난 발라가 빈정거렸다. "나는 너랑 함께 보내려고 왔어. 혜성에게 잡아먹히기 전에 즐거운 시간을 보내며 긴장을 풀고 싶어서. 근데 다른 여자와 있으니 너 같으면 따귀 안 날리겠어? 죽지 않은 게 행운인 줄 알아!"

사엘이 침대에서 뛰어내렸다.

"뭐? 너희 둘 커플이야?"

"응." 발라가 대답했다.

"아니!" 로빈이 대답했다.

사엘은 눈살을 찌푸렸다.

"대답은 일치해야지. 커플이라는 거야, 아니라는 거야?"

"아니야." 로빈이 발라보다 먼저 대답했다. "발라와 사귀긴 했어. 하지만 나를 반쪽 엘프라고 생각해. 그러니까 발라에게 나는 따분할 때 찾는 장난감이라고 할까, 그것밖에 안 돼. (갑자기 로빈은 타라가 했던 말이 떠올랐다.) 솔직히 말해 발라는 내가 존중하고 높이 평가하는 엘프 친구라고 할 수 있지. 이제는 더 이상 깊이 사귀고 싶지 않아. 우리 사이는 그게 다야."

발라는 콧방귀를 뀌었다.

"뭐, 친구? 네가 나를 존중해? 흥! 나를 갖고 싶다고 발밑에 엎드려 애원할 때 내가 어떻게 하는지 두고 봐. 아주 끔찍한 맛을 보여줄 테니까. 이 애송이 화이트 엘프는 바이올렛 엘프의 매력을 따라오려면 아주 멀었거든!"

발라는 도발적으로 엉덩이를 흔들며 선실을 나갔다.

문이 닫혔다. 발라가 쾅 닫았기 때문에 문이 항의하는 신음소리를 냈다.

사엘이 로빈을 쳐다보더니 깜짝 놀랐다는 표정으로 웃음을 터뜨렸다.

"진짜 좋았어. 와우, 엘프에게서 이런 느낌을 받기는 처음이야. 항상 이래? 느낌이 한마디로…… 와우였어!"

방금 굉장한 것을 발견한 소녀 같다고 할까. 로빈은 때 묻지 않은 사엘에게 못할 짓을 한 것 같아 부끄러웠다. 맙소사, 사엘이 이렇게 여러 번 '와우'라는 표현을 쓸 줄이야. 아더월드의 엘프들에 비하면 사엘은 믿기지 않을 정도로 신선했다.

"응, 항상 좋지." 로빈은 미소를 지으며 말했다.

사엘이 다가와 자신감 넘치는 잿빛 눈으로 로빈을 뚫어져라 쳐다봤다.

"그럼 우리 계속할까?"

# 29
# 새로운 미션
뚱보 암소가 왜 사냥개 행세를 하나

*

로빈은 침을 삼켰다. 당장 사엘을 안고 싶은 충동과 싸워야 했다. 타라와 발라를 사귀면서 여자에 관해 두세 가지 배운 것이 있었다. 여유를 갖고 천천히 다가가는 게 좋다는 것. 특히 남성과 교제한 경험이 거의 없는 여성 엘프를 상대할 때는. 로빈은 멋진 주인공이 된 것 같기도 하고, 한심한 바보가 된 것 같기도 해서 한숨을 내쉬었다.

"사엘, 너는 이제껏 내가 본 엘프 중 가장 아름다워. 천국의 하얀 새들이 시기할 정도로 새하얀 머리, 네 잿빛 눈에 빠져들면……."

"근데?" 사엘은 영리했다.

"이제 남은 여섯 시간 동안 열렬히 사랑하고 싶어 미칠 지경이지만 나는 그러지 않을 거야."

사엘은 가슴이 뛰었다. 엘프도 바라는 바였다. 여섯 시간? 와 너무 근사할 것 같았다.

"아, 그래?" 사엘이 수줍게 말했다. "근데 왜? 슈퍼였잖아!"

사실, 사엘은 엘프어로 '슈클로카스'라고 말했다. '굉장하다'는 뜻의 슈클로카스는 다오보르 행성에서 세월이 흐르는 사이 더 현대적인 단어 '슈퍼'로 변한 것이었다.

하지만 로빈에게는 전혀 '굉장하지' 않았다. 당장 찬물로 샤워하지 않으면 정신이 이상해질 것 같았다.

"그래, 좋았지." 로빈은 몸에 두른 시트가 흘러내리지 않게 조심하며 사엘의 손을 잡아 부드럽게 문 쪽으로 이끌었다. "좋았지만 내가 여기서 유일한 엘프…… 아니 반쪽 엘프라는 걸 이용해 너를 갖고 싶진 않아. 그건 내가 바라는 게 아니야, 전혀."

사엘이 쳐다보는데 로빈은 아름다운 잿빛 눈에 빨려들 것 같았다.

로빈은 사엘이 가슴에 손을 대는 순간 빨갛게 단 쇠가 닿은 것처럼 소스라쳤다.

"로빈, 네가 엘프든 인간이든 다른 종족이든 난 상관없어. 나는 너의 품에 안겨 있는 게 좋았거든. 네가 명예를 중요하게 여긴다는 것도 알겠어. 이런 일에 왜 명예를 생각하는지 나는 좀 웃기지만 받아들일 수 있어. 그리고 너 그거 알아?"

"……뭐?"

"나는 발라처럼 할 거야. 하지만 너에게 복수하기 위해서가 아니야. 난 시험 삼아 해볼 거야. 너를 원하기 때문에. 그리고 도덕적 가책 따위는 전혀 쓸데없다는 걸 알려주고 싶기 때문에. 너는 나와 이상과 취향이 같아. 너를 처음 보는 순간 알았거든."

사엘이 다정하게 입을 맞췄다. 충격받은 로빈의 표정으로 보아 이 묘한 고백을 어떻게 받아들여야 할지 몰라 당황하고 있음이 역력했다.

로빈이 마침내 어물어물 말했다.

"발라처럼 하겠다는 건 무슨 뜻이야?"

"아, 그거? 너를 유혹할 거야. 발라가 말한 대로 내 발밑을 기어 다니게 할 거란 뜻이지. 그 어이없는 바이올렛 엘프의 발밑이 아니라!"

그렇게 말하고 사엘은 함박미소를 지으며 발라 못지않게 몸을 흔들며 돌아섰다.

로빈은 나오려는 신음소리를 억제하며 매혹적인 사엘의 뒤태를 응시했다.

문이 닫혔다. 로빈은 벽에 기댄 채 시트를 떨어뜨리고 탄식했다.

"내가 무슨 짓을 한 거야!"

로빈은 한 번이 아니라 두 번이나 찬물로 샤워를 했고, 완전히 정신 나간 두 엘프 때문에 중단된 잠을 몇 시간이라도 자기 위해 침대에 쓰러졌다.

정확하게 여섯 시간 반 후, 자명종 소리에 로빈과 소우르브는 잠을 깼다. 로빈은 재빨리 씻고 우주선 식당으로 향했다. 가는 도중 칼을 만났다. 칼은 좀 더 일찍 일어났지만 잠이 덜 깬 상태라 하품을 하며 천천히 걸어가고 있었다.

친구들도 식당에 와 있는데 하나같이 하품을 했다. 물론 파프니르는 깨우지 않았다. 산헥시아, 데미데루스, 모우르무르와 히글 5는 보이지 않았다. 반면, 셀렌바와 발라는 와 있었고, 사엘과 보울라는 한창 얘기 중이었다. 로빈은 잿빛 눈의 아름다운 엘프에게서 눈을 떼지 못했다.

사실 로빈은 숨쉬기가 힘들었다. 사엘은 튜닉과 바지 차림이 아니었다. 화려한 색깔의 점이 찍힌 배꼽티를 입어 배를 드러냈고, 빨간색 벨트라고 하면 좋을 초미니스커트 안에 레이스 거들을 착용하고 있었다.

사엘이 미소를 짓자 로빈은 멍하니 입을 벌리고 있다는 걸 깨닫고 얼른 다물었다. 발라는 한술 더 떴다. 보라색 속옷이 다 비치는 원피스 차림이었다.

두 엘프는 아이스크림 같았다. 한 명은 카시스(쌉쌀한 맛이 나는 까막까치밥나무 열매—옮긴이) 아이스크림, 또 한 명은 바닐라 아이스크림이라고 할까. 아주 맛있어 보이지만 너무 많이 먹으면 건강에 안 좋은데…….

로빈은 힘든 하루를 보낼 것 같은 예감이 들었다.

무아노가 로빈에게 빵과 발분 버터를 건네주는 사이 파브리스는 로빈과 칼에게 커피를 돌렸다.

여성 엘프 둘의 옷차림을 보며 뭔가 수상쩍다고 생각하던 칼은 로빈의 혼란스러운 표정을 보고 알아차렸다. 칼은 씨익, 미소 지으며 신선한 커피 맛을 음미했다. 칼은 커피를 석 잔째 마시고 나서야 눈이 제대로 떠지고 정신이 맑아졌다. 그리고 크셀 꿀의 과한 당분이 피로를 극복하게 도와주었다.

"타라 소식 아는 사람?" 셀렌바가 물으며 신선한 피 한 잔을 찔끔찔끔 마시고 있을 때, 요리사가 새로 구운 빵을 내왔다.

"나요." 무아노가 대답했다. "타라의 선실 문에 표시해놓은 것으로 보아 아직 자고 있어요. 갈랑도. 검은 여왕으로 변신해 있었던 것이 생각보다 훨씬 피곤했을 텐데 일부러 깨우지 않았어요. 사령관의 상황 일지에도 특별한 일은 언급되어 있지 않았고요. 아르칸즈를 뒤쫓는 혜성을 우리가 미행하고 있으니, 혜성이 행성에서 멀어지길 바란다면 다오보르 행성 주변을 떠나도 된다는 메시지를 마왕에게 보냈다는 것 말고는."

그들 등 뒤에서 생기 있는 목소리가 말했다.

"나 일어났어. 깨우지 않고 자게 놔둬서 고마워. 사령관이 내린 결정, 방금 들었는데 잘했네. 오, 안녕하세요, 모우르무르, 히글 5!"

타라에 이어 모우르무르와 히글 5가 파란색 작업복 차림으로 아침을 먹으러 들어왔다.

"안녕, 타라." 모우르무르가 말했다. "아! (모우르무르는 다오보르 행성의 엘프 둘을 발견했다.) 보울라 부인? 부인과 사엘에게 몇 가지 물어볼 게 있었는데 마침 잘 만났습니다."

모우르무르는 빵과 차 한 잔을 집어 들었고, 미식가 히글은 신선한 크림과 핫초코 한 잔을 들고 자리에 앉았다.

"예전에 살던 엘프족의 행성 셀렌다사프라에서는 마법을 많이 사용했습니까?"

사엘은 셀렌다사프라에서 태어나지 않았기 때문에 보울라가 대답했다.

"네, 물론이지요. 그건 왜 묻습니까?"

"흠, 그런데 다오보르 행성에 도착해서는 왜 마법을 사용하지 않으셨습니까?"

"악마들에게 발각되고 싶지 않았거든요. 그리고 우리가 착륙했을 때 다오보르는 마법이 통하지 않는 행성이었지요. 처음에는 우리도 마법을 사용하려고 했지만 매번 반응이 없었으니까요."

"아!" 노학자가 말했다. "내가 그럴 줄 알았어요. 드래곤 사령관이 다오보르 행성에 마법 에너지가 넘친다는 사실을 알고 몹시 당황했지요. 5000년 전 다오보르는 마법이 없는 행성으로 분류되었기 때문에 악마의 사물들을 숨겨놨다면서. 다오보르 행성에서 얼마 동안이나 마법을 사용하지 않았습니까?"

"4000년쯤 되지요. 1000년 전 화산이 폭발했을 때 신성한 사물들을 발견하면서부터 마법을 자유롭게 사용할 수 있었으니까요. 하지만 서로에 대해 알아가면서 우리가 신성한 마법을 사용할수록 영혼들이 쇠약해진다는 사실을 깨닫게 되었지요. 때로는 영혼이 완전히 사라지기도 했거든요. 그래서 우리는 영혼들을 보호하기 위해 행성의 천연 마법을 쓰려고 노력했지요. 생각보다 많은 양의 마법이 있다는 걸 어느 날 갑자기 알게 되었기 때문이죠. 우리가 잘못 생각했다는 걸 알고 깜짝 놀랐어요."

"흠." 모우르무르가 말했다. "내가 생각한 게 맞았군요. 우리가 마법에 대해 알고 있는 모든 걸 뒤엎어버리는 혁신이 일어날 겁니다."

잠시 후, 그들은 혜성의 위협을 잊은 채 학자의 말에 귀를 기울였다.

모우르무르가 버터와 빨간 미암잼을 바른 빵을 하나 더 먹고 나서 자신이 추론한 것을 설명하려는 순간이었다. 마침 산헥시아와 데미데루스가 등장했기 때문에 모우르무르는 둘이 자리에 앉아 식사하기를 기다렸다. 이윽고 모우르무르는 탐험되지 않은 황량한 아더월드의 영상을 나타나게 해놓고 설명하기 시작했다.

"드래곤족이 아더월드를 발견했을 때는 켄타우로스족, 유니콘족, 트롤족, 식인귀족만 있었지요. 다른 종족과 달리 트롤족은 마법을 별로 사용하지 않아요. 워낙 힘이 세기 때문에 굳이 마법을 사용할 필요를 느끼지 않는 것이죠. 켄타우로스족은 난쟁이족과 마찬가지로 마법을 몹시 싫어해요. 반면 지능이 높기로 이름난 유니콘족은 뇌에 좋다는 특별한 풀을 뜯어 먹은 뒤 지능 발달을 위해 마법을 사용하지요. 하지만 이들의 마법은 타라나 아더월드의 마법사들이 사용하는 것처럼 강력하지는 않아요. 현재까지 우리와 드래곤족은 마법의 유체를 지니고 있는 행성과 마법의 유체가 전혀 없는 행성이 존재한다고 생각했지, 마법 능력이 있는 존재들이 마법의 유체를 가져올 수 있다는 생각은 한 번도 해본 적이 없었습니다."

아더월드의 마법에 대해 공부를 많이 한 무아노, 어머니와 함께 마법과 그 영향력에 대해 연구해온 로빈이 동시에 반응했다.

"그게 무슨 말씀이세요?"

모우르무르는 잼 바른 빵을 손에 들고 있다는 걸 깜빡 잊고 미소를 지으며 눈썹을 비비다가 그만 얼굴에 잼이 묻었다.

빨간 미암잼이 눈썹에 들러붙어 우스꽝스러운 모우르무르에게 히글이 한숨을 내쉬며 물 수건을 건네주었다. 모우르무르는 수건으로 얼굴을 닦으며 말했다.

"고마워요, 내 사랑. 내가 무슨 말을 하다 말았지?" 학자는 또 실수를 저지르기 전에 얼른 빵을 입에 넣고 우물우물 먹으면서 말했다. "아, 트롤족과 다른 종족들이 한 행성에 어울려 살았지만 마법을 별로 사용하지 않았기 때문에 아더월드는 생명과 마법이 넘치는 행성이 되었지요. 그리고 지구는 옛날에 인간들이 악마들을 물리칠 정도로 마법이 강력한 행성이었어요. 그것이 지구에 마법의 유체가 있었음을 증명하지요. 하지만 마법이 차츰 사라졌지요. 그 이유를 말할 수 있는 사람?"

타라는 모범생처럼 손을 들었다. 모우르무르가 미소를 지었다.

"그래. 타라, 말해봐."

"마법사들이 떠났기 때문이에요! 아더월드라는 새로운 행성이 지구보다 마법이 더 강해서 드래곤족이 지구의 마법사들을 이주시킨 거였잖아요. 지구인들이 아더월드로 이주할수록 지구에 사는 마법사들이 줄어들었지요. 그래서 지구의 마법이 약해지다 거의 사라질 정도가 된 거예요."

"정확해!" 모우르무르가 즐거워하는 얼굴로 말했다. "완벽하게 이해했구나! 얼마 후 행성에 마법이…… 뭐라고 해야 하나…… 전파되기 시작하지. 그러다 행성은 마법을 생산할 정도가 되어 축적한 거야. 아, 내 생각에 지구의 경우는 좀 다른 것 같다만. 아무튼 마법 능력이 있는 존재들이 만들어낼 수 있는 것보다 행성이 훨씬 많은 마법을 생산하게 되겠지. 이렇게 형성된 행성에서 마법사들은 자유롭게 마법을 사용하게 되는 거고. 이게 내 추론이야."

"그렇다면 마법사들이 행성에서 멀리 떨어졌을 때 마법을 사용할 수 없는 이유는 뭐죠?" 무아노가 예리한 질문을 했다. "우주 공간에서 우리는 마법의 유체와 차단되었어요. 선실에 있을 때 내가 무의식적으로 마법을 불렀지만 응하지 않아서 물건들을 떨어뜨렸거든요."

"아주 중요한 것을 지적하는구나." 파란색 작업복 차림의 모우르무르가 말했다. "사실 마법의 힘은 마법사 각자에게서 나오는 거야. 하지만 내 생각에 일종의 '구명줄' 같은 것이 있어서, 그것이 마법 능력이 있는 행성에서 멀리 떨어졌을 때는 마법사가 지닌 힘을 꺼내 쓰지 못하게 막는 것 같아. 생명력이 빠져나가는 것과 다름없기 때문이지. 우리가 마법을 너무 많이 소모할 경우 죽는 것이 바로 그런 이유겠지."

로빈은 아연실색했다. 어머니와 함께 양피지 문헌 수천 권을 연구했지만 이런 이론을 언급한 이는 아무도 없었다. 그러니까 지금 모우르무르는 다오보르 행성을 실제 표본으로 삼아 새로운 이론을 이끌어내고 있는 것이었다. 물론 실험을 더 거쳐야 하겠지만. 로빈은 파브리스가 곤충에 관해 해줬던 유머가 떠올랐다. 지구뿐만 아니라 아더월드에도 존재하는 벼룩 이야기였다. 학생들이 벼룩의 다리 하나를 떼어내고 뛰라고 하자 벼룩이 펄쩍 뛰었다. 다리를 하나 더 떼어내도 벼룩은 펄쩍 뛰었고, 세 개, 네 개…… 마지막 한 개가 남았을 때까지도 벼룩은 또 펄쩍 뛰었다. 그러다 벼룩이 뛰는 걸 멈췄다. 그러자 학생들은 '벼룩은 다리가 없으면 귀가 먹더라'는 결론을 내렸다.

로빈은 그 유머를 이해하고 나서는(처음에는 황당해했다) 아주 재미있는 이야기라고 생각했었다. 그 이야기를 들은 뒤로는 눈앞에 증거가 있는 것만으로 결론을 내릴 수 있는 것은 아니라는 생각을 하게 되었다. 다시 말해 벼룩 이야기는 좋은 실험을 해놓고 잘못된 결론을 내리는 어리석음을 범하지 말라는 뜻이었다.

"그렇다고 그게 우리 친구들을 해방시키고 혜성을 물리치는 데 무슨 도움이 되죠?" 로빈이 물었다.

모우르무르는 불쾌한 표정으로 로빈을 쳐다봤다.

"과학이 발전하는 데 큰 도움이 되지!"

"우리가 다 죽으면 그게 무슨 상관이라고요!" 로빈은 굽히지 않았다.

"이 새로운 사실에 입각해서 좋은 방법을 찾을 수도 있겠지. 그래, 내 연구가 아직 끝난 것이 아니니 지금으로서는 네 말이 맞다. 이제 혜성에 집중하자. 아침은 다 먹었으니 사령관을 만나러 갈까?"

그들은 삼삼오오 짝을 지어 식당을 나갔다. 좀 전에 칼이 그랬던 것처럼 타라 역시 사엘과 발라가 로빈에게 관심이 있음을 알아차렸다. 타라는 미소를 지었다. 한때 사랑했던 로빈에게 여친이 생기길 진심으로 바라고 있었다. 발라든 사엘이든 로빈을 매료시키기에 충분한 엘프들이었다.

그리고 타라는 전날 자신이 보인 행동에 대해 아무도 말하지 않는 것이 고마웠다.

가는 도중 그들은 드래곤 승무원들과 마주쳤다. 우주선은 거대한 파충류들이 날아서 쉽게 이동할 수 있도록 넓었지만 인간/뱀파이어/엘프들은 우선권이 있는 승무원들에게 길을 비켜주기 위해 자주 금빛 벽에 붙어 서야 했다.

그들은 마침내 사령관실에 도착했다. 블랙 드래곤 옆에 피 묻은 암소갈비가 놓여 있는 걸 보니 아침 식사를 하는 중이었다.

"아! 왔군요! 그렇지 않아도 만나자고 연락하려던 참이었는데."

그들이 인사를 하자 블랙 드래곤이 안락의자에서 일어났는데 갈비와 함께 그들도 잡아먹을 것 같은 기세였다.

"저기 사령관님." 블랙 드래곤 뒤에서 한 목소리가 말했다. "혜성이 돌아오고 있습니다."

블랙 드래곤이 즉시 돌아섰다. 레드 드래곤과 옐로우 드래곤이 불안한 표정으로 스캔스페이스 화면을 살피고 있었다.

"뭐라고?" 드래곤 사령관이 외쳤다.

"정확히는 돌아오는 것이 아닙니다." 레드 드래곤이 정중하게 설명했다. "이쪽으로 오는 것이 아니기 때문에, 하지만……."

"그런 식으로 말하지 말고 정확한 상황 보고를 하란 말이다!"

"혜성이 마왕을 따라잡지 못했고, 우리를 공격할 작정입니다!" 옐로우 드래곤이 겁먹은 목소리로 말했다.

"이런 플로우크50! 천만에!" 레드 드래곤이 폭발했다. "혜성은 다오보르 행성으로 돌진하고 있어! 저 궤적을 잘 보라고……."

"저건 무생물이 아냐! 궤적을 보라고! 우리 쪽으로 오는 거라니까!"

드래곤 둘이 싸움을 벌일 기세였다. 드래곤 사령관이 개구리처럼 배를 부풀리며 호통쳤다.

"차렷!"

소스라치게 놀란 옐로우 드래곤과 레드 드래곤이 질겁해서 사령관을 쳐다봤다.

"시끄럽다!" 드래곤 사령관이 위험할 정도로 냉랭한 어조로 말했다. "우리는 프로들이다. 이 미션을 위해 드란보우글리스펜쉬르에서 파견한 최고 정예군이란 말이다. 그런데 인간들 앞에서 나를 수치스

--------------

50. 드래곤 언어로, 바보/명청이/얼간이, 이 세 가지가 다 섞여 있는 뜻이다.

럽게 하다니! 원위치! 혜성을 정확히 관찰하고 보고하라, 알았나?"

드래곤들은 "네, 분부대로 하겠습니다, 사령관님!" 하고 외치고 서로 노려본 뒤 스캔스페이스를 향해 고개를 돌렸다.

드래곤 둘의 말이 다 맞았다. 혜성이 행성 쪽으로 가고 있는 것도 맞고, 갑자기 방향을 바꿔 공격하려는 것도 맞았다.

타라는 감마글리스 창 앞으로 다가가서 마음의 준비를 했다. 사령관에게서 돌려받은 살아있는 돌이 타라 옆으로 날아왔다. 늘 그랬듯 살아있는 돌이 엄청난 마법을 보내줄 때 타라는 행여 마법 조절에 실패해 친구들이 다칠까 봐 가슴이 먹먹했다.

친구들도 가까이 다가와 타라를 지원해 싸울 채비를 했다.

타라는 방어막으로 우주선과 왕복선을 에워싸기 위해 신중하게 마법을 날렸다. 손에서 번쩍거리는 파란빛이 마치 종잇장처럼 금속 벽과 감마글리스 창을 돌파해 절대 뚫리지 않는 방어막을 쌓았다.

타라가 손을 내리고 마법을 껐지만 진동하는 방어막은 그대로 유지되었다. 블랙 드래곤이 감동한 듯 말했다.

"저렇게 얼마나 버팁니까?"

"글쎄요." 타라는 정직하게 대답했다. "혜성이 어떻게 공격해오느냐에 따라 다르고, 내가 어떻게 에너지를 공급하느냐에 따라 다르죠. 아무튼 내가 주문을 거두지 않는 한 계속 유지될 거예요. 깊은 우주 공간에 있는 거라 장담할 수는 없지만 지금은 살아있는 돌이 보내주는 힘을 사용하고 있으니까 문제없을 거예요."

"혜성은 500타트롤 이내에 있습니다." 옐로우 드래곤이 떨리는 목소리로 말했다.

그들은 가슴을 졸이며 창밖을 바라봤다.

거대한 혜성이 빠른 속도로 가까워지고 있었다. 지름이 100킬로미터에 이르는 불덩어리 주위를 검은색과 빨간색이 섞인 불길이 에워싸고 있었다.

타라는 각오를 단단히 하고 이를 악물었다. 아직은 거리가 꽤 멀지만 이런 속도라면 곧 혜성과 마주칠 터였다.

그런데 혜성이 마치 무시하는 듯 거만하게 그들의 우주선을 지나쳤다.

"혜성을 뒤쫓아라!" 깜짝 놀란 사령관이 명령했다. "혜성이 무슨 짓을 꾸미는지 모르겠지만 어디 두고 보자."

사엘과 보울라는 혜성이 다오보르 행성으로 질주하는 걸 알아차리고 잔뜩 긴장해 있었다.

"영혼들을 흡입하려는 거 아니에요?" 사엘은 두려움 때문에 잿빛 눈이 동그래져서 물었다. "나는 혜성이 악마들을 공격하러 떠날 거라고 생각했는데! 내 어머니…… 내 친구들! 그들이 죽을 거예요!"

"사령관님!" 타라도 몹시 불안한 얼굴로 외쳤다. "빨리 따라가요! 행성과 혜성 사이로 끼어들어야 해요. 아니면 내가 엘프들의 목숨을 하찮게 여기는 것밖에 안 돼요. 다오보르의 엘프들에게 방벽 세우는 법을 설명해주긴 했지만 그때는 혜성이 두 배로 더 강력해졌는지 예상하지 못했어요!"

스페이스컴이 울렸다. 잠시 후, 아르칸즈의 영상이 눈앞에 나타났다. 공포에 질린 표정이었다.

"아르칸즈." 마라가 소리쳤다. "괜찮아요?"

마라는 아르칸즈로부터 메시지를 받고 죽지 않았다는 사실에 안도했다. 하지만 마왕이 어떻게 악마의 영혼들과 아버지 바쉬의 잔혹한 유산에서 벗어날 수 있었는지 이해가 되지 않았다.

아르칸즈의 얼굴이 부드러워졌다.

"나는 괜찮아, 마라. 고마워. 그쪽은? 모두 무사한 건가? 내 메시지 받았나? 내가 계속 보냈는데. 나도 그쪽 메시지를 받았는데 무사하다는 것과 우리 우주선을 뒤따르고 있다는 것 말고는 정보가 없어서……."

"안녕, 동생." 산헥시아가 대답했다. "그래, 네 메시지 받았어. 그리고 이쪽 상황은 생지옥이야. 블루 드래곤과 실버 드래곤을 잃었어. 드래곤 둘이 악마의 사물들을 파괴했고, 그 바람에 네 목숨이 날아갈 뻔했고, 혜성은 훨씬 강력해졌지. 하지만 착한 드래곤들이기 때문에 지킴이들과 함께 혜성 속에 갇힌 영혼들을 돌아오게 하기 위해 뭐든 할 거야."

아르칸즈는 아연실색했다.

"뭐? 사물들을 파괴한 게 타라가 아니었어?"

"뭔가가 폭발하면 왜 모두들 내가 한 짓이라고 생각하지?" 타라가 팔짱을 끼고 말했다.

"난 아니야." 히글 5가 다정한 미소를 지으며 말했다. "나는 당연히 모우르무르의 짓이라고 생각하니까."

아르칸즈는 히글의 농담을 들은 척도 않고 물었다.

"하지만 어떻게 그럴 수가 있지? 그만한 능력을 지닌 사람은 타라밖에 없는데? 드래곤들이 어떻게 파괴할 수 있지? 그리고 지킴이들과 함께 혜성 속에 갇혀 있다는 말은 또 뭐야?"

블랙 드래곤 사령관이 몹시 불쾌한 낯짝으로 응수하려고 할 때 타라가 먼저 말했다.

"다오보르 행성의 마법은 아더월드보다 훨씬 강력해요. 5000년이란 세월이 흐르는 동안 사물들은 힘을 조금씩 잃었고, 특히 이중 도끼와 방패는 다오보르의 엘프들을 돕기 위해 마법을 사용했어요. 그래서 셈 선생님과 실버가 사물들을 파괴할 수 있었다고 생각해요. 문제는 혜성이 드래곤 둘과 함께 지킴이들, 악마의 영혼들을 빨아들였다는 거예요. 내 생각에는 아무래도 이전의 다른 사물들에게는 없는 주문이 걸려 있었던 것 같아요. 드래곤 둘과 지킴이들이 당신의 영혼 수집기 안에 있을 줄 알았는데⋯⋯. 지금 실버와 셈 선생님의 영혼은 혜성 안에 있어요."

침묵이 흘렀다. 이윽고 마왕이 얼마나 인간에 가까운지를 또 한번 증명했다.

"그럼 파프니르는 어떡하고? 끔찍할 텐데."

예스! 마라는 아르칸즈에게 완전히 빠지고 말았다. 아르칸즈가 까칠한 빨간 머리 난쟁이를 걱정하고 있는 것이었다. 파프니르는 그를 좋아하지도 않았는데.

"그래서 파프니르를 재워놨어요." 무아노가 대답했다. "그게 우리가 할 수 있는 최선이었어요. 벨제부트와 파프니르는 셈 선생님과 실버의 시신과 같이 있어요."

아르칸즈는 지친 표정으로 얼굴을 문질렀다.

"진심으로 뭔가를 해줄 수 있으면 좋겠는데 우리는 혜성의 공격을 버티지 못할까 봐 두려워. 이 우주선에도 마법사들이 있지만 혜성의 힘이 두 배로 커졌다는 걸 생각하면…… 도망치는 것 말고는 방법이 거의 없어."

타라는 좋은 생각이 있었다. 혜성이 빠르게 전진하고 있는 데다 다오보르 행성에서 그리 멀리 떨어져 있지 않았다. 다오보르 행성으로 돌아가 방벽을 세우고 맞서야 했다.

"아르칸즈, 모우르무르가 성능을 두 배로 늘려놓은 이동의 팔찌를 사용하면 순간이동으로 600타트롤까지 갈 수 있어요. 당신의 순간이동 기구는 이동거리가 얼마나 되죠?"

아르칸즈는 갈색 머리를 흔들었다.

"거의 비슷해. 우리 학자들이 더 먼 거리의 이동은 관절이 뒤틀리는 위험이 있다고 했어."

"슬루르크! 공간이동의 문과 비슷한 원리로 이동하는 거 아니었어요?"

"아니, 아주 달라. 그래서 우리 학자들이 지금도 계속 연구하고 있어. 그건 그렇고 혜성이 사정거리에 이르기 전에 네가 먼저 다오보르 행성에서 유형화되길 바라는 거라면 불가능할 것 같은데."

잠자코 듣고 있던 사엘은 도무지 이해가 되지 않았다.

"혜성을 파괴할 시도를 했었다면서? 내가 들은 바에 따르면 타라 덩컨 공주는 마법 능력이 엄청나서…… 그리고 검은 여왕을 불러내는 것도 분명히 봤고. 공주가 혜성과 맞서 싸우면 되잖아?"

타라는 고개를 설레설레 저었다.

"사엘, 그냥 타라라고 불러. 그게 간편하잖아. 그리고 맞아, 물론 시도했지. 보울리미-레미 행성에서 공간이동의 문을 통해 마법 에너지를 공급받으며 제레미와 힘을 합해 공격했지만 실패했어. 악마의 마법이 우리의 마법을 방해해서 목표물에 이르지 못했거든."

이 말에 모두들 실망한 기색이 역력했다. 하지만 타라와 제레미가 성공했다면 해방된 악마의 영혼들이 몰려드는 바람에 아르칸즈는 죽고, 새 마왕인 늙은 악마 다쉬가 엄청난 힘을 가졌을 것이다.

타라는 속으로 말했다. '위기가 곧 기회란 말이 있잖아.'

"아르칸즈? 당신의 '공간을 파괴하는 기계'를 사용하는 게 어떨까요? 몇 초 만에 엄청난 거리를 주파할 수 있잖아요? 지금 가능하겠어요? 내가 혜성보다 먼저 다오보르 행성에 도착하는 게 가장 좋은 방법일 것 같은데."

아르칸즈는 이맛살을 찌푸렸다.

"마지스터의 추격을 따돌리느라고 에너지를 너무 많이 소모했어. 지금 에너지를 더 소비하면 아더월드로 돌아가지 못할 거야. 아니, 그보다는 네가 내 우주선으로 오는 게 가장 간단하지. 우리가 혜성과 너희 우주선보다는 더 빠르니까 제때에 혜성을 따라잡을 거야. 그다음 혜성과 행성 사이에 우리가 끼어들면 결판이 나겠지."

사엘이 눈물이 그렁그렁한 눈으로 간청하듯 두 손을 모았다.

"제발, 이렇게 간청할게! 혜성이 내 가족을 죽일 거야!"

타라는 고개를 끄덕였다.

"오케이. 이동의 팔찌를 작동하죠, 아르칸즈. 금방 갈게요."

타라는 친구들을 향해 돌아섰다.

"너희들은 여기 있어."

반박하는 소리가 쏟아졌지만 타라는 손을 들어 입을 다물게 했다.

"내 말 잘 들어! 혜성을 상대할 때는 너희들이 도와줄 게 없어. 내가 혜성보다 더 강력하면 멈출 수 있는 것이고, 반대의 경우라면 우리 모두 죽는 거야. 그리고 우리는 지금 아더월드에 메시지를 보내지도 못하는 상황이야. 혜성이 들이닥칠 위험이 있으니 방어를 강화하라고 알려야 하는데."

타라가 악마의 팔찌를 모두 풀어서 내밀자 칼이 일그러진 얼굴로 받았다.

"네가 간직하고 있어." 타라는 단호하게 말했다. "혜성에게 이 영혼들마저 빼앗기고 싶지 않아."

칼은 잘생긴 아르칸즈의 영상과 타라를 차례로 쳐다보다 미소를 지으며 악마의 팔찌들을 파브리스의 손에 쥐여주었다. 파브리스는 어리둥절했다.

"타라, 너에게 침을 흘리는 아르칸즈랑 같이 있는 꼴은 절대 못 보겠어." 칼이 몸을 숙이며 타라의 귀에 대고 말했다. "난 너랑 같이 갈 거고, 무슨 말을 해도 안 들리니까 그런 줄 알아. 내가 갑자기 일시적으로 귀가 먹어서 괴롭거든."

"칼!"

"아무 소리도 안 들린다니까! 안 들린다고! 나도 너랑 똑같은 팔찌 있거든. 파브리스, 블롱딘을 부탁할게. 차오!"

1킬로미터도 안 되는 거리에 있는 악마 우주선의 위치를 이미 입력하고 있던 칼은 눈 깜짝할 사이에 악마들의 전산실에서 유형화되었다.

아르칸즈에게서 아직 연락을 받지 못한 악마들이 깜짝 놀라서 칼을 쳐다보고 있었다. 악마들이 여러 종류의 무시무시한 무기를 겨누자 칼은 두 손을 들고 당황한 어조로 말했다.

"와우, 여러분! 나는 여기 주인의 초대를 받고 온 칼리반 달 살란입니다."

"사실은." 인터폰을 통해 아르칸즈의 느끼한 목소리가 들렸다. "타라를 초대했지만 죽이지 말고 작전실로 데려와."

악마 우주선 역시 드래곤 우주선 못지않게 컸다. 늙은 악마들의 덩치 역시 드래곤들 못지않게 크기 때문이었다. 가는 도중 칼은 놀라운 것을 발견했다. 복도 모퉁이에서 뜻밖의 것을 보았던 것이다.

보울리미−레마족. 더 정확히는 비늘이 덮인 켄타우로스 형상이었다. 그러니까 마법을 얻기 위해 수백만의 영혼들을 희생시켰던 보울리미−레마족의 본모습이 바로 켄타우로스 형상의 괴물들이었던 것이다.

두툼한 다리 넷은 말보다 그린추**51***의 다리와 더 비슷했다. 켄타우로스 형상의 보울리미−레마족이 비늘 덮인 긴 꼬리를 흔드는데 세 가지 색깔이었다. 등은 파란색 비늘, 옆구리는 크림색 비늘, 다리는 검은색 비늘이 덮여 있었다. 윗몸은 인간의 상체를 닮았고, 팔은 두 개, 손가락은 여섯 개였다. 길게 잡아 늘인 것 같은 파란 눈, 인간처럼 하얀 이빨, 초식동물이라기보다는 잡식동물로 보였다. 보울리미−

......

**51.** 아더월드의 뿔이 셋 달린 장밋빛 코뿔소. 우스꽝스러운 피부색이 못마땅하기 때문인지 늘 화가 나 있다.

레마가 칼의 눈을 뚫어져라 응시하며 비웃음을 흘리더니 건들거리며 다른 복도로 향했다.

칼은 눈살을 찌푸렸다. 보울리미−레마족은 아주 오래전에 켄타우로스 형상을 버렸었다. 오, 흉측한 벤드룩이여! 왜 켄타우로스 형상의 괴물을 다시 만들었을까?

칼은 의문이 가득한 머리로 조종실과 연결되는 통로의 난간52을 뛰어넘었다.

우주선의 조종실은 다 비슷비슷했다. 비행과 통신, 무기를 담당하는 승무원들, 전술가들, 조종사, 기술자, 전자 엔지니어 등. 악마들이 희미한 어둠 속에서 정보를 가리키는 기계들을 살피고 있었다. 칼은 악마들의 우주선을 지키기 위해 자원한 마법사 세 명에게 인사했다.

바로 그때 둔탁한 소리가 나서 모두들 소스라치게 놀라는 순간, 눈앞에서 무언가가 유형화되었다. 악마 한 명이 무의식적으로 미사일을 작동하는 버튼을 누르고 잠시 겁에 질려 있다 취소 번호를 눌렀다.

다른 우주선을 상대로 미사일을 발사하는 것으로 알고 공격할 뻔했던 타라는 곧장 작전실에서 유형화되었다.

아르칸즈가 태연하게 일어나 포옹하자 타라는 약간 놀랐지만 가만히 있었다.

"나의 천사! 다시는 너를 못 볼 줄 알았는데!"

"아, 그랬어요?"

· · · · · · · · · · · · · ·

**52.** 축수로 이뤄진 악마들은 층계를 오르는 것이 아주 불편하기 때문에 계단이 거의 없이 비탈을 이룬 통로에 난간을 세웠다.

아르칸즈는 자세를 바로 하고 심호흡을 하며 세 가지 초록빛의 눈으로 타라의 쪽빛 눈을 응시했다.

"악마의 사물들을 파괴하겠다고 알리는 너의 메시지를 받고 나는 이제 죽는구나 생각했지. 미션을 이루기 전에는 네가 무슨 일이 있어도 멈추지 않는다는 걸 알기 때문에. 사물을 파괴할 경우 내가 죽는다는 걸 너한테 미리 알렸어야 했는데 차마 말할 수 없었거든."

아르칸즈가 짓궂은 미소를 지었다.

"지금부터는 네가 바라는 것보다 훨씬 많은 정보를 줄게."

"아르칸즈." 타라는 부드럽게 말했다. "물론 비싼 대가를 치르겠지만 혜성이 영혼들을 빨아들여서 다행이라고 생각해요. 친구를 잃었다면 너무 슬펐을 테니까."

"고마워, 타라. 고마워."

그러고는 아르칸즈가 감정을 억제하며 의연한 자세로 명령을 내렸다.

"전진! 혜성이 행성을 공격하기 전에 따라잡아라."

빌어먹을 악마가 여친을 포옹하는 장면을 지켜본 칼은 질투를 해야 할지 말아야 할지 생각하고 있었다. 그때 스캔레이더[53]가 외쳤다.

"혜성이 속력을 내고 있습니다! 방금 초광속[54]으로 지나갔습니다!"

---

· · · · · · · · · · · ·

**53.** 스캔스페이스 책임 장교.

**54.** 〈스타워즈〉에 등장하는 '밀레니엄 팔콘' 우주선의 빛의 속도보다 더 빠른 속도를 의미한다.

# 30

# 초광속

암소와 달리기 시합을 하는데
어쩌자고 난데없이 네 발 파충류가 끼어드나

*

타라는 '초광속'이라면 광속을 능가하는 속도라는 걸 알고 있었다. 마치 바늘이 우주 공간을 뚫고 지나가는 것 같다고 할까. 초광속은 초속 30만 킬로미터보다 훨씬 빠르게 날아갈 수 있음을 의미했다.

"뭐라고?" 아르칸즈는 욕설을 내뱉었다. "그건 불가능해! 혜성/암소는 그렇게 빨리 갈 수 없다! 모우르무르가 혜성이 공간을 건너뛸 수 있다고 했지만 그래도 그 정도로 속력을 내지는 못해! 그러면 거대한 몸집의 응집력이 파괴될 텐데!"

타라는 입술을 꽉 깨물고 있어서 대답할 수 없었다. 그때 드래곤 우주선이 속도를 내며 추월했다.

"뭐야, 시합하자는 건가?" 아르칸즈가 말했다. "좋아, 가자! 최고 속도! 행성으로 기수를 돌려! 조종사, 혜성에게 보여줘. 우리도 빨리 갈

줄 안다는 거.”

아르칸즈가 빠르다고 하더니 악마 우주선은 과연 빨랐다. 타라는 악마들이 어떻게 여러 세계를 정복할 수 있었는지 이해가 되었다.

악마 우주선이 다시 드래곤 우주선을 추월했을 때 승무원들이 환호성을 질렀다. 타라는 어이가 없어서 한숨을 내쉬었다.

마치 경마장에 와 있는 것 같았다. 지금이 이럴 때인가! 하여튼 악마들과 드래곤들이란!

이번에는 다오보르 행성으로 돌아가는 데 일곱 시간이 채 안 걸릴 것 같았다. 악마 우주선은 드래곤 우주선을 멀찍이 따돌렸다.

타라는 보울라와 사엘이 얼마나 낙담하고 두려움에 떨고 있을지 눈에 선했다.

드래곤 우주선과 메시지를 주고받고 있었지만 행성에 가까워질수록 통신이 힘들어졌다. 지난번 아더월드에 메시지를 보내기 위해 우주선 두 대를 멀리 보내야 했을 때처럼 이번에도 알 수 없는 교란 전자파가 통신을 방해하고 있었다.

혜성을 따라잡는 순간 타라의 심장이 빠르게 뛰었다.

지난번에 아르칸즈는 드래곤 우주선이 따라올 수 있게 속도를 늦추며 행성에서 멀리 혜성을 유인하는 것으로 위험한 숨바꼭질을 했었다. 물론 드래곤 우주선이 은하계에서 은하계로 건너뛸 수 있었던 것은 아르칸즈가 마지스터를 따돌리기 위한 속도변화 에너지장 안에 드래곤 우주선 세 대를 포함시켰기 때문이었다.

타라와 칼은 악마 우주선이 상그라브 우주선들에게 쫓기는 동안 일어났던 상황, 모우르무르가 우주선 안에 있다고 믿고 마지스터가 도망친 이유를 설명했다. 아르칸즈의 입에서 웃음이 새어 나왔다.

"타라가 제대로 한 방 먹였네. (아르칸즈는 부르르 떨었다.) 근데 마지스터의 반응을 이해해. 검은 여왕은 내가 이제껏 본 것 중 가장 무시무시한 존재야. 내 주위의 끔찍한 늙은 악마들보다 훨씬 두렵다니까!"

"나는 저 혜성이 가장 무시무시해요." 칼은 우주 공간을 가리키며 말했다. 추격하는데도 너무 멀리 있어 혜성은 보이지도 않았다. "아, 물론 검은 여왕도 무섭지만 순위를 매기자면 혜성이 1위, 검은 여왕이 2위예요."

타라는 들은 척도 않고 빠른 속도 때문에 거의 뿌옇게 보이는 바깥을 응시하며 말했다.

"혜성보다 우리가 먼저 도착해야 해! 혜성이 엘프들을 죽이면 내가 나를 용서하지 못할 거야!"

갑자기 아르칸즈가 뻣뻣해지더니 뭔가가 기억난 듯 눈을 반짝였다.

"잠깐, 유령퇴치 기계뿐만 아니라 우리 기계로도 시험해본 적이 있어. 마법사들의 영혼을 낚아채려고 했을 때 두 가지 기계가 다 작동하지 않았고, 영혼들은 비욘드월드로 가버렸지. 드래곤들에게는 시험해보지 못했지만 그들도 마법사들인데 같은 결과가 나오지 않았을까?"

타라와 칼은 함축된 뜻을 알기 때문에 불안한 얼굴로 아르칸즈를 쳐다봤다.

"그렇게 말하지 마요." 칼이 말했다. "혜성이 우리 친구들의 영혼을 흡수하지 못했다는 건 그들이 정말 죽었다는 뜻인데⋯⋯."

아르칸즈는 고개를 끄덕이면서도 주장을 굽히지 않았다.

"우리는 마법 능력이 없는 인간들의 영혼만 훔치는 데 성공했어. 혹시 혜성도 같은 상황이 아닐까? 다오보르 행성에 있는 엘프도 모두 마법사들이니까 혜성이 영혼들을 흡수하지 못했을 수도 있잖아?"

그들은 두려움과 희망이 섞인 눈빛으로 서로를 쳐다봤다. 이윽고 타라는 목격했던 살육이 기억나서 물었다.

"영혼들은 흡수하지 못했다고 해도 광선을 맞은 사람들은 죽잖아요?"

아르칸즈는 유감스러운 얼굴로 고개를 끄덕였다.

"그래, 죽지. 하지만 자유로워진 영혼들은 비욘드월드로 가니까 부식해서 소멸되는 것보다는 낫잖아."

"아뇨." 타라는 단호하게 말했다. "그건 받아들일 수 없어요. 숨어서 사느라 엄청난 시련을 겪었고 이제는 수백만 명밖에 남지 않은 불쌍한 엘프들이에요. 오랜 세월 외부와 접촉을 끊고 살아오다 처음으로 우리를 만났어요. 그런데 우리가 그들을 죽음으로 몰아넣을 수는 없어요, 절대로! 비욘드월드가 해결책은 아니에요."

아르칸즈가 타라의 손을 잡자 칼은 이맛살을 찌푸렸다.

"그래, 가자, 타라. 걱정 마. 다 잘될 거야."

타라는 힘을 꽉 주었다가 부드럽게 손을 뺐다.

우주선의 성능에 대해 단언하던 아르칸즈의 말이 맞았다. 몇 분 후, 스캔스페이스에 혜성이 사정권 안에 들어와 있는 것이 관측되었다. 이것은 혜성이 몇백 미터 이내에 있다는 의미였다.

"타라, 왜 우리가 앞서기를 바라는 건데?" 아르칸즈가 걱정스러운 표정으로 물었다.

"혜성이 보울리미-레미 행성을 공격할 때 그 광선이 영향을 미치는 범위를 확인했는데 그리 넓지 않았어요. 내 생각에 혜성은 영혼들을 낚아채서 보존하는 데 힘을 집중해야 해요. 우리가 걱정하는 대로 새로 흡수한 영혼들 덕분에 힘이 두 배로 커졌을 경우 그 범위가 세 배로 넓어졌다고 해도 광선의 폭은 50미터 정도예요."

"네 방벽으로 그 정도는 방어할 수 있는 거야?" 아르칸즈는 놀랍다는 표정으로 물었다.

"타라의 마법은 대륙의 일부를 방어할 수 있을 정도로 강력하죠." 칼이 대답했다.

타라는 칼을 향해 눈을 흘기고 나서 부드럽게 미소를 지어 보였다.

"칼! 과장이 너무 심해! 아니, 도시 하나 정도. 나와 다른 마법사들이 힘을 합해 임무를 나눠서 혜성의 광선을 방어했지. 각자 지역을 맡아 방벽을 세웠지. 그런데 방벽이 뚫리기도 했기 때문에 심각한 피해를 입었어. 그래서 이번엔 친구들이 오는 걸 막았던 거야. 죽을지도 모르기 때문에. 아르칸즈의 말대로 혜성이 마법사들의 영혼을 흡수하지 못하면 좋겠지만, 지금은 혜성의 힘이 두 배로 커진 상황인데…… 더는 누구도 죽는 걸 보고 싶지 않아."

타라는 칼을 보며 다정한 미소를 지었다.

"너는 예외가 되었지만. 나랑 같이 죽겠다는 네 생각은 바보 같지만, 내 목숨을 여러 번 구해줬던 너잖아. 그런 네가 오는 걸 막았다면 그것도 바보 같은 짓이 되었겠지."

칼은 아무 말 없이 타라를 끌어안았고, 아르칸즈가 질투심을 느낄 정도로 시간을 끌었다.

"좋아, 너무 늦기 전에 가자." 마왕이 시큰둥하게 말했다.

악마 우주선은 공격을 받지 않기 위해 멀찍이 떨어져서 혜성을 앞질렀다. 물론 타라가 살아있는 돌을 지니고 있고, 다오보르 행성의 강력한 마법 유체를 쓸 수 있는 거리에 있지만 무슨 일이 생길지 아무도 모르는 일이었다.

혜성이 모르는 체하는 것이 이상했다. 정말 모르는 걸까?

악마 우주선은 다오보르 행성과 혜성 사이에 끼어들었다. 타라가 마법을 작동하자 칼과 악마 우주선에 탑승해 있는 마법사 셋도 마법을 작동했다. 이들 네 마법사가 있는 힘을 다해도 타라에게 부차적인 도움이 될 뿐이지만, 상황을 유리한 쪽으로 바꾸는 데는 나름 효과가 있었다.

"엄청난 용기가 필요할 것이다……." 아르칸즈가 조종사에게 지시를 내리며 말했다.

'그걸 말이라고 해?' 하고 묻는 듯한 악마 조종사의 표정은 아르칸즈를 완전히 미쳤다고 생각하는 것 같았다. 하지만 조종사는 군기가 잘 잡혀 있는지 복종했다.

타라는 드래곤 우주선도 보호해야 하기 때문에 마법의 힘을 확장했다.

하지만 혜성은 정지한 채 그 자리에서 움직이지 않았다.

극도로 긴장된 10분이 지났다. 작전실 안에서는 숨소리만 커질 뿐 아무도 감히 입을 열지 못했다.

그렇게 한 시간이 흘렀다.

혜성은 여전히 꿈쩍도 하지 않았다.

"슬루르크!" 타라가 갑자기 내뱉어서 모두 깜짝 놀랐다. "악마의 사물들을 갖고 왔으면 혜성이 왜 꿈쩍도 안 하고 공격도 하지 않는 건지 이유를 물어보기라도 할 텐데!"

"무슨 일인지 알겠어?" 칼이 물었다. "왜 저러지?"

그때 드래곤 우주선이 나타났다. 우주선이니 헐떡거린다고 표현할 수는 없지만 이상하게도 마치 엔진을 풀가동해서 지쳐 있는 것 같았다.

이번에는 통신이 이뤄졌다.

"무슨 일이오?" 블랙 드래곤이 퉁명스럽게 물었다. "당신이 혜성을 멈추게 한 거요? 파괴한 거요? 아니면 혜성이 공격했소?"

"혜성은 아무것도 하지 않았어요." 아르칸즈가 대답했다. "까닭 없이 초광속으로 질주하더니 행성 앞에 이르러서는 갑자기 멈춘 겁니다. 우리는 중간에 자리 잡고 있을 뿐 아무것도 하지 않았어요."

"나도 그 우주선으로 가고 싶어요!" 마라가 외쳤다. "어차피 죽는 거라면 언니, 칼 그리고 아르칸즈와 함께 있겠어!"

마라는 악마의 이름을 맨 마지막에 말했지만 누구보다도 아르칸즈와 함께 있고 싶은 마음이 역력했다.

타라가 안 된다고 말할 겨를도 없이 마라는 팔에 있는 뭔가를 작동했다. 잠시 후 작전실에 나타난 마라는 아르칸즈의 품에 안겨 흐느꼈다.

"당신을 잃어버린 줄 알았잖아요! 아르칸즈! 내가 얼마나 무서웠는지 알아요?"

눈이 동그래진 아르칸즈는 마라의 등을 쓰다듬으며 진정시키려고 애를 썼다.

"괜찮아! 나는 괜찮아. 다 괜찮을 거야."

마라는 믿지 않는다는 듯 훌쩍이며 멋진 악마의 품에 파고들었다. 타라는 터져 나오려는 웃음을 간신히 억눌렀다.

그때 모우르무르의 영상이 나타났고 당황한 얼굴로 자신의 팔을 쳐다봤다.

"내 이동의 팔찌를 훔쳐갔어!"

"마라." 타라는 부드럽게 말했다. "드래곤 우주선에 있는 게 훨씬 안전할 거야. 부탁인데 아버지와 어머니를 잃었는데 동생까지 잃고 싶지 않아. 가족이 있으면 걱정이 돼서 싸우는 것이 힘들어."

눈물에 젖은 마라가 자세를 바로 하면서 당돌하게 말했다.

"언니와 함께 저 혜성을 상대로 싸우러 온 거야! 혜성이 이 우주선에 있는 언니와 칼, 아르칸즈, (마라가 다른 악마들을 가리켰다) 모든 승무원들을 죽이지 못하게 하려고……."

그 순간 스캔레이더가 혜성이 움직인다고 소리쳐서 마라는 말을 중단했다.

암소…… 아니 부분적으로 유기체인 불덩어리치고는 놀라울 정도의 빠른 속도로 혜성이 옆으로 이동했다.

그리고 폭발했다.

# 31

## 속임수

다 쓰러지고
아무도 알아차리지 못하면
어떻게 하나

*

혜성은 폭발하는 느낌을 준 것일 뿐 수많은 불덩어리로 산산조각
난 것이 아니었다. 그저 폭발음을 낸 것이었다. 악마들과 마법사들은
경악했다. 갑자기 팽창한 혜성이 분출하는 일종의 전파가 두 우주선
을 후려치며 우주 공간을 가로질러 행성까지 퍼져나갔다.

타라는 악마의 마법 공격을 물리치기 위한 주문을 만들어놓았었다.
하지만 그들을 후려친 것은 완전히 다른 것이었다.

그리고 시커메졌다.

깨어났을 때 타라는 감옥에 있는 것도(누군가로부터 공격을 받았

을 때 타라에게 자주 일어나는 일이었다), 죽은 것도(이것 역시 일어난 일이었다), 침대에 누워 있지도(공격을 받았을 때 침대에 옮겨져 있곤 했다) 않았다. 이번에는 아주 평범하게 바닥에 쓰러져 있었다.

악마 우주선의 시커먼 금속 바닥.

딱딱해서 불편한 바닥이었다.

타라는 뭔가 끈적거리는 느낌이 들었다.

타라 옆에서 깨어나던 칼이 마치 감전된 것처럼 소스라쳤다.

"어떻…… 어떻게 된 거야?" 칼이 혀가 안 돌아가는 목소리로 물었다.

"모르겠어." 타라는 대답하면서 아픈 데가 없는 것에 놀랐다.

아니, 아픈 데가 전혀 없는 건 아니었다. 넘어질 때 몸에 깔려 있었는지 팔이 많이 저렸기 때문이다. 타라는 조심스럽게 기지개를 켜며 천천히 일어났다. 그리고는 즉시 드래곤 우주선에 있는 팔찌들과 접속을 시도했다. 혜성이 빨아들일까 봐 잔뜩 겁에 질려 있던 악마의 영혼들은 지체 없이 응답했다. 비록 무슨 일인지 전혀 모르고 있었지만.

"지금은 어지럽지 않아. 괜찮아." 타라는 불안해하는 영혼들의 질문에 큰 소리로 대답했다. "아르칸즈? 마라?"

마왕과 마라는 나란히 쓰러져 있었다. 아르칸즈가 마라를 붙잡아 품에 안은 상태로 기절해 있었다면 기막히게 로맨틱했을 텐데, 애석하게도 너무 갑작스러운 공격이라 그럴 겨를이 없었다.

작전실 곳곳에서 아직 살아 있는 것에 놀라는 소리가 들렸다.

아르칸즈는 초록빛 눈을 뜨고 타라를 응시했다. 타라는 감각이 없는 다리를 풀기 위해 왔다 갔다 걷고 있었다.

"무슨……."

"……일이냐고요?" 칼이 아르칸즈에게 말했다. "전혀 몰라요."

그들은 바깥을 쳐다봤는데 믿기지 않는 일이 일어났다.

혜성이 사라지고 없었다.

"아르칸즈." 타라가 외쳤다. "행성에 잿빛 띠가 있는지 잘 봐요! 확대할 수 있죠? 화산 위쪽을 살펴봐요!"

아르칸즈는 정신이 번쩍 들었다. 아직 기절해 있는 마라를 안고 일어나 감마글리스 창을 최대한 확대하라고 지시했다.

모두 숨을 고르며 기다렸다.

아무것도 없었다. 광선을 맞고 불탄 잿빛 띠는 없었다. 사라진 영혼도, 파괴된 생명도 없었다. 혜성이 휩쓸고 지나간 뒤라고 하기에는 다오보르 행성은 아주 평온했다.

"와우!" 타라가 외치는 소리에 모두들 소스라치게 놀랐다. "엘프들이 버텨냈어! 수천 년 동안 마법을 사용하지 않았던 엘프들이 해낸 거야!"

이때 눈을 뜬 마라는 아르칸즈의 품에 안겨 있는 것에 약간 놀랐다. 그리고는 죽거나 다쳐서 울부짖는 이가 아무도 없다는 걸 알고 예쁜 보조개 미소를 지으며 달콤하게 속삭였다.

"근데 입맞춤도 안 해줘요?"

아르칸즈는 미소를 지어 보였다. 마라의 볼에 입을 맞추고는 바닥에 내려놨다. 마라는 한숨을 쉬었다. 점잖은 것도 좋지만 아쉬웠다. 그래도 아르칸즈에게서 변화의 조짐이 조금씩 보이기 시작해서 다행이었다.

"도대체 빌어먹을 혜성이 어디로 간 거지?" 칼은 경계를 늦추지 않았다.

아르칸즈는 드래곤 우주선에 연락했다. 드래곤들 역시 기절했다 일어난 모양이었다.

"어떻게 된 일인지 알아요?" 블랙 드래곤 사령관의 홀로그램 영상이 물었다.

'무슨 일이야?' '어떻게 된 거야?'가 이날의 화두가 되었다.

"전혀 몰라요." 아르칸즈가 대답했다. "우리는 전투 대형이었고, 타라는 혜성을 상대로 강력한 마법을 날릴 준비가 되어 있었는데(타라는 아르칸즈가 과장이 심하다고 생각했다) 혜성이 분출하는 일종의 전파를 맞고 모두 의식을 잃었지요. 사령관은?"

"여기도 비슷해요." 블랙 드래곤은 마지못해 고백했다. "우주선 전체가 무력화되었소. 다행히 우리는 정지하고 있었기에 망정이지 아니었다면 우리는 그쪽 우주선이나 행성에 충돌했을 거요."

그들은 양쪽 우주선에서 겪은 일의 정보를 서로 교환했다.

스쿠프들과 각종 녹화기구들도 영향을 받은 것이 틀림없었다.

혜성의 앞부분만 확인할 수 있었다. 혜성이 일종의 전파를 분출한 뒤 쾅, 폭발음이 나고 모든 것이 시커메졌다.

타라는 무슨 일인지 전혀 알 수 없는 이런 것이 정말 싫었다.

타라는 사령관에게 통신기를 작동해서 마제와 연결해달라고 부탁했다. 마제의 영상이 나타났다. 늙은 엘프는 마치 긴장이 약간 풀린 듯 기분이 좋아 보였다.

"내 딸은 잘 있습니까?" 마제가 물었다. "벌써 돌아온 거예요? 무슨 문제가 생겼나요?"

사엘의 영상이 나타났다.

"엄마, 나는 괜찮으니까 걱정하지 마요. 타라 덩컨이 말했던 혜성 때문에 그쪽에 무슨 일이 생겼을까 봐 불안했어요. 혜성의 공격을 받지 않은 거예요? 방벽을 세운 게 아니었어요?"

마제는 고개를 흔들었다.

"공격받았냐고? 아니. 우리는 지금 마을을 찾아다니며 사물들이 파괴된 일로 고통스러워하는 엘프들을 도와주고 있어. 할 일이 아주 많아. 네가 돌아올 때쯤은 질서가 잡혀 있겠지. 그리고 아더월드의 엘프들을 만날 준비도 해야 하고."

마제 뒤쪽으로 마치 전투 준비를 하듯 분주하게 움직이는 엘프들이 보였다. 타라는 이번만은 전투가 아니라 화목해진 엘프들의 모습을 볼 수 있어서 기뻤다. 이때 들리는 소리에 타라는 미소를 지었다.

사엘이 명랑하게 말했다.

"한 달 후에는 돌아올 거예요. 엄마, 사랑해요."

그들은 몇 가지 정보를 더 교환하고 나서 다오보르 행성과의 통신을 끊었다.

"나는 전혀 이해가 안 되오." 블랙 드래곤이 말했다. "엘프들에게 아무 일도 없었다는데. 혹시 혜성이 악마들의 행성을 공격하러 떠난 거라고 생각하시오, 아르칸즈 왕?"

"그거야 모르지요." 아르칸즈는 불안한 얼굴로 대답했다. "그래서 말인데 가능한 한 빨리 보울리미-레미 행성으로 가기 위해서라도 같이 움직이자고 제안합니다."

마라가 악마 우주선에 남아 아르칸즈 옆에 있겠다고 고집을 피웠기 때문에 언니는 마지못해 승낙했다. 타라와 칼은 드래곤 우주선으로 이동했다. 타라는 무엇보다도 모우르무르와 할 얘기가 있었기 때문이다.

스쿠프, 탈루디, 스캐너, 레이다 등의 모든 기계가 동시에 꺼져버렸는데도 원인을 전혀 모르고 있었다. 이에 잔뜩 화가 난 모우르무르는 욕설을 쏟아내고 있었다.

아르칸즈가 엔진 가동을 하지 않을 것이기 때문에 갈 때는 시간이 훨씬 덜 걸릴 터였다. 아르칸즈는 공간을 파괴하는 기계로 드래곤 우주선과 함께 우주 공간을 건너뛰었다. 하지만 그 뒤로도 드래곤 우주선을 놓아주지 않고 최고 속도로 이끌어갔다.

이런 속도라면 이틀이란 시간을 벌 수 있을 것이고, 5일이면 보울리미-레미 행성의 궤도에 진입할 터였다.

출발한 지 하루가 지났을 때 다오보르 행성의 교란 전자파 지역을 벗어나자마자 아더월드와 메시지를 교환할 수 있었다.

하지만 그들은 아더월드에 아무 일도 없다는 사실을 알고 깜짝 놀랐다.

혜성의 흔적도, 마지스터의 흔적도 없었다. 악마들은 그들의 행성으로 돌아가기 위해 아더월드를 떠나는 중이었다. 호전적인 레드파는 부통치자 다쉬의 도움으로 다시 악마들을 장악하기 위해, 인간들과의 협정을 폐기하기 위해 움직이고 있었다. 반면 아르칸즈를 지지하는 블루파와 재판관이 속한 블랙파는 레드파의 동태를 살피며 저지하고 있었다.

"나쁘진 않군." 소식을 들은 아르칸즈가 말했다. "돌아가는 즉시 내가 옥좌에서 내려오진 않겠어!"

아르칸즈는 우주선의 장교 식당에서 저녁을 먹는 중이었다.

마라는 검은색 스팔렌디탈 작업복(지금은 전혀 필요하지 않은 복장인데) 차림으로 아르칸즈를 마주 보고 앉아 있었다. '진도'를 나가지 않아 답답한 마라는 단도직입적으로 물었다.

"당신은 왜 나를 안으려고 하지 않죠?"

물을 마시던 아르칸즈는 숨이 막혀 물을 뿜고 말았다. 물이라서 젖는 정도로 그친 게 천만다행이었다. 아르칸즈는 얼굴이 빨개져서 쳐다봤다. 마라는 딸기를 곁들인 발분 크림55을 먹고 있었다.

"뭐…… 뭐라고 했니?"

마라가 비웃는 표정으로 한쪽 눈살을 찌푸렸다.

"귀먹었어요? 그 정도로 늙은 것도 아니면서!"

아르칸즈는 얼굴을 닦으며 점잖게 말했다.

"그냥 내가 제대로 들었는지 알고 싶어서."

"왜 나를 안으려고 하지 않냐고요?" 마라는 꾹 참고 반복했다.

아르칸즈는 침을 삼켰다.

"아, 처음에 제대로 들은 거 맞구나. 내 말 잘 들어, 마라. 네가 이런 거 아주 재미있어한다는 거 알아. 우리는 덩컨 가문의 사람들에 대

· · · · · · · · · · · · · ·
**55.** 출발하기 전 아더월드에서 생필품을 확보하며 아르칸즈는 좋아하는 발분 크림과 버터, 우유 등 많은 걸 구입했다.

해 아주 상세한 보고서를 갖고 있어. 모든 면에서 너와 피가 다른 모우르무르를 제외하고. 그중에서도 가장 장난을 좋아하는 게 너야. 하지만 이건 놀이가 아니야. 나는 악마든 인간이든 즐기기 위해 여자를 안지 않아. 그리고 난 너희들 인간과 똑같다는 걸 증명해 보이고 싶어."

"아아? 살육을 서슴지 않는 이기적이고, 경박하고, 거짓말하고, 도둑질하고, 천박하고, 타산적이고, 욕심 많고, 조작에 능하다는 점에서?"

아르칸즈는 재미있다는 얼굴로 미소를 지으며 고개를 끄덕였다.

"그래. 그뿐만 아니라 너희들 인간은 지성적이고, 멋지고, 현명하고, 친절하고, 착하고, 관대하고, 창조적이고, 명석하고, 상냥하기도 하지. 나는 왕이기 때문에, 수천 년 동안 인간들과 전쟁을 했지만 이제부터는 내가 인간보다 훨씬 더 인간이라는 걸 보여줘야 해. 이해하니?"

"전혀." 마라는 차분하게 대답했다. "내가 당신을 사랑하는 것 같지만 그렇다고 당신에게 완전히 빠져 있는 건 아니에요."

아르칸즈는 움찔했다.

"뭐라고?"

"그러니까 내 말은 완전히 빠지려면 당신을 안아봐야 알겠다는 거죠."

"하지만 우리는 데이트도 하지 않았어. 어떻게 그래? 너무 진도가 빠르잖아. 너는 아직 나를 잘 모르잖아!"

마라가 애정이 가득한 미소를 지어 보이자 아르칸즈의 마음이 흔들렸다.

"아니, 알아요. 당신은 남자고, 아버지로부터 국민을 지키려고 싸운 남자죠. 반쯤 미친 형과 맞서 싸운 남자죠. 당신은 국민을 구하기 위해 위험을 무릅쓰고 적대적인 행성으로 피신시킬 정도로 국민을 걱정한 남자죠. 당신은 내 가슴을 뛰게 한 남자죠. 당신이 왕이라서가 아니라, 당신이 미남이라서가 아니라 나는 당신의 내면에 있는 것, 그걸 좋아하는 거예요. 당신은 실버가 죽었을지 모른다는 소식을 듣고 파프니르를 걱정한 남자죠. 당신은 친절하지만 확고하고, 관대하지만 냉정해요. 나는 그 모든 면이 좋아요."

마라가 일어났다.

그리고 면허 받은 도둑의 가죽 작업복의 지퍼를 내리기 시작했다.

아르칸즈는 또 침을 삼켰다.

"너…… 뭐하는 거야?"

여성 악마들을 상대하기는 아주 쉬웠다. 육체적 사랑에 대한 개념이 인간들과는 완전히 달랐다. 하지만 인간들을 염탐하고, 아더월드보다 지구의 영화와 드라마를 많이 본 뒤로 아르칸즈는 아름다운 여자를 유혹하려면 어떻게 해야 하는지 확실히 알았다.

하지만 좋아하는지 아닌지 아직 잘 모르는 여자가 눈앞에서 옷을 벗기 시작할 때는 어떻게 해야 하는지 아무도 말해주지 않았다.

마라는 아르칸즈의 얼굴을 보고 까르르 웃었다.

"걱정 마요, 스트립쇼 하려는 거 아니니까. 보여줄 게 있어서 그래요."

안에 검은색 브라톱을 입은 마라는 작업복을 허리까지 내리더니 돌아섰다.

매끄러운 피부의 아름다운 등이 드러났다.

그 순간 마라가 뭔가를 하자 일루전이 사라졌다.

등 아래쪽 중앙에 흉터가 있었다. 아르칸즈는 욕설이 나오는 걸 꾹 참았다.

"오, 네 발 조상들이여!" 아르칸즈는 지극히 감정적인 분노를 터뜨렸다. "어떤 놈이 그랬어?"

마라는 다시 일루전으로 흉터를 가렸다. 물론 아직은 우주 공간 깊은 곳에 있기 때문에 살아있는 돌이 공급해준 일종의 휴대용 마법을 사용한 것이 틀림없었다. 마라가 돌아섰는데 눈빛이 어두웠다.

"자르와 나는 마지스터 밑에서 자랐어요. 결코 만족할 줄 모르는 누군가에게 복종하며 사는 것이 어떤 건지 당신은 알죠? 남이 하는 것은 뭐든 하찮고 부족하다고 생각하는 자, 정당한 이유 없이 그저 피를 보기 위해 걸핏하면 가혹 행위를 일삼는 자에게 복종해야 하는 것이 어떤지 당신은 잘 알잖아요?"

마라가 작업복을 다시 입는 동안 아르칸즈는 갑자기 식욕이 없어졌다.

"잘 알지." 아르칸즈는 주먹을 불끈 쥐며 말했다. "내 아버지가 그랬으니까."

"거봐요, 당신은 알잖아요. 당신은 이 세계에서 그걸 이해할 수 있는 유일한 존재 중 하나예요. 마지스터는 너무나 사랑하지만 가질 수 없는 여자의 아들과 딸에게 육체적 상처를 주는 것으로 만족하지 않았어요. 우리를 교육시키는 이들이 성에 차지 않는다고 죽여버리는 것으로 우리에게 정신적 상처를 주었으니까요. 그래서 나는 레파루스로 흉터를 없애기보다 이대로 보존하기로 했어요. 잊지 않기 위해서. 어떤 면에서 자르는 가브리엘을 닮았다고 할 수 있어요."

마라는 지퍼를 올리다 구불구불한 긴 머리칼이 걸리지 않게 머리를 흔들었다. 그러고는 금빛이 도는 갈색 눈으로 아르칸즈를 뚫어져라 응시했다.

"당신은 나랑 비슷해요. 상처를 받았지만 무너지지는 않았다는 점에서. 그리고 나는 당신과 장난치는 게 아니에요, 아르칸즈. 나는 정말 알고 싶은 거예요. 그러니까 내 말은 나를 타라 언니의 어린 동생으로 보지 말라는 거예요. 언니가 당신의 나라에서 1년 반을 보내다 돌아왔을 때 나이를 먹지 않았거든요. 따라서 나랑 여섯 달밖에 차이가 안 나게 됐으니 나이로 치면 거의 같아진 거죠. 우리 둘 다 곧 열아홉 살 생일파티를 할 거예요."

아르칸즈는 지금 나이 얘기가 왜 나오는지 이해가 잘되지 않았다. 형 가브리엘과 아버지 바쉬의 정복 계획을 수포로 돌아가게 했던 마라를 '어린 소녀'라고 생각한 적이 없었다.

"그래, 네 말이 맞아." 아르칸즈는 딸기에 발분 크림을 발라 건네주며 말했다. "하지만 우리는 서로를 잘 몰라. 그러니까 얘기를 많이 하면서 어떻게 되는지 보자. 혜성의 공격에 죽지 않는다면 우리는 앞으로 시간이 많잖아, 그치?"

마라는 입술을 삐죽거렸지만 비밀 무기를 꺼내든 것이 절반의 성공을 거둔 것이었다. 비록 완전히 성공한 건 아니지만.

마라는 활짝 웃었다.

아르칸즈가 마라의 매력에 느리지만 확실히 빠져들고 있는 동안, 로빈 역시 비슷한 문제로 애를 먹고 있었다. 아, 이 경우는 한 여자가 아니라 두 여자 때문이지만.

로빈은 우주선이 너무 크다고 생각했는데 이제는 너무 작다고 생각하기에 이르렀다.

사엘은 베에에를 사냥하는 샤트릭스처럼, 발라는 호프호프를 사냥하는 브르리르처럼 로빈을 몰고 있었다. 로빈은 두 엘프를 피하기 위해 숨을 곳을 찾아다니고 있었다. 사실 어찌해야 좋을지 막막하기 때문이었다.

로빈은 사엘이 마음에 들었다. 정말, 아주 많이. 그리고 계속 유혹을 피하다 얼마 전부터 우정으로 받아들인 터라 까칠한 발라의 반응이 두려웠다.

그래서 로빈은 숨어 있는 것이었다.

로빈은 기함 우주선의 화물창에 있으면 아무도 찾아오지 않으리라 생각하고 릴란드릴의 활 훈련을 하고 있었다. 칼이 불쑥 나타났다.

두 엘프와 마찬가지로 칼 역시 로빈을 찾고 있었다. 두 엘프와는 달리 칼은 로빈을 찾아냈다.

칼은 애꿎은 마네킹을 향해 화살을 날리는 하프엘프를 물끄러미 쳐다봤다.

그렇게 지켜보다 마침내 칼이 말했다.

"헤이, 친구. 남자 마네킹에 분홍색 반바지와 브래지어를 입힌 무슨 특별한 이유라도 있는 거야?"

로빈이 입술을 실룩거리며 시위를 당겼다. 화살이 마네킹의 눈에 꽂혔다. 로빈은 활을 내리고 돌아섰다.

은발을 한 갈래로 묶은 로빈은 창고가 덥기 때문에 민소매 티셔츠에 반바지, 운동화를 신고 팔에 보호대를 차고 있었다. 소우르브는 영혼의 동반자가 훈련하는 동안 방해하지 않으려고 옆에 놓인 장의자에 얌전히 앉아 있었다.

칼은 로빈을 볼 때마다 느끼는 거지만 타라가 왜 이렇게 잘생긴 미남 대신 자기를 선택했는지 이해가 되지 않았다.

"나 지금 숨어 있는 거야. 두 여자 때문에 돌아버릴 것 같아서."

오케이, 멋지고 점잖고 용맹하지만 여자에게는 서툰 로빈인데 어련하겠어.

칼은 빙긋이 미소를 지었다.

"사엘과 발라 때문에?"

"응." 로빈이 지친 표정으로 말했다. "두 여자가 내 생활을 엉망으로 만들고 있어. 둘이 만났다 하면 으르렁거리지, 싸우지 않을 때는 반나체로 내 주위를 빙빙 돌아다니지. 밤에도 불안해 죽을 지경이야. 그래서 열쇠로 문을 꼭꼭 걸어 잠가야 한다니까. 언제 내 방으로 들어올지 몰라서."

"아, 그래? 그거 좋은 거 아냐? 엘프들은 그런 거 좋아하는데 고르면 되잖아?"

"그게 쉽지가 않아." 로빈은 씁쓸하게 말했다. "두 엘프가 나를 원하는 이유가 있거든. 발라는 내가 자기를 원치 않기 때문이고, 사엘은 반경 수백만 타트롤 내에서 내가 유일한 남성 엘프이기 때문이고. 두 가지 이유가 다 좋지 않아."

"왜? 네가 두 여자를 만족시키면 편안해질 텐데."

"그러기에는 내 성향이 너무 인간적이야. 검은 여왕이 혼혈의 신체적인 특성은 지웠지만. 나는 엘프들이 진짜 나를 사랑하기 때문에 원하는 거였으면 좋겠어. 선택의 여지가 없기 때문이 아니라."

"사엘이 아더월드에서 지내는 몇 달 동안 다른 엘프와 사랑에 빠지지 않는다면 관심을 가질 수 있다는 뜻으로 들리는데?"

"바로 그거야, 칼!" 핵심을 찌르는 말에 로빈은 경계심을 풀었다. "밤마다 사엘 꿈을 꿔. 유일하게 나를 잡종으로 보지 않은 엘프야. 얼마나 아름다운지 사엘이 가까이 있을 때는 숨도 잘 못 쉬겠어. 거의 고문 수준이야!"

"타라를 사랑했을 때도 그랬어?" 칼은 호기심이 발동했다.

"엘레아노라를 사랑했을 때 너는 어땠는데?" 로빈이 응수했다.

"내가 먼저 물었잖아."

로빈은 입술을 깨물며 칼을 뚫어져라 쳐다봤다. 검은 여왕의 노예가 되는 끔찍한 경험을 한 뒤로 칼은 몰라보게 달라져 있었다. 키가 훌쩍 크면서(직업 때문에 자주 불평하고 있었다) 체격이 아주 좋아졌다. 늘 더부룩한 흑발에 갸름한 얼굴로 타락한 천사 같은 표정을 짓던 칼은 이제 성숙한 청년의 모습이었다.

지금은 남성미가 물씬 풍기는 게 상남자였다.

로빈은 칼이 왜 찾아다녔는지, 그리고 지금 왜 이런 질문을 하는지 이유가 궁금했다.

"거의 비슷해." 로빈은 망설이다 마침내 말했다. "가슴 뛰는 것, 계속 사엘 생각이 나는 것, 보고 있으면 가슴이 터질 것 같고, 만지고 싶은 것."

칼은 잠자코 있다가 내뱉었다.

"나는 좀 달라."

로빈은 인내심을 갖고 기다렸다.

"타라를 사랑해. 내 가슴, 내 영혼을 다해 타라를 사랑해. 아기도 낳고 싶고…….. 아, 물론 당장은 아니고. 나는 타라와 함께 살면서 곁에서 늙고 싶어. 엘레아노라를 쫓아다닐 때는 아주 달랐어. 그녀는 까칠하고 변덕이 심했고, 나는 그녀가 무슨 생각을 하는지, 뭘 원하는지도 몰랐으니까. 그리고 타라와 나는 아직……. 내가 뭘 말하는 건지 너는 알 거야. 미치도록 원하지만 타라를 사랑하기 때문에 얼마든지 기다릴 수 있어."

칼은 잿빛 눈으로 하프엘프의 크리스털 눈을 응시했다.

"이건 누구에게도 말하지 않은 신성한 고백이야."

이미 실연의 아픔을 겪었던 로빈은 칼의 심정을 이해할 수 있었다.

그렇지만 가장 놀라운 것은 타라에 관한 고백이었다.

"뭐? 그럼 너희 둘 아직 한 번도……?"

칼은 고개를 흔들었다. 그리고 아기에 대한 이야기를 설명하며 타라는 임신할 경우 마법 능력이 사라질 위험이 있다고 말했다.

로빈은 말문이 막혔다.

그리고 공포에 사로잡힌 반응을 했다.

"칼? 내가 타라와 계속 사귀다 임신을 시켰을 경우 타라가 마법 능력을 잃었을 거란 뜻이야?"

칼은 고개를 끄덕였다.

로빈은 얼굴이 창백해져서 소우르브가 있는 장의자에 앉았다. 그러자 히드라는 재빨리 파란 머리를 들이밀며 로빈의 겨드랑이 밑으로 파고들었다.

"그럼 내…… 내가 간신히 모……모면한 거잖아. 오, 젤리소르의 충치여!" 로빈이 어물어물 말했다.

"그래."

로빈은 정신을 차렸다.

"하지만 너희 둘에게는 끔찍한 일이잖아!"

"너는 상상도 못할 거야."

로빈이 일어나서 활을 내려놓고 친구를 끌어안았다.

"나는 질투심에 사로잡혀 있었어." 로빈이 고백했다. "내가 아직 타라를 사랑하는데 네가 빼앗아간 거라고 생각했어. 그게 아니라는 걸 잘 알면서도 그렇게 생각했어. 그런데 결국은 그 무거운 책임을 너한테 준 셈이 되었네. 무슨 말을 해야 할지 모르겠어. 쉽게 털어놓을 수 없는 건데 나한테 말해줘서 고마워. 그리고 칼, 미안한데 이왕 말이 나온 김에 내가 부탁 하나 해도 될까? 두 엘프 중 한 명에게 내 마음을 전해달라는 부탁을 하고 싶은데 들어줄래? 나는 사엘을 생각하고 있어."

와, 제법인데. 칼이 미소를 지었다.

"빙고!"

"너도 그렇게 생각하는구나."

"내가 사엘에게 뭐라고 말해줄까?"

"아더월드에 가면 마음에 드는 남성 엘프들을 많이 사귀어보고, 그랬는데도 완벽한 엘프들과 사랑에 빠지지 않으면 혼혈인 나에게 돌아오라고."

칼은 로빈의 등을 툭툭 쳤다.

"메시지 접수."

"오케이. 그리고 하나만 더 부탁해도 돼?"

"응, 뭔데?"

"사엘이 베에에 사냥하듯 나를 궁지에 몰아넣는 걸 멈추면 발라도 멈출 거라고. 이틀이나 도망쳐 다녔는데 더는 안 그랬으면 좋겠다고."

칼은 친구를 쳐다봤다. 이젠 제법 능숙한 꾼이 된 것처럼 로빈은 생각보다 훨씬 영리하게 굴었다. 칼은 이런 태도가 혹시 책임질 일을 만들지 않으려는 혼혈 특유의 약삭빠른 자기 방어가 아닌지 의문이 들었다.

타라는 모우르무르와 함께 있었다. 늙은 학자는 악마의 사물들에서 영혼 둘을 빼냈지만 그 과정이 너무 더뎌서 미칠 지경이었다. 게다가 두 우주선에 있는 이들이 왜 모조리 기절했는지, 혜성은 왜 사라졌는지 이유를 전혀 모르고 있었다. 그의 기계들은 혜성의 위치를 탐지하지 못하고 있었다.

"해결되지 않는 문제가 꼬리를 물고 일어나네." 모우르무르는 중얼거렸다. "내가 뭘 놓친 거지?"

그때 홀로그램이 켜졌다. 드래곤 사령관의 거대한 머리가 나타났다.

"방금 메시지를 받았소." 사령관이 신경질적인 어조로 말했다. "혜성을 찾은 것 같소."

"슬루르크!" 타라가 말했다. "혜성이 보울리미-레미 행성 부근으로 돌아간 거예요? 하지만 그렇게 빨리 갈 수가 없는……."

"아니오." 드래곤이 말을 잘랐다. "혜성이 방금 아더월드 상공에 나타났답니다!"

# 32

## 폭풍 전야

모든 이들이 당신은 오지 않을 거라 생각하는
파티에 초대를 받으면 어쩌려고

\*

혜성의 출현으로 아더월드는 공포의 도가니에 빠져 있었다. 마법
사들은 행성을 덮칠 불타는 광선에 맞서기 위해 즉시 무리를 지어 방
벽을 세울 채비를 했다.

상황이 역전되어 이번에는 아더월드 주민들이 악마의 행성으로 피
신하려고 아우성이었다. 그러자 아더월드에서 마련한 일종의 난민
촌에서 푸대접을 받았던 악마들이 비웃음을 흘렸다.

전투 준비가 시작되었다.

위성들이 아더월드의 상공 궤도에서 방금 일어난 상황을 알리자 리
스베스 여제는 약 2분 후 타라에게 메시지를 보냈었다. 여제는 시차
때문에 제때에 회답이 오지 않겠지만 그래도 악마 우주선이 가능한
한 빨리 돌아오기 위해 최선을 다해주길 바라고 있었다.

리스베스 여제는 국민들에게 가능한 한 넓은 평원으로 떠나 한데 모여 있지 말고 뿔뿔이 흩어지라는 칙령에 서명하는 중이었다. 그러다 문득 혜성이 나타난 지 한 시간이나 됐는데 아무 일도 일어나지 않고 있다는 사실에 주목했다.

지금까지 혜성은 움직이는 것이 보이면 미친 동물처럼 즉각 반응하지 않았던가. 행성으로 돌격해 지체 없이 공격을 퍼부었었다. 그런데 혜성이 아더월드 주위를 평온하게 도는 것으로 만족하고 있다니.

여러 가지 의문이 들었다. 마법사들은 육신이 죽으면 영혼이 비욘드월드로 빠져나갔다. 하지만 모우르무르가 보낸 메시지에 따르면 실버와 셈의 드래곤 영혼들이 지킴이들의 영혼과 함께 혜성 속에 갇혀 있을 가능성이 있었다.

이건 무슨 뜻이지?

리스베스는 입술이 일그러질 정도로 얼굴을 찌푸렸다. 악마의 사물들을 회수하기 위한 원정대를 보냈고, 그중 두 개를 회수했다. 그런데 혜성이 실버와 셈의 영혼을 빼냈다는 것은 마법사들의 영혼도 빨아들일 수 있다는 뜻이었다.

이것으로 혜성이 보울리미-레미 행성이 아니라 아더월드 상공의 궤도에 있는 이유가 설명되었다.

"상황이 아주 나쁜 거요?" 바리우스는 정성껏 면도한 턱을 만지며 물었다. (리스베스가 사흘이나 기른 수염 때문에 따가울 뿐만 아니라 염소수염 같아서 지구의 해적을 보는 것 같다고 지적했다. 이에 바리우스는 부부로 살아가려면 몇 가지는 양보해야 한다는 생각에 턱수염을 싹 밀어버렸다.)

"나는 온갖 정치적 위기와 음모, 몇 번의 살인 미수에 굴하지 않고 과감하게 맞서왔어요. 궁전에 일어난 화재로 내 어머니를 잃었지만 굴하지 않았어요. 적의 군대와 싸웠고, 내 영혼을 장악한 크라에토비르의 반지, 검은 여왕에게도 굴하지 않고 끝내 버텨냈어요. 하지만 바리우스, 이번에는 최악의 상황이에요."

리스베스가 미디어에 보내기 위해 서류를 컴퓨터 화면에 대고 있을 때 바리우스가 일어나 그녀를 일으켜 세웠다.

그러고는 무릎을 꿇었다. 크림색 셔츠에 큼직한 갈색 나비넥타이, 짙은 회색 정장으로 멋지게 차려 입은 모습이었다. 이번만은 바리우스가 좋아하는 가죽 바지를 입지 않았다.

리스베스는 바리우스가 며칠 전 선물했던 빨간 케빌리아 반지를 돌려달라고 했을 때 빌랭 왕국으로 돌아가 결혼식을 올릴 수 있길 기다리기로 결정한 거라고 생각했다. 그런데 바리우스가 빨간 케빌리아에 핑크빛 다이아몬드를 장식해 더 화려해진 반지를 내밀어서 깜짝 놀랐다.

"리스베스, 당신은 내 인생의 사랑이오. 나는 더는 기다리고 싶지 않아요. 죽더라도 당신을 내 아내로 맞은 다음 죽겠소. (바리우스는 잠시 말을 중단하고 심호흡하고 나서 고백했다.) 리스베스틸랑넴, 나와 결혼해 가장 행복한 남자로 만들어주겠소?"

리스베스는 떨리는 손으로 반지를 받았다. 이 순간 발치에 있는 남자는 세상에서 가장 잘생기고 든든한 사람이었다.

"하지만…… 하지만……." 리스베스는 어물어물 말했다. "다릴은? 나는 그럴 수……."

"다릴 크라투스에게는 안됐지만 어쩔 수 없는 일이에요. 나에게 있어서 그는 30년 전에 죽은 사람이오. 다시 나타난 남자가 진짜 다릴일 수도 있지만 이제는 촌구석의 물고기 장사꾼보다도 당신의 남편이라고 할 권리가 없어요."

리스베스는 새어 나오려는 웃음을 억눌렀다.

"오, 바리우스, 정말 그러고 싶어요. 하지만……."

"쯧쯧쯧, 내 사랑. 하지만이란 말은 하지 마요."

다시 일어난 바리우스가 걸어가더니 문을 열고 오무아 제국의 수상인 타트리스족 테오클리스 부인을 들어오게 했다. 가슴 부분에서 드레스 자락까지 100개의 금빛 눈을 가진 주홍빛 공작이 수놓인 흰색 예복 차림이었다.

갈색 머리와 금발, 검은색 눈의 두 얼굴이 리스베스 여제를 향해 상냥하게 미소를 지어 보였다. 리스베스는 여전히 반지를 손에 쥔 채 어찌할 바를 모르고 있었다.

"테오클리스 부인? 이게 무슨……?"

"우리는 고문서에서……." 금발의 다티스가 말했다.

"주목할 만한 조항을 발견했습니다." 갈색 머리의 아리스가 말을 이었다.

"여제의 남편이 3년 이상 행방불명일 경우……."

"그 결혼은 무효가 된다는 조항입니다."

"오랫동안 사용되지 않았던……."

"법 조항입니다."

"지각단층 전쟁이 일어났을 때 제정된 것으로 전투 중에 생사를 모르는 일이 자주 발생했기 때문입니다."

"따라서……." 아리스가 말했다.

"폐하는 더 이상 기혼자가 아닌 것입니다." 다티스가 흡족한 어조로 말을 이었다.

"적어도 27년 전부터." 아리스가 말을 맺었다.

테오클리스 부인의 두 얼굴이 미소를 짓는 사이 바리우스가 문을 또 열었다. 리스베스는 눈이 휘둥그레졌다.

바리우스는 반지만 준비한 게 아니었다.

연분홍색 드레스를 입은 신부 들러리들이 가장 화려하고, 가장 특별하고, 가장 아름다운 웨딩드레스를 들고 입장했다.

"오, 아름다워!" 리스베스가 감탄했다.

리스베스가 무슨 일인지 알아차릴 겨를도 없이 들러리들은 여제를 옆방으로 이끌었다. 몇 분 후, 화장을 하고, 틀어 올린 머리에 케빌리아와 다이아몬드로 장식한 왕관을 쓴 리스베스가 등장했는데 하얀 웨딩드레스의 주홍빛 공작과 왕관이 너무나 잘 어울렸다.

그뿐만이 아니었다. 바리우스가 비밀리에 들어와 있게 한 스쿠프들이 눈부시게 아름다운 신부의 모습에 열광하며 촬영에 열을 올렸다.

바리우스는 문서 한 장을 리스베스에게 내밀었다.

"우리는 결혼 서약서에 사인할 시간이 없었지요." 바리우스는 엄숙하게 말했다. "나는 이 문서에 있는 모든 조항을 받아들입니다. 단 당신이나 당신의 장관들(바리우스는 이 문서를 작성한 것이 틀림없는 테오클리스 부인을 향해 눈살을 치켜떴다)이 추가하려는 것, 빌랭 왕국이 오무아 제국에 속한다는 조항에는 동의할 수 없습니다. 내 나라의 용병들이 받아들이지 않을 것이기 때문이지요. 하지만 나는 온전히 그리고 영원히 당신의 사람이오."

울면 안 되는데, 울면 안 되는데. 아, 이런, 리스베스는 눈물을 흘리고 있었다.

신부 들러리 중 한 명이 손수건으로 리스베스의 볼을 닦아주고 화장을 고쳐주었다.

바리우스는 리스베스 옆에 섰다.

테오클리스 부인이 결혼식을 시작했다.

그때였다. 갑자기 펑! 하는 소리가 났다. 그들의 머리 위로 유령 셋이 나타났다.

테오클리스 부인의 눈 네 개가 동그래져서 식을 중단했다.

"역시 내 딸이구나." 엘세스가 말했다. "계속해!"

"안녕, 리스베스. 축하해요, 누나." 단비우가 말했다. 그 옆에 셀레나가 둥둥 떠 있었다. "다른 건 몰라도 누나의 결혼식에는 참석해야지."

엘세스와 단비우, 셀레나 역시 아주 우아한 차림이었다.

"이게…… 어떻게 된 일이야?" 결혼식에 참석하기 위해 와준 어머니와 남동생 부부의 유령들을 보며 감격한 리스베스가 어물어물 말했다.

"타라 덕분이오." 바리우스가 대답했다. "원정을 떠나기 전 타라가 비욘드월드와 연락할 수 있는 재판관의 돌을 나에게 주었지요. 타라도 나와 같은 생각이라는 걸 알고 내가 엘세스께 연락을 드렸어요. 그리고 우리 결혼식을 준비했지요. 솔직히 말하면 타라가 그런 뜻을 전하기 전에 나는 이미 내 방식으로 준비를 하고 있었지만."

"네? 당신의 방식이요? 당신의 방식이라는 게 뭐였는데요?"

웃음 짓는 바리우스의 눈가에 주름이 졌다.

"바이킹의 풍습으로 당신을 납치할 생각이었소. 하지만 엘세스께서 아주 좋지 않은 생각이라고 말씀하셨지요. 영문을 모르는 크산디아르가 내 설명을 듣지도 않고 머리에 총을 쏴버릴 거라고. 그래서 당신의 어머니와 동생 단비우, 셀레나와 함께 이 모든 걸 준비했지요. 드레스는 셀레나의 도움을 받아 제작했고요. (바리우스는 셀레나에게 인사했다.) 테오클리스 부인 역시 큰 도움을 주었지요. 내가 고문서에서 찾아야 할 자료가 있다고 도와달라고 부탁했을 때 랑코비트에 있는 메보라 부인의 집으로 나를 보내주었거든요."

"로빈 망질의 어머니?"

"맞아요. 메보라 부인은 왕국과 제국에서 가장 뛰어난 역사 전문가답게 나에게 필요한 조항을 찾는 데 시간이 별로 걸리지 않았어요."

리스베스는 이제야 모든 것이 이해되어 얼굴이 환해졌다.

"우리가 싸웠을 때 당신이 떠나야겠다고 말한 것이 그러니까 나를 떠나겠다는 것이 아니라 이런 것들을 찾으려는 거였군요!"

바리우스는 고개를 끄덕였다.

"사실 나는 당신이 그렇게 반응할 거라고 예상하지 않았어요. 하지만 그 덕분에 나는 당신에게 선물할 케빌리아를 구하러 갈 수 있었고, 필요한 고문서를 랑코비트에서 가져올 수 있었지요. 그다음 우리는 모든 종교의 수석사제들이 다 참석해서 승낙하지 않아도 결혼할 수 있다는 걸 확인했어요."

"이거야말로…… 음모야!" 리스베스가 외쳤지만 내심 바리우스가 이 모든 걸 준비했다는 것이 기쁘면서도 전혀 눈치채지 못한 것이 약간 민망했다.

"사랑을 위한 음모지." 누나를 잘 아는 단비우가 말했다. "이제 이 남자와 결혼식을 올리고 행복하게 살아요. 신랑이 될 충분한 자격이 있는 남자니까."

리스베스가 미소를 짓자 바리우스는 눈부시게 환한 미소로 화답했다.

갑자기 펑, 하는 소리가 또 나면서 파란 눈에 적갈색 안색의 건장한 남자가 나타났다. 역시 예복 차림이었다.

"아…… 아빠?"

크레데비르가 미소를 보냈다.

"아, 미안해. 내가 좀 늦었다. 네가 정말 자랑스러워! 어디 보자, 내 딸! 정말 아름답구나!"

크레데비르는 바리우스를 향해 차가운 눈길을 보내며 말했다.

"내 딸을 잘 떠받드는 것이 이로울 것이다. 내 딸을 힘들게 하면 내가 자네 몸에 깃들어 심장을 뽑아버릴 거니까. 알았는가?"

바리우스는 미소를 지으며 진지하게 대답했다.

"우리 역시 비욘드월드로 가겠지만 언제가 될지는 알 수 없습니다. 따라서 따님을 힘들게 할 경우는 차라리 나 스스로 심장을 뽑아버리겠습니다."

"그 대답 마음에 드는군!" 유령이 호탕하게 말했다. "이 세계는 아주 넓고, 나는 엘세스의 행성에서 가능한 한 멀리 떨어진 곳에 나의 행성을 세웠다. 따라서 나를 찾아오는 건 좀 힘들 것이다."

"잘 지내세요, 아빠?" 보고 있는데도 눈을 믿을 수 없는 리스베스가 물었다.

"나는 아주 잘 지낸다, 딸아. 솔직히 말해 살아 있을 때보다 훨씬 더 잘 지내(크레데비르가 빈정거리는 눈길로 쳐다보자 엘세스는 거만하게 콧방귀를 뀌었다). 너는 늘 내 삶의 행복이야. 예전에도 그랬고, 새로운 내 삶에서도 그렇고. 네 결혼식에 참석할 수 있어 정말 기쁘구나. 행복하고 즐겁게 살기 바란다."

유령들이 건네는 따뜻한 말에 감정이 복받친 리스베스는 흐느껴 울기 시작했다. 결국 화장을 다시 고쳐야 했다.

이 모습에 감동한 테오클리스 부인은 찔끔 나온 눈물을 닦고 결혼식을 진행했다.

짧지만 아주 감동적인 결혼식이었다. 테오클리스 부인이 신부에게는 화이트 다이아몬드가 박힌 금반지, 신랑에게는 블랙 다이아몬드가 박힌 금반지를 교환하게 했고, 결혼 서약을 선서하게 했다.

"나, 리스베스틸랑넴은 바리우스를 이승과 비욘드월드에서의 내 삶의 동반자이자 남편으로 맞이합니다. 나는 당신 곁에서 꿋꿋하고 용맹하게[56] 위험에 도전하고 싸울 것을 서약합니다. 나는 당신을 사랑하겠다는 약속은 하지 않겠습니다. 내가 당신을 깊이 사랑하는 게 아니라면 당신과 결혼하지 않을 테니까요. 나는 평화를 약속하지 않겠습니다. 우리는 이미 마음속에 평화를 갖고 있으니까요. 당신에게 내 모든 것, 내 장점과 단점까지도 모두 바칩니다. 내 사랑을 담아 영

......

**56.** 아더월드의 결혼 서약은 지구보다 좀 더 호전적이다.

원히."

몹시 감격한 바리우스는 약간 떨리는 목소리로 같은 서약을 선서했다. 테오클리스 부인은 두 사람이 결합되었음을 선언하는 양피지 문서 사본을 리스베스와 바리우스에게 건네주었다.

그러고 나서 테오클리스 부인은 들러리들에게 여기서 있었던 일에 대해 발설할 경우 예정보다 훨씬 빨리 비욘드월드로 가게 될 것이라고 엄포를 놓은 뒤 퇴장했다.

엘세스, 크레데비르, 단비우, 셀레나가 지켜보는 가운데 신랑과 신부는 오랫동안 열렬하게 키스를 했다. 신랑과 신부가 떨어졌을 때 리스베스의 뺨은 붉게 물들었고, 얼굴에서 빛이 났다.

리스베스는 아버지와 어머니, 동생을 향해 고개를 들었다.

"고마워요, 아주 많이 고마워요! 그리고 셀레나, 더할 수 없이 아름다운 이 드레스, 정말 고마워!"

"내가 드레스를 벗길 때가 특히 아름다울 거라고 생각하는데." 바리우스는 신부의 허리에 팔을 두르며 속삭였다.

리스베스는 킥킥거리고 웃었다. 평소에는 엄숙한 여제로서 소리 내어 웃는 것이 익숙하지 않지만 방금 결혼한 신부는 그럴 권리가 있었다.

리스베스가 원했던 호화롭고 성대한 결혼식은 아니었지만 천 배로 좋았다.

"우리는 이제 떠나야겠다." 엘세스가 말했다. "다른 이들이 자식들, 손자들 기타 등등의 결혼식에 참석하기 위한 특별허가증을 부탁할까 봐 어서 가야겠어. 우리는 가능한 한 아주 먼 훗날에 비욘드월드에서 다시 만나자꾸나."

그렇게 말하고 전임 여제이자 리스베스의 어머니 엘세스가 사라졌다.

단비우는 몸을 숙이고 누나의 볼에 가벼운 입맞춤을 했다.

"아름다운 결혼식이었어요. 세상에서 가장 행복한 부부가 되기를."

"나도요." 셀레나가 리스베스의 다른 볼에 입을 맞추며 말했다. "타라가 돌아오면 결혼식 영상을 보여주세요. 결혼식을 보지 못한 걸 많이 아쉬워할 거예요."

"안녕, 내 딸." 크레데비르가 미소 띤 얼굴로 말했다. "이렇게 좋은 기회에 너를 다시 만나 정말 행복했다."

유령들은 마지막 인사를 나누고 사라졌다.

리스베스는 남편과 단둘이 남았다.

"고마워요." 리스베스는 부드럽게 말했다. "당신이 내게 해줄 수 있는 가장 아름답고 가장 감동적인 선물이었어요. 오, 바리우스, 사랑해요! 당신을 잃고 싶지 않아요!"

"나도 그렇소, 내 사랑. 나도 당신을 잃고 싶지 않소."

바리우스가 일시적으로 업무를 중단시켜놓았던 리스베스의 책상 여기저기서 일제히 소리가 울리기 시작했다. 결혼식을 올리는 동안 메시지가 쌓여 있는데 거의 비난조였다. 매직컴도 폭발할 기세로 항의했다.

리스베스는 바리우스를 향해 성난 시선을 던졌다.

"휴식은 이제 끝났다는 뜻이오?"

"네, 우리의 밀월은⋯⋯."

그때였다. 대리석 바닥을 내딛는 전투화 소리가 요란하게 울렸다. 이윽고 문을 거칠게 열어젖히고 화가 잔뜩 난 산도르 황제가 들어왔다. 금빛과 빨간빛 갑옷 차림에 빨간 망토를 어깨에 둘렀고, 길게 땋은 머리타래가 뱀처럼 흔들렸다.

"여기 대체 무슨 일이 일어난 거야!"

산도르는 리스베스의 웨딩드레스, 손을 잡고 있는 두 사람의 반지를 봤다.

뱀파이어처럼 입술을 말아 치아를 드러낸 산도르는 당장이라도 달려들 것 같았다.

"여기서 대체 뭘 한 거야?" 산도르가 외쳤다.

리스베스가 뻣뻣해지더니 매혹적인 신부의 모습은 온데간데없이 냉정한 여제의 모습으로 돌아왔다.

"뭘 한 것 같습니까, 황제?"

"결혼식을 했군. 미쳤니? 행성의 상공에서 혜성이 우리 모두를 죽이려고 하는 때에 너는 결혼식이나 올리고 있다니!"

"나는 여전히 이 제국의 여제입니다. 고로 내가 황제에게 해명할 필요는 없다고 보는데요. 계속 이런 식이면 오랫동안 황제로 남지 못할 겁니다."

산도르는 리스베스를 쳐다보다 딸꾹질을 했다. 리스베스보다 훨씬 밝은 파란 눈에 분노의 빛이 이글거렸다.

산도르는 더는 한마디도 하지 않고 돌아서서 휙 나가버렸다.

아연실색한 바리우스는 산도르가 어찌나 세게 닫았는지 아직도 진동하는 문을 쳐다봤다.

"왜 저러는 거요?"

리스베스 역시 놀란 얼굴로 한숨을 내쉬며 책상 앞으로 갔다.

"모르겠어요. 불안을 표출하는 거죠. 위급한 상황이 벌어지는 동안 에는 사소한 일에도 극도로 예민해져 있지요. 산도르는 뛰어난 전략 가니까요. 지금은 혜성에 집중해야 하는 위급한 상황인데 여제인 내 가 어떻게 한가하게 결혼식을 올릴 수 있는지 도저히 이해가 안 되는 거죠."

리스베스는 페티코트로 한껏 부풀린 화려한 드레스의 하얀 깃털과 얇은 천을 응시했다.

"옷을 갈아입어야지 의자에 앉지도 못하겠어요."

"잠깐, 내가 벗겨줄게요."

리스베스는 유감스러운 얼굴로 사양했다.

"아뇨, 당신이 벗겨주면 나는 아마 정무를 보지 못할 거예요. 지금 부터는 여제로서 제국을 위해 혜성과 맞서야 해요."

리스베스는 쪽빛 눈을 반짝이며 애교 떠는 듯한 미소를 지어 보 였다.

"하지만 약속할게요. 오늘 밤 우리가 살아 있다면 당신이 벗길 수 있게 드레스를 다시 입을게요."

위기 상황에도 불구하고 바리우스와 리스베스는 달콤한 밤을 보낼 수 있었다. 아더월드 모든 국가의 우주선들이 감시하는 가운데 혜성 이 전혀 움직이지 않았기 때문이다.

이틀 후, 드래곤 우주선과 악마 우주선이 도착했다는 소식이 전해 졌다.

두 우주선은 혜성 부근에 자리 잡고 있었다. 공식 성명이 발표되었다.

타라 덩컨이 회유시키는 데 성공한 악마의 사물들의 도움을 받아 혜성과의 대화를 시도할 거란 성명이었다.

불행히도 타라가 혜성을 파괴하지 못하는 이유에 대해서는 아무도 설명해줄 수 없었다.

언론은 즉시 의문을 제기했다. 그 누구도 타라가 적을 공격하지 않는 이유를 설명하지 못한다는 사실이 전 세계의 크리스털리스트들을 미치게 만들고 있었다.

금빛 우주복을 입은 타라와 빛을 번쩍이는 우주 스쿠프는 제한된 장면만 보내주었다. 모두들 혜성 때문에 공포에 사로잡혀 있는데도 아더월드의 크리스털리스트들은 밀착 취재를 위해 위험을 무릅쓰고 빌리거나 훔친 우주선들에 몸을 싣고 몰려들었다.

아더월드의 뉴스 주르스탈에 따르면, 혜성에 가까이 가려는 용기가 있거나 집념에 사로잡힌, 또는 미친 기자들이 꽤 많았다.[57]

타라는 혜성의 주변에서 최대한 멀리 벗어나 있으라고 요구했지만 아무도 지시를 따르지 않았다. 우주 공간에 경찰은 없고, 드래곤 우주선들이 있지만 위반자들에게 대포를 쏘지 않으리라 믿는 것이었다.

하지만 타라가 혜성과 아주 가까운 거리에서 꼼짝하지 않은 채 성난 영혼들과 소통을 시도할 때는 모두 멀찍이 물러났다.

타라의 머릿속 영혼들은 준비가 되었다. 영혼들은 모우르무르 학자

· · · · · · · · · · · · ·
**57.** 이 경우 위험 보험료는 10억 크레디트—무트가 넘는다.

가 혜성 속에 있는 영혼들을 해방시킬 수 있다는 걸 설득해야 했다.

강력한 마법 덕분에 영혼들은 혜성을 향해 호소했다.

혜성은 반응하지 않았다.

영혼들은 다시 시도했다.

타라가 물었다.

'어떤 거 같아?'

'영혼들의 힘만 있는 게 아니야. 벽 같은 것이 느껴져. 보이지 않지만 강력한 뭔가가 봉쇄하고 있어.'

'지킴이들인 것 같아?'

'몰라. 뭔지는 모르겠지만 아주 강력해서 우리는 그 벽을 통과할 수가 없어.'

'오케이, 다른 방법으로 해보자.'

타라는 아르칸즈와 오랜 토론 끝에 악마들에게만 알리고 일반 대중에게는 비공개하기로 결정을 내렸었다. 모우르무르가 모든 이들이 불가능하다고 여기던 일, 즉 영혼들을 해방시키는 데 성공했다는 걸 알렸을 때 마왕은 악마 정부를 장악하기 위해 보울리미-레미 행성으로 돌아가길 원했다.

마침내 타라가 신호를 보냈다. 악마 우주선과 드래곤 우주선이 날린 교란 전파가 타라를 촬영하는 크리스털리스트들의 모든 기구를 후려치며 불투명한 장벽으로 에워쌌다. 덕분에 타라는 완전히 격리될 수 있었다.

그래서 타라는 혜성에게 영상을 보여주었다. 혜성이 외부에서 일어나는 일은 '볼 수' 있다는 걸 알고 있었다. 혜성은 우주선들을 공격하고 우주 공간에 떠도는 암석들을 흡입했기 때문이다.

모우르무르가 오너러블 456과 함께 영혼들을 어떻게 해방시켰는지 그 과정을 담은 영상이었다. 지금까지 보이지 않던 타라의 친구 영혼이 모습을 드러냈다. 모우르무르가 해방시켰던 영혼 중 하나로 비욘드월드로 가지 않은 걸 확인한 개미족이었다. 자이언트 개미의 영혼이 결연하게 혜성 앞으로 이동했다.

"형제자매들이여, 내 말을 들으시오. 이 세계를 공격하면 여러분의 힘이 점점 약해지다 결국에는 아무것도 남지 않을 정도로 모든 힘을 소진할 것이오. 그만 중단하고 우리에게 합류해야 합니다! 이 사람들은 우리를 도와주기 위해 와 있는 겁니다. 잘 봐요! 나는 이제 갇혀 있지 않아요! 나는 자유를 얻었소! 아아아아악!"

타라는 깜짝 놀라서 고개를 들었다. 개미족의 영혼이 엄청난 힘으로 끌어당기는 뭔가와 싸우고 있는 것 같았다. 타라는 아더월드의 마법으로 영혼을 에워싸며 붙잡으려고 했지만 너무 늦었다.

개미족의 영혼이 공포의 비명을 지르며 혜성에게 빨려들었다.

타라는 후퇴했다. 몸에 지닌 영혼들의 빗발치는 항의에도 불구하고 타라는 이 친구들까지 혜성에게 빨려드는 위험을 무릅쓰고 싶지 않았다. 싸우지 않는 한 혜성을 건드리지 못하리라는 걸 깨달았기 때문에 무거운 마음으로 우주선으로 돌아갔다.

타라가 다시 보이자 두 우주선은 교란 전파를 멈추었고, 우주선에 탑승한 크리스털리스트들이 흥분했다.

우주선들이 혜성 옆을 지나갈 때 아무런 반응을 하지 않자 안도하며 팅가푸르의 우주선 도크에 착륙했다. 전 세계의 언론이 타라에게 질문하기 위해 몰려들었다.

그래서 교란시킬 카드를 꺼냈다.

원정대가 지금까지 비밀에 부치고 있던 사엘과 보울라의 출현은 모두를 충격에 빠뜨렸다.

물론 에레는 리스베스의 연락을 받았기 때문에 알고 있었다. 엘프들의 여왕 에레가 사라졌던 동족을 냉랭하게 맞이하자 보울라와 사엘은 몹시 당황했다. 다오보르 행성의 엘프들과는 확실히 달랐기 때문이다.

두 엘프는 아더월드의 엘프들에게 공식적으로 다오보르 행성으로 초대하겠다고 제안했다. 물론 이 소식은 즉시 모든 언론에 대서특필되었다.

〈새로운 마법의 행성 발견! 그 행성에 개발의 길이 열릴까?〉
〈사라졌던 엘프들. 셀렌다의 부동산 시장에 어떤 영향을 줄까?〉
〈다오보르! 공간이동의 문이 설치되는 날이 올까?〉
〈엘프 행성의 발견과 더불어 불어올 새로운 경제 전망은?〉

그리고 일화를 이야기하는 듯한 기사도 실렸다.

〈타라 덩컨이 또 한번 혜성과 소통을 시도했으나 이번에는 실패!〉

요컨대 혜성과 일약 스타가 된 두 엘프에게 관심이 집중되자 타라가 이번만은 미디어의 관심을 덜 받게 되었다. 아르칸즈, 사엘, 보울라, 발라가 에레와 크리스털리스트들의 질문에 답변하는 사이, 타라는 친구들과 함께 도착하기 전에 예약해놓은 양탄자를 타고 황궁으로 달아났다. 그들의 짐뿐만 아니라 의식 없는 파프니르와 벨제부트, 셈과 실버를 실어야 했기 때문에 덮개가 있는 양탄자였다.

무아노는 파프니르를 깨워야 한다고 말했었다. 마법 덕분에 혈액 순환을 정지시켜놓을 수도 있지만 혜성이 공격한다면 친구가 깨어 있는 것이 나을 것 같다는 이유였다.

혜성과 소통하는 데 성공하지 못한 것은 충격적인 일이었다. 타라는 아더월드 상공에 도사리고 있는 위협보다 이 실패가 훨씬 씁쓸했다.

혜성에서 새어 나오는 해로운 마법이 장막처럼 우주 공간으로 퍼지고 있었다.

모우르무르의 기계들이 괴상한 소리를 냈다. 노학자는 혜성이 꼼짝하지 않는 기회를 이용해 혜성이 악마의 영혼들을 모조리 흡수했음을 확인했었다. 하지만 지킴이들과 실버, 셈의 영혼들이 혜성 속에 있는지는 알 수 없었다. 해로운 마법이 방해하고 있었다.

아르칸즈와 협약을 맺은 사물 여섯 개 속의 영혼들이 공격을 제안했었다. 이제는 이 영혼들이 혜성 속에 있는 사물 네 개의 영혼들보다 수적으로 우세했다.

타라는 유감스럽지만 사양해야 했다.

하다하다 정말 다른 해결책이 전혀 없을 때에만 그 희생을 받아들일 터였다.

타라는 팅가푸르에 올 때마다 도시의 아름다움에 감탄했다. 거대한 공원, 미모사*가로수 길 사이에 밀집된 집들(호화롭거나 작은 집인데 일루전 장막으로 가린 것인지는 알 수 없지만), 아더월드 주민들을 돕기 위해 돌아온 에프리트들과 욕조, 침대, 소파침대, 양탄자 등의 다양한 교통수단, 공존하는 여러 종족들, 패밀리어든 아니든 곳곳에 보이는 동물들, 도시는 에너지와 매력을 뿜어내고 있었다.

타라는 혜성이 공격할 경우 일어날 일을 생각하며 가슴이 아팠다. 이 모든 것이 파괴될 텐데.

옆에 있는 마라가 이상하게 침묵하고 있었다. 아르칸즈는 미디어와 인터뷰를 하게 두고 빠져나왔는데 타라의 예상과 달리 마라가 미남 악마와 사귀기로 한 건지 아닌지 아예 말도 꺼내지 않고 있었다.

"마라." 답답해진 타라가 언니로서 물었다. "잘돼가니?"

"혜성 문제 말고? 뭘 물어보는지 모르겠는데." 마라는 어린 동생처럼 천진하게 대답했다.

"아르칸즈와 너 말이야." 타라는 단도직입적으로 물었다.

"아아, 그거. 아르칸즈는 정말 다정하고 매력적이야. 그런데 입맞춤 외에는 나를 절대 건드리려고 하지 않아. 로빈, 여성 악마와 정말 잔 게 아니라고 했지?"

로빈은 한숨을 쉬었다.

"응. 아무리 생각해도 내가 그랬다는 기억이 없어."

"그 여자는 어떻게 했는데?"

로빈은 타라를 힐끔 쳐다봤다.

"그게 확실치 않아……."

타라가 태연하게 끼어들었다.

"악마가 네 목을 껴안았잖아. 사실 여성 악마들은 악마든 인간이든 남자의 목을 껴안아. 마라, 네가 알고 싶은 게 그거지? 남성 악마들도 마찬가지야. 늙은 악마들은 영악해서 인간들이 아름다움을 중요하게 여긴다는 걸 알아차렸어. 그 못지않게 육체적 사랑도 중요하다는 걸 알아차렸지."

마라는 충격을 받은 듯 눈이 동그래졌다.

"그건 생각도 못했어. 악마들에게 그렇게 행동하게 하는 유전자가 있다는 뜻이야?"

"아니, 유전자라기보다는 교육 때문인 거 같아. 그렇게 행동하라는 교육을 시켰다고 생각해. 아무튼 인간 모습의 악마들은 상상도 할 수 없는 온갖 방식으로 우리를 정복할 생각이었어. 유혹도 그 일부야. 바로 그래서 아르칸즈가 너를 건드리려고 하지 않는 거야, 마라."

갈색 머리의 동생이 고개를 끄덕였다. 그래, 이제 이해가 되네.

"자신의 몸에 여자를 유혹하는 프로그램이 입력되어 있다고 생각하기 때문에? 그래서 아르칸즈는 그 프로그램과 싸우는 건가?"

"바로 그거야."

마라가 몇 분 동안 침묵하는 사이 그들은 노란 형광색 컨테이너들이 둥둥 떠서 앞서가기를 기다렸다. 컨테이너에는 무거운 기계들이 실려 있었다.

"아르칸즈가 죽지 않았으면 좋겠어." 마라가 작은 소리로 말했다.

"나도 그래. 귀염둥이, 나도 진심으로 그가 죽지 않았으면 해." 타라는 대답했다.

마라가 눈살을 찌푸리며 발끈했다.

"귀염둥이? 지금 나를 귀염둥이라고 부른 거야?"

타라는 까르르 웃었다.

"웅, 왜, 너는 싫어? 정말 귀여워서 그러는데."

마라는 어이없는 표정을 지었다.

타라는 더 크게 웃었다. 기분전환을 하고 싶었는데 성공한 것이었다. 셀렌바는 재미있다는 듯 눈을 치켜떴다. 뱀파이어는 점점 타라를 좋아하고 있는 자신에게 놀랐다.

그들은 이목을 끌지 않으려 조심하며 황궁에 도착했다. 하지만 속을 리 없는 궁인들은 그들을 주의 깊게 지켜보고 있었다.

리스베스 여제는 문지기에게 타라 일행이 도착하는 즉시 집무실로 안내하라는 지시를 내리고 초조하게 기다리고 있었다.

리스베스는 타라를 포옹하다 눈살을 찌푸렸다.

"타라? 수하물 컨테이너들이잖아? 왜 여기로 가져온 거니?"

"고모, 수하물 컨테이너가 아니에요."

타라의 손짓에 셀렌바가 컨테이너를 열었다.

실버, 셈, 벨제부트, 파프니르가 누워 있었다. 리스베스의 얼굴이 창백해졌다.

"죽었어?"

"아니. 파프니르는 기절시켜서 재워놓은 거야." 데미데루스가 말했다. "반면 실버와 셈 선생은 죽은 것 같은데 잘 모르겠다."

"남편이 죽은 걸 알면 드래곤 여왕과 심각한 문제가 생길 텐데요." 바리우스가 말했다.

"사실 우리도 어떻게 된 일인지 정확하게 몰라."

타라 일행은 두 시간 동안 원정 기간에 일어났던 파란 많은 일들을 자세히 설명했다.

리스베스 여제는 한동안 잠자코 있다가 말했다.

"그리고 나 결혼했어요."

그들은 멍하니 입을 벌렸다. 이윽고 타라와 마라가 동시에 외쳤다.

"네?"

리스베스는 얼굴이 빨개져서 바리우스의 손을 잡았다.

"단둘이 있을 때만 반지를 끼기로 했어. 당분간은 비밀에 부치는 것이 좋으니까. 영상을 보여줄게."

그들이 중요한 일이 있어서 나중에 보겠다고 말할 겨를도 없이 리스베스는 결혼식 영상을 나타나게 했다.

칼과 로빈은 잠자코 있지만 같은 생각을 하고 있었다. '아무튼 여자들이란!' 반면 타라와 마라는 완전히 홀려 있었다. 케빌리아 반지, 들러리들의 드레스, 고모의 웨딩드레스(브라보, 누가 만든 거예요? 최고 패션 디자이너에게 의뢰했어요? 드레스에 가려서 안 보이는데 구두는요?). 그들은 잠시나마 긴장 상태에서 벗어날 수 있었다.

그렇게 웃음꽃이 피는 동안 셸렌바는 부러운 시선으로 지켜보며 이를 악물었다. 임신한 뱀파이어에게는 너무 힘든 시간이었다.

타라는 고모를 끌어안았고, 바리우스와도 포옹했다.

"두 분 축하드려요. 정말 기쁜 소식이에요."

리스베스가 미소를 지었는데 세상을 다 가진 것 같은 기쁨이 담겨 있었다.

이윽고 미소가 사라지고 다시 무거운 짐이 여제의 어깨를 짓눌렀다.

"파프니르를 여기서 깨워도 되겠습니까?" 무아노가 물었다. "폐하께 부탁드릴 게 있습니다."

"안 될 거 없지." 리스베스 여제는 호기심이 가득한 얼굴로 빨간 드레스 자락을 매만지며 편안한 소파침대에 앉았다.

"파프니르는 아마 깨어나는 즉시 실버의 죽음을 애도하는 장례 의식을 행하려고 할 겁니다. 우리는 폐하께서 파프니르에게 먼저 싸운 다음에 실버를 애도하라는 명을 내려주길 부탁합니다. 파프니르가 친구들의 말을 들으려고 하지 않을 것이기 때문입니다. 그리고 우리는 파프니르가 희망을 갖길 바라고 있습니다. 파프니르도 우리처럼 실버와 셈 선생님이 죽지 않았다고 믿기를 바라고 있습니다."

리스베스 여제는 고개를 끄덕였다.

"그래, 무슨 말인지 알겠다. 시작해."

무아노가 걸어놓은 주문을 거두자마자 파프니르는 눈을 떴다. 벨제부트도 동시에 눈을 떴고 다오보르 행성이 아니라 여제의 집무실이라는 걸 알고 야옹거렸다. 파프니르는 알아차리는 데 시간이 좀 더 걸렸다. 잠시 꼼짝도 않던 난쟁이의 얼굴에 잿빛 베일처럼 슬픔이 번졌다. 그러고는 벌떡 일어나더니 등을 구부리고 입을 열었다. 하지만 여제가 더 빨랐다.

"파프니르!"

여제의 목소리가 회초리처럼 날아가 슬픔의 베일을 뚫었다. 파프니르는 차려 자세를 취하듯 똑바로 섰다.

"실버와 셈 선생은 죽지 않았다. 내 말 잘 들어, 대장장이 씨족의 파프니르! 지금은 애도의 노래를 부를 때가 아니다. 그 둘을 되찾으려면 너의 도움이 필요해. 둘의 영혼이 혜성의 포로로 붙잡혀 있는 것이 틀림없기 때문에 우리는 그들을 해방시켜야 한다. 본래의 모습으로 돌아와 있지 않은 것으로 보아 셈 선생의 마법은 여전히 작동하고 있다. 파프니르, 희망이 있어!"

파프니르는 무표정한 얼굴로 듣고 있었다. 벨제부트가 으르렁거리자 파프니르는 놀란 얼굴로 몸을 숙였다.

이윽고 컨테이너에 누워 있는 셈 선생님과 실버의 몸을 향해 돌아섰다. 그리고 또박또박 말했다.

"큰 문제가 생긴 것 같은데요."

실버와 셈 선생님의 몸이 일어나는 걸 보면서 그들은 경악했다.

셈과 실버가 그들을 향해 돌진했다.

# 33

# 완전한 패배

어떻게 그런 기상천외한 작전을 펼치나

*

그와 동시에 도시와 황궁 도처에서 경보 사이렌이 울리기 시작했다.

그들은 경악해서 아가리를 벌리고 달려드는 드래곤과 검이 없기 때문에 주먹을 불끈 쥐고 달려드는 실버를 쳐다보고 있었다.

그때였다. 우주선들이 새까맣게 날아오기 시작했다.

수백 대에 이르는 우주선.

5000년 전에 사라진, 여기저기 훼손된 아주 낡은 검은색 우주선들이었다.

사라졌던 엘프들이 돌아오고 있었다.

팅가푸르는 혜성의 공격에 대비하고 있었다. 300만 엘프가 닥치는 대로 죽이려고 달려들 줄은 전혀 예상도 못하고 있었다.

혜성의 기상천외한 작전이 동시다발적으로 시작되었다.

타라와 친구들, 악마들, 드래곤들, 원정대에 참여했던 모든 이들은 전혀 알아채지 못하고 있었다. 혜성이 폭발음을 낸 것은 영혼들을 빼낼 수 있는 지킴이들의 기술을 이용한 것이었다. 예전에 입력된 프로그램에서 완전히 벗어난 지킴이들은 악마의 영혼들 못지않게 광기에 사로잡혀 세계 정복을 도와주기로 결정한 것이었다.

악마의 영혼들이 여러 개씩 드래곤들과 악마들을 비롯해 원정대 전원의 몸속을 차지했지만 아주 깊이 숨어 있었기 때문에 타라와 친구 영혼들도 알아채지 못했다.

미친 영혼들은 타라와 친구들을 순식간에 점령했다.

타라와 친구들은 공격하려는 드래곤과 실버에게 맞설 준비를 하면서도 갈퀴발톱과 송곳니의 위협에 개의치 않고 움직이지 않았다. 그러자 드래곤과 실버의 몸도 움직이지 않았다.

'말도 안 돼!' 타라가 속으로 외쳤다. '어떻게 이럴 수가!'

갑자기 머릿속에서 낯선 목소리가 들렸다. 하지만 타라가 잘 아는 목소리였다.

'미안해, 정말 미안해. 내 몸을 겨냥했는데 내가 네 몸속으로 들어왔기 때문에 지킴이들이 경계하는 것이 틀림없어.'

타라는 경악했다.

'실버?'

'응. 셈 선생님과 나는 혜성에게 흡수되었어. 혜성이 거의 모든 영혼들을 해방시켰고, 다오보르의 엘프들뿐만 아니라 너희들과 아르칸즈의 몸속도 차지했어. 그래서 지난번에 너희들 모두 기절했던 거야. 그리고 혜성이 방금 우리를 조종하기 시작했어. 게다가 지금 이 순간

아더월드 곳곳에서도 혜성의 군대가 공격하고 있을 거야.'

이런 사실을 전혀 모르는 리스베스와 바리우스는 마법을 작동하고 제일 먼저 달려드는 놈을 태워버릴 자세를 취하고 있었다. 반면 셀렌바와 마라, 칼, 파브리스, 무아노, 데미데루스, 로빈, 모우르무르, 히글 5는 셈과 실버의 육신들과 함께 위협적으로 리스베스와 바리우스를 포위하고 있었다.

파프니르도 악마의 영혼에게 점령되어 있었다. 반면 벨제부트는 이상한 행동을 했다. 고양이가 어깨를 들썩거리는데 마치 날아오르려고 애쓰는 것 같았다.

'벨제부트가 마치 뭔가를 내뿜으려는 것처럼 자꾸 내뱉는 걸 보니까 셈 선생님도 새 몸을 찾은 것 같아.' 실버가 타라의 머릿속에서 말했다.

타라는 악마 세계의 장밋빛 고양이를 쳐다봤다. 몹시 화가 나 있는 것 같았다.

'맙소사! 셈 선생님이 벨제부트의 몸속에 있단 말이야?'

'내 생각에는 그래.' 실버는 짤막하게 대답했다. '선생님도 자신의 몸으로 돌아가려고 했던 게 틀림없어.'

타라는 불안한 얼굴로 친구들을 쳐다봤다. 생기 없는 차가운 얼굴들을 보자 소름이 돋았다. 친구들은 타라에게 주의를 기울이지 않았다.

타라는 이동의 팔찌에 뭔가를 입력했다. 어깨 위에 앉은 갈랑이 약간 불안해서 타라는 쓰다듬어주는 것으로 안심시켰다.

"군대에 항복하라고 지시하라!" 로빈이 침울한 목소리로 여제에게 말했다. "우리가 이 행성을 지배할 것이다."

리스베스 여제는 마법의 강도를 높였다. 죽을 때까지 싸울 각오였다.

"우리는 절대 항복하지 않는다!" 여제는 격분했다.

"그럼 당신들은 죽을 것이다."

로빈의 주먹에서 시커멓고 해로운 불이 솟구쳤다. 타라는 즉시 개입했다.

타라는 리스베스의 공격 방향을 바꿔놓고 바리우스와 고모, 벨제부트를 붙잡고 팔찌를 작동했다.

그리고 사라졌다.

황궁 밖에서 다시 나타나기 위해서였다. 타라는 더 멀리 가고 싶지 않았다. 세 사람과 고양이 한 마리를 어느 정도의 거리까지 이동시킬 수 있는지 모르기 때문이었다.

리스베스는 비틀거리다 중심을 잡았다.

리스베스와 타라가 마주 보는 사이, 닥치는 대로 파괴하며 전진하는 엘프 군대를 피해 사람들이 정신없이 달아나고 있었다.

"타라!" 여제는 진노했다. "무슨 일인지 설명해줘야지?"

"혜성이에요!" 타라가 외쳤다. "혜성이 악마의 영혼들을 내 친구들의 몸속에 들여보내고 마음대로 조종하고 있어요! 그래서 다오보르의 엘프들도 우리를 공격하는 거예요! 이것이 바로 혜성이 아더월드에 도착한 뒤로 조용히 있었던 이유예요. 혜성은 엘프들의 우주선들이 오길 기다리고 있었던 거예요. 우리가 장벽으로 방어할 수 있다는 걸 알고 있기 때문에. 엘프 군대가 지상에서 공격하는 사이 혜성은 우리를 쉽게 죽일 수 있으니까요. 그다음 악마들을 공격할 거예요!"

"야옹!" 장밋빛 고양이가 성난 낯짝으로 울음소리를 냈다.

리스베스 여제는 떨리는 손으로 얼굴을 감쌌다.

"우리가 졌구나!"

"아니오." 바리우스가 말했다. "늑대인간들에게 연락하면 도와주러 올 거요."

리스베스는 정신이 번쩍 들었다.

"그래요, 당신 말이 맞아요! 늑대인간들의 영사관으로 갑시다, 빨리!"

하지만 혜성은 그들에게 틈을 주지 않았다.

팅가푸르를 향해 떨어지는 불타는 광선이 긴 자국을 남기며 생명체들을 빨아들이기 시작했다.

그들은 뛰었다. 타라는 날아가야 할 경우를 대비해 갈랑을 본래의 크기보다 더 크게 바꿔놓았다.

저 멀리서 산도르가 지휘하는 오무아 군대가 엘프 군대와 싸우고 있지만 협공당하고 있었다.

뒤쪽에서는 광선이 살육을 하고, 앞에서는 악마 영혼들의 조종을 받는 엘프 군대가 전진해오고 있었다.

타라가 마법을 사용하려 할 때 실버가 머릿속에서 말했다.

'안 돼. 네 힘은 더 중요한 순간을 위해 아끼고 있어. 저들은 나한테 맡기고.'

'오케이. 잠깐 기다려봐.'

타라의 생각을 대번에 알아차린 체인지라인이 멋진 검 두 자루를 타라에게 주었다. 칼날에 소용돌이 문양과 금장식이 되어 있었다. 타라는 고모에게 장밋빛 고양이를 맡겼다. 벨제부트가 무슨 말을 하려고 애썼지만 고양이의 성대로는 그럴 수 없기 때문에 뜻을 이루지 못했다.

실버는 타라의 몸을 페가수스에 태웠다.

그러고는 다오보르의 엘프들에게 달려들었다.

타라는 방해하지 않기 위해 머릿속으로 물러나서 실버가 싸우는 방식을 유심히 관찰했다. 실버는 호리호리하고 가벼운 타라의 몸을 이용해 치명타를 날리는 공격을 하고 있었다. 타라는 절대 이런 식으로 싸울 수 없을 텐데. 실버에게는 검을 유도하며 어떤 공격도 피할 수 있게 몸을 움직이는 특별한 감각이 있는 것 같았다.

실버는 치명상을 입히는 완벽하고 절대적인 무기였다.

리스베스와 바리우스는 타라의 공격에 밀려 후퇴하는 다오보르의 엘프들을 지켜보며 아연실색했다. 타라는 꼭 필요한 경우가 아니면 엘프를 죽이지 않고 있었다. 페가수스와 타라는 아주 정확하게 엘프들을 조준해 가차 없이 일격을 가하고 있었다.

맙소사, 타라의 전투가 다른 엘프들의 주의를 끌었다.

바리우스와 리스베스도 옷을 갑옷으로 바꾸는 주문을 읊었다. 그리고 전투에 합세해 엘프들의 검은 마법을 상대로 마법을 발사했다.

타라는 싸우느라 정신이 없는 실버가 보지 못하는 것을 살펴볼 수 있었다. 몸을 점령한 악마의 영혼들이 다오보르의 엘프들을 변신시켜놓았다.

남녀 엘프들의 피부가 잿빛을 띨 정도로 시커메져 있었다. 그리고 맨살이 드러난 가슴에 마지스터의 빨간색 원과 비슷한 검은색 원이 새겨 있었다.

타라와 리스베스, 바리우스는 공격을 받고 있었다. 타라가 마법을 사용하려는 순간 아더월드의 엘프들이 다오보르의 엘프들을 기습했다.

악마의 영혼들이 장악한 다오보르의 엘프들은 수적으로 우세할 뿐 싸울 줄을 몰랐다. 악마들에게 죽음을 당해 독성 있는 철 속에 갇힌 종족들은 대체로 전사들이 아니었다.

전통적인 무기로는 이길 수 없다는 걸 알아차린 악마의 영혼들이 부식시키는 마법을 사용하기 시작했다.

눈 깜짝할 사이에 악마의 영혼들은 아더월드의 엘프군들을 쓰러뜨렸다.

아더월드의 남성 엘프들로서는 대체로 나이가 많은 다오보르의 여성 엘프들을 상대로 죽기 살기로 싸우는 것이 내키지 않았다. 더군다나 5000년 전에 사라졌다가 돌아온 동족이 아닌가.

차츰 다오보르의 엘프들이 승기를 잡고 있었다. 불과 몇 시간 만에 팅가푸르는 점령이 되었다.

타라는 아더월드의 주요 수도들에서도 같은 상황이 일어나고 있다고 확신했다.

하지만 무엇보다 최악은 불타는 광선이 지면을 새까맣게 태우고 있는 것이었다. 아더월드 주민들이 생명을 잃고 쓰러지는 이들을 망연자실해서 바라보고 있었다. 포식한 혜성이 점점 강력해지고 점점 거대해지고 있었다.

광선의 폭이 넓어지고 있었다. 혜성은 다오보르의 엘프들이 죽든 말든 개의치 않고 있었다. 혜성이 원하는 것은 오직 악마들을 절멸하기 위해 최대한 많은 힘을 회수하는 것이었다. 이제 혜성은 마법사들의 영혼을 흡수하는 방법도 알기 때문에 힘이 기하급수적으로 커지고 있었다.

타라는 선택의 여지가 없음을 느꼈다. 늑대인간들이 대거 들이닥친다고 해도 마법 능력이 없으면 혜성을 상대로는 무방비 상태가 될 터였다.

타라는 그레이 엘프들을 상대로 싸우고 있는 리스베스와 바리우스에게 마법을 날려 두 사람을 페가수스의 엉덩이에 앉혔다.

"뭐하는 거니?" 리스베스가 외쳤다. "눈앞에서 전투가 벌어지고 있는데."

"네, 알아요." 타라가 외쳤다. "하지만 나는 우주선으로 돌아가야 해요! 혜성과 맞서 싸우려면 가까이 가야 해요! 하늘로 가야 한다고요!"

불행히도 타라가 악마의 영혼에게 장악되지 않았음을 눈치챈 다오보르의 엘프들이 타라를 겨냥해 마법으로 공격을 퍼부었다. 타라는 공격을 대부분 피했지만, 영악한 엘프 하나가 지붕 위에서 뛰어내리며 타라를 덮쳤다. 바리우스와 리스베스를 태운 갈랑은 나무숲으로 떨어졌다.

타라는 하늘로 날아가지 않기로 하고 두 발을 땅에 딛고 아더월드 행성과의 접속을 유지했다. 그리고 옆에서 윙윙거리는 살아있는 돌과 행성에서 사용할 수 있는 모든 힘을 빨아들였다.

떨어지면서 다친 갈랑의 고통이 느껴졌지만 아직 살아 있었다.

타라는 온힘을 다해 마법으로 혜성을 후려쳤다.

타라는 아더월드라는 행성을 사랑하는 마음으로, 자신을 점령한 영혼들에서 벗어나기 위해 있는 힘을 다해 싸우고 있을 칼을 사랑하는 마음으로, 리스베스 고모와 바리우스를 사랑하는 마음으로 사력을 다했다.

타라는 필사적으로 지니고 있는 힘과 지력을 모두 쏟았다.

타라의 마법이 혜성과 충돌했고, 불타는 광선은 갈랑과 바리우스, 리스베스에게 도달하기 직전 멈췄다. 혜성이 고통과 분노의 고함을 질렀다. 바로 그 순간 타라의 친구 영혼들이 싸움에 끼어들었다. 영혼들도 동족의 광기에 분노하며 힘껏 혜성을 후려쳤다.

애석하게도 지킴이들이 예상하고 있었다. 타라가 자신의 마법만 사용했다면 혜성을 저지할 수 있었을 텐데. 친구 영혼들이 타라를 도와주러 나선 것이 큰 실수였다.

지킴이들이 영혼들을 낚아채어 흡수해버렸으니.

타라가 지니고 있는 악마의 사물들에서 영혼들이 떨어져나가면서 팔이 불에 타는 것 같았다. 참을 수 없는 통증 때문에 타라는 혜성에 대한 공격을 멈출 수밖에 없었다.

타라는 팔찌들을 풀어 던졌다. 영혼이 모두 빠져나간 팔찌들이 눈앞에서 폭발했다.

갑자기 아더월드에서 수천 타트롤 떨어진 상공에 있는 혜성이 거대해 보일 정도로 불어났다.

타라는 불타는 광선이 내려와 자신의 몸을 태우는 순간 영혼이 떨어져나가는 걸 느꼈다.

완전한 패배였다.

# 아더월드

집을 깔끔하게 치워놓고 잠들었다가 깼을 때
달갑지 않은 불청객들을 발견하면 어쩌려고

\*

뭔가…… 좋지 않았다. 뭔가가 아프게 하고 있는 건가? 아픔이라는 낱말. 아픔의 개념치고는 이상했다.

낱말, 개념, 생각, 이 모든 것이 둥둥 떠 있는데 거의 잡힐 듯 말 듯 했다.

그리고 감각들이 있었다. 마치 뭔가가 피부를 갉아먹는 것 같았다. 이것도 좋지 않은 느낌 때문인가?

공포, 통증, 미련, 살려줘!

행성의 정신은 소스라쳤다. 누군가가 살려달라고 소리치고 있었다. 희미해서, 아주 희미해서 누군지 알 수 없었다. 마침내 한때 몸의 일부였던 것의 소리라는 걸 알았다. 몸의 일부? 아니면 정신의 일부?

왜 느낌이 더 격해지지? 머릿속에 새겨지는 낱말마다 한 개념으로 결합되고 있었다.

　행성이 공격을 받았었다. 그래 공격을 받았었다. 불쾌했었다.

　갑자기 어디선가 방출된 에너지가 후려쳤다. 시냅스(신경세포 뉴런의 접합부를 가리키는 말―옮긴이)들이 접합되었다. 거의 철컥하는 소리가 날 정도로 이음새가 아물렸다.

　행성의 정신은 촉수를 내밀었다. 정신적 촉수? 불안해하면서 고통스럽게 부르는 누군가를 향해 촉수를 내밀었다.

　이름이 있었는데. 뭐였지? 아, 이름이…… 살아있는 돌이었다.

　살아있는 돌. 살아있는 돌은 몹시 화가 나 있었다. 살아있는 돌이 결합되길 원하고 있었다.

　돌아오길 원하고 있었다.

　결합된 정신이 복종했다. 구멍을 만들었다. 행성의 정신은 살아있는 돌을 내밀한 곳으로 맞아들였다.

　그리고 갑자기 엄청나게 많은 설명과 발견, 기쁨, 두려움, 모험이 쏟아져 들어왔다.

　"나 때문에! 하지만 난 살아 있어!"

　그리고 아더월드는 깨어났다.

　그리고 어떤 면에서 아더월드는 살아있는 돌이었다.

　살아있는 돌이 몹시 사랑하던 타라.

　타라가 살해되었다.

　살아있는 돌은 몹시 격분해 행성이 되었고 혜성을 향해 무시무시한 힘을 작동했다. 타오르는 가슴에서 나간 마법의 광선은 그동안 혜성이 보냈던 것보다 수십억 배로 강력했다.

혜성은 뭐가 후려쳤는지 전혀 몰랐다. 어찌나 격렬한 힘인지 혜성은 수많은 입자로 쪼개져 우주 공간으로 멀어져갔다. 독성 있는 금속이 증발했다. 살아있는 돌/행성은 뭘 해야 하는지 알고 있었다. 갈피를 못 잡는 영혼들이 악마들에게 돌아가지 못하게 막고 해방시켰다.

그러고 나서 살아있는 돌은 자기 자신에게로 돌아와 엘프들과 인간들, 드래곤들의 몸속에 갇힌 영혼들도 해방시켰다.

살아있는 돌은 친구 엘프들이 동의하면 그들의 몸속으로 돌아가게 해달라는 몇몇 영혼을 제외하고 모두 해방시켰다. 이들 중 특히 텍키는 보울라의 몸속에 남았다.

살아있는 돌은 본래 일체였던 육신에 영혼들을 보내주었다. 몇몇 육신은 너무 오래전에 죽었기 때문에 돌아갈 수 없었다. 그래서 이런 영혼들은 비욘드월드로 떠났다.

본의 아니게 괴물 혜성이 되었던, 암소 형상의 불쌍한 별은 중상을 입었다. 살아있는 돌/아더월드는 암소-별을 치료해준 다음 사람들이 굉장히 화가 나 있으니 암소-별 구이로 끝장나고 싶지 않다면 멀리 가서 얌전히 지내라고 충고했다. 암소-별은 영문을 전혀 모르지만 긴 여행을 떠나기로 결정하고 가능한 한 빨리 달아났다.

이윽고 살아있는 돌/아더월드는 감히 무례하게 도전한 혜성이 겁도 없이 훼손한 것들을 복원했다. 행성 자신은 아무래도 상관없지만 살아있는 돌이 팅가푸르를 몹시 사랑하기 때문에 생명을 불어넣고 복원했다.

마침내 살아있는 돌은 타라를 치료하고 끔찍하게 타버린 몸을 회복시켰다.

그리고 타라를 깨웠다.

타라는 눈을 떴다.

살아 있다니 믿기지 않았다.

타라는 몸을 만져봤다.

분명히 자신의 몸이 맞았다.

머릿속에 타라 혼자였다. 실버는 떠나고 없었다. 그런데 이상하게
도 잔재 같은 것이 남아 있었다. 실버의 전투 기술? 이런, 실버가 왜
전투 기술을 남겨놓았지? 죽었나?

타라는 눈을 깜박였다. 아더월드의 두 태양 빛을 받아 눈이 부시게
반짝이는 뭔가가 앞에 있기 때문이었다.

타라는 멍하니 입을 벌린 채 형체를 응시했다. 정확히는 살아 있는
크리스털로 이뤄진 것이었다.

"타라!" 크리스털이 놀랍게도 유리로 된 머리카락을 흔들며 외쳤
다. "움직여야지. 우리는 아직 할 일이 많은데!"

타라는 마비가 되어 있는 것에 놀랐다. 크리스털 실루엣이 일으켜
주고 비틀거리는 타라를 잡아주었다.

"다 잘돼가고 있어. 내가 다 복원해놨거든."

타라는 눈살을 찌푸렸다. 귀에 익은 목소리인데 누구지……? 갑자
기 기억이 났다.

"살아있는 돌?"

크리스털이 미소를 지었다.

"그래, 나야. 석영과 시냅스로 이뤄진 살아있는 돌 맞아. 우리 정말 위험했어!"

"근데 이제는 정상적으로 말하네?"

크리스털이 고개를 끄덕였다.

"내가 황무지 늪의 흑장미 섬에 있을 때는 정상적으로 말했어. 나와 내 정신이 접속되어 있었으니까. 너희들이 나를 마법으로 다듬어서 데려갔을 때 접속이 끊어졌지. 그런데 방금 그 정신을 되찾았어. 너를 잃었다는 것이 너무 겁나서 살려달라고 소리쳤거든. 그리고 내 대답을 들었지."

"네 대답을 들었다고?" 타라는 아직 이상한 꿈을 꾸는 게 아닌지 의문이 들어 반복했다.

"응." 살아있는 돌이 자랑스럽게 대답했다. "내가 나를 찾았거든!"

"네가 너를 찾았다고? 네가 누군데?"

크리스털 실루엣이 서서히 장밋빛으로 물들었다. 마치 살아있는 돌의 감정에 따라 크리스털의 색깔이 변하는 것처럼.

"나? 나는 이 행성의 정신이야!"

이 말에 타라는 앉아야 했다. 이상하게 다리에 힘이 풀렸기 때문이다. 타라는 옆에 있는 하얀 의자 끝에 엉거주춤 앉았다.

잠시 후, 갈랑이 옆으로 날아와 타라가 맞는지 확인하려는 듯 냄새를 맡았다. 바리우스와 리스베스가 페가수스에서 내리더니, 두 손을 허리에 대고 기다리는 크리스털 실루엣 앞에서 눈이 동그래졌다.

"어떻게 된 거니?" 리스베스 여제가 물었다. "이 실루엣은 뭐지?"

아, 타라는 기회를 놓치지 않고 약간 건방지게 손짓을 해가며 말했다.

"혜성이 패했고 영혼들은 해방되었어요. 그리고 또 뭐 물어보셨죠? 아, 이건 아더월드의 정신이에요."

바리우스와 리스베스는 눈이 휘둥그레져서 생기 있는 크리스털 실루엣을 쳐다봤다. 바리우스가 몸을 숙여 아내의 귀에 대고 소곤거렸다.

"방금 당신의 조카가 뭐라고 했는지 알아요?"

"바리우스, 이제는 당신의 조카이기도 해요. 실은 나 역시 타라가 뭐라고 하는 건지 이해가 안 돼요."

두 사람은 크리스털 실루엣을 다시 쳐다봤다.

크리스털 실루엣이 웃음을 터뜨렸다.

"암, 그럴 테지. 나는 '살아있는 돌'이고, 이 행성의 정신이다!" 크리스털 실루엣이 바리우스와 리스베스에게 말했다.

"이 행성의 정신? 이 행성에 정신이 있다고?" 리스베스는 충격을 받은 듯 깜짝 놀랐다.

"그렇다. 공간이동의 문, 그게 나다." 실루엣이 노래 부르듯 말했다. "마법, 그것도 나다! 아더월드에 퍼져 있는 석영의 광맥이 곧 나의 정맥이고, 암석은 나의 살이며 생각은 내 정신에서 순환하는 것이다. 나는 잠들어 있었지만 너희들이 나를 깨웠다! 혜성이 나를 깨웠다! 이미 준비되었던 일을 완전히 끝냈다."

충격적인 말에 바리우스도 앉을 필요가 있는 것 같았다.

"당신이 그러니까…… 인식능력이 있는 행성이라는 겁니까?"

"그렇다." 실루엣이 대답했다. "모든 행성이 인식능력이 있는 건 아니다. 많은 행성이 살아 있지만 그렇다고 전부 다 정신이 있는 건 아니니까. 마법을 생성하는 석영이 우리가 서로 소통할 수 있게 해주는 것이다. 모두 잠들어 있기 때문이다. 우리는 지구, 드란보우글리스펜쉬르, 너희들이 공간이동의 문을 설치해놓은 모든 곳과 소통할 수 있다. 공간이동의 문은 우리의 힘에서 나오는 것이기 때문에."

타라는 생각했다. 예전에 브래드포드 메델루스는 살아 있는 식물을 지니고 있으면 공간이동의 문을 통과할 수 있다고 단언했었는데.

크리스털 실루엣이 즉시 고개를 흔들었다.

"아하! 모든 것은 우리의 힘에서 나오는 거야. 식물은 너희들이지!"

"나 아무 말도 안 했는데." 타라가 항변했다.

"들었다. 내가 원하면 너희들이 하는 말을 들을 수 있어." 실루엣이 응수했다.

와우, 텔레파시 능력이 있는 행성이라니! 타라는 이런 이변은 시작일 뿐이라는 느낌이 들었다. 하지만 다오보르 행성이 진동하는 걸 느꼈던 이유가 이제야 이해가 되었다. 살아 있는 행성이기 때문이었어!

아더월드가 허공에 대고 손짓을 했는데 갑자기 양탄자 하나가 유형화되어 그들은 깜짝 놀랐다. 아더월드가 펄쩍 뛰어오르더니 손짓을 했다.

"칼이 괜찮은지 보러 가야지? 너를 찾고 있을 거야, 타라."

아직 완전히 감각이 돌아오지 않은 타라는 페가수스에 올랐고, 잔뜩 긴장한 바리우스와 리스베스는 크리스털 실루엣과 함께 양탄자를 타고 이동했다.

크리스털 실루엣은 배려심이 있었다. 그들을 무형화시켜 칼 앞에서 유형화시킬 수도 있지만 이미 혼란에 빠진 이들에 대한 배려였다.

한편 황궁 안은 그야말로 아수라장이었다. 리스베스 여제를 찾지 못한 티그족 친위대는 미쳐가고 있었다. 드래곤 둘을 비롯해 최고 마구스 데미데루스, 현 후계자의 남친 칼, 후계자의 보디가드 셀렌바, 차기 후계자 마라, 난쟁이 전사 파프니르, 파브리스와 랑코비트의 공주 글로리아 다아빌, 발명가 모우르무르 덩컨과 연인 히글 5는 내면에서 시키는 대로 움직이는 것은 모조리 마구 죽였었다.

그러다 무시무시한 광선에 황궁이 박살이 날 뻔했을 때 갑자기 모든 것이 중단되었다.

그리고 모든 이들이 공황 상태에 빠졌다.

리스베스 여제가 등장해 몇 가지 명을 내리자 몇 분 만에 질서가 잡혔다. 모두들 후계자와 닮은 생기 있는 크리스털 실루엣의 정체가 궁금한 눈치였지만 관심을 갖기에는 너무 할 일이 많았다.

타라 일행은 한 복도에서 칼과 다른 친구들을 발견했다. 그들은 티그족 친위대 100명에게 포위되어 두 손을 머리에 얹은 채 앉아 있었다. 셈 선생님과 실버는 인간의 모습을 되찾은 상태였다. 파프니르와 하프드래곤은 다시는 헤어지지 않겠다는 듯 꼭 끌어안고 있었다.

크산디아르는 여제가 무사하다는 걸 알았는데도 진정되지 않는 가슴을 가라앉히려고 애를 쓰고 있었다.

친위대장은 깊이 안도하는 표정으로 여제를 쳐다봤다.

"폐하." 친위대장이 주먹 네 개로 가슴을 치며 인사했다.

"모든 게 잘되어가고 있다, 친위대장." 리스베스는 미소를 지었다.

"피해는 막심하지만. 이제 포로들을 풀어줘도 된다. 악마의 영혼들에게 붙잡힌 희생양들이다. 그리고 영혼들은 모두 해방되었다."

크산디아르는 훌륭한 군인이었다. 상관이 괜찮다고 하면 다 괜찮은 것이었다. 그렇지만 부하들을 죽인 걸 생각하면 계속 감시를 할 터였다. 만일의 경우를 대비해서.

자유로워지기 무섭게 달려온 칼이 어찌나 꼭 끌어안는지 타라는 숨이 막힐 뻔했다.

"얼마나 무서웠는지 몰라, 타라! 난…… 나는 네가…….."

"나도 그런 줄 알았어. 끔찍했지. 하지만 지금은 다 잘돼가고 있어. 혜성이 무력화되었거든."

"그리고 내가 영혼들을 해방시켰어." 살아있는 돌/아더월드가 경쾌하게 말했다. "모든 영혼을. 마지막으로 이 행성에 있는 영혼들도 내가 직접 악마들의 행성으로 가서 해방시킬 거야!"

모두들 깜짝 놀란 눈으로 타라를 꼭 닮은 크리스털 실루엣을 쳐다봤다.

칼이 타라의 귀에 대고 속삭였다.

"타라? 너 또 무슨 짓을 한 거야?"

전 행성에서 오무아 제국에 무슨 일이 일어났는지 묻는 메시지들이 쏟아지고 있어서 타라와 마라, 리스베스 여제는 정신없이 바빴다.

전 세계에서 쇄도하는 영상 때문에 크리스털리스트들 역시 어떤 것부터 보도해야 할지 정신을 차릴 수 없을 정도였다.

도처에서 다오보르의 엘프들이 영문을 모른 채 감옥에 갇혔다. 엘프들의 몸을 장악했던 악마의 영혼들이 죽일 듯 살벌한 병사들 앞에 엘프들을 남겨두고 연기처럼 사라져버렸던 것이다. 엘프들은 즉시 무기를 내려놓고 대부분 관절염에 걸려 있는데도 두 손을 번쩍 쳐들었다.

아더월드의 모든 나라에서 같은 상황이 벌어지고 있었다.

다오보르의 엘프들이 열세였던 두 곳 중 하나는 금지된 대륙이었다. 늑대인간들은 시커먼 악마의 마법을 사용하는 엘프들이 들이닥치자 거칠게 행동했다.

불행히도 엘프 공격자들은 대부분 잡아먹혔다.

틸 대통령은 다오보르의 엘프들 전체가 아더월드에 들이닥친 걸 생각하면 쉽지 않은 싸움이기 때문에 항복을 받아내는 즉시 감옥에 처넣으라고 명했다.

다오보르의 엘프들에게 당하지 않은 또 한 곳은 히플리아였다. 이상하게도 히플리아에서는 아더월드의 마법보다 악마의 마법이 훨씬 더 통하지 않았다.

난쟁이들은 도끼, 말뚝, 날카로운 도구들을 늘 끼고 다니는 습관이 있었다.

난쟁이들은 엘프들을 쉽게 해치웠다. 히플리아가 작은 나라인 데다 난쟁이족을 우습게 여긴 악마의 영혼들이 우주선을 한 대만 보낸 것이 패착이었다. 사실 악마의 영혼들은 난쟁이 기술자들에게 눈독을 들이고 있었기 때문이다.

히믈리아에는 감옥에 갇힌 포로들이 없었다. 불행히도 혜성이 파괴되기 전에 이미 엘프들이 도끼를 맞고 죽음을 면할 수 없었기 때문이다.

걱정이 된 무아노가 파프니르와 함께 부모님에게 연락했다 전해 들은 소식이었다.

파프니르는 실버가 살아 있다는 걸 믿지 않고 있었다. 파프니르와 실버가 사랑이 가득한 얼굴로 서로를 쳐다보는 사이, 생선을 먹고 싶은 충동과 싸워야 했던 셈 선생님은 잠시나마 고양이로 있었다는 사실에 충격을 받았다.

한편 다른 이들과 마찬가지로 악마의 영혼에게 점령당한 아르칸즈는 악마의 마법을 사용하는 것이 익숙하기 때문에 아더월드인들보다 잘 버텨냈다. 산헥시아도 마찬가지였다. 악마의 영혼들이 공격을 시작했을 때, 아르칸즈와 산헥시아는 우주선 안에 발라와 에레, 보울라, 사엘과 함께 있었다. 그들은 우주선 안에서 공격을 시도한 다오보르의 엘프 둘을 때려눕혔다. 승무원들이 보울라와 사엘의 공격에 부상을 당했기 때문에 추락할 위기에 놓여 있을 때 천만다행으로 혜성이 파괴되었다.

산헥시아는 자신이 지닌 악마의 영혼들을 잃었을 뿐만 아니라 친구 엘레아노라까지 잃었다. 비욘드월드로 송환된 엘레아노라가 인사도 없이 가버렸던 것이다.

랑코비트의 사정도 오무아와 비슷했다. 로빈은 풀려나자마자 텔레크리스털로 어머니와 아버지에게 연락했고, 무사하다는 말에 안도했다. 하지만 아버지는 할머니를 닮은 늙은 엘프들에게 공격을 받았다는 사실에 충격을 많이 받은 상태였다.

리스베스는 일어난 일에 대해 가장 먼저 설명해야 하는 정부의 여제로서 즉시 지시를 내렸다. 다오보르의 엘프들을 풀어주고 환대해주라는 것이었다.

산도르 황제는 엘프들이 군대에 한 짓을 생각하면 몹시 못마땅했다.

아더월드의 엘프들은 다오보르의 엘프들을 환대했고, 특히 젊음을 유지하기 위해 마법을 사용해온 엘프들에게 환영을 표했다.

이 소식은 삽시간에 퍼졌다.

여성 엘프들이 돌아왔다!

그중에서 사엘과 보울라는 여러 나라 정부의 협상 상대가 되었다.

하지만 다오보르의 엘프들은 상상할 수도 없는 끔찍한 일에 휘말렸다는 사실에 충격을 받아 오직 한 가지 바람밖에 없었다.

하루빨리 다오보르 행성으로 돌아가는 것이었다.

부상자들이 회복되고, 우주선들에 연료 공급을 끝내는 즉시 떠나기로 결정했다. 여기까지 올 때는 악마의 마법 덕분이었지만, 떠날 때는 앞으로 드란보우글리스펜쉬르, 지구, 아더월드 등의 행성 간 교류가 이뤄질 수 있도록 공간이동의 문을 이용하기로 했다.

스스로에게 아주 만족한 살아있는 돌/아더월드는 타라와 리스베스에게, 공간이동의 문을 통해 아더월드뿐만 아니라 다른 행성에 있는 모든 악마의 사물들 속에 갇힌 영혼들을 해방시켰다고 설명했다.

그리고 마지스터의 셔츠와 실루르의 옥좌 시제품도 파괴했다고 덧붙였다. 따라서 공공의 적 1위인 마지스터에게는 이제 악마의 힘이 없었다.

유일하게 남은 악마의 힘은 보울리미-레미 행성에 있었다. 악마의 행성과 연결되는 공간이동의 문이 있지만 '살아 있는' 행성이 아니라서 영혼들을 해방시키는 것이 좀 힘들었다.

아르칸즈는 자신이 직접 보울리미-레마족에게 현재 상황을 알리고 싶었지만 너무 늦었다. 무형화되어 악마의 영혼들을 구제하러 떠났던 아더월드가 몇 시간 후 아주 흡족해서 돌아왔다.

악마들이 내지르는 분노의 고함소리가 오무아에까지 들리는 것 같았다.

그리고 악마들은 믿기지 않는 사실을 알았다.

살아있는 돌은 아주 영리했다. 마법사들과 마찬가지로 악마들도 살기 위해 악마의 마법을 사용하고 있었다. 그러다 혜성의 공격을 막는 방벽을 세우기 위해, 마법사들이 보울리미-레미 행성에 설치한 공간이동의 문을 통해 보내주는 아더월드의 마법을 사용하고 있었다. 하지만 보울리미-레미는 마법의 행성이 아니기 때문에 마법사가 있어야 가능했다. 그래서 살아있는 돌은 행성의 땅속을 석영으로 만들어놓고 자신의 힘을 주입했다.

그리고 악마들을 새롭게 변신시켰다.

물론, 늙은 악마들은 제외했다.

살아있는 돌이 간악한 늙은 악마들까지 용서한 것은 아니었던 것이다.

인간 모습의 악마들은 갑자기 행성에 나타난 마법을 사용할 수 있다는 사실에 놀랐다. 이제는 무엇이든 파괴할 필요가 없었다.

이상하게도 보울리미-레미 행성을 제외한 다른 악마 행성들은 아더월드의 마법을 거부했다. 보울리미-레마족이 그들에게 저질렀던 횡포의 트라우마가 너무 컸기 때문이었다. 자보르족은 세계의 진미를 먹을 수 있게 되면서부터 보울리미-레마족을 무시해버렸고, 크세프로디족은 기계를 발명할 필요가 없었다.

완전히 질서가 잡히기까지 일주일이 걸렸다. 아더월드 도처에서 장례식과 소멸식이 열렸다. 죽음을 애도하는 기간이었다. 악마들의 잘못 때문에 많은 것을 잃었고, 악마들도 이를 잘 알고 있었다.

아르칸즈는 조상들이 저지른 죄를 공식적으로 사과하기 위해 팅가푸르의 황궁으로 돌아왔다.

이 기회에 팅가푸르에 모여드는 각국 정부의 사절단이 성대한 행렬을 이루었다.

접견실은 거대했고, 스쿠프들을 통해 모든 것이 생생히 전파되었다.

랑코비트 왕국의 티타니아 왕비와 베어 왕, 타트리스족의 대통령, 비리디스의 대통령, 아더월드 엘프들의 여왕 에레와 딸 발라, 다오보르의 엘프들을 대표하는 보울라, 마제, 사엘, 드라큘 뱀파이어 대통령, 딸 킬라와 남친 아르노, 사피르 드라고쉬와 사틸라, 난쟁이족을 대표하는 파프니르의 부모, 무아노의 부모, 트롤족을 대표하는 그르를, 땅신령족의 왕 굴룰 부글룰, 살테렌스족의 카샤, 사이렌족을 대표하는 시렐라, 트리톤족을 대표하는 몽타뉴크리스토, 에드라킨족 한 명, 거의 모든 종족의 대표들이 참석해 있었다.

자르, 마니투, 이사벨라도 특별히 지구에서 왔다. 베티는 자르 옆에서 입술을 깨물며 마법이 불편한데 왜 따라왔는지 후회하는 표정이었다. 브주아 지롱 백작과 카미유는 마법이 불편하지 않은 것 같았다. 인간 모습의 드래곤 살루도 따라와 있었다. 그 옆에 레드 드래곤과 블루 드래곤이 있었다.

데리아와 브래드포드도 참석해 있었다. 로빈과 칼의 부모들, 안젤리카와 부모도 보였다. 갈색 머리 꺽다리는 타라가 이번에도 아더월드를 구했다는 것, 칼과 사귄다는 걸 알고 벌레, 아니 전갈 씹은 표정이 되었다. 한발 앞서 영혼들을 해방시킨 살아있는 돌/아더월드를 원망하는 모우르무르, 보란 듯이 약혼반지를 끼고 있는 히글 5, 셈 선생님과 샤름도 참석해 있었다. 타라는 드래곤 여왕 부부와 살아있는 돌과 함께 위베른족에 대한 문제를 이미 논의했었다. 그 결과 느닷없이 마법 능력을 잃게 된 늙은 드래곤 몇 명이 퇴직하는 일이 있었다.

이제 드래곤들이 인간을 상대로 하는 전쟁은 일어나지 않을 터였다.

타라, 보디가드로서 타라 뒤에 서 있는 셀렌바, 셀렌바에게서 눈을 떼지 않는 사피르 드라고쉬, 마라와 매직갱은 리스베스 여제가 앉은 옥좌를 에워싸고 있었다. 이들 역시 행성을 구하는 데 일조했기 때문에 특혜를 받은 것이었다.

타라는 수많은 군상을 보며 생각에 잠겼다. 몇 년 전 마지스터가 지구에 있는 타공의 저택을 공격한 뒤로 겪어야 했던 온갖 모험이 주마등처럼 스쳐갔다. 타라는 있어야 할 자리를 찾았고, 부모를 모두 잃었고, 사랑하는 남자도 만났다.

이 순간부터는 어떤 위협도 닥치지 않을 것이었다. 타라는 믿기지 않을 정도로 행복하고 평온했다. 마법의 행성에 온 뒤로 처음 느껴보는 감정이었다. 비록 기진맥진해 있지만―300만 엘프들이 먹고 기거할 곳을 찾는 것은, 수백만 악마들이 먹고 기거할 곳을 찾는 것보다 더 쉽지 않은 일이었다 — 악마들이 행성으로 돌아가면서 다행히 해결되었다. 이들이 머물던 임시 거처(악마들이 '수용소'라고 하는)가 그대로 있어 일이 쉽게 풀린 것이다.

타라는 눈부시게 아름다운 금빛과 은빛 드레스에, 긴 머리를 땋아 등 뒤로 넘기고 후계자 왕관을 쓴 채 칼의 손을 꼭 잡았다. 타라의 심정을 알아차린 칼도 꼭 잡은 손에 힘을 주었다.

아더월드도 있었다. 생기 있는 크리스털 실루엣이 상황을 주의 깊게 지켜보고 있었다. 살아있는 돌이 평소에 보이던 모습과 똑같지만 말은 많지 않았다.

아르칸즈는 악마들이 저지른 악행에 대해 사과하고, 그로 인해 발생한 모든 손실에 대한 경비를 보울리미-레미 행성에서 책임지겠다고 전했다. 그러고 나서 여섯 개의 악마 행성들은 아더월드를 위협하지 않고 번영할 수 있는 곳을 찾아 아주 먼 우주로 떠나겠다고 선언했다.

그런데 반응은 아르칸즈의 생각과 달랐다.

"안 됩니다!" 상인 길드의 대표자가 외쳤다. "말도 안 됩니다!"

"우리 때문에 여러분이 겪어야 했던 모든 것에 대해 사과했습니다." 울화가 치민 아르칸즈가 유감을 표했다. "아더월드가 믿기지 않는 선물을 우리에게 주었는데도 불구하고(아르칸즈는 손끝에 나타난 마법을 보며 이렇게 쉽게 된다는 사실에 다시 한 번 놀랐다), 여러분이 우리를 침략해 몰살할 거라며 반기를 드는 늙은 악마들도 있습니다. 그래서 모든 책임을 지고 멀리 떠나려고 하는데 뭘 더 원하는 겁니까?"

"떠나지 말고 여기서 살아요!" 여러 목소리가 외쳤다.

아르칸즈는 멍하니 입을 벌렸다. 내심 기대하던 말이긴 하지만……

리스베스 여제가 웃음을 터뜨렸다.

"아, 우리 국민은 뼛속까지 장사꾼이지요. 그 많은 잠정적 소비자들이 멀리 떠난다는 사실에 공포의 비명이 터져 나온 겁니다. 게다가 나도 당신이 왜 우리 태양계를 떠나려고 하는지 이유를 모르겠어요. 솔직히 전혀 방해가 되지 않는데요!"

아르칸즈는 피곤한 표정으로 얼굴을 비볐다. 눈 밑에 다크서클이 넓게 번져 있었다. 아르칸즈는 타라와 리스베스, 특히 마라에게 말하고 싶지 않지만 여러 차례 암살당할 뻔했다. 늙은 악마들은 불편한 기색을 노골적으로 드러내며 집요하게 아르칸즈를 괴롭히고 있었다.

"우리가 이웃으로 있으면 여러분은 우리의 잘못으로 인한 그 모든 죽음, 그 모든 손실이 계속 기억날 겁니다."

리스베스 여제는 고개를 끄덕였다.

"이해해요, 아르칸즈 왕. 하지만 나는 동의하지 않아요. 우리는 이제 당신의 조상들이 저지른 짓이라는 걸 알고 있어요. 당신이 아니라."

"폐하, 제가 질문 하나 해도 되겠습니까?" 칼이 정중하게 물었다.

"허락한다, 칼리반 달 살란."

"보울리미-레마족의 본래 모습을 다시 만든 이유가 뭡니까?" 칼은 아르칸즈에게 물었다. "마왕의 우주선에서 내가 비늘 덮인 켄타우로스를 봤거든요."

칼의 말에 장내가 술렁거렸다. 아르칸즈가 어깨를 으쓱했는데 아주 쉽게 동화된 인간의 버릇이었다.

"늙은 악마들 중 몇몇이 본래 모습을 되찾기로 스스로 결정한 것이기 때문에 나와는 무관한 일이야. 이제 그들에게는 악마의 마법이 없어. 아더월드가 늙은 악마들에게는 마법의 힘을 주지 않았기 때문에 모습을 다시 바꾸고 싶어서 인간 모습의 악마인 우리를 찾아오지. 그렇게 찾아오는 악마들에게는 우리가 모습을 바꿔주고 있어. 나는 그들이 이렇게 상황이 나빠지기 이전의 시대, 즉 황금시대라고 생각하는 때로 돌아가고 싶었던 거라고 생각해."

마라는 걱정스러운 눈으로 아르칸즈를 쳐다봤다. 아르칸즈가 많이 지치고 불안해 보였다.

한편 로빈은 사엘을 쳐다보고 있었다. 잿빛 눈의 아름다운 엘프는 예상대로 아주 예의 바르게 행동했다. 여성이 많은, 정확히는 여성이 대부분인 행성에 가서 정착하고 싶어 하는 아더월드의 남성 엘프들과 함께 다오보르로 떠날 예정이었다. 그래서 에레가 불같이 화를 내며 떠나길 거부했지만 아더월드에는 엘프의 수가 1000에서 2000명 정도밖에 남지 않을 터였다.

로빈은 떠나지 않기로 결정했다. 가족이 있는 곳에서 생활해야 했다. 하지만 최근 며칠간 가까이 지내온 사엘을 보지 못할 거란 생각만 해도 가슴이 아팠다.

로빈은 사랑에 빠져 있음을 잘 알고 있었다. 사엘은 쾌활하고 다정했지만 더는 로빈을 유혹하지 않았다. 사엘은 아더월드 남성 엘프들의 흠모 어린 시선을 한 몸에 받고 있어 너무 바빴다.

사엘이 매일 받는 선물로 꽃집이나 보석가게를 열어도 될 지경이었다.

로빈은 체념했다. 하프엘프에 지나지 않는 자신을 선택할 리 없지 않은가. 사엘은 순수 혈통의 엘프들 중에서 누구를 선택할지 고민할 게 틀림없었다.

보라색 꽃무늬로 가장자리를 두른 회색 드레스 차림의 사엘이 갑자기 일어나 헛기침을 했다.

"폐하, 죄송하지만 제가 한 가지 발표를 해도 되겠습니까?" 사엘이 부드러운 목소리로 청했다.

"어서 해봐요, 젊은 엘프." 리스베스 여제가 다정하게 말했다.

"어머니와 보울라, 저는 우리 엘프 중 몇 명이 아더월드에서 상주하는 것이 좋겠다는 결정을 내렸습니다. 이곳 행성은 매력적이기 때문에 몇몇 도시에 우리 엘프족을 대표하는 대사관과 영사관이 필요합니다. 그리고 제가 우리 국민의 대표자로 임명되었습니다."

로빈의 심장이 더 빨리 뛰기 시작했다. 사엘이 떠나지 않는구나!

그리고 이내 기쁨이 사라졌다. 사엘이 마음에 드는 엘프를 찾은 것이 틀림없었다. 로빈은 사엘에게 가장 열렬하게 구애하는 엘프가 다빈이라는 걸 알고 있었다. 로빈은 다빈과 같이 교육을 받았었다. 다빈은 거만하고 오만하지만 훌륭한 전사였다.

"와, 멋지다!" 사엘을 많이 좋아하는 마라가 외쳤다. 마라는 사엘이 대다수 엘프보다 다정하고 착하고 거드름을 피우지 않는다고 생각하고 있었다.

"여러분 앞에서 한 가지 더 알릴 것이 있습니다." 사엘이 말했다.

사엘은 아름다운 은발을 어깨 뒤로 쓸어 넘기며 로빈 앞에 와서 섰다.

"우주선에서 너는 나에게 다른 엘프들을 많이 만나봐야 한다고 했어. 그래서 네가 주장하는 대로 순수 혈통의 엘프들을 만나봤지. 많은 남자와 여자 엘프를 만나 식사도 같이하고 많은 대화를 나누었지. 하지만 로빈 망질, 너만큼 고결하고 착하고 점잖은 엘프는 없었어. 그래서 나는 너를 선택하기로 결정했어. 로빈, 너는 나를 원해?"

로빈은 머리가 마비되고, 팔다리가 얼어붙는 것 같았다. 너무 충격을 받아 움직일 수 없었다. 사엘은 로빈이 거부하는 거라고 생각했다. 또다시 거부당했다는 사실에 사엘은 눈물이 글썽해서 뒷걸음쳤다.

로빈은 번개같이 일어나 사엘을 붙잡았고, 그녀가 무슨 말을 하기전에 열렬하게 키스했다.

사엘은 천국에 있는 느낌이었다. 로빈은 우주선 선실에서보다 훨씬 강렬한 키스를 했다. 지금은 잠결도 아니고 자신이 뭘 하는지도 똑똑히 알기 때문이었다.

경이로웠다. 사엘은 로빈이 하는 대로 가만히 있었다.

여기저기서 축하하는 휘파람 소리가 울렸다. 두 엘프는 멍한 눈으로 얼굴을 들었다.

칼은 박수를 쳤다.

"와우, 대단한 키스였어! 브라보! 사엘, 로빈, 너희 둘이 타라와 나만큼 서로 사랑하기 바란다!"

타라와 칼은 미소를 지었다.

리스베스 여제가 새 커플을 축하해주려는 순간 크산디아르 친위대장과 세네 카무플레 국장, 호위대가 들어왔다.

호위대가 한 남자를 에워싸고 있는데 모두 대번에 알아봤다.

다릴 크라투스.

리스베스는 다릴 크라투스를 쳐다보며 오래전 이 남자의 실종 때문에 겪었던 아픔을 떠올렸다.

하지만 이제는 바리우스와 결혼했으니 다릴은 더 이상 아무 관계가 없는 남자였다. DNA 검사 결과 전남편 다릴 크라투스가 틀림없다는 걸 확인하고 몹시 놀라긴 했지만.

파란 눈의 금발 남자가 리스베스를 쳐다봤다. 에레는 다릴 크라투스를 보자마자 격분한 표정으로 돌변했다. 그 순간 타라는 불현듯 뇌리를 스치는 것이 있었다.

피로 때문에 몽롱한 타라는 정신을 차리려고 애를 썼다. 그리고 몸을 숙이며 아더월드에게 몇 마디 속삭였다. 아더월드는 고개를 끄덕였다.

"이 남자가 여기 왜 나타난 겁니까?" 에레가 다짜고짜 퍼부었다. "드디어 타빌라를 살해한 범인을 잡았군요. 이 남자가 범인 맞아요. 확실해요! 이제 이자를 우리에게 넘기세요."

"크산디아르 친위대장이 알아낸 바에 따르면 여왕의 궁전에서 원격조종으로 드론을 폭발시킨 거였어요." 정신없이 바쁜 와중에도 수사 보고서를 읽을 시간이 있었는지 리스베스 여제가 반박했다. "하지만 셀렌다 정보국에서는 더 이상의 자세한 정보를 주길 거절했어요. 이런 식이면 수사를 진행하기 쉽지 않다는 것은 여왕도 인정하셔야지요."

에레의 입술이 경멸조로 실룩거렸다.

"범인은 엘프가 아니에요. 우리는 피해자입니다. 그리고 당신의 하인 따위가 셀렌다에 와서 할 일은 아무것도 없습니다."

타라는 엘프 여왕의 오만 방자함을 도저히 참을 수 없었다.

"에레 여왕님! 여왕께서는 어떻게 다릴 크라투스를 알아본 겁니까?"

에레 여왕은 역겨운 벌레 보듯 타라를 쳐다봤다. 대답하고 싶지 않은 것이 역력해 보였다. 에레의 시선이 타라의 머리에 씌워진 위엄 있는 왕관에 머물렀다. 그제야 후계자에게 최소한의 예의는 지켜야 한다는 것이 기억났다.

"그거야 자기를 소개했으니까요." 바이올렛 엘프가 대꾸했다.

"아니요." 타라는 일격을 가했다. "여왕께서는 다릴 크라투스라고 소개하기 전에 알아봤습니다. 그리고 좀 전에 지었던 표정을 내가 똑똑히 봤습니다. 여왕은 격분해서 어쩔 줄 모르는 얼굴이었어요. 다시 묻겠습니다. 다릴 크라투스를 어떻게 알아본 겁니까?"

바이올렛 엘프는 눈살을 찌푸렸다.

"모든 사람이 황제를 알아요." 에레는 차갑게 대답했다.

"놀랍군요. 아무도 그렇게 빨리 그를 알아보지 못했습니다. 심지어 결혼까지 했던 고모조차."

"무슨 뜻으로 그런 말을 하는 거죠?"

"아무 뜻 없습니다. 나는 그냥 묻는 겁니다. 여왕은 다릴 크라투스를 어떻게 알아본 겁니까?"

에레 여왕이 리스베스 여제를 향해 고개를 돌렸다.

"후계자를 자중하게 하시지요. 나는 이런 무례함을 참아줄 이유가 없습니다."

"에레 여왕." 리스베스 여제가 말했다. "후계자의 질문에 답변하시는 게 좋을 것 같습니다. 나는 정당한 질문이라고 생각하는데요."

왕홀을 쥐고 있는 에레의 손에 힘이 들어가고 있었다. 상황에 민감한 수행원들이 약간 뒤로 물러났다. 이미 여왕의 분노를 겪어본 엘프들이 몸을 사리는 것이었다.

"나는 명령받는 걸 아주 싫어합니다." 에레가 거만하게 말했다. "그리고 이런 멍청한 질문에 답변할 이유가 없습니다. 나는 황제를 알아본 것뿐입니다."

타라는 미소를 지었다. 재미있어서가 아니었다.

"그럼 이제부터 내가 훨씬 설득력 있는 설명을 해드리죠."

타라는 에레 여왕을 향해 비난조로 삿대질을 했다.

"여왕은 종족차별주의자입니다. 특히 인간을 혐오하지요. 전 여왕 타빌라가 출타하는 것을 수상히 여기고 어느 날 미행한 겁니다. 그리고 타빌라가 젊은 엘프 행세를 하며 인간을 사귀고 있다는 사실을 알고 혐오감에 치를 떨었지요."

에레가 얼마나 혐오감을 느꼈는지 얼굴에 여실히 드러나 있었다.

"당신은 아주 영리한 엘프이기에 타빌라의 의도를 이내 알아차렸지요." 타라는 냉정하게 말을 이었다. "타빌라는 인간과 사귀어 로빈 같은 혼혈을 낳는 걸 보여줌으로써, 사라질 위기에 처한 엘프족에게 길을 제시하려고 했어요. 하지만 당신은 순수 혈통의 엘프가 미천한 인간의 품에서 뒹구는 걸 도저히 용서할 수 없었죠!"

"타빌라가 우리 종족을 더럽혔어!"

에레의 고함소리가 울려 퍼졌다.

죽음 같은 침묵이 흘렀다. 에레는 스스로 실토했음을 깨달았다.

아연실색한 발라가 어머니를 쳐다봤다.

"엄마." 발라가 작은 목소리로 말했다. "무슨 짓을 한 거예요?"

에레는 꼿꼿한 자세로 말했다.

"나는 우리 국민을 구하기 위해 반드시 해야 할 일을 했어. 재앙의 씨를 도려내기 위한 조치를 내린 거라고. 내가 잘한 거야! 타빌라가 임신을 했으니까! 우리 종족을 더럽히는 걸 도저히 참을 수 없었어. 나는 강탈을 일삼는 남자 행세까지 하면서 타빌라에게 어떻게든 기회를 주려고 했어! 그만두지 않으면 다 폭로하겠다고 협박도 했고. 하지만 내 말을 듣기는커녕 오무아로 인간들을 만나러 간 거야! 도움을 청하기 위해! 그래서 드론 몇 대를 구입해 황궁의 정원으로 침투했지. 어렵지 않았어. 나는 원격조종을 했으니까. 그래, 내가 쏘고 내가 죽였다."

에레는 타라를 매서운 시선으로 노려봤다.

"미천한 인간, 너를 죽였어야 했는데!"

누군가 반응하기 전 에레는 왕홀을 쳐들고 타라를 향해 발사했다.

아니, 정확히는 시도에 지나지 않았다. 에레에 대한 경계를 늦추지 않던 타라는 아더월드에게 에레의 마법을 차단해달라고 미리 부탁했

654

기 때문이다. 따라서 에레의 왕홀은 작은 소리를 냈을 뿐이었다.

"소용없는 짓입니다." 타라는 비웃음을 흘리며 차분하게 말했다. "아더월드가 당신의 마법을 차단했거든요."

에레의 얼굴이 붉으락푸르락했다. 타라를 상대로 이기는 건 일말의 희망도 없지만 그래도 어린 인간에게 죽으면 전사로서 죽음을 맞는 것인데.

크산디아르가 이미 달려들어 에레를 제압하고 히플리아의 철 수갑을 채웠다.

다릴 크라투스는 에레를 노려봤다. 그의 성난 눈빛이 무시무시했다.

"당신!" 크라투스는 격분했다. "당신이 타빌라를 죽였어! 내가 단서를 찾았으나 당신의 엘프들이 너무 많은 걸 덮어주었다. 당신은 응분의 대가를 치를 것이다. 엘프들이 어떤 벌을 내리는지 두고 볼 것이다. 솜방망이 처벌로 끝날 경우는 내가 가만있지 않을 것이다!"

"아니요, 나는 그렇게 생각하지 않습니다." 발라가 갈라진 목소리로 대꾸했다. "내 어머니는 준엄한 심판으로 사형 선고를 받을 겁니다. 하지만 그 전에 고문을 받겠지요. 우리 국민이 도저히 용서할 수 없는 범죄를 저질렀으니까요. 만약 아니라면 다릴 크라투스 당신이 복수하세요."

엘프 여왕은 침울한 얼굴이었고, 수행원이 아니라 간수들에게 이끌려 나갔다.

몽타뉴크리스토가 강한 팔로 감싸 안고 이끌자 발라는 망연자실한 얼굴로 얌전히 따라 나갔다.

그들이 나가자 칼이 타라에게 속삭였다.

"허세 한번 대단하다. 그래도 난 발라가 워낙 독해서 무너지지 않을 줄 알았는데 결국은 약한 모습을 보이네."

"그러게." 타라는 한숨을 쉬었다. "발라를 생각하면 내가 잘못 생각한 것이길 바랐는데."

그런데 크산디아르의 일은 끝난 게 아니었다. 친위대장이 다릴 크라투스 앞에 버티고 서서 소리쳤다.

"다릴 크라투스, 그동안 마지스터라는 이름으로 우리 제국에 수많은 죄를 저지른 당신을 체포합니다!"

딸꾹질 소리가 여기저기서 들렸다.

다릴 크라투스는 어찌나 놀랐는지 그 자리에 얼어붙었다.

그리고 웃음을 터뜨렸다.

"나를 체포해? 내가 마지스터라고? 잘못 생각한 것이다! 나는 나무꾼이었을 뿐이다. 내 과거를 기억도 못해. 전사는 더더욱 아니고! 그리고 내 몸속에는 악마의 마법이라곤 없다. 만약 있었다면 너희들이 벌써 찾았겠지!"

"그건 당연합니다." 크산디아르는 물러서지 않았다. "아더월드가 모든 악마의 영혼을 없애버렸으니까요! 하지만 당신은 황제였습니다. 그래서 제국에 관한 모든 중요한 정보에 접근할 수 있었던 겁니다. 우리 여제가 자식을 갖지 못하게 하려면 어떻게 중독시켜야 하는

지 알고 있었습니다. 내가 확인했습니다. 마지스터가 드란보우글리스펜쉬르에 가 있을 때 당신은 아버지와 함께 거기 있었습니다. 그 당시 당신의 패밀리어는 뱀이었습니다!"

바로 그 순간 타라는 산도르를 쳐다보고 있었다. 산도르는 전 황제였던 남자를 유심히 살피고 있었다.

타라는 왠지 모르게 느낌이 좋지 않았다. 타라가 귀를 기울이는 직관이 다릴 크라투스는 마지스터와 아무 관련이 없다고 말하고 있었다. 몸짓이며 태도가 마지스터와 전혀 일치하지 않았다.

"나는 마지스터와 아무 관련이 없다." 다릴 크라투스는 무기력하게 대답했다. "이런 억측 이외에 다른 증거가 없다면 내가 북부 국경지대의 백작이라는 걸 상기시키겠다. 그리고 이제는 리스베스와 나의 결혼이 무효가 되었지만, 한때 여제의 남편이었던 사람으로서 그에 상응하는 존엄과 존중을 받아야 한다는 것도 상기시키겠다."

크산디아르는 입술을 깨물었다. 다릴 크라투스에 대한 증거들을 수집했을 때 회심의 미소를 지었건만!

타라가 에레를 상대로 공격했을 때는 엘프 여왕이 너무 충동적이어서 통했다. 하지만 불행히도 다릴을 상대로 하는 공격은 통하지 않았다.

"다릴의 말이 맞다, 친위대장." 리스베스 여제가 점잖게 말했다. "어쨌든 마지스터의 도움으로 악마 우주선들을 물리친 것이 사실이므로 나는 그동안 마지스터가 저질렀던 모든 죄를 특별 사면하였다. 설령 다릴이 마지스터라고 할지라도 지금으로서는 의혹만으로 체포할 이유가 없다. 그리고 마지스터를 영웅으로 생각하는 지구인들의 기억을 완전히 지워버린다면 몰라도."

이것은 총회를 여는 이유이기도 했다. 상인들은 지구와의 무역 교류를 원했다. 하지만 아더월드 주민들은 지구인들이 너무 공격적이라고 생각하고 있었다. 드래곤들의 생각도 같았다.

마침내 지금까지 일어난 모든 일을 지구인들의 머리에서 지워야한다는 의견이 만장일치로 가결되었다.

이사벨라는 안도의 숨을 내쉬었다.

아주 활기 넘치는 날들이었다. 아더월드의 도움으로 아더월드 주민들은 파괴된 것을 모두 복원했다.

드래곤 우주선들이 지구를 에워쌌고, 지구인들의 머릿속에서 그동안 일어났던 일, 모든 문서를 비롯한 언론에 실린 기사, 기록을 지울뿐만 아니라 죽은 이들에 대한 가짜 기억을 심기 위한 대포가 동시다발적으로 발사되었다. 지구인들의 기억 속에 일련의 지진과 허리케인을 새겨 넣었고, 전 세계인들은 마법사들과 마법을 잊었다.

그리고 아더월드는 덩컨 가족에게 아주 값진 선물을 했다. 타라는 마니투, 이사벨라, 자르, 마라, 베티, 아르칸즈, 칼과 함께 응접실에 앉아 그동안 가족에게 일어났던 일을 얘기하고 있었다. 그때 아더월드가 유형화되었다.

"아, 마니투 덩컨, 마침 잘됐군요." 아더월드가 말했다. "당신을 만나고 싶었는데. 당신에게 줄 선물이 있거든요!"

사냥개가 반응할 겨를도 없이 아더월드의 마법이 덮쳤다.

잠시 후, 헝클어진 머리에 수염이 난, 지긋한 나이의 남자가 서 있는데 알몸이었다. 보는 사람들 못지않게 깜짝 놀란 얼굴이었다.

"아버지!" 이사벨라가 벌떡 일어나면서 외쳤다.

아버지가 알몸이라는 사실에 개의치 않고 이사벨라는 뛰어갔다. 타라는 슬그머니 주문을 읊었고, 이사벨라가 끌어안기 직전 마니투는 양복 차림이 되었다.

마니투가 두 발로 걷는 것이 익숙하지 않기 때문에 두 사람은 벌렁 자빠졌다. 그 엄숙하고 엄격하고 도도한 이사벨라가 웃고 있지만 눈물을 흘리고 있었다.

편안한 소파가 뒤에서 대기하고 있어 그들이 의자로 넘어져서 천만다행이었다.

마니투와 이사벨라는 어리둥절한 얼굴로 똑바로 앉았다.

"와우! 이게 어떻게 된 거지?"

아더월드가 대답했다.

"개 모습으로 계속 사는 건 부당한 일이었어요, 마니투 덩컨. 그래서 내가 인간 모습을 돌려준 거예요."

아더월드는 감격의 눈물을 흘리는 타라에게 미소를 지었다.

그리고는 크리스털 손가락으로 셀렌바를 가리켰다.

"이번에는 네 차례다, 셀렌바."

셀렌바가 소리를 지를 겨를도 없이 아더월드는 셀렌바를 평범한 뱀파이어로 변형시켰다. 핏빛이 아닌 눈빛, 은발의 뱀파이어.

그리고 셀렌바의 배가 납작해져 있었다.

"안 돼!" 질겁한 셀렌바가 외쳤다. "안 돼!"

"진정해. 네 아기는 괜찮아. 인피뱀파가 아니라 본래의 유전자를 지닌 태아로 돌려놓았으니까. 1년 내에는 출산하지 않을 것이다. 인간과 뱀파이어의 결실은 임신 기간이 5년이 아니라 3년이 정상이니까. 태아는 배 속에 있지만 더 작아졌다. 다 잘돼가고 있어."

성난 셀렌바가 욕설을 내뱉기 전에 아더월드는 윙크를 했다. 타라는 아더월드가 사라지기 전에 메시지를 보냈다. 아더월드는 고개를 끄덕였다. 그리고 연기처럼 사라졌다.

"나는 살아있는 돌이 정말 좋아!" 칼이 타라에게 말했다.

"나도 그래!"

# 에필로그

\*

셈과 샤름이 살루와 있을 때 아더월드가 그들 앞에 불쑥 나타났다. 어찌나 놀랐는지 심장마비**58**를 일으킬 뻔했다.

"너를 만나러 왔다." 아더월드가 크리스털 손가락으로 살루를 가리키며 말했다.

젊은 남자는 아더월드를 향해 겁에 질린 눈길을 던졌다.

"네?"

남은 마법을 다 쥐어짜낸 것처럼 강력한 마법이 살루를 덮쳤다. 놀란 드래곤 둘이 얼른 옆으로 피했다.

살루의 몸이 커지기 시작하더니 잠시 후 거대한 몸집의 근사한 블

---

**58.** 드래곤의 심장이 둘이라고 해서 심장마비가 일어나지 않는 건 아니니까.

랙 드래곤이 서 있었다.

아더월드는 머리를 까딱하고 사라졌다.

너무 놀라 말문이 막힌 셈과 샤름은 멍하니 블랙 드래곤을 쳐다봤다. 살루는 믿기지 않는 듯 드래곤이 된 자신의 발을 응시하고 있었다.

"야아아아아아호!" 살루가 갑자기 고함치는 바람에 또다시 드래곤 둘이 소스라쳤다.

"오, 내 비늘이여!" 셈이 말했다. "이렇게 계속 놀라다가는 폭삭 늙어버리겠어!"

"나는 드래곤이다! 나는 드래곤이다!" 살루가 외쳤다.

"이렇게 너를 다시 만나서 정말 행복해, 친구." 샤름이 블랙 드래곤을 보며 부드럽게 말했다. "많이 보고 싶었어."

그들은 다정하게 서로의 머리를 비볐다.

질서가 회복되었다.

다 잘되고 있었다.

이튿날, 자르는 베티가 마법사가 아닌 것에 개의치 않고 사랑한다며 지구에서 사는 것에 아주 만족한다고 선언했다.

이 선언에 오무아 제국의 궁정은 발칵 뒤집혔지만, 아더월드의 비마들은 자르를 높이 평가했다.

베티는 잘난 자르가 왜 자기같이 평범한 여자를 사랑하는지 이해가 되지 않았다. 하지만 결국 지나칠 정도로 집요한 자르의 애정 공세에 항복했다.

반면 데미데루스는 갖은 술책을 다 부리는 산혁시아에게 굴복하지 않았다. 하지만 잿빛 시간 속으로 돌아가지 않기로 결정했으니 아직 둘 사이에는 희망이 있었다.

아르칸즈는 여러 미디어에서 인터뷰 요청을 받았다. 아르칸즈가 마라와 교제하기로 결심했다고 알렸을 때 마라는 환한 미소를 지었다.

크리스털리스트들에게 일주일은 축제의 날들이었다. 아르칸즈와 마라 커플의 알콩달콩한 사랑 이야기가 그야말로 대박을 쳤기 때문이다.

타라는 이제 인피뱀파 문제가 해결되었으니 셀렌바가 사라질 거라고 예상했다. 하지만 셀렌바는 팅가푸르에 머물기로 작정한 듯 떠나지 않고 있었다.

타라가 다릴 크라투스에 대해 물었을 때 셀렌바는 코웃음을 쳤다.

셀렌바 역시 다릴이 마지스터라는 생각은 추호도 없었다.

따라서 둘은 같은 생각이었다.

아더월드는 셀렌바의 아기에 대해 뱀파이어와 인간의 혼혈이라고 말했었다. 따라서 아기의 아버지는 사피르 드라고쉬가 아니라 마지스터임에 틀림없었다.

사피르 드라고쉬는 셀렌바와 단둘이서 시간을 보냈었다. 결국 이뤄질 수 없는 사랑이라는 걸 확인하고는 크라살비로 떠났다. 타라는 사피르에게는 안됐지만 사랑은 강요할 수 있는 것이 아니기에 단념하고 떠난 것은 잘한 결정이라고 생각했다.

마침내 아더월드는 타라에게 이제 긴 수면에 들어갈 거라고 알렸다.

칼과 타라는 공원 깊숙한 곳에 자리 잡은 별궁에 있었다. 이제는 닥쳐올 위협 같은 것이 없으니 타라의 초강력 마법이 필요하지 않을 터였다. 처음으로 오붓하게 둘만의 시간을 보내며 평온하게 사랑할 수 있을 것이었다.

하지만 타라는 트라우마가 있었다. 칼과 좀 격렬한 키스를 했다는 것만으로도 별궁의 지붕이 폭발하지 않았던가.

그런데 칼과 사랑을 나누면 뭐가 폭발할까? 도시?

둘은 손을 잡고 있었다. 칼은 이 행성의 가장 깊은 사막에서 사랑하면 아무 일 없을 거라며 타라를 애써 위로했다. 때마침 아더월드가 나타났다.

이제 그들은 놀라지도 않았다. 시도 때도 없이 나타나는 것에 익숙해졌기 때문이다.

"작별 인사 하러 왔어." 크리스털 실루엣이 말했다.

"뭐?" 타라와 칼이 동시에 외쳤다.

아더월드는 미소를 지었다.

"너무 많은 힘을 쏟아서 내가 몹시 피곤해. 다시 자야 할 때가 되었어. 그리고 너희들이 원하는 걸 다 들어주는 편리한 수단이 되고 싶지는 않아. 나는 여신이 아니고, 숭배받고 싶지도 않아. 사제들이 나를 위한 종교를 창시한다고 하는데 나는 전혀 원치 않아."

아더월드는 마지막 말을 할 때는 어조가 강경했다.

"하지만 네가 떠나지 않았으면 좋겠어!" 타라가 슬픈 어조로 말했다.

아더월드는 한숨지었다.

"알아. 나도 그래, 타라. 너와 함께 있을 때 아주 즐거웠거든. 하지만 나는 이성적이어야 해. 아마 우리가 다시 만날 날이 있을 거야. 특히 다른 행성들이 깨어날 경우에. 깨어난 행성들과 문제가 생기면 나한테 연락해야 해. 특별히 다오보르 행성을 엄중히 감시해야 해. 다오보르는 마법 유체가 너무 많아. 그래서 나의 일부를 그 행성에 놔두는 특단의 조치를 취해놨어."

"너의 일부?" 타라가 호기심이 가득한 얼굴로 물었다.

"응, 로빈이 거기서 살아 있는 나뭇가지를 잃어버렸지. 나의 이웃 행성이 너무 호전적이라는 것이 드러날 경우 나뭇가지가 나에게 알려줄 거야."

불안해진 타라와 칼이 가지 말라고 붙잡을 겨를도 없이, 아더월드가 공중에 둥둥 떠오르더니 마지막 말을 남기고 사라졌다.

"타라, 이건 나의 작별 선물이야! 너한테 필요할 때가 되면 돌려줄게."

타라는 몸속에서 무슨 변화가 일어나는 느낌이 들었다. 마치 갑자기 뭔가가 빠져나간 것 같았다.

이윽고 타라는 알아차렸다.

"칼." 타라는 함박미소를 지었다. "네 컴폰 끄고 블롱딘을 내보내."

칼이 영문을 모르면서도 시키는 대로 하는 사이, 타라는 갈랑에게 다른 데로 나가서 자라고 말했다.

타라는 칼의 품으로 파고들어 거침없이 키스했다. 이런 적이 없었기 때문에 칼은 어리둥절했다. 이제까지 타라는 마법에 신경을 쓰느라 늘 감정을 절제했다. 하지만 지금은 참지 않았다. 열렬하면서 달콤한 아주 굉장한 키스였다.

그래도 조금 불안한 칼이 한쪽 눈을 뜨고 살폈다. 하지만 타라는 번쩍거리지 않았다. 마법의 파란빛은 전혀 나타나지 않았다.

칼은 경탄하면서 몸을 약간 뺐다.

"타라?"

"쉬이이잇!" 타라 역시 감격한 얼굴이었다. "이제는 나를 맘껏 사랑해. 그리고 한 가지만 기도해."

"뭔데?" 칼은 속삭였다.

"모든 행성이 착한 성격이기를!"

— 끝 —

# 아더월드의 용어 해설

**🪰 아더월드**_ 아더월드는 지구 표면적의 1.5배에 이르는 마법 행성으로 태양 주위를 공전하며, 하루 26시간, 1년 454일, 14개월로 이루어져 있다. 위성으로는 두 개의 달 마딕스와 타딕스가 아더월드의 주위를 돌고 있으며, 춘·추분에 조수간만의 차가 몹시 크다.

아더월드의 산들은 지구의 산보다 훨씬 더 높으며, 채굴되는 광물은 대체로 마법의 폭발성이 있어서 추출하는 것이 상당히 위험하다. 지구(육지 29%, 바다 71%)보다 바다가 차지하는 비율은 적으며(아더월드: 육지 45%, 바다 55%), 그중 두 개의 바다는 민물이다.

아더월드를 지배하는 마법은 동물상, 식물상과 마찬가지로 기후에도 영향을 미친다. 그로 인해 계절을 예측하기가 아주 힘들다(아더월드에서는 한여름에도 폭설이 내려 1미터나 되는 눈에 덮일 수 있다!). 아더월드의 7계절 분류: 계절 1 카일로스(지역에 따라 −30~−50℃까지 내려간다), 계절 2 보탄트(지구의 봄 날씨와 유사하다), 계절 3 트레보, 계절 4 파이초, 계절 5 플루초, 계절 6 모인초, 계절 7 살탄(우기).

아더월드에는 인간, 난쟁이, 거인, 트롤, 뱀파이어, 땅신령, 꼬마도깨비, 엘프, 유니콘, 키마이라, 타트리스, 드래곤 등 수많은 종족이 살고 있다.

## 🌟 그 밖의 다른 행성

🐉 드란보우글리스펜쉬르_ 드래곤들의 행성. 지능이 높은 거대한 파충류인 드래곤은 마법 능력을 타고나서 어떤 형상으로든 변신할 수 있으며, 대체로 인간으로 변신해 있다.

마법사들 편에 서서 림보의 악마들과 싸우고 있다. 세계의 영토를 점령하기 위해 악마들과 대립하면서 드래곤들은 지구의 마법사들과 충돌하는 순간까지는 알려져 있는 모든 세계를 정복했다. 끊임없이 악마들과 싸워야 하는 드래곤들은 지구인 마법사들과 전쟁을 벌인 뒤에 지구인들과 동맹을 맺는 것이 유리하다는 결론을 내렸다. 지구를 지배하겠다는 계획은 포기했지만, 마법사들이 지구를 지배하는 것도 인정할 수 없는 드래곤들은 지구의 마법사들에게 아더월드에서 더 많은 마법사를 양성하고 훈련시키자고 제안했다.

수년 동안 드래곤들을 경계하면서 고심한 끝에 지구의 마법사들은 결국 그 제안을 받아들이고 아더월드에 정착하였다.

드래곤들은 드란보우글리스펜쉬르를 비롯해 지구, 아더월드, 마딕스와 타딕스 등 많은 행성에 살고 있으며, 특히 인간들의 일에 사사건건 참견한다. 드래곤들이 가장 끔찍하게 싫어하는 적은 림보에 사는 악마들이다.

🐉 **림보_** 악마의 세계로 악마들의 영역. 림보는 서클이라고 불리는 여러 세계로 나뉘어 있으며, 서클에 따라 악마들의 능력과 학식이 차이 난다. 제1, 2, 3서클의 악마들은 거칠고 아주 위험하다. 제4, 5, 6서클의 악마들은 마법사들과 정해진 조건 내에서 서로 도움을 주고받는다(마법사는 필요한 것을 악마에게서 얻을 수 있으며 악마의 경우도 마찬가지다). 제7서클은 마왕이 군림하는 서클이다.

림보에 사는 악마들은 저주받은 태양이 제공하는 악마의 에너지를 먹고 산다. 다른 세계로 가기 위해 림보를 나갈 경우엔 영리한 존재의 살과 정신을 먹어야 한다. 전 세계를 침략하던 중 갑자기 나타난 드래곤들과의 전쟁에서 패배한 뒤로 악마들은 림보에 갇히게 되었고, 마법사나 마법 능력이 있는 존재의 긴급 요청이 있어야만 다른 행성으로 갈 수 있게 됐다. 악마들은 이런 활동범위 제한을 견디기 힘들어서 끊임없이 해방될 방법을 모색하고 있다.

악마들이 지구를 침략하려는 이유는 아쿠알릭, 즉 바닷물에 중독되어 있기 때문이다. 악마들에게 바닷물은 알코올과 같은 작용을 하는데 림보에는 바다가 없다. 게다가 지구의 바닷물 맛을 특히 좋아하기 때문이다. '모든 인간을 죽이고 짠물을 실컷 마시겠다는 것이 악마들의 신조다.

🐾 **산티보르_** 텔레파시 능력이 있는 식물성 존재 진실의 입들이 사는 얼음 행성.

🐾 **지구_** 인간과 비밀 임무를 맡은 마법사들이 살고 있다.

## ✾ 아더월드의 나라들과 종족

🐾 **간디스_** 거인들의 나라로 수도는 제오폴. 세력 있는 그로아르 가문이 통치하며 흑장미 섬과 황무지 늪이 있다. 나라의 문장은 '주문방지' 돌로 쌓은 벽에 아더월드의 태양이 올라앉은 형상이다.

🐾 **랑코비트_** 인간이 지배하는 가장 큰 왕국으로 수도는 트라비아. 왕국의 문장은 은빛 초승달 아래 금빛 뿔의 하얀 유니콘이다. 베어 왕과 티타니아 왕비가 통치하고 있으며, 타라와 어머니 셀레나의 조국이다. 약 8천만의 주민이 살고 있고, 뱀파이어들을 받아들이는 드문 나라 중 하나다.

🐾 **멘탈리르_** 보우 대륙 동쪽의 광활한 평원이며 유니콘들과 켄타우로스들의 나라. 유니콘은 생김새와 크기가 말과 같고, 이마에 나선형 뿔이 하나 있으며 발굽은 갈라져 있고 털은 흰빛이다. 지능이 떨어지는 유니콘도 간혹 있지만, 대부분은 영리하며 그 지능은 드래곤들의 지능에 견줄 수 있다. 유니콘의 이 특성을 어떤 종족의 지능이나

동물의 지능으로 분류하기는 힘들다.

켄타우로스는 반은 남자나 여자의 형상, 반은 말의 형상을 하고 있는데 두 종류가 있다. 상반신은 인간, 하반신은 말의 형상을 한 켄타우로스와 상반신은 말, 하반신은 인간의 형상을 한 켄타우로스. 켄타우로스가 어떤 마법에 걸려 있는지는 알 수 없으나 소금이나 향유 같은 생필품을 얻기 위해서가 아니면 다른 종족들과 섞이기를 싫어하는 까다로운 종족이다. 사납고 거칠어서 영역을 침범하는 이방인들을 발견하면 가차 없이 화살을 쏘아댄다. 켄타우로스의 샤먼 부족은 평원에서 하얗고 파란 맹독성 개구리 플로프들을 잡아 그 등을 핥는 것으로 미래를 점친다고 전해진다. '찌르레기 대전'이 벌어지는 동안 켄타우로스들이 엘프들에게 몰살되었다는 것은 이 방법이 100퍼센트 믿을 만한 것이 아님을 말해준다.

🦎 **살테렌스_** 살테렌스들의 나라로 수도는 살라. 나라의 문장은 파란색 투명한 소금을 물고 곧추서 있는 커다란 벌레. 왕은 없고 위대한 카샤라고 불리는 족장과 재상 일파봉이 통치하며 여러 부족으로 나뉘어 있다. 노예제도를 주장하는 종족으로 사자와 표범의 잡종인 두 발 동물이다. 침투할 수 없는 사막에서 숨어 지내면서 마법의 소금 광산을 개발한다.

🦎 **셀렌다_** 엘프들의 나라로 수도는 세보른. 문장은 대각선으로 시위를 메긴 두 개의 활 위로 보이는 은빛 보름달.

엘프들은 마법사들과 마찬가지로 마법에 재능이 있다. 겉모습은 인간이며 뾰족한 귀와 고양이의 눈처럼 동공이 수직으로 움직이는 크리스털 눈, 은발이 특징이다. 아더월드의 숲과 평원에서 살며 가공할 만한 사냥꾼이다. 엘프들은 전투와 싸움, 상대를 유인하는 온갖 종류의 게임을 좋아하기 때문에 그들의 에너지를 적절히 이용하기 위해 경찰국이나 국가정보국에 고용된다.

하지만 엘프들이 옥수수나 마법의 귀리를 경작하기 시작하면 아더월드의 종족들은 불안해한다. 그건 엘프들이 전쟁을 시작할 거란 뜻이기 때문이다. 실제로 전시에는 사냥할 겨를이 없기 때문에 엘프들은 곡식을 재배하고 가축을 기르며, 일단 전쟁이 끝나면 예전의 생활로 돌아간다.

또 다른 특성으로 아이들이 걸어 다닐 수 있을 때까지 남성 엘프들은 배에 달린 육아낭 같은 작은 주머니에 아기를 넣고 다닌다. 여성 엘프는 남편을 다섯 명 이상은 가질 수 없다. 엘프는 거의 죽지 않기 때문에 아이들이 별로 없다. 하프엘프 로빈은 혼혈이라는 이유로 엘프들에게 따돌림을 받고 있다.

**스몰컨트리_** 땅신령, 꼬마도깨비 파보, 요정, 고블린의 나라로 수도는 스몰빌. 문장은 원 안에 도안한 꽃, 새, 거미. 땅신령은 파란색, 꼬마도깨비는 초록색, 고블린은 회색, 요정은 여러 가지 색이다.

땅신령은 작달막하고 단단한 체구이며 오렌지색 털이 나 있다. 돌을 먹고 살며, 난쟁이들과 마찬가지로 광부들이다. 땅신령의 오렌지색 털은 고성능 가스 탐지기이다. 털이 곤두서면 별 탈이 없지만, 털이 내려앉는 순간부터 땅신령은 광산에 가스가 있다는 걸 알아채고

672

도망치기 때문이다. 또한 알 수 없는 이유로 인해 땅신령들만 '진실의 입들'과 교감할 수 있다.

스몰컨트리의 익살꾼인 꼬마도깨비 파보들은 키디코이라는 막대사탕을 만들어낸 이들이다. 착시 현상을 일으키거나 일시적으로 보이지 않게 할 수도 있으며 금을 좋아해 비밀주머니에 숨겨둔다. 그 주머니를 찾아낸 자는 두 가지 소원을 빌 수 있고, 귀한 금을 회수하려면 반드시 그 소원을 들어줘야 한다. 하지만 꼬마도깨비들은 반대로 해석하는 데 선수여서 예측 불허의 결과가 일어날 수 있으므로 소원을 비는 것에는 항상 위험이 따른다.

요정들은 꽃을 가꾸면서 작지만 효과적인 마법을 날리며, 고블린들은 요정과 움직이는 것은 무엇이든 잡아먹으려고 한다.

🐾 **오무아_** 인간이 지배하는 가장 큰 제국으로 수도는 팅가푸르. 제국의 문장은 100개의 금빛 눈을 가진 주홍빛 공작이다. 타라의 고모인 여제 리스베스틸랑넴 탈 바르미 압 산타 압 마루와 삼촌인 황제 산도르 탈 바르미 압 마르치 압 브레비스가 통치하고 있다. 제국을 설립한 최고 마구스 데미데루스의 후손들이다. 오무아에는 약 2억의 주민이 살고 있다. 다른 나라들과 교역하고 있으며, 셀렌다를 제외하고 가장 많은 수의 엘프 군단을 거느리고 있다.

🐾 **크라살비_** 뱀파이어들의 나라로 수도는 우를라. 나라의 문장은 천문관측기 위에 무한을 상징하는 누운 8자와 별이 올라앉은 형상이다.

뱀파이어는 총명하고, 인내심이 많으며 학식이 깊다. 수명이 아주 길고, 수학과 천문학에 몰두하며, 대부분의 시간을 명상하는 데 보내면서 삶의 의미를 추구한다.

아더월드의 뱀파이어는 동물의 피를 먹고 살기 때문에 가축을 키운다. 브르르르아아아, 모오오오우우우, 지구에서 수입한 말, 염소, 양 등. 하지만 몇몇 피는 금지되어 있다. 유니콘이나 인간의 피를 먹으면 미치게 되며, 수명이 절반으로 줄고, 햇빛을 쐬면 치명적인 알레르기가 일어나기 때문이다. 반면에 뱀파이어에게 물리면 독이 퍼지게 되며, 뱀파이어에게 물린 인간은 그들의 노예가 된다. 게다가 독성 피가 전이되면 뱀파이어가 되는데 이 경우의 뱀파이어는 파괴적이고 악독하기 때문에, 저주에 희생된 뱀파이어는 동족으로 구성된 특별수사대는 물론 아더월드의 모든 종족에게 쫓겨 다닌다.

**크랑카르_** 트롤들의 나라로 수도는 크리아. 나라의 문장은 나무 꼭대기에 몽둥이가 걸려 있는 형상이다. 트롤 외에 식인귀, 오크, 고블린 들이 살고 있다.

트롤은 거대한 몸집에 납작한 이빨이 있는 초록빛 털북숭이로 채식주의 종족이지만, 고기를 흡수할 경우 식인귀가 될 수 있다. 식인귀가 되면 크랑카르에서 쫓겨난다. 먹고살기 위해 나무를 마구 죽이며(이것이 엘프들의 울화를 치밀게 한다), 쉽게 자제력을 잃어버리는 성향이 있어서 한번 성질이 나면 닥치는 대로 짓뭉개버리기 때문에 평판이 나쁘다.

🐾 **타트란_** 타트리스, 카흠보움, 타츠보움의 나라로 수도는 시티빌. 문장은 양피지 위에 놓인 직각자, 컴퍼스, 크리스털 볼.

타트리스는 머리가 둘인 특성을 가지고 있다. 관리 능력이 뛰어난 데다 신체적 특성 덕분에 행정관이나 정부 고위층에서 일하고 있다. 오로지 일을 중요하게 여기면서 헛된 꿈을 꾸지 않는 현실주의자들이다. 또한 꼬마도깨비 파보들이 즐겨 놀리는 대상 중 하나이며, 이 장난꾸러기들은 유머가 결핍된 종족이라는 소리를 듣지 않기 위해 수세기 동안 끈질기게 타트리스 종족을 웃기려고 애쓰고 있다. 게다가 파보들은 웃기는 데 성공한 자들 중 1등에게는 상까지 수여하고 있다.

카흠보움은 빨간 눈과 촉수들이 있는 노란색 덩어리 모습을 하고 있으며 주로 도서관 사서로 일한다. 타츠보움은 촉수로 놀라운 멜로디를 연주하는 음악가들이다.

🐾 **파트로크_** 에드라킨족이 사는 나라로 수도는 키크로크. 나라의 문장은 바람의 원소에 올라앉은 불새. 에드라킨족은 강력한 마법사들이며, 생김새는 인간과 비슷하지만 귀가 뾰족하고 털로 덮여 있는 육식동물에 가깝다. 머리털은 두상의 절반 정도까지만 자라며, 코는 거의 보이지 않는다. 다른 종족을 싫어하지만 의무적으로 여러 나라와 교역하고 있다. 에드라킨족은 아더월드를 정복하기 위해 네 번이나 침략을 시도했다.

🐾 **히믈리아_** 난쟁이들의 나라로 수도는 미나트. 대장장이 씨족이

통치하고 있다. 나라의 문장은 광산 지하의 전쟁용 모루와 쇠망치.

키와 몸통 폭의 길이가 똑같은 단단한 체구가 난쟁이들의 신체적 특징이다. 아더월드의 광부, 대장장이로 활동하고 있으며, 뛰어난 금속 가공업자, 보석 세공인도 거의 난쟁이들이다. 성격이 몹시 까다로운 것으로 알려져 있고, 마법을 싫어하며 아주 길고 복잡한 노래를 즐겨 부른다. 또한 돌을 통과하거나 돌을 용해시키는 특별한 재능을 지니고 있는데 마법과는 다른 차원의 힘이다.

## 🌞 아더월드와 주변 행성의 동·식물상 및 속담

🐾 **가즈즈**_ 사슴뿔이 달린 네 발 짐승으로 털이 빨간색(트롤들의 나라에서는 초록색)이다.

🐾 **간다리**_ 대황에 가까운 식물이며, 꿀처럼 단맛이 난다.

🐾 **감마글리스**_ 투명하고 아주 튼튼한 유리로, 악마들의 집은 모두 감마글리스를 사용하고 있다. 지구나 아더월드의 영화에서처럼 주인공이 추적자들을 피해 창문으로 도망치는 것은 불가능하다. 악마들의 행성 중 하나에서 그런 시도를 할 경우는 수명이 훨씬 짧아질 것이다. 악마들의 우주선에도 감마글리스를 사용하며, 감마글리스 창문이 별들과 우주 공간을 향해 열려 있는 것은 악마들이 광활한 공간에 익숙해 있어 폐소공포증이 있다는 걸 깨달았기 때문이다.

🪶 **감브_** 불의 덤불.

🪶 **갬볼_** 마법에 흔히 이용되는 파란 이빨의 설치류 동물. 그 살가죽과 피에 마법이 침투하지 못할 정도로 땅을 깊이 파고 들어간다. 건조시키면 딱딱해졌다가 가루처럼 변하며, '갬볼 가루'는 힘든 마법을 실행할 수 있게 한다. 몇몇 마법사들은 갬볼 가루를 식용하는데, 그 가루가 환각 증세를 일으키기 때문이다. 갬볼 가루 복용은 아더월드에서 엄격하게 금지되어 있으며 위반할 경우 엄중한 처벌을 받는다.

🪶 **그라옥스_** 아더월드의 신기한 동물. 돼지처럼 생긴 보라색 동물인데 납작한 주둥이는 확성기로 변할 수 있으며 울림통 역할을 하는 커다란 갑상선종 같은 것이 있다. 짝짓기 계절에 그라옥스는 괴성을 질러서 암컷을 유혹하는데 그 소리가 어찌나 큰지 주위에 있는 동물은 모두 귀가 먹을 정도이다. 그 때문에 짝짓기 기간에 아더월드의 동물들이 대이동을 한다. 하지만 짝짓기 기간을 제외하면 보이지도 않게 아주 조용히 지낸다. 학자들은 암컷이 수컷에게 달려가는 것은 괴성에 유혹된 것이 아니라 아가리를 닥치게 하려는 것으로 보고 있다.

🪶 **그린추_** 아더월드의 뿔이 셋 달린 장밋빛 코뿔소. 우스꽝스러운 피부색이 못마땅하기 때문인지 늘 화가 나 있다.

**글로우톤_** 털북숭이 동물. 길게 늘어나는 특성이 있
어서 목을 조르는 밧줄로 사용한다.

**글로울 _** 보울리미-레미 행성에서 가장 생명력이 강한 조개류.
일단 바위에 달라붙으면 다이너마이트가 있어야 떼어낼 수 있다. 글
로울은 먹을 수 없는 데다 모양도 흉해 아무도 떼어내려고 하지 않는
다. 게다가 자기들끼리 딱 달라붙어 있어 아무짝에도 쓸모가 없다.
그래서 아르칸즈의 행성에서는 이렇게 말한다. '저자는 글로울처럼
쓸모가 없어.'

**글루릅스_** 머리가 아주 갸름한 초록색과 갈색의
도마뱀으로 호수와 늪 근처에서 서식한다. 식욕이 왕
성하며, 물속에서 숨을 쉬지 않고 몇 시간을 견딜 수 있
어서 목을 축이러 오는 순진한 동물을 잡아먹는다. 물가
의 은신처에 굴을 파놓고 살며, 호수 바닥의 구멍 속에 먹이
를 숨겨놓는다.

**글리이르_** 새지만 날지 못한다. 트라둑처럼 독한
냄새로 포식동물들로부터 방어한다. 썩은 냄새로 흡혈
파리 떼를 물리칠 수 있는 식물 예륵을 먹고 산다.

**늑대인간_** 드래곤들의 왕이 납치해서 금지된 대륙에 정착한 아
나자시족. 마음대로 늑대로 변신하며, 인간 모습일 때도 힘과 민첩성

과 유연성이 굉장히 뛰어나다. 늑대인간은 깨무는 것으로 감염시킬 수 있다. 지구의 늑대인간들과는 달리 아더월드의 늑대인간들은 보름달에 의존하지 않고 언제든 변신할 수 있다. 타라 덩컨이 해방시켜준 늑대인간들은 아더월드 사람들의 마법 공격을 두려워하고, 금속 중에서는 은에만 약하다. 늑대인간을 죽일 수 있는 방법은 목을 베는 것이다. 알파 늑대들이 다스리고 있다.

🐾 **데장지르나무_** 각양각색의 꽃들로 덮여 있다. 마치 나무가 어느 계절을 선택할지, 어떤 꽃을 선택할지 결정을 내리지 못한 것처럼 날씨가 좋을 때나 나쁠 때나, 덥거나 추울 때나 1년 내내 꽃이 피어 있다. 어느 궁인이 너무 많은 보석을 주렁주렁 걸거나 온갖 장신구로 치장한 옷을 입고 있으면 '데장지르 같다'고 한다.

🐾 **드래코-티라노사우루스_** 뱀과 공룡의 잡종. 드래곤의 사촌이지만 지능은 많이 떨어지며, 날개가 작아서 날지 못한다. 가공할 만한 포식동물로 움직이는 것뿐만 아니라 움직이지 않는 것조차 닥치는 대로 잡아먹는다. 오무아 제국의 따뜻하고 습한 숲에서 살며, 이 지역은 관광 개발이 불가능하다.

🐾 **드로트_** 아더월드의 바퀴벌레를 가리킨다.

**드룸므_** 소처럼 생긴 물고기로 바닷속에서 해초를
뜯어 먹고 살며, 가시가 어찌나 두꺼운지 갈비뼈라고
한다. 아주 맛있고, 붉은 참치와 맛이 비슷하다.

**디스쿠타리움/데비자투아르(사용하는 국민에 따라 다르**
**다)_** 지구와 아더월드, 드란보우글리스펜쉬르, 악마들의
림보와 관련된 모든 책, 영화, 예술 작품에 관한 정보
를 조회할 수 있다. 디스쿠타리움에서 나오는 목소리
는 어떤 질문에도 답변을 못 하는 경우가 거의 없다.

**레그롱_** 개들한테 미안하지만 개에 비유되는 동물
이다. 불그스름한 도마뱀과 하얀 점박이 고양이의 잡종으로 굉장히
크다. 레그롱들은 주둥이 가까이 지나가는 것은 모조리 물어뜯는 경
향이 있다. 레그롱에 비하면 아더월드의 샤트릭스는 '귀염둥이 멍멍
이'라고 할 수 있다.

**로미네트_** 아더월드에서 가장 빠른 동물. 어찌나 빠른지 실제
로 존재하는지도 확실치 않다. 사진이나 영화에도 등장한 적이 없다.
털북숭이라는 것만 어렴풋이 알 수 있을 뿐 어찌나 빠른지 제대로 보
기가 힘든 동물이다. 그래서 아더월드에서는 '와, 로미네트를 본 줄
알았네' '로미네트보다 더 빠르네'와 같은 표현을 쓴
다. 약간 히스테릭한 카나리아만 로미네트를
발견할 수 있다.

🌹 **로우스_** 향기가 아주 좋은 커다란 장미의 일종으로, 사시사철 꽃을 피운다. 꽃을 따와도 몇 달 또는 몇 년 동안 시들지 않고 싱싱할 수 있다. 랑코비트 왕국 티타니아 왕비 가문의 문장에 로우스 문양이 있는 것은 야수라고 불리는 왕비의 조상이 로우스가 시들기 전에 사랑을 찾지 못하면 영원히 야수의 몸으로 살아야 하는 저주를 받은 데서 유래한다. 이 조상에게 저주를 내린 여자 마법사가 오무아산의 로우스를 선택했는데 다행히 생명력이 아주 강한 품종이었다. 그렇지 않았다면 무아노는 태어나지 못했을 것이다.

🌹 **로크 새_** 공중에서 사는 자이언트 새로, 커다란 독수리 콘도르와 비슷하다. 인공위성을 궤도에 올려놓거나 아더월드에서 마딕스와 타딕스로 여행할 때 이용한다. 다행히 아더월드의 태양 빛을 먹고 살기 때문에 배설하지 않는다. 로크 새의 똥이 머리 위로 떨어질 일은 없다.

🌹 **마누릴_** 마누릴의 하얀 싹은 즙이 많아서 아더월드 사람들이 즐겨 음식에 곁들여 먹는다.

🌹 **마딕스_** 아더월드의 두 달 중 하나로, 절제된 생활을 하는 위성.

🌹 **모오오오우우우_** 뿔은 없고 머리가 둘 달린 고라니. 머리 하나가 먹을 때 다른 하나는 포식동물들을 감시

한다. 이동할 때는 게처럼 옆으로 걷는다.

✦✦ **무슈티크**_ 벌처럼 쏘아서 아더월드 사람들의 피를 빨
아 먹는 공격적인 곤충. 흡혈파리보다 크기가 더 크며, 트
라둑이나 브르르르아아아에 앉아 있다가 살 속을 파고드는
데 치명적인 독을 분비하기 때문에 아주 위험하다.

✦✦ **므르르르**_ 초록색 귀가 달린 오렌지빛 고양이. 같은 능력
을 가진 빨간 생쥐 뿌익을 잡기 위해 공간이동을 할 수 있다.

✦✦ **므르모움**_ 나무들이 숲 모양으로 거대한 군락을 이루고 있어서
따기가 아주 힘든 과일이다. 므르모움나무는 접근하는 것이 있으면
괴상한 소리를 내면서 땅속으로 파고들기 때문에 붙여진 이름
이다. 아더월드에서 산책을 하다 보면 므르모움나무 숲이 통째
로 사라지고 벌판만 남는 아주 놀라운 광경을 목격할 수 있다.

✦✦ **미모사**_ 밑동은 흰빛이고 잎은 금빛인 나무로 감정이입이 되는
특성이 있어 사람들의 감정을 반영한다. 이런 이유로 도시에서는 심
는 걸 꺼린다. 감정을 들킨 이들이 때로 분풀이하는 바람에 나무들이
너무 빨리 죽기 때문이다.

✦✦ **미암**_ 크기가 복숭아만 한 빨간 체리.

**발로르키데_** 꽃이 아주 화려한 기생식물. 이름은 개화하기 전의 노란빛과 초록빛의 봉오리에서 따온 것이다. 성장 속도가 아주 빨라서 몇 계절 만에 나무 한 그루를 죽일 수 있으며, 뿌리로 이동해서 그다음 나무를 공격한다. 그래서 아더월드의 나무들은 발로르키데들이 들러붙지 못하게 부식시키는 물질을 분비하는 것으로 생존 경쟁을 벌이고 있다.

**발분_** 거대한 고래로 붉은색이며 지구의 고래보다 두 배로 크다. 발분은 잊지 못할 멜로디의 노래를 부르며, 젖이 아주 풍부하다. 발분의 젖으로 만든 버터와 크림은 영양가가 높은 인기 식품이어서 물에 사는 트리톤과 사이렌들과 육지에 사는 거주자들 사이에 무역 교류의 대상이 되고 있다. 노래를 아주 잘 부를 때 '발분처럼 노래 부른다'는 말로 칭찬한다.

**뱅뱅_** 붉은색 나무로 인간이 이 식물에서 추출한 빨간 가루를 먹을 경우 행복을 느끼다가 황홀경에 빠져 죽음에 이른다. 트롤들은 이빨이 아플 때 복용한다.

**버디 드라이어_** 바람의 원소를 이용한 무형물로 욕실에서 주로 사용한다.

**베에에_** 아름다운 흰털 양. 마법 행성의 변화무쌍한 계절에 적응력이 뛰어나서 몇 시간 만에 털이 빠지거나 털을 자라게 할 수 있다. 그래서 털 깎는 시기에 사육자들이 그 특성을 이용해 날씨가 갑자기 몹시 더워졌다고 하면 베에에들은 즉시 털을 홀랑 벗어버린다. 아더월드에서 '베에에처럼 순진하다'는 표현을 쓰는 것은 여기서 유래한다.

**벤드룩_** 림보의 여러 신 중 하나인 벤드룩은 생김새가 어찌나 흉측한지 다른 신들조차 그 끔찍한 모습에 두려움을 느낄 정도다. 벤드룩은 내장이 몸 밖으로 나와 있어 먹을 때 소화되는 과정을 구경할 수 있다.

**벨루르 목재_** 내구성이 좋고, 아름다운 금빛 색깔 때문에 아더월드에서 실내 바닥재로 많이 사용한다. 겉보기에는 차가운 느낌이지만 양탄자처럼 푹신하다.

**보벨_** 앵무새와 유사한 아더월드의 화려한 새로 마법사들의 마음을 사로잡는 마법 능력이 있다.

**보우둘 필터_** 파란색 자루처럼 생긴 유기체. 아더월드의 항구에서 온갖 쓰레기를 먹어치우는 것으로 맑고 깨끗한 물을 유지해준다.

**본데르의 돌_** 마이크를 사용할 필요가 없을 정도로 소리를 증폭하는 특성이 있는 아더월드의 돌.

🦇 **부벨굴_** 심한 부상을 입히지 않기 위해 펀칭볼이나 스파링 파트너를 이용하는 우리 문화와는 달리, 악마들은 훈련용으로 보존해 놓은 죽은 악마들인 부벨굴을 이용한다. 그런데 잠시 후에는 반드시 신체의 일부분을 잃기 때문에 좀비 파트너라고 할 수 있다.

🦇 **부이브르_** 야행성의 날개 돋친 도마뱀으로 길이가 30미터에 이르며, 물고기를 먹는 동물이다. 부이브르의 이마에 박힌 보석에는 독을 중화시키는 성분이 있고, 도마뱀의 부위들은 주로 묘약의 재료로 사용된다. 최초의 부이브르는 알에서 태어난 것으로 전해지고 있지만 생물학적으로 도저히 불가능한 일이다.

🦇 **북극 젤레_** 흰털의 작은 동물로 혈액 속의 동결 방지 성분 덕분에 영하 80도의 기온에서도 살 수 있다. 젤레는 두 봄을 보내고 나서 정확하게 플루초 1일에 죽는데 그 털이 희귀하기 때문에 사냥꾼들은 기온이 영하 20도로 오르는 북극으로 젤레를 잡으러 간다. 그러나 젤레가 구멍 속에 숨어서 죽는 습성이 있는 데다 털이 새하얗기 때문에 찾기가 힘든 것이 문제다. 빙산 속에 숨어 있다가 구멍 가까이 접근하는 것은 모조리 잡아먹는 '크로크라'라는 일종의 바다표범들 때문에 구멍마다 손을 집어넣는 것은 아주 위험하다.

🦇 **불비_** 아더월드에 사는 회색과 보라색의 다람쥐. 옆구

리부터 발가락까지 이어지는 비막을 이용하여 이 가지에서 저 가지
로 날 수 있다.

🐟 **불사르딘_** 공격을 받으면 몸이 팽창하는 특성을 가진 일
종의 정어리. 껍질은 칼이 들어가지 않을 정도로 아주 질기다.
아더월드에서 파괴되지 않는 것을 보면 '불사르딘 같다'고 말한
다.

🐟 **불새_** 깃털에 불이 붙어 있지만 신기하게도 털이
재생된다. 아더월드의 불에 타지 않는 나무에만 둥지를 틀
며, 물을 떨어뜨리면 불새를 죽일 수 있다.

🐟 **붉은 트르르_** 썩지 않는 목재. 부서지거나 맥주에 부식되지
않기 때문에 집과 술집에서 주로 사용한다.

🐟 **브라토욱_** 일종의 감자. 하지만 빨간색이고 마늘 냄새가 강하다.
악마들이 아주 좋아한다. PS: 악마들은 냄새에 전혀 개의치 않는다.

🐟 **브롤부레_** 난쟁이들이 사용하는 욕설로 세상에서 가장 비겁하
고 지저분한 콧물 흘리는 찌질이를 가리킨다. 난쟁이들은 비겁한 것
을 경멸하며, 광산에서는 까딱 잘못 재채기를 했다가는 수백 톤에 이
르는 바위가 무너져 내릴 위험이 있어서 감기에 걸리는 걸 질색하기
때문에 생긴 욕이다. 따라서 가장 심한 욕이다.

🐾 **브롤크**_ 브롤크 드 슬루르크로도 쓰이며, '제기랄' '빌어먹을' 같은 욕설이다.

🐾 **브룩스**_ 드래코-티라노사우루스의 똥만 먹고 사  는 도마뱀. 이 동물의 내장 냄새가 어떤지 알려고 하지 않는 게 좋다. 생물 병기로 사용될 정도로 위험하다.

🐾 **브룸므**_ 일종의 빨간 무로 아더월드 사람들이 즐겨 먹는다.

🐾 **브르르르아아아**_ 거인들의 나라 간디스에서 생산하는 엄청 나게 큰 소. 털은 숱이 아주 많아서 거인들이 그 털가죽으로 옷을 지어 입는다. 몹시 공격적이어서 움직이는 것이 있 으면 뭐든 덤벼든다. 제 그림자를 쫓다가 녹초가 된 브르 르르아아아를 보게 되는 것은 그 때문이다. 흔히 고집불 통인 사람을 '브르르르아아아 같다'고 표현한다.

🐾 **브르리르**_ 흰빛과 금빛이 어우러진 고양이과 동물로 다리가 여 섯 개. 특히 브르리르를 사랑하는 오무아 제국의 여제는 이 동물들이 궁전에 갇혀 있다는 생각을 하지 않도록 주문을 걸어놨다. 그래서 브르리르들에게는 가구와 침대의자가 나무와 편안 한 바위로 보인다. 브르리르에게는 궁인들이 안 보이며, 궁 인들이 쓰다듬어주면 바람에 털이 살랑살랑 흩날리는 것이 라고 생각한다.

**브르맥주_** 첫 모금에 몸이 부르르 떨리기 때문에 붙여진 이름이다.

**브리앙트_** 요정의 사촌으로 아더월드의 조명 기구. 대륙에 따라 날개 달린 작은 요정 형상, 날개 돋친 뱀 형상 등 여러 가지 모습이 있다. 어둠 속에서 100와트 밝기의 빛을 발하며, 거리의 가로등이 되기도 하고 투명한 스탠드나 램프의 모습으로 아더월드의 모든 가정을 밝혀준다.

**브릴_** 브릴의 싹 요리는 아더월드에서 아주 인기가 높다. 브릴은 히플리아에 있는 마법의 산골짜기에서 자라며 난쟁이들이 그 싹을 수확해서 아더월드의 상인들에게 비싼 값으로 판다. 게다가 히플리아에서는 브릴을 잡초로 여겨 먹지 않기 때문에 난쟁이들은 이 불로소득에 즐거운 비명을 지른다.

**브볼_** 아더월드의 참새로, 위험이 닥치면 포식동물의 모습으로 위장하는 능력이 있어서 공격자를 달아나게 한다. 가령 포콩지르들이 공격할 경우 브볼들은 포콩지르의 천적인 에글롱의 모습을 만든다. 정말 에글롱인 줄 알고 포콩지르들이 줄행랑치면 브볼 떼는 흩어진다.

**블라즈_** 청소하는 푸프푸프와 비슷하지만 블라즈는 날아다니며 아더월드의 자이언트 거미들을 공포에 떨게 한다.

🐾 **블루르_** 새빨간 꽃이 피며, 감기에 걸려 막힌 코가 뻥 뚫릴 정도로 향기가 진하다. 아더월드의 많은 꽃들과 마찬가지로 마법 덕분에 일년 내내 꽃이 피며 특히 겨울에 블루르꽃을 많이 사용한다. 그리고 이 꽃향기에 나비들이 모여들기 때문에 나비를 좋아하는 난쟁이들이 이 꽃으로 유인하여 십여 마리의 나비들이 수염을 뒤덮을 때도 있다. 가장 많은 나비를 유인한 난쟁이에게 상금을 주는 대회가 매년 열린다. 아더월드에서는 많은 주부들이 막힌 하수구를 뚫는 데 블루르를 사용한다.

🐾 **블루릅스_** 갈색 가죽배낭 같은 모습으로 흙 속에 숨어 있다가 접근하는 곤충을 잡아먹는 식물. 어린 블루릅스들이 흰개미처럼 어미 블루릅스에게 물과 먹이를 공급하며, 다 크면 둥지를 떠나 다른 데에 뿌리를 내리고 흙 속으로 파고 들어간다. 아더월드에서는 궁지에서 헤어날 방법이 전혀 없을 때를 가리켜 '블루릅스 둥지에서 헤맨다'고 표현한다.

🐾 **블루투르_** 썩은 고기를 먹는 회색과 노란색 새로 무엇이든 소화할 수 있다. 블루투르가 죽어도 몇 달 동안 창자는 살아 있어서 먹은 것을 계속 소화시킨다. 블루투르의 창자는 독을 신선하게 보존하는 데 사용된다.

**블를_** 대부분 물속에서 생활하다 번식기에 물 밖으로 나오는 날개 돋친 물고기. 색이 아름다워 수영장 장식용으로 쓰인다.

**블리르_** 아더월드의 금빛 자두. 지구의 자두와 아주 흡사하며 더 달콤하다.

**비마_** 비마법사를 축약한 것으로 마법 능력이 없는 인간들을 가리킨다.

**비즈즈즈_** 빨간색과 노란색의 커다란 벌. 지구의 벌들과는 달리 비즈즈즈는 독침이 없다. 독극물을 분비해 잡아먹으려고 달려드는 포식동물을 독살하는 것이 비즈즈즈의 방어 수단이다. 비즈즈즈들이 아더월드의 마법 꽃에서 생산하는 꿀은 그 어떤 꿀에도 비길 데 없는 맛이다. 아더월드에서는 '비즈즈즈 꿀처럼 달콤하다'는 표현을 자주 사용한다.

**빠그락-땅콩_** 벌어질 때 나는 독특한 소리 때문에 붙여진 이름이다. 이 땅콩에서 짜내는 기름은 향이 좋아 아더월드의 유명한 주방장이나 숙련된 가정주부들이 주로 애용한다.

**빨간 바나나_** 색깔을 제외하고는 지구의 바나나와 똑같다.

**뿌익_** 이 장소에서 저 장소로 순간 이동할 수 있는, 꼬리가 둘 달린 빨간 쥐. 천적은 같은 능력을 지닌 초록색 귀의 오렌지색 뚱보 고양이 므르르르이다.

**사카트_** 맹독성의 공격적인 빨갛고 노란 곤충으로 아더월드에서 특히 좋아하는 꿀을 생산한다. 미식가들인 난쟁이들만 사카트의 애벌레를 먹을 수 있다. 다른 종족이 먹었을 경우에는 애벌레의 딱지가 인간이나 엘프의 소화액에 용해되지 않아 배 속에서 벌떼를 분봉할 위험이 있다.

**샤먼_** 아더월드에서 의사 역할을 하는 치료사. 마법사는 누구나 다쳤을 때 레파루스 주문으로 상처를 아물게 할 수 있지만, 이 주문만으로는 치료할 수 없는 병도 많기 때문에 꼭 필요한 존재이다.

**샤트릭스_** 일종의 하이에나. 검은색이며, 독이 든 이빨을 사용하는 아주 공격적인 동물로 밤에만 사냥한다. 길들일 수 있어 오무아 제국에서 샤트릭스들을 문지기로 이용한다.

**샤포트_** 눈이 커다란 암사슴의 일종으로, 불쌍하게 보이는 특성이 있어서 사냥꾼들이 눈물을 흘리다 대체로 사냥을 포기한다. 아더월드 사람들은 매혹적인 사람을 보면 '샤포트 같다'고 말한다.

🐍 **세르팡 밀리에르**_ 황무지 늪 근처에 서식하는 뱀. 납작한 비늘 덕분에 진흙 속에서도 이동할 수 있다. 물속에 집어넣으면 빠져버린다.

🐍 **소포르**_ 향기로운 꽃들이 탐스러운 식물. 최면 작용을 하는 꽃가루로 곤충과 동물을 함정에 빠뜨린다. 곤충이나 동물이 잠들면 꽃가루를 뿌려서 번식을 도와주는 매개체로 삼는다. 얼마 후 깨어난 곤충이나 동물이 다른 소포르 군락지를 지나가면서 꽃가루를 옮기기 때문이다. 소포르는 위험한 식물이 아니지만, 매개체들을 잠들게 하기 때문에 다른 포식동물에게 쉽게 노출되어 위험에 처하게 된다. 소포르 군락지 주변에서 육식동물이 자주보이는 것은 그 때문이다.

🐍 **수필루트**_ 아더월드에서 '수필루트 같은 놈들'이라고 하면 '비열한 놈'과 같은 뜻으로 자주 쓰이는 표현이다. 수필루트는 원래 히플리아 산의 전사 부족으로 기질이 교활하다는 평판이 나 있다. 수필루트 부족은 온몸에 털이 덥수룩하게 나 있는데 희한하게도 머리는 완전 대머리이다.

🐍 **스너피**_ 생김새는 여우와 비슷하지만 두 발로 걸어 다니며 누더기를 걸치고 옆구리에 배낭을 달고 다닌다. 닭이나 스파슌을 훔치기 때문에 아더월드의 농부들이 아주 싫어한다. 제 몸을 복제하는 특성이 있어서 감옥에 갇혀도 탈

옥할 수 있다.

⚜️ **스쿠프**_ 아더월드의 기술로 생산되는 날개 달린 작은 카메
라. 스쿠프는 지능을 가지고 있어서 촬영한 영상을 크리스털리스
트에게 전송한다.

⚜️ **스크로뉴플루프**_ 수달과 토끼를 뒤섞어놓은 듯한 생김새.
스크로뉴플루프는 아주 어리석은 사람이나 아주 멍청한 경우
를 가리킬 때 흔히 사용하는 욕이다.

⚜️ **스트리둘**_ 지구의 메뚜기에 해당된다. 몹시 파괴적이라 구름같
이 떼를 지어 이동할 때는 삽시간에 농작물을 휩쓸어버
린다. 스트리둘은 아주 풍부한 점액을 생산하기 때문에
마법에 널리 사용된다.

⚜️ **스파슈니어**_ 닭장처럼 스파슌을 가두어두는 우리.

⚜️ **스파슌**_ 금빛의 자이언트 칠면조인데 시종일관 울음소리
를 내면서 거드럭거리고 다니는 통에 사냥하기가 아주 수월하
다. 흔히 '스파슌처럼 어리석다' 또는 '스파슌처럼 거드름피운
다'고 표현한다.

⚜️ **스팔렌디탈**_ 일종의 전갈이며 스몰컨트리가 원산지이다. 땅신

령들은 스팔렌디탈을 길들여서 말처럼 타고 다니며, 가죽이 아주 질기기 때문에 유용하게 사용한다. 새를 좋아하는(미각적 의미에서) 땅신령들은 스몰컨트리의 서식 동물을 절멸시킴으로써 곤충을 포함한 다른 동물에게 생태적 지위를 열어주었다. 천적들에게서 해방된 스팔렌디탈들은 위험 없이 자라면서 그 개체 수가 점점 더 늘어났다. 땅신령들 때문에 스몰컨트리는 결과적으로 자이언트 전갈, 자이언트 거미, 자이언트 다족류에게 점령되었다.

🐾 **스플루프_** 엘프들의 나라 셀렌다의 숲에 서식하는 빨간 도가머리의 은빛 새. 스플루프의 알은 아주 맛있지만 건드리기만 해도 잘 깨진다. 길들일 수가 없는 새라서 알을 얻기 힘들고, 값도 아주 비싼 편이다.

🐾 **슬루룹_** 멘탈리르 평원이 원산지인 식물이며, 그 즙은 신기하게도 후추를 친 쇠고기의 깊은 맛이 난다. 고기 맛이 나는 것은 초식동물인 유니콘 떼의 공격을 피하기 위해서다. 하지만 이 독특한 맛을 발견한 아더월드 사람들이 슬루룹 즙으로 요리하는 습관이 생겼다.

🐾 **슬리스_** 양파의 일종으로 초록색이고 냄새가 아주 독하다. 슬리스를 먹고 숨을 내쉬면 코가 완전히 막히지 않는 한 대번에 알아차릴 수 있다.

**아스토펠_** 장밋빛 작은 꽃으로 냄새를 맡으면 며칠 동안 후각을 마비시킨다. 특히 초식동물을 비롯한 모든 동물의 공격을 막기 위해 꽃향기로 후각을 마비시키는 능력이 발달되어 있다.

**에글롱_** 날 수 있는 포식동물로 포콩지르를 잡아 먹는다.

**에프리트_** 지각단층을 둘러싼 전쟁이 일어났을 때 인간들 편에 서서 악마들과 싸웠던 악마 종족. 감사의 뜻으로 데미테루스는 마법사의 호출을 받는 에프리트에게 아더월드로 오는 것을 허락했다. 아더월드에 온 에프리트들은 자기들의 능력을 인간을 돕는 데 사용하기로 결정했고, 대부분 하인, 전령, 경찰로 일하고 있다.

**엠엠로움_** 아더월드에서 재배하는 과일로 즙이 아주 많고, 달콤한 살구와 바나나를 섞은 맛이다. 엠엠로움나무는 침입자가 다가오는 즉시 땅속으로 사라지는 능력이 있다.

**예륵_** 초식동물들이 도저히 먹을 엄두를 내지 못하게 썩은 냄새를 풍기는 식물. 후각이 없는 새, 글리이르만 먹을 수 있다.

**원소_** 불, 물, 흙, 공기 등 여러 종류의 원소가 존재한다. 성질이 포악한 불의 원소를 제외하고 원소들은 대체로 다정하며 일상생활에서 아더월드 사람들을 도와준다.

**위베른족_** 드래곤들의 시중을 드는 자이언트 도마뱀으로 금빛 비늘이 덮여 있고, 회전하는 엉덩이 덕분에 두 발로 걸어 다닐 수 있다. 드래곤보다는 덜 영리하며, 유머 감각은 전혀 없다. 드래곤의 세포 실험 과정에서 태어났으며, 드래곤의 먼 사촌으로 볼 수 있다.

**유니콘_** 갈라진 쌍발굽과 이마에 뿔이 하나 달린 말. 멘탈리르 평원에서 자라는 지혜의 풀 덕분에 아주 영리한 동물이다.

**자이언트 강철나무_** 마법을 사용하지 않고서는 파괴할 수 없다. 키가 무려 300미터까지 자랄 수 있으며 야생 페가수스들이 둥지를 짓는다.

**자이언트 거미_** 스팔렌디탈과 마찬가지로 스몰컨트리가 원산지이다. 땅신령들이 말처럼 타고 다니며, 그 거미줄은 아주 질긴 것으로 유명하다. 여덟 개의 다리와 여덟 개의 눈, 전갈처럼 독침이 있는 꼬리가 달려 있는 것이 특징이다. 아주 영리하며, 잡아먹기 전에 먹이에게 수수께끼를 내는 것이 취미이다.

🐚 **젤리소르_** 림보에서 숭배하는 신. 입김이 어찌나 센지 향기가 나는 천으로 주둥이와 얼굴을 가려야만 신전으로 들어갈 수 있다. 악취 때문에 젤리소르의 신전에서는 파리도 살 수 없다. 다른 신들과 회의가 있을 때는 실내 공기를 고려해 송곳니를 깨끗이 닦고 들어가야 하며, 젤리소르 옆에서는 담배를 피울 수 없다.

🐚 **주르스탈_** 텔레크리스털이 방송하는 아더월드의 뉴스이며, 마법사와 비마는 크리스털 볼과 크리스털 전광판으로 받아 본다.

🐚 **진비지블_** 보이지 않게 모습을 감출 수 있는 카멜레온. 오무아 황실과 여제를 위해 일하는 살아 있는 녹음기이자 스파이이다.

🐚 **진실의 입_** 아더월드에서 가까운 얼음 행성 산티보르 원산의 식물성 존재. 텔레파시 능력이 있어서 어떤 거짓말도 탐지할 수 있다. 말을 못 하기 때문에 진실의 입들의 생각을 읽어낼 수 있는 파란 땅신령을 통해 의사소통한다.

🐚 **진흙먹보_** 간디스의 황무지 늪에 사는 털북숭이 동물이며 진흙에 들어 있는 영양소와 곤충, 수련을 먹고 산다. 진흙먹보들의 원시족은 아더월드의 다른 거주자들과 거의 접촉이 없다.

**차우프_** 아더월드에서 가장 어설픈 동물. 머리에 나 있는 노란색 깃털과 트럼펫 모양의 빨간색 코, 코끼리와 하마를 섞어놓은 모습의 잿빛 털북숭이로, 여섯 개의 다리가 서로 걸리는 바람에 3미터도 못 가서 넘어지기 일쑤이다. 그래서 차우프를 노리던 포식동물들이 깔려 죽는 일이 자주 일어난다.

**첼프_** 림보의 동물로 액체가 가득 찬 풍선 형태를 하고 있다. 포식동물을 피하기 위해 날아가거나 겁이 날 때 액체를 투하하는데 냄새가 몹시 고약하다. 림보에서 '오늘 아침에는 첼프 향기가 나네요?' 하고 말하면 칭찬이다. 악마들이 첼프 향기를 좋아하기 때문이다.

**친파프_** 콜라, 사과, 오렌지 맛이 나고, 콜라처럼 거품이 생긴다. 상쾌하게 해주고 활력을 주는 청량음료.

**카멜레_** 하트 모양의 식물로 잎은 식용한다. 계절과 장소에 따라 색이 변한다. 카멜레 잎만 섭취하고도 생존한 여행자가 많아서 '여행자의 식물'이라고 불린다. 치즈샌드위치 맛과 비슷하다.

**카멜린_** 환경에 따라 색이 변하는 특성에서 이름이 유래한 희귀종 식물. 멘탈리르 평원에서는 파란색이고, 살테렌스 사막에서는 금빛이나 흰색이다. 꺾거나 옷감으로 짜도 그 특성은 유지되기 때문에 활용 가치가 높다.

🐾 **카트칵_** 몹시 끈적거리고 달콤한 캐러멜 같은 사탕 종류로, 의치가 있는 사람은 샤먼이나 치과를 찾지 않으려면 절대적으로 피해야 한다. 누군가가 지나치게 달콤하거나 다정하면 너무 '카트칵하다'고 말한다.

🐾 **칵스_** 근육을 풀어주는 효능이 있는 약초로, 달여 마시며 잠자기 직전에만 복용하라고 되어 있다. 근육에 영향을 준다고 하여 아더월드에서는 '몰몰'이라고도 부른다. '이런 칵스 같은 놈!'이라고 말하면 아주 흐늘흐늘한 사람을 가리킨다.

🐾 **칸타루프_** 공격적인 식충식물이며, 주로 곤충과 설치류 동물을 잡아먹는다. 꽃잎의 색은 다양하지만 항상 눈에 거슬리는 빛깔이며, 날카로운 가시를 사용하여 마치 작살로 찍듯이 먹이를 잡는다. 크기는 큰 개만 해서 꺾기가 힘들고, 아더월드의 특선 요리에 들어가는 재료로 사용한다.

🐾 **칼로르나_** 숲에 피는 매혹적인 꽃. 달콤한 장밋빛과 흰빛 꽃잎으로 아더월드의 초식동물과 모든 동물에게 특선 요리를 제공해준다. 멸종을 피하기 위해서 칼로르나는 세 개의 꽃잎을 포식동물의 접근을 감지할 수 있는 탐지기로 만들었다. 커다란 눈 모양의 이 꽃잎들 덕분에 칼로르나는 재빨리 모습을 감출 수 있다. 그런데 불행히도

호기심이 많은 칼로르나는 그 꽃잎들을 세우고 있다가 포
식동물을 제때에 피하지 못하는 경우가 종종 있다. 호기
심이 많은 사람을 보고 '칼로르나 같다'고 말하는 것은
바로 그 때문이다.

**케빌리아_** 광채가 나는 투명한 보석. 다이아몬드와 비슷하지만
훨씬 반짝거리며, 파란빛, 초록빛, 장밋빛, 노란빛, 빨간빛 등 빛깔도
훨씬 짙다. 케빌리아는 아더월드에서 가장 귀한 보석이다. 엄청난 가
치를 지니고 있다는 표현을 할 때 아더월드에서는 '케빌리아 같은 영
향력이야'라고 말한다.

**켈트릴_** 가볍고 아주 단단해서 갑옷과 보호대를 만드는 데 사
용하는 은빛 금속. 난쟁이들이 만들어서 엘프와 인간에게 아주 비싼
값으로 판다.

**크라켄_** 시커먼 다리들이 위협적인 자이언트 문어. 엄청난
크기 때문에 아더월드의 바다에서 발견되지만, 민물에서도 살
수 있다. 뱃사람들에게는 위험한 존재로 널리 알려져 있다.

**크라크덴트_** 트롤의 나라 크랑카르 원산의 장밋빛 털북숭
이 동물. 앞뒤가 분간되지 않지만, 세 배 크기로 늘어
나는 입을 갖고 있어 무엇이든 거의 한입에 덥석 집어
삼키므로 상당히 위험하다. 아더월드를 방문한 많은

관광객들이 "어머 어쩌면 이렇게 귀여울까!" 하고 감탄하다가 목숨을 잃었다.

🦋 **크레크레크레_** 레몬빛 털의 설치류 동물로 생김새는 토끼와 비슷하다. 빛깔이 화려한 아더월드의 환경을 이용해서 포식동물들을 아주 쉽게 피한다. 고기는 맛이 없는데도 굶주린 여행가나 사냥꾼이 먹기도 한다. 아더월드에서는 크레크레크레를 사로잡아서 사육한다.

🦋 **크렐_** 아더월드의 금빛 미모사나무. 놀랍게도 지나가다가 건드리는 동물이나 사람들의 감정을 색깔로 반영한다.

🦋 **크로그로세이유_** 갈증을 풀어주는 청량음료. 아더월드 사람들이 즐기는 탄산음료 중 하나다.

🦋 **크로쉬엥_** 살테렌스 사막의 재칼. 크로쉬엥은 무리를 지어 사냥한다.

🦋 **크로아_** 두 가지 색의 개구리. 크로아는 글루룹스들의 주식이며, 신경을 거스르는 독특한 울음소리 때문에 쉽게 찾을 수 있다.

🦋 **크로우_** 보랏빛 이를 말하는 것으로 번식할 때 경쾌한 음악 소

리를 내는 희한한 특성이 있다. 이는 눈에 띄지 않아야 생존할 수 있는데 소리를 낸다는 것은 의문이 남는다.

🐾 크로우즈_ 향기가 짙은 야생 장미의 일종으로 꽃의 색깔이 다채롭다.

🐾 크로크-르캥_ 아더월드의 바다 포식동물인 일종의 상어. 날카로운 이빨을 무기로 주저치 않고 크라켄을 공격한다. 크로크-르캥은 아더월드의 바다에서 크라켄과 함께 뱃사람들에게 위협적인 존재이다.

🐾 크론크_ 드란보우글리스펜쉬르에 서식하는 일종의 카멜레온 진드기로, 특히 드래곤의 피를 좋아한다. 드래곤의 발이 닿지 않는 곳에 숨어 피를 빨아먹는다. 그래서 짜증이 날 정도로 귀찮게 해서 짓이겨버리고 싶은 충동이 일게 하는 드래곤에 대해 '크론크 같은 놈'이라고 한다.

🐾 크루이크크크_ 빨간 상아가 돋친 파란색 잡식성 포유류 동물. 성질이 포악한 것으로 알려져 있으며, 고기가 맛있어서 사육한다. 야생 크루이크크크 떼는 삽시간에 밭을 황폐하게 만들어놓는다. 그래서 아더월드의 농부들은 곡물을 지키기 위해 크루이크크크 퇴치 주문을 사용한다.

크르룩_ 바닷가재와 게의 잡종으로 집게발 열 개가 달려 있다. 아더월드 사람들이 즐겨 먹는다.

 크리크리_ 보랏빛과 노란색의 메뚜기. 이 곤충들이 수풀 속에서 울기 시작하면 어찌나 요란한지 잠을 잘 수가 없다.

크셀_ 아더월드의 극지방 빙원에서만 100년에 딱 한 번 피는 꽃이다. 꽃이 피기 얼마 전 아주 특별한 종의 새하얀 비즈즈즈가 얼음 속에서 태어난다. 마치 꽃이 곧 피어날 걸 아는 것처럼. 꽃들이 두 달 동안 밤낮으로 꽃가루를 흩뿌리는 사이 비즈즈즈들이 꽃부리에서 꽃부리로 이동시키는 매개 역할을 한 다음 꽃가루를 수확해서 아주 귀한 꿀을 만든다. 아더월드에서 최고로 좋은 특상품의 꿀이다. 그래서 크셀의 꿀을 먹는다는 것은 '천국으로 곧장 올라가는 것과 같다'고 말할 정도이다.

 키디코이_ 장난꾸러기 꼬마도깨비 파보들이 만들어낸 막대사탕. 겉을 빨아 먹으면 속에서 예언 글귀가 나타난다. 이 예언은 항상 실현되지만 그 순간에는 당사자가 이해하지 못하는 경우가 대부분이다. 모든 국가의 최고 마법사들은 그 기능을 이해하기 위해 신비한 키디코이를 연구하고 있지만 성과를 얻지 못했다. 파보들이 그 비밀을 잘 지키고 있기 때문이다.

 키마이라_ 아더월드 군주들의 고문관 역할을 하며, 사자 머리에 염소의 몸, 드래곤의 꼬리로 이뤄져 있다.

**타딕스_** 아더월드의 두 달 중 하나로, 카지노 행성.

**타로데르_** 자는 동물의 살 속에 유충을 넣어서 번식하는
벌레. 타로데르에게 물리면 통증이 심하므로, 유충이 몸속으
로 퍼지기 전에 즉시 소독해야 한다. '타로데르 같다'고 하면
들러붙는 사람을 가리키는 모욕적인 말이다.

**타오르미_** 얼굴이 개미처럼 생긴 쥐인데 깨물면 굉장히 아프
다. 개미집처럼 생긴 타오르미 굴 하나가 이동할 때 숲 전체가 쑥
대밭이 될 수 있다. 타오르미는 아더월드의 동물이 좋아하는
꿀을 생산하지만, 그 꿀을 얻으려면 목숨을 걸어야 한다.

**타춤_** 노란색 꽃이며, 꽃가루는 아더월드의 후추로 사용
된다. 자극성이 아주 강해서 타춤의 냄새를 맡으면 어떤 상태
의 코든 뻥 뚫린다.

**타크_** 초록색 또는 회색 쥐로 항구 주변에서 많이 발견
된다. 타크들이 며칠 만에 배를 갉아먹기 때문에 선원들이
아주 싫어한다.

**타트롤_** 지구와 아더월드는 측량 단위가 서로 다르다. 타트롤은
킬로미터, 바트롤은 미터에 해당한다. 1트롤은 3미터, 1바트롤은 1미
터 50센티미터, 1타트롤은 1킬로미터 500미터.

🦋 **탈루디**_ 눈이 셋 달린 모자 모양의 작은 동물이며 무엇이든 녹화하는 능력이 있다. 촬영한 것을 보려면 머리에 쓰면 된다.

🦋 **테오디르**_ 드래곤들이 즐겨 마시는 일종의 샴페인. 인간들은 부동액 맛을 느낀다.

🦋 **토예**_ 마늘과 양파의 맛이 섞인 식물로 아더월드 사람들이 향신료로 사용한다.

🦋 **토쿨린**_ 보석으로 이뤄진 꽃이며 수시로 색이 변한다. 보석-꽃은 아더월드에서 가장 아름다운 꽃이며, 위험한 파트로크 섬에서만 재배되기 때문에 구하기가 몹시 힘들다.

🦋 **톨리스**_ 아더월드의 아몬드.

🦋 **트라둑**_ 살코기와 털가죽을 얻기 위해 켄타우로스들이 키우는 동물. 악취를 풍기는 특성이 있어서 포식동물들로부터 자신을 보호한다. 그러나 트라둑의 냄새를 맡지 않기 위해 콧구멍을 막을 수 있는 늑대 크르르렉은 예외다. 아더월드에서 '병든 트라둑 같은 악취가 난다'라는 표현은 모욕으로 받아들여진다.

🐾 **트란를쿠르의 드루프**_ 트란를쿠르는 여신들이 유난히 좋아하는 신이며, 드루프는 남성의 생식기관을 말한다.

🐾 **트리**_ 작은 새로 아더월드의 숲에서는 루비 빛깔이고,
트롤들의 숲에서는 초록 빛깔이다. '트리이이이이' 하면서
우는 독특한 울음소리를 따서 붙인 이름이다.

🐾 **트리크로크**_ 표적을 정확하게 찾는 마법의 무기로 세 개
의 치명적인 침이 달려 있다. 공격자가 표적을 죽이고 싶은가,
잠들게 하고 싶은가에 따라 세 개의 침에 독이나 마취제가 생성
된다.

🐾 **트실**_ 살테렌스 사막의 벌레. 모래 속에 숨어서 동물이
지나가기를 기다리다 동물에 들러붙어서 살갗이든 딱딱한 껍
질이든 뚫어버린다. 그 알들은 혈관을 침투해서 숙주의 몸속에
퍼진다. 100시간이 지나면 알들이 부화하며, 새로 태어난
트실들이 숙주의 몸을 먹는다. 아더월드에서는 트실로 인
한 죽음이 가장 끔찍한 죽음 중 하나다. 이런 이유로 살테
렌스 사막을 여행하는 사람은 거의 없다. 일반적인 트실에 대한 해독제
는 존재하는 반면에 금빛 트실에 대한 해독제는 없어서 공격을 받으면
죽음을 면할 길이 없다.

🐾 **틴불리스**_ 아더월드의 아주 희한한 동물로, 목이 구부러지지

않아 벌레를 잡아먹으려면 두 발로 서서 앞뒤로 몸을 흔들어야 한다. 지구인이 틴불리스를 보면 초록색 닭과 오뚝이를 섞어놓은 것처럼 묘사할 것이다.

🐾 **페가수스**_ 날개 돋친 말. 지능은 개의 지능에 가깝다. 발굽은 없지만 갈퀴발톱이 있어서 어디든 쉽게 올라앉을 수 있다. 야생 페가수스는 키가 무려 300미터까지 자라는 자이언트 강철나무에 거대한 둥지를 짓고 산다.

🐾 **포콩지르**_ 아더월드의 포식동물로 날개를 회전시키는 놀라운 능력이 있다. 이름은 자이로스코프에 올라앉은 것 같은 모습에서 유래한다.

🐾 **푸프푸프**_ 발이 여섯 개 달리고 커다란 뚜껑이 있는 작은 상자로 아더월드의 청소기이다. 바닥에 떨어지는 모든 쓰레기를 집어삼킨다. 마법과 과학기술로 만들어진 푸프푸프는 안드로메다은하의 블랙홀과 연결되는 작은 공간이동의 문을 통해 쓸모없는 쓰레기를 자동으로 배출한다.

🐾 **프뤼르**_ 온갖 색으로 털갈이를 하면서 시간을 보내는 커다란 두더지이다. 솜털은 벨벳처럼 부드럽지만 가죽 표면의 털은 아주 단단해서 깎기가 몹시 힘들다. 게다가 털을 깎으려고 마법을 사용할 경우 털에 밴 마법과 충돌해서 폭발할 위험이 있다. 따라서 프뤼르 가

죽은 간단하게 얻을 수 있는 것이 아니라서 값이 굉장히 비싸다.

🦎 **프르루트**_ 아더월드의 식충식물로 하이에나와
포식동물을 유인하기 위해 짐승의 썩은 고기 냄새를
피운다. 동물이 다가와서 촉수에 닿는 순간 꿀꺽 삼
킨다. '트라둑처럼 악취가 난다'는 표현과 함께 '프르루트
처럼 악취가 난다'는 표현도 많이 쓰인다.

🦎 **플로프**_ 맹독성의 하얗고 파란 개구리로 멘탈리르
의 평원에서 볼 수 있다.

🦎 **피크크크**_ 이름이 가리키는 대로 피크크크는 흡혈파리처럼 피
를 빨아 먹고 사는 아더월드의 곤충이다. 피크크크의 독침에
쏘이면 트라둑이나 모오오오우우우, 베에는 몸속의
피를 다 토해낸다. 다행히 피크크크는 늪 주위에 서식
하면서 알을 낳는다.

🦎 **하르퓌아**_ 욕설로만 의사를 전달하는 여자 모습의 새.
매우 더러우며 산에서 생활한다. 갈퀴발톱에 있는 독은 해독
제가 존재하지 않기 때문에 마법사들이 독을 사용하기 위해
많이 찾는다.

🦎 **호프호프**_ 아더월드의 신기한 동물. 지구의 캥거루처럼 펄쩍

펄쩍 뛰는데 어디서나 시종일관 그렇게 뛰어서 전진한다. 그래서 언제, 어디로 뛸지 종잡을 수가 없다. 아더월드에서는 몹시 흥분해서 펄펄 뛰는 사람을 보면 '호프호프처럼 돌았다'고 한다. 지구의 춤과 혼동하면 안 된다.

🐾 **흡혈파리_** 물리면 통증이 몹시 심하다. 많은 동물이 긴 꼬리를 발달시켜서 흡혈파리를 죽이는 데 사용한다.

🐾 **히드라_** 아더월드에는 머리가 세 개, 다섯 개, 일곱 개 달린 히드라가 있으며, 강이나 호수에서 산다.

# 랑코비트의 덩컨 가문 가계도

## -5015년 파이초 25일 (아더월드력)을 기준으로 작성-

마니투 덩컨 & 마젠티 발 아르젠몽 레틸라
(4850 DA~∞)     (4849 DA~4928 DA)

메넬라스 트리 브란릴 & 이사벨라 덩컨
(4805 DA~4994 DA)     (4910 DA~)

레벤탈 덩컨 & 테일러 압 잔
(4901 DA~4998 DA) (4876 DA~)

셀레나 덩컨 브란릴 & 단비우 탈 바르미
(4977 DA~)        압 산타 압 마루
                  (4973 DA~5002 DA)

배반자(라고 불리는)바리우스 덩컨
(4952 DA~)

타라틸랑넴 탈 바르미
압 산타 압 마루 탈 덩컨
(1991 DT/5000 DA~)

자르틸랑넴 탈 바르미
압 산타 압 마루 탈 덩컨
(5003 DA~)

마라틸랑넴 탈 바르미
압 산타 압 마루 탈 덩컨
(5003 DA~)

DA= 아더월드력
DT= 지구력

# 오무아 제국의 탈 바르미 압 산타 압 마루 가문 가계도

-5015년 파이초 25일(아더월드력)을 기준으로 작성-

'불의 주먹' 데미테루스, 오무아 제국의 시조
(-2984 DT~)

5000년 이후의 후손

**오무아 여제**
리스베스틸랑넴 & 다릴 크라투스
탈 바르미 압 　　　(4950 DA~5005 DA)
산타 압 마루
(4970 DA~)

**전 오무아 황제**
단비우 탈 & 셀레나 덩컨
바르미 압 　　(4977 DA~)
산타 압 마루
(4973 DA~5002 DA)

**오무아 여제의 이복오빠,
이복형제 단비우를 계승한
현 오무아 황제**
산도르 탈 바르미 압 마르치
압 브레비스 (4958 DA~)

**타라틸랑넴 탈 바르미
압 산타 압 마루 탈 덩컨**
(1991 DT/5000 DA~)

**자르틸랑넴 탈 바르미
압 산타 압 마루 탈 덩컨**
(5003 DA~)

**마라틸랑넴 탈 바르미
압 산타 압 마루 탈 덩컨**
(5003 DA~)

DA= 아더월드력
DT= 지구력

Photo, Didier Pruvot ⓒEditions Flammarion

## 소피 오두인 마미코니안
### Sophie Audouin-Mamikonian

아르메니아 왕위 계승자인 소피 오두인 마미코니안은 파리의 아사스 대학에서 법학을 전공했으며, 두 딸을 둔 어머니이다. 할머니와 어머니에게 러시아의 독특한 이야기를 들으며 자란 소피 오두인 마미코니안은 열두 살 때 복막염을 앓으면서 꼼짝할 수 없게 되자 시간 죽이기 요량으로 첫 작품「샹들리에, 황금 불사조」를 썼으며, 12,000여 권의 공상과학 소설을 읽은 독서광이기도 했다. 15년이라는 오랜 작업 끝에 1권이 출간된『타라 덩컨』의 주인공 소녀는 두 딸의 성격을 합해서 만들어낸 캐릭터라고 한다. 캐나다, 일본 등 26개국에서 번역된『타라 덩컨』시리즈는 2015년 12권으로 완결되었다. 그 외 작가의 주요 작품으로『뚱보들의 저녁식사』,『인디아나 텔러』시리즈 등이 있다.

## 옮긴이 이원희

프랑스 아미앵 대학에서「장 지오노의 작품 세계에 나타난 감각적 공간에 관한 문체 연구」로 석사학위를 받았다. 현재 전문 번역가로 활동 중이며 역서로는 아민 말루프의『사마르칸트』와『마니』, 앙리 지델의『코코 샤넬』, 생텍쥐페리의『야간비행』, 칼릴 지브란의『예언자』, 다이 시지에의『발자크와 바느질하는 중국소녀』, 장 크리스토프 뤼팽의『붉은 브라질』, 안니 뒤페레의『파티』, 기욤 프레보의『시간의 책』(전 3권), 피에르 보테로의『에월란의 모험』(전 3권),『인디아나 텔러』등 다수가 있다.